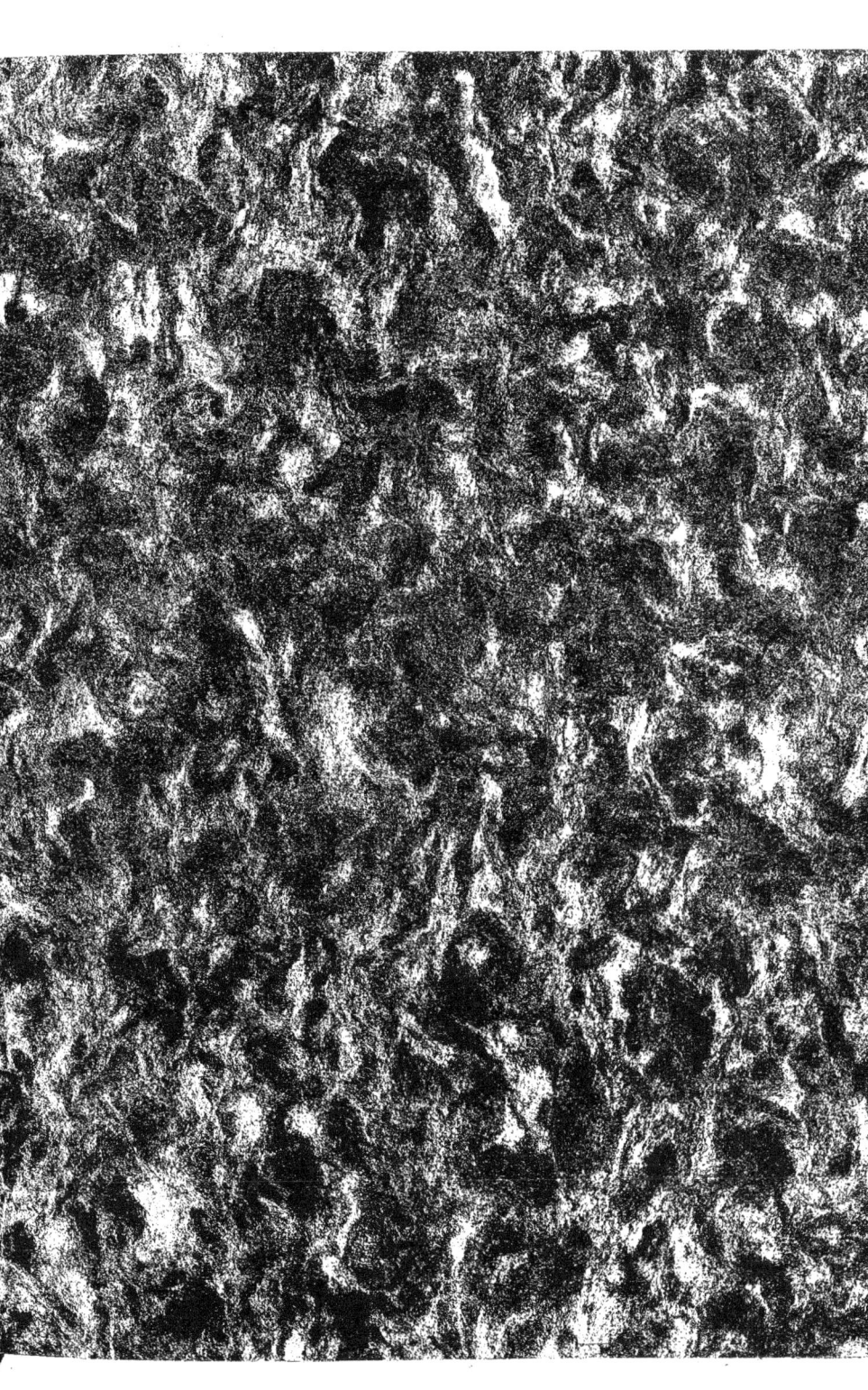

Le 1er Régiment
de
Tirailleurs Algériens

HISTOIRE ET CAMPAGNES

PAR

VICTOR DURUY

LIEUTENANT AU 1er RÉGIMENT DE TIRAILLEURS ALGÉRIENS
CHEVALIER DE LA LÉGION D'HONNEUR

Avec une Préface

PAR

ERNEST LAVISSE

DE L'ACADÉMIE FRANÇAISE

PARIS
LIBRAIRIE HACHETTE ET Cie

79, BOULEVARD SAINT-GERMAIN, 79

—

1899

Le 1er Régiment

de

Tirailleurs Algériens

OUVRAGE RÉDIGÉ SUR L'ORDRE DU COLONEL MÉNESTREL

TIRAILLEURS INDIGÈNES (GRANDE TENUE)

FAC-SIMILÉ D'UNE AQUARELLE DE E. DETAILLE

Gravure extraite de *l'Armée française*, Boussod, Manzy, Joyant et Cⁱᵉ, Éditeurs

Le Ier Régiment

de

Tirailleurs Algériens

HISTOIRE ET CAMPAGNES

PAR

VICTOR DURUY

LIEUTENANT AU 1er RÉGIMENT DE TIRAILLEURS ALGÉRIENS
CHEVALIER DE LA LÉGION D'HONNEUR

Avec une Préface

PAR

ERNEST LAVISSE

DE L'ACADÉMIE FRANÇAISE

PARIS

LIBRAIRIE HACHETTE ET Cie

79, BOULEVARD SAINT-GERMAIN, 79

1899

À LA MÉMOIRE

DE MON FRÈRE

ALBERT DURUY

Engagé volontaire en 1870 au 1ᵉʳ turcos pour la durée de la guerre
Cité à l'ordre du régiment, Décoré de la médaille militaire
Pour sa conduite aux batailles de Wissembourg et de Fröschwiller.

PRÉFACE

Le Turco, c'est un fils de vaincu devenu le frère d'armes du vainqueur. C'est le soldat des temps passés, ouvrier du métier de la guerre, qui s'offre au drapeau pour gagner sa vie, pour le plaisir de porter les armes et l'uniforme, pour la gloire d'être soldat.

C'est un des meilleurs soldats du monde. Il est Arabe ou Kabyle, mais l'Arabe est rare au 1er tirailleurs. L'Arabe est, de naissance, nomade et cavalier; il a la nonchalance et l'air d'ennui des promeneurs éternels; il lui faut le cheval, la lente allure du pas ou la fureur de la fantasia; à pied, il n'est que la moitié de lui-même. Il s'engage de préférence aux spahis, et jamais, d'ailleurs, il ne s'habitue tout à fait à la vie dans la caserne étroite, derrière le mur immobile qui, jamais, ne se plie ni s'emporte. Le Kabyle, au contraire, habitant de villages, aime la vie en commun, et ce montagnard est un piéton musclé pour la marche indéfinie.

Au Turco, ne demandons pas toutes les vertus : il ne dit pas toujours la vérité et même il ne la dit pas souvent; il est joueur, et pour se procurer l'enjeu il vendrait son âme au diable s'il croyait à un diable acheteur d'âmes; il a la tête tout près de la chechia, et, pour un rien, il querelle et cogne; il n'aime ni la pelle ni la pioche des corvées; il est chapardeur, etc., etc. Mais il obéit à merveille, dévoué totalement au chef qui a gagné sa confiance, fidèle au drapeau : en 1871, il a défendu Fort National contre des assiégeants nés dans sa tribu. Accoutumé à la dure, il résiste à la fatigue, aux privations, à la maladie : on l'a vu à Madagascar. Il aime le péril, et, par naturelle bravoure et insouciance superbe, méprise la mort.

Cet admirable instrument de guerre, la France l'a porté dans toutes ses entreprises lointaines : le 1er tirailleurs fut au Sénégal de 1860 à 1861; en Cochinchine, de 1861 à 1864; au Mexique, de 1862 à 1867; au Tonkin, de 1883 à 1886; à Madagascar, de 1895 à 1898. Ce qu'il va faire si loin de la montagne natale, le Turco l'ignore ; si Madame Gaspard — comme il appelle Madagascar, — est en guerre avec Madame Poublique, — comme il appelle la République, — ce n'est pas son affaire de savoir pourquoi. Il s'en va, sans tourner la tête, au bout du monde.

En Europe, le 1er tirailleurs fut de toutes les victoires, de toutes les défaites, glorieux toujours, comme furent glorieuses et les défaites et les victoires : Alma, Inkermann, Mamelon Vert, Malakoff; Turbigo, Magenta, Solférino ; Wissembourg, Wörth, Sedan, Artenay, Montbéliard. Combien sont morts au service de la France? A Wissembourg, 560 hommes, hors de combat; à Wörth 700, c'est-à-dire bien près de 1300 pour les deux journées, sur un effectif de 2215 hommes. Et, le soir de Sedan, il reste debout 585 Turcos!

Le Turco, disais-je, est dévoué aveuglément à qui gagne sa confiance; or, cette confiance, l'officier français sait comment on la mérite. En Crimée, sur 104 officiers de tirailleurs, 27 ont été tués et 29 blessés : c'est un peu plus de 1 sur 2 touché par le feu. A Wissembourg, Wörth, Sedan, sur 97 officiers, 23 tués, 51 blessés! Dans ces épreuves héroïques, les différences de race, de civilisation, de condition disparaissent : on vit bien ensemble, quand ensemble on sait si bien mourir.

Je me souviens du départ des tirailleurs en juillet 1870 : le régiment suivait le boulevard de Sébastopol; quelques amis et moi nous marchions à la hauteur du rang où se trouvait Albert Duruy, volontaire engagé la veille. Je regardais mon ami si beau, si élégant dans sa force, si français, si parisien; je connaissais quelques-uns des officiers : l'un d'eux, que devait fracasser un des premiers obus tirés par l'ennemi, portait sur le visage la douceur d'une âme humaine et délicate. Civilisés et barbares, allaient d'une même allure rapide et souple, que scandaient les Rha! Rhara! Rhara! cri de guerre des poitrines bronzées. Les Turcos humaient la joie de la guerre; les autres avaient l'émotion grave et noble de la guerre pour la patrie. Mais c'était un même corps animé d'une seule âme.

Sur les trottoirs, la foule applaudissait. La France a la coquetterie généreuse de vouloir être aimée par ceux qu'elle a vaincus, et, pour cela, elle commence par les aimer. Elle aime ses turcos, depuis qu'ils existent, mais surtout depuis la terrible guerre. Et je sais une anecdote singulière qu'un de mes amis entendit conter par un officier allemand. Cet officier, blessé à Wörth, avait été porté dans une maison de paysan : une Alsacienne lui donnait des soins, mais arrive un turco également blessé; elle court vers lui. L'officier la rappelle : en allemand, il lui demande pourquoi elle le laisse pour ce sauvage. En allemand, elle répond : « C'est qu'il est de nos gens! » L'Alsacienne parlait la même langue que l'officier; elle ne comprenait pas le pauvre turco qui ne la comprenait pas. Et cependant, pour elle, c'était le turco qui était de « ses gens ». Elle aimait en lui l'enfant adoptif de la patrie française.

Le 1er régiment de tirailleurs algériens méritait que son histoire fût écrite : comme les vieux régiments de la mère-patrie, il avait droit à un de ces monuments élevés en l'honneur des anciens pour l'édification des générations présentes et futures de soldats. Et puisque le régiment où Albert Duruy s'engagea en 1870, avec l'espoir, vite justifié, d'être le premier à l'honneur et au péril, compte parmi ses officiers un autre Duruy qui, sur les traces du frère aîné, a cherché et trouvé le péril et l'honneur, il était juste que ce chapitre de notre histoire militaire fût signé Duruy.

Duruy, un des beaux noms de France, illustré par un historien qui avait rêvé d'être soldat et dont toute la vie fut un combat pour la Patrie.

ERNEST LAVISSE,
de l'Académie Française.

PREMIÈRE PÉRIODE

LE BATAILLON DE TIRAILLEURS INDIGÈNES

DES

PROVINCES D'ALGER ET DE TITTERI

(1841-1855)

ORIGINE DES TROUPES INDIGÈNES

FORMATION DU BATAILLON
MODIFICATIONS APPORTÉES A SON ORGANISATION
JUSQU'EN 1855

Après la prise d'Alger, en face de l'Europe menaçante, l'armée d'Afrique avait été considérablement réduite; les Turcs, accusés d'exciter les Arabes contre nous, avaient été expulsés de la Régence; les mameluks, milice turque du dey, licenciés et rapatriés; enfin on avait détruit toute l'administration indigène sans rien mettre à sa place. Le général Clausel, nommé au commandement de l'armée d'Afrique, créa, pour remédier à cette situation, le 1er octobre 1830, deux bataillons indigènes dont les éléments furent fournis en grande partie par les Kabyles Zouaoua, d'où le nom de zouaves donné à cette troupe : « 2 000 zouaoua m'ont offert leurs services, écrivait le maréchal de Bourmont au ministre de la Guerre le 23 août 1830; 500 sont déjà réunis à Alger. » La loi du 9 mars 1831 sanctionna cet arrêté, en autorisant la formation de corps militaires composés d'indigènes et d'étrangers, hors du territoire continental.

Les zouaves comprirent donc, au début, des étrangers, des indigènes et aussi des Français engagés volontaires. On commença par mettre à part les premiers, en créant une légion étrangère; l'ordonnance royale du 21 mars 1831 organisait 2 bataillons de zouaves à 8 compagnies.

Mais le recrutement des indigènes devenait difficile et, le 7 mars 1833, les deux bataillons furent fondus en un seul de 10 compagnies, dont 2 françaises et 8 indigènes, ces dernières ayant chacune 12 hommes de troupe français. Deux ans après, l'ordonnance du 25 décembre 1835 rétablissait les deux bataillons de zouaves, chacun à 6 compagnies dont 4 indigènes; un troisième bataillon était créé le 20 mars 1837 et, réuni aux deux premiers, constituait le 11 novembre 1837 le corps des zouaves.

Le maréchal Valée voulait supprimer ou transformer les zouaves. « L'armée, disait-il, a vu avec peine la prédilection qu'on a souvent montrée, sans motif, pour des régiments étrangers à la solde de la France. » La transformation allait être autre que celle souhaitée par le maréchal, qui voulait faire des indigènes des zouaves un bataillon annexé à la légion, et des éléments français, un nouveau régiment léger.

Le maréchal Soult, président du Conseil, estimait au contraire qu'il y avait tout intérêt à encourager la formation de corps, soit réguliers, soit irréguliers, tels que zouaves, spahis, turcos, kouloughlis, légion étrangère, pour utiliser les non-valeurs et les éléments embarrassants, aussi bien européens qu'indigènes, et augmenter ainsi l'effectif de l'armée d'Afrique, tout en ménageant le sang français[1].

Déjà, on a essayé d'embaucher les Kouloughlis[2] de l'oued Zitoun réfugiés en 1837 à Alger, à la suite d'une razzia effectuée par Abdelkader sur leurs territoires, pour les punir d'avoir refusé de reconnaître son autorité l'année précédente; on en a formé deux compagnies, qui contribuent à assurer la garde des postes avancés et malsains. Malheureusement ce petit corps, mal vêtu, mal équipé et encore plus mal armé, ressemble beaucoup plus à une bande de brigands qu'à une troupe à la solde de la France. Pourtant, sous la conduite d'officiers énergiques, tels que le capitaine d'état-major d'Allonville, et le lieutenant Pellé[3], détaché du régiment de zouaves, ces indigènes commencent à se faire craindre de leurs compatriotes.

Pour les encourager et pour faciliter leur recrutement, on les autorise à amener leurs femmes, leurs enfants et leur famille au point où ils doivent servir ; quelques-uns labourent autour du poste et y élèvent le bétail razzié sur leurs voisins; ils constituent donc, avec les gendarmes maures, de véritables smalas, des colonies militaires. Au commencement de 1840, ces troupes tiennent les postes insalubres de la vallée de l'Harrach : Maison-Carrée, Ras Outha et la Ferme-Modèle.

Le maréchal Soult réussit enfin à vaincre les hésitations du gouverneur général : le 10 février 1840, un corps indigène mixte est créé dans la province d'Alger. Il comprend 1 escadron de spahis irréguliers et 4 compagnies de tirailleurs indigènes, recrutées en partie parmi les habitants des villes de Blida et de Koléa, qui naguère avaient contribué à défendre ces villes contre les entreprises d'Abdelkader[4].

À Bône et à Constantine, des corps indigènes avaient été organisés sur des bases

---

1. Il avait, dans cette pensée, écrit en janvier 1840, au consul général de Tunis, de chercher à recruter à 600 Turcs qui consentiraient à servir en Algérie, moyennant des avantages pécuniaires sérieux.

2. On donnait en Algérie, le nom de Kouloughlis aux fils de Turcs et de femmes arabes ou kabyles.

3. Le chef direct de ce « demi-bataillon de tirailleurs indigènes de la province d'Alger » était le lieutenant Pellé; le capitaine d'Allonville commandait à cette époque toutes les troupes indigènes de la province.

4. Les compagnies doivent être de 115 hommes; les tarifs de solde suivants sont adoptés : sous-lieutenant indigène, par mois, 108 francs ; sous-officier, par jour, 1 fr. 35 ; caporal, par jour, 1 fr. 10 ; soldat, par jour, 1 franc.

Les rations en nature ne sont allouées aux tirailleurs et aux spahis que si le service les éloigne à plus de trois jours de marche de leur tribu ou de leur habitation.

analogues. Formés en grande partie avec des Turcs qui consentaient à servir la France, ils prospérèrent rapidement et devinrent par la suite des troupes fort solides. Ces corps, presque entièrement turcs, valurent plus tard à tous les bataillons indigènes le nom populaire de *turcos*.

Dans ce mois de février 1840, un demi-bataillon de tirailleurs Douairs de Smela avait été également organisé dans la province d'Oran.

Mais la constitution des compagnies de tirailleurs dans la province d'Alger se heurtait à de grosses difficultés; les habitants de Kolea, qui ne servent qu'à contre-cœur, réclament bientôt une augmentation de solde disproportionnée avec les services qu'ils rendent. On doit les licencier. A Blida, malgré tous les efforts du général Duvivier, la population témoigne une répulsion insurmontable ; on finit de guerre lasse par ne plus exiger des enrôlés qu'un service de garde nationale.

De plus, une dépêche du ministre de la Guerre du 10 février 1840, enjoignant de ne dépasser en aucune manière les crédits votés pour 1840, vient encore aggraver la situation.

Cependant, le 20 avril de cette année, le gouverneur général propose au ministre de la Guerre la création d'un demi-bataillon de Kouloughlis de 440 hommes dans la province de Titteri; l'insuffisance des crédits alloués pour 1840 empêche de mettre ce projet à exécution, mais ceux affectés à l'année suivante ayant été considérablement accrus, l'infanterie indigène est organisée dans la province d'Alger par arrêté du maréchal Valée, en date du 5 juillet 1840, sous la dénomination de « demi-bataillon de tirailleurs d'Alger ».

Les engagements sont de trois ans. L'administration est soumise à des règles fixes, mais les règlements des troupes régulières françaises ne sont point encore appliqués complètement[1].

La solde des troupes a été notablement augmentée. Les motifs de cette augmentation sont que les prix des denrées se sont considérablement élevés, depuis le commencement de la guerre en Algérie, et qu'Abdelkader de son côté fait tous les efforts imaginables pour enrôler et retenir à son service les hommes capables de porter les armes.

Si tous les corps indigènes avaient été au complet, l'effectif dans les premiers jours de janvier 1841 aurait pu être de 5 600 hommes et de 2 500 chevaux.

---

1. Tous les officiers comptables sont français. Un seul conseil d'administration est chargé de régler les détails du service pour tous les corps indigènes de la province d'Alger. Il est composé du capitaine chef du bureau arabe, des lieutenants commandant les tirailleurs et les spahis, du sous-lieutenant payeur des gendarmes, et du lieutenant d'habillement des tirailleurs.

Mais, tandis que le maréchal Valée accuse le ministre de la Guerre d'apporter des retards dans l'organisation de ces corps, le ministre reproche au maréchal d'outrepasser ses droits en y nommant des officiers[1].

Bientôt l'existence des troupes indigènes, qui se débattait au milieu de toutes ces difficultés, est mise davantage encore en péril par un événement d'un tout autre genre.

Au mois d'avril 1840, quelques jours à peine après leur constitution provisoire, un détachement d'une centaine de tirailleurs est désigné pour coopérer à une expédition contre les Hadjoutes. Il se réunit le 26, à Kolea, à une colonne composée de zouaves, du 3ᵉ léger et de cavalerie. Le 27, les tirailleurs prennent une part honorable au combat d'El Afroun; les 29 et 30, ils combattent entre l'oued Djer et le Bou Roumi; les cavaliers ennemis ne peuvent les entamer. Les jours suivants, Cherchell est débloqué; puis, revenant en arrière, la colonne enlève le col de Tenia; Medea est atteint le 17 mai, après des combats meurtriers où les tirailleurs se montrent dignes de leurs frères aînés de l'armée française.

La compagnie de tirailleurs est alors désignée pour faire partie de la garnison laissée à Medea[2]. Elle est, pour cette circonstance, placée sous les ordres de Bou Mezrag, amené d'Alger pour servir de chef indigène de la province de Titteri. Cette compagnie, composée en majorité de Kouloughlis de l'oued Zitoun, refuse net d'obéir; les descendants des Turcs, des anciens maîtres du pays, ne peuvent tolérer que Bou Mezrag, un de leurs anciens vassaux, les commande. Elle est aussitôt désarmée; 30 tirailleurs seulement consentent à rester à Medea, ils seront armés de nouveau s'ils le méritent; les autres suivront, sans armes, la colonne rentrant à Alger.

Cet acte d'insoumission eut comme conséquence immédiate d'accélérer l'organisation définitive des corps indigènes.

Quelques mois après cet incident, on voulut voir si les tirailleurs, qui continuaient à rendre de grands services aux avant-postes, pouvaient servir en dehors de leur région d'origine. Ils furent donc appelés à faire partie d'un convoi de ravitaillement sur Medea. Chargés d'éclairer la colonne du centre, ils s'acquittèrent parfaitement de leur mission.

En présence de l'accroissement constant des forces indigènes, le gouvernement se décida à leur donner une administration régulière et une forte constitution, dont la nécessité venait d'être démontrée au roi par un rapport du maréchal duc de Dalmatie.

1. Lettre du maréchal VALÉE au ministre, le 25 novembre 1840. — Dépêche ministérielle au maréchal, le 27 novembre 1840.
2. Commandant : général DUVIVIER. — Troupes : 23ᵉ de ligne (2 bataillons); 24ᵉ de ligne (1 bataillon); 58ᵉ de ligne (1 bataillon); compagnie de tirailleurs; artillerie et génie (détachements).

« Une bonne organisation des forces militaires indigènes, disait le maréchal, est un des principaux besoins de l'Algérie.

« Dès les premiers jours de la conquête, on avait reconnu l'avantage de rattacher à la cause française tous ceux d'entre les habitants du pays qui se montreraient disposés à la servir. En divers temps, sous des noms qui ont souvent changé, ont été formés des corps spéciaux de cavalerie ou d'infanterie, tantôt mêlés de Français, tantôt exclusivement musulmans. Le régime et la destination de ces corps ont nécessairement varié selon les circonstances et les lieux; mais partout, et sous toutes les formes, ils ont rendu d'incontestables services, et il n'est pas un seul combat glorieux dont ils n'aient pris leur part. C'est enfin une vérité reconnue que les indigènes résistent mieux que les Européens à l'insalubrité trop commune dans leur patrie, supportent plus aisément les privations et les fatigues des courses lointaines, et échappent mieux par leurs habitudes, ainsi que par leur connaissance du pays, à une grande partie des causes d'affaiblissement qui affectent les troupes françaises. Une expérience déjà assez longue a d'ailleurs démontré que, traités avec bienveillance et justice, ils sont dévoués et fidèles.

« Le recrutement parmi les indigènes n'offrit d'abord à l'armée d'occupation que des ressources fort limitées. Il était en effet circonscrit dans la province d'Alger dont nous ne possédions qu'une faible partie. Plus tard, les débris des anciennes milices turques, la jeunesse des villes musulmanes, les fugitifs qui venaient auprès de nous chercher asile, fournirent successivement les éléments de corps d'infanterie qui ont été et sont fort utiles, non seulement pour la garde des postes extérieurs, mais encore dans le cours des diverses expéditions.

« L'effectif de ces corps d'infanterie, les uns organisés en vertu d'ordonnances royales, les autres créés sous l'empire des circonstances, par des arrêtés des autorités locales, est aujourd'hui de 2 500 hommes. Cette force, déjà importante, tend incessamment à s'accroître. »

Et le maréchal concluait en déclarant que les formations demandées (un bataillon par province) permettront « d'assurer plus au loin, plus promptement et au prix de moindres sacrifices, l'action de l'autorité; elle donnera enfin les moyens d'affaiblir sans danger l'effectif de l'armée d'Afrique, tout en lui épargnant une grande partie des souffrances et des fatigues qu'elle supporte avec tant de courage[1]. »

Le 8 septembre 1841, le corps des zouaves, qui se composait jusqu'alors de

---

1. Rapport du 7 décembre 1841.

3 bataillons simplement réunis sous l'autorité d'un chef, devenait un véritable régiment à 3 bataillons de 9 compagnies, mais une seule compagnie par bataillon pouvait recevoir des indigènes; encore ceux-ci étaient-ils peu nombreux. L'expérience avait démontré qu'il fallait éviter de mélanger les soldats français et indigènes. Les uns prenaient les vices des autres sans en acquérir les qualités. « Et puis le soldat en Afrique a deux devoirs : le combat et le travail; il était difficile d'obtenir le second des indigènes, et l'on ne pouvait, dans une même troupe, forcer le chrétien à prendre la pioche en présence du musulman oisif. On jugea donc à propos de créer, sous le nom de tirailleurs indigènes, des corps spéciaux d'infanterie, où les Français n'occupent qu'une partie des emplois d'officiers et de sous-officiers[1]. »

L'ordonnance du roi du 7 décembre 1841 créait 3 bataillons de tirailleurs indigènes. La formation de celui de la province d'Alger dura huit mois; le 1ᵉʳ août 1842, le lieutenant-général de Bar réunit cette troupe définitivement organisée. C'était, dès lors, d'après les termes officiels, le « bataillon de tirailleurs indigènes des provinces d'Alger et de Titteri ».

Sur les 700 hommes inscrits et soldés à ce jour, il n'y en avait pas 200 sur lesquels on pût compter pour une campagne de quelque durée; le reste se composait de vieillards, d'enfants ou de malingres incapables de supporter les fatigues. Quant aux cadres français, plusieurs des sous-officiers et caporaux qui les composaient étaient des militaires libérés du service, et même des gens n'ayant jamais servi. La tenue, l'uniforme, qui, en tout temps, ont toujours une si grande influence sur la discipline, n'existaient pas[2].

Les conditions étaient, on le voit, défavorables. Cinq compagnies[3] seulement furent

---

1. *Les zouaves et les chasseurs à pied*, p. 52.
2. *Livre d'or des tirailleurs indigènes d'Alger*, t. 1, p. 18.
3. Cadres des six premières compagnies au moment de leur formation :

MM. Vergé, chef de bataillon; Pellé, capitaine adjudant-major; Tirard, sous-lieutenant trésorier.

1ʳᵉ COMPAGNIE		2ᵉ COMPAGNIE		3ᵉ COMPAGNIE	
MM.	—	MM.	—	MM.	—
Dezon..........	capitaine.	Périgot........	capitaine.	Macquin........	capitaine.
Defocg.........	lieutenant.	Michon de Vougy.	lieutenant.	Lévy..........	lieutenant.
Hugues........	sous-lieutenant.	Pellet........	sous-lieutenant.	Raulot-Lapointe.	sous-lieutenant.
Ahmed el Seghir.	sous-lieutenant	Raïs ben Mohamed	sous-lieutenant.	Djelloul ben Zabra	sous-lieutenant.

4ᵉ COMPAGNIE		5ᵉ COMPAGNIE		6ᵉ COMPAGNIE (formée en 1845).	
MM.	—	MM.	—	MM.	—
de Wimpffen....	capitaine.	Favier.........	capitaine.	Lévy............	capitaine.
Guichard de Mont-		Genty.........	lieutenant.	Martineau-Deschenez.	lieutenant.
guers........	lieutenant.	Berger........	sous-lieutenant.	Roussel..........	sous-lieutenant.
Giacobbi........	sous-lieutenant.	Ali ben Mohamed.	sous-lieutenant.	Ben Dris..........	sous-lieutenant.

(Arch. administratives du Ministère de la guerre : *Registre matricule de la troupe du bataillon d'Alger*).

UN ARABE
Gravure de L. Rousseau, d'après une photographie.

créées, à l'effectif de 22 officiers et 769 hommes, et casernées d'abord à la Maison-Carrée et à Ras Outha, puis le 16 août, à Birkadem et Tikseraïn. Le chef de bataillon Vergé en eut le commandement. Les cadres et les hommes étaient tous pris dans les corps d'infanterie indigène alors existants, à l'exception des milices musulmanes dites « gardes urbaines » faisant un service sédentaire dans les places. Pour la première formation cependant, on admit des officiers d'autres corps et même d'autres armes. On créa une 6ᵉ compagnie le 20 janvier 1843, une 7ᵉ et une 8ᵉ le 13 février 1852.

Mais une expédition se prépare, les tirailleurs indigènes vont combattre à côté des vieilles troupes d'Afrique. Des obstacles presque insurmontables paraissent devoir s'opposer à une mobilisation rapide; les magasins sont vides, l'habillement et l'équipement n'ont point encore été arrêtés, en ce qui concerne les indigènes[1]; deux mois à peine restent pour habiller et instruire les hommes. Sur l'autorisation du gouverneur général, 500 tenues provisoires furent confectionnées par des fournisseurs civils; le zèle des officiers et sous-officiers triompha des autres obstacles.

Ainsi, en réalité, la création des tirailleurs date de l'année 1841; l'ordonnance du 7 décembre a été depuis souvent modifiée; mais c'est elle qui est la base même de l'organisation actuelle : tous les emplois de capitaine, sergent-major et fourrier sont réservés exclusivement aux Français; la moitié des emplois de lieutenant et de sous-lieutenant est affectée aux Français, l'autre aux indigènes. Le commandement, *même par interim*, d'une compagnie, ne pourra jamais être exercé que par un officier français. Dans les compagnies, les sergents, caporaux, tambours et clairons seront tous indigènes.

L'avancement aux grades de lieutenant et de capitaine aura lieu par bataillon. Les capitaines et les chefs de bataillon concourront pour l'avancement sur toute l'arme de l'infanterie. Les lieutenants et sous-lieutenants indigènes seront nommés au choix exclusivement; les sous-officiers et caporaux indigènes seront nommés ou cassés par le commandant du bataillon.

Il est à remarquer que « les indigènes seront reçus sans engagement dans les tirailleurs. Ils seront renvoyés, soit sur leur demande, soit pour cause d'inaptitude

---

1. Uniforme pour les officiers, sous-officiers et caporaux français : capote vert-dragon boutonnant droit sur la poitrine, pantalon garance garni d'une bande verte, marques distinctives jonquille, ceinture rouge en soie pour les officiers, en laine pour les sous-officiers et caporaux, képi vert-dragon.

Pour les indigènes, la tenue se composera d'un turban, d'une chéchia, d'une veste, d'un gilet, d'une culotte et d'une ceinture, mais on spécifie seulement, sans plus de détails, que l'ensemble du costume musulman sera conservé. Cette question ne fut réglée définitivement que le 12 avril 1843.

Le fusil adopté est celui des compagnies du centre de l'infanterie légère. Il fut changé le 23 février 1846, en vertu d'un décret ministériel, pour le fusil à percussion.

au service ou d'inconduite. L'admission ou le renvoi des indigènes aura lieu sur la proposition du chef de corps, et avec l'approbation du commandant militaire supérieur. » (Article 10).

Quant aux Français, ils pouvaient s'engager aux tirailleurs, mais seulement à titre de muletiers, ouvriers armuriers et infirmiers.

La solde attribuée aux indigènes était la suivante :

Sergent.	1 fr. 50 par jour.
Caporal.	1 fr. 15 - -
Tirailleur.	1 fr. » —

Ils devaient avec cette solde pourvoir à leur nourriture; en campagne, ils percevaient les rations de vivres.

L'avancement aux grades de sous-lieutenant, lieutenant et capitaine fut modifié le 31 octobre 1848; il eut lieu dorénavant sur l'ensemble des bataillons indigènes.

Un peu plus de dix ans après l'ordonnance de 1841, le décret présidentiel du 13 février 1852 donna aux troupes indigènes une constitution définitive : les bataillons seront à 8 compagnies de 166 hommes[1]; pour assurer les services auxiliaires, 30 soldats français seront admis par bataillon. Le quart de l'effectif total sera de 1re classe.

---

1. Cadres du bataillon d'Alger à la date du 13 février 1852 :

MM. Rose, chef de bataillon ;
Roussel, capitaine major ;
Castex, capitaine adjudant-major ;
Bertiniaux, lieutenant d'habillement ;
de Negroni, sous-lieutenant trésorier.

1re COMPAGNIE		2e COMPAGNIE		3e COMPAGNIE	
MM.	—	MM.	—	MM.	—
Giacobbi.	capitaine.	Péchot.	capitaine.	Berger.	capitaine.
Pacaud.	lieutenant.	Blaise.	lieutenant.	Cordier	lieutenant.
Kara Ali ben Ahmed	lieutenant.	Raïs ben Momamed.	lieutenant.	Mohamed Zerfaoci.	lieutenant.
Boulay.	sous-lieutenant.	Chazotte	sous-lieutenant.	Labarthe.	sous-lieutenant.
Mahmoud bel Hadj		El Arbi ben Moha-		El Ahmidi ben Mo-	
Mahmoud.	sous-lieutenant.	med.	sous-lieutenant.	hamed.	sous-lieutenant.

4e COMPAGNIE		5e COMPAGNIE		6e COMPAGNIE	
MM.	—	MM.	—	MM.	—
Hogues.	capitaine.	Carré.	capitaine.	Macquin.	capitaine.
Dillon	lieutenant.	Lapeyre.	lieutenant.	Soumet.	lieutenant.
Ahmed el Seguir .	lieutenant.	Capifali.	sous-lieutenant.	Megaoud ben Mo-	
Verdier	sous-lieutenant.	Mohamed ben		hamed.	lieutenant.
Ali ben Specht...	sous-lieutenant.	Toudji.	sous-lieutenant.	Lebissonais.	sous-lieutenant.

7e COMPAGNIE		8e COMPAGNIE	
MM.	—	MM.	—
Ameller.	capitaine.	Baert.	capitaine.
Pattier.	lieutenant.	Bourcheret	lieutenant.
Ben Daoud	lieutenant.	Lavigne	sous-lieutenant.
Regagnon.	sous-lieutenant.	Mustapha ben Bey-	
Mohamed ben Anar		ram	sous-lieutenant.
Cmbli	sous-lieutenant.		

La solde sera, pour les tirailleurs de 1re classe, de 1 franc, et pour ceux de 2e classe, de 0 fr. 95. Avec cet argent, les tirailleurs indigènes continueront à se nourrir.

La tenue réglée par décision ministérielle du 14 février 1853 est restée telle depuis : le bleu de ciel devint la couleur caractéristique des tirailleurs, pour les officiers comme pour les hommes de troupe; chez ces derniers, la couleur du tombeau[1] seule varia suivant la province : Alger, garance; — Oran, blanc; — Constantine, jonquille. Les tirailleurs reçurent le même armement et le même équipement que les autres troupes d'infanterie. L'adoption du havre-sac au bataillon d'Alger date de 1846. Les tirailleurs avaient toujours témoigné la plus grande aversion pour le *berdâa* (bât), et on avait dû leur conserver le *mezoued*, sorte de musette en toile vernie noire portée en sautoir, jusqu'au moment où une dure expérience avait démontré aux hommes les inconvénients du mezoued et les avantages du havre-sac, adopté depuis longtemps d'ailleurs au bataillon de Constantine.

En 1850, une sorte d'ordinaire avait été constituée à titre d'essai, au moyen d'une faible retenue (30 c.) sur la solde. Cet essai réussit parfaitement, et le 1er février 1851, il fut décidé que le bataillon d'Alger serait soumis au même régime de nourriture que les corps français. Les ordinaires fonctionnèrent régulièrement à partir de ce jour, et ne furent plus interrompus depuis.

La question de l'engagement des indigènes ne devait pas être résolue avant 1861. Jusque-là, ils pouvaient arriver au corps et en partir comme ils le désiraient, mais aussi comme on voulait. Actuellement, avec les engagements de quatre ans, on a des hommes vigoureux et qui ont su prouver partout leurs qualités militaires. Leur histoire, mieux que toute autre considération, saura le démontrer.

1. Le tombeau est une fausse poche en drap placée sur chacun des devants de la veste, et entourée d'une tresse plate.

ALGÉRIE-TUNISIE

PREMIÈRE PARTIE

CAMPAGNES EN ALGÉRIE

CHAPITRE PREMIER

OPÉRATIONS CONTRE ABDELKADER ET SES PARTISANS JUSQU'A LA SOUMISSION DE L'ÉMIR (1841-1847).

I

COLONNES DANS L'EST DE LA PROVINCE D'ALGER (SEPTEMBRE-OCTOBRE) ET DANS L'OUARSENIS (NOVEMBRE-DÉCEMBRE 1842 ET AVRIL-JUILLET 1843).

L'année 1841 avait été marquée par une recrudescence de la lutte en Algérie : Medea, résidence d'Abdelkader, n'avait pu être prise qu'après un siège de cinq jours; au col de Mouzaia, l'émir nous avait tué ou blessé 440 hommes; mais nous avions occupé Medea, Mascara, Miliana, et, à la fin de cette année, la province de Titteri était absolument calme. Onze ans de combats commençaient à fatiguer les Arabes; l'émir était réduit à se défendre.

Pour en finir, on augmenta l'armée d'Afrique, dont l'effectif atteignit, le 1er janvier 1842, le chiffre de 83154 hommes et 15974 chevaux; la lutte contre l'émir allait continuer avec une vigueur nouvelle, due à l'activité et à l'énergie du général Bugeaud, arrivé en Algérie en 1841, et qui, tout en poursuivant directement son adversaire, allait châtier les partisans de celui-ci avec la dernière rigueur.

Deux mois après sa création, le bataillon du commandant Vergé est en expédition. Une colonne, commandée par le général Bugeaud, ayant pour but la dispersion des tribus qui font cause commune avec le khalifa Ben Salem, partisan déclaré de l'émir, la destruction de leurs forts et de leurs villages, se concentre à Maison-Carrée. Le bataillon indigène y est appelé, et fournit 452 hommes.

Le 5 octobre, au passage des gorges de Bordj bel Kharoub, l'arrière-garde est vigoureusement attaquée. Au moment où elle est serrée de très près par l'ennemi, le bataillon de tirailleurs indigènes et deux bataillons du 48° de ligne sont envoyés pour la soutenir. Les tirailleurs arrivent les premiers, ayant à leur tête le colonel Leblond, du 48°; la première décharge l'étend raide mort. A l'instant même, les tirailleurs se précipitent avec rage sur l'ennemi, qui les attend, confiant dans son nombre et aussi et surtout dans la protection que lui offrent de hautes broussailles ou des accidents de terrain presque infranchissables. Mais rien n'arrête les assaillants, et les Arabes sont mis en déroute sur tous les points; ils s'enfuient et disparaissent complètement, laissant entre nos mains plusieurs d'entre eux. La colonne arrive au bivouac, à l'Okba el Fered, sans être inquiétée.

Le 11 octobre, les tirailleurs escortent le général Bugeaud, qui va opérer une reconnaissance sur le territoire des Oulad Aziz; le surlendemain, ils vont brûler les villages, sans grande résistance de la part des Kabyles, puis tout le monde campe aux bords de l'Isser.

Ce début du bataillon indigène était de bon augure pour l'avenir; la conduite des tirailleurs fut qualifiée en termes particulièrement élogieux par le gouverneur général [1].

Appelé à faire partie des colonnes qui opèrent dans les montagnes de l'Ouarsenis, le bataillon ne reste pas longtemps dans ses cantonnements; le 20 octobre 1842, il quitte Maison-Carrée, à l'effectif de 413 tirailleurs, se dirigeant sur Miliana, point de réunion indiqué. Il est embrigadé dans la colonne de gauche, aux ordres du colonel Korte.

Aucun événement important ne signale d'abord sa marche; l'ennemi ne se montre nulle part. Le 4 décembre, pourtant, le général Changarnier, à la tête d'un détachement dont font partie les tirailleurs, va opérer dans la direction de Souk el Hâad, au sud de l'Ouarsenis. Abdelkader est signalé aux environs. Les sacs sont déposés au bivouac, puis, après trois heures de marche forcée, on atteint l'ennemi. La cavalerie charge; l'infanterie, suivant au pas de course, s'empare des positions abandonnées par les Arabes. Mais on ne peut prendre que quelques hommes, les bagages et les troupeaux. Le bivouac est regagné à onze heures du soir.

Le 6, les Arabes tentent d'entraver un fourrage; l'infanterie est lancée contre

---

1. Il aurait été trop long, ce qui est tout à l'honneur des tirailleurs d'Alger, de recueillir, dans les limites de cet ouvrage, la liste complète des récompenses, — citations, avancement en grade, décorations, — accordées pour faits de guerre aux officiers et hommes de troupe. Dès lors, comme il n'était pas possible de le faire pour tous, il a paru logique de ne pas établir d'exceptions.

les assaillants, que 200 tirailleurs et 50 chasseurs d'Afrique attaquent par les gorges, et poursuivent sans relâche ; une partie d'entre eux est réduite à demander grâce.

Le lendemain, les Beni Tigrin ayant refusé tout accommodement, le colonel Korte envoie pour les attaquer plusieurs bataillons, au nombre desquels est celui de tirailleurs, réuni à une partie du 2ᵉ bataillon d'infanterie légère d'Afrique. Attirés par une vive fusillade, ils rencontrent bientôt deux bataillons commandés par le lieutenant-colonel Blangini, qui, ayant déjà quelques blessés, se tiennent embusqués et continuent à échanger des coups de feu avec l'ennemi qui semble nombreux et très entreprenant.

Le commandant Vergé reçoit l'ordre de le charger ; les tirailleurs se lancent à l'attaque, et leur poursuite est si acharnée que le bataillon ne peut être rallié qu'à la nuit. Il n'avait perdu qu'un homme tué et un autre blessé. Le lendemain la colonne campe à Aïn Stouf.

Le 9, les 2ᵉ et 4ᵉ compagnies, sous les ordres du capitaine de Wimpffen, obtiennent les éloges les plus flatteurs du colonel Korte pour leur conduite dans les engagements de la journée.

Le 10, l'arrière-garde de la colonne est confiée aux tirailleurs. Attaqués dans les défilés de Karnachin par les montagnards, ils luttent durant plus de trois heures, exposés au feu dominant d'assaillants quatre ou cinq fois supérieurs en nombre. Ils se dégagent enfin, grâce à l'arrivée de bataillons envoyés à leur aide, et les attaques cessent à la sortie des montagnes.

Les tirailleurs avaient eu, ce jour-là, 3 hommes tués, le capitaine Favier et 7 hommes blessés.

Le 28 décembre, le bataillon rentrait dans ses cantonnements de Maison-Carrée et de Ras Outha. Les tirailleurs n'étaient en effet pas casernés, excepté les cadres français et les quelques soldats célibataires qui l'avaient demandé. Les autres tirailleurs habitaient dans un certain rayon autour du casernement où ils déposaient armes et munitions.

Les expéditions auxquelles le bataillon prenait part sans arrêt depuis son organisation aguerrissaient évidemment les hommes, mais quelque temps de repos eût été fort nécessaire pour lui permettre de se constituer plus solidement. Or, moins de deux mois après leur rentrée de la colonne de l'Ouarsenis, les tirailleurs étaient appelés à marcher de nouveau.

Le 21 février, à l'effectif de 700 hommes, le bataillon partait sous les ordres de son commandant, conduisant au duc d'Aumale, qui opérait à l'est de Medea, un convoi de plus de 500 bêtes de somme. Il n'y eut pas d'engagement sérieux, mais le temps, pendant toute la durée de la marche, du 21 février au 17 mars, fut tellement affreux, que, durant la nuit qui suivit la journée où les tirailleurs avaient fait leur jonction avec la colonne expéditionnaire, 12 hommes et 30 bêtes de charge périrent de froid.

Un mois après le retour du bataillon, le 16 avril, le commandant repart avec 18 officiers et 554 hommes, pour rejoindre sous Miliana la colonne du gouverneur général, qui a pour mission de préparer l'occupation d'Orléansville, en soumettant les tribus voisines de ce point.

Deux compagnies seulement, la 5e et la 6e, conduite par le chef de bataillon, font partie de la colonne du lieutenant-colonel Forey, opérant dans l'Ouarsenis; les quatre autres restent à Miliana. Le 14 mai, vif combat à l'oued Fodda; le 15, l'arrière-garde, composée du 5e bataillon de chasseurs d'Orléans et des 5e et 6e compagnies de tirailleurs, est assaillie avec fureur par les montagnards renforcés des réguliers de Mohamed ben Allal, mais les contraint, après cinq heures de lutte, à s'enfuir dans toutes les directions.

Les tirailleurs perdaient 2 tués et 9 blessés, dont l'un, le sergent-fourrier Boulanger, frappé d'une balle au ventre, expirait deux jours après.

Les différentes colonnes, ralliées au lieu dit Medinet Beni Bou Douan, sous les ordres directs du général Changarnier, arrivent le 21 au pied des masses rocheuses de l'Ouarsenis, au sommet desquelles se sont réfugiées les populations avec la plus grande partie de leurs troupeaux; l'assaut commence en même temps sur tous les points. Les tirailleurs, s'aidant des pieds et des mains, profitent de toutes les anfractuosités du rocher, et malgré les pierres et les balles, perdant plusieurs tués et blessés, arrivent les premiers au sommet. Les tribus épuisées et effrayées demandent merci.

A la fin de cette campagne, les troupes reviennent se ravitailler à Miliana. A leur tour, les quatre compagnies qui y sont restées sont mobilisées, formant, réunies à deux fortes compagnies d'élite du 48e, un bataillon aux ordres du commandant Vergé. Placé dans la colonne commandée par le colonel Picouleau, ce bataillon sillonne pendant plus d'un mois l'Ouarsenis en tous sens sans rencontrer nulle part de résistance.

Le 10 juillet, le bataillon rentrait à Birkadem et Tikseraïn. Il croyait pouvoir compter sur quelque repos pendant la saison chaude, mais dix jours après, le commandant Vergé emmenait 400 hommes à marches forcées sur Medea, pour y

TIRAILLEURS ALGÉRIENS (1846).

Reproduction d'un dessin d'Édouard Detaille.

Gravure extraite de l'*Armée française*, Boussod, Manzy, Joyant et Cⁱᵉ, Éditeurs.

rejoindre la colonne du général Yusuf. Ce détachement n'eut pas à combattre; il séjourna devant Medea, et le 31 juillet revint dans ses quartiers.

II

DIFFICULTÉS QUE PRÉSENTENT L'ORGANISATION ET LE RECRUTEMENT DES INDIGÈNES. — OCCUPATION DE DELLYS (AVRIL-MAI 1844). — AFFAIRES DE BOUGIE (1845-1847).

A peine organisé, le bataillon de tirailleurs avait fourni, en onze mois, cent quatre-vingt-dix jours de campagne, et fait preuve d'endurance extrême dans une campagne très pénible, si ce n'est très meurtrière. Les opérations terminées, il fut dispersé en plusieurs détachements employés aux travaux de route.

Il eût été logique de laisser ce corps nouveau prendre consistance au moins pendant quelque temps; les nécessités du moment en ont voulu autrement. A peine constitué sur le papier, il a été mobilisé sans répit; « cette transition était trop brusque, et il ne fallait rien moins que l'énergique persévérance de ses cadres français pour qu'une désorganisation générale ne se mît promptement dans ses rangs[1]. »

De plus, les bataillons indigènes continuaient à avoir de nombreux détracteurs; beaucoup d'indigènes servant aux zouaves avaient, en 1839, abandonné notre drapeau pour l'étendard de l'émir et étaient devenus les meilleurs fantassins réguliers d'Abdelkader; il était à présumer, disait-on, que les tirailleurs indigènes feraient de même. De fait, les désertions devinrent fréquentes dès le mois d'avril; c'est à cette époque que le corps eut le plus à en souffrir. Le recrutement était, au milieu de 1843, complètement nul. Cette vie nomade et pénible répugnait à beaucoup de tirailleurs de la formation provisoire et surtout aux Kouloughlis de l'oued Zitoun, qui composaient les 3e et 4e compagnies. Ces gens, d'une inertie presque proverbiale, quittèrent nos rangs pour se réfugier dans leurs montagnes[2].

Pour remédier à cette fâcheuse situation, le commandement prescrivit la dissémination du corps dans les principales localités de la province. Cette mesure, à la vérité, présentait le désavantage de créer un esprit de compagnie aux dépens d'un esprit de corps, mais comme correctif de cet inconvénient, rapprochant les tirailleurs

1. *Livre d'or des tirailleurs indigènes d'Alger*, t. I, p. 37.
2. Arch. administratives du ministère de la Guerre. Historique sommaire en tête du *Reg. matricule de la troupe du bataillon d'Alger*, 1er vol.

de leurs tribus respectives, elle allait remplir les vides provenant des désertions et des radiations, en permettant au recrutement de s'ouvrir sur plusieurs points à la fois. Les hommes d'une même contrée furent donc placés dans la même compagnie, et, le 15 septembre, le bataillon se trouvait réparti de la façon suivante :

1re	Compagnie.	Miliana.
2e	—	Medea.
3e	—	Blida (avec l'état-major).
4e	—	Boufarik.
5e et 6e	—	Maison-Carrée, Ras Outha.

Pendant les quatre premiers mois qui suivirent, les désertions cessèrent, et le recrutement devint si considérable, que l'effectif permit de demander la création des 7e et 8e compagnies. Des raisons budgétaires firent reculer cette mesure jusqu'en 1852.

A ce moment de prospérité, une mesure nécessaire, sans doute, mais prématurée, vint ralentir les effets de cette heureuse situation; les 5e et 6e compagnies durent détacher, du 7 mars au 8 avril, 120 hommes au travail de la route de l'est.

L'Arabe d'alors avait, encore moins que maintenant, le goût des travaux manuels; il professait le plus grand mépris pour le *khammès* qui doit demander chaque jour son pain à la terre; quitter le fusil pour la pioche lui semblait une véritable déchéance. Bien que subsistant encore, ce préjugé est en décroissance chez nos tirailleurs algériens actuels, parmi lesquels, au 1er régiment surtout, se trouvent d'ailleurs beaucoup de Kabyles habitués aux travaux des champs; à Madagascar, en 1895, dans la construction de la route de Suberbieville à Andriba, ils ont rivalisé avec les troupes noires d'entrain et d'endurance dans le maniement du « fusil modèle 1895 », ainsi que les légionnaires avaient baptisé la pelle ou la pioche, mais les turcos de 1843 n'étaient pas encore assez façonnés à nos habitudes. Pendant longtemps du reste, les radiations et désertions augmentèrent chaque fois que des tirailleurs étaient employés sur des chantiers. Une assimilation progressive put seule venir à bout de ce côté du caractère arabe.

Dans cette seconde partie de l'année 1843, il n'y a à signaler qu'un détachement de 54 hommes, sous les ordres du capitaine Périgot, fourni par la 2e compagnie à la colonne de Medea; il n'eut pas à combattre sérieusement.

Après la prise de la Smala (mai 1843), Abdelkader s'était réfugié chez les Kabyles de l'est. Les montagnards du nord-est de la Mitidja n'avaient pas jusqu'alors fait cause commune avec l'émir; en 1838, ils s'y étaient même refusés, mais depuis cette époque, ils nous avaient vus avancer dans l'est de la province d'Alger, en même temps que dans l'ouest de celle de Constantine, et commençaient à craindre de se voir enserrés de tous côtés par des postes français ou des tribus ralliées à notre drapeau. Ben Salem, le khalifa de l'émir dans le Sebaou, exploita habilement cette situation en faveur de son chef, rappelant aux populations kabyles leurs anciennes luttes, toujours victorieuses, contre les Turcs; quelques marabouts dont l'influence était grande joignirent leurs conseils fanatiques aux exhortations de Ben Salem, et lorsque le maréchal Bugeaud essaya la conciliation en s'adressant aux montagnards, ceux-ci tergiversèrent. Les Kabyles mirent longtemps à répondre, et finirent par dénoncer les hostilités; aussitôt on marcha contre eux.

Le 26 avril 1844, 589 tirailleurs fournis par les 5 dernières compagnies, aux ordres de leur chef de bataillon, quittent Maison-Carrée pour se porter, avec la colonne Bugeaud, sur Dellys, où ils sont le 8 mai. Une garnison y est laissée, commandée par le capitaine Périgot, qui garde avec lui la 2ᵉ compagnie de tirailleurs à l'effectif de 100 hommes[1].

Le gros de la colonne se remet en route; le 12, à Taourga, l'élan des tirailleurs fait l'admiration des autres troupes. Le 17, à deux heures du matin, ils attaquent à Ouarez el Din les Kabyles surpris dans leur sommeil. Pour ne pas exciter de jalousies, le maréchal Bugeaud avait réglé l'ordre de marche par ordre de numéro; en tête, un bataillon d'élite, formé, suivant une habitude fréquente du maréchal, des soldats du génie et d'artillerie disponibles, puis l'artillerie, quelques cavaliers (hommes du train des équipages, sous-officiers d'artillerie et spahis), le bataillon de tirailleurs, le 3ᵉ léger, le 23ᵉ, le 48ᵉ de ligne, chacun de ces régiments à 2 bataillons. Les Kabyles, qui avaient retiré leurs sentinelles, aperçurent l'avant-garde à peu de distance des crêtes; ils l'accueillirent par une vive fusillade, mais les tirailleurs, passant devant l'artillerie, tombèrent sur l'ennemi à la baïonnette. Pendant une heure, on combattit corps à corps; l'adversaire fut enfin culbuté dans les ravins par la section du sous-lieutenant Valentin, qui malheureusement tombait mortellement blessé en entraînant ses hommes; sa mort ne fut pas inutile, puisqu'elle assura la victoire. Le 19, les tirailleurs se jetèrent à la poursuite de l'ennemi; mais au travers des âpres montagnes de la Kabylie, il leur échappa, grâce à sa parfaite connaissance du pays; cette offensive vigoureuse préserva pourtant nos bivouacs d'une attaque imminente. Ben Salem s'était retiré dès qu'il avait vu le succès de notre côté, et les tribus kabyles, découragées, apportèrent le lendemain leur soumission; les hostilités

---

1. La garnison comprend : 50 sapeurs, 100 fantassins de la ligne, 100 tirailleurs, 120 hommes de la milice locale.

cessèrent aussitôt. Les Flissas reconnurent un khalifa et des aghas nommés par nous, et payèrent un tribut.

Le 31 mai, le bataillon rentrait à Blida, reprenant ses cantonnements par compagnie et était aussitôt employé à des travaux de route.

Vers la fin de novembre, la 2ᵉ compagnie quittait Dellys pour Maison-Carrée. Avant son départ, elle fournit un détachement de 40 hommes sous les ordres du sous-lieutenant Fossiat-Deschartres, pour prendre part aux opérations autour de Dellys.

Le 30 avril 1845, la 5ᵉ compagnie, — 120 hommes, — aux ordres du lieutenant Genty, est embarquée pour Bougie. Aux avant-postes, autour de cette ville, les 2, 3 et 7 juin, elle se fait particulièrement remarquer. Le sous-lieutenant Costa est blessé, 1 homme tué; plusieurs sont blessés.

Cette compagnie, relevée en septembre par les 2ᵉ et 6ᵉ du bataillon, rentre à Maison-Carrée; ces deux compagnies reviennent un mois après dans la province d'Alger.

L'année suivante, deux compagnies partent en juillet pour renforcer la garnison de Bougie. Le 17 octobre, le capitaine Michel et ses 120 tirailleurs enlèvent 200 têtes de bétail; le 19, les Kabyles veulent prendre leur revanche et tendent une embuscade aux 45 tirailleurs qui gardent le troupeau de l'administration; entourés, ceux-ci donnent à la garnison le temps de venir les dégager et se lancent alors sur l'ennemi qui se disperse. Le 13 janvier 1847, dans une attaque de nuit, à quatre lieues de la place, les tirailleurs soutiennent la retraite; 2 hommes sont tués et 5 blessés. Les tirailleurs quittèrent Bougie le 22 mai pour se réunir au bataillon qui faisait partie de la colonne opérant en Kabylie.

III

COLONNES DE L'OUARSENIS ET DU DAHRA (MAI-JUILLET), DANS LE DJEBEL DIRA, LE PETIT DÉSERT ET LE DJEBEL AMOUR (SEPTEMBRE 1845-JUIN 1846).

A la suite des événements de 1843 et de 1844, de nouvelles insurrections avaient éclaté dans les montagnes de l'Ouarsenis, sous l'action des confréries religieuses encouragées par le Maroc et par Abdelkader, qui comptait bien, au moment venu, substituer son influence à celle des marabouts isolés dans le pays et incapables d'exercer une action continue et profonde sur les tribus. Un marabout, nommé Si Mohamed ben Aldallah, de la tribu des Cheurfa, avait voulu, après la bataille de l'Isly, reprendre l'œuvre d'Abdelkader. Une chèvre qui partageait sa solitude lui valut le surnom de Bou Maza, « le père de la chèvre ». Il souleva d'abord le Dahra, puis tous les territoires constituant l'ancienne régence d'Alger. Cette révolte ne devait être comprimée qu'après dix-huit mois de lutte acharnée. Le colonel de Saint-Arnaud, à qui Bou Maza se rendit le 13 avril 1847, a tracé de lui ce portrait dans ses *Lettres* :

« Bou Maza n'est pas un homme ordinaire. Il y a en lui une audace indomptable jointe à beaucoup d'intelligence, dans un cadre d'exaltation et de fanatisme. Il se croyait appelé à de grandes choses, et comment ne l'aurait-il pas cru? Il avait été élevé et mis en avant par la puissante secte des Muleï Aldelkader, dont il fait partie. Il est originaire de la famille des Dris du Maroc. L'empereur du Maroc lui-même correspondait avec lui, l'aidait de son or, de sa poudre, l'encourageait à la guerre sainte. Tous nos chefs, presque sans exception, Sidi Larbi en tête, lui fournissaient des hommes, de l'argent, de la poudre.... L'influence de cet homme sur les Arabes est inconcevable. »

Le maréchal Bugeaud forma aussitôt à Miliana une colonne et y appela les cinq compagnies restantes du bataillon indigène. Elles quittèrent Blida le 1ᵉʳ mai, à l'effectif de 19 officiers et 506 hommes, sous les ordres du commandant Vergé.

Le 13, 2 tirailleurs sont blessés dans un engagement avec les Kabyles; pendant un mois, ce ne sont que courses dans la montagne, dures et pénibles, mais la pacification n'exige pas de combats sérieux, et est terminée dans les premiers jours de juin.

Le 12 juin, faisant partie d'une colonne dirigée par le colonel de Ladmirault contre les insurgés du Dahra, le bataillon de tirailleurs est lancé à la poursuite de Bou Maza. Le capitaine de Wimpffen, engagé très en avant avec sa compagnie, est assailli par un ennemi fort supérieur en nombre, et perd 5 tirailleurs grièvement blessés, mais le 53ᵉ de ligne accourt et dégage cette compagnie.

Marches et razzias, du 16 au 29 juin; une chaleur excessive vient s'ajouter aux fatigues et aux privations de toute sorte; 3 tirailleurs sont blessés dans divers engagements. Le 3 juillet, le bataillon reprend ses cantonnements. L'insurrection semblait étouffée et Bou Maza était en fuite. Il est à remarquer que ses exhortations fanatiques n'avaient eu aucune prise sur les tirailleurs indigènes; ceux-ci n'avaient cessé, au cours de cette campagne, de donner des preuves de leur entrain et de leur solidité.

Après deux mois et demi de repos, ils se remirent en route. Le 17 septembre, 135 hommes des 3ᵉ et 4ᵉ compagnies, sous les ordres du capitaine de Wimpffen, vont rejoindre à Medea la colonne commandée par le général Marey.

UN MARABOUT.
Gravure de A. Bellenger, d'après une étude peinte de M. E. Dinet.

Le général parcourt, pendant un mois, le pays entre Medea et le Djurdjura : djebel Dira, tribus des Oulad Dris, des Oulad bou Aziz, et rejoint le 10 octobre le général d'Arbouville. Le lendemain, les troupes des deux colonnes marchent contre les insurgés du Djurdjura. Les tirailleurs indigènes d'Alger, deux compagnies de même arme de Constantine marchent avec les zouaves à l'avant-garde.

Le 12, les tirailleurs d'Alger forment l'arrière-garde, mais les rebelles qui viennent d'être mis en déroute s'acharnent sur nous. Le lieutenant Guichard reçoit une balle qui lui traverse le cou ; 2 hommes sont tués et 12 blessés au bataillon d'Alger, que le reste de la colonne avait cru un moment perdu. Il ne s'était dégagé de cette situation critique que grâce à son sang-froid et à sa vigueur. Un mois après, nouveau combat le 12 novembre : le lieutenant Berger et plusieurs tirailleurs sont blessés.

Après ces opérations, les colonnes se séparèrent, et en arrivant à Medea, le 22 novembre, les tirailleurs passèrent sous le commandement du général Bedeau. Le surlendemain, ils repartaient, et en arrivant le soir au ksar de Goudjila, à la nouvelle qu'Abdelkader était à une faible distance, on reprenait dans la nuit la marche qui fut continuée jusqu'au jour, mais sans succès : l'émir avait encore une fois disparu.

Le détachement de tirailleurs rentra le 4 janvier 1846 à Boghar avec le reste des troupes. Le 11, il était à Chabounia, où se concentraient les deux colonnes Camou et Marey, et était désigné pour faire partie, pendant les mois de janvier et février, de la fraction qui devait ravitailler le groupe mobile.

La colonne réunie en entier atteint, le 7 février, l'arrière-garde d'Abdelkader; la cavalerie se lance en avant, l'infanterie la suit au pas de course; une partie des réguliers d'Abdelkader sont détruits. Mais ce combat fut surtout une immense razzia, 25000 moutons et 1000 chameaux furent enlevés à l'ennemi. Les tirailleurs ne rentrèrent que le 24 mars à Blida après une campagne de sept mois; ils allaient se remettre en route cinq jours après.

Pendant ce temps, l'émir, passant brusquement de l'ouest à l'est de la province d'Alger, avec une rapidité inconcevable, pénétrait dans la vallée de l'Isser, y rejoignait son khalifa Ben Salem et razziait les Khachna à une cinquantaine de kilomètres d'Alger. Dans la Mitidja, les colons se crurent revenus aux jours sinistres de la fin de 1839; il n'en fut heureusement rien, grâce à la clairvoyance du maréchal Bugeaud, alors entre Medea et Boghar. Toutes les troupes disponibles de Dellys et d'Alger furent mises sur pied; le maréchal se porta de sa personne sur le haut Isser et les colonnes mobiles entourèrent la région menacée par Abdelkader. Tous les tirailleurs restés à Blida et à Boufarik, c'est-à-dire 335 hommes, furent réunis, le 4 février, sous les ordres du commandant Vergé, à un régiment de marche aux ordres du lieutenant-colonel Maissiat. Pendant vingt-cinq jours, ces troupes, établies au camp de Dràa el Arch en avant du Fondouk, rayonnèrent dans diverses directions pour empêcher Abdelkader de déboucher dans la Mitidja par les gorges des montagnes, mais l'émir, voyant sa retraite menacée par les troupes qui arrivaient de Medea et de Boghar, ne persévéra pas dans sa marche vers le Nord, et se rejeta dans le Djurdjura. Comme il n'y trouva pas bon accueil, il dut se retirer dans le sud marocain, renonçant pour le moment à la lutte.

Le 5 mars, le bataillon, rallié à son passage à Maison-Carrée par la 1re compagnie, se joignit à la colonne commandée par le maréchal Bugeaud; malgré un temps épouvantable qui contraria toutes les opérations[1], le maréchal obtint la soumission de plusieurs tribus, entre autres celle des Oulad bou Aziz.

Le bataillon rentrait à peine de la colonne Bugeaud, que, le 29 mars, tout son effectif disponible, soit 430 hommes, quittait Blida, pour faire partie d'une expédition dirigée dans le djebel Dira par le colonel Blangini. La pacification des montagnes s'effectua presque sans coup férir, et la colonne fit sa jonction avec les bataillons du duc d'Aumale le 25 avril, sous les murs de Boghar. Le surlendemain, tout le monde se mettait en marche avec un convoi de 16 à 1 800 chameaux, pour ravitailler le général Yusuf, en cours d'opérations avec la cavalerie et plusieurs bataillons.

Les étapes dans le petit désert, longues, avec de l'eau mauvaise quand il y en avait, furent très pénibles. Au pied du djebel Amour, le prince rencontra le général Yusuf, et comme toutes les populations avaient demandé à se soumettre, il revint à Boghar par Taguin, avec les tirailleurs et un bataillon du 58e. Il en repartit le 15 mai pour se joindre au colonel Mollière sur la lisière du pays de la tribu des Ouennourha, dont quelques marches rapides et bien combinées amenèrent la soumission. Les tirailleurs escortèrent le duc d'Aumale à son retour, et le 2 juin, ils étaient à Blida[2].

Deux des compagnies du bataillon étaient en route depuis le 17 septembre 1845, soit depuis plus de huit mois, — les quatre autres, depuis le 4 février 1846 seulement, soit depuis cent dix-huit jours.

Les six derniers mois de l'année 1846 furent un repos pour le bataillon indigène, ils permirent cependant aux tirailleurs d'Alger de prouver leur dévouement dans des

---

1. Le sergent-fourrier Bouche, des tirailleurs d'Alger, eut les pieds gelés pendant cette expédition et dût être amputé.

2. 1re compagnie à Maison-Carrée, le reste du bataillon à Blida, avec détachement à Boufarik.

4

circonstances nouvelles, mais aussi dangereuses que des actions de guerre. L'oued Harrach, grossi par les pluies, ayant inondé en novembre 1846 une partie de la plaine de la Mitidja, la 6ᵉ compagnie du bataillon (lieutenant Tirard) fut envoyée au secours des populations riveraines. Le sauvetage fut organisé avec une admirable activité; à maintes reprises, les tirailleurs se jetèrent dans les eaux pour arracher des malheureux à la mort; l'un d'eux périt victime de son courage, deux autres furent emportés par les flots jusqu'à la mer.

CHAPITRE II

I

COLONNES CONTRE LES BENI MISRA (JANVIER-FÉVRIER 1847), DE KABYLIE (MAI-JUIN 1847), CONTRE LES BENI
SILEM (AVRIL 1849), ET LES KABYLES DU DJURDJURA (MAI-JUIN 1849).

Au cœur de l'hiver de l'année 1847, le 29 janvier, 15 officiers et 279 hommes
du bataillon partirent sous les ordres du commandant Vergé pour participer à l'expédition du colonel Claparède contre les Bou Kuena, fraction des Beni Misra. Bien
que pas une amorce n'eût été brûlée, l'ennemi demanda l'aman et la colonne
revint le 22 février à Blida. Le mauvais temps avait rendu les étapes très dures; la
neige avait emprisonné les troupes à Medea pendant dix-huit jours.

Deux mois après, ce fut contre les Kabyles qu'il fallut marcher. La leçon donnée en
1844 à quelques fractions kabyles était restée sans effet; jaloux de leur liberté, les
montagnards prétendaient conserver leur indépendance vis-à-vis de la France
comme de l'émir, ce qui constituait, à quinze lieues d'Alger, un foyer éventuel
d'insurrection. En 1847, Bou Maza venait de se rendre et Abdelkader était dans le
sud marocain; l'heure était favorable pour démontrer aux Kabyles que, si les troupes
turques n'avaient jamais pu s'emparer de leurs villages, les soldats français pouvaient
cependant vaincre leur résistance. 400 tirailleurs tirés des 1re, 2e, 4e et 5e compagnies partirent le 5 mai avec leur chef de bataillon pour se réunir à Bordj Hamza à
la colonne du maréchal Bugeaud.

Le 15, les troupes pénétrèrent sur le territoire des Beni Abbès, l'une des tribus
les plus belliqueuses et les plus riches de la Kabylie. Pleins de confiance dans la
situation de leurs villages, véritables nids d'aigles, les Kabyles poussèrent l'audace
jusqu'à venir attaquer nos avant-postes dans la soirée du 15; ceux-ci furent obligés

de se dégager plusieurs fois à la baïonnette, et quelques-uns des hommes couchés sous les tentes furent atteints par le feu de l'ennemi. La revanche fut prise le lendemain au jour ; les troupes, lancées à l'assaut de pitons escarpés, les gravirent pourtant et en délogèrent les Kabyles qui ne purent empêcher la destruction totale de leurs biens et de leurs maisons. Les tirailleurs, qui avaient enlevé deux villages, perdirent 11 hommes ; au moment où le fourrier Brignolles s'élançait en avant, le fanion de sa compagnie à la main, il avait reçu une balle au ventre, et était tombé en s'écriant : « Vive la France ! je suis heureux de mourir de la mort des braves ! » Il expirait quelques instants après ; l'adjudant Lacroix, emportant un tirailleur atteint de deux coups de feu, avait eu le bras traversé d'une balle ; le tirailleur Kara Mohamed avait reçu cinq blessures. Le bataillon de tirailleurs fut cité à l'ordre de l'armée.

Ce combat jeta un tel effroi parmi les tribus kabyles, qu'elles se hâtèrent de faire leur soumission.

La colonne continua sa route jusqu'à Bougie, où les deux compagnies de tirailleurs détachées dans la place furent réunies aux quatre autres. Le mouvement rétrograde commença quelques jours après et, le 10 juin, le bataillon reprenait ses cantonnements de Blida, de Boufarik et de Maison-Carrée.

Abdelkader se rend au général Lamoricière, le 22 décembre 1847 ; l'Algérie semble alors se calmer, puis survient en France la révolution de 1848, et comme ce qui se passe en France a généralement un contre-coup en Algérie, les tribus des Hauts-Plateaux et du Sahara, excitées par des fanatiques, — il s'en rencontre toujours en pareille circonstance en pays arabe, — s'agitent et essaient d'abord de se soustraire à l'autorité des chefs indigènes que nous avions investis du pouvoir, en attendant d'échapper à la nôtre.

En avril 1849, la région montagneuse située entre Blida, Medea et Aumale fut fortement travaillée par les émissaires de la tribu des Beni Silem, qui cherchait à l'entraîner dans sa révolte à l'autorité du khalifa Mahi ed Din. 350 hommes du bataillon de tirailleurs, avec leur chef de bataillon, commandant de Wimpffen [1], quittèrent aussitôt leurs garnisons pour se mettre sous les ordres du colonel Daumas, chargé d'arrêter tout mouvement insurrectionnel. Une dure exécution de la région en voie de soulèvement — vingt-deux villages furent brûlés le 17 avril — terrifia la contrée,

---

1. Le commandant Vergé avait été nommé lieutenant-colonel le 15 juillet 1848, et remplacé à la tête du bataillon par le commandant de Wimpffen, du 44ᵉ de ligne, qui avait déjà servi aux tirailleurs d'Alger comme capitaine.

et les indigènes payèrent sans difficultés les impôts arriérés, ainsi qu'une forte contribution de guerre.

Les répressions, dans les campagnes d'Algérie, comme d'une façon générale aux colonies, ont toujours été très sévères. Il est nécessaire d'agir ainsi dès le début, sous peine de ne pas étouffer la rébellion dans l'œuf. Elle se développe alors et ses ravages en fin de compte sont bien plus considérables.

Cette fièvre d'agitation gagnait en même temps la Kabylie.

« Il y a, de la frontière du Maroc à la frontière tunisienne, beaucoup de montagnes et par conséquent beaucoup de Kabyles; mais l'usage a prévalu de réserver le nom de Kabylie à la partie du littoral comprise entre l'Isser à l'ouest et l'oued Safsaf à l'est, et dans cette partie même on distingue la grande Kabylie ou Kabylie du Djurdjura, de la petite Kabylie ou Kabylie des Babors.... Les cimes neigeuses du Djurdjura sont les plus hautes de l'Algérie [1]. »

Il n'y avait plus à cette époque de chef capable de coordonner les efforts des indigènes. Les insurrections partielles allaient pouvoir être facilement circonscrites, et par suite, plus rapidement vaincues.

Quatre compagnies du bataillon indigène, en garnison à Blida, partirent de cette ville le 6 mai, à l'effectif de 475 hommes, pour rejoindre le général Blangini, dont la mission était de châtier les Beni Yala et les Guechtoula, dans la subdivision d'Aumale [2]. Mais à Bordj Bouira, les Beni Yala vinrent demander l'aman; les Guechtoula au contraire, renforcés par un gros contingent de Zouaoua, s'obstinèrent à lutter : le 19, premier combat à Bordj Boghni; les zouaves, vivement pressés par les Kabyles, sont dégagés par les autres troupes de la colonne.

Le lendemain, la marche est continuée. Les tirailleurs, formant tête de colonne, sont lancés sur l'ennemi; ils vont emporter les villages, quand ils sont rappelés dans les premières positions qu'ils ont enlevées. Attirés par ce simulacre de retraite, les Guechtoula se précipitent; deux groupes de tirailleurs occupés à relever leurs blessés sont entourés, ils ne se sauvent que par leur sang-froid et la précision de leur tir.

Le signal de reprendre l'attaque est enfin donné; les tirailleurs, sac au dos, courent aussi vite que les chasseurs et les zouaves qui ont mis sac à terre, et

---

1. Camille Roussel, *La conquête de l'Algérie*, t. II, p. 216 et 219.
2. Colonne Blangini : 5ᵉ bataillon de chasseurs (quelques compagnies), 44ᵉ de ligne (1 bataillon), zouaves (1 bataillon et demi), tirailleurs d'Alger (4 compagnies), cavalerie (3 escadrons), artillerie (2 sections de montagne).

fournissent une poursuite endiablée toute la journée, incendient les villages dont l'ennemi épouvanté essaye vainement de leur défendre l'entrée. La zaouïa de Sidi Abder Rahman fut enlevée par les zouaves et les tirailleurs. Ceux-ci eurent 10 blessés ; le général leur décerna les éloges les plus flatteurs.

Le 24, les Guechtoula demandèrent grâce ; les Zouaoua qui accouraient à leur aide se retirèrent après avoir échangé quelques coups de fusil avec nos avant-postes.

Après s'être ravitaillée à Dellys, la colonne se dirigea sur Bordj Sebaou. Depuis deux ans, les Flissa n'avaient pas payé l'impôt ; un combat terminé par une vigoureuse charge à la baïonnette, puis la destruction des villages et des cultures leur rappelèrent leurs dettes. Du 3 au 5 juin, la soumission se fit complète, et les tirailleurs purent rentrer à Blida le 8.

Il est à constater, que, dans cette expédition, les compagnies de marche n'eurent pas un seul déserteur, bien qu'il y eût parmi elles des hommes appartenant aux tribus contre lesquelles on opérait. Bien plus, 20 tirailleurs demandèrent des permissions après le combat livré aux Guechtoula, et pour des localités encore insoumises. Ils partirent avec armes et bagages ; tous revinrent[1].

II

COLONNE DE BOU-SÂADA (NOVEMBRE-DÉCEMBRE 1849). — TRAVAUX DE ROUTE ET DE DÉFRICHEMENT.

La révolte en 1849 des populations du Sahara, jusqu'alors tranquilles, fut non causée, mais occasionnée par les événements qui s'étaient passés en France l'année précédente. Sidi Bou Zian, un des cheicks les plus renommés du sud constantinois, souleva les tribus de Zâatcha, et la résistance prolongée de cette oasis y ayant nécessité l'envoi de la colonne Canrobert, d'autres troupes furent rassemblées pour la remplacer sous les murs de Bou Sâada et forcer les rebelles de cette ville et les Oulad Naïl à rentrer sous notre autorité.

Les tirailleurs d'Alger en firent partie ; le commandant de Wimpffen emmena cinq de ses compagnies, à l'effectif de 584 hommes, à Berrouaghia, où se concentrait,

1. *Livre d'or des tirailleurs indigènes d'Alger*, t. I, p. 72.

le 1er novembre, une colonne de 1500 hommes[1], aux ordres du colonel Daumas.

Des cas de choléra se déclarèrent dès le départ de Berrouaghia, et pendant toute

FEMMES DE LA TRIBU DES OULAD NAÏL.
Dessin de Chapuis, d'après une photographie.

la marche sur Bou Sâada, ce terrible fléau décima les troupes : en quinze jours, 75 tirailleurs indigènes succombèrent.

Jusqu'au 28 novembre, le camp resta établi sous Bou Sâada; à cette date, la ville

1. Colonne Daumas : 8e léger (1 bataillon); tirailleurs d'Alger (5 compagnies); cavalerie (2 escadrons); artillerie (1 section). Le commandant de Wimpffen est chef d'état-major de cette colonne, dite « d'observation ».

s'étant soumise, le colonel Daumas put marcher contre les Oulad Ameur ben Feredj, qu'il atteignit le 30, au djebel Messâd. Les 4ᵉ et 5ᵉ compagnies de tirailleurs, éclairant la marche, enlevèrent sans aucune perte, et de concert avec le 8ᵉ léger la position ennemie, pourtant élevée et très abrupte.

Le 5 décembre, la colonne était de retour à Bou Sâada, et en partait le 16; les tirailleurs étaient à Blida le 26.

L'essai tenté en 1843 de les faire concourir à des travaux de construction de route avait eu — on l'a vu — peu de succès. Ils avaient montré si peu d'aptitude qu'on avait renoncé depuis à mettre des outils entre leurs mains. Cependant les diverses améliorations introduites depuis dans l'organisation du bataillon et le renvoi successif des hommes mariés, peu disposés à s'éloigner de leur famille, permirent de demander au soldat indigène un service qui le rendît utile en temps de paix.

Le 31 mai 1850, 527 tirailleurs partirent de Blida pour concourir aux travaux de la route de Dellys. Ils se mirent au travail avec une grande ardeur. « Je ne puis, écrivit à cette occasion M. Féraud, chargé des opérations du génie, m'empêcher d'exprimer combien j'ai été satisfait du bon concours qu'ont apporté les tirailleurs indigènes d'Alger à l'achèvement de la route, depuis l'oued Chender jusqu'à l'oued el Arbâa…. Je suis même convaincu, d'après l'expérience des trois derniers jours de travail, 27, 28 et 29 juin, que les soldats d'infanterie enlèvent dans leurs séances beaucoup moins de mètres cubes de terre que les tirailleurs indigènes d'Alger. »

Ce détachement revint à Blida le 4 juillet; malgré cette expérience, on craignait encore l'infériorité des tirailleurs indigènes comme pionniers, pour un ouvrage de quelque durée. La démonstration du contraire fut bientôt fournie; 700 hommes du bataillon d'Alger furent envoyés le 21 septembre pour défricher, avec un bataillon de zouaves, le territoire de Castiglione, et y travaillèrent jusqu'au 16 novembre. Or, pas une désertion ne se produisit, et le général Charron adressa aux tirailleurs de vives félicitations.

En mars 1851, 500 tirailleurs construisaient la route de Miliana, lorsque ce travail fut brusquement interrompu, et les quatre compagnies qui y étaient employées furent dirigées sur Aumale, pour opérer contre un nouveau chérif, nommé Bou Baghla, le « père de la Mule ». Une cinquième compagnie se joignit à elles à leur passage à Blida, et le 17 elles étaient à Aumale à l'effectif de 700 fusils. Cette insurrection, gagnant toute la vallée de l'oued Sahel, bloquait Djidjelli et plusieurs villes du littoral; la petite Kabylie se soulevait aussi. Il était temps d'agir.

III

OPÉRATIONS CONTRE LE CHÉRIF BOU BAGHLA (AVRIL-DÉCEMBRE 1851).

Le 15 mai, le bataillon rejoignait la colonne du général Camou, lui amenant un convoi considérable. Le camp levé, le 18, on se porta à la rencontre de Bou Baghla. Cette colonne n'était d'ailleurs que secondaire dans les opérations contre les Kabyles. La colonne principale, — 8 700 hommes, — commandée par le général de Saint-Arnaud, devait agir dans le triangle compris entre Djidjelli, Mila et Philippeville. Celle du général Camou devait couvrir le flanc gauche de la première et guerroyer pour son compte entre Sétif et Bougie.

Le 24, Bou Baghla atteint abandonne ses positions après une insignifiante résistance. Le 1er juin les troupes formées en trois colonnes[1], marchent sur le camp du chérif, séparé de nous par l'oued Bou Sellam, affluent de l'oued Sahel, et situé sur une montagne escarpée. Trois des compagnies indigènes forment la colonne de droite, qui a pour objectif le sommet de la montagne où se concentrent plusieurs milliers de Kabyles ; les deux autres compagnies, avec deux bataillons du 8e léger, occupent le lit de l'oued pour couper la retraite à l'ennemi.

Électrisés par leurs officiers, fiers d'avoir à lutter en vue de toutes les troupes, les tirailleurs se jettent à l'assaut, atteignent les crêtes, s'y établissent et en chassent les Kabyles, qui cherchent leur salut dans les ravins ; mais les troupes demeurées dans la vallée remontent ces mêmes ravins où 2 ou 300 fuyards sont cernés et tués.

Les généraux Camou et Bosquet ne ménagèrent pas les éloges aux intrépides turcos : « Les compagnies de tirailleurs indigènes, dit le rapport, ont eu le plus de blessés ; elles avaient le plus de difficultés à vaincre, et elles les ont vaincues bravement. »

Le bataillon perdait 1 tirailleur, mort de ses blessures, et 6 hommes blessés.

Le 16 juin, dans une opération contre les Toudja, montagnards voisins de Bougie, le sous-lieutenant Meçaoud ben Mohamed fut grièvement blessé. La colonne campait à Aziban Safsaf le 27, à peu de distance du défilé d'Akbou, lorsque le chérif se montra sur les hauteurs voisines du camp. On voulut aussitôt châtier la tribu qui

---

1. Le général Bosquet, envoyé par le général de Saint-Arnaud, était venu renforcer la colonne Camou de deux bataillons du 8e léger.

l'avait reçu, et à midi, les troupes gravissaient les pentes habitées par les Beni Ourzel-laguen. Ces montagnards, qui voyaient pour la première fois des chrétiens pénétrer chez eux, se battirent en désespérés et nous mirent 50 hommes, dont 5 officiers, hors de combat; ils furent à la fin forcés de laisser détruire leurs villages, mais ils restaient indomptés. Les tirailleurs, qui couvrirent la retraite, ne rentrèrent au bivouac que très avant dans la nuit; ils avaient eu le lieutenant Ben Dris et un caporal tués devant un village. Le lendemain, les Ourzellaguen, renforcés par les Zouaoua, sont de nouveau attaqués. « Les contingents du chérif furent bravement débusqués de toutes les positions qu'ils avaient choisies et fortifiées contre nous. A gauche, le bataillon des tirailleurs indigènes d'Alger, soutenu par trois bataillons du 8ᵉ de ligne, fit merveille; il couronna au pas de course les crêtes escarpées qui domi-naient les positions défendues, et il rendit de la sorte inutiles une forte partie des travaux exécutés en prenant les défenses à revers[1]. » Les tirailleurs n'avaient eu que 3 blessés.

Bou Baghla en était réduit à rentrer dans le Djurdjura, et, le 2 juillet, les tribus dont la colonne Camou venait de parcourir le territoire nous juraient alliance contre tout agitateur. « La mission du général Camou se trouvait dès lors terminée; toutes les tribus de la rive droite de l'oued Sahel et celles de la rive gauche, depuis les Beni Mellikeuch jusqu'à Bougie, étaient rentrées dans le devoir[2]. » Le 11 juillet, les généraux Camou et Bosquet se séparaient, et le bataillon indigène était de retour à Blida le 19.

Un mois après, presque jour pour jour, 200 tirailleurs durent se porter contre une fraction des Beni Misra qui refusait l'impôt; 52 kilomètres furent faits en une nuit, et les insurgés, surpris le lendemain au jour, durent venir à composition.

Chassé de l'oued Sahel par le général Camou, Bou Baghla reparut sur le Sebaou chez les Guechtoula. Une colonne de 2 600 hommes, confiée au général Cuny, fut aussitôt organisée à Bordj Sebaou. Le bataillon de tirailleurs d'Alger lui fournit 733 hommes.

Dans un fourrage exécuté le 25 septembre chez les Beni Arif, fraction révoltée des Flissa, les tirailleurs occupent des positions en avant des troupes qui exécutent l'opération. Reçus à coups de fusil, ils courent sur les Kabyles, s'emparent des villages de Ber Kana, d'Aïn Tessahat et de Menassera; chargés ensuite de la retraite, ils la sou-tiennent avec succès, malgré l'arrivée de Bou Baghla et de ses contingents.

---

1. Rapport du général Camou au gouverneur général.
2. Rapport du gouverneur général au ministre de la Guerre.

« Le bataillon de tirailleurs indigènes commandé par M. de Wimpffen a été magnifique à l'attaque des villages », écrivit le général Cuny au gouverneur général. 8 hommes avaient été blessés.

Le 50, nouvelle opération, du même genre, et sur le même terrain. Mais les Kabyles ont profité de la leçon; les tirailleurs enlèvent d'abord les points fortifiés, s'y établissent, couvrant les fourrageurs; les rassemblements ennemis augmentent de minute en minute. Au moment où les tirailleurs se retirent et à ce moment seulement, les groupes ennemis se portent sur eux, cherchant à les couper. Une lutte ardente, acharnée, s'engage, mais le bataillon indigène ne se laisse pas entamer et ne cède le terrain que lorsque tout est terminé. Cette journée glorieuse lui coûtait 5 tués et 10 blessés.

Le commandant de Wimpffen, nommé lieutenant-colonel au 68e de ligne, avait voulu une dernière fois mener ses tirailleurs au feu. Le capitaine Martineau-Deschenez prit le commandement du bataillon après ce combat, en attendant l'arrivée du commandant Rose, successeur du commandant de Wimpffen.

Les tirailleurs sont engagés toute la journée les 14 et 15 octobre; un officier, le sous-lieutenant Cordier, et 5 hommes sont blessés. Le 16, retraite sur Tizi Ouzou; les Kabyles poursuivent avec ténacité, et l'on ne s'en débarrasse que par un brusque retour offensif à la baïonnette dans lequel le capitaine Castex et 2 tirailleurs sont blessés. Le même jour, la colonne arrive à Tizi Ouzou et s'y établit. Rien à signaler jusqu'au 2 novembre, si ce n'est la mort d'un tirailleur de faction, tué d'un coup de feu dans la nuit du 17 au 18 octobre. Le 2 novembre, le bataillon quitte Tizi Ouzou pour rejoindre le général Pélissier, gouverneur général; il a un tirailleur blessé pendant cette marche.

« Bou Baghla fut atteint et battu le 5, au village de Tizilt Mahmoud, qui passait pour inaccessible. Jamais, en effet, dans les querelles entre Kabyles, ce village n'avait pu être emporté par les uns ou par les autres; aussi était-il devenu une sorte d'entrepôt où chacun avait cru mettre son avoir en sûreté. Après que les troupes s'y furent ravitaillées, elles le mirent à sac; les flammes qui le dévorèrent servirent de signal à d'autres incendies; dans un rayon de quatre lieues et dans ce seul jour les troupes brûlèrent 29 villages[1]. »

Les tribus se soumirent dès le 4. Le surlendemain, le général Pélissier, laissant au général Cuny le soin de la pacification, partit avec le général Camou contre les Mâtka,

1. Camille Rousset, _la Conquête de l'Algérie_, t. II, p. 277.

emmenant le bataillon indigène. Cette tribu demanda également l'aman. L'heure de l'organisation était venue et le gouverneur installa avec toute l'autorité d'un caïd, le lieutenant Beauprêtre, des zouaves, comme chef de la région que l'on venait de conquérir. Il devait avoir comme résidence Dra el Mizan, avec une compagnie de 175 tirailleurs et un maghzen de 50 chevaux; une seconde compagnie du bataillon d'Alger devait être détachée provisoirement pour hâter l'organisation défensive de ce point.

Les tirailleurs allèrent encore avec le général Pélissier châtier une fraction insoumise des Flissa et ne rentrèrent à Blida que le 29 novembre, après une absence de quatre-vingt-deux jours. Les travaux de la redoute de Dra el Mizan furent achevés le 9 décembre; la 6ᵉ compagnie y resta en garnison et la 1ʳᵉ revint à Blida où elle arriva le 17.

IV

OPÉRATIONS CONTRE LE CHÉRIF MOHAMED BEN ABDALLAH (AVRIL-DÉCEMBRE 1855). PRISE DE LAGHOUAT (4 DÉCEMBRE 1852). — EXPÉDITIONS DE 1852 A 1855.

En 1852 un Ouled Sidi Cheick, nommé Mohamed ben Abdallah, qui s'était auparavant posé en rival d'Abdelkader, l'émir disparu, se donna le nom de chérif d'Ouargla, gagna à sa cause les nomades sahariens, et la plus grande partie des Larbâa; les Oulad Naïl commencèrent à s'agiter. C'était, en vingt ans, le cinquième fanatique qui se dressait devant nous : de 1832 à 1847, Abdelkader, le plus grand de tous; de 1845 à 1847, Bou Maza; en 1848, Sidi bou Zian; en 1851, Bou Baghla. Il ne fallait pas laisser cet agitateur remonter vers le nord et gagner le Tell. On alla à sa rencontre.

Le général de Ladmirault réunit à Boghar une colonne[1] qui alla jusqu'au delà de Laghouat et dura près de trois mois; mais il n'y eut pas d'engagements. Six jours après leur rentrée à Blida, les tirailleurs repartirent, pour la Kabylie cette fois. Ils n'y trouvèrent pas davantage occasion de combattre, mais furent employés aux travaux de la route d'Alger à Dellys, de celles d'Alger à Tizi Ouzou et de Bougie à Sétif. Ils étaient de retour à Blida le 17 juillet.

En octobre, le chérif d'Ouargla reparait sur la scène, désole le djebel Amour et soulève Laghouat. Aussitôt une action vigoureuse est décidée dans le sud.

1. Colonne de Ladmirault : 12ᵉ de ligne (2 bataillons), bataillon de tirailleurs d'Alger, chasseurs d'Afrique (2 escadrons), spahis (2 escadrons).

LAGHOUAT : VUE GÉNÉRALE.
Dessin de Barclay, d'après une photographie.

L'importance de Laghouat la rendait absolument nécessaire. Placée au pied des montagnes comme la porte des Hauts Plateaux sur le Sahara, cette ville sert en outre de liaison entre le sud oranais et le sud constantinois. La route du Tell au Mzab s'y croise avec celle de Biskra à Géryville; les Oulad Sidi Cheick d'El Abiod s'y rencontrent avec les Oulad Naïl de Djelfa et les Mozabites de Ghardaïa. Pour s'éviter le transport des marchandises, pendant tous les déplacements auxquels les astreignent la nature et le degré de richesse des pâturages, les nomades ont l'habitude de déposer dans les ksour sahariens les denrées qui leur appartiennent et y ont même souvent des correspondants qui leur tiennent lieu d'hommes d'affaires. Laghouat était et est resté un des entrepôts et un des centres d'échange les plus importants du sud; en raison de sa situation, les marchés y ont toujours attiré une affluence considérable.

La ville est bâtie sur deux rochers, dans la plaine qui s'étend au loin sur la rive droite de l'oued Mzi. En 1852, les habitations n'étaient naturellement pas aussi nombreuses qu'aujourd'hui, mais Laghouat avait le même aspect intérieur provenant de la disposition particulière que lui donnait un canal d'irrigation, dérivé de l'oued, et qui, passant entre les deux rochers, séparait la ville en deux quartiers habités chacun par une population différente, presque toujours en lutte, les Oulad Serghin et les Hallaf. « Ces rochers, a écrit le général du Barail[1], qui faisait partie de la colonne Yusuf comme capitaine de spahis, sont d'une aridité absolue. Ils ne portent pas un atome de terre végétale et leur aspect désolé contraste avec le vert intense de l'oasis qu'ils coupent en deux.... En dehors de l'oasis, aussi loin que la vue peut s'étendre, on n'aperçoit pas un brin d'herbe. Partout des pierres calcinées. Partout du sable. Dans les profondeurs du sud, le regard est arrêté par une ligne de rochers qu'un sable jaune, rutilant, plaqué dans leurs anfractuosités, fait paraître plus noirs et plus brûlés. »

La ville était entourée d'une enceinte, et, en avant des murs de l'oasis, derrière les clôtures, les fossés des jardins, les défenseurs avaient d'excellents abris où ils pouvaient s'embusquer et fusiller à leur aise nos troupes enchevêtrées dans un dédale de sentiers et de chemins étroits, sous la verdure de ces grands et magnifiques palmiers qui constituent une des principales sources de la richesse de Laghouat.

Le bataillon indigène appelé à faire partie de la colonne commandée par le général Yusuf se dirigea sur Medea, parvint à Djelfa le 14, et participa le 19 à un combat contre les insurgés aux environs d'El Assafia, au sud de Laghouat. Le chérif, pourchassé,

1. *Mes souvenirs*, t. II, p. 35.

remonta vers le nord et se réfugia à Laghouat. Le général Yusuf l'y poursuivit, mais, quand il se présenta devant la ville, il fut reçu à coups de fusil et n'ayant pas assez d'hommes pour brusquer l'attaque, il alla établir son camp à Ras el Ma, « la tête de l'eau », à côté des bassins de retenue d'où l'eau de l'oued Mzi va arroser les jardins. Ce jour-là 2 tirailleurs furent tués, 4 blessés, et le capitaine Giacobbi fut contusionné.

Une reconnaissance sur une des portes de la ville fut accueillie par les projectiles des deux pièces dont disposaient les habitants. Ceux-ci, fanatisés par la présence du chérif, reçurent les troupes de façon à montrer que la lutte serait sérieuse.

On avait vu trois ans auparavant, à Zàatcha, les inconvénients d'efforts successifs mais insuffisants. Cette fois on attendit, pour agir, l'arrivée de troupes plus nombreuses et, jusque-là, la colonne Yusuf dut rester à Ras el Ma.

Le 2 décembre, le général Pélissier arrivait d'El Abiod, amenant 3 000 hommes de la province d'Oran, et prenait le commandement en chef. La veille, 500 hommes environ de la province de Constantine étaient venus de Bou Saâda. Les troupes entourant Laghouat se composèrent alors de 8 bataillons, 10 escadrons, 2 pièces de montagne.

Le général Pélissier fit le lendemain la reconnaissance de la place, mais non sans pertes sérieuses ; les tirailleurs d'Alger, vivement engagés, perdirent 3 tués et 7 blessés dont le sous-lieutenant Capifali.

Dans la nuit, le poste arabe qui occupait le marabout de Sidi el Hadj Aïça fut surpris, et la section d'artillerie mise en batterie à la Kouba. Derrière elle se massa au point du jour la colonne d'assaut. Les deux pièces commencèrent le tir à sept heures du matin ; vers dix heures, la brèche était praticable.

Pendant que le lieutenant-colonel Cler avec ses zouaves enlève la kasba et la mosquée, le général Yusuf se lance, à la tête des tirailleurs d'Alger et du 2e bataillon d'Afrique, à l'escalade des rochers situés à l'est de la ville. Ces rochers enlevés, des échelles sont dressées contre les murs. « C'était un spectacle magnifique et qui fit battre toutes les âmes généreuses, que ce double assaut qui rappelle nos meilleurs jours. Je ne saurais dire, écrivit le général Pélissier dans son rapport, combien j'en suis fier, non pas pour moi, mais pour nos soldats, si beaux quand ils franchissaient les murailles au cri de : *Vive l'Empereur* et saluaient d'acclamations enthousiastes l'apparition de l'aigle du 2e zouaves sur la maison de Ben Salem. »

La 8e compagnie éprouvait une vive résistance, mais malgré tout les tirailleurs rejoignirent à la kasba les zouaves entrés de l'autre côté. A midi, les généraux Pélissier et Yusuf se donnaient la main au centre de la ville, et à deux heures, tout était terminé; les tirailleurs avaient perdu 2 hommes tués et 15 blessés dont le capitaine Giacobbi.

« La ville avait été prise d'assaut, dit le général du Barail[1]; elle subit toutes les horreurs de la guerre. Elle connut tous les excès que peuvent commettre des soldats livrés un instant à eux-mêmes, enfiévrés par une lutte terrible, furieux des dangers qu'ils viennent de courir, furieux des pertes qu'ils viennent d'éprouver, et exaltés par une victoire vivement disputée et chèrement achetée. »

A mesure que les fuyards étaient ramassés par la cavalerie disposée tout autour de l'oasis, on les envoyait grossir le nombre des hommes, femmes et enfants tous considérés comme prisonniers de guerre, à la discrétion absolue du vainqueur. On parqua cette population, et on la fit garder par deux compagnies d'infanterie. « On lui apportait chaque jour quelques caisses de biscuits de troupe, et matin et soir on la menait boire à la rivière, comme du bétail[2]. »

On hésitait fortement à occuper Laghouat. Placer une garnison à plus de 400 kilomètres d'Alger, lorsque les Kabyles du Djurdjura n'étaient pas encore soumis, semblait trop hasardé, mais le général Rivet, envoyé par le général Randon à Laghouat, vainquit les hésitations du gouverneur, et une garnison de 8 compagnies et de 1 escadron[3] fut laissée à Laghouat sous le commandement du capitaine du Barail, du 1er spahis; les tirailleurs d'Alger figurèrent dans ce nombre pour 2 compagnies de 4 officiers et de 258 hommes. Les autres compagnies du bataillon regagnèrent Blida où elles arrivèrent le 31 décembre. C'était, par son importance, le premier grand fait d'armes auquel assistaient les tirailleurs d'Alger. Le nom de Laghouat devait plus tard être inscrit le premier sur le drapeau du 1er tirailleurs.

La prise de Laghouat eut une influence considérable; elle amena la soumission de Ngouça, d'Ouargla, mais le chérif avait pu s'enfuir à Tougourt, qui devait être prise par nos troupes seulement à la fin de 1854.

Le commandant Rose, nommé lieutenant-colonel au 2e régiment étranger, quitta le commandement du bataillon le 15 janvier 1853 et fut remplacé par le commandant de Maussion.

Les travaux de la route de Boghar, puis une course chez les Beni Mzab (1er, 2e, 4e, 5e et 6e compagnies) signalent l'année 1853. C'est une des rares années où les

1. *Mes souvenirs*, t. II, p. 58.
2. *Ibid.*, t. II, p. 48.
3. 60e de ligne, 1er zouaves. 2e bataillon d'Afrique, tirailleurs d'Alger (chaque corps fournissant 2 compagnies); 1/2 escadron du 1er chasseurs d'Afrique et un 1/2 escadron du 1er spahis.

tirailleurs d'Alger n'ont pas à combattre, mais les années suivantes leur ménagent de nouvelles occasions de luttes.

Le décret ordonnant la création du régiment de tirailleurs algériens qui devait partir en Orient parut le 9 mars 1854. Cette formation enleva au bataillon d'Alger la presque totalité de son effectif : 28 officiers et 745 hommes. Il ne restait plus que 458 tirailleurs; les divers corps de la division d'Alger fournirent les officiers et sous-officiers français nécessaires pour compléter les cadres du bataillon resté en Algérie et l'effectif remonta en trois mois au chiffre de 809. Mais à peine le commandant Péchot, qui a remplacé le commandant de Maussion, parti avec le colonel de Wimpffen, avait-il reconstitué le bataillon, qu'il devait emmener deux compagnies de 7 officiers et 199 hommes pour participer à l'expédition du général Randon contre la grande Kabylie, dans le haut Sebaou, où Bou Baghla, profitant du départ pour l'Orient de 26 000 hommes de l'armée d'Afrique, recommençait à s'agiter.

Le 4 juin, à l'enlèvement du village d'Agherib, les tirailleurs ont 6 blessés; le 20, avec les zouaves, ils s'emparent d'un gros village des Beni Menguellet, et perdent plusieurs tués et de nombreux blessés, dont 2 officiers, le capitaine Laurent et le lieutenant Lacroix. Ils sont engagés encore à trois reprises différentes contre les Aït Hidjer et rentrent le 19 à Blida, réduits à 4 officiers et 163 hommes.

En octobre le lieutenant Bézard est blessé dans un engagement, dans le Sud, contre une fraction insoumise des Oulad Naïch. Un groupe de 95 tirailleurs, fourni par le détachement de Laghouat, parcourt en novembre, avec une colonne, tout le Mzab, sans avoir une amorce à brûler.

DEUXIÈME PARTIE

CAMPAGNES HORS D'ALGÉRIE

CAMPAGNE DE CRIMÉE (1854-1855).

CHAPITRE PREMIER

1854

I

FORMATION DU RÉGIMENT DE TIRAILLEURS ALGÉRIENS. — EXPÉDITION DE LA DOBRUTSCHA
(JUILLET-SEPTEMBRE).

« Un soir de 1854, le colonel de Wimpffen entrait dans les salons du maréchal Saint-Arnaud, dont il était fort connu et apprécié. — Ah! mon cher colonel, lui dit le maréchal, je suis fort aise de vous voir, car j'ai à vous parler. Ces messieurs (et il montrait plusieurs officiers) prétendent que les tirailleurs ne peuvent rendre de services qu'en Algérie. Est-ce votre opinion? — Non, et j'affirme même qu'en ce qui concerne mon ancien bataillon, on peut tout attendre de ces braves gens, en sachant les commander....

« Quarante-huit heures après, le colonel de Wimpffen mandé aux Tuileries, l'Empereur lui fit connaître qu'au nombre des opposants à l'emploi des indigènes hors de leur pays, se trouvait un homme ayant déjà alors, bien que simple colonel, une certaine influence, M. Trochu, attaché au ministère. — Sire, dit de Wimpffen, je me suis beaucoup occupé des soldats indigènes. Je connais le parti qu'on peut en tirer. Si leurs chefs savent les conduire et leur inspirer confiance, je réponds qu'on aura dans les bataillons arabes une excellente troupe d'élite. Si je n'étais pas colonel du 13e de ligne et qu'on voulût former un corps des bataillons des trois provinces, je serais sûr de réussir si l'on m'en donnait le commandement. — C'est bien, reprit l'Empereur; si je fais marcher les tirailleurs, j'en formerai un régiment dont vous serez le chef. —

Sire, j'espère alors pouvoir vous prouver par des faits que je ne me suis pas abusé et que ce que j'ai dit à Votre Majesté sur ces braves gens est une vérité. — Combien pensez-vous pouvoir en amener avec vous? — Deux mille. — Je me contenterai de quinze cents. — Il en faudrait deux mille pour une campagne un peu longue [1]. »

Huit jours après, le colonel de Wimpffen partait pour Alger, où le gouverneur général commença par n'accorder que la moitié des effectifs des bataillons indigènes. Le colonel obtint cependant gain de cause auprès du général Randon comme il l'avait obtenu auprès de l'Empereur. Aussitôt il partit pour Blida, où son ancien bataillon l'attendait. « Le colonel se présente aux soldats, et d'une voix forte leur crie : — Enfants, me reconnaissez-vous? — Vive *Ba-Ba*, s'écrièrent mille voix qui rassurent aussitôt de Wimpffen. — Eh bien! je viens vous chercher; voulez-vous venir avec moi défendre le drapeau de Mahomet? — Oui, oui; tous, tous, nous irons avec toi. — Je vous préviens que vous aurez de la souffrance à endurer, que vous aurez à braver la faim, les fatigues, les boulets. — Nous marcherons [2]. »

Ceci se passait dans les derniers jours de février. Le 9 mars, le régiment de tirailleurs comptait plus de 2000 hommes. Le bataillon d'Alger, dans ce nombre, figurait pour 1 officier supérieur, 28 officiers subalternes et 745 tirailleurs. Le bataillon d'Oran fournit 25 officiers et 785 hommes; celui de Constantine 20 officiers et 507 hommes; en tout 75 officiers et 2057 hommes. De plus 15 sous-officiers des bataillons indigènes, passés au régiment de tirailleurs, y furent nommés sous-lieutenants pour la formation. Enfin 14 officiers d'autres corps furent affectés à ce régiment et le rejoignirent pour la plupart au débarquement en Turquie. Quant aux hommes, l'effectif total au premier départ (6, 10 et 15 avril) atteignit le chiffre de 2104. Cette différence de 67, avec le chiffre total des hommes fournis par les bataillons de tirailleurs, provient de ce que l'on fit passer à ce régiment expéditionnaire un certain nombre d'hommes et surtout de gradés d'autres corps, et beaucoup plus encore d'indigènes admis au régiment sur leur demande. A cette époque où les engagements n'existaient pas encore pour les troupes indigènes, il suffisait pour y être admis d'être solide et vigoureux; et des officiers de tirailleurs ayant fait la guerre de Crimée racontent qu'ils racolèrent des indigènes sur la route de leur garnison au point de concentration.

Ce régiment eut 2 bataillons de 9 compagnies; les deux 9es restèrent à Cherchel sous le commandement du major. Chaque compagnie comprenait 1 capitaine et 4 officiers dont 2 indigènes; elles partirent à 125 hommes environ. Mais les hommes pris

---

1. Un officier supérieur, *le général de Wimpffen*, réponse au général Ducrot, p. 18 et suiv.
2. *Ibid.*, p. 18 et suiv.

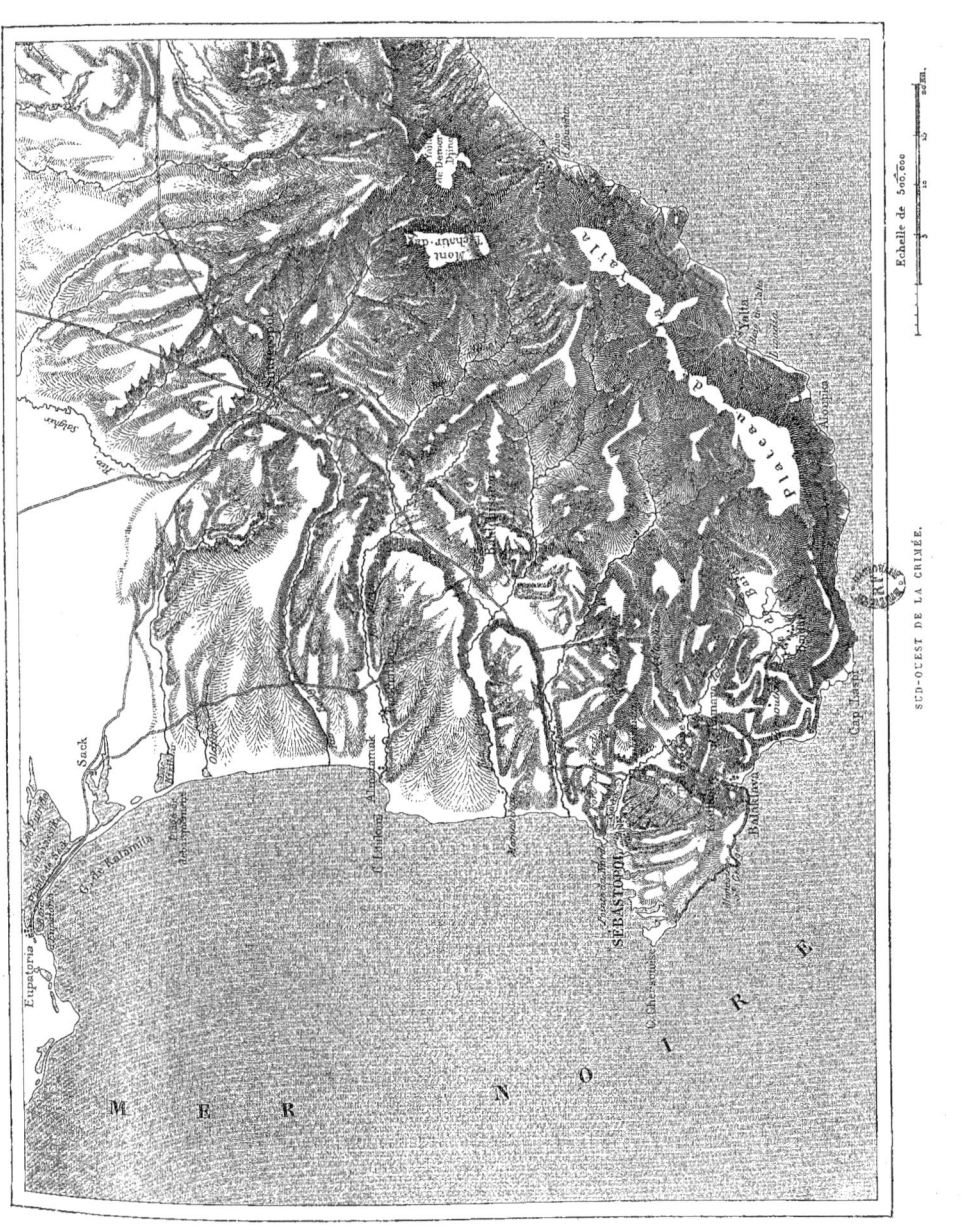

SUD-OUEST DE LA CRIMÉE.

Echelle de 500,000

dans les trois bataillons provinciaux ne formèrent pas, au dire d'officiers qui firent cette campagne, de compagnies constituées par ancien bataillon, de sorte qu'il n'y eut pas des compagnies provenant du bataillon d'Alger, de celui d'Oran ou de celui de Constantine; tous les éléments, en hommes de troupe, étaient mélangés entre eux. Il en fut de même pour les officiers[1].

L'avancement aux grades de sous-lieutenant, lieutenant et capitaine devait avoir lieu entre les militaires du corps. Les cadres de ce régiment comprirent 103 officiers[2] :

1 colonel;	1 sous-lieutenant adjoint au trésorier;
1 lieutenant-colonel;	1 sous-lieutenant porte-drapeau;
2 chefs de bataillons;	2 médecins;
1 major;	19 capitaines;
2 capitaines adjudants-majors;	35 lieutenants;
1 capitaine d'habillement;	56 sous-lieutenants.
1 capitaine trésorier;	

1. C'est pourquoi, à la suite de longues recherches dans les états de services des officiers et les registres matricules du régiment de tirailleurs algériens, il nous a été démontré que la seule manière équitable d'établir les listes d'officiers tués et blessés est de considérer comme faisant partie d'un bataillon provincial l'officier y comptant au moment de son passage au régiment de Crimée, qu'il ait été promu au grade supérieur ou non depuis ce moment. De même, les officiers provenant d'autres corps doivent être comptés au titre de leur ancien corps, puisqu'ils n'ont pas été spécialement affectés au bataillon d'Alger ou à celui d'Oran, ou à celui de Constantine, mais bien au régiment de tirailleurs algériens, où toutes les unités fournies par ces trois bataillons étaient confondues.

2. État-major du régiment de tirailleurs algériens (les lettres A, C, O indiquent les officiers provenant respectivement des bataillons d'Alger, de Constantine et d'Oran; pour ceux provenant d'autres corps, le numéro de leur ancien bataillon ou régiment a é é mis entre parenthèses à côté de leur nom) :

MM. de Wimpffen, colonel (13ᵉ de ligne);
Lévy, lieutenant-colonel (55ᵉ de ligne);
Vilar, major (54ᵉ de ligne);
Berthiaux, capitaine d'habillement (A);
Alliou, capitaine trésorier (O);
Janicot, sous-lieutenant adjoint au trésorier (A);
Meynard, sous-lieutenant porte-drapeau (C);
Vergesse, médecin-major de 2ᵉ classe (O);
Mignot, médecin aide-major de 1ʳᵉ classe (C).

Officiers fournis par le bataillon d'Alger :

MM.		MM.		MM.	
De Maussion	chef de bataillon.	Pacaud	lieutenant.	Mustapha ben Beyram	lieutenant.
Ameller	capitaine-adj.-m.	Cordier	lieutenant.	Mohamed ben Amar	
Seatelli	capitaine.	Cuazotte	lieutenant.	Cbibli	lieutenant.
Giacobbi	capitaine.	Pelsez	lieutenant.	Capifali	sous-lieutenant.
Coxot	capitaine.	Megaoud ben Mohamed	lieutenant.	Boulay	sous-lieutenant.
Soumet	capitaine.	Mohamed Zerfaoui	lieutenant.	Bertrand	sous-lieutenant.
Panier des Touches	capitaine.	Mohamed ben Toudji	lieutenant.	Marion-Dumersan	sous-lieutenant.
Lafeyre	lieutenant.	Ali Ben Specht	lieutenant.	Jauge	sous-lieutenant.
Lavigne	lieutenant.	Mahmoud bel Hadj Mah-		Ahmed ben Abed el	
		moud	lieutenant.	Djadi	sous-lieutenant.

Sous-officiers du bataillon d'Alger nommés officiers pour la formation :

MM. Ali ben Osman.	MM. Abderrahman ben Slaman Khodja.
Ahmed ben Sadek.	Mohamed ben Abdelkader.
Lekal ben Rebah.	Kadour ben Mohamed.

Comme renforts, les bataillons indigènes envoyèrent pendant la campagne 495 tirailleurs[1] : 167 d'Alger, 53 d'Oran, 275 de Constantine; 225 hommes passèrent au régiment, indigènes recrutés par le dépôt d'Algérie, ou soldats venant des autres corps de l'armée d'Orient; c'est ainsi que, le 29 mars 1855, le régiment algérien reçut 15 caporaux français des régiments du 2e corps. Un seul officier des bataillons d'Algérie fut envoyé en Crimée au cours de la guerre, le capitaine Monassot, du bataillon d'Oran; 5 autres vinrent d'autres corps. Pour remplir les vides, on nommait sur place après chaque combat : 40 sous-officiers acquirent ainsi au régiment leur galon de sous-lieutenant.

En résumé, 2 824 hommes de troupe passèrent dans les rangs du régiment de tirailleurs, dont 2 552 venaient des bataillons indigènes.

Mais « les commandants de bataillon voulaient faire les fonctions de commandants de corps et se considérer comme agissant isolément. Pour mettre fin à certaines rivalités, pour s'opposer à ce que chacun administrât et fit vivre ses hommes à sa guise, pour fusionner toutes ces personnalités et empêcher la dislocation du régiment, il ne fallut pas moins que la main ferme, et habituée déjà à briser les obstacles, du colonel de Wimpffen, adoré d'ailleurs de ses Arabes. Le colonel de Wimpffen, à peine le régiment formé et embarqué pour l'Orient, se trouva en présence d'officiers qui, prétendant n'être venus que pour combattre, refusaient toutes fonctions administratives. Ce fut avec beaucoup de difficultés que le régiment put être constitué[2]. »

Le régiment, concentré et organisé à Kolea, s'embarqua à Alger les 6, 10 et 13 avril 1854, sur le *Labrador*, l'*Ulloa* et le *Berthollet*[3].

Le départ se fit au milieu d'un immense concours de population indigène. Les habitants d'Alger avaient offert au régiment de tirailleurs un drapeau sur lequel était inscrite en caractères arabes cette devise : « Cet étendard brillera dans les champs de la gloire et volera au succès avec l'assistance divine. C'est l'œuvre des musulmans d'Alger, offerte aux soldats indigènes faisant partie des troupes françaises qui marchent au secours de l'empire ottoman. An 1270. »

Le drapeau national remplaça cet emblème par trop particulariste[4].

---

1. Les renforts les plus importants arrivèrent au corps aux dates suivantes : 16 octobre 1854, 158 hommes du bataillon de Constantine; 17 octobre, 20 de celui d'Oran; 20 octobre, 84 de celui d'Alger; 13 mars 1855, 127 de Constantine; 25 mars, 17 d'Oran; 16 mai, 68 d'Alger.
2. Un officier supérieur, *le général de Wimpffen*, p. 18 et suiv.
3. Tous ces renseignements et tous ces chiffres sont extraits du registre matricule des officiers du régiment de tirailleurs algériens, de celui de la troupe du même régiment (Arch. admin. du minist. de la guerre) et du journal de marche de la 2e division de l'armée d'Orient (Arch. histor. du minist. de la guerre).
4. Camille Rousset, *la Conquête de l'Algérie*, t. II, p. 340.

Le 17 avril, le régiment était réuni en entier au camp de la Grande Rivière, près de Gallipoli. Il fut placé dans la 2ᵉ division (général Bosquet), 1ʳᵉ brigade (général d'Autemarre)[1].

Le 27, le maréchal de Saint-Arnaud, commandant en chef de l'armée d'Orient, et débarqué la veille, passa les troupes en revue. Arrivé devant les tirailleurs, il remit au colonel de Wimpffen le drapeau que l'empereur confiait à la garde du régiment, puis, s'adressant aux hommes :

« Tirailleurs!

« L'empereur m'a chargé de vous remettre ce drapeau. C'est avec un bien grand plaisir que je m'acquitte de ma mission, car je sais que vous êtes de braves soldats; vous me l'avez prouvé plus d'une fois en Afrique. On vous a choisis pour venir en Orient parce qu'on vous savait dignes de combattre dans les rangs français. Continuez de vous montrer tels que je vous ai connus!... Obéissez toujours à vos chefs; l'obéissance et la discipline sont les guides du soldat français.

« Tirailleurs! n'oubliez pas que lorsqu'on a l'honneur de combattre sous les couleurs de la France, on ne les rend pas : on meurt! »

Ces paroles étaient aussitôt traduites en arabe par le général Bosquet.

La base des opérations transportée à Varna, les troupes y furent concentrées; la division Bosquet y était le 8 juillet.

Pendant ce temps, les Russes levaient le siège de Silistrie et se retiraient derrière le Pruth. Il n'y avait pas à penser à les y poursuivre, aussi dès le 18 juillet on discuta une expédition en Crimée. « Est-il possible d'admettre, dit le maréchal de Saint-Arnaud, que devant un ennemi qui se retire et vous brave, deux belles armées, deux belles flottes restent inactives et se laisseront dévorer par les fièvres?... Non, il faut sa part au canon![2] »

Le choléra prit la sienne d'abord. Le régiment de tirailleurs algériens échappa au fléau jusqu'au 22 juillet. Ce jour-là, la 2ᵉ division partit pour la Dobrutscha, où l'on devait faire une diversion pour donner aux Russes le change sur nos intentions concernant la Crimée. Mais le choléra, que l'on fuyait, s'acharna sur la division Bosquet. Cependant, à côté de régiments dont le moins éprouvé perdit plus de 100 hommes, les tirailleurs furent peu atteints. Leur attitude fut très remarquée; ils

1. La situation d'effectif du 5 juin donne pour le régiment de tirailleurs algériens 80 officiers et 1957 hommes présents, dont 1 officier et 176 hommes indisponibles. *Journal de marche de la 2ᵉ division de l'armée d'Orient.*
2. Lettre datée du 19 juillet 1854.

ne faiblirent pas un instant devant cet ennemi autrement redoutable que les balles, mais la marche en avant dut être suspendue, et la division rétrograder sur Varna. Ces malheurs mirent en lumière la patience et le dévouement de tous. « Partout, dit le maréchal, je trouve la *grande nation*, un moral de fer, un dévouement au-dessus de l'admiration. Tout le monde se multiplie, les soldats sont devenus des sœurs de charité[1]. »

On attendait la diminution du fléau pour partir vers la Crimée. Un nouveau désastre vint s'y opposer : le 10 août, l'incendie de Varna faillit dévorer toutes les munitions entassées pour la guerre, et elles ne furent préservées qu'à grand'peine.

Le 1er septembre enfin, l'embarquement de l'armée commença, et le 12, les côtes de Crimée étaient en vue.

II

L'ALMA (20 SEPTEMBRE). — COMMENCEMENT DU SIÈGE. — INKERMANN (5 NOVEMBRE).

Le 14, le débarquement s'effectua sur la plage d'Old-Fort, mais le départ ne fut possible que le 19, à cause des Anglais, retardés par une incroyable quantité d'impedimenta.

L'armée française, disposée en losange : 1re division en tête, 2e et 3e aux ailes, 4e en arrière avec le contingent turc, bagages au centre, s'avança, flanquée sur la gauche par les Anglais et appuyée à droite par la flotte qui se maintenait à sa hauteur. On aperçut les lignes russes, mais il était trop tard, et l'attaque fut remise au lendemain.

D'après les dispositions prises pour la bataille, la division Bosquet, formant notre aile droite, et renforcée de la division turque, dut tourner la gauche des Russes en escaladant des pentes presque inaccessibles.

Le 20, à cinq heures et demie du matin, la 2e division se met en marche, se dirigeant sur les hauteurs de l'Alma. Mais une heure après, elle doit s'arrêter; les Anglais ne sont pas prêts[2]. Au lieu d'être surpris, l'ennemi va avoir tout le temps de se préparer. L'ordre de reprendre le mouvement offensif ayant été donné à onze heures, le général Bosquet prend le commandement direct de la brigade d'Autemarre qui est lancée à l'attaque des hauteurs dès le passage de la rivière.

1. Rapport au ministre de la guerre.
2. Capitaine Anitchskof, *la Campagne de Crimée*, par un témoin oculaire.

7

Les tirailleurs suivent le 3ᵉ zouaves, qui forme tête de colonne, et cinq minutes après, les plus agiles sont déjà sur la crête. Après l'infanterie, l'artillerie est montée au prix des plus grands efforts. Les tirailleurs, massés derrière les pièces, servent aussitôt de point de mire à 48 canons russes. La canonnade était pour eux une épreuve nouvelle; comme quelques-uns saluaient les projectiles, le général Bosquet s'en aperçut : « Eh quoi! leur dit-il, en les apostrophant dans leur langue, la balle frappe-t-elle moins que le boulet? — *Bessah* (c'est vrai) » répondirent-ils en se redressant, et désormais les têtes ne s'inclinèrent plus[1]. » C'est là que furent frappés mortellement le lieutenant Lapeyre (A) et plusieurs hommes. Spectateurs impassibles de ce duel d'artillerie, les tirailleurs voient tomber les leurs sans pouvoir les venger.

« L'armée anglaise, dit Paul de Molènes, s'avançait sur notre gauche par masses profondes, se remuant avec une imposante lenteur. J'étais placé de manière à ne rien perdre du mouvement qu'exécutaient les gardes de la reine. Je voyais les boulets russes entrer dans leurs rangs et enlever des files entières. Je suivais aussi du regard leur artillerie, qui offrait le plus frappant contraste avec la nôtre. L'artillerie française, ce jour-là, s'était transformée en cavalerie légère; elle avait franchi au galop ravins, rivières, sentiers obstrués ou défoncés et s'était portée à la poursuite de l'ennemi là où il semblait que l'on pût à peine envoyer quelques tirailleurs. L'artillerie anglaise s'avançait à une grave allure avec ses magnifiques attelages. Ce pas mesuré, cette marche méthodique de nos alliés, en face de positions redoutables qu'ils abordaient de front, ne manquaient pas assurément de grandeur, toutefois on ne pouvait s'empêcher de trouver quelque chose de stérile à cet immense sacrifice d'hommes et de chevaux qu'un moment de rapide élan eût évité. »

Bientôt toute la 2ᵉ division française déborda l'ennemi par sa gauche, et l'armée entière arriva sur le plateau à cinq heures et demie; la bataille était gagnée.

La division Bosquet avait eu 22 tués et 107 blessés[2]. Pour sa part, le régiment de tirailleurs perdait 1 officier tué, le lieutenant Lapeyre, 7 hommes tués (dont 4 du bataillon d'Alger) et 28 blessés.

La marche en avant reprit le 23, et l'armée française campa le 26 dans la vallée de la Tchernaïa. C'est de ce camp que partit le maréchal de Saint-Arnaud, accablé par le mal, après avoir adressé ses adieux aux troupes, et remis le comman-

---

1. Camille Rousset, *Histoire de la guerre de Crimée*, t. 1, p. 218.
2. Arch. histor. du Minist. de la guerre. *Journal de marche de la 2ᵉ division de l'armée d'Orient*.

PRISE DE LA BATTERIE DE L'ABATTOIR PAR LE 2ᵉ BATAILLON DE TIRAILLEURS ALGÉRIENS (5 NOVEMBRE 1854).

Reproduction d'une gravure contemporaine des événements.

dement au général Canrobert. Il mourait le 29 sur le *Berthollet*, qui le transportait à Constantinople.

Le mouvement tournant était terminé le 29 septembre, et ce jour-là, toutes les troupes s'installaient au sud de Sébastopol sur le plateau de la Chersonèse. Le 1er octobre, les dispositions du siège étaient réglées d'une manière définitive : l'armée française se chargera de la gauche et l'armée anglaise de la droite des attaques. Mais pour observer les Russes qui tiennent la campagne, un corps, composé des 1re et 2e divisions, sous les ordres du général Bosquet, occupera les positions dominant les vallées de Balaclava et de la Tchernaïa; il se reliera par sa gauche, près d'Inkermann, aux Anglais. Les 3e et 4e divisions s'occuperont spécialement des travaux du siège. La division turque sera réserve de l'un ou l'autre de ces groupes, suivant le cas. Quant aux Anglais, ils appuieront leur gauche au grand ravin de Sébastopol, qui sépare les deux attaques, et leur droite aux escarpements d'Inkermann.

La tranchée est ouverte le 9 octobre; le 17, 126 pièces anglaises et françaises ouvrent le feu.

Cependant les Russes dirigeant sur la Crimée de nombreuses troupes pour opérer des diversions contre le corps de siège, se heurtent aux positions alliées. En même temps la garnison de Sébastopol fait des sorties fréquentes; le 25, les Turcs sont chassés de quatre de leurs redoutes inachevées. La brigade des Highlanders arrête les progrès des Russes, mais la brigade de cavalerie légère de lord Cardigan, cherchant à empêcher l'ennemi d'emmener l'artillerie qu'il a prise, est broyée par la mitraille et, de 673 cavaliers, est réduite à 195.

A partir du 22 octobre, le feu fut entretenu de jour et de nuit. Les généraux en chef espéraient pouvoir livrer l'assaut le 7 novembre, mais leurs projets furent changés par une attaque furieuse des Russes qui nous valut la journée d'Inkermann..

La nuit du 4 au 5 novembre fut sombre et pluvieuse. Les Russes en profitèrent pour se concentrer au pied des hauteurs d'Inkermann et le 5, de grand matin, se portèrent à l'attaque des lignes anglaises sur le plateau. « Grâce au brouillard épais qui obscurcissait l'atmosphère et aux manteaux gris dont nos soldats étaient couverts, dit le capitaine Anitschkof[1], il leur fut possible de s'approcher de très près de l'ennemi sans être aperçus. » Les grenadiers-gardes qui défendaient l'unique redoute anglaise ne purent résister et s'ouvrirent un chemin vers leur camp. Durant près de trois

1. *La Campagne de Crimée*, par un témoin oculaire.

heures, les Anglais luttèrent avec leur ténacité habituelle; les Russes ne pouvaient percer cette muraille, mais ils allaient l'accabler de leur masse.

Il était près de neuf heures; les généraux Cathcart et Strangways venaient d'être tués, six autres blessés. Toutes les réserves anglaises avaient été engagées; alors, n'ayant plus un homme disponible et ne pouvant continuer seuls la bataille, les Anglais qui, à sept heures et demie, avaient refusé courtoisement le concours du général Bosquet, lui demandèrent son assistance. La 2ᵉ division française envoya d'abord un bataillon du 6ᵉ de ligne et un du 7ᵉ léger, lancés aussitôt au pas de course, puis à dix heures, un demi-bataillon du 5ᵉ chasseurs, un bataillon du 5ᵉ zouaves et un bataillon de tirailleurs algériens abordaient les colonnes russes à la baïonnette.

Le 2ᵉ bataillon de tirailleurs (commandant Martineau-Deschenez), conduit par le colonel de Wimpffen, accourt à la droite des Anglais, pendant que le 1ᵉʳ bataillon (commandant de Maussion) observe la plaine où le général Liprandi commence une démonstration du côté de Balaclava.

L'apparition des Français à ce moment critique, dit le capitaine Anitchskof, qui assistait à cette lutte, peut se comparer à celle des Prussiens sur le champ de bataille de Waterloo.

Les tirailleurs s'abattent comme un ouragan sur les Russes. « Le général Bosquet leur dit en arabe : « Montrez-vous, enfants du feu ! » Ceux-ci ne se le firent pas dire deux fois. D'une agilité extraordinaire, ils bondissaient plutôt qu'ils ne couraient, et se précipitaient sur les Russes épouvantés, avec des hurlements féroces. Les Russes qui avaient appelé nos soldats « des diables », à la bataille de l'Alma, ne savaient plus quels noms leur donner. La furie des turcos, enivrés par l'ardeur du carnage, était telle que, manquant de cartouches, voyant leurs baïonnettes brisées ou faussées, ils ramassaient de grosses pierres et les lançaient sur l'ennemi avec une ardeur de sauvages[1]. » Saisis d'admiration, les Anglais s'écriaient : « Bravo Algérianers! »

Mais les Russes avaient vu qu'ils n'avaient à faire qu'à peu de monde, et revinrent à la charge. Toujours combattant, les tirailleurs arrivent sur une redoute prise quatre fois aux Anglais. A ce moment le cheval du colonel s'affaisse frappé par un boulet. Le colonel s'élance en avant; électrisés, les tirailleurs escaladent la redoute et y tuent tout ce qui se présente à leurs coups. Ils poursuivent plus loin jusqu'à l'escarpement, limite extrême des plateaux, et précipitent les Russes dans les ravins où ils en firent un carnage énorme. L'endroit en a gardé un nom sinistre; cette

1. *Histoire populaire contemporaine de la France*, t. III, p. 131.

batterie prise et reprise tant de fois, et où tant de sang avait coulé, fut dès lors nommée la batterie de « l'Abattoir ». A quatre heures la victoire était à nous.

L'ennemi eut 11 800 hommes, dont 6 généraux, hors de combat, presque le tiers des combattants; les Anglais, sur 12 000 hommes vraiment engagés, en avaient 2 600, dont 9 généraux, et les Français 793 sur 4 200 ayant réellement combattu[1].

Le régiment de tirailleurs algériens avait deux officiers tués :

> MM. Mohamed Zerfaoui (A), lieutenant;
> Ahmed bel Arbi (C), lieutenant.

et trois blessés :

> MM. Schweinberg, lieutenant (C);
> Véran, sous-lieutenant (C);
> Saïd ben Ali, sous-lieutenant (O).

144 sous-officiers, caporaux et soldats étaient tués ou blessés (au contingent d'Alger : 6 tués, 46 blessés).

« Les tirailleurs algériens, écrivit le général Bosquet, à travers les broussailles, bondissaient comme des panthères. Cette journée leur fait honneur, ainsi qu'à leur colonel de Wimpffen[2]. » Le régiment fut cité dans le rapport du commandant en chef.

Cette victoire était le triomphe du combat individuel et de la baïonnette. On l'appela la victoire des soldats. La lutte avait été partout acharnée. « Rarement, dit un témoin oculaire, j'ai vu plus triste spectacle.... Les uniformes de toutes les couleurs sont déchirés, souillés, couverts de terre et de boue. Les hommes sont étendus dans toutes les positions imaginables. Celui-ci a la face enfouie dans la terre. Celui-là, renversé sur le côté, perd son sang par les yeux, par les narines et par la bouche. Un autre est couché sur le dos, les bras et les jambes écartées, la poitrine traversée et le visage horriblement gonflé. Et puis ce sont des troncs sans jambes, des têtes coupées, des moitiés de visage emportées, des lèvres, des jambes dispersées. Parmi tous ces cadavres, on voit des fusils brisés, des sabres rompus, des baïonnettes tordues, et puis des lambeaux d'habits violemment arrachés. Ici, c'est un monceau de cadavres. Une colonne tout entière a été renversée. Elle voulait franchir un pas difficile. L'ennemi par une décharge à mitraille a renversé ses premières lignes. D'autres hommes sont venus et sont tombés sur les cadavres de leurs frères. Pour atteindre le but, les suivants ont dû monter sur cette barrière de corps humains; alors, sur le

---

1. Camille Rousset, *Histoire de la guerre de Crimée*, t. I, p. 368.
2. *Rapport sur le combat d'Inkermann*, adressé au général en chef de l'armée d'Orient.

haut de ce piédestal effrayant, a commencé une nouvelle attaque, où les deux partis ont lutté à coups de baïonnettes et de crosses de fusils. Quelques-uns se sont pris corps à corps. Le sang humain a coulé comme le feraient les eaux d'un fleuve sur la montagne de cadavres, et quelques heures après, parcourant le champ de bataille, vous êtes arrêtés çà et là par la hideuse barrière. Quelquefois, sous le tas des morts, quelques hommes respirent encore, mais la force leur manque pour soulever le poids de chair et d'ossements humains qui les accable; à peine si leurs gémissements se font entendre et de longues heures s'écoulent avant qu'ils puissent être dégagés[1]. »

1. De Damas, *Souvenirs militaires et religieux de la Crimée.*

CHAPITRE II
1855

I

Dans un conseil de guerre réuni chez lord Raglan, le lendemain de la bataille, il fut décidé à l'unanimité d'ajourner l'assaut de Sébastopol jusqu'à l'arrivée des renforts attendus. Les armées alliées devaient rester jusqu'à ce moment dans une position d'attente, mais comme il ne fallait pourtant pas recevoir des coups sans en rendre, le général en chef organisa, le 17 décembre, trois compagnies d' « éclaireurs volontaires » pour éventer les sorties de l'ennemi devenues par trop fréquentes, éclairer le terrain entre Sébastopol et nos tranchées les plus avancées, se blottir la nuit par petites brigades de 5 hommes en avant de nos lignes, débusquer les tirailleurs ennemis en enlevant leurs abris, détruire enfin le système des petites embuscades russes qui nous font beaucoup de mal. Les tirailleurs, rompus aux fatigues et accoutumés dès leur enfance à ce genre de lutte, étaient spécialement aptes à ce service périlleux; les Arabes aiment particulièrement le combat individuel, où l'on ne dépend à peu près que de soi-même et où l'habileté de l'homme supplée à tout; aussi le nombre des volontaires fut-il immédiatement au régiment algérien bien supérieur au chiffre demandé; dès le 19 décembre, deux jours après la création de ces compagnies, le lieutenant Chazotte (A) et un homme furent blessés.

Ces sorties nocturnes eurent l'avantage de causer constamment des alertes dans les lignes russes, et d'empêcher l'ennemi de venir en produire dans les nôtres. Le résultat cherché était atteint.

Les souffrances des troupes devenaient extrêmes; le froid, la neige et la pluie se succédaient sans relâche, et sur ce plateau désolé, le bois manquait souvent. Le 14 novembre, un ouragan effroyable avait soufflé sur la Crimée. « L'hiver, dit le R. P. de Damas, nous a livré un assaut tel que les Russes ne nous en donneront jamais

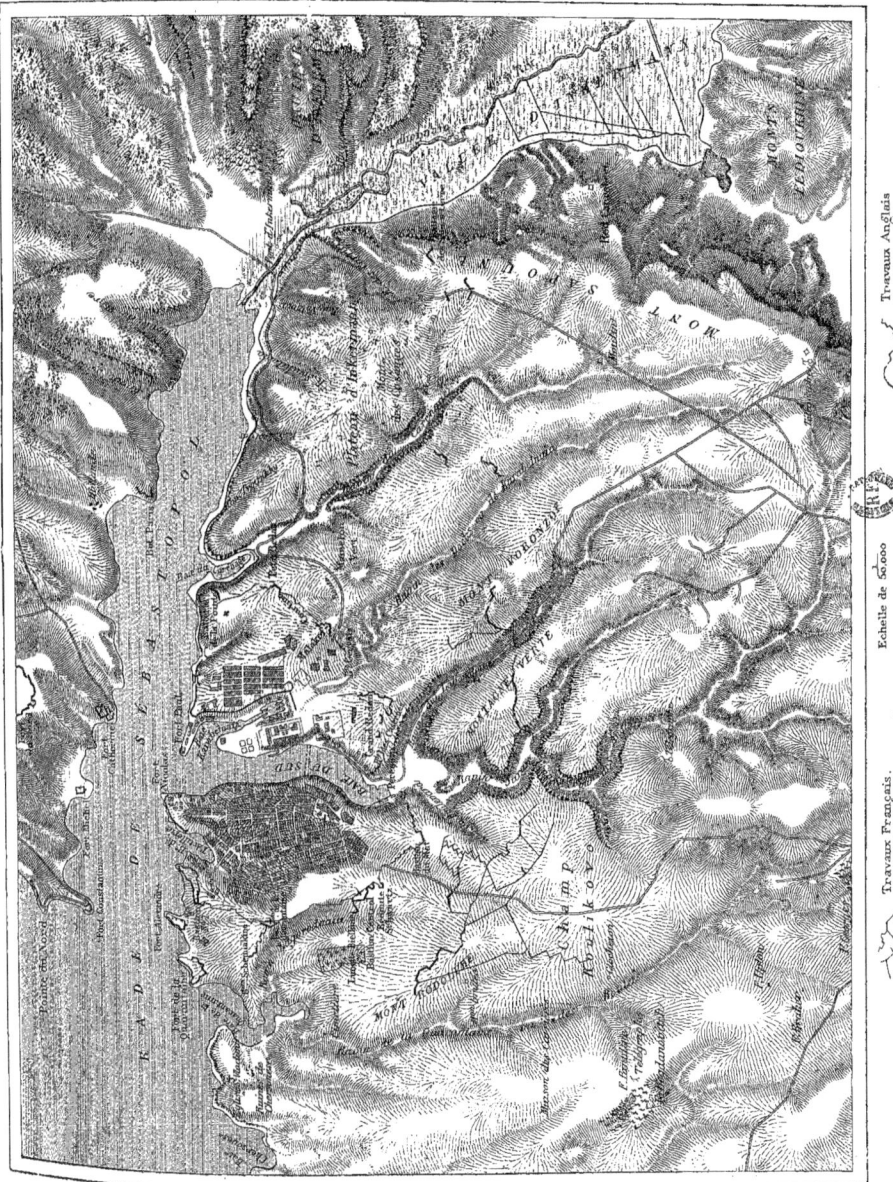

Travaux Français.   Echelle de 50.000   Travaux Anglais

SÉBASTOPOL, AU 5 NOVEMBRE 1854.

un semblable dans nos retranchements.... La nuit avait été froide. Tout à coup, sur les quatre heures du matin, le vent se déchaîne avec furie. La toile de nos tentes résiste d'abord en frémissant. Mais bientôt nos efforts sont vains pour conserver nos modestes abris. Le vent redouble sa fureur.... En un instant, tout est emporté.... Beaucoup de gentlemen anglais avaient été surpris dans leur lit. Or, jugez de leur stupéfaction, lorsque, sans demander la permission à Leur Grâce, un vent impertinent leur enlève leur tente et disperse au loin pantalons, bottes, cravates, robes de chambre et bonnets. Il y a un moment où le pouvoir lui-même est impuissant contre certains événements. C'était le cas de beaucoup d'officiers supérieurs, dont l'unique vêtement blanc flottait au gré de la tempête d'une manière souverainement incommode. Au bout d'un quart d'heure, la scène avait changé. Tous ceux qui avaient pu courir après leur bien en avaient retrouvé quelques débris; celui-ci avait accroché un pantalon rouge et l'avait enfilé lestement, courant, les pieds nus, après un brodequin fugitif; celui-là avait retrouvé ses bottes et paraissait dans le costume léger d'un Écossais. Un autre avait réussi à troquer son bonnet de nuit contre un képi, et cet unique ornement rouge ressortait en forme de mascarade sur une robe blanche de nuit. Le plus désappointant de l'affaire, c'est que le vent ne cessait pas. Et lorsque chacun fut parvenu à ressaisir une à une toutes les pièces de son vêtement qui n'étaient point tombées dans la mer, impossible de relever sa tente pour s'abriter; or, une pluie fine et glaciale tombait impitoyablement et gelait les membres. La violence du vent était telle qu'il fallait s'abriter contre un rocher et se cramponner aux pierres aiguës pour n'être pas renversé[1]. » Les troupes d'Afrique, et en particulier les tirailleurs, habitués à être plus souvent en route qu'en garnison, étaient moins dépaysées que les troupes de France au milieu des difficultés matérielles d'une installation sur ce plateau désolé. Les Africains s'ingéniaient de tout, ne laissant rien perdre : canons de fusils russes pour tenir lieu des bâtons de tente rapidement brisés, douves de tonneaux, cercles en fer des balles de fourrage pour la toiture, tout était utilisé pour le mieux de l'organisation intérieure de la tente. Des marchands vinrent s'établir à proximité des camps, mais ils vendaient leurs produits à de tels prix, — la livre de fromage 6 francs, la bougie 2 et 3 francs, — que la bourse des généraux et des officiers supérieurs seuls était suffisante pour ces achats, et que l'armée baptisa la réunion de leurs boutiques du nom de *Vautourville*. Les Anglais souffraient plus que nos soldats. Il leur fallait de la viande fraîche et du thé tous les jours. Comme un officier français demandait à un

1. De Damas, *op. cit.*

commissaire anglais pourquoi il ne distribuait pas de café aux hommes : « Du café! répondit ce dernier. Je leur avais fait distribuer du café en grains, attendu que nous n'avions pas de moulins, et je croyais qu'ils trouveraient moyen de le moudre, ne fût-ce qu'en l'écrasant entre deux pierres. Eh bien! ils ont jeté les grains entiers dans les marmites. » L'attitude des tirailleurs fut admirable; et puisant dans leur fatalisme musulman la force nécessaire pour supporter toutes les souffrances, ils ne se plaignirent jamais, sous un climat si différent de celui de leur patrie.

« Dès les premiers jours du mois de janvier, dit le journal du corps de siège, l'hiver était devenu très rude. Dans la nuit du 4 au 5, le froid fut excessif, et il se maintint ainsi pendant plusieurs jours. La neige tomba en abondance pendant presque tout le mois. Il fallut travailler sans cesse à l'enlever des tranchées, et quelquefois un vent violent venait en peu de temps les combler de nouveau. Les troupes eurent beaucoup à souffrir. Du 4 au 8 janvier, il y eut de nombreux cas de congélation des pieds qui nécessitaient des amputations presque toujours mortelles....

« Le nombre des malades devint très considérable pendant le mois de janvier. Il y eut souvent de 250 à 300 entrées aux ambulances par jour; ce nombre s'éleva même, du 6 au 7 janvier, à 525.... On avait envoyé 54 000 hommes en Crimée; il n'en restait au 18 janvier que 27 000 dont 14 000 à peine étaient en état de faire le service de la tranchée. La cavalerie était presque détruite. »

Le 9 février 1855, nouvelle répartition de l'armée : le 1er corps, général Pélissier, sera chargé de l'attaque de gauche; le 2e, général Bosquet, restant corps d'observation, sera en outre chargé de l'attaque dite Malakoff. Les tirailleurs qui n'ont jusque-là été représentés aux travaux du siège que par leur contingent d'éclaireurs volontaires, concourent dès lors aux services des tranchées, et jusqu'au 9 avril, jour où le feu reprend contre la place, il se passe peu de journées où ils n'aient des tués ou des blessés; 6 officiers sont blessés :

> 3 mars. Kadour Toubar, lieutenant (O);
> 15 mars. Kadour ben Iza, sous-lieutenant (O);
> 24 mars. Omar ben Mohamed Tounci, lieutenant[1] (O);
> — Mohamed ben Aïça, lieutenant (O);
> — Loyer, sous-lieutenant (2e fois) (O);
> 9 avril. Castex, chef de bataillon.

Le 17 mars, le colonel de Wimpffen, nommé général, prend le commandement

---

1. Cet officier mourut le 2 avril des suites de ses blessures.

de la 1ʳᵉ brigade de la 2ᵉ division du 2ᵉ corps, gardant ainsi avec lui ses tirailleurs, à la tête desquels était placé le colonel Rose[1], ancien chef du bataillon d'Alger et de Titteri, ayant sous ses ordres les commandants Castex et Gibon.

A partir du 9 avril, les troupes continuèrent à cheminer sous le feu de l'ennemi, mais appuyées par les batteries assiégeantes qui lançaient chaque jour sur la place plusieurs milliers d'obus[2]. De plus, chaque nuit, on poursuivait la guerre permanente d'embuscades. Le siège se prolongea dans ces conditions pendant les mois d'avril et de mai, où 4 officiers du régiment furent blessés :

> 7 avril. Bonneval, sous-lieutenant (C) (2 blessures);
> 11 avril. Gelly, sous-lieutenant (C);
> Nuit du 9 au 10 mai. Clemmer, sous-lieutenant (O);
> 22 mai. Piétri, capitaine (O) (2 blessures).

Pour repérer leur tir, les Russes avaient dressé un grand mât au centre d'un bastion, qui, pour cette raison, prit le nom de bastion du Mât. « Une sentinelle grimpait à la cime, examinait nos positions, plongeait son regard jusque dans nos tranchées, et puis redescendait pour indiquer aux artilleurs vers quel point devait se diriger leur tir. Nos soldats s'en aperçurent et désignèrent sous le nom de singe vert cette sentinelle d'un nouveau genre. La couleur de son habit lui valut cette plaisanterie. Mais son audace fut autrement payée. Nos soldats abattirent successivement plusieurs *singes verts*, et lorsqu'un certain nombre eut ainsi dégringolé, tombant sans vie d'une hauteur prodigieuse, l'ennemi se dégoûta de son mât de cocagne, et nul ne s'y aventura[3]. » Les soldats avaient donné des noms à chaque espèce de projectiles : les boulets étaient des négros, à cause de leur couleur noire, et les balles de fusil des mouches, à cause du bruit qu'elles produisaient ; une bombe ou un obus attirait presque toujours cet avertissement : « Gare la marmite ! », et lorsque c'était de la mitraille qui arrivait, on criait : « Voilà des patates ! », parce que les balles de mitraille tombées à terre faisaient l'effet de pommes de terre dans un champ après qu'on les a déterrées. On avait calculé, au début du siège, que les Russes nous envoyaient journellement 2 400 000 kilogrammes de fonte, tirés par 800 000 kilogrammes de poudre, et, en forçant un peu les chiffres, les troupiers prétendaient que la mort de chacun d'eux revenait à 60 000 francs à l'ennemi. « Nous pouvons donc mourir, disaient-ils, puisque notre vie coûte si cher. »

Depuis Inkermann, le siège avait coûté aux tirailleurs 80 hommes environ tués ou blessés.

---

1. Le colonel Rose venait du 14ᵉ léger, où il était lieutenant-colonel.
2. Il fut tiré, le 10 avril, 30 000 coups de canon. A la fin du mois, la moyenne journalière descendit à 2 000.
3. De Damas, *op. cit.*

ATTAQUE D'UNE EMBUSCADE RUSSE PAR LES ÉCLAIREURS VOLONTAIRES

Reproduction d'une gravure contemporaine des événements.

On ne pouvait arriver à Malakoff qu'après la prise d'un mamelon, situé à 600 mètres du fort et !nommé le Mamelon-Vert, défendu par 20 pièces de gros calibre. Le terrain qui le séparait de nos tranchées était battu par le feu des Ouvrages-Blancs, bouleversés par nous dans la nuit du 23 au 24 février, mais relevés depuis par les Russes. L'attaque de ces ouvrages ainsi que celle du Mamelon-Vert fut résolue pour le 7 juin.

Les détails d'exécution étaient confiés au général Bosquet, qui devait attaquer avec les 2ᵉ, 3ᵉ, 4ᵉ et 5ᵉ divisions du 2ᵉ corps, mais il lui était recommandé de s'arrêter au mamelon, et de ne pas se laisser entraîner plus loin.

Durant toute la journée du 6, un bombardement violent écrasa le Mamelon-Vert sous une pluie de bombes; à la tombée de la nuit, les ouvrages russes apparurent fortement endommagés.

Le lendemain, à quatre heures et demie du soir, les troupes gagnaient leurs emplacements de combat. Les divisions Camou (2ᵉ) et Brunet (5ᵉ) avaient pour objectif le Mamelon-Vert; les divisions Mayran (3ᵉ) et Dulac (4ᵉ) devaient se diriger sur les Ouvrages-Blancs.

La brigade de Wimpffen, disposée en trois colonnes : tirailleurs à droite, 50ᵉ de ligne au centre, 3ᵉ zouaves à gauche, sort des tranchées à six heures au signal donné par une fusée. Sous les feux convergents de la redoute du grand Redan et des batteries à gauche de la tour de Malakoff, les tirailleurs se précipitent en avant, perdant beaucoup de monde; malgré tout, ils pénètrent dans le Mamelon-Vert; d'autres, le colonel Rose à leur tête, enlèvent une batterie annexe de la redoute et s'y logent victorieusement.

Animés par le succès, n'écoutant que leur ardeur, quelques-uns poussent jusqu'au fossé de la batterie de Malakoff; ils le franchissent et veulent escalader les embrasures. Mais d'énormes réserves russes apparaissent; nous devons reculer jusqu'au Mamelon-Vert, dont une explosion subite nous a chassés; les Russes l'occupent de nouveau.

La brigade de Wimpffen menace d'être écrasée; la 2ᵉ brigade de la division Camou (brigade Vergé), puis la division Brunet sont lancées à la rescousse. Les tirailleurs se battent en désespérés; leur situation devient critique et leurs pertes augmentent de minute en minute, quand arrivent les colonnes de secours. Les parapets sont de nouveau franchis, et, à sept heures et demie du soir, le Mamelon-Vert nous est définitivement acquis; trois retours offensifs des Russes sont repoussés pendant la nuit.

Sur 20 000 hommes engagés de notre côté, 5 000 étaient hors de combat. Sur ce nombre le régiment de tirailleurs figurait pour 28 officiers et 398 hommes, soit près du quart de son effectif.

OFFICIERS TUÉS :

Éberlin, capitaine (O);

Pattier, capitaine (C);

Schweinberg, capitaine (C);

Pacaud, lieutenant (A);

Pelsez, lieutenant (A);

Bourgeois, lieutenant (O);

Coustère, lieutenant (O);

Hannusse, lieutenant (O);

Lautar, lieutenant (25e léger);

Meçaoud ben Mohamed, lieutenant (A);

Gérard, sous-lieutenant (A);

Loyer, sous-lieutenant (O);

Serpentini, sous-lieutenant (C);

OFFICIERS BLESSÉS :

Cibon, chef de bataillon (O);

Conot, capitaine (A);

Piétri, capitaine (2e fois) (O), 3 blessures;

Dejoux, capitaine (O), mort de ses blessures en rapatriement;

Pelisse, capitaine (C);

De Roquefeuil, capitaine (2e bataillon de chasseurs), mort de ses blessures le 18 août;

Véran, lieutenant (C), (2e fois);

Humery, lieutenant (C);

Mahmoud bel Hadj Mahmoud, lieutenant (A);

Mohamed ben Amar Chibli, lieutenant (A);

Jauge, sous-lieutenant (A);

Legrand, sous-lieutenant (O), 2 blessures;

Lange des Ferrières, sous-lieutenant (60e de ligne), mort de ses blessures le 29 juin;

Mohamed ben Abdelkader, sous-lieutenant (A);

Mustapha ben Ferkatadji, sous-lieutenant (C), mort de ses blessures le 22 juin.

Il y avait donc 13 officiers morts et 15 blessés, 4 de ces derniers moururent de leurs blessures; 58 hommes étaient tués et 340 blessés. Le sergent-major Juving et le sergent Massoni (A) avaient reçu chacun 3 blessures.

Le régiment fut cité à l'ordre de l'armée d'Orient « pour la part active qu'il a prise à l'enlèvement de vive force des redoutes russes en avant de Sébastopol ». Il avait déjà eu une fois cet honneur, le 19 mars 1855, « pour l'audace avec laquelle, dans la nuit du 14 au 15 mars, trois compagnies se sont jetées sur une masse d'infanterie russe, l'ont mise en déroute et refoulée dans la place ».

La prise du Mamelon-Vert et des Ouvrages-Blancs eut un effet moral considérable. Les Russes perdaient là leur première ligne de défense; elle fut aussitôt retournée contre eux.

Mais l'assaut du 18 juin échoua, démontrant clairement que l'on ne pouvait avancer que pied à pied, jusqu'au jour où l'on serait assez près pour brusquer l'attaque.

Le 16 août, la part prise par les tirailleurs à la bataille de la Tchernaïa ne fut pas importante et leurs pertes furent insignifiantes. Leur rôle se borna à contribuer avec les autres troupes de la division Camou à repousser la VIIe division russe. On se décida à profiter de l'heureux effet produit par ce succès pour brusquer l'assaut de Malakoff[1].

1. Le régiment de tirailleurs algériens comptait à cette date 68 officiers dont 4 indisponibles et 1476 hommes dont 71 indisponibles (situation d'effectif du 15 août 1855).

II

Le 17 août, nos cheminements étaient parvenus à cent cinquante mètres de la tour Malakoff et du petit Redan; le 2 septembre, ils n'en étaient plus qu'à vingt-cinq ou trente mètres, mais nos pertes journalières étaient de 200 tués ou blessés. Une telle situation ne pouvait se prolonger; le bombardement général, commencé le 5 septembre, fit perdre aux Russes 1500 hommes par jour[1]. L'assaut fut fixé au 8 septembre.

L'attaque sur Malakoff était confiée à la division de Mac-Mahon, ayant en réserve la brigade de Wimpffen et deux bataillons de zouaves de la garde. « Aujourd'hui, dit le général Bosquet à ses troupes[2], c'est le coup de grâce, le coup mortel que vous allez frapper de cette main ferme, si connue de l'ennemi, en lui enlevant sa ligne de défense de Malakoff, pendant que nos camarades de l'armée anglaise et du 1er corps commenceront l'assaut au grand Redan et au Bastion central. C'est un assaut général, armée contre armée; c'est une immense et mémorable victoire dont il s'agit de couronner les jeunes aigles de la France. En avant donc, enfants! A nous Malakoff et Sébastopol! et vive l'Empereur! »

Le 8, à midi, toutes les batteries de siège cessent de tonner pour reprendre un tir allongé sur les réserves ennemies. « A la voix de leurs chefs, les divisions de Mac-Mahon, Dulac et de la Motterouge sortent des tranchées. Les tambours et les clairons battent et sonnent la charge, et au cri de : Vive l'Empereur! mille fois répété sur toute la ligne, nos intrépides soldats se précipitent sur les défenses de l'ennemi. Ce fut un moment solennel[3]. » Peu d'instants après, Malakoff, le petit Redan et la Courtine étaient en notre pouvoir. On eût pu croire la partie terminée et Sébastopol conquis; ce n'était que le premier acte de la lutte.

Les Russes, rejetés hors de l'ouvrage de Malakoff, se forment en trois colonnes, composées l'une du régiment de Briansk, l'autre de celui d'Orel, la dernière, de ceux d'Icletz et de Ladoga, et viennent se heurter aux réserves appelées par le général de Mac-Mahon : brigade de Wimpffen, zouaves de la garde, un bataillon de voltigeurs. Le

1. Camille Rousset, *Histoire de la guerre de Crimée*, t. II, p. 361.
2. Ordre du général Bosquet au 2e corps.
3. Rapport du général Pélissier.

combat devient acharné. Les tirailleurs algériens, entraînés par le colonel Rose, se ruent tête baissée au milieu des Russes, dédaignant de tirer. Le lieutenant-colonel Roques[1] tombe un des premiers; le capitaine Bonnemain (O), atteint par une bombe, est renversé à terre. Le projectile va éclater, et c'en est fait du blessé qui voit venir la mort sans pouvoir rien faire contre elle. Dans cet instant critique, le sergent Mohamed ould el Hadj Kadour se précipite, soulève la bombe, et court vers une traverse blindée derrière laquelle il espère la jeter avant que la mèche n'ait atteint la poudre, mais il n'a pas fait deux pas que la bombe fait explosion, et pendant que les éclats vont achever le capitaine, le sergent, victime de son héroïque dévouement, tombe les deux bras enlevés et la poitrine labourée de profondes blessures[2].

Devant la vigueur de la résistance, les attaques de l'ennemi échouent; il recule, et vers cinq heures du soir, nous n'avons plus à lutter que contre ses batteries. Le fort Malakoff est bien à nous, et de sa prise dépend celle de la ville elle-même, que les Russes évacuent le lendemain. « Sébastopol est tombé; la prise de Malakoff en a déterminé la chute. De sa propre main, l'ennemi a fait sauter ses formidables défenses, a incendié la ville, ses magasins, ses établissements militaires et coulé le reste de ses vaisseaux dans le port[3]. »

La victoire était grande, mais les pertes étaient cruelles : 5 généraux tués, 10 blessés, 150 officiers morts, 244 blessés, 1 489 hommes tués, 4 259 blessés et 1 400 disparus, total 7 551. Les Anglais avaient 2 447 hommes hors de combat, les Sardes 40, en tout pour les alliés, 10 038, en regard de 12 913 Russes.

Pour leur part, les tirailleurs achetaient leur gloire chèrement : 3 officiers tués, 11 blessés dont 3 moururent de leurs blessures, 51 hommes tués ou 204 blessés.

OFFICIERS TUÉS :

MM. Roques, lieutenant-colonel (1er voltigeurs);
Rolland, capitaine adjudant-major (16e léger);
Bonnemain, capitaine (O).

OFFICIERS BLESSÉS :

MM. Lavigne, capitaine (A);
Dermier, capitaine (O);
Quinemant, capitaine (C);
De Lammerz, lieutenant (A);
Meynard, lieutenant (C), mort de ses blessures le 14 septembre;
Baudier, lieutenant (4e ligne), mort de ses blessures le 15 novembre;

MM. Mohamed ben Amar Chibli, lieutenant (A);
Mustapha ben Beyram, lieutenant (A);
Mohamed Ahmoud ben Ali, lieutenant (O);
Abdelkader el Blidi, lieutenant (C), mort de ses blessures le 10 septembre;
Mohamed bel Hadj, sous-lieutenant (A);
Meçaoud ben Ahmed, sous-lieutenant (C).

1. Il avait remplacé au régiment le lieutenant-colonel Lévy, le 28 mai 1855.
2. *Livre d'Or des tirailleurs d'Alger.*
3. Ordre du général Pélissier, en date du 9 septembre.

9

Le 9, dans la journée, le régiment rejoignit son campement sur la Tchernaïa, où il resta jusqu'à la fin de septembre. C'est de là que les tirailleurs partirent pour rentrer en Algérie

L'ordre général du 2ᵉ corps leur apprit le 1ᵉʳ octobre, que leur retour en Algérie était décidé.

« L'Empereur, content des services que vous avez rendus, disait dans cet ordre le général Camou, et heureux de la part glorieuse que vous avez eue dans cette guerre entreprise pour le maintien de la puissance du Sultan, vous rend à l'Algérie et à vos familles.

« Pendant cette lutte mémorable, vous avez été de vaillants soldats et votre brillante conduite vous a acquis, dans l'armée française, une réputation dont nos alliés et votre ennemi lui-même vous ont reconnus dignes en vous égalant à nos meilleures troupes.

« Fatigues des travaux du siège, privations et souffrances de l'hiver, périls des combats, vous avez tout surmonté.

« Le 2ᵉ corps vous fait ses adieux, ainsi que son chef qu'une blessure, reçue en vous conduisant à la victoire, prive du bonheur de vous exprimer lui-même ses sympathies.

« Au camp de la Tchernaïa, le 1ᵉʳ octobre 1855.

« *Le général de division commandant la 2ᵉ division et provisoirement*
      le 2ᵉ corps d'armée,

                              « *Signé* : CAMOU. »

Avant de revenir sur le sol natal, les tirailleurs devaient prendre part au dernier succès de nos armes en Orient.

Le général Bazaine fut chargé d'occuper Kinburn avec une brigade française (général de Wimpffen) et une brigade anglaise (général Spencer)[1]. En s'installant dans cette forteresse, on menaçait Kherson et les communications de l'armée russe avec Nicolaïew.

Le 15 octobre, les troupes étaient débarquées aux environs de Kinburn. Le bombardement suffit à faire capituler la place le 17, sans qu'un assaut eût été nécessaire.

Le général Kokhanowitz, gouverneur, 40 officiers et 1 380 hommes furent faits prisonniers.

1. Brigade de Wimpffen : 14ᵉ bataillon de chasseurs, 95ᵉ de ligne, tirailleurs algériens. Le rapport du général Bazaine donne pour les effectifs les chiffres suivants : brigade anglaise, 4 543 hommes; brigade française, 4 017 hommes, soit 8 560 hommes. Les tirailleurs algériens figuraient dans ce nombre pour 1 257 hommes.

PRISE DE LA TOUR DE MALAKOFF (8 SEPTEMBRE 1855).

Reproduction d'une gravure contemporaine des évènements.

Peu de jours après, le régiment rentrait à Kamiesch, d'où, le 25 octobre, il partait pour l'Algérie à bord de l'*Hercule*.

A Alger, une réception enthousiaste attendait les tirailleurs. « Le soir une diffa homérique leur fut offerte par leurs coreligionnaires d'Alger et, de son côté, la population européenne leur témoigna ses sympathies en les invitant à une soirée théâtrale dans laquelle furent représentés divers épisodes ayant trait à la campagne d'Orient[1]. »

Partis à l'effectif de 2104 hommes, ayant reçu 720 hommes de renfort ou de complément, les tirailleurs avaient eu 907 hommes atteints par le feu. Leurs cadres avaient été durement éprouvés : 27 officiers avaient été tués et 29 blessés; trois de ces derniers l'avaient été deux fois et deux autres, le capitaine Schweinberg et le sous-lieutenant Loyer, après avoir reçu, le premier une blessure et le deuxième deux blessures, furent plus tard tués à l'ennemi. Plus d'un officier sur deux avait donc été touché[2].

« On reconnaissait bien, avant cette guerre, disait en 1864 le commandant Trumelet, chef de bataillon au 1er tirailleurs, que les tirailleurs étaient une excellente et vaillante troupe dans leur pays, mais on paraissait douter qu'ils eussent la même aptitude pour la grande guerre, la guerre avec ses monstrueux engins, — la destruction perfectionnée — la guerre enfin, au delà des mers et loin de la patrie. » Heureusement, il s'était trouvé un colonel qui, ayant été chef de bataillon aux tirailleurs, ne doutait pas d'eux, et qui avait eu assez d'autorité pour faire prévaloir ses idées. L'histoire ne dit pas que la France ait eu à se repentir de la suite donnée à l'entretien de 1854 entre Napoléon III et le colonel de Wimpffen.

Cette campagne et la manière dont les tirailleurs y prirent part étaient la réponse

1. *Livre d'or des tirailleurs indigènes d'Alger*, t. I, p. 172.
2. Pertes du régiment de tirailleurs algériens :

	TUÉS		BLESSÉS		
	OFFICIERS	HOMMES DE TROUPE	OFFICIERS	HOMMES DE TROUPE	TOTAL GÉNÉRAL
Venant du bataillon d'Alger.....	6	64	10	240	320
— — d'Oran	8	62	10	233	313
— — de Constantine	7	54	8	213	282
— d'autres corps..........	6	9	1	32	48
Totaux	27	189	29	718	963

Ces renseignements sont extraits, pour les officiers, du répertoire général des officiers décédés à l'armée d'Orient, et du registre matricule des officiers du régiment de tirailleurs algériens, et pour les hommes, du registre matricule de la troupe du même régiment (Arch. adm. du Minist. de la Guerre). On n'a compté pour les officiers que les blessures reçues depuis la nomination au grade d'officier, ou, pour ceux provenant d'autres corps, les blessures reçues depuis l'arrivée au régiment de tirailleurs algériens.

Ces chiffres sont certifiés exacts, à part ceux qui concernent les hommes de troupe blessés, pour lesquels les registres matricules du régiment de tirailleurs algériens sont incomplets. En Crimée, l'armée française a eu en moyenne 5,8 blessés pour 1 tué. Le total des hommes tués étant certain par suite de son établissement d'après les actes de décès, il a été facile d'en déduire, approximativement, le chiffre des hommes blessés.

la meilleure à l'opposition de certains officiers à l'emploi des soldats indigènes en dehors de l'Algérie. L'effet produit par la conduite de ceux-ci fut très grand. Dès lors, ils allaient être conviés chaque fois qu'il s'agirait de planter ou de défendre le drapeau de la France dans n'importe quelle partie du monde.

À leur rentrée en Algérie, les turcos avaient eu les honneurs d'un ordre spécial du gouverneur[1].

« Le gouverneur général se fait l'interprète de l'armée d'Afrique, dit le général Randon, en exprimant au régiment de tirailleurs algériens et aux officiers qui le commandent, la joie que chacun éprouve de les revoir.

« Notre plus vive sollicitude les avait accompagnés au milieu des rudes combats et des mémorables batailles auxquels ils ont pris une glorieuse part. Aujourd'hui, nous les accueillons comme des frères d'armes, qui ont mérité de la Patrie et de l'Empereur.

« Honneur à ces braves enfants qui ont si dignement représenté l'armée d'Afrique et d'Algérie tout entière!

« Des ordres sont donnés pour que chaque tirailleur rentre dans sa province; c'est la première récompense qui leur est due; ils auront des permissions pour aller revoir leurs familles, et raconter dans le douar les hauts faits de l'armée française.

« Les tirailleurs qui ont droit à leur congé, le recevront avec leur masse, au 1er janvier, à moins qu'ils ne préfèrent reprendre leur place dans le rang et servir de modèles aux soldats moins expérimentés qu'eux.

« Quelque part que ces braves tirailleurs se trouvent, ils auront droit à la protection de l'autorité, ils seront en Algérie les enfants de prédilection de la France, et l'Empereur, qui apprécie tous les services rendus, n'oubliera pas les leurs.

« *Le général de division gouverneur général de l'Algérie,*

« Signé : Cte RANDON. »

1. Ordre général de l'armée d'Algérie n° 275, en date du 29 novembre 1855.

DEUXIÈME PÉRIODE

LE 1ᵉʳ RÉGIMENT DE TIRAILLEURS ALGÉRIENS

(1855-1872)

CRÉATION DU 1er RÉGIMENT DE TIRAILLEURS ALGÉRIENS

MODIFICATIONS APPORTÉES A SON ORGANISATION

JUSQU'EN 1872

Le 9 janvier 1855, un décret impérial avait créé un second bataillon de tirailleurs indigènes dans chacune des trois provinces. Le commandant Wolff fut le chef du 2e bataillon d'Alger, dont l'état-major et le dépôt furent placés à Dellys. L'ancien bataillon quitta alors sa dénomination « de bataillon indigène des provinces d'Alger et de Titteri » pour prendre celle de 1er bataillon de tirailleurs indigènes d'Alger.

Le 1er bataillon céda 82 hommes au 2e pour la formation et les trois bataillons d'infanterie légère d'Afrique donnèrent aux 2es bataillons indigènes, les cadres de leurs 8e, 9e et 10e compagnies [1] ; ceci a pu faire croire que les bataillons d'Afrique avaient envoyé des renforts au régiment de tirailleurs de Crimée ; il n'en est rien. Ils ne lui ont fourni, comme beaucoup d'autres corps de l'armée, que quelques hommes en très petit nombre. Le 2e bataillon d'Alger ne fut tout d'abord constitué qu'à 4 compagnies ; il devait être porté à 8 au fur et à mesure des besoins.

Dès que le retour du régiment de tirailleurs de l'armée d'Orient fut décidé, une nouvelle organisation fut adoptée ; le décret impérial du 10 octobre 1855 créa 3 régiments de tirailleurs algériens à 5 bataillons.

L'avancement aux grades de sous-lieutenant, lieutenant et capitaine, au lieu de s'effectuer sur l'ensemble des bataillons, s'opérerait dorénavant par régiment.

En conséquence, les 1er et 2e bataillons d'Alger, et le régiment de Crimée furent dissous le 51 décembre, et le 1er régiment de tirailleurs algériens se composa des éléments de ces deux bataillons et des contingents du régiment de Crimée, originaires de la province d'Alger, environ 6 compagnies [2]. Le 1er janvier 1856, la formation à Blida du 1er tirailleurs était effective.

---

1. Le 2e bataillon indigène d'Alger reçut en mars 1855 les cadres provenant du 2e bataillon d'infanterie légère d'Afrique.

2. L'effectif total du 1er tirailleurs fut de 106 officiers dont 36 indigènes, 279 hommes de troupe français, 54 français ou indigènes, 3 726 indigènes.

Depuis cette date, bien des décrets en ont modifié l'organisation[1]. Il ne sera parlé ici que des plus importants.

Après la campagne d'Italie, le bataillon expéditionnaire fourni par le 1er tirailleurs fut fondu dans le régiment; en même temps, le nombre des compagnies de chaque bataillon, fixé à 6 au début, fut porté à 7 (décret du 13 août 1859), puis celui des bataillons de chaque régiment à 4 (décret du 15 novembre 1865). Cette organisation, immédiatement commencée, ne fut terminée qu'à la date du 21 février 1866.

En 1865, après la création du 4e bataillon, le 1er tirailleurs fut ainsi réparti :

Blida. . . . .   État-major et 11 compagnies,
Alger. . . . .   5 compagnies;
Sidi Ferruch. .   1 compagnie;
Douera. . . .   1 compagnie;
Orléansville. .   1 compagnie;
Fort-Napoléon.   2 compagnies;
Laghouat. . .   5 compagnies;
Mexique. . .   2 compagnies.

La portion centrale du régiment avait été transférée à Medea en 1863, mais elle revint à Blida en 1865 pour ne plus quitter cette ville.

Trois ans auparavant, le 28 février 1863, un bataillon, fourni à tour de rôle par chacun des régiments de tirailleurs, ayant dû être envoyé à Paris chaque année, le 3e bataillon du 1er régiment (commandant Cérez) fut désigné. Il arriva dans la capitale le 16 mai, et fut placé dans la 2e brigade (général Rose) de la 2e division (général Camou) de la garde impériale commandée par le maréchal Regnault de Saint-Jean-d'Angély.

Cette année 1863, le 1er tirailleurs était représenté : en Europe, par son bataillon

---

1. État-major du régiment à sa formation :

    MM. Rose, colonel (du régiment de Crimée);
        Montfort, lieutenant-colonel (du régiment de Crimée);
        Bartel, major (du régiment de Crimée);
        Roussel, capitaine trésorier (du 1er bataillon d'Alger);
        Berthiaux, capitaine d'habillement (du régiment de Crimée);
        Lemoine, sous-lieutenant adjoint au trésorier (du régiment de Crimée);
        Roussel, sous-lieutenant porte-drapeau (du 1er bataillon d'Alger);
        Panier, médecin-major de 1re classe (du 1er bataillon d'Alger);
        Driard, médecin aide-major de 1re classe (hôpitaux de l'armée d'Orient);
        Hanse, médecin aide-major de 1re classe (du 1er bataillon d'Alger);
            Chefs de bataillon :
    MM. Péchot (du 1er bataillon d'Alger);
        Wolff (du 2e bataillon d'Alger);
        Gibon (du régiment de Crimée).

FANTASIA A PIED.
Dessin de Marius Perret, d'après nature.

de Paris; en Asie, par ses deux compagnies de Cochinchine; en Afrique, par le régiment; en Amérique enfin, par ses deux compagnies du Mexique.

En 1867 et en 1870, c'est de nouveau le 1ᵉʳ tirailleurs qui fournit le bataillon de Paris. Aussitôt après la déclaration de guerre, ce bataillon (commandant Sermensan) quitta la capitale, par voies rapides, pour être dirigé sur l'Alsace.

« Après la guerre de 1870, on renonça à avoir des turcos à Paris. On ne voulait pas d'une troupe qui eût été sous la main du gouvernement un instrument aveugle. On craignait qu'en cas de troubles elle n'appliquât une répression impitoyable. On voyait déjà la tête des Parisiens révoltés fauchée par le cimeterre selon la mode arabe [1]. »

Le choléra de 1866 épargna presque les tirailleurs, comme cela avait déjà eu lieu en 1854 dans la Dobrutscha et en 1859 au Maroc [2], par contre la peste de 1867 les frappa cruellement.

En 1861, les inconvénients de la situation des soldats indigènes, qui n'étaient liés au service par aucun engagement étant devenus trop frappants, par suite de la variation incessante dans les effectifs, une décision impériale établit qu'ils s'engageraient et se rengageraient devant les fonctionnaires de l'Intendance, et pour une durée de quatre ans (Décision du 8 juin). Ils avaient dès lors des garanties, mais devaient aussi en fournir (certificat de moralité, certificat d'aptitude physique).

Cette même décision fixait le maximum de l'effectif de chaque régiment de tirailleurs à 2000 hommes, et déterminait les tarifs de solde. Jusque-là, les tirailleurs indigènes devaient, avec leur solde, pourvoir à leur nourriture. A partir de 1861, l'État, diminuant leur solde de moitié (tirailleurs de 1ʳᵉ classe, 0 fr. 60; de 2ᵉ classe, 0 fr. 50), leur donna en plus des armes et des vêtements, les vivres de campagne, et les rations de chauffage dans toutes les positions. Quant aux sous-officiers et caporaux indigènes, ils conservèrent les soldes du tarif du 1ᵉʳ mars 1856 : adjudant, 1 fr. 98; sergent-major 1 fr. 50; sergent, 1 fr. 25; caporal, 1 fr. 10.

Les cadres français (sous-officiers, caporaux, soldats, tambours et clairons) eurent les mêmes allocations qu'aux zouaves.

Le premier rengagement donnait droit à une prime de 50 francs et à une haute paye de 0 fr. 05; on accordait la même prime et une augmentation de 0 fr. 05 dans la haute paye, après chaque rengagement, jusqu'au troisième inclusivement. Celles des sous-officiers étaient de 0 fr. 05, 0 fr. 15 et 0 fr. 20. Il est à remarquer, ce qui

---

1. Général du Barail, *Mes souvenirs*, t. I, p. 74.
2. Au sujet de cette dernière épidémie, voir plus loin, l'expédition du Maroc.

constitue une différence essentielle avec le système actuel, que ces primes et ces hautes payes n'étaient payées que si le rengagé restait au service *sans interruption*.

Il fut vite reconnu que le chiffre de 2000, comme maximum d'effectif, était trop faible, et pour diminuer les charges de recrutement pesant sur la métropole, le décret du 15 novembre 1865 supprima cette clause. Ce décret eut pour conséquence l'arrêté ministériel du 9 juin 1866. Pour attirer les indigènes par la solde, on décida que les rengagements pourraient être de sept ans, donnant droit à 700 francs de prime, payables par moitié au moment du rengagement et moitié à la libération du service. Ceux de moins de sept ans donnaient droit à une prime de 100 francs par année de rengagement, jusqu'à quatorze ans de services.

Entre temps, le décret du 21 avril 1866 avait modifié profondément la situation des soldats indigènes.

Par l'article 1er, les troupes indigènes, comptant dès lors dans l'effectif général, étaient déclarées faire partie de l'armée française.

Dans le dernier trimestre de sa quatrième année de service, l'indigène pourrait être admis par le conseil d'administration du corps à contracter un rengagement, soit pour un corps indigène, soit pour un corps français. Les engagements seraient de quatre ans.

On devait à l'avenir appliquer aux indigènes :

1° Le Code de Justice Militaire pour les armées de terre et les règlements les concernant;

2° La loi du 19 mai 1834, sur l'état des officiers;

3° La loi sur les pensions de l'armée de terre, à la condition, en ce qui concerne les veuves et les orphelins, que le mariage aurait été contracté dans la loi civile française.

Pour augmenter le recrutement et retenir les Arabes et les Kabyles au service, on porta la prime, pour un rengagement de sept ans à 1000 francs, dont 400 francs payables au moment du rengagement, et 600 francs à la libération définitive du service. Les rengagements pour moins de sept ans donnèrent droit, jusqu'à quatorze ans de services, à une somme de 140 francs par année de rengagement, dont 60 francs payables au moment du rengagement et 80 fr. à la libération définitive (arrêté du 15 avril 1867).

Trois périodes, en résumé, dans l'organisation intérieure des corps indigènes : de 1841 à 1861, l'indigène n'est lié au service par aucun engagement, l'État l'arme et l'habille; à partir de 1861, il est lié par des engagements et des rengagements, l'État l'arme, l'habille et le nourrit; depuis 1866 enfin, il a droit à une pension de retraite par ancienneté de service.

Cette organisation dura jusqu'après la guerre contre l'Allemagne. En 1872, elle fut remaniée, puis successivement modifiée pour être amenée à ce qu'elle est actuellement.

PREMIÈRE PARTIE

CAMPAGNES EN ALGÉRIE

CHAPITRE PREMIER

CONQUÊTE DE LA KABYLIE (1856-1857) ET EXPÉDITION DU MAROC (1859)

I

COLONNES EN KABLYE (JANVIER-OCTOBRE 1856). — EXPÉDITION CONTRE LES CHEURFA
(SEPTEMBRE 1856)

« Le conquérant, écrivait, en 1845, le maréchal Bugeaud à Adolphe Blanqui, ne peut pas s'arrêter dans la conquête d'un même pays; il est obligé de tout prendre lorsqu'il se contenterait de la partie. Les Maures, pour n'avoir pas fait la conquête des Asturies, y ont laissé se former l'orage qui les a chassés d'Espagne[1]. »

Voisine trop rapprochée et, par conséquent, dangereuse des territoires soumis à notre domination, refuge assuré de tous les agitateurs, la Kabylie devait, nécessairement, nous donner la tentation de la ranger sous notre obéissance. Le maréchal Bugeaud, en 1844, puis le général d'Hautpoul, en 1851, avaient vainement demandé la permission d'agir contre ce pays, qui était resté pour les Arabes un asile inviolable, et dont les habitants avaient continué à venir piller en territoire français.

En 1852, le général Randon avait enfin obtenu cette autorisation; cette année-là, le général de Mac-Mahon, puis, en 1853 et 1854, le général Randon, entrèrent en Kabylie, mais la réduction des effectifs de l'armée d'Afrique, conséquence de la guerre d'Orient, avait fait croire à un affaiblissement de notre puissance militaire, et les incursions des Kabyles avaient recommencé.

---

1. Lettre en date du 14 août 1845, publiée par M. Daniel Maze, dans la *Revue de Paris* du 15 juin 1898.

Le 20 janvier 1856, le poste de Tizi Ouzou fut subitement investi par des fractions de diverses tribus kabyles, toutes excitées par les Beni Raten.

L'approche de la colonne Deligny, dont fit partie le 2ᵉ bataillon du 1ᵉʳ tirailleurs (commandant Wolff), suffit pour débloquer le bordj. Puis, pour faire un exemple, on se jeta sur les Aït Ouaguenoun. Le 30 janvier, les tirailleurs, en tête de colonne, enlevèrent le village de Tikobaïn, après un court combat où ils eurent leur commandant et 4 hommes blessés, dont 2 moururent peu après.

Le 1ᵉʳ bataillon, qui était venu relever le 2ᵉ au début de février, perdit 2 blessés dans un engagement le 14 mai, et 1 tué pendant les derniers jours du même mois, en soutenant la retraite.

Mais à la fin d'août, Dra el Mizan faillit être surpris comme Tizi Ouzou et, comme ce poste ne disposait que d'une faible garnison, les conséquences de cette surprise eussent sans doute été plus graves.

À cette date, la guerre était terminée en Orient. « Vous m'avez fait connaître, écrivit le maréchal Randon, gouverneur général, au maréchal Vaillant, ministre de la guerre, que la volonté de l'Empereur était de me donner, quand la paix sera conclue, les troupes nécessaires pour faire en Kabylie une sérieuse et, s'il plaît à Dieu, une dernière expédition. » Comme rien n'arrivait, et qu'il fallait pourtant agir, deux divisions expéditionnaires furent formées (généraux Renault et Yusuf); le 1ᵉʳ tirailleurs y envoya son 1ᵉʳ et son 3ᵉ bataillon qui furent placés dans la 3ᵉ brigade (colonel Bataille) de la division Yusuf.

Le 4 septembre, cette brigade s'engage contre les Kabyles en marche sur Dra el Mizan, et les repousse sans trop de difficultés; 2 tirailleurs sont blessés dans cette journée. Le 11, au soir, le 1ᵉʳ bataillon en grand'garde est fortement attaqué par de nombreux groupes de Kabyles, mais, tournés par 2 compagnies, ceux-ci reculent et se bornent à tirailler, ne blessant que quelques hommes; le bataillon a malheureusement à déplorer la mort du sergent-major Segondy. Envoyé pour porter un ordre au chef d'un poste avancé, il s'égare et est surpris par les montagnards qui lui coupent la tête.

Les attaques d'avant-postes continuent le 12, où un tirailleur est tué, le 13, où la 3ᵉ compagnie du 3ᵉ bataillon (capitaine Courmaux), placée en flèche en avant des postes détachés, est vivement attaquée. Il faut la renforcer successivement de la 4ᵉ (lieutenant Grésy) et de la 1ʳᵉ (lieutenant de Lammerz); cette dernière, armée de fusils à tiges, fait le plus grand mal à l'ennemi. Mais au moment où la compagnie Courmaux se reforme pour rentrer au camp, elle est entourée brusquement par une nuée de Kabyles qui, à la faveur des hautes touffes de diss, ont pu arriver en rampant jusqu'à elle; ils tirent à

CARTE DE LA KABYLIE.

11

bout portant et font tomber 8 tirailleurs à cette première décharge; la compagnie se précipite aussitôt en avant, et rejetté l'ennemi dans les ravins. Cette affaire coûta aux compagnies engagées 3 tués et 14 blessés. Les troupes vont ensuite brûler les villages des Fickat, mais les Kabyles attaquent avec furie les troupes de protection, composées des tirailleurs, qui ne peuvent repousser l'ennemi qu'après un vif combat où est blessé mortellement le lieutenant Leprêtre, frappé d'une balle à la poitrine[1].

Jusqu'au 26 septembre, les troupes ravagent les territoires des Fickat, des Aït Ismaïl, des Aït Koufi et des Aït Ali, perdant dans ces diverses rencontres, plusieurs blessés, dont 4 tirailleurs.

Le maréchal Randon vint prendre le commandement des deux divisions le 26 septembre. Attaquées l'une après l'autre, les fractions des Guechtoula avaient toutes fait leur soumission le 3 octobre, à l'exception des Aït Bou Ouadou. Cette tribu fut razziée et ses villages furent détruits le 4 octobre, après un assaut où le 1er bataillon eut 1 tué et 5 blessés.

Restaient les Aït Douela; la division Renault, rejointe par le colonel Pellé[2], venue de Tizi Ouzou, fut chargée de les réduire. Le 7, lorsque la brigade Pellé, en tête de colonne, attaqua les villages des Douela, le 13e bataillon de chasseurs à pied éprouva de très grandes difficultés dans sa marche en avant; mais la compagnie Casadavant, lancée à la baïonnette, culbuta bientôt les Kabyles, perdant 3 tués et 9 blessés dont 1 officier, le sous-lieutenant Thierry. Cette même compagnie, formant, le 9, l'extrême arrière-garde de la colonne en retraite, perd 1 tué et 6 blessés.

Cette expédition de la Kabylie occidentale coûtait au régiment 14 tués, dont 1 officier, et 45 blessés, dont 2 officiers.

Pendant ce temps, les Cheurfa, tribu voisine du bordj des Beni Mansour, après s'être compromis avec nous, venaient de faire cause commune avec les tribus insoumises. Le colonel Dargent, commandant la subdivision d'Aumale, organisa contre eux une colonne dont fit partie le 2e bataillon du 1er tirailleurs (commandant Wolff[3]).

Le 28 septembre, au pied des villages des Cheurfa, la compagnie Béchade eut un caporal blessé grièvement, mais elle avait reconnu la position qui fut attaquée le lendemain. Le 29, à trois heures trois quarts du matin, après avoir franchi l'oued

1. Cet officier mourut le 17 septembre à Dra el Mizan.
2. Colonne PELLÉ : infanterie de ligne (4 bataillons); 1er tirailleurs (4e compagnie du 1er bataillon, capitaine CASADAVANT).
3. Colonne DARGENT : 1er tirailleurs (1 bataillon). 7e hussards (1 escadron), artillerie (1 section).

Sahel avec de l'eau jusqu'à la ceinture, les tirailleurs étaient au bas des pentes, formés pour l'assaut. Sur l'ordre de leur commandant, ils s'élancèrent, gravissant dans une nuit obscure les pentes rocheuses, s'accrochant aux aspérités du sol. Les Cheurfa, qui occupaient le sommet, atteignirent 2 tirailleurs qui roulèrent dans le ravin. L'ascension continua pourtant avec la même ardeur, et on arriva bientôt au rebord du plateau, d'où l'ennemi fut chassé; le terrain fut vivement dégagé, et les Kabyles terrifiés cherchèrent leur salut dans la fuite. Les tirailleurs perdaient 2 tués et 2 blessés.

II

CAMPAGNE DE KABYLIE (MAI-JUILLET 1857).

Le 10 octobre 1856, en licenciant ses troupes, le maréchal Randon les avait prévenues qu'elles reviendraient bientôt en Kabylie : « Vous ne direz pas un long adieu aux montagnes que vous venez de parcourir, nous y reparaîtrons au printemps, et nous conquerrons cette Kabylie où nul n'aura pénétré avant nous[1]. »

« La conquête de la Kabylie, écrivait deux mois plus tard le maréchal Vaillant, ministre de la guerre, au maréchal Randon, est comme un siège à entreprendre; on marchera pour ainsi dire à la sape; ce qu'on aura pris ou enlevé devra être définitivement acquis à nos troupes.... Le temps, la patience, les routes, les points fortifiés, voilà nos moyens de dompter ces fiers Kabyles, dignes de nous par leur énergie et leur courage. »

Le plan de campagne fut envoyé par le gouverneur général au ministre le 15 janvier 1857, mais l'autorisation d'agir ne fut donnée qu'en avril, après un voyage qu'avait dû accomplir en France le maréchal Randon pour faire triompher son projet.

Trois divisions d'infanterie furent organisées, sous les ordres des généraux Renault, Mac-Mahon et Yusuf[2].

---

1. Camille Rousset. *La conquête de l'Algérie*, t. II, p. 555.

2.

1re division : général RENAULT	{ 1re brigade : général de Liniers. 2e brigade : général Chapuis.
2e division : général de MAC-MAHON	{ 1re brigade : général Bourbaki. 2e brigade : général Périgot.
3e division : général YUSUF	{ 1re brigade : général Gastu. 2e brigade : général Deligny.

Brigade DE LINIERS : 8e bataillon de chasseurs, 23e et 90e de ligne. — Brigade CHAPUIS : 41e et 56e de ligne, 1er tirailleurs.

Une 4ᵉ allait se constituer dans la basse vallée de l'oued Sahel (général Maissiat). Ces quatre divisions comptaient 26 700 fantassins, et l'effectif total des troupes atteignait 35 000 hommes.

Les trois premières divisions devaient se concentrer dans la vallée du Sebaou, au pied des montagnes ennemies, et entrer dans la grande Kabylie par le nord ; la dernière, placée sur le versant sud du Djurdjura et aux frontières ouest et sud-ouest de la Kabylie, appuierait le mouvement des autres troupes et intercepterait le passage aux fuyards.

Le 1ᵉʳ tirailleurs fournit deux de ses bataillons, le 2ᵉ (commandant Wolff) et le 3ᵉ (commandant Gibon), plus les 1ʳᵉ (capitaine Panier des Touches), 5ᵉ (capitaine Liébert), et 6ᵉ (capitaine Delastre de Valdufresne) compagnies du 1ᵉʳ bataillon. Ces deux dernières furent placées à la division Yusuf.

Le 23 mai, la marche en avant fut annoncée aux troupes par un ordre du maréchal :

« ... Demain, nous attaquerons la plus puissante tribu de la Kabylie ; elle se défendra bravement, j'y compte. Votre gloire en sera plus grande.... »

Cette tribu, les Beni Raten, qui avait soulevé contre nous, en 1855, les Beni Ouaguenoun et, en 1856, les Guechtoula, occupait 60 villages sur plusieurs crêtes issues d'un plateau commun, celui de Souk el Arbâa, point central des positions géographiques et lieu du marché principal. Ce plateau est le nœud et la véritable clef des montagnes dont nous voulons nous rendre maîtres. Il est à 800 mètres au-dessus de Sikh ou Medour, notre point de départ ; trois contreforts s'en détachent, descendant par des pentes très raides sur la vallée du Sebaou, occupée par nous. Sur ces crêtes étroites s'élèvent de distance en distance des pitons rocheux, formant une série de retranchements naturels, véritables nids d'aigles où sont assis les principaux villages des Beni Raten, entourés, comme tous les villages kabyles, de précipices ou de pentes à pic. Un seul chemin y donne accès ; une muraille de défense de quinze à vingt pieds de haut en fait le tour. Aux maisons inégales, des meurtrières seulement pour tenir lieu de fenêtres ; pour le village entier, une seule porte, voûtée et massive. Des ruelles étroites et enchevêtrées sans motif ; comme monuments publics, la mosquée et la *djemâa* (maison de ville) ; tout est construit là en vue du siège et de la défense ; la guerre, la vie de surprises et d'attaques est la vie ordinaire des habitants.

Chez les tribus kabyles, avec leur individualité farouche, leur passion d'égalité et d'indépendance, leurs instincts municipaux très développés, il faut descendre jusqu'au village pour trouver un semblant d'organisation. C'est l'unité politique et administrative ; l'*amin* en est le chef. Au-dessus du village, la tribu a à sa tête l'*amin el oumena* (amin des amins). Ces tribus forment généralement des confédérations ou *kebila*, qui occupent un système de montagnes; la tribu tient un des contreforts de ce système, le village un piton du contrefort. Ces confédérations ne sont jamais réunies entre elles d'une façon permanente; elles se liguent pour une cause passagère, attaque ou défense.

Contre un étranger, tout le monde marche; c'est le devoir le plus sacré; tous les hommes ont un fusil, des cartouches, une giberne. Sur le versant nord du Djurdjura, les tribus kabyles peuvent mettre en ligne 29 000 fantassins[1].

Embusqués derrière les haies et les coupures de leur sol accidenté, les Kabyles combattent presque toujours à couvert. La nuit, ils tirent presque incessamment pour exciter l'ennemi à répondre et ensuite faire feu sur la lueur de ses coups de fusil. Féroces après la lutte, ils accordent rarement de quartier. Ils tiennent jusqu'à la mort sur leur position, tant que la retraite n'est pas coupée. Leur pays se prête merveilleusement à cette guerre de surprises, où le courage et l'habileté individuels ont un si grand rôle à jouer; c'est une sorte de Vendée kabyle, mais avec les montagnes en plus. « Si le bon Dieu avait eu le sac au dos, quand il a fait les montagnes, disaient nos troupiers en gravissant les pentes de la Kabylie, il ne les aurait pas faites comme cela. » Des ravins profonds, fourrés et souvent à pic, rendent toute communication impossible entre les contreforts des Beni Raten, occupés chacun par une de leurs trois principales fractions : les Aït Oumalou à l'est, les Aït Akerma au centre et les Irdjen à l'ouest.

C'est par les crêtes des Aït Akerma et des Irdjen, les plus difficiles d'accès, mais dominant le mieux cet inextricable pays, que le maréchal Randon a résolu de s'ouvrir un chemin jusqu'à Souk el Arbâa.

La division Renault, formée en trois colonnes d'assaut, était massée le 24 mai au jour. La colonne de droite (général Chapuis) enlèvera la position de Taksebt, puis attaquera le village d'El Djemâa par la gauche. La colonne du centre chargée de l'attaque de front passera par le village de Souk el Hâad. Celle de gauche (colonel Rose) remontera les pentes abruptes du contrefort des Irdjen et se dirigera sur Tiguert Ahla, premier village de la crête, afin de menacer sur leurs derrières les défenseurs d'El Djemâa. Enfin la brigade de Liniers doit former réserve générale en arrière de l'extrême droite, et couvrir le biscuit-ville de Sikh ou Meddour.

À six heures, les troupes de la colonne Rose[2] sont à cinq cents mètres du pied des premières pentes. À ce moment, les Kabyles embusqués ne tiraient pas encore, mais tirailleurs et montagnards, parlant le même dialecte, se lançaient dans leur langue

---

1. D'après le maréchal Randon, *Mémoires*, t. I, p. 500.

2. Colonne Rose : 8ᵉ bataillon de chasseurs (1 compagnie), 90ᵉ de ligne (1 bataillon), 1ᵉʳ tirailleurs (2ᵉ bataillon).

maternelle toute la série d'injures et de malédictions dont elle est si riche; lorsque l'escalade commence, les premières balles kabyles partent, abattant plusieurs hommes; le sous-lieutenant Legent est atteint au pied, mais les tirailleurs ne ripostent pas, et grimpent, le fusil en bandoulière; l'ennemi essaye de tenir en avant du village de Taranimt; il est attaqué, débordé et repoussé en un clin d'œil.

La 2ᵉ compagnie (capitaine Bézard), en tête de colonne, atteint bientôt le village de Tiguert Ahla; elle est alors renforcée par le reste du 2ᵉ bataillon devant lequel les Beni Raten ne peuvent tenir et sont obligés de s'enfuir. A sept heures, la crête du contrefort des Irdjen était atteinte et Tiguert Ahla en notre pouvoir. Pendant cette rapide ascension, le 2ᵉ bataillon n'avait eu que 5 hommes tués et 6 blessés.

Le 3ᵉ bataillon, en avant des troupes du général Chapuis[1], pénètre dès sept heures dans El Djemâa. A ce moment, il ne reste donc plus qu'à enlever les positions dominantes en avant de nous; le colonel Rose, appuyé par l'artillerie, flanqué sur sa droite par la colonne Chapuis, et ayant en première ligne le 2ᵉ bataillon de son régiment, enlève les villages de Tamarzit et des Aït Saïd bou Zeggan, ainsi que le plateau d'Ouailel, où le général Renault établit vers dix heures et demie les bivouacs de sa division.

Pendant que la colonne de gauche poursuit chaudement l'ennemi et, après l'avoir débusqué de toutes ses positions, tient en respect dans la position d'Ouailel, les gens d'Ibachiren et d'Azouza placés devant elle, le bataillon Gibon, qui marche en tête de la colonne de droite, protégeant ainsi le flanc droit de toute l'armée, livre un combat des plus meurtriers. Les Kabyles avaient laissé les troupes s'engager dans les montagnes, mais voulaient maintenant culbuter notre extrême droite dans les ravins effroyables qui nous environnent de toutes parts. La colonne s'allonge démesurément, et la tête est obligée de s'arrêter pour laisser serrer; c'est le moment désiré et attendu par l'ennemi, qui se rue sur nos troupes par trois fois et est trois fois arrêté par un feu rapide; les femmes, faisant entendre leurs *you you* stridents, se mêlent aux combattants, leur apportent des munitions, relèvent les blessés. C'est une lutte acharnée où, le courage étant égal de part et d'autre, le succès devait rester à la discipline et à l'intelligence. A la 3ᵉ compagnie (capitaine Millot), le fanion change cinq fois de main : le sergent El Arbi ben Dervich, qui le portait au début de l'action, est tué; un sergent français le relève, il est blessé; le sergent Ali ben Saïd, qui le prend à son tour, a les épaules traversées par une balle; le caporal Cavet lui succède,

1. Colonne de droite : 8ᵉ bataillon de chasseurs (2 compagnies), 41ᵉ de ligne (2 bataillons), 1ᵉʳ tirailleurs (3ᵉ bataillon).

il a la jambe fracassée ; le fourrier Angély, prenant le fanion, est grièvement. blessé.
À peu de distance, le lieutenant Roussel avait la mâchoire brisée par une balle.

Le 3ᵉ bataillon se dégage pourtant à l'arrivée des chasseurs à pied, suivis du
reste de la colonne, et va rejoindre le 2ᵉ à Ouailel.

Les pertes de cette journée portaient surtout sur la division Mac-Mahon, elle avait

VILLAGE KABYLE.
D'après une photographie du commandant Lamy.

51 tués et 233 blessés ; la division Yusuf comptait 3 tués et 35 blessés ; la division
Renault 33 tués et 177 blessés ; le 1ᵉʳ tirailleurs figurait dans ce nombre pour 26 tués
et 71 blessés, dont 2 officiers.

Les deux compagnies (5ᵉ et 6ᵉ) du 1ᵉʳ bataillon détachées à la division Yusuf
avaient eu 3 tués et 8 blessés.

Le lendemain, dès l'aube, la lutte recommençait. Pour en finir, le général
Renault forma une colonne mobile : compagnies d'élite des 41ᵉ et 90ᵉ de ligne,
2ᵉ, 3ᵉ et 4ᵉ compagnies du 2ᵉ bataillon de tirailleurs. Celles-ci eurent l'honneur de
marcher en tête, et grâce à l'énergie de l'attaque, elles n'eurent dans cette affaire
que 3 blessés.

« Tout à coup, vers midi, le feu cessa; vers trois heures, on vit une grande foule s'agiter sur le plateau; puis on entendit une grande salve. C'était, suivant l'usage kabyle, l'adieu des contingents étrangers. Les Beni Raten avaient décidé de se soumettre; les autres retournaient chez eux. Dans la soirée, les premiers firent demander au maréchal vingt-quatre heures d'armistice; elles leur furent accordées[1]. »

Le 26, dans l'après-midi, la soumission des Beni Raten était un fait accompli.

Laissons ici la parole à un témoin oculaire, le prince Georges Bibesco :

« Il nous semble les voir encore, ces soixante parlementaires des Aït Iraten; pas un n'avait manqué à la lutte de la veille, ils s'étaient battus, ils avaient souffert, plus d'un burnous portait des traces de sang; mais sur les figures, ni humiliation, ni repentir. Amenés auprès du général en chef, ils viennent, sans lui baiser la main, s'asseoir en cercle devant lui; l'orateur qu'ils ont choisi se place au centre, ils se taisent.

« Kabyles ici présents, leur dit le maréchal, qui êtes-vous? — Nous sommes les *amins* des Aït Iraten. — Venez-vous au nom de la confédération entière, et les promesses que vous aurez faites seront-elles tenues par tous? — Oui, nous représentons tous les Aït Iraten; la parole que nous aurons donnée, tous y demeureront fidèles. — Écoutez alors mes conditions. Si vous les acceptez, vous me laisserez des otages en garantie; si elles ne vous conviennent pas, retournez à vos fusils, nous retournerons aux nôtres, et la guerre décidera. — Tu es le vainqueur, parle, nous nous soumettons. — Vous reconnaîtrez l'autorité de la France et payerez une contribution de cent cinquante francs par fusil. — Beaucoup d'entre les Aït Iraten sont pauvres et incapables de fournir une somme aussi forte. — Vous ne manquiez pas d'argent quand il s'agissait de fomenter la révolte dans les tribus qui nous étaient soumises; les riches payaient alors pour les pauvres. Vous ferez de même aujourd'hui, il le faut. — Soit, nous payerons. — L'autorité française aura le droit d'ouvrir des routes, de construire des forts dans vos montagnes. — Oui. — En revanche, vous serez admis sur nos marchés, vous circulerez à votre gré dans toute l'Algérie, et avec le produit de votre travail, vous pourrez gagner, cette année même, de quoi acquitter votre contribution de guerre. » L'orateur kabyle ne répond pas. « Dès que vous aurez livré vos otages, vous serez libres. On respectera vos personnes et celles de vos femmes et enfants; on respectera vos biens; on ne touchera ni à vos maisons, ni à vos arbres, ni à vos champs, sans vous indemniser. » Même silence. « Enfin, je ne vous imposerai ni

---

1. Camille Rousset. *La conquête de l'Algérie.* T. II, p. 362.

caïds ni cheicks arabes. Vous garderez, sous la surveillance de l'autorité française, vos lois et vos institutions, vous conserverez vos *djemâas* dans chaque village: vous élirez, comme par le passé, vos *amins*.... »

« A ces mots, les Kabyles de se lever bruyamment; ce ne sont que gestes, cris de joie, véritables éclats d'enthousiasme. Entrés dans notre camp comme des vaincus, ils allaient rentrer dans leurs villages comme des citoyens. Le premier sceau venait d'être mis à la pacification du Djurdjura. »

Pour bien démontrer aux Kabyles que c'était une prise de possession définitive, une route de 28 kilomètres de long et de 6 mètres de large fut construite, du 3 au 21 juin, reliant Tizi Ouzou au nouveau poste créé au sommet du plateau de Souk el Arbâa, au cœur de la région conquise. « Les Français sont donc bien riches, disaient les Kabyles à la vue des explosions de mine, qu'ils tirent leur poudre contre nos pierres, tandis que nous n'avons même pas assez de poudre pour tirer sur les chrétiens? »

Ce poste fut nommé Fort-Napoléon, aujourd'hui Fort-National. Le 22 juin, un convoi d'artillerie et de prolonges du génie et du train inaugurait la nouvelle route en la parcourant dans toute sa longueur. C'était toute une nouvelle victoire, complémentaire de celle du 24 mai. Les Kabyles prétendirent dès lors que les murs de Fort-National répétaient chaque jour à la montagne : « Souviens-toi! » et un vieillard des Aït Iraten, qui assistait à la construction du bordj, ferma les yeux en disant : « Quand on meurt, les yeux se ferment; moi je ferme les miens, parce que nous sommes morts pour toujours. »

La Kabylie septentrionale, envahie par le nord, était soumise, et un poste créé pour en assurer la tranquillité. Il fallait maintenant, de Souk el Arbâa pour base, se diriger en éventail sur le Djurdjura.

Les opérations reprirent aussitôt. Pendant que la division Mac-Mahon était, le 24 juin, aux prises, à Icheriden, avec les Kabyles, qui lui firent perdre 30 officiers et 341 hommes, les divisions Renault et Yusuf obtenaient après quelques engagements la soumission des Beni Yenni, le 30 juin. Ce jour-là, un officier du 1er tirailleurs, le lieutenant Jobst, détaché aux bureaux arabes, avait, avec les contingents des Aït Fraoucen, aidé par ses mouvements à la prise de l'importante position de l'Aguemoun Izen. Il y avait reçu une balle dans le ventre.

Restaient les Beni Menguellet; en 1854, ils nous avaient combattu et venaient de fournir un gros contingent aux Beni Iraten. Appuyés des Beni Yenni, ils barraient absolument la longue crête couverte de leurs villages qui est le seul chemin existant du territoire des Beni Raten à celui des autres tribus du Djurdjura.

12

Depuis 1854, le maréchal avait conservé des relations avec des personnages influents de cette tribu. Ils demandèrent à le voir. « Sur les observations du maréchal qu'ils devaient épargner à leur tribu de nouveaux désastres en demandant l'aman : « Nous le voudrions bien, répondirent-ils, car nous savons par expérience que nous ne « pouvons pas vous résister, mais nous serions maltraités si nous faisions à nos frères « une pareille proposition. Il faut que nous défendions nos villages, et il faut qu'ils soient « brûlés comme ceux des Beni Yenni, ainsi le veut le serment que nous avons prêté; « *seulement ne nous brûlez pas trop.* » Et nous fûmes obligés d'agir ainsi[1]. » Les 1re et 2e divisions les « brûlèrent » le 2 juillet, et le surlendemain la soumission était apportée à notre camp.

De toutes les tribus de la Kabylie du Djurdjura, les Aït Ithourar, les Illiten et les Illoulen Oumalou seuls échappaient encore le 8 juillet à notre autorité. Ils furent attaqués le 11 par la division Renault; les deux bataillons de tirailleurs, qui avaient encore l'honneur d'être en tête, enlevèrent les villages, et après une lutte menée au pas de course, qui ne nous coûta que 1 tué et 9 blessés, ils mirent l'ennemi en fuite. A gauche de la division Renault, les contingents kabyles, conduits par le capitaine Gandil, du 1er tirailleurs, détaché aux affaires arabes, perdaient 5 tués et 10 blessés.

Pendant ces événements, les 5e et 6e compagnies du 1er bataillon, après avoir pris part à toutes les opérations de la division Yusuf, ajoutaient une fort belle page à l'histoire du 1er tirailleurs. Pour amener l'ennemi à composition, il était indispensable de couper sa ligne de retraite par les crêtes du Djurdjura. Un piton élevé, l'Azrou Nthohour, qui dominait tout le pays des Illiten, était d'accès tellement difficile que les Kabyles, n'admettant pas la possibilité d'une attaque de nuit de ce côté, ne l'occupaient que de jour. Le capitaine Delastre de Valdufresne se chargea de leur démontrer que l'impossible n'existait pas pour des troupes françaises. Il y avait, sur cinq lieues d'étendue, à gravir, la nuit, par des sentiers de chèvres, par des gouttières creusées par la pluie et la fonte des neiges, une succession de rochers escarpés, présentant des difficultés inouïes.

Le 10 juillet, à onze heures du soir, les deux compagnies se mettaient en marche, et, à quatre heures et demie du matin, les tirailleurs allumaient le feu de signal convenu au sommet de l'Azrou, annonçant ainsi leur arrivée et leur succès à la 3e division.

Stupéfaits de la perte d'un point si important pour eux, les montagnards n'osèrent même pas attaquer ces deux compagnies qui étaient pourtant à 20 kilomètres de tout

---

1. Maréchal Randon, *Mémoires*, t. I, p. 345, note 1.

secours; ils se retirèrent démoralisés, désespérant de pouvoir échapper à un tel ennemi.

Cette opération facilita singulièrement la razzia de la division Yusuf, sur les Illiten, et fit tomber entre nos mains la « mrabtha Lalla Fathma ». C'était cette prophétesse qui la première avait prêché la guerre sainte. « Parmi ces populations crédules, le bruit courut aussitôt qu'avec elle était parti l'esprit de résistance, et tout de suite on se soumit[1] ». Le 12 juillet, les dernières tribus de la Kabylie venaient implorer notre protection.

« La Kabylie du Djurdjura est soumise, dit le maréchal Randon à ses troupes[2]. Il n'est pas une seule tribu qui n'ait subi notre loi.

« Accourus à ma voix des trois provinces, vous êtes venus prendre part à cette belle campagne, et vous recueillez aujourd'hui le fruit des efforts tentés depuis plusieurs années pour vaincre ces intrépides montagnards.

« L'Algérie reconnaissante applaudit à vos triomphes; trouvez dans ce témoignage la récompense de ce que vous faites depuis vingt-sept ans pour la prospérité de cette belle colonie, le plus beau fleuron de la couronne de France. »

C'était la première atteinte portée à l'indépendance kabyle. « O mes yeux, pleurez, chanta un poète des Aït Douela, pleurez des larmes de sang! Les Français, en s'abattant sur les Aït Iraten, étaient plus nombreux que les étourneaux. Ils s'avancent, le canon mugit; les saints ont disparu d'au milieu de nous.... Que de richesses perdues! L'huile coule comme des rivières.... Voilà le chrétien arrivé à l'Arbâa; il commence à y bâtir; les pleurs conviennent à tous les yeux! Les Aït Menguellet sont des hommes vaillants; ils sont connus depuis longtemps pour les maîtres de la guerre. Ils se précipitent à Ichériden; ces jours-là l'ennemi tombe comme des branches d'arbre que l'on coupe.... Gloire à ces enfants des braves! Mais hélas! le chrétien nous a pilés comme des glands.... Si l'Islam refuse de faire la guerre sainte, autant vaut nous associer à la religion des chrétiens! Malheureux Aït Yenni, gens à la poudre meurtrière! Les Français sont entrés chez vous comme dans un troupeau de brebis. Vos édifices, vos belles boutiques, semblables à celles des Algériens, ne sont plus que poussière!... Prends le deuil, ô ma tête, tout est fini; la poudre ne parle plus, infortunés Zouaouas, l'honneur kabyle est mort! Vous avez laissé le fer s'échapper de vos mains.... O mes yeux, c'est du sang qu'il faut à vos larmes. Les hommes de cœur se trouvent anéantis! » « Tu es vaincue, s'écrie un autre chanteur, montagne de la victoire, dont les Aït Iraten étaient

1. Camille Rousset, la Conquête de l'Algérie, t. II, p. 571.
2. Ordre général du 16 juillet 1857.

les plus valeureux guerriers. La fierté s'est éteinte dans les cœurs; le soleil est tombé sur les hommes[1]! »

Le 2ᵉ bataillon du régiment resta campé auprès de Tizi Ouzou; il en partit le 25 octobre pour Fort-Napoléon, où une caserne lui fut affectée dans le courant de décembre. Le 3ᵉ rentra à Aumale.

Le 1ᵉʳ tirailleurs avait perdu en tout 30 tués et 92 blessés dont 3 officiers. C'était le prix de sa gloire, confirmée d'une manière éclatante par les six citations que contenait pour lui l'ordre général du 1ᵉʳ août. « Le 24 mai aux Beni Raten, dit le général Renault dans son ordre d'inspection générale d'octobre 1857, le 25 juin aux Beni Yenni, le 11 juillet aux Illiten, le 1ᵉʳ de tirailleurs, toujours à l'avant-garde, a été admirable par sa valeur et son élan irrésistible.... Un tel passé oblige. » Les tirailleurs de Robecchetto prouvèrent, en effet, qu'ils se considéraient comme « obligés » par les hauts faits de leurs devanciers à se montrer héroïques comme eux.

III

EXPÉDITION DU MAROC (SEPTEMBRE-NOVEMBRE 1859).

Le bataillon fourni par le 1ᵉʳ tirailleurs pour la guerre d'Italie venait à peine de rentrer, et le régiment était encore en voie de réorganisation, lorsqu'un de ses bataillons fut appelé à faire partie d'une colonne destinée à opérer contre les Beni Zuacen. Cette tribu marocaine, voisine de notre frontière de l'ouest, s'était soulevée à l'appel d'un chérif se donnant le nom, comme la plupart des marabouts, de Mohamed ben Abdallah, et dans les cercles de Nemours et de Lalla Marnia, les postes étaient attaqués et les convois massacrés. L'empereur du Maroc, auprès de qui la France avait réclamé, avait avoué son impuissance et nous avait conseillé de nous faire justice nous-mêmes. C'est ce qui fut fait.

Des troupes furent réunies sous les ordres du général de Martimprey, commandant supérieur des forces de terre et de mer de l'Algérie. Le corps expéditionnaire comprit 2 divisions d'infanterie à 9 bataillons, et 1 division de cavalerie de 18 escadrons. Le 1ᵉʳ bataillon du régiment (commandant Suzzoni), embarqué à Alger à l'effectif de 1100 hommes, le 29 septembre, était à Oran le lendemain, et, le 10 octobre, la colonne était concentrée sur l'oued Moüila. Le 1ᵉʳ bataillon compta à la 2ᵉ brigade (général Thomas) de la 2ᵉ division (général Yusuf).

Le choléra fut le premier ennemi à combattre; des hôpitaux civils d'Oran, il gagna

1. Chansons kabyles citées dans l'*Hist. popul. contemporaine*, t. III, p. 302.

UN *atatich*.
Dessin de Marius Perret, d'après nature.

nos ambulances et nos camps, et y exerça de grands ravages; dans la seule journée du 20 octobre, il y eut 116 décès.

Le 22, le colonel Archinard, commandant le 1ᵉʳ tirailleurs, arrivait avec le 2ᵉ bataillon du régiment et remplaçait, le lendemain, à la tête de la 2ᵉ brigade de la division Yusuf, le général Thomas, qui avait pris le commandement de la 1ʳᵉ brigade[1], le général de Liniers étant tombé gravement malade; mais, le 24, le général Thomas succombait aux atteintes du fléau. Le même jour deux officiers du régiment, les capitaines Penaud-Lagarlière et Blaise, étaient enlevés en quelques heures.

Le 26 enfin, on apprenait que l'on allait marcher en avant, et cette nouvelle faisait aussitôt réapparaître la joie sur tous les visages. Le lendemain, chaque division se portait à l'attaque des positions ennemies, formant deux colonnes d'une brigade chacune, l'une sans sacs, pour l'attaque immédiate, et l'autre pour servir de réserve et couvrir le convoi pendant la marche. La brigade Archinard prit la tête de la 2ᵉ division. Elle emporta brillamment les villages fortifiés des Ahl Tagma, malgré les difficultés énormes du terrain, les haies de cactus, les abatis qui en rendaient l'approche peu aisée. A cinq heures, la division Yusuf occupait le village des Grottes, où les tirailleurs du commandant Suzzoni avaient les premiers planté leurs fanions.

Grâce à son ardeur impétueuse, le régiment ne perdait dans cette affaire que 3 blessés. « Les ravages d'une affreuse maladie qui heureusement vient de disparaître, dit aux soldats le général de Martimprey, n'ont pu ébranler notre force morale, ni arrêter les progrès de nos opérations. Hier, après une journée laborieuse, vous avez dressé vos camps au cœur d'une montagne, où jusqu'ici jamais armée n'avait pénétré[2]. »

Dès le 28, les envoyés du cheick El Hadj Mimoun se présentèrent à la tente du général de Martimprey, et le cheick lui-même vint y accepter, le 30, toutes les conditions qui lui furent imposées.

Jusqu'au 11 novembre, les deux divisions opérèrent en territoire marocain, mais sans rencontrer de résistance sérieuse, et le 18 les différents corps étaient mis en route sur leurs garnisons respectives. Les deux bataillons du 1ᵉʳ tirailleurs étaient à Blida le 30 novembre, ayant perdu par le choléra, outre les deux officiers cités plus haut, 85 sous-officiers, caporaux ou soldats.

1. Division Yusuf ....
  { 1ʳᵉ brigade (général Thomas) .... { 9ᵉ de ligne (2 bataillons) / 1ᵉʳ zouaves (1 bataillon) / 2ᵉ étranger (2 bataillons)
  { 2ᵉ brigade (colonel Archinard) .... { 13ᵉ bataillon de chasseurs / 3ᵉ de ligne (1 bataillon) / 1ᵉʳ tirailleurs (2 bataillons)

2. Maréchal Randon, *Mémoires*, t. I, p. 123-125.

CHAPITRE II

INSURRECTION DE 1864

I

« Notre domination, plus effective que celle d'aucun des peuples qui nous ont précédés sur cette terre, quoique plus douce et plus équitable dans ses actes, n'en est pas moins un fardeau pour les peuples de l'Algérie, fardeau que la différence de langage, de mœurs et de religions leur fait paraître encore plus lourd.

« Aussi, qu'un événement politique se produise en Europe, à la suite duquel naîtront des complications où la main de la France peut se trouver engagée, et soudain le contre-coup se fait sentir chez les Arabes....

« La propagande se fait lentement, et si l'on considère que le pays arabe manque de routes, qu'on ne peut s'y mouvoir avec rapidité, on comprendra combien il s'écoule un temps assez long entre les préparatifs d'une insurrection et le moment où elle éclate [1]. »

Le foyer des mouvements insurrectionnels est presque toujours dans le sud, où la surveillance est forcément beaucoup moins aisée que dans le Tell, et où les germes d'insurrection peuvent se développer impunément.

La révolution de 1848 a été la cause première des révoltes de 1851 et de 1852; en 1854, beaucoup de troupes d'Algérie étant parties en Crimée, Bou Baghla releva la tête; en 1864 enfin, après la guerre d'Italie et pendant celle du Mexique, une rébellion éclata, plus sérieuse que les précédentes, parce qu'elle avait eu le temps de s'organiser.

Elle était la conséquence du mécontentement engendré par le système administratif employé vis-à-vis des indigènes et des tracasseries sans nombre des autorités françaises qui privaient de leur influence séculaire les grandes familles aristocratiques, les

---

1. Maréchal Randon, *op. cit.*, t. I, p. 123-125.

dégoûtaient de notre domination en les évinçant systématiquement, en employant comme représentants du gouvernement des gens de rien, subitement élevés à de hautes fonctions, et vis-à-vis desquels ces fiers Arabes ne voulaient pas s'abaisser.

Le grand chef de la puissante confédération des Oulad Sidi Cheick, Si Hamza, nommé par nous khalifa du sud algérien, était mort en 1861. Sid Abou Beker, son fils, qui lui avait succédé avec le titre de bach agha, était mort une année plus tard. Le frère de Sid Abou Beker, Si Sliman ben Hamza, encore jeune, fut dominé par ses oncles Si el Ala et Si Zoubir, fanatiques irréductibles qui l'entraînèrent ainsi que tous les Oulad Sidi Cheick dans la révolte. Après avoir réuni ses serviteurs, il partit dans le désert, au sud du Mzab, le 17 février 1864 ; le 24, il envoyait au gouverneur général une longue lettre où, rappelant les services de son père et de son frère, il déclarait être en butte depuis longtemps à des insinuations malveillantes et disait qu'au lieu de faire respecter son autorité, on l'amoindrissait ; avant de rentrer sur nos territoires, il réclamait des garanties. Le maréchal Pélissier ne répondit pas.

Le résultat ne se fit pas attendre. Un peu plus d'un mois après, le lieutenant colonel Beauprêtre, trahi par le goum des Harar, était tué, le 8 avril, à Aïn bou Beker avec 4 officiers et 100 fantassins ; le 16, 1 lieutenant de spahis était également tué avec 10 de ses hommes et le 26, à Aïn el Kahta, la colonne de ravitaillement de Géryville ne pouvait arriver à ce poste qu'en perdant 77 tués, dont 5 officiers, et 31 blessés dans un violent combat avec les insurgés. A partir de ce moment, la rébellion s'enhardit et Si Mohamed ben Hamza en devint le chef, à la mort de son frère Si Sliman, tué au combat du 8 avril.

Dès le 11 avril, 4 compagnies du 1er tirailleurs[1] furent concentrées à Medea. Le 25, le colonel Archinard amenait 9 compagnies du 3e de ligne et 2 escadrons du 1er chasseurs d'Afrique à Boghari, où il se joignait au général Yusuf, commandant la colonne dite « colonne expéditionnaire du sud. » L'infanterie de cette colonne comprit dès lors 16 compagnies (9 du 3e de ligne, 3 du 1er zouaves, 4 du 1er tirailleurs), organisées en trois bataillons, sous les ordres du colonel Archinard.

Le 27, les troupes se mirent en marche vers Laghouat où à l'arrivée, le 7 mai, un convoi de ravitaillement fut laissé[2], puis on continua vers l'ouest pour empêcher les tribus insurgées de passer sur le territoire de la province d'Alger. Jusqu'au 30 juin, jour où la colonne fut dissoute à Boghari, ce ne furent que marches et manœuvres

1. 1re et 4e compagnies du 1er bataillon, 2e et 3e du 2e bataillon.
2. La 1re compagnie du 2e bataillon du régiment, en garnison à Djelfa, avait été adjointe à la colonne au passage dans cette ville,

rendues très dures et fatigantes par la longueur des étapes et la forte température. D'ailleurs, pas de combat, autre que celui d'Aïn Madhi (26 mai).

« M. le capitaine Letellier, chef du bureau arabe de Laghouat, parti ce matin à trois heures et demie du camp avec le goum des Larbâa, dit le général Yusuf dans un ordre aux troupes, pour se rendre à la rencontre d'un convoi venant de Laghouat, sous l'escorte de 50 hommes du 1er tirailleurs algériens et de 50 spahis commandés par M. le capitaine Pellas, du 1er spahis, a trouvé ce convoi attaqué à peu de distance d'Aïn Madhi, par une troupe de 500 révoltés du djebel Amour. Le goum des Larbâa, conduit avec vigueur par M. le capitaine Letellier, a chargé l'ennemi à fond et l'a mis en pleine déroute. Les insurgés ont perdu 160 hommes environ tués ou blessés et ont laissé entre les mains de nos cavaliers 24 prisonniers, 172 fusils et un drapeau.

« Le détachement du 1er tirailleurs, commandé par M. le sous-lieutenant Pierron, a montré la plus grande fermeté dans la défense du convoi dont l'attaque avait déjà coûté 14 hommes à l'ennemi avant l'arrivée du goum.

« Cette affaire fait le plus grand honneur au détachement du 1er tirailleurs et du 1er spahis qui avaient déjà été attaqués la nuit précédente à Tadjemout par des contingents du djebel Amour, ainsi qu'au goum des Larbâa qui a montré la plus grande ardeur à marcher à l'ennemi[1]. »

Pendant que cette colonne avait opéré dans le sud, le général Liébert avait été chargé de relier le général Yusuf au général Deligny, commandant la division d'Oran, et de prêter appui au chef de la subdivision d'Orléansville, afin de maintenir les tribus hésitantes de l'ouest de la province d'Alger[2]. Le bataillon du 1er tirailleurs détaché à Paris, ayant terminé son année de séjour dans la capitale, était revenu à Alger le 20 avril; désigné immédiatemment pour faire partie des troupes du général Liébert, il partait le 21 pour Medea; le 29, il était à Teniet el Hâad. C'était pendant la route qu'il avait dû s'organiser et s'outiller pour rentrer en campagne. Le même jour, il entrait dans la composition de la colonne Liébert, dite « colonne d'observation du Sersou ».

Le premier engagement avec l'ennemi, le 9 juin, ne fut pas sérieux : 2 hommes du goum seulement furent blessés par des Kabyles de la tribu des Keraich. Le 11, le plateau des Meknaça était enlevé sans coup férir et les tribus fuyaient devant nous; mais le surlendemain elles revenaient, attaquant 4 compagnies

1. Ordre du général Yusuf, le 26 mai 1864.
2. Colonne Liébert : 87e de ligne (4 compagnies); 1er tirailleurs (1 bataillon); artillerie (1 section de montagne); génie (1 section); en tout, 1250 hommes.

de tirailleurs en train d'incendier les villages des Meknaça qui n'avaient pas fait leur soumission dans les délais promis. La 6ᵉ compagnie, chargée de l'arrière-garde, se débarrassa des assaillants par un brusque retour offensif où un seul de nos hommes fut blessé.

Le 15 juin, l'arrière-garde, composée du bataillon de tirailleurs, s'engageait dans une gorge dominée des deux côtés par une série de pitons boisés et dont les pentes étaient fort escarpées, lorsqu'une masse d'indigènes, occupant le premier des trois cols par où passait le chemin suivi, s'intercalèrent dans la colonne, coupant l'arrière-garde du convoi qui marchait devant sous la protection de deux compagnies. Le lieutenant Letellier délogea les Kabyles de leurs positions, mais leur nombre augmentait sans cesse. A ce moment, les goumiers du bach agha du Djendel, revenant d'une pointe poussée sur l'ennemi, et, poursuivis par une nuée de fantassins, se jetèrent sur la route au milieu des tirailleurs. Le bach agha était blessé; un de ses hommes fut tué, un autre blessé. Profitant de ce moment de confusion, les Kabyles se précipitèrent sur les tirailleurs pêle-mêle avec les goums. Le moment était critique, mais grâce au sang-froid du commandant Cérez, l'ordre put être rétabli, le goum partir en avant et laisser le terrain libre. Ce fait s'est produit bien souvent en Algérie : les goums, ayant opéré en dehors du rayon d'action d'une colonne, et ramenés par des forces supérieures, cherchent d'instinct aide et protection auprès des troupes régulières, où ils apportent le désordre, si celles-ci ne les empêchent absolument d'entrer dans leurs rangs.

A l'extrême arrière-garde, la poursuite continuait acharnée, ardente. L'ennemi s'était emparé d'une position dominante et de là nous fusillait à son aise. Le sous-lieutenant de Châtillon, en tête de sa section, se lança contre eux; une balle le renversa, lui brisant la colonne vertébrale[1]; 2 tirailleurs furent tués à ses côtés; 3 autres furent grièvement blessés, mais le reste enleva le mamelon à la baïonnette et en chassa les Kabyles.

A une heure, l'arrière-garde arrivait à l'oued bou Grara, où la colonne avait dressé ses tentes. Ouvert à six heures du matin, le feu n'avait cessé qu'à midi; seuls pendant six heures, les tirailleurs avaient soutenu l'effort des Meknaça; le succès leur avait coûté cher, il est vrai, mais ils avaient tué ou blessé 91 hommes à l'ennemi.

Les Meknaça, cernés le 18 juin et entourés de toutes parts, se débattirent vainement dans un cercle de fer; 1 caporal de tirailleurs fut blessé ce jour-là. Le lendemain 19, la soumission était apportée au camp.

---

[1]. Cet officier mourut le lendemain à l'ambulance d'Ammi Moussa.

Restaient les Flittas. Ceux-ci cessèrent la lutte le 27, après une affaire où, la veille, ils nous avaient tué 1 tirailleur.

La colonne licenciée le 2 juillet, le bataillon de tirailleurs rentra dans sa garnison de Medea le 12. A son passage à l'Arbâa du Djendel, le bach agha Bou Alem Cherifa, qui n'avait pas oublié l'aide donnée à son goum, le 15 juin, à Kernachin, reçut les tirailleurs de la façon la plus sympathique : à la troupe une diffa, aux officiers un festin dont le bach agha fit lui-même les honneurs. « L'hospitalité du bach agha démontrait dans cette circonstance que la confraternité, qui naît de dangers partagés sur le champ de bataille, était comprise des indigènes et qu'ils acceptaient avec toutes ses conséquences cette solidarité qui doit exister entre gens servant ou défendant la même cause[1]. »

II

COLONNE D'OBSERVATION DE CHELLALA (JUILLET-OCTOBRE), COLONNES YUSUF (SEPTEMBRE-NOVEMBRE) ET ARCHINARD (NOVEMBRE-DÉCEMBRE 1864). COURSES AUTOUR DE LAGHOUAT (NOVEMBRE 1864-AVRIL 1865).

A peine les divers détachements étaient-ils rentrés dans leurs garnisons, que les rebelles, bien que fort malmenés et très durement traités, relevèrent la tête dans la province d'Oran, menaçant ceux de leurs coreligionnaires qui refusaient de les suivre. Les tribus sahariennes de la division d'Alger, fortement travaillées par les émissaires, ne se déclaraient pas encore, mais il était urgent d'empêcher l'esprit de rébellion des populations du sud oranais de les gagner. Il fut donc décidé qu'une colonne irait s'établir parmi elles pour les protéger et surtout pour parer immédiatement à toute tentative de soulèvement, s'il venait à s'en produire, ce qui était au moins dans les probabilités.

Le colonel Archinard, du 1er tirailleurs, reçut le commandement de ces troupes. Il devait se porter à Chellala, à la limite sud du cercle de Boghar.

La colonne[2] quitta Medea le 14 juillet; le 21, elle était à Chellala; le 1er août, à Ksar Charef où elle restait jusqu'au 19; puis, les renseignements annonçant la probabilité d'une attaque des dissidents sur Djelfa, le camp fut porté sous les murs de cette

---

1. *Livre d'Or des tirailleurs indigènes d'Alger*, t. I, p. 485.
1. Colonne d'observation de Chellala : 36e de ligne (1 bataillon); 77e de ligne (1 bataillon); 1er tirailleurs (1 bataillon); cavalerie (3 escadrons); artillerie (1 demi-section de montagne). Le bataillon du 1er tirailleurs se composait des 1re, 2e et 6e compagnies du 1er bataillon, et des 1re, 5e et 4e compagnies du 2e bataillon.

ville, pour y maintenir dans le devoir la grande tribu des Oulad Naïl, et assurer la sécurité de nos convois de ravitaillement. Le 8 septembre, après avoir fait exécuter par ses troupes des travaux de défense autour du village européen, le colonel quittait Djelfa pour rejoindre à Chellala la colonne Yusuf. Le lendemain soir, au camp, nous avions avec les insurgés un engagement où le sous-lieutenant Wyndham du 1er spahis était blessé mortellement, ainsi que 4 de ses hommes.

En route, la colonne apprit l'incendie du caravansérail de Sidi Maklouf, brûlé par les insurgés, comme l'avaient été trois semaines auparavant ceux de Bou Guezoul et d'Aïn Oucera.

Léger engagement, le 11, entre les tirailleurs et les insurgés, sans aucune perte de notre côté. La colonne arrive, le 12, à Chellala, mais le village vient d'être livré aux flammes par les dissidents. Elle va ensuite chercher à Boghar et ramène à Djelfa un convoi de 1 200 bêtes de somme et de 83 voitures destiné à la colonne Yusuf.

À la fin d'août, des troupes avaient été rassemblées à Boghar pour y être organisées sous les ordres du général Yusuf; 5 compagnies du 1er tirailleurs y furent appelées, et en attendant l'arrivée des autres détachements, escortèrent avec un bataillon du 1er zouaves un convoi de ravitaillement pour la colonne Archinard (29 août-6 septembre). Dans la seconde semaine de septembre, le général Yusuf arrivait à Boghar, et mettait ses troupes en marche sur Chellala où il était rejoint, le 12, par le colonel Archinard. Le 15, les deux colonnes s'avancèrent sur Dar Djelloul; là une nouvelle organisation leur fut donnée : 5 compagnies de tirailleurs prises à la colonne Archinard, formèrent, avec les 4 compagnies qui se trouvaient déjà avec le général Yusuf, un bataillon commandé par le capitaine Godin.

La colonne était sous les murs de Laghouat le 24. Une colonne légère formée le lendemain, dont firent partie 5 compagnies du 1er tirailleurs, opéra pendant quatre jours sans livrer de combat. Le 1er octobre, on reprenait la direction de Djelfa où, le 4, la colonne Archinard amenait son gros convoi aux troupes du général Yusuf. arrivées la veille. Ce même jour, la colonne Archinard était dissoute et fondue dans celle du général Yusuf qui, le lendemain, partait dans le nord-est avec 4 bataillons, 6 escadrons et 2 sections d'artillerie, environ 3 200 hommes et 1 750 chevaux, espérant couper la retraite aux dissidents, battus, le 30 septembre et le 2 octobre, par le colonel de la Croix, à Teniet er Rih et à l'oued Dermel, et qui se rejetaient vers l'ouest à la rencontre du chef de l'insurrection. En route, des courriers du colonel de la Croix, puis des espions arrivent; ceux-ci ont aperçu l'émigration se dirigeant très rapidement vers la sebkha Zahrez.

LE MARCHÉ DE DJELFA.

Dessin de Marius Perret, d'après nature.

Une battue s'organise : courrier du général Yusuf expédié au colonel Guiomar, du 77ᵉ de ligne, resté à Djelfa, avec ordre de partir avec ses troupes disponibles à la recherche des tribus rebelles; ordre au général Liébert, à Taguin, de longer le Zahrez vers le sud et de se porter à la rencontre des dissidents; organisation enfin d'une colonne légère aux ordres du colonel Margueritte, du 1ᵉʳ chasseurs d'Afrique[1], qui part à une heure du matin, par des chemins affreux, d'abord dans les montagnes, suivant le cours des torrents desséchés, marchant dans des ravins embroussaillés, puis dans les dunes de sable brûlant, sous une température accablante. A quatre heures et demie du soir, elle arrive à Aïn Malakoff, mais les soldats du général Liébert et du colonel Guiomar venaient de razzier et de disperser les insurgés.

Le colonel Guiomar, parti de Djelfa le 6 à cinq heures du soir, était arrivé à minuit au Rocher de Sel, et en était reparti à trois heures et demie du matin. A hauteur d'El Mesran, il découvrait une immense colonne se dirigeant sur Aïn Malakoff; aussitôt les pièces avaient été portées en avant au trot, suivies pendant deux kilomètres par 3 compagnies de tirailleurs lancées au pas de course, et avaient ouvert le feu. Pris en tête par le général Liébert, en flanc par le colonel Guiomar, les rebelles, tourbillonnant sous les projectiles, avaient pris la fuite, nous abandonnant plus de 2000 chameaux et 20000 moutons.

Le général Yusuf arriva le lendemain à Aïn Malakoff et, le 9, les trois colonnes repartirent pour Djelfa.

« Je veux donner des éloges, dit le général Yusuf, à ceux qui se sont particulièrement distingués, et je suis heureux de citer dans cet ordre le colonel Guiomar qui, seul encore, et avec une poignée de tirailleurs du 1ᵉʳ régiment et de soldats d'infanterie, a porté les premiers coups avec une rare énergie. »

Ce succès, amenant la soumission de la plupart des tribus de la subdivision d'Aumale, permit au général Yusuf de descendre dans le sud.

Du 15 octobre au 8 novembre, ses troupes en marche dans la région à l'ouest de la route Djelfa-Laghouat ne rencontrèrent aucune résistance. Elles campaient auprès de Laghouat le 8 novembre; 1600 tentes des tribus insurgées du cercle de Boghar avaient fait la veille leur soumission au général, et une fraction importante des Oulad Naïl demandait à rentrer sur ses territoires. Tous les dissidents revenaient dans un état misérable, ayant perdu tous les grains qu'ils avaient préparés dans leurs silos pour l'hiver et une grande partie de leurs troupeaux, razziés par nous, ou morts dans

---

1. Colonne Margueritte : 1ᵉʳ zouaves (4 compagnies); 1ᵉʳ tirailleurs (1 compagnie de 120 hommes, capitaine Godin); cavalerie (3 escadrons); artillerie (1 section de montagne).

le sud, où l'eau et les pâturages avaient souvent manqué. La question des approvisionnements, de la première importance, là surtout, aussi loin de la base de ravitaillement, préoccupait beaucoup le général Yusuf, qui venait d'apprendre les retards apportés par l'état des chemins à la marche de l'énorme convoi que lui amenait le général Ducrot. Pour prolonger la durée de ses vivres, il scinda ses troupes en deux. Ne gardant que 2600 hommes, 550 chevaux et 180 mulets avec lui, il renvoya le surplus dans le nord avec le colonel Archinard[1].

La colonne Archinard quitta Laghouat le 18 novembre; elle était le 21 à Djelfa, où se trouvait le général Ducrot. Pour surprendre la tribu des Oulad Brahim Sahari, qui avait fait acte d'hostilité contre nous, le général organisa une colonne légère : une monture par officier, une pour 2 hommes; 180 tirailleurs en firent partie. On franchit en une nuit 14 lieues en montagne, et au jour on tomba sur les campements de l'ennemi, qui, terrifié, se soumit, mais pas assez vite pour empêcher 20000 têtes de bétail de tomber entre nos mains. Les compagnies de tirailleurs rentrèrent à Medea le 5 décembre.

A cette époque, Si Mohamed ben Hamza était rejeté dans le sud de la province d'Oran, poursuivi ou observé par les troupes de cette division; une colonne de 1500 hommes fut reconnue suffisante pour maintenir la situation dans la division d'Alger, où tous les dissidents, à part les Oulad Chaïb, venaient de demander l'aman. Cette colonne légère, laissée à Laghouat sous le commandement du colonel Margueritte[2], comprit le bataillon Berthe du régiment, resté à Laghouat en novembre. Pendant quatre mois, du 5 décembre 1864 au 6 avril 1865, elle rayonna autour de Laghouat, dans la direction de Tadjerouna, Ksar el Heiran, Messâad et vers le pays des Oulad Sidi Cheick, mais sans livrer aucun combat. Son but n'était d'ailleurs pas d'attaquer, mais de protéger le cercle de Laghouat contre les agitateurs.

Un bataillon du 36e de ligne releva le 1er août à Laghouat, le 1er bataillon du 1er tirailleurs qui rentra à Blida le 17 août, après seize mois d'expédition dans le sud. A la fin de l'année 1864, la 5e compagnie de ce bataillon avait fait partie de la colonne d'observation de l'Ouarsenis (août 1864-janvier 1865), où il n'y eut d'ailleurs rien d'intéressant à signaler.

---

1. A la colonne Yusuf étaient affectées 4 compagnies du 1er bataillon du 1er tirailleurs (commandant Berthe); à la colonne Archinard, 1 compagnie (1re) du 2e bataillon et 2 compagnies (3e et 5e) du 3e bataillon du régiment.
2. Colonne Margueritte : infanterie (3 bataillons); cavalerie (2 escadrons); artillerie (1 section de montagne).

III

L'insurrection de 1864, déclarée le 8 avril par l'assassinat du lieutenant-colonel Beauprêtre, était terminée à la fin de l'année et les opérations actives étaient finies; mais pour faciliter l'arrestation des meneurs de la révolte, et hâter la rentrée des amendes à verser par les tribus insurgées, il fut nécessaire de faire sentir aux populations notre autorité pleine et entière. Une colonne d'observation fut formée dans ce but en décembre sous les murs du caravansérail d'Aïn Oucera, aux ordres du colonel Arnaudeau, du 34ᵉ de ligne.

Le 2ᵉ bataillon (commandant Trumelet) du 1ᵉʳ tirailleurs y envoya, le 27 décembre, ses 1ʳᵉ, 3ᵉ, 4ᵉ et 5ᵉ compagnies, rentrées d'expédition le 5 du même mois. Assaillies par une tempête de neige entre Medea et Ben Chicao, elles eurent beaucoup à souffrir de la température. A Aïn Oucera la pluie alterna avec le froid en janvier et février; en avril, les corvées de bois devaient faire trois lieues pour aller ramasser quelques branches de jujubiers sauvages, et, à la fin de mai, la position n'était plus tenable; au froid rigoureux de l'hiver succédait brusquement la chaleur ardente des printemps sahariens, avec son accompagnement habituel d'ouragans de sable soulevés par les vents du sud, d'invasions de mouches et de sauterelles. Forcé par la nature d'abandonner ce point, et empêché par la situation politique de rentrer dans le Tell, le colonel Arnaudeau se porta à Ksar Charef, où il s'installa, le 9 juin, sur l'emplacement occupé par la colonne Archinard en 1864, à 500 mètres d'une forêt, ressource précieuse pour la construction de gourbis où l'on passerait l'été, disait-on. Or, l'installation venait à peine d'être terminée que le bruit d'une incursion de l'ex-agha Bou Diça, sur les terres de la tribu des Oulad Moktar, obligea le colonel à renoncer à ce camp, d'autant plus regretté que celui d'Aïn Oucera l'avait fait désirer.

Le lieutenant-colonel Morand, du 34ᵉ de ligne, venu remplacer dans le commandement des troupes le colonel Arnaudeau, appelé à Laghouat, partit le 27 juin avec une colonne légère, dans la composition de laquelle entraient 5 compagnies de tirailleurs. L'autre compagnie resta avec le reste des troupes à la garde du camp de Charef. Le 29, la colonne légère s'installa sans incident à Dar Djelloul où elle fut rejointe le 16 juillet par les troupes de Charef.

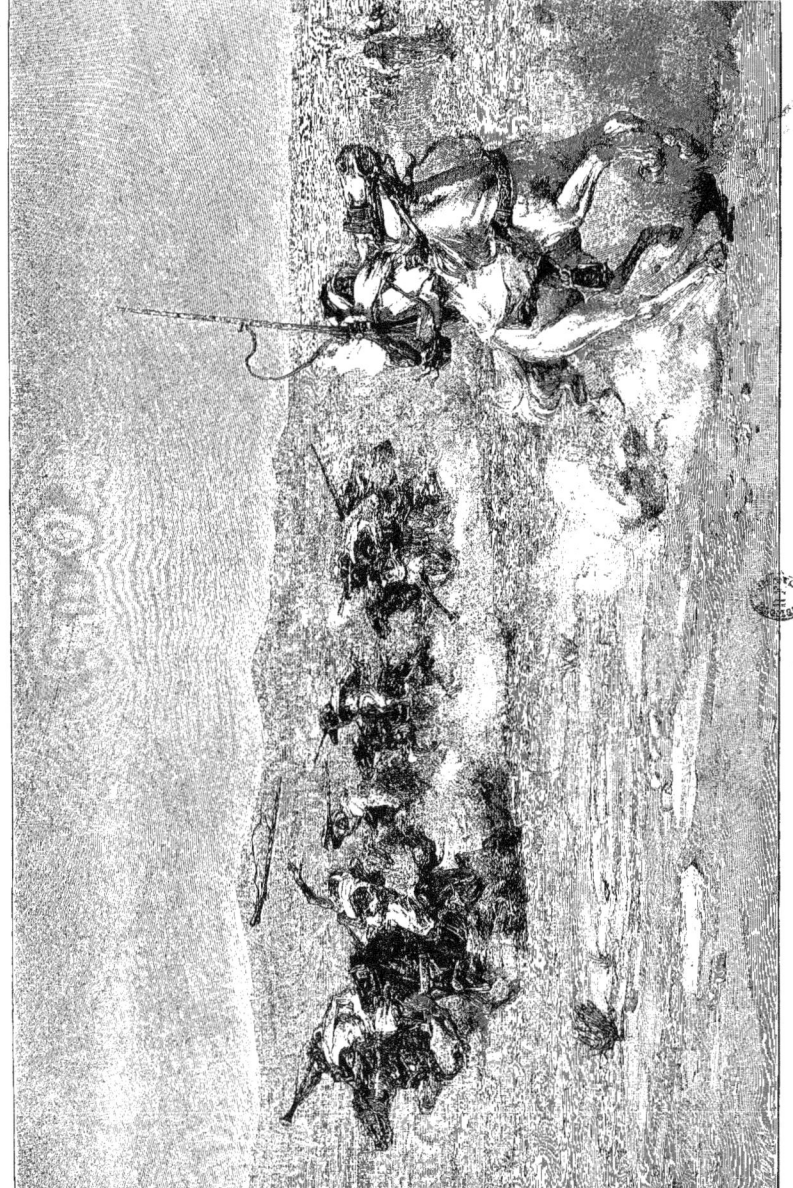

FANTASIA A CHEVAL.

Dessin de E. Dürci, d'après une composition de Marius Perret.

Mais seize mois de routes dans le sud avaient donné le droit au 2ᵉ bataillon de rentrer dans le Tell; l'ordre de retour lui parvint le 23 juillet, et le 2 août il était à Blida.

Deux mois après, sur l'avis que Si el Ala, marabout des Oulad Sidi Cheick, avait fait une nouvelle incursion sur nos territoires et s'était avancé jusqu'à dix lieues au sud de Sebdou, des troupes furent réunies sous le commandement du lieutenant-colonel Suzzoni, du 1ᵉʳ tirailleurs[1], qui arriva à Boghar le 18 octobre pour remplacer la colonne Morand, expédiée sur Teniet el Hâad. Mais il n'eut pas à agir, la rapidité des mesures prises et les énergiques dispositions du général commandant la province d'Oran amenèrent la retraite des insurgés. Les tirailleurs rentrèrent à Blida le 26 novembre.

A l'insurrection de 1864-1865 succèdent trois années de paix; les rebelles battus en 1864, mais non vaincus, essaient en 1866 et en 1867 de rentrer en campagne : ils sont forcés de regagner leur refuge habituel, le Sahara; puis brusquement en janvier 1869 éclatent comme un coup de foudre des nouvelles annonçant l'arrivée des dissidents avec Si el Ala, Si Kadour ben Hamza, Si el Hadj el Arbi à leur tête. Les Oulad Sidi Brahin et les Oulad Sidi Naceur sont razziés, le djebel Amour est envahi, Kadra et El Richa ouvrent leurs portes, l'agha Si Eddin, trop faible pour résister, se replie sur Djelfa.

En vingt-quatre heures, la colonne de Laghouat est mobilisée sous le commandement du lieutenant-colonel de Sonis. Les tirailleurs fournissent près de la moitié des 1 000 hommes composant l'effectif total[2]. Le 30 janvier, à midi, on part vers l'ouest. Le lendemain, la situation s'aggrave par la défection d'Aïn Madhi, la ville sainte, notre alliée depuis plus de vingt ans. Le célèbre marabout du sud, Tedjini, prête à l'insurrection son appui et surtout son influence, considérable dans tout le Sahara, du Maroc à la Tripolitaine et de la Méditerranée au Niger. Les rebelles disposent de plus de 5 000 cavaliers et de nombreux fantassins. « Je veux les enlacer et les étouffer dans mes forces », avait dit Si el Ala en parlant des troupes sorties de Laghouat à sa rencontre. Il ne put y réussir, mais il le tenta tout au moins le 1ᵉʳ février.

Si les dissidents ne doutaient pas de notre perte, nos partisans, les cavaliers du maghzen des Larbâa, y croyaient également, et, rentrés le 31 janvier au camp, après avoir raconté au colonel de Sonis ce qu'ils avaient vu dans la plaine d'Aïn Madhi, ils lui dirent avec le calme de leur fatalisme : « Nous mourrons demain à côté de toi ! »

1. Colonne Suzzoni : 1ᵉʳ tirailleurs (1ᵉʳ et 2ᵉ bataillons, plus une compagnie du 3ᵉ); 1ᵉʳ chasseurs d'Afrique (1 escadron); artillerie (1 section).
2. Colonne de Sonis : 2ᵉ bataillon d'infanterie légère d'Afrique (1 compagnie); 1ᵉʳ tirailleurs (4 compagnies); 1ᵉʳ chasseurs d'Afrique (1 escadron); 1ᵉʳ spahis (1 escadron); artillerie (1 section).

À huit heures du matin, l'ennemi était signalé. Suivant la tactique habituelle en pareil cas, le lieutenant-colonel de Sonis s'était formé en carré; à plusieurs reprises, les cavaliers arabes chargèrent frénétiquement, drapeau au vent, s'abattant comme la tempête, mais chaque fois ils durent s'arrêter à 100 mètres de nos fusils. Chacun des trois grands chefs conduisait une attaque sur une face. En même temps, la quatrième était vivement fusillée par des goums nombreux, embusqués dans l'alfa. Mais, vers dix heures, les obus à balles et les nouveaux fusils Chassepot, modèle 1866, de nos fantassins, maniés avec sang-froid et précision, avaient fait leur œuvre, et une vigoureuse attaque à la baïonnette du lieutenant Bergé (4e compagnie), mit fin à l'affaire, en débusquant les tireurs ennemis vis-à-vis de la quatrième face; il était onze heures. Nous avions eu contre nous 5 000 cavaliers et 1 000 fantassins; 200 cadavres restaient sur le terrain. Il était permis de supposer aux vaincus des pertes bien plus sérieuses, eu égard à l'habitude des Arabes — qui est d'ailleurs celle de bien des peuples, entre autres les Chinois et les Malgaches — de tâcher toujours d'enlever leurs blessés et leurs morts.

Le bataillon de tirailleurs avait 12 hommes hors de combat; la colonne n'avait pas de tués, mais 2 officiers blessés.

Profitant du découragement de l'ennemi, le lieutenant-colonel de Sonis accéléra sa marche et, à midi et demi, était devant Aïn Madhi, qui mit sa trahison sur le compte de la panique inspirée par la force des dissidents. Le succès, disent les Arabes, vient de Dieu; Si el Ala n'ayant pu entamer la colonne française n'était plus rien aux yeux des gens du ksar, et, comme disait en 1870 au commandant Trumelet le caïd des Oulad Ayad : « Ce qui me console d'avoir fait mon devoir, c'est qu'ils (les insurgés) n'étaient pas dans la voie droite, puisqu'ils n'ont pas réussi[1]. »

Allégée de ses blessés, des malingres et des bagages laissés à Aïn Madhi, la colonne entama la poursuite après un repos de quatre heures; elle marcha le 2 février dix-huit heures de suite, mangeant les chevaux blessés abandonnés par l'ennemi pour remplacer la viande de boucherie qu'elle n'avait pas. Le 5, elle était à Brezina, évacué le matin même par les insurgés, dès lors hors d'atteinte. Le 14, les troupes étaient rentrées à Laghouat, y ramenant le marabout Tedjini, que le lieutenant-colonel de Sonis avait fait arrêter le 10, en repassant par Aïn Madhi.

L'insurrection, battue le 1er février, avait, perdu le 5 ses troupeaux razziés par nos goums du cercle de Géryville; elle était rejetée dans le sud-ouest de la province d'Oran et réduite à l'impuissance.

1. Colonel Trumelet, *l'Insurrection des Oulad Sidi Cheick*, 2e partie, page 9, note 1.

CHAPITRE III

INSURRECTION DE 1871.

I

COLONNES DANS LA PROVINCE DE CONSTANTINE (FÉVRIER-NOVEMBRE).

Deux années se passent. La France est écrasée à Sedan et à Metz; après s'être redressée dans un effort suprême pour tenir tête pendant cinq mois encore à l'envahisseur, elle doit signer le traité funeste qui lui enlève deux de ses provinces les plus chères. Elle croit alors pouvoir jouir de quelque repos pour panser ses blessures, lorsqu'à la guerre allemande succèdent brusquement et simultanément, à Paris la Commune, en Algérie une des plus formidables insurrections que nous ayons jamais eu à combattre.

Les causes de cette révolte sont trop connues pour qu'elles aient besoin d'être rappelées ici : nos désastres, la naturalisation des juifs détestés des Arabes, la suppression du régime militaire, l'absence de troupes en Algérie, tout cela était largement suffisant pour que les musulmans fussent persuadés que l'heure était enfin arrivée où l'on allait jeter à la mer les chrétiens et où l'étendard de l'Islam remplacerait sur les villes algériennes le drapeau aux trois couleurs.

L'Arabe ne comprend que le régime du sabre et n'a de respect que pour la force; la France, vaincue en Europe, perdait pour lui tout prestige. Toutefois le mouvement n'éclata que cinq mois après la proclamation de la République, quand les chefs arabes se considérèrent comme déliés de leur serment de fidélité. Il a été d'ailleurs plutôt un mouvement politique de quelques nobles mécontents qu'une guerre de religion ou de race.

« Les indigènes appellent aujourd'hui cette année 1871 : l'année de Mokrani.... Ce fut en effet le bach agha El Hadj Mohamed ben el Hadj Ahmed el Mokrani qui, seul, déchaîna cette lutte formidable. Ce fut lui qui entraîna les populations soumises à l'influence plusieurs fois séculaire de sa famille, et aussi celles, plus nombreuses encore, subissant alors l'action politique et religieuse des Khouans Rahmania dont il avait sollicité l'alliance et obtenu le concours en flattant les visées ambitieuses d'Aziz ben Cheick el Haddad, le fils du grand maître de l'ordre[1]. » A la publication du décret Crémieux, qui naturalisait les israélites, le bach agha avait dit : « Je n'obéirai jamais à un juif. Si une partie de votre territoire est entre les mains d'un juif, c'est fini! Je veux bien me mettre au-dessous d'un sabre, dût-il me trancher la tête, mais au-dessous d'un juif, jamais, jamais! », et il avait ajouté : « La France n'est plus rien, puisque c'est un juif qui la gouverne ».

Un ordre de départ des smalas de spahis du littoral pour la guerre contre l'Allemagne fut le prétexte de l'insurrection. L'assassinat d'un brigadier de spahis, le 25 janvier, et l'attaque de colons européens aux environs de Soukharras en furent les premiers actes.

Or l'Algérie à ce moment n'avait plus de troupes régulières; elles avaient été envoyées pour la plupart à l'armée du Rhin, où Wissembourg, Wörth et Sedan les avaient fait disparaître, et les dernières avaient été comprises dans l'organisation des armées de la Loire et de l'Est. Depuis le 14 juillet 1870, jour où on avait commencé à embarquer les premiers régiments pour la France, on n'avait cessé de puiser dans l'armée d'Afrique, et d'y prendre des hommes pour remplacer les tués et les prisonniers des premières batailles.

Aux premiers jours du Gouvernement de la Défense Nationale, il n'y avait plus en Algérie que 4 régiments d'infanterie de ligne, environ 6 bataillons de zouaves ou de tirailleurs, 3 bataillons d'infanterie légère d'Afrique, 1 régiment étranger et 4 régiments de cavalerie, dont 3 de spahis. Les besoins croissant à mesure que la lutte en province prenait plus d'opiniâtreté, ces troupes avaient été presque toutes envoyées en France, de sorte qu'à la fin de la guerre, il ne restait plus guère en Algérie que des bataillons de mobiles, des gardes nationales, constitués en France ou en Algérie, ou des milices locales. D'autre part, la paix avec l'Allemagne, en libérant nos soldats prisonniers, permit de les embarquer pour l'Algérie, aussitôt qu'ils rentrèrent de captivité, et de les employer très largement dans la formation des colonnes mobiles.

Ainsi, jeunes gens des bataillons de mobiles, brusquement arrachés à l'atelier ou à la charrue, sans grande instruction militaire, vieux soldats expérimentés, mais affaiblis par les souffrances sans nombre d'une dure campagne ou d'une captivité

---

1. Rinn, *Hist. de l'insurrection de 1871*, p. 1.

bien plus pénible encore, tels étaient les éléments dont disposait la France pour lutter contre les Arabes et les Kabyles, rompus aux fatigues, endurcis à toutes les privations, le cœur enflammé de leur haine irréductible de musulman pour le chrétien, et se croyant invincibles par leur nombre, leur fanatisme et leur courage.

A la fin de janvier, le 1ᵉʳ tirailleurs devait envoyer à Perpignan un bataillon tout récemment formé (bataillon Barthélemy), pour y constituer un 2ᵉ régiment de marche de tirailleurs algériens; il fut aussitôt dirigé sur la province de Constantine. Il avait été composé en vingt-quatre heures, avec 1010 hommes pris au 1ᵉʳ bataillon resté en Algérie pendant la guerre et aux quatre compagnies de dépôt. Ce bataillon débarqua le 2 février à Bône, venant d'Alger, et en repartit le 5 pour Soukharras. La révolte y était déjà comprimée, mais elle éclatait quelques jours plus tard dans les montagnes des Kabyles qui investirent la petite ville d'El Milia.

Le 24 février, une colonne commandée par le général Pouget et dont faisait partie le bataillon Barthélemy s'avança sur El Milia qui fut débloquée le 27. La ville avait été brûlée et pillée, mais le bordj, défendu par une centaine de mobiles de la Côte-d'Or, avait tenu bon. Les tirailleurs n'avaient perdu pendant cette marche qu'un homme, tué le 24 à l'attaque d'un village.

Terminée de ce côté, l'insurrection renaissait ailleurs et gagnait tout le pays de la Medjana; aux exhortations du bach agha Mokrani, les tribus se soulevaient comme un seul homme. La plus grande partie de la province de Constantine et la moitié de celle d'Alger se révoltaient; Bordj bou Arreridj, Sétif, Bougie, Dellys, Tizi Ouzou, Fort-National furent bloqués. La première de ces villes fut entourée par toutes les forces de la Medjana.

La colonne, dénommée « colonne de la Kabylie orientale », passait, le 29 mars, sous les ordres du général Saussier[1], et occupait, le 8 avril, Bordj Medjana, village du bach agha. Ce bordj, construit en maçonnerie, aurait pu résister longtemps, même contre les obus des pièces de montagne, mais il était défendu par quelques indigènes seulement et ceux-ci prirent la fuite dès qu'ils se virent sur le point d'être entourés. Le combat ne nous coûta que 4 blessés, dont 1 mortellement atteint. Ce même jour, le *djehad*, « effort pour la foi », était proclamé par Cheick el Haddad, chef des Rahmania. C'était la guerre sainte qui commençait, et il fallut neuf mois avant d'arriver au succès final. De ce fait, le bach agha, qui ne disposait jusqu'alors que de 25000 combattants

_____

1. Colonne Saussier : infanterie (2 brigades, lieutenant-colonel Barbier et colonel Barrué); cavalerie (6 escadrons); artillerie (1 batterie de montagne). Le bataillon du 1ᵉʳ tirailleurs comptait à la brigade Barbier.

(50 tribus), vit ses forces accrues de 120000 hommes armés (plus de 250 tribus); toutes les tribus du littoral, d'Alger à Collo, se mirent en insurrection.

Le 10, placés en tête de colonne pour l'attaque, puis en arrière-garde pour la retraite, les tirailleurs du 1er régiment brisent l'élan des Oulad Khelil, ne perdant que 2 blessés; le 15, à l'attaque du djebel Oum er Rissan, ils ont 1 blessé. Ayant donné de l'air à la place de Sétif, le général Saussier va ravitailler Bordj bou Arreridj; le 10 mai, il se reporte contre les tribus du Guergour, auxquelles il enlève un drapeau et fait bon nombre de prisonniers, parmi lesquels un des lieutenants de Mokrani; 2 tirailleurs sont blessés. Le 14, il a un vif engagement avec les Amoucha, qui sont repoussés, mais nous perdons 8 tués et 54 blessés dont 2 du 1er tirailleurs; le 16, la fusillade des Kabyles blesse 1 officier (sous-lieutenant Kouider ben Amar) et 2 tirailleurs du 1er régiment.

Fatigués des échecs qu'ils subissaient partout, les Amoucha étaient sur le point de se soumettre, quand un ordre de la subdivision fit rétrograder le général sur Sétif; les hostilités reprirent aussitôt de plus belle. On ne retourna chez eux que trois semaines après, et ils vinrent demander l'aman seulement après les deux combats du 20 et du 24 juin, où le bataillon Barthélemy perdit 1 tué, 7 blessés et 1 disparu. Avec les Amoucha, plusieurs fractions des Rahmin et une partie des Sahel Guebli se soumirent. Ils luttaient depuis trois mois.

Après la mort de Mokrani, le 5 mai[1], Bou Mezrag, « l'homme à la lance », frère du bach agha, lui succéda comme chef de l'insurrection. Il soutint encore pendant deux mois les dissidents de la Medjana, mais, pourchassé par nos colonnes, il finit par se jeter dans le Hodna à la fin de juillet, abandonnant les gens de la Medjana, qui se rendirent à discrétion.

De là, le général Saussier passa dans le Hodna pour débloquer la petite ville de M'Gaous; le 17 septembre, il était à Batna, dispersait, le 7 octobre, les Oulad Mokran; le 17, il était à M'Sila; partout la résistance tombait devant lui. Le 29, la colonne était licenciée. Elle avait eu 52 tués et 162 blessés; 59 hommes étaient morts de maladie.

Avant de se séparer de ses troupes, le général Saussier leur adressa l'ordre suivant :

« Officiers, sous-officiers et soldats:

« Au moment où vous allez rentrer dans vos garnisons pour y prendre un repos

1. Voir plus loin, p. 114.

devenu indispensable, je ne puis me séparer de vous sans rendre le plus éclatant témoignage à votre énergie, à votre persévérance, à votre abnégation.

« Pendant huit mois, vous avez lutté contre l'insurrection ; rien ne vous a lassés, ni les marches pénibles, ni les combats incessants, ni les plus dures privations. Seuls pendant longtemps, vous avez tenu tête aux rebelles de la Medjana et de la Kabylie orientale, et vous les avez battus en 46 combats.

« Sans souci des récompenses et ne songeant qu'à remplir noblement votre difficile mission, vous n'avez cessé de donner des preuves d'un dévouement sans bornes à la cause de la colonie.

« Officiers, sous-officiers et soldats, travaillez encore à acquérir ces mâles et fortes vertus qui font les nations grandes et libres, et nous nous retrouverons un jour sur un champ de bataille où nous pourrons enfin nous relever de nos désastres et finir le deuil de la patrie ! »

Rappelé dans sa province, le 4ᵉ bataillon de tirailleurs quitta la colonne et, par Aumale, gagna Blida où il était le 6 novembre, après neuf mois d'expédition.

La 2ᵉ compagnie de ce bataillon, laissée le 5 février à Bône, ne resta pas inactive. Placée dans une colonne commandée par le général Pouget, elle prit part aux combats de Hasserou (7 mai) et de la Mestaoua (19 et 20 mai). Le 7 octobre, cette compagnie s'embarquait à Philippeville pour rentrer à Blida.

La 3ᵉ compagnie, laissée à Bône avec la 2ᵉ, fut comprise dans la colonne du colonel de la Croix, organisée le 4 août à Mila. Elle parcourut sans résistance les cercles de Collo, Djidjelli, les Babors ; le 1ᵉʳ octobre, elle s'embarquait à Bougie et était le 3 à Blida.

II

COLONNES EN KABYLIE (AVRIL-SEPTEMBRE 1871). — SIÈGE DE FORT-NATIONAL (AVRIL-JUIN 1871).

Partie de l'est de la province de Constantine, l'insurrection avait rapidement gagné celle d'Alger.

Le 19 avril 1871, les 4ᵉ et 5ᵉ compagnies du 2ᵉ bataillon et la 1ʳᵉ du 3ᵉ, à peine reconstituées, soit avec des recrues, soit avec des prisonniers rentrant d'Allemagne ou de Suisse, furent placées dans la colonne Fourchault[1], qui allait opérer contre les kabyles marchant en masse sur la Mitidja et sur Alger.

1. Colonne Fourchault : infanterie (2500 hommes); cavalerie (250 hommes); artillerie (2 sections); services auxiliaires; en tout, 2700 hommes environ.

Le 22 au soir, la situation désespérée du village de Palestro, attaqué de toutes parts, fut connue à Alger; 600 fantassins, un peloton de cavalerie, une pièce se portèrent en hâte à son secours; malheureusement ils ne purent arriver le 24 que pour contempler les décombres du village; tous les habitants avaient été égorgés ou emmenés prisonniers. Le 25 et le 26, sur la route de retour, la petite troupe fut

FORT ARABE AU-DESSUS DE BREZINA.
Dessin de Gotorbe, d'après une photographie.

attaquée par un millier de Kabyles, la seconde fois au moment où elle touchait les avant-postes français; 3 tirailleurs du 1er régiment furent blessés, dont 1 grièvement.

Le 1er mai, le général Lallemand remplaçait le colonel Fourchault à la tête des troupes. Une semaine après, ayant reçu une nouvelle organisation[1], la colonne se porta au secours de Tizi Ouzou, assiégé depuis le 17 avril, et dont la garnison avait perdu 15 tués et 25 blessés; elle délivra cette place le 11, en ayant 3 tués et 16 blessés, dont 3 officiers. Cinq jours après, elle enlevait, sur la route de Dellys, le col de Bab En Zaoua, avec une perte de 5 tués et 8 blessés; le 18, elle entrait à Dellys, après un combat qui

1. Colonne Lallemand : infanterie (2 brigades, colonels Barrachin et Faussemagne); cavalerie (4 escadrons); artillerie (5 sections); au total, 3800 hommes et 540 chevaux. Les trois compagnies de tirailleurs comptaient à la 2e brigade (colonel Faussemagne).

nous coûtait 2 tués et 4 blessés, dont 1 tirailleur du 1ᵉʳ régiment. La garnison de Dellys qui se composait de 480 hommes, dont 135 du 1ᵉʳ tirailleurs[1], résistait depuis le 20 avril aux efforts des insurgés.

Le général Lallemand descendit ensuite dans la vallée du Sebaou, puis de là gagna Tizi Ouzou où il attendit l'arrivée de la colonne Cérez pour pénétrer avec elle chez les Beni Raten et débloquer Fort-National.

La colonne Cérez avait été constituée en avril[2], à la suite de l'insuccès de la garnison d'Aumale qui, ayant battu Bou Mezrag, frère du bach agha de la Medjana, avait cependant dû reculer devant le flot grossissant de la révolte.

Le 18 avril, elle avait quitté Aumale, enlevé trois jours après les villages de Souma et de Kasba, sur le djebel Affroun, défendus de droite et de gauche par des escarpements à pic. Deux compagnies du 1ᵉʳ tirailleurs, une en tête de chacune des deux colonnes d'attaque, avaient ouvert la route et perdu 5 blessés.

Rentré le 25 à Aumale, le général Cérez en repartait le 27 et combattait le 29 à Tekouka, et le 5 mai à Dra bel Kheroub, sur la route de Bouïra. Mokrani venait d'arriver le 2 à Bouïra, avec 350 cavaliers et 400 fantassins, pour donner la main aux Kabyles, lorsque les troupes françaises le rencontrèrent. Au cours de la lutte, le bach agha reçut une balle entre les deux yeux et expira aussitôt. Sa mort, cachée d'abord avec le plus grand soin, finit cependant par être connue, et amena la soumission de plusieurs tribus. La colonne Cérez perdit à ce combat 2 tués et 15 blessés. Continuant sa marche, elle recueillit après pourparlers 40 prisonniers échappés au massacre de Palestro, débloqua le bordj des Beni Mansour, battit Bou Mezrag, soumit les tribus de l'oued Sahel, et délivra, après l'engagement du 5 juin, Dra el Mizan entouré depuis quarante-six jours. Le 8, le général pénétrait en Kabylie, laissant dans la vallée de l'oued Sahel, avec le colonel Goursaud, une colonne d'observation dont firent partie les 3ᵉ, 4ᵉ et 6ᵉ compagnies du 3ᵉ bataillon du 1ᵉʳ tirailleurs.

Avant de s'avancer sur Fort-National avec la colonne Cérez, le général Lallemand, rayonnant autour de Tizi Ouzou, déblaya le pays à une assez grande distance.

Les deux colonnes, après avoir fait leur jonction, attaquèrent le 9 juin la tribu des Maktas, retranchés auprès du village de Tirilt M'Ahmoud, les dispersèrent et les forcèrent à la soumission; le 1ᵉʳ tirailleurs eut là 2 hommes tués et 4 blessés.

Après un repos de quelques jours, elles quittaient Tizi Ouzou le 16, à minuit, pour

---

1. Garnison de Dellys : infanterie régulière (3 compagnies); tirailleurs (1 compagnie); milice locale.
2. Colonne Cérez : infanterie (7 bataillons); cavalerie (6 escadrons); artillerie (1 batterie); en tout 3 480 hommes. Elle comprenait les 1ʳᵉ et 3ᵉ compagnies du 2ᵉ bataillon, et la 4ᵉ du 3ᵉ bataillon du 1ᵉʳ tirailleurs.

dégager Fort-National. Il fallait secourir à tout prix cette place, car elle était, au cœur du pays insurgé, le point le plus important de la Kabylie. Au point du jour, les troupes étaient déployées au pied des montagnes des Beni Raten, colonne Lallemand à droite, colonne Cérez à gauche.

La brigade Barrachin enlève Taksebt, et déloge l'ennemi de Souk el Hâad et de Si Klaoui; l'artillerie a préparé par un feu violent l'attaque des villages et des tranchées, ce qui permet de ne perdre que 8 tués et 30 blessés sur lesquels les tirailleurs comptent 4 tués et 6 blessés.

Maîtres des crêtes vers dix heures, nous avons la certitude d'atteindre la ville, dont la vaillante garnison fait à ce moment une audacieuse sortie; à deux heures, les deux colonnes se rejoignent sous les remparts du fort.

Fort-National était investi depuis le 17 avril. La garnison de 700 hommes[1] sous les ordres du lieutenant-colonel Maréchal, était surtout composée de jeunes soldats et de mobilisés; le lieutenant Haoucin ben Ferath y commandait la 5e compagnie du 1er bataillon du régiment. Sur ces 700 hommes, 150 seulement étaient armés du chassepot, et toute l'artillerie du fort consistait en 9 pièces de canon; or il y avait à garnir 2 261 mètres de périmètre de rempart et 17 bastions. Les tirailleurs, recrutés dans les villages des environs, n'étaient pas encore complètement formés, et le lieutenant commandant la compagnie était lui-même Kabyle, originaire d'un village voisin de Fort-National.

La mise en état de défense de la ville n'était pas très facile. « La place n'était pas dans des conditions défensives bien brillantes. Bâtie en amphithéâtre sur un sol tellement incliné que le terre-plein du réduit, situé sur le point le plus élevé, domine de 76 mètres le point inférieur, elle est commandée de 28 mètres dans toute sa partie nord par un mamelon situé à 350 mètres en face de la porte d'Alger En outre, le plateau du village de Taguemoun Ihaddaden, à la distance moyenne de 370 mètres, commande encore de 48 mètres tout le terrain compris entre les bastions 12 et 17[2]. »

Au nombre de 20 000, se dissimulant parfaitement derrière chaque repli de terrain, les assiégeants forcèrent la garnison, dès le 21 avril, à tracer des chemins couverts, en perçant les murs communs des maisons. « Le 26 avril, les Kabyles décidèrent un assaut général en prévision duquel on prescrivit des quêtes pour assurer la confection de

---

1. Garnison de Fort-National : 1er tirailleurs (5e compagnie, 104 h.); 2e régiment du train (7e compagnie, 500 h.); bataillon de mobilisés de l'arrondissement de Beaune (5e et 6e compagnies, 187 h.) ; milice du fort (74 h.); spahis (13 h.); gendarmes français et maures (17 h.); artilleurs (11 h.); en tout, 706 hommes (capitaine Beauvois, du bataillon des mobilisés de Beaune, *En colonne dans la grande Kabylie*, p. 237).

2. Rinn, *Hist. de l'insurrection de 1871*, p. 271.

5 échelles par village. Cette fabrication demandait du temps; elle nous donna trois semaines d'un calme très relatif, car les rebelles ne cessèrent pas un jour le tir de leurs embuscades, non plus que leurs travaux d'approche.

« Le 30 avril, il n'existait plus dans la place un seul animal de boucherie et le colonel prescrivit d'abattre alternativement des chevaux et des mulets, afin de donner 300 grammes de viande fraîche par homme tous les deux jours, car le régime du lard salé qu'on avait en abondance n'était pas sans inconvénient pour des gens manquant de tout légume frais[1]. »

Les alertes étaient incessantes, surtout la nuit; il fallut éclairer les murs au moyen de torches d'étoupes imbibées de pétrole, suspendues en dehors. Rarement les Kabyles attaquaient en masse; leurs tireurs étaient presque toujours dispersés.

Le 8 mai, l'ennemi commença à creuser des galeries de mines; le 12, la garnison fit une sortie commandée par le capitaine Ravez, du bureau arabe; les tirailleurs perdirent 1 homme tué, 4 blessés et quelques disparus. Le 17, les Kabyles mirent en batterie un vieux canon turc amené du cercle de Tizi Ouzou; ils lancèrent sur la place des projectiles pleins de 2 kg. 500; trois seulement atteignirent la ville, sans tuer ni blesser personne.

L'assaut décidé le 26 avril eut lieu dans la nuit du 21 au 22 mai. Depuis le 17, les marabouts réclamaient l'enrôlement des volontaires appelés en berbère *imessebelen*, et qui ont d'avance fait le sacrifice de leur vie. Cette institution est spéciale à la Kabylie; chaque village fournit en cas de nécessité, au cours d'une guerre contre l'étranger, un certain nombre de ces volontaires. Du jour où ces hommes sont enrôlés, leur vie ne leur appartient plus; s'ils sont tués, leurs femmes et leurs enfants sont nourris par la communauté; s'ils sont victorieux, ils deviennent les plus considérés de tout le village, mais s'ils faiblissent, ils ne sont plus que des parias, reniés par leur tribu entière.

« Le cercle de Fort-National fournit 2 280 volontaires.... Leur rôle devait être, dans la nuit du dimanche 21 au lundi 22 mai, d'appliquer contre les remparts, les 150 échelles préparées à l'avance et de monter les premiers à l'assaut....

« La soirée du dimanche 21 fut d'un calme extraordinaire, aucun coup de feu ne fut tiré, aucun cri ne se fit entendre à l'extérieur. Quand on alluma les réchauds de rempart dont on faisait usage dans les nuits obscures, le silence était absolu, les environs semblaient déserts.

1. Rinn, *Ibid.*, p. 273 et suiv.

« Vers deux heures du matin, un chant religieux se faisait entendre sur les hauteurs de Tablabalt; un quart d'heure après, le même chant était répété à Ourfia et suivi de quelques minutes de silence. Puis, tout à coup, mille cris sauvages retentissent de tous les ravins, la fusillade éclate de tous côtés, des gerbes de balles passent sur le fort : les 2 280 *imessebelen* sont au pied du mur, disposant leurs échelles pour l'escalade. A ce moment, le fort s'enveloppe d'un ruban de feu : ce sont les défenseurs qui, avec un rare sang-froid, fusillent à bout portant tout ce qui se présente, pendant que l'artillerie, croisant ses feux dans toutes les directions, écrase pêle-mêle ceux qui reculent et ceux qui accourent à la rescousse. Pendant une heure, la lutte continue acharnée, et au jour, l'ennemi a disparu, laissant au pied du mur une vingtaine d'échelles[1]. »

Écrasés par les obus, accablés sous les balles, les Kabyles n'avaient pu escalader les remparts, et s'étaient fait tuer à leur pied. La garnison eut seulement 1 tué et 9 blessés, dont 1 officier.

Sortie le 24 mai, commandée par le capitaine Ravez; le sous-lieutenant Debay, de la compagnie de tirailleurs, y fut tué.

Mais les troupes françaises approchaient, et, le 16 juin, le commandant supérieur, le lieutenant-colonel Maréchal, était informé qu'elles attaqueraient les Kabyles le lendemain. Deux sorties faites au moment de l'arrivée de la colonne de secours ne contribuèrent pas peu à la délivrance. Elles nous coûtèrent 7 tués, dont 1 officier, et 14 blessés, dont 1 officier.

Durant ce siège de soixante et un jours, où la garnison restée jour et nuit au pied des remparts, sous la tente, avait eu 25 tués et 45 blessés, la compagnie de tirailleurs, forte au début de 2 officiers et 104 hommes, avait perdu 13 tués, dont 1 officier, et 14 blessés. Sa conduite a été qualifiée dans les termes suivants par le colonel Maréchal, qui l'avait vue à l'œuvre[2] :

« Mon colonel,

« J'obéis à un devoir de conscience en portant à votre connaissance la correspondance suivante que je viens d'avoir avec M. le général X....

« Cet officier général, chargé de faire une enquête sur la conduite de certains indigènes du cercle de Fort-National, dont j'ai reçu le commandement pendant l'insurrection de 1871, m'a adressé plusieurs questions auxquelles je me suis empressé de répondre; il en est une touchant le 1er régiment de tirailleurs; je place sous vos yeux mes explications :

1. Rinn, *Ibid.*, p. 433-435.
2. Lettre adressée le 21 octobre 1873 au colonel Munier, commandant le 1er tirailleurs.

« Au dire des habitants du fort, sans doute, une conspiration aurait été ourdie dans le détachement de turcos pour passer des munitions aux insurgés et se joindre à eux au premier avis.

« Je copie ma réponse :

« Il n'y a jamais eu de conspiration de tirailleurs indigènes que dans l'imagina-
« tion des habitants et de quelques officiers et soldats sans énergie (en petit nombre il
« est vrai) qui, bien faibles pendant la durée du siège, en ont fait, après le danger, des
« récits imaginaires.
« Les turcos se sont admirablement conduits, et si j'en avais eu 4 compagnies sans
« un seul Français, je n'aurais pas supporté les attaques et les vexations des insurgés.
« Ils ont été admirables, je répète le mot; ne croyant pas devoir manger du cheval
« et du mulet, non plus que du lard, ils ont vécu pendant cinquante jours de pain, de
« sucre et de café et n'ont jamais proféré une plainte. Jamais ils n'ont eu d'alerte
« comme les autres troupes.
« Trois d'entre eux ont déserté; ils voyaient du haut du rempart leur village tout
« près d'eux; la tentation était grande. Deux d'entre eux ont réussi à franchir le mur,
« le troisième a été tué pendant sa fuite, par le factionnaire du bastion voisin, lequel
« était du même village que les trois autres[1].
« Ce que les habitants ne savent pas, c'est que tandis qu'ils étaient derrière les
« murs, les turcos, conduits par M. le lieutenant Haoucin ben Ferath, faisaient
« des patrouilles nocturnes au dehors et délogeaient les tireurs isolés qui s'embus-
« quaient la nuit et au matin nous faisaient tant de mal.
« Cette petite compagnie, formée presque uniquement de jeunes soldats qui
« n'avaient pas six mois de service, a perdu 1 officier, 2 sous-officiers et 10 hommes
« tués; 1 sergent, 1 caporal et 12 hommes ont été blessés, dont 2 ont subi l'amputa-
« tion. Rappelez cela, je vous prie, mon général, à la population de Fort-National. »
« Si donc, mon colonel, vous apprenez qu'on a formulé une accusation contre des hommes de votre régiment, vous pouvez affirmer qu'il a été rendu hommage à la vérité.

« Le lieutenant-colonel,

« MARÉCHAL,
« 10ᵉ régiment de chasseurs à cheval. »

---

1. Ali ou el Hadj, retraité à Blida.

TIRAILLEURS INDIGÈNES EN COLONNE

FAC-SIMILÉ D'UNE AQUARELLE DE E. DETAILLE

Gravure extraite de l'Armée française, Boussod, Manzy, Joyant et Cie, Éditeurs

Cette lettre est plus flatteuse que n'importe quel ordre du jour. Luttant contre leurs propres tribus, les tirailleurs kabyles de la 5ᵉ compagnie avaient eu un de leurs deux officiers tués, et un homme touché sur quatre. Sans être comparé aux sombres, mais glorieuses journées de la guerre où le régiment venait de s'illustrer de si éclatante façon, le siège de Fort-National est un des plus beaux titres d'honneur du 1ᵉʳ tirailleurs. Cet épisode, généralement peu connu d'ailleurs, suffit à lui seul à démontrer l'attachement et la fidélité des turcos au drapeau sous lequel ils servent.

La délivrance de Fort-National ne pacifiait pas la Kabylie, et la présence de nombreux contingents sur les hauteurs d'Icheriden empêchait plusieurs tribus insurgées de déposer les armes. Le 24 juin au matin, les positions kabyles, bombardées par un feu violent d'artillerie, étaient cernées et enlevées. La 5ᵉ compagnie du 2ᵉ bataillon du régiment, lancée à la poursuite des fuyards, les atteignit dans le lit d'un oued où 47 insurgés furent tués à la baïonnette. Les Français ne perdirent que 2 tués et 6 blessés.

Pendant que ces deux colonnes agissaient au centre, le colonel Goursaud, resté sur l'oued Sahel, marcha contre les Guechtoula et les Oulad Aziz, retranchés dans le Djurdjura. Deux compagnies de tirailleurs (4ᵉ et 6ᵉ du 3ᵉ bataillon) les en délogèrent après un vif engagement où elles perdirent 3 tués, dont un officier (sous-lieutenant Crouzet), et 15 blessés, dont 1 officier (capitaine Thomas) atteint de trois coups de feu.

Au sud du Djurdjura le colonel Goursaud, au nord le général Cérez manœuvrèrent contre les insurgés, désarmant les tribus et réorganisant le pays. Le général Cérez rentra bientôt à Aumale, laissant le colonel Goursaud en observation à Bouïra.

Dans la première quinzaine du mois suivant, on apprit que le col de Tirourda était occupé par Bou Mezrag; il en fut chassé le 15 juillet, après un combat qui coûta aux tirailleurs 1 tué et 4 blessés. Ce fut le dernier fait d'armes de la colonne Lallemand qui descendit de là sur Bougie par l'oued Sahel et y fut licenciée le 5 août. Les tirailleurs rentrèrent à Blida le 13.

La colonne Cérez, elle aussi, touchait au terme de ses opérations; après avoir dispersé le 6 août, à Kef el Ougab, 300 cavaliers et 2 000 fantassins, elle était dissoute le 22, à Aumale.

Quant à la colonne Goursaud, elle soumit les Beni Yala, après les combats du 2 et du 4 août où 5 tirailleurs furent blessés. Dès lors, le versant sud du Djurdjura était pacifié. Les troupes revinrent à Aïn Sborbora, près de Palestro, y furent licenciées. et les 3 compagnies du 3ᵉ bataillon arrivèrent à Blida le 15 septembre.

Les Kabyles avaient été stupéfaits de voir nos soldats venir si nombreux et écraser la rébellion; ils accusèrent les grands chefs de les avoir trompés sur le véritable état de la France que l'on disait si affaiblie, et plus d'un poète, dans sa tribu, chanta nos victoires. Un marabout du village de Tamoura, de la tribu même de Cheick el Haddad, exalta les succès des colonnes Saussier et Lallemand :

« Le général Lallemand est sorti avec sa musique et ses tentes. — Il est arrivé avec ses soldats invincibles. Les canons et les balles ont parlé. — Il s'est rendu maître de tous les Zouaoua...

« Le drapeau victorieux flotte au-dessus de la tête de Lallemand depuis sa sortie d'Alger; il est porté par un guerrier de grande réputation. Les officiers ont ceint des épées brillantes, des vêtements éclatants; leurs haltes sont réglées d'avance heure par heure. — Il a bien combiné sa manière d'opérer; il a sauvé les villages de Tizi Ouzou et de l'Arbâa (des Ait Iraten, Fort-National)....

« Voici Saussier; devant se dressent ses tambours, il se dirige droit au but. — Bou Mezrag hésite, à Takherat il sera brisé....

« La puissante armée de Saussier s'est précipitée et a rompu les haies, elle s'est emparée du cheick au milieu de ses gens. Les bataillons des khouans ont été anéantis.

« L'étendard brodé et orné de franges, c'est le général Saussier qui le portait. — Les soldats français, sagement dirigés, sont sortis; le canon a grondé avec méthode. — Ceux qui ont voulu s'opposer à leur marche ont été enchaînés, leurs biens confisqués, eux-mêmes réduits à mendier....

« Le général s'est élancé avec l'impétuosité et l'audace du lion. — Il s'est emparé de tous ces forgerons, fils de Druses (fils d'hérétiques); on le voit traverser tous les ravins. — Ah! que l'autorité est terrible pour ceux qui sont pris! C'est ainsi que sont traités les rebelles [1].... »

1. Rinn, *Hist. de l'insurrection de 1871*, p. 566, note 2.

III

Pour empêcher les tribus de la subdivision de Medea de faire cause commune avec les insurgés de la subdivision d'Aumale, on avait formé en avril, pour surveiller ces tribus et les mettre à l'abri des coups de main des rebelles, une colonne d'observation aux ordres du lieutenant-colonel Muel, du 1er spahis.

La 6e compagnie du 2e bataillon du régiment partit le 5 avril pour Boghari où se formait cette colonne [1].

Pendant tout le mois d'avril, et en mai et juin, le colonel Muel observa l'est de la subdivision de Medea, puis entra sur le territoire de celle d'Aumale, dont le commandant, le lieutenant-colonel Trumelet, prit alors la direction des opérations. Constituée dès le début de la révolte du bach-agha, cette colonne avait puissamment contribué à arrêter les progrès de l'insurrection vers l'ouest, en retenant sous notre autorité les Oulad Allane, Oulad Moktar, Oulad Naïl, et en donnant à la colonne Cérez la liberté de ses opérations à l'est et au nord d'Aumale. Le 5 août, le colonel Trumelet marchait sur Bou Sâada, investie par Saïd ben bou Daoud, beau-frère de Mokrani, occupait le ksar d'Eddis, dont les habitants réfugiés dans la montagne en furent débusqués par les tirailleurs et les zouaves, était le 10 à Bou Sâada et rentrait le 20 à Aumale.

Battu par le général Saussier, dans le nord de la province de Constantine, abandonné de beaucoup de ses partisans, Saïd ben bou Daoud s'était enfui dans les montagnes du Djebel bou Khaïl entre Djelfa et Bou Sâada, cherchant à gagner le sud pour rallier le faux chérif Bouchoucha.

Mohamed ben Toumi ben Brahim, dit Bouchoucha, « le chevelu », condamné pour vol en 1862, s'était réfugié à In Salah à sa sortie du pénitencier et s'y était fait accepter pour chérif en 1863. En avril 1870, il s'était emparé d'El Golea, où il avait fait prisonnier notre caïd; en mai, de Metlili; puis, après un engagement avec les Larbâa, il s'était retiré au Tidikelt. L'année suivante, au mois de mars, il remonta vers le nord, à l'annonce de l'insurrection de la Medjana, prit Ngouça, puis

---

1. Colonne Muel : 1er zouaves (1 compagnie); 2e bataillon d'infanterie légère d'Afrique (4 compagnies); 1er tirailleurs (1 compagnie); mobiles du Puy-de-Dôme (1 bataillon); cavalerie (2 escadrons); artillerie (1 section); au total, 1426 hommes et 300 chevaux.

Tugourt et Ouargla. Les chefs de la révolte du nord devaient naturellement chercher à s'entendre avec lui, qui pouvait soulever les nomades du désert.

Pour couper la retraite à Saïd ben bou Daoud, la colonne mobile de Laghouat, dont faisaient partie 4 compagnies du 1ᵉʳ tirailleurs, se porta sur Aïn Sultan à marches forcées; mais l'avance des dissidents était trop forte, et ils ne purent être rejoints.

Deux mois plus tard, cette même colonne eut à se porter sur Brezina, pour s'opposer au passage sur le territoire de Laghouat de Si Kadour ben Hamza; mais des détachements de la province d'Oran atteignirent ce dernier le 23 décembre au Mengueb et le mirent complètement en déroute. Les troupes de Laghouat n'eurent plus qu'à regagner cette ville, sans avoir brûlé une amorce.

A peine le 3ᵉ bataillon rentré de Kabylie avait-il complété son effectif, qu'il était appelé à coopérer au rétablissement de la paix dans le sud des provinces de Constantine et d'Alger. Quittant Blida le 18 octobre, il se rendait à Djelfa pour entrer dans la composition de la colonne du commandant de Lammerz[1]. Après avoir séjourné à Messad, le commandant s'avança dans l'extrême sud pour couper la route aux dissidents chassés de Ouargla par le général de la Croix, et qui cherchaient à gagner le Touat. Les Chambâa Berazga de Metlili demandèrent l'aman, à part quelques-unes de leurs fractions qui furent atteintes et dispersées les 26 et 28 janvier 1872, au moment où elles se joignaient à des Chambâa de Ouargla, des M'Kadma et des gens de Si Zoubir. Djelloul ben Moulaï Smaïl, secrétaire du faux chérif Bouchoucha, avait été pris; il était un de nos ennemis les plus redoutables dans le sud.

Ayant reçu l'ordre de se montrer le plus loin possible vers El Golea, le commandant fit partir en avant le goum avec la cavalerie régulière, appuyés par un détachement d'infanterie. L'ennemi, rejoint à Chabet el Hamid au sud-ouest de Hassi Zirara, le 9 février, perdit son drapeau, 12 fusils et des troupeaux. Un de nos cavaliers avait été tué, plusieurs étaient blessés. La colonne remonta sur Laghouat le 14, où elle arriva le 5 mars; elle fut licenciée le 6, et le 3ᵉ bataillon revint à Blida le 25 mars.

Commencée le 15 mars 1871 à la Medjana, la révolte était terminée le 20 janvier 1872 par l'arrestation de Bou Mezrag à Ouargla, à 460 kilomètres du point de départ. Pour vaincre les 200000 combattants que l'insurrection nous avait opposés, l'armée d'Afrique, avec la marine, les colons miliciens, les indigènes restés fidèles, — dont le nombre, pour les trois provinces s'éleva à 1325000, soit près des deux tiers de la population totale — avait livré en moins d'une année plus de 340 combats. L'effectif de

1. Colonne de Lammerz : 50ᵉ de ligne (2 compagnies); 1ᵉʳ tirailleurs (1 bataillon); cavalerie (2 pelotons); artillerie (1 section).

l'armée de terre avait dû être porté à ce qu'il était au temps des guerres contre Abdelkader, et était arrivé à 86 322 hommes, pour la plupart épuisés par la guerre de France
et la captivité en Allemagne; ils donnèrent une proportion d'entrées à l'hôpital de
93,8 pour 100[1], qui n'avait jamais été atteinte, même en temps de typhus et de choléra.

Bouchoucha ne fut pris que le 31 mars 1874, par Saïd Ben Dris, khalifa de l'agha
d'Ouargla. Il fut exécuté près de Constantine le 29 juin 1875. Lors de son interro-
gatoire, il avait expliqué que s'il avait accepté, comme il le disait, d'être « le slougui
lancé sur le gibier par le chasseur », c'est qu'il était persuadé que « la France était
finie, qu'elle était rien du tout[2]. »

1. Rinn, *Hist. de l'insurrection de 1871*, p. 641 et 647.
2. *Ibid.*, p. 662 et 663.

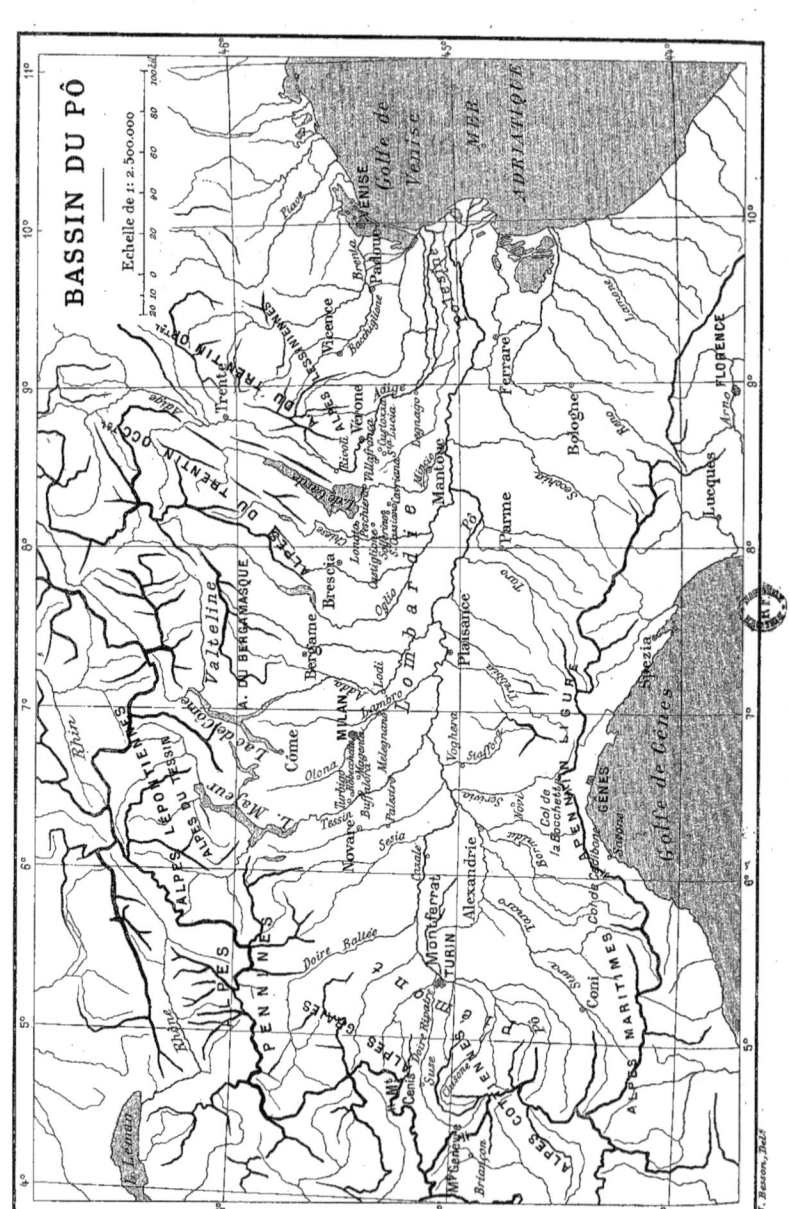

BASSIN DU PÔ

Échelle de 1 : 2.500.000

DEUXIÈME PARTIE

CAMPAGNES HORS D'ALGÉRIE

CHAPITRE PREMIER

CAMPAGNE D'ITALIE (1859)

I

CRÉATION D'UN RÉGIMENT PROVISOIRE DE TIRAILLEURS ALGÉRIENS.
ROBECCHETTO ET MAGENTA (3 ET 4 JUIN).

La campagne de Crimée avait montré ce que l'on pouvait attendre des tirailleurs algériens, employés dans une guerre européenne. Quatre ans plus tard, les hostilités ayant éclaté entre la France et l'Autriche, on eut soin de ne pas oublier les turcos, et chacun de leurs régiments fournit un contingent pour la campagne.

L'histoire dira si la France eut tort ou raison de s'engager dans cette guerre; la reconnaissance de l'Italie, sur laquelle nous étions en droit de compter, après avoir tant fait pour elle, s'est traduite depuis 1859 par la singulière attitude de ce pays pendant et depuis nos désastres. « La guerre de 1870, a écrit un Italien, Michele Amari, nous a rendu Rome, et nous a délivrés d'un ami dangereux, toujours prêt à faire oublier ses bienfaits par ses offenses[1]. » Il n'est pas dans le dessein de cet ouvrage d'entrer dans ces discussions.

« Nous allons, dit Napoléon III aux troupes en arrivant à Gênes, seconder la lutte d'un peuple revendiquant son indépendance et le soustraire à l'oppression étrangère. C'est une cause sainte qui a les sympathies du monde civilisé[2]. »

Par décret impérial du 26 mars 1859, un régiment provisoire de tirailleurs algé-

---

1. Lettre publiée dans *la Revue de Paris* du 1ᵉʳ mars 1897.
2. Ordre du jour de l'empereur en date du 12 mai.

riens à 3 bataillons de 6 compagnies avait été créé. Chacun des régiments existants avait dû fournir un bataillon[1], et le commandement du régiment provisoire avait été donné par ancienneté au colonel Laure, du 2ᵉ tirailleurs; le lieutenant-colonel Montfort, du 2ᵉ grenadiers de la garde, était passé avec son grade au régiment provisoire.

Ce régiment, au premier départ, compta 3013 hommes (1028 du 1ᵉʳ tirailleurs, 946 du 2ᵉ, 1039 du 3ᵉ). Les renforts successivement envoyés se composèrent de 226 hommes (96 tirailleurs du 1ᵉʳ, 88 du 3ᵉ, 9 du 2ᵉ, arrivés en juin et juillet en Italie; 33 hommes, gradés pour la plupart, venant d'autres corps, par exemple 10 du 15ᵉ bataillon de chasseurs). L'effectif total des hommes de troupe passés dans les compagnies du régiment provisoire fut donc de 3239 hommes[2].

Le 18 avril, le bataillon fourni par le 1ᵉʳ tirailleurs, à l'effectif de 32 officiers et 1028 hommes de troupe, était prêt à partir. Il s'embarquait, cinq jours après, sur le *Christophe-Colomb*, était à Gênes le 26, et allait s'installer au village de Rivarolo. Le bataillon du 3ᵉ tirailleurs (commandant Van Hoorick) arriva le même jour; celui du

---

1. État-major du régiment provisoire :

MM. Laure, colonel (2ᵉ T.);
    Montfort, lieutenant-colonel (2ᵉ grenadiers de la garde);
    Champsaur, major (2ᵉ grenadiers de la garde);
    Clemmer, capitaine trésorier (3ᵉ T.);
    Roussel, capitaine d'habillement (1ᵉʳ T.);
    Perken, sous-lieutenant adjoint au trésorier (2ᵉ T.);
    Poulet, médecin-major de 2ᵉ classe (3ᵉ T.);
    Jourdain, médecin aide-major de 1ʳᵉ classe (2ᵉ T.);
    Cléramboust, médecin aide-major de 1ʳᵉ classe (1ᵉʳ T.).

Cadres du bataillon du 1ᵉʳ tirailleurs :

MM. Gibon, chef de bataillon ;
    Berthe, capitaine adjudant-major.

1ʳᵉ COMPAGNIE		2ᵉ COMPAGNIE		3ᵉ COMPAGNIE	
MM.		MM.		MM.	
Vanéechout,......	capitaine.	Bézard	capitaine.	Thomassin.	capitaine.
Falieu...........	lieutenant.	Chamault........	lieutenant.	Huguenard	lieutenant.
Mohamed bel Kacem.	lieutenant.	Ahmed ben Sadek...	lieutenant.	Abderrhaman ben Sli-	
Taverne	sous-lieutenant.	Juffé	sous-lieutenant.	man Krodja.....	lieutenant.
Bel Kacem ben Moha-		Mohamed bel Hadj..	sous-lieutenant.	Boulanger	sous-lieutenant.
med,...........	sous-lieutenant.			Ali ben Tahar	sous-lieutenant.

4ᵉ COMPAGNIE		5ᵉ COMPAGNIE		6ᵉ COMPAGNIE	
MM.		MM.		MM.	
Castan	capitaine.	Liébert..........	capitaine.	Hulot...........	capitaine.
Barthélemy	lieutenant.	Gérard..........	lieutenant.	Parade..........	lieutenant.
Ben Aouda ben Ka-		Mustapha ben Ali..	lieutenant.	Salah ben Somoley.	lieutenant.
dour..........	lieutenant.	Benjamin........	sous-lieutenant.	Lévy............	sous-lieutenant.
Ferrat.....	sous-lieutenant.	Mohamed ben Moha-		Mohamed ben Sahafi.	sous-lieutenant.
Mohamed ben Hacen.	sous-lieutenant.	med Blidi	sous-lieutenant.		

Les sous-lieutenants Mohamed ben Mohamed Blidi et Mohamed ben Sahafi étaient sergents au 1ᵉʳ tirailleurs. — (Arch. admin. du Minist. de la Guerre. *Registre matricule de la troupe du régiment provisoire.*)

2. Arch. admin. du Minist. de la Guerre. *Registre matricule de la troupe du régiment provisoire.*

2ᵉ (commandant Calignon), le 29. Le lendemain 30, le régiment était constitué avec ses trois bataillons, chacun portant le numéro de son régiment d'origine; il fit partie du 2ᵉ corps (général de Mac-Mahon), 1ʳᵉ division (général de la Motterouge), 1ʳᵉ brigade (général Lefèvre). Ce corps s'organisa à Gênes.

L'armée française se concentrait autour d'Alexandrie, mais des retards dans l'arrivée du matériel de guerre, en empêchant la marche en avant de divisions incomplètes, ajournaient le commencement des opérations. Le régiment provisoire, resté dans ses cantonnements de la Polcevera jusqu'au 2 mai, en partit ce jour-là pour franchir le lendemain les Apennins au col de la Bocchetta; le 9, il campait à 3 kilomètres de Novi, où il stationna jusqu'au 14 mai. Ce même jour, Napoléon III se rencontrait à Alexandrie avec Victor-Emmanuel, qui, pour assurer l'unité de direction, se rangea sous ses ordres[1].

Le 2ᵉ corps se mit en mouvement le 15, était le 20 à Voghera et franchit le Pô le 31 à Casale. A partir de cette date, le régiment provisoire devait avoir, jusqu'à la fin de la campagne, l'honneur d'être en tête de colonne, et d'éclairer le corps auquel il appartenait. Le 2ᵉ corps apprit dans la soirée le succès de Palestro; les tirailleurs lassés depuis un mois de ces marches dont ils ne saisissaient pas le sens, devinrent encore plus impatients de voir cet ennemi qui leur avait été promis. Ils n'attendirent pas longtemps.

Le 3 juin, à huit heures et demie du matin, le 2ᵉ corps se porte sur Turbigo pour y passer le Tessin sur un pont qui y a été jeté la nuit précédente. Les tirailleurs sont en avant de la 1ʳᵉ division; grâce à la vigueur de leurs jarrets, ils ont une grande avance sur les troupes qui les suivent, et arrivent seuls, vers une heure et demie, au pont; ils franchissent la rivière et se portent sur le village de Robecchetto, à 2 kilomètres à l'est de Turbigo.

La position de Robecchetto, sur un plateau dominant de 15 à 20 mètres la vallée du Tessin, était excellente à occuper pour barrer le passage à Turbigo. Il fallait en chasser l'ennemi et s'y installer. Au moment où l'ordre parvint au général de la Motterouge, les troupes de sa division, à part les tirailleurs, étaient encore sur la rive gauche du Tessin; le régiment provisoire fut donc seul à exécuter le mouvement.

Les dispositions furent vite arrêtées et aussi vite exécutées. Le 1ᵉʳ bataillon, formé en colonne, attaquera le village par le sud, le 3ᵉ par l'ouest; le 2ᵉ, au centre et un peu en arrière des deux bataillons de tête, sera en réserve. Ces trois colonnes, couvertes par

1. Forces en présence le 14 mai : Français, 104000 hommes; Sardes, 60000 hommes; Garibaldiens, 6000 hommes, soit 170000 hommes. Autrichiens : 120000 hommes.

3 compagnies en tirailleurs qui se relient entre elles, marchant à double intervalle de déploiement, convergeront sur Robecchetto; le reste de la brigade Lefèvre appuiera le mouvement.

Le général de la Motterouge se porta sur le front du 1er bataillon, et chargeant le chef de corps de traduire ses paroles en arabe, dit aux turcos :

« L'ennemi est devant vous; les premiers du 2e corps, vous allez avoir l'honneur de l'aborder; je compte sur votre valeur, votre dévouement, votre énergie; vous saurez vous montrer dignes de votre réputation de Crimée, et porter haut le renom et la gloire de la 1re division du 2e corps; peu de feu et beaucoup de baïonnette[1]. » Tout le régiment fut lancé en avant au commandement du général de division.

Les turcos se précipitèrent en avant sans brûler une cartouche, sous le feu très violent des Autrichiens; ce ne fut qu'après avoir pénétré dans le village qu'ils commencèrent à tirer.

Le terrain, fort difficile, était coupé de longues allées de mûriers, reliés entre eux par de gros fils de fer soutenant de hautes vignes. Mais qu'importe! « Les turcos, dit un correspondant[2], voulurent avoir leur tour comme la division Forey à Montebello et le 3e zouaves à Palestro. Comme à Palestro, la mitraille a salué les premiers cris de : En avant! jetés par nos officiers; mais la mitraille a passé au-dessus de la tête des turcos et tous, se précipitant comme des tigres déchaînés sur les rangs autrichiens, criaient déjà : Victoire! avant d'avoir déchargé leurs fusils. »

Le commandant Gibon, les capitaines Berthe et Vanéechout, à cheval en avant du 1er bataillon, s'engagent au galop dans un chemin creux menant à Robecchetto, sans s'inquiéter s'ils sont suivis; au débouché ils se trouvent subitement en présence d'une troupe ennemie qu'avec une audace inouïe, ils somment de se rendre. Les Autrichiens vont déposer les armes, quand leur chef, s'apercevant que les trois officiers sont seuls, donne ordre de tirer; le capitaine Vanéechout est tué, le commandant et le capitaine Berthe ont la chance extraordinaire de ne pas être touchés.

Mais le village est atteint; les tirailleurs se ruent sur l'ennemi épouvanté. « On a vu bientôt une mêlée horrible. La voix du canon était couverte par des clameurs d'une harmonie sauvage, qui n'étaient ni les chants de victoire, ni les plaintes des mourants et des blessés. Nos soldats s'excitaient entre eux, tout ce que la langue de Mahomet renferme d'imprécations retentissait dans cent groupes isolés, où l'on voyait un turco lutter contre 3 ou 4 Autrichiens. Aux cris des officiers répondaient le tambour et

1. Général de la Motterouge. *Souvenirs et campagnes*, t. III, p. 73.
2. *Histoire populaire contemporaine de la France*, t. III, p. 391.

LE 1ᵉʳ BATAILLON DU RÉGIMENT PROVISOIRE DE TIRAILLEURS ALGÉRIENS PÉNÈTRE DANS LE VILLAGE DE ROBECCHETTO (3 JUIN 1859).

Reproduction d'une gravure contemporaine des événements.

le clairon, et l'on apercevait d'instant en instant, fuyant au loin, des nuées de soldats ennemis qui jetaient leurs armes, se dépouillaient de leurs fourniments et roulaient dans des fossés et des ravins pour échapper à la poursuite de leurs adversaires[1]. »

Les pertes pourtant sont sensibles; le capitaine Bézard est frappé au poignet; le capitaine Liébert est blessé d'un coup de feu à la hanche; son cheval est atteint en même temps; le lieutenant Ben Aouda ben Kadour a le bras droit fracassé; le sous-lieutenant Boulanger est frappé d'une balle en pleine poitrine. Au 1er bataillon, 5 hommes sont tués, 20 blessés. Mais, malgré la mitraille de l'artillerie autrichienne qui protège la retraite, la poursuite continue jusqu'à 2 kilomètres au delà du village dans la direction de Malvaglio. A sept heures du soir seulement, les tirailleurs reprennent leur camp entre Turbigo et Robecchetto.

Une réputation de férocité épouvantable avait précédé les tirailleurs en Italie; dans les camps autrichiens, on racontait qu'ils mangeaient leurs prisonniers, et ces histoires lugubres n'avaient pas peu contribué à la défaite de l'ennemi à sa première rencontre avec les turcos. Pour échapper au sort qui les attendait s'ils tombaient entre les mains de nos soldats indigènes, les Autrichiens avaient cherché leur salut dans la fuite, dès l'entrée des tirailleurs algériens dans le village. Nos troupes avaient eu à faire à 5 bataillons et 1 batterie, qui, abordés à la baïonnette, avaient été mis en pleine déroute. Deux escadrons autrichiens avaient failli être enlevés par les tirailleurs et s'étaient retirés au galop.

L'ennemi avait engagé 5 000 hommes de la division du comte de Cordou; les tirailleurs au moment de l'attaque avaient un effectif de 2 800 hommes[2].

Tout l'honneur de cette brillante affaire d'avant-garde revenait au régiment provisoire et en particulier au bataillon Gibon, qui seul avait été sérieusement engagé. C'est ce qu'exprimait l'Empereur dans un télégramme expédié le soir même à l'Impératrice en disant : « Les tirailleurs du colonel Laure ont fait merveille. » Démontrée déjà en Crimée, l'utilité de l'emploi des tirailleurs indigènes à côté de nos troupes nationales, dans une guerre européenne, s'affirmait en Italie d'une manière irrécusable. Cette journée mettait encore plus en relief l'entrain et l'audacieux élan des turcos.

Le lendemain, on devait prendre définitivement possession de la rive gauche du Tessin. Le corps de Mac-Mahon, renforcé de la division de voltigeurs de la Garde (général Camou) et suivi de toute l'armée sarde, reçut l'ordre de se porter de Turbigo sur Buffalora. Le 4, à neuf heures du matin, la division de la Motterouge, quittant

1. *Op. cit.*, t. III, p. 391.
2. Général de la Motterouge, *Souvenirs et campagnes*, t. III, p. 79.

Turbigo, s'avança en colonne de route sur Magenta, le régiment provisoire en tête, 1er bataillon au centre, 3e à droite, 2e à gauche. A Induno, Cuggione, pas trace d'ennemis, mais deux régiments autrichiens occupent Casate. Le bataillon Gibon se lance à l'assaut, s'engageant à fond; les deux autres bataillons se sont jetés à droite et à gauche pour laisser passer l'artillerie et ont continué à marcher, prêts à soutenir le 1er bataillon déployé en tirailleurs. En un clin d'œil, Casate est enlevé et l'ennemi rejeté sur Buffalora, mais 15 000 Autrichiens occupent ce village et ses abords; les tirailleurs rappelés doivent s'arrêter à quelques centaines de mètres de Buffalora. Quelques instants plus tard même, le général de la Motterouge ayant reçu l'ordre de suspendre son attaque sur Buffalora et de former sa ligne de bataille en avant de Cuggione, ils rétrogradent pour reprendre leur place dans la division. Le sous-lieutenant Ferrat est tué pendant ce mouvement en arrière par un boulet qui le coupe en deux; le sous-lieutenant Lévy avait été blessé au moment de l'attaque de Casate.

La 1re division se forme en bataille, par bataillons en masse. Les treize bataillons de la division Camou viennent se placer un peu en arrière et à sa gauche. La 2e division (général Espinasse) arrive à Marcallo. Comme les grenadiers de la Garde viennent d'enlever Buffalora, la direction de marche est donnée sur le clocher de l'église de Magenta, pour tous les bataillons de la division de la Motterouge. Le régiment provisoire, placé à la gauche de la division, doit emporter la gare du chemin de fer, par où il faut passer pour arriver à l'église.

Les fermes avoisinant la gare avaient été barricadées et fortifiées, leurs murs crénelés, et la résistance de l'ennemi, coupé de Milan si Magenta était pris, fut désespérée.

Le commandant Gibon, les lieutenants Gérard, Abderrahman ben Sliman Krodja sont frappés; le dernier reçoit trois balles; le sous-lieutenant Mohamed ben Môhamed Blidi est tué d'une balle à la poitrine, mais la gare est prise, la porte de l'église enfoncée, et les Autrichiens qui occupent le bâtiment sont faits prisonniers. Malgré tout, la lutte continue dans les rues, et l'on doit enlever les maisons une à une. Enfin, à sept heures, Magenta est à nous.

Le régiment algérien avait perdu 31 tués et 144 blessés (au 1er bataillon, 17 tués et 59 blessés).

Deux bataillons de tirailleurs bivouaquèrent dans les rues du village; l'autre s'établit dans une des églises, et le lendemain, le régiment provisoire campa aux environs.

Le succès de cette bataille, rencontre complètement imprévue, était dû au général de Mac-Mahon, arrivant dans le flanc des Autrichiens à quatre heures de l'après-midi avec ses trois divisions réunies. Aussi le 2ᵉ corps eut-il l'honneur d'entrer le 7 juin à Milan, en tête de l'armée française. Ce fut une fête triomphale; les Milanais saluèrent leurs libérateurs en leur prodiguant les manifestations enthousiastes d'une reconnaissance qui devait être plus bruyante que durable.

Le 8, à quatre heures du matin, le 2ᵉ corps quitta la ville pour intercepter, de concert avec le 1ᵉʳ corps (maréchal Baraguey d'Hilliers), la marche des Autrichiens qui se retiraient de Binasco et Landiano sur Lodi. Mais pendant que Melegnano était enlevé par le 1ᵉʳ corps, le 2ᵉ, retardé dans sa marche par les grandes difficultés du terrain, ne put arriver sur la route de Lodi en temps utile; le maréchal de Mac-Mahon dut se borner à canonner les détachements ennemis en retraite défilant hors de portée de fusil. Le 2ᵉ corps s'établit le 9 à Mediglia et à Sordio, sur la route de Lodi.

II

SOLFERINO (24 JUIN). — RETOUR EN ALGÉRIE.

Après Melegnano, comme les Autrichiens se repliaient sur le quadrilatère[1], les alliés les y suivirent. L'armée franco-sarde se renforçant compta bientôt de nouveau 170000 hommes, mais l'ennemi s'augmentait aussi et son effectif atteignit 188000 hommes, dont l'empereur François-Joseph vint prendre le commandement.

Le 2ᵉ corps passa l'Adda le 13 juin, la Chiese le 21; le lendemain, il était à Castiglione, où il séjourna le 25. Le même jour, des rapports firent connaître que les Autrichiens, au delà du Mincio depuis le 21, commençaient un mouvement en avant pour réoccuper Lonato et Solferino. De son côté, Napoléon III donna des ordres pour le 24; le 2ᵉ corps se dirigera de Castiglione sur Cavriana. « Les corps devront marcher militairement, les bagages resteront parqués jusqu'à ce que les corps suivant la même route aient défilé; ils suivront ensuite à leur tour. La chaleur étant très grande, les troupes partiront à deux heures de la nuit, les chemins étant très bien reconnus d'avance[2]. »

Les deux armées ennemies, ayant le même point pour objectif, devaient fatalement se heurter l'une contre l'autre; de même que Magenta, Solferino fut une bataille de rencontre.

1. Formé par les places de Vérone, Peschiera, Mantoue et Legnago.
2. Instructions au 2ᵉ corps.

Le 24, le 2ᵉ corps, éclairé par la cavalerie et précédé du régiment de tirailleurs, s'engage sur la route de Mantoue qu'il doit quitter à environ 6 kilomètres de Castiglione pour se porter sur Cavriana en passant par San-Cassiano. L'ennemi arrivant par cette même route, le feu s'engage vers cinq heures du matin entre les éclaireurs des deux partis.

Du mont Medolano, le maréchal de Mac-Mahon aperçoit des masses considérables concentrées entre la Casa-Morino et le village de Guidizzolo; au même moment, la fusillade éclate entre Castiglione et Solferino.

C'est le 1ᵉʳ corps qui entre en action. La 2ᵉ division du corps de Mac-Mahon enlève la Casa-Morino, puis, vers onze heures, au moment où le général Niel a fait connaître qu'il est en mesure de se porter sur Cavriana, le 2ᵉ corps exécute une conversion à gauche. La division de la Motterouge va marcher sur les hauteurs de Solferino, déjà occupées par nos troupes, puis, en appuyant sur sa droite, se porter sur San-Cassiano et s'en emparer.

Les tirailleurs, en tête de la brigade Lefèvre, forment la première ligne. A quelque distance de San-Cassiano, le général de la Motterouge les arrête, puis, montrant le village : « Allons, les tirailleurs, leur dit-il, enlevez-moi cela! » Les sacs aussitôt jetés à terre, ils s'élancent sans daigner répondre au feu de l'ennemi; le sous-lieutenant Lévy, déjà blessé à Magenta, est de nouveau atteint par une balle; plusieurs hommes sont tués, mais le village est emporté du premier choc. Selon leur habitude, les hommes, entraînés, dépassent le but; au delà du village, ils prennent une redoute couronnant le premier ressaut du Monte-Fontana et s'y installent. Délogés par un vigoureux retour offensif, ils s'en emparent une seconde fois, avec l'aide des 45ᵉ et 72ᵉ d'infanterie, mais de nouveau les Autrichiens les repoussent. Il faut attendre des renforts. C'est dans ce moment d'attitude défensive que le sergent Plomée, adroit tireur, embusqué derrière un arbre, abat à chaque balle un ennemi; mais il attire sur lui le feu de toute cette partie de la ligne et finit par être blessé au bras.

Le régiment provisoire et le 45ᵉ de ligne, auxquels est venu se joindre un premier renfort de zouaves et de grenadiers de la garde, se jettent de nouveau en avant, mais les Autrichiens reprennent encore le terrain si chèrement conquis. Le colonel Laure, le lieutenant-colonel Herment¹ sont tués; parmi les officiers provenant du 1ᵉʳ tirailleurs, le lieutenant Benjamin est mortellement frappé, le capitaine Falieu et

1. Le lieutenant-colonel Montfort, nommé le 17 mai colonel du 2ᵉ tirailleurs, avait été remplacé par le chef de bataillon Herment, du 56ᵉ de ligne. Le lieutenant-colonel Butet, du 1ᵉʳ étranger, remplaça le colonel Laure. Le lieutenant-colonel Gibon (ancien chef du 1ᵉʳ bataillon), du 70ᵉ de ligne, remplaça le lieutenant-colonel Herment.

le lieutenant Mustapha ben Ali sont blessés; 2 sous-officiers du régiment provisoire sont tués, 14 blessés.

Pour en finir, le général de la Motterouge lance sa brigade de réserve. Nos bataillons se précipitent comme un torrent, enlèvent enfin le Monte-Fontana, refoulent l'ennemi jusqu'au delà de la dernière crête et le forcent à gagner en désordre le vallon de Cavriana. Le deuxième mamelon en avant du village, pris et repris trois fois, est enlevé une quatrième fois à la baïonnette; là a lieu une lutte acharnée, où les tirailleurs seuls supportent le premier choc[1]. En même temps, la brigade Manèque (voltigeurs de la garde), appuyée par les grenadiers du général Mellinet, se porte sur Cavriana. A cinq heures du soir, les voltigeurs et les tirailleurs algériens entrent en même temps dans ce village. Une heure et demie après, l'ennemi est partout en retraite.

Le 2ᵉ corps campa autour de Cavriana où l'Empereur installa son quartier général. Officiers et hommes du 1ᵉʳ tirailleurs avaient vaillamment soutenu la réputation du régiment, mais payaient cher leur gloire. Ayant contenu pendant plusieurs heures l'effort de la lutte, afin de permettre au commandant du 2ᵉ corps de disposer de forces suffisantes pour boucher la trouée de la plaine, à sa droite, ils perdaient en tués 1 officier et 19 hommes, et en blessés, 3 officiers et 74 hommes; au total 4 officiers et 93 hommes hors de combat.

Le soir de Solferino, le régiment était commandé par le capitaine Péan, le colonel et le lieutenant-colonel ayant été tués, et tous les chefs de bataillon mis hors de combat (commandant Gibon, blessé à Magenta; commandant Calignon, blessé à Solferino et mort de ses blessures; commandant Van Hoorick, blessé à Magenta).

Le 2ᵉ corps, resté avec la garde à Cavriana, en partit le 26 pour Castellano. Le 1ᵉʳ juillet, l'armée passait le Mincio sans coup férir et occupait les hauteurs de Custozza; le 2ᵉ corps était à Santa-Lucia. Les conditions d'un armistice étaient réglées le 8; le 16 août à midi, sans avis préalable, les hostilités, devaient recommencer, mais le 15 juillet, à la suite d'une entrevue des deux empereurs à Villafranca, la paix était signée entre la France et l'Autriche.

Ces conditions, l'Autriche restant à Mantoue et Peschiera, ne satisfirent pas M. de Cavour, premier ministre du roi de Sardaigne; il se consola en disant de Napoléon III : « Je l'ai fait se jeter à l'eau, il faudra bien qu'il nage. »

Le 15 juillet, l'armée alliée commença son mouvement en arrière, et un mois après,

---

1. Arch. histor. du Minist. de la Guerre. *Journal de marche de la 1ʳᵉ division du 2ᵉ corps.*

le 14 août, veille de la fête de l'Empereur, les troupes françaises de l'armée d'Italie faisaient à Paris une entrée triomphale. Le régiment provisoire, licencié par décret en date du 15 août, et parti le 18 août du camp de Saint-Maur, s'embarqua à Toulon pour Alger, où il arriva le 23; les tirailleurs du 1ᵉʳ rentrèrent à Blida le 28. On leur y fit une réception enthousiaste. Blida, la vieille garnison du régiment, avait voulu recevoir dignement ses enfants, les soldats de l'armée d'Italie.

Ceux-ci le méritaient largement, n'ayant, comme on l'a vu, guère marchandé leur sang à la France. Robecchetto, Magenta et Solferino avaient coûté au bataillon du 1ᵉʳ tirailleurs 14 officiers et 194 hommes mis hors de combat, sur 32 officiers et 1124 hommes envoyés en Italie. Un peu plus du sixième de l'effectif en hommes avait été atteint par le feu[1]. Cette campagne, bien que moins meurtrière pour les turcos que celle de Crimée, pouvait cependant être considérée comme une page magnifique de l'histoire du 1ᵉʳ tirailleurs.

Un deuxième régiment provisoire avait été créé pendant la campagne à la date du 13 juin; le nouveau corps était formé en prenant un bataillon à chacun des trois régiments, qui devaient rester à 2 bataillons, portés à 7 compagnies. Le colonel Archinard devait le commander; le commandant Wolff, du 1ᵉʳ tirailleurs, y fut nommé lieutenant-colonel. Le régiment était en voie d'organisation quand un décret du 20 juillet en ordonna le licenciement.

[1]. Le régiment provisoire avait eu 12 officiers tués et 32 blessés :

	TUÉS	BLESSÉS	TOTAL
Officiers provenant du 1ᵉʳ tirailleurs	4	10	14
— 2ᵉ —	4	9	13
— 3ᵉ —	3	13	16
— d'autres corps	1	»	1
Totaux...............	12	32	44

Les pertes en hommes se répartissent ainsi (*Arch. admin. du Min. de la Guerre.* — *Reg. matricule de la troupe du régiment provisoire*) :

	TUÉS				BLESSÉS			
	TURBIGO	MAGENTA	SOLFERINO	TOTAL	TURBIGO	MAGENTA	SOLFERINO	TOTAL
Hommes provenant du 1ᵉʳ tirailleurs.	5	17	19	41	20	59	74	153
Hommes provenant des 2ᵉ et 3ᵉ tirailleurs et d'autres corps	2	14	47	63	3	85	242	330
Totaux...........	7	31	66	104	23	144	316	483

Pour cent, pour tout le régiment, des hommes atteints par le feu : 18.09.

CHAPITRE II

I

COLONNES DANS LE CAYOR (JANVIER), LA CASAMANCE (FÉVRIER), LE SALOUM ET LE SINE
(MARS 1861).

Au commencement de 1861, le Cayor était le seul État du Sénégal avec lequel nous n'eussions pas conclu de traité de paix. Cela était d'autant plus regrettable que le Cayor, par sa situation entre Saint-Louis, où arrivent les produits de l'intérieur par le fleuve, et Gorée, le meilleur port de la colonie, où débarquent ceux de l'extérieur, avait une importance considérable. Or, le *damel*[1] du Cayor, loin de laisser aucune sécurité aux marchands traversant cette région, les faisait bien au contraire piller et rançonner; de plus, seul des chefs sénégalais, le roi ouolof avait conservé la traite des noirs et, sur les confins de ses États, les razzias étaient continuelles. Des négociations avaient bien été entamées avec lui pour jalonner de caravansérails la route de Gorée à Saint-Louis; mais il mourut et son successeur refusa net de les continuer. Il fallait recourir à la force.

Comme on estimait une lutte avec le Cayor comme devant être sérieuse, eu égard aux forces supposées au damel aussi bien qu'aux difficultés de ce pays privé de cours d'eau pouvant servir au ravitaillement, on demanda des renforts au ministre de la Guerre, qui désigna pour cette expédition les tirailleurs algériens. Chacun de leurs régiments dut fournir une compagnie de 5 officiers et 105 hommes. Ces trois compagnies se concentrèrent à Oran. La compagnie Béchade (1re du 1er bataillon) représenta le 1er tirailleurs[2].

1. *Damel*, roi.
2. Cadres de cette compagnie :

> MM. BÉCHADE, capitaine;
> LÉONARD, lieutenant;
> ABDELKADER, lieutenant;
> RUYSSEN, sous-lieutenant;
> MOHAMED BEN SAHAFI, sous-lieutenant.

Embarquées le 6 décembre sur le transport mixte l'*Yonne*, elles débarquèrent le 27 à Saint-Louis et le 1er janvier 1861 entrèrent dans la composition de la colonne du Cayor, qui acheva de s'organiser à Gandiol, sous le commandement du colonel du

génie Faidherbe, gouverneur de la colonie. Les trois compagnies de tirailleurs formèrent un bataillon séparé aux ordres du capitaine Béchade, le plus ancien[1].

L'expédition pénétra dans le Cayor par Tiakhmat, et, le 7, fit sa jonction avec une colonne venue de Gorée, commandée par le chef de bataillon du génie Pinet-Laprade. Le gouverneur prit alors le commandement des troupes.

Après avoir installé un poste à Mboro, pour y laisser les approvisionnements et les malades, le colonel entra sans résistance le 13 à Mekhey, résidence du damel; celui-ci écrivit alors qu'il se soumettait à toutes les conditions qu'il lui plairait de lui imposer. Aussitôt le résultat obtenu, on retourna à Mboro, où le 16 janvier, le drapeau était hissé sur le poste terminé; puis la garnison de Gorée et les tirailleurs algériens allèrent construire un poste à Mbidjen; il fut exécuté en quatre jours.

---

1. Colonne du Cayor : infanterie de marine (380 hommes); tirailleurs algériens (530 hommes); spahis sénégalais (1 escadron de 100 sabres); artillerie (200 hommes); train (détachement); volontaires de Saint-Louis; au total, 2200 hommes.

Le 1er février, un traité était signé avec le Cayor : établissement par les Français de la route de Saint-Louis à Gorée, sécurité des voyageurs, don fait au damel de 10 000 francs en argent ou en marchandises.

La situation réglée dans le Cayor, il fallut se tourner d'un autre côté. Les Mandingues du Souna, de race noire et de religion musulmane, pillaient et massacraient, depuis plus de dix ans, en dépit de toute convention, ceux de nos traitants qui se hasardaient dans ce pays de la Haute-Casamance, à 200 lieues de Saint-Louis. On profita du séjour des tirailleurs algériens pour réduire ces populations.

La garnison de Gorée, renforcée du bataillon Béchade, s'embarqua le 5 février sous les ordres du commandant Pinet-Laprade, et, après trois jours de mer et deux de navigation fluviale, débarqua le 10, vis-à-vis de Sedhiou, pour marcher immédiatement sur Sandinieri et enlever ce village, entouré de haies de roseaux reliées par de solides barricades.

Les compagnies de tirailleurs, lancées à l'attaque par leurs officiers à sept heures du matin, renversèrent ou franchirent les obstacles et se ruèrent à la baïonnette sur les indigènes qui, malgré une résistance énergique, furent refoulés jusque dans les bois avoisinant le village, après un retour offensif violemment repoussé. A onze heures, tout était terminé et nous n'avions que 4 blessés. La chaleur était étouffante; à ce moment, une vingtaine de soldats, presque tous de la compagnie du 2e tirailleurs, ayant été au fleuve pour se désaltérer, à quelque distance du camp, furent entourés par les contingents de la rive droite accourus au secours de Sandinieri. Les fantassins de marine, ainsi que les turcos, se précipitèrent à leur secours, et les dégagèrent; mais, avant leur arrivée, 3 hommes avaient été tués et 2 atrocement tailladés à coups de hache ou de sabre.

Le 11, les tirailleurs et 100 hommes d'infanterie de marine, sous le commandement du capitaine du génie Fulcrand, allèrent prendre et brûler le village de Dioudoubou; les Mandingues, ayant tenté un retour offensif, furent rejetés sur leurs cases en flammes, après nous avoir tué 3 hommes et blessé 4 autres, dont 2 de la compagnie Béchade. La colonne était de retour à Sandinieri le même jour. Les chefs mandingues, ne pouvant résister, se soumirent, acceptant toutes les conditions du commandant qui rentra le 21 février à Gorée.

Cinq jours après, cet officier se rembarquait avec les mêmes troupes pour opérer dans le Saloum et le Sine, deux royaumes nègres auxquels nous avions de nombreux méfaits à reprocher. Comme le but était de faire beaucoup de prisonniers, on agit avec le plus grand secret.

Après trois jours de traversée, la colonne arriva à Kaolakh, poste sur la rive droite du Saloum, et débarqua le 1er mars à une heure du matin au poste de Caoun, d'où le commandant partit avec les tirailleurs algériens et les laptots pour entourer le village de Caoun; l'infanterie de marine se porta d'un autre côté sur le village de Kaolakh.

Grâce aux précautions prises, la colonne Laprade était arrivée à 600 mètres de Caoun sans donner l'éveil, lorsque l'incendie de Kaolakh, surpris et livré aux flammes par l'infanterie de marine, trahit la présence des troupes et avertit les noirs. Il n'y avait pas de temps à perdre. Le village fut pris et brûlé en dix minutes, et les habitants entourés furent faits prisonniers. A huit heures du matin, la colonne était remontée à bord.

Le lendemain, à deux heures du matin, elle débarqua de nouveau; et après avoir traversé plusieurs villages abandonnés, campa à Diokoul, à la limite de la forêt qui sépare le Saloum du Sine, traversa cette forêt le 3, et le 4, un traité était signé avec le roi du Sine qui avait demandé la paix et qui donna au commandant son fils en otage.

Cette expédition dans le Saloum et le Sine n'avait pas été meurtrière, mais pénible et très fatigante. Tous, officiers et soldats, avaient beaucoup souffert, et des maladies se déclarèrent en grand nombre, quand, le 9, on débarqua à Gorée.

II

SÉJOUR DES TIRAILLEURS AU SÉNÉGAL JUSQU'A LA RENTRÉE EN ALGÉRIE (AVRIL-JUIN 1861).

Après être restés dans cette ville jusqu'au 13 mars, les tirailleurs s'embarquèrent le 14 pour Saint-Louis, où 43 hommes de la compagnie Béchade passèrent sur leur demande au bataillon de tirailleurs sénégalais ou à l'escadron de spahis.

Le 23 mars, 200 tirailleurs appartenant aux trois compagnies prenaient passage, avec leurs officiers, sur le vapeur l'*Étoile*, pour aller faire un voyage dans le Haut-Sénégal. On voulait montrer nos Algériens aux Maures musulmans de la rive droite du fleuve et engager ceux-ci, par l'exemple de leurs coreligionnaires, à se rapprocher de nous et à servir la France. Les tirailleurs visitèrent Richard-Toll, Dagana, Podor et rentrèrent à Saint-Louis le 26.

Les trois compagnies avaient déjà versé leurs munitions en vue de leur prochain départ pour l'Algérie, lorsqu'elles reçurent, le 29 mars, l'ordre de prendre 60 cartouches par homme. Makodou, damel du Cayor, avait oublié les leçons du mois de janvier, et menaçait d'attaquer le poste de Gandiol.

Toutes les troupes disponibles à Saint-Louis[1] arrivèrent, le 4 avril, au poste de Mouït, avec un millier de volontaires nègres. Le lendemain, un léger combat eut lieu à Keur Alimbeng entre les spahis et l'ennemi, qui perdit 16 hommes tués. Le 6, la

UN MAURE TRARZA.
Gravure de Thiriat, d'après une photographie de la collection Bayol,
communiquée par la Société de Géographie.

colonne était à Gueoul, souffrant horriblement du manque d'eau; l'ennemi insaisissable se retirait devant nous; la marche devenait impossible dans un pays sur lequel on manquait totalement de renseignements; le puits de Gueoul n'avait pas assez d'eau pour le besoin des troupes. La colonne retourna en arrière par Keur Alimbeng et Gandiol, et rentra le 11 à Saint-Louis.

50 tirailleurs algériens accompagnèrent, le 14, le gouverneur à Podor, et furent

1. Infanterie de marine (200 hommes); tirailleurs algériens (175 hommes); tirailleurs sénégalais (400 hommes); spahis (100 hommes); artillerie (60 hommes); au total près de 1000 combattants.

parfaitement accueillis par les Sénégalais musulmans. Mais le moment du retour des
tirailleurs dans leur patrie était arrivé ; le colonel Faidherbe ne voulut pas les laisser
partir sans leur dire toute sa satisfaction de leur conduite depuis leur arrivée :

« Au moment où les trois compagnies des 1er, 2e et 3e régiments de tirailleurs
algériens, commandés par MM. les capitaines Béchade, Girard et de Pontécoulant,
quittent le Sénégal, le gouverneur leur témoigne toute sa satisfaction et ses sincères
remercîments pour les brillants services qu'elles ont rendus à la colonie pendant près
de quatre mois d'expéditions continuelles.

« Maintenant la belle réputation de bravoure qu'elle a depuis longtemps acquise,
non seulement en Algérie, mais encore sur les champs de bataille de l'Europe, cette
excellente troupe a fait éprouver aux Mandingues de la Casamance les effets de sa
vigueur, de son élan irrésistible au feu et de l'expérience de la guerre qui la distingue
essentiellement, chefs et soldats.

« Pendant les courts moments qu'ils ont passés à Saint-Louis et à Gorée, les
tirailleurs algériens ont fait admirer leur élégante tenue et leur conduite n'a donné
lieu à aucun reproche ; de façon que notre jeune et déjà si bonne troupe de tirailleurs
sénégalais a trouvé dans ses anciens l'exemple de toutes les qualités militaires.

« Le gouverneur attend aussi de très bons résultats du passage d'un certain
nombre d'Algériens au bataillon sénégalais et il remercie les chefs de corps d'avoir
facilité cette opération avec le bon esprit qui les anime en toute circonstance[1]. »

Les tirailleurs, embarqués le 26 sur le transport l'*Yonne*, arrivèrent le 27 mai à
Mers el Kebir ; ceux des 1er et 3e régiments s'y rembarquèrent le 29 et ce qui restait de
la compagnie Béchade rentra à Blida le 4 juin, après six mois d'absence.

1, Ordre du jour du gouverneur, en date du 25 avril 1861.

CHAPITRE III

EXPÉDITION EN COCHINCHINE (1861-1864).

I

FORMATION D'UN BATAILLON DE MARCHE DE TIRAILLEURS ALGÉRIENS. — PRISE DE VINH-LONG
ET COLONNE DU PHUOC-LOC (MARS-AVRIL 1862)

« Une compagnie rentre à peine du Sénégal, dit le général de Liniers le 12 août 1861, un détachement va, dit-on, s'embarquer pour l'extrême-Orient[1]. »

Le général de Liniers était bien informé, car, douze jours plus tard, ordre était donné de procéder à la création d'un bataillon de tirailleurs, pris dans les trois régiments parmi les hommes de bonne volonté, pour être mis à la disposition de la Marine et dirigé sur Saïgon.

Cette ville, prise en février 1859 par les troupes franco-espagnoles sous les ordres de l'amiral Rigault de Genouilly à la suite des provocations de l'empereur d'Annam, Tu-duc, était, depuis juillet 1860, menacée par 40 000 Annamites de ce même Tu-duc, qui répandait partout le bruit de sa prochaine et certaine victoire. La seconde expédition franco-anglaise contre la Chine se terminait alors; on résolut d'asseoir fortement notre autorité dans le delta du Mékong, et, avant tout, de dégager Saïgon. Une brigade de 3 000 hommes de troupes (armée de terre et infanterie de marine), commandée par le général de Vassoigne, fut mise en janvier 1861 sous les ordres de l'amiral Charner qui disposait en outre de 1 000 marins pouvant être débarqués. Cholen et Mytho furent pris. L'amiral Bonard, successeur de l'amiral Charner en novembre 1861, se heurta à une révolte préparée et encouragée par Tu-duc, et enleva Bien-hoa en décembre 1861. C'est à ce moment que les tirailleurs arrivèrent dans la colonie.

Chacun des trois régiments de tirailleurs algériens fournit deux compagnies de 130 à 140 hommes chacune; ce bataillon de six compagnies devait être considéré comme

---

1. Ordre d'inspection générale en 1861.

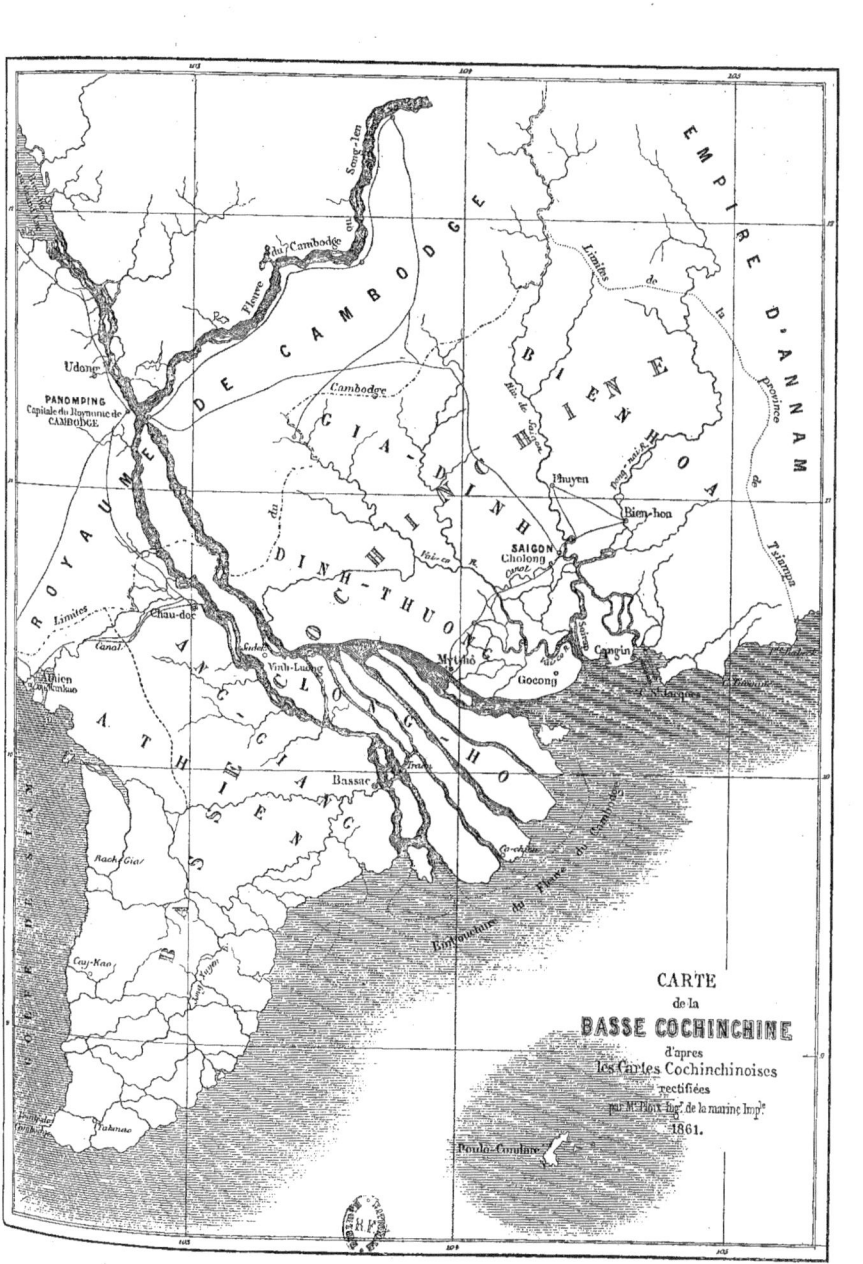

CARTE
de la
BASSE COCHINCHINE
d'apres
les Cartes Cochinchinoises
rectifiées
par Mr Ploix Ing.^r de la marine Imp.^{le}
1861.

formant corps et concourrait isolément pour l'avancement; les officiers n'étaient pas remplacés dans l'armée d'Afrique. A l'appel fait, les tirailleurs répondaient en se présentant en nombre double de celui qui avait été demandé. « En raison du grand nombre de volontaires qui se sont présentés dans les tirailleurs, écrivit le ministre au gouverneur de l'Algérie, vous pourrez exercer un choix minutieux et sévère parmi les candidats de ce corps. »

Les deux compagnies du 1er tirailleurs comptaient 288 hommes au total; le régiment leur envoya plus tard un renfort de 30 hommes. Les deux autres régiments de tirailleurs n'ont pas envoyé d'hommes après le commencement de l'expédition[1].

Le 16 septembre, les deux compagnies du 1er tirailleurs quittèrent Blida pour se rendre par étapes à Alger, où le 21, le bataillon fut constitué[2]. Le 15 octobre, il partit sur le *Canada*, à destination de Saïgon, arriva le 23 à Alexandrie; le 27, il était embarqué sur le Nil; au Caire deux jours après, il prenait le chemin de fer de Suez où il montait le 30 à bord du *Jura*. Le séjour en rade se prolongea jusqu'au 12 novembre pour attendre divers isolés ou détachements, la musique de l'amiral notamment. Un cyclone mit le navire en danger par le travers de Nicobar, le 29 décembre; les embarcations du bord furent enlevées par des coups de mer. Le 26 janvier, enfin, le *Jura* mouillait à l'entrée du Don-naï, attendant là des pilotes pour remonter le fleuve, et était à Saïgon le 29. Les tirailleurs descendirent à terre le 31 seulement. Le voyage avait duré trois mois et demi.

Le 10 février 1862, deux sections de la 4e compagnie partirent, la première avec le capitaine pour le village de Dong-mon à 15 lieues sud-est de Saïgon, où notre présence suffit pour ramener les populations à notre cause; la deuxième, avec le

---

1. Arch. admin. du Minist. de la Guerre. *Registre matricule de la troupe du bataillon de tirailleurs algériens de Cochinchine.*

2. État-major de ce bataillon :

MM. Pietri, chef de bataillon (2e T.);
Quinemant, capitaine adjudant-major (3e T.);
Clemmor, capitaine-major (3e T.);
Couat, lieutenant trésorier (3e T.);
Guèze, sous-lieutenant officier d'habillement (1er T.);
Linquette, médecin-major de 2e classe;
Accanias, médecin aide-major de 1re classe (3e T.).

Cadres des compagnies fournies par le 1er tirailleurs :

1re COMPAGNIE		4e COMPAGNIE	
MM.		MM.	
Delastre de Valdufresne	capitaine.	Millot	capitaine.
Taverne	lieutenant.	Boulanger	lieutenant.
Mohamed ben Ali el Maboub	lieutenant.	Yahia ben Paskero	lieutenant.
Joffé	sous-lieutenant.	Cavallier	sous-lieutenant.
Ahmoud ben Ali	sous-lieutenant.	Abdelkader ben Allal	sous-lieutenant.

Les 5e et 6e compagnies provenaient du 2e tirailleurs, les 2e et 5e du 3e tirailleurs.

UNE FAMILLE ANNAMITE.
Gravure de Ruffe, d'après une photographie communiquée par la Société de Géographie.

lieutenant Boulanger, pour celui de Tay-mich; après huit jours de courses, cet officier fut assez heureux pour surprendre le 18 février, dans le village de Traï-ca, une bande annamite, et la détruire en grande partie après un combat corps à corps où il fut blessé d'un coup de lance.

Vinh-long, résidence d'un vice-roi, jouait dans le sud le rôle de Bien-hoa dans le nord, centre d'opposition à notre influence, base de ravitaillement pour nos ennemis et les rebelles.

La citadelle de cette ville était située derrière un port profond, ouvert à l'est et à l'ouest sur le Mékong, fermé au sud par une île marécageuse, impraticable pour une armée. Les goulets est et ouest étaient hérissés de sept forts, et les barrages défendus par quatre forts à l'est et quatre à l'ouest; quatre-vingt pièces de canon étaient réparties dans ces ouvrages et dans la citadelle protégée par des chevaux de frise et des trous de loup.

Une des deux compagnies du 1er tirailleurs, la 1re, prit part à l'expédition dirigée contre Vinh-long[1]. Elle était le 21 sous le canon de la place, précédant de quelques instants le reste de la colonne; envoyée en reconnaissance, elle eut 2 hommes blessés. Lorsque les troupes furent débarquées en totalité, elles commencèrent à entourer la forteresse, enlevant les uns après les autres les postes avancés de l'ennemi. Le soir du 22, les Annamites étaient refoulés dans l'enceinte de la place, que le cours du Mékong n'avait pourtant pas permis d'investir complètement, et le 23 au matin, le vice-roi s'échappait après avoir incendié la citadelle.

Il ne restait pour occuper en entier cette province qu'à enlever les forts et la citadelle de My-kui. Le colonel Palanca-Guttierez, commandant les forces espagnoles, auxquelles furent adjoints les tirailleurs, s'en empara le 28 mars.

La 1re compagnie avait eu dans cette expédition 5 blessés, dont le sous-lieutenant Juffé.

Pendant que cette compagnie rentrait à Mytho, la 4e alla opérer à l'ouest de Saïgon, sur le Phuoc-loc. Le capitaine Millot, chef de l'expédition, emmenait avec lui une pièce de canon.

Embarqués le 8 avril à Saïgon, les tirailleurs furent engagés trois jours après à Rech-kiem et à Tau-trac. Ces deux villages furent enlevés; en en débouchant, nos hommes furent assaillis par le feu d'une quinzaine de pierriers[2] qui, d'ailleurs, ne

1. Colonne de Vinh-long : infanterie de marine (1 compagnie); tirailleurs algériens (3 compagnies); infanterie espagnole (2 compagnies); artillerie (2 sections); génie (détachement); auxiliaires annamites.
2. Les pièces annamites étaient traînées dans des troncs d'arbre par des buffles, ou portées par des hommes, 4 ou 8 suivant le poids.

firent pas grand mal, et après trois heures de combat les Annamites fuyaient de toutes parts. Portée le lendemain à 350 hommes et 2 pièces, la colonne Millot rejeta les ennemis sur les Espagnols du colonel Palanca qui en eut bon marché.

Les troupes rentrèrent à Saïgon le 18 avril; ces deux expéditions avaient pris quarante forts et cent quarante pièces de canon.

La saison des pluies était arrivée, rendant le pays impraticable en dehors des chaussées, souvent détruites par l'ennemi. Les compagnies rentrées dans leurs cantonnements, la 1re à Mytho, la 4e à Saïgon, n'en sortaient plus.

Leur repos ne fut cependant pas de longue durée : la 1re compagnie se portait, le 23 avril à Phu-long, à l'ouest de Mytho, pour protéger ce point contre les pirates, débris de l'armée de Vinh-long, le 12 mai à Kien-an-phu, pour y prévenir un mouvement excité par les mandarins et quelques jours après, sauvait le village de Binh-bap d'une destruction certaine. Quant à la 4e, elle quittait Saïgon le 19 mai pour aller renforcer la garnison de Cho-long.

Le commandement des troupes de la région fut donné au capitaine Millot, qui, par l'établissement de postes sur le fleuve en amont et en aval et par de vigoureuses reconnaissances offensives, ramena la sécurité dans le pays.

Tant d'insuccès avaient découragé la cour d'Annam; elle fit des propositions de paix. Un traité fut signé le 5 juin 1862; nous obtenions Saïgon, Mytho et Bien-hoa, avec les provinces qui en dépendent.

Les maladies nous enlevaient beaucoup de monde; les tirailleurs perdirent 4 officiers des 2e et 3e régiments. Heureusement la bonne saison approchait, car il allait falloir marcher : un mandarin nommé Quan-dinh, agent de la cour de Hué, mettait le pays en pleine fermentation, organisant des bandes, désirant surtout s'emparer de Cho-long dont les richesses excitaient la convoitise de tous les pirates du pays.

Une compagnie d'infanterie de marine, une section de la 1re compagnie de tirailleurs[1], 2 pièces, allèrent en renforcer la garnison, composée de la 4e compagnie de tirailleurs. Le capitaine Millot, qui gardait le commandement organisa la défense. Le 3 décembre, à onze heures du soir, les pirates descendant du haut de la rivière et du Rach-cat arrivèrent à l'improviste et réussirent à incendier une cinquantaine de maisons, mais la garnison vint à la rescousse; à trois heures du matin, l'incendie était arrêté et bon nombre de pirates avaient été massacrés; le reste fuyait.

---

1. La 1re compagnie était à Saïgon depuis le 16 août.

II

L'attaque de Cho-long avait été le premier acte de l'insurrection, mais elle s'étendait dans la province de Mytho aussi bien que dans celle de Bien-hoa. Presque tous nos
postes étaient assaillis; le capitaine Thouroude, de l'infanterie de marine, était massa-
cré le 17 décembre à Rach-tra; la situation devenait menaçante.

Le 3ᵉ bataillon d'infanterie légère d'Afrique, attaché à la division navale de Chine,
(amiral Jaurès), puis 800 tagals — soldats indigènes des Philippines — vinrent grossir
nos rangs. De son côté Quan-dinh, réunissant ses forces, les concentrait dans la province de Go-cong, fanatiquement attachée à la famille impériale qui en tirait son
origine.

L'amiral Bonard fit connaître ses dispositions le 9 février 1863; les troupes étaient
partagées en trois détachements commandés par le général Chaumont, le commandant
Piétri et le capitaine de vaisseau d'Ariès; la marine devait assurer les transports, et
fermer le Vaï-co, le Soï-rap et le Mékong[1].

La 1ʳᵉ (capitaine Boulanger) et la 4ᵉ (lieutenant Morin-Chalon) compagnies, appelées
à faire partie du deuxième groupe, furent dirigées sur Saïgon. Le capitaine Millot était
nommé chef d'état-major de la colonne Piétri.

Le 13, à trois heures du soir, cette colonne débarquait à une heure de marche des
lignes de Dong-song. L'ennemi attendait derrière ses retranchements, protégé par
de larges marais; malgré leur aspect formidable, ils furent enlevés sans coup férir, les
Annamites, dans leur fuite à toute vitesse, n'esquissant qu'un retour offensif, dispersé
par quelques volées de mitraille.

Quan-dinh lui-même vint offrir le combat le lendemain. Le bataillon d'Afrique
simula une retraite qui attira l'ennemi sous le feu de la réserve, et les 6 ou 7000 hommes du mandarin s'enfuirent encore une fois.

Le général de Tu-duc s'était réfugié derrière les retranchements de Vinh-toï, ayant
en avant de ses lignes des marais sur 2 kilomètres de largeur. Les autres colonnes con-
vergeaient aussi sur ce point; les Annamites, confiants dans la valeur de leurs tranchées,

---

1. 1° : infanterie de marine et espagnols (général Chaumont); 2° : 5 compagnies de tirailleurs, 3ᵉ bataillon
d'Afrique, 3 compagnies de tirailleurs annamites, 2 pièces (commandant Piétri); 3° : 5 compagnies de tirailleurs,
(capitaine de vaisseau d'Ariès), opérant dans la province de Mytho.

nous y attendirent, mais cette résistance leur coûta cher; rejetés sur les colonnes Chaumont et d'Ariès, ils furent massacrés en grand nombre. A huit heures, le groupe Piétri était de retour à Dong-song, dont les lignes, ainsi que le fort de Vinh-toï, furent rasées.

L'ordre de continuer sur Go-cong parvint le 23; cette citadelle devait être attaquée le 25 par le commandant Piétri en même temps que par le général Chaumont, qui, sous la direction de l'amiral, prononcerait son mouvement par le nord.

Pour aller de Binh-long à Go-cong, il y avait une longue suite de marécages à

.LANCES ANNAMITES.
Gravure de Thiriat, d'après une photographie.

franchir; on dut démolir des maisons et se servir de leurs débris pour assurer la solidité du passage. Les tirailleurs, dans l'eau jusqu'au ventre, poussèrent aux roues des pièces et des caissons de l'artillerie, de quatre heures et demie du matin à sept heures du soir, soit pendant près de quinze heures consécutives.

En arrivant au camp, on apprit que l'ennemi avait évacué Go-cong; les deux compagnies du 1er tirailleurs y furent laissées sous le commandement du capitaine Millot.

Les tirailleurs n'eurent plus à lutter jusqu'en janvier 1864 contre une résistance organisée, leur rôle se borna à pourchasser sans trève ni répit des bandes rebelles, agiles et rapides.

Le 25 janvier 1864, ils partaient pour rentrer à Saïgon, s'y embarquaient le 30 avril et étaient à Alger le 21 juillet.

Les effectifs, bien amoindris par les maladies (51 tirailleurs du 1er régiment étaient morts en Cochinchine), furent encore réduits par le passage de 102 volontaires, pris sur tout le bataillon, à l'escadron de spahis de Cochinchine. Parti à l'effectif de 288 hommes de troupe, ce détachement rentrait à Medea avec 62 présents.

2 officiers et 13 hommes du bataillon avaient été blessés pendant la campagne; 1 tirailleur avait été tué; 5 officiers étaient morts de maladie en Cochinchine, 1 du 1er, 2 du 2e, 2 du 3e. Les sous-lieutenants Ahmoud ben Ali et Abdelkader ben Allal succombèrent en Algérie après la campagne.

1.

	TUÉS	BLESSÉS	MORTS DE MALADIES EN COCHINCHINE OU EN RAPATRIEMENT
Hommes provenant du 1er tirailleurs..	»	7	51
— 2e — ..	»	4	52
— 3e — ..	1	2	78
— d'autres corps.	»	»	4
Totaux............	1	13	185

Arch. admin. du Minist. de la Guerre. *Registre matricule de la troupe du bataillon de tirailleurs algériens de Cochinchine.*

CHAPITRE IV

EXPÉDITION DU MEXIQUE (1862-1867).

I

Après l'expédition de Chine et celle de Cochinchine, la France allait être appelée à porter son activité à une autre extrémité du monde. Depuis longtemps, la France, l'Angleterre et l'Espagne avaient des injures à venger et des réclamations à exercer contre le gouvernement anarchique du Mexique. En 1838, on avait déjà dû envoyer une escadre française à la Vera Cruz, et le Mexique ne s'était incliné qu'après la prise du fort de Saint-Jean d'Ulloa. Plusieurs années suivirent; Juarez, devenu en 1860 président de la République, à court d'argent, suspendit pendant deux ans le payement des intérêts des emprunts hypothéqués sur les droits de douane à la Vera-Cruz. L'Angleterre, l'Espagne et la France, lésées dans leurs intérêts, s'unirent par la convention de Londres pour agir de concert, de même que nous avions agi avec les Anglais en Chine, avec les Espagnols en Cochinchine.

Une expédition était déjà en cours d'exécution, lorsque les cabinets de Londres et de Madrid, à la suite de malentendus, renoncèrent à l'entreprise. La France, restée seule, persista à venger les communes injures. Le général de Lorencez envahit le Mexique, mais ses 6 000 hommes échouèrent le 5 mai 1862 devant Puebla, et cet échec produisit ce que tout insuccès aux colonies, résultat du système « des petits paquets », entraîne avec lui : un envoi de renforts.

Napoléon III écrivit de Paris le 15 juin 1862 au général : « L'honneur du pays est engagé; vous serez soutenu par tous les renforts dont vous aurez besoin. » Et la France déclara qu'elle ne traiterait pas avec Juarez, ce qui nous condamnait à importer dans ce pays un gouvernement étranger ou à conquérir ces immenses solitudes. Le général Forey, nommé commandant en chef, en remplacement du général de

Lorencez, emmena avec lui 22 320 hommes; de novembre 1861 à février 1863, on transporta 58 493 hommes et 6 724 chevaux ou mulets[1].

Les tirailleurs figurèrent dans ces effectifs pour un bataillon de 700 hommes environ, à 6 compagnies, prises par 2 dans chacun des trois régiments; elles comptaient 120 volontaires, officiers non compris.

Les deux compagnies du 1er tirailleurs (2e et 3e du 2e bataillon) quittèrent Blida le 2 août et prirent à Alger, d'après l'ancienneté de leurs capitaines, les numéros 5 (compagnie Bézard) et 6 (compagnie Testard) dans le bataillon de marche[2]. Partis le 10 septembre, les tirailleurs débarquèrent le 29 octobre à la Vera-Cruz; là ils furent placés dans la 1re division (général Bazaine) du corps expéditionnaire, 2e brigade (général de Castagny[3]).

Le climat, dès le débarquement, fit d'énormes ravages. La Vera-Cruz avait une réputation d'insalubrité bien reconnue, et la saleté de la ville était des plus propices au développement des miasmes pestilentiels qui faisaient de ce port un endroit redouté. « La propreté de la cité est problématique, a écrit le général du Barail, qui a fait cette campagne, et cela ne semble pas extraordinaire quand on fait connaissance

---

1. Capitaine Niox. *Expédition du Mexique.*

2. État-major de ce bataillon :

MM. Cottret, chef de bataillon (3e T.);
Alzon, capitaine adjudant-major (3e T.);
Brault, sous-lieutenant, officier payeur (1er T.);
Bock, médecin aide-major de 1re classe (3e T.).

Cadres des compagnies formées par le 1er tirailleurs :

MM. Bézard, capitaine;
Testard, capitaine;
Sénac, lieutenant;
Constant, lieutenant;
Kadour ben Mohamed, lieutenant;
Salah ben Somoley (a), lieutenant;
Taddei, sous-lieutenant;
Verzeaux, sous-lieutenant;
Mohamed ben Saïd Toudji, sous-lieutenant;
Mohamed Ben Samari, sous-lieutenant.

Les 1re et 5e compagnies provenaient du 3e tirailleurs, et les 2e et 4e, du 2e.

(a) Cet officier fut autorisé, à partir du 20 octobre, à porter le nom de Pierini.

3. Composition du corps expéditionnaire à la date du 1er décembre 1862 : infanterie, troupes de terre, 2 divisions à 2 brigades.

1re division : général Bazaine...............	{	1re brigade : général Neigre.
	{	2e brigade : général de Castagny.
2e division : général Douay..................	{	1re brigade : général L'Hériller.
	{	2e brigade : général Bertuier.
Troupes de la marine.......................	{	Bataillon de fusiliers marins.
	{	2e régiment d'infanterie de marine.

Cavalerie : 1 brigade de 2 régiments de marche; artillerie : 8 batteries; génie : 3 compagnies; effectif au 1er janvier 1863 : 28 126 hommes. (Capitaine Niox. *Op. cit.*, p. 205.)

Brigade de Castagny : 20e bataillon de chasseurs, 95e de ligne, 3e zouaves, bataillon de tirailleurs.

avec les fonctionnaires qui ont le monopole du service de la voirie. Ces fonctionnaires sont des oiseaux fort laids qu'on appelle des zopilotes. Ces zopilotes sont des vautours de petite espèce, perchés en file serrée sur les corniches des maisons et des édifices, et qui, dans leur voracité bienfaisante, débarrassent assez rapidement les places et les rues de toutes les immondices et de tous les détritus qu'on y jette. C'est fort heureux, car cette insouciance des habitants ajouterait encore à l'insalubrité de la ville qui cuit littéralement sous un soleil de feu, au milieu de ses dunes de sable, assez hautes pour lui enlever le bénéfice des vents du large[1]. »

Si le climat des Terres Chaudes était un adversaire implacable, l'ennemi que nos soldats allaient avoir à combattre n'était pas non plus à dédaigner. Les soldats mexicains, en majeure partie Indiens, commandés par des blancs ou des métis, se comportèrent réellement bien, surtout derrière un mur, derrière un abri quelconque. Leur recrutement cependant ne semblait pas devoir fournir des troupiers remarquables. C'était le régime de la « presse », méthode simple et expéditive, consistant à ramasser dans une foule cernée au préalable tous les hommes capables de porter les armes, et à les envoyer, solidement attachés, aux dépôts des régiments qui avaient besoin de relever leur effectif. Cette armée, d'origine assez peu volontaire, on le voit, joignit pourtant un patriotisme ardent à une résistance physique naturelle aux intempéries. A l'annonce de l'arrivée des nouvelles troupes françaises, Juarez avait fait paraître un décret dont trois articles surtout montrent bien l'esprit :

ART. I. — Du jour où les troupes françaises commenceront les hostilités, toutes les localités qu'occupent ces troupes sont déclarées en état de siège, et les Mexicains qui y resteront pendant l'occupation seront punis comme traîtres....

ART. II. — Aucun Mexicain de vingt à soixante ans ne pourra s'excuser de prendre les armes... sous peine d'être traité en traître....

ART. III. — Tous ceux qui fourniront des vivres, des nouvelles, des armes à l'ennemi, ou de toute autre manière lui prêteront leur concours, seront déclarés traîtres et punis de mort....

Ajoutez à cela la résolution prise par les habitants de ne rien répondre aux demandes qui leur étaient faites : « C'est évidemment de leur part, a dit plus tard un officier, un parti si bien pris de réduire leur science à ces trois mots : « Quien sabe, señor, » qu'à cette question posée à brûle-pourpoint à l'un d'eux : « As-tu une femme, des enfants? », il nous est fait absolument la même réponse : « Qui pourrait le dire, monsieur[2]? »

---

1. Du Barail, *Souvenirs*, t. III, p. 343.
2. Prince Georges Bibesco, *Au Mexique*, p. 31.

20

Du 6 novembre au 23 décembre, les tirailleurs séjournèrent à la Soledad, à trois journées de marche de la Vera-Cruz, et du 23 décembre au 19 février à Chiquihuite. Chargés de l'escorte des convois entre la Vera-Cruz et Orizaba, ils eurent à lutter incessamment contre les guerilleros ennemis; le 26 décembre, le sous-lieutenant Mohamed ben Sahafi, avec une poignée d'hommes accompagnant le courrier, combat victorieusement contre une bande de 700 Mexicains. Tout le bataillon est à l'hacienda de Santa Rosa le 1ᵉʳ mars.

La tranchée devant Puebla fut ouverte le 25 mars; à cette date les tirailleurs vinrent s'établir à Mayorasco.

Depuis le siège de 1862, Puebla avait considérablement augmenté son système de défense; les rues de la ville, qui se coupent presque toutes à angle droit, déterminaient entre elles des îlots de maisons ou *quadres*, dont chacun formait un ensemble distinct, flanqué par les feux des quadres voisins. « Il faut voir soi-même, écrivit le général Forey dans son rapport, les défenses incroyables accumulées par l'ennemi dans les quadres pour s'en faire une idée et apprécier tout ce qu'il faut que nos soldats déploient d'audace, d'énergie, de patience, pour s'emparer de ces forteresses, bien autrement difficiles à enlever qu'un fort régulier. On ne peut comparer à rien de ce qu'on voit en France la disposition de Puebla, disposition de toutes les villes du Mexique, qui comptent presque autant d'églises que de maisons, et où toutes les maisons en terrasse se dominent les unes les autres. Dans le quadre 29, il y avait une usine dans la cour de laquelle les Mexicains avaient fait une espèce de redan, dont les deux faces s'appuyaient sur deux côtés de la cour et des maisons crénelées. Ce redan était précédé d'un énorme fossé de 4 à 5 mètres de largeur et autant de profondeur. Le parapet avait plus de 4 mètres d'épaisseur, et le talus inférieur était formé d'énormes madriers en bois de chêne. Derrière ce redan, toutes les constructions étaient crénelées, et les issues préparées et couvertes de tambours. D'un quadre à l'autre, la communication était établie par une galerie souterraine. Nos soldats n'auraient jamais pu enlever cet ouvrage, si la brèche pratiquée dans le quadre, sur l'indication d'un habitant, n'avait donné accès dans les écuries de l'usine, espèce de caves voûtées parallèles à la face du redan, qui a pu être tourné par ces écuries. »

Après le siège de la ville, il fallait faire le siège des maisons et on devait y perdre beaucoup de monde. Puebla devint une autre Saragosse, et les défenseurs se montrèrent dignes des assaillants; la gloire des uns et des autres en fut plus grande. Les habitants s'accommodèrent d'ailleurs du siège en gens habitués à de pareilles circonstances; c'était la vingt-huitième fois, disaient-ils à nos soldats, que Puebla était assiégée.

Le général Ortega occupait la place avec 15 000 hommes, tous gens déterminés, excités par le souvenir de la victoire de l'année précédente, et disposant de 151 pièces. L'armée de siège, plus forte en hommes, comptait 26 000 combattants, dont 2 000 Mexicains auxiliaires, mais seulement 56 bouches à feu.

Le bataillon de tirailleurs, de garde à la tranchée tous les trois jours, subit comme les autres troupes du corps de siège, des pertes sérieuses dans ces assauts successifs lancés contre des obstacles souvent infranchissables : 7 hommes tués et 26 hommes blessés dont le capitaine Bézard et 3 autres officiers. Le 15 avril, l'attaque du couvent de Santa-Inès nous coûta 200 hommes sans que le résultat eût été atteint.

Mais une armée de secours de 15 000 hommes commandée par le général Comonfort était signalée aux environs avec un fort convoi qu'elle voulait jeter dans la place, et dont celle-ci commençait à avoir un pressant besoin. Le 5 mai, la cavalerie du corps de secours se présente devant nos lignes; les chasseurs d'Afrique la repoussent et la délogent de San-Pablo-del-Monte; le même jour, la garnison assiégée tente une sortie, infructueuse du reste; le lendemain les troupes de Comonfort attaquent les hauteurs du Cerro della Cruz; elles doivent reculer, mais vont s'installer et se retrancher sur le plateau de San-Lorenzo à 10 kilomètres au nord-ouest de Puebla.

Pour en finir, le général Forey décide de prendre l'offensive et d'attaquer le général Comonfort en le tournant le 8 mai par sa droite.

« Dans la soirée du 7, dit le rapport officiel, 4 bataillons dont 1 de tirailleurs algériens, 4 escadrons, 8 pièces d'artillerie et 1 section du génie furent réunis au pont de Mexico; l'infanterie était sous les ordres du général Neigre. Le commandement général de cette colonne était confié au général Bazaine, qui avait ordre de quitter son campement à une heure du matin, de suivre la route de Mexico, dans le plus fort silence, jusqu'à la hauteur de San-Lorenzo, et là de tourner à droite pour arriver au point du jour en vue des positions à enlever.

« A cinq heures du matin, les troupes, en échelons, par bataillons à distance entière, précédées de la batterie de la garde et flanquées par la cavalerie, se dirigeaient, l'aile gauche en avant, sur les retranchements construits autour de l'église de San-Lorenzo.

« Les Mexicains, quoique surpris par cette attaque, avaient cependant eu le temps de courir aux armes, et avaient ouvert un feu violent d'artillerie à 1 200 mètres. Nos canons répondirent bientôt avec succès, et toute la ligne au pas de charge, se précipita avec un élan irrésistible et aux cris de : *Vive l'Empereur!* sur la position qui fut enlevée en quelques minutes malgré une résistance désespérée des soldats mexicains, dont une grande partie fut tuée à coups de baïonnette.

« Dans ce brillant combat, l'ennemi a laissé entre nos mains 8 canons dont 6 rayés, 3 drapeaux, 11 fanions, 1 000 prisonniers, etc.

« 8 ou 900 hommes tués ou blessés, et l'armée entière de Comonfort totalement dispersée, tel fut le résultat de cette victoire qui ne nous coûta que 11 tués et 89 blessés. »

Le capitaine Bézard avait été grièvement blessé à la tête de sa compagnie; le bataillon avait 2 officiers blessés, dont 1 succomba peu après, 5 hommes tués et 13 blessés (3e et 6e compagnies : 1 officier blessé, 2 hommes tués et 3 blessés). Les pertes totales des troupes françaises avaient été de 1 officier et 10 hommes tués, 9 officiers et 80 hommes blessés. Les tirailleurs — bataillon héroïque, entrain admirable, dit le rapport du général Neigre — avaient pris 2 drapeaux et 5 fanions[1].

Les assiégés étaient désormais privés de tout secours extérieur; ils tentèrent encore le 13 mai une sortie sans plus de succès que celle du 5; les tirailleurs perdirent ce jour-là 1 officier et 1 homme tués et 2 hommes blessés. Le 17, neuf jours après le combat de San-Lorenzo, Ortega capitulait, nous livrant : 25 généraux, 1 482 officiers, 11 000 hommes, 150 canons.

La division Bazaine entra le 7 juin à Mexico. Mais, la capitale prise, restaient les bandes qui, sous prétexte de lutter pour l'indépendance, firent le brigandage pour leur compte. Dès le 25 juin, les troupes durent s'échelonner entre Mexico et la Vera-Cruz. Les tirailleurs placés d'abord sur la route de Puebla étaient, dans les premiers jours de septembre, concentrés à Tehuacan[2].

Ce fait s'est reproduit dans la plupart des guerres coloniales conduites dans un pays où une autorité quelconque, empereur, roi ou république, existait au début de la lutte. Cette autorité abattue et amenée à merci, le conquérant se trouve en présence d'insurgés se parant toujours du nom de patriotes, bien qu'ils soient beaucoup plutôt des bandits, qui trouvent dans cette pseudo-lutte pour l'honneur national, une excellente occasion de satisfaire leurs instincts de pillards et de voleurs, souvent d'ailleurs, aussi bien au détriment de leurs concitoyens qu'à celui de l'envahisseur.

Après le traité de 1862, signé par la cour d'Annam, nous avons eu en Cochinchine l'insurrection de Quan-dinh de 1863; après la capitulation de Puebla, au Mexique, les guerillas; après le traité de 1885 au Tonkin, les pirates; après celui de 1895, à Madagascar, les fahavalos.

---

1. Le 3e régiment de tirailleurs algériens auquel appartenait le tirailleur Ahmed ben Myoub, qui avait pris un des drapeaux mexicains, eut son aigle décorée de la Légion d'Honneur.
2. Le capitaine Niox, dans son *Expédition du Mexique*, p. 377, donne pour l'effectif du bataillon de tirailleurs, à la date du 28 mai 1863, le chiffre de 30 officiers et 464 hommes.

SERGENT PORTE-FANION
FAC-SIMILÉ D'UNE AQUARELLE DE E. DETAILLE

Jusqu'à la fin de 1863, ce ne furent que courses continuelles à la poursuite de fantassins et cavaliers insaisissables : expédition de Tehuacan sur Huajuapan, d'Acatlan sur Piaxtla, sans pouvoir rencontrer les guerillas mexicaines.

« Nous courrions sus aux Mexicains qui s'enfuyaient, dit le général du Barail dans ses Souvenirs[1], et dans chaque ville, même dans chaque village, nous provoquions de la part des autorités et des populations un acte public d'adhésion au régime nouveau. Autorités et populations accomplissaient ledit acte avec une docilité qui frisait l'enthousiasme et nous donnait l'illusion du succès, alors qu'en réalité nous n'étions les maîtres que de l'espace que nous occupions. Derrière nous, nous laissions le pouvoir entre les mains du pouvoir conservateur, qui se hâtait de perdre l'influence par ses divisions, tandis que le parti libéral, même vaincu, marchait comme un seul homme. »

Pour rendre cette chasse, car c'était une véritable chasse à l'homme, plus efficace, on décida en janvier 1864 que le bataillon algérien recevrait une organisation mixte : 180 de ses tirailleurs furent montés de manière à former par compagnie une section à cheval. Au mois d'avril, ces sections furent réunies en 2 compagnies, les 3e et 5e, qui furent entièrement composées de cavaliers. On vit de suite ce que l'on pouvait attendre de cette heureuse modification.

Le 25 avril 1864, 60 tirailleurs montés attaquent 100 guerilleros près de Guadalajara, et en tuent plus du quart; le 26, le capitaine Testard, avec 12 tirailleurs à pied et 20 montés, surprend une bande de 50 hommes et en tue 11. Nouvelle expédition exécutée avec le même succès, le 27, par le capitaine de Vauguion. Le 6 juin, enfin, à Pueblo-Novo, le bataillon de tirailleurs, commandé par le capitaine Bézard, tue 50 hommes aux troupes d'Alvarès et leur prend quatre pièces, ne perdant que 4 blessés dont 1 du 1er régiment. A la suite de ce combat, il occupe Acapulco le 8 juin et y trouve 38 canons abandonnés par les Juaristes.

Le lendemain, le capitaine de Vauguion, parti avec les deux compagnies à cheval, tombe dans une embuscade ennemie; aux premiers coups de feu, le sous-lieutenant de Nyvenheim[2] roule à terre mortellement frappé, et le capitaine de Vauguion est blessé. Cependant l'élan habituel des tirailleurs ne faiblit point; l'obstacle est rapidement enlevé, puis nos hommes poursuivent les Mexicains pendant plus de 4 kilomètres; 4 tirailleurs avaient été blessés, dont un mortellement.

---

1. T. III, p. 495.
2. Cet officier était détaché du 1er lanciers aux compagnies montées du bataillon de tirailleurs algériens.

II

Acapulco pris, Mazatlan le fut bientôt aussi. La division navale débarqua, le 10 novembre, dans le port de cette ville, le bataillon de tirailleurs algériens et des marins, qui, sans coup férir, en prirent possession; le bombardement avait fait fuir les 700 Mexicains qui défendaient la place.

Un mois après, les tirailleurs en garnison à Mazatlan, serrés de près par les Juaristes, les attaquèrent avec leur entrain habituel; le 1er régiment n'eut ce jour-là que 1 blessé (17 décembre).

Cinq jours plus tard, les tirailleurs s'illustrèrent par un combat où le nombre malheureusement triompha de la bravoure. Le général mexicain Cortès, nommé commandant militaire de Culiacan, escorté d'un détachement de 40 fusiliers marins, de 64 tirailleurs (capitaine Véran) et du bataillon mexicain du commandant Carmona se trouva, près de San-Pedro, entouré par toutes les forces réunies du général Rosalès, plus d'un millier d'hommes.

Les tirailleurs, lancés sur un terrain particulièrement difficile, coupé de haies d'aloës et de clôtures, enlèvent deux obusiers; mais, à ce moment, les deux bataillons de Rosalès prennent l'offensive, les Mexicains alliés se débandent, lâchent pied, passent pour la plupart à l'ennemi; les nôtres sont ramenés et perdent beaucoup de monde. Groupés autour des pièces prises, les survivants se défendent avec l'énergie du désespoir; le capitaine Véran et 2 enseignes de vaisseau sont tués, 2 lieutenants de tirailleurs blessés. Trois charges de la cavalerie mexicaine sont repoussées, mais la lutte devient impossible. Acculés à une rivière, sans cartouches, les derniers de ces braves sont faits prisonniers. « Décimé par ses grandes pertes et ayant épuisé ses munitions, dit le général Rosalès, dans son rapport, l'ennemi jeta ses armes désormais inutiles sur le sable du rio Himaya, témoin de sa défaite, et se croisa les bras en attendant la mort. »

Les tirailleurs avaient 1 officier tué, 2 blessés, 11 hommes tués et 23 blessés soit 37 hommes hors de combat sur 64. Dans ce nombre, le 1er tirailleurs comptait 4 tués et 6 blessés. Les prisonniers ne furent délivrés que l'année suivante par un chef indien et rejoignirent le bataillon à Mexico seulement en décembre 1865.

Les tirailleurs quittèrent Mazatlan en février 1865, pour aller à Guadalajara, où toujours en mouvement pendant dix mois, ils eurent à donner la chasse aux guerillas signalées de tous côtés. Dans les premiers jours de septembre, la 5ᵉ compagnie ayant été remise à pied, la 6ᵉ fut organisée en compagnie montée, pour se rendre dans les Terres-Chaudes; elle conserva, sauf le havresac, l'armement et l'équipement de l'infanterie, tandis que la 3ᵉ, constituant un véritable escadron, gardait la tenue et le sabre de cavalier qui lui avaient été donnés l'année précédente. Le bataillon de tirailleurs était à Mexico le 27 novembre.

L'empire de Maximilien touchait à la fin de cette année à son apogée; mais cette grandeur fut de courte durée. L'Empereur, s'appuyant sur les libéraux secrètement partisans de Juarez, au lieu de se fier aux conservateurs, à qui il devait sa couronne, ranimait les espérances éteintes. Aussi dès les premiers mois de 1866, les guerillas recommençaient-elles leurs déprédations, faiblement interrompues d'ailleurs, et il fallait de nouveau marcher contre elles.

Le 5 mars, le bataillon de tirailleurs, aux ordres du commandant Guyot de Leuchey, allait occuper Zitacuaro dans le sud de Michoacan, dispersait, le 11, 8 000 Juaristes sur les hauteurs avoisinant cette ville, les poursuivait nuit et jour jusqu'au 28 avril, occupait Tusantla après avoir battu l'ennemi qui s'y était reformé, le battait le 3 mai, le menant sans arrêt sur plus de 6 kilomètres et le battait encore, le 11, à Jungapeo. A la fin du mois, le pays était pacifié et le bataillon rentrait à Mexico, laissant à Zitacuaro une garnison mexicaine bien retranchée. A deux jours de marche, il fut obligé de rétrograder, les Juaristes ayant chassé la garnison mexicaine; il y rentra le 15, réinstalla le bataillon mexicain, repartit, fut encore forcé de revenir à Zitacuaro attaqué aussitôt que les Mexicains étaient seuls à défendre la ville. Un court combat les délivra; les tirailleurs arrivèrent enfin à Mexico le 19 juillet.

Ils n'y restèrent pas longtemps; le 13 août, ils étaient désignés pour occuper les Terres-Chaudes : état-major, 3ᵉ et 5ᵉ compagnies à Cordova, 1ʳᵉ compagnie à Camaron et Paso del Macho, 4ᵉ et 6ᵉ compagnies à la Soledad. Jusqu'au 22 octobre, ce ne furent qu'escortes de convois entre Cordova et Paso del Macho. Le bataillon partit alors pour la Vera-Cruz, où il était le 28 octobre.

Les pertes subies pendant les escortes où les combats étaient souvent pénibles s'ils n'étaient pas retentissants — le 1ᵉʳ décembre 2 tirailleurs étaient tués et 2 blessés — furent de beaucoup inférieures à celles causées par le climat pendant ce séjour dans les régions malsaines. C'était d'ailleurs la mauvaise saison; de juin à mi-octobre, la chaleur et les pluies amènent toujours avec elles le vomito-negro ou fièvre jaune;

à partir d'octobre, les fièvres subsistent, mais moins violentes. Le bataillon algérien perdit d'août 1866 à février 1867, 2 officiers et 110 hommes. Les nègres seuls étaient indemnes; l'armée comprenait un bataillon égyptien nègre, il n'eut jamais un homme malade. « Je les voyais, dit le général du Barail, au plus fort de la chaleur, dormir en plein soleil comme des lézards. Ils se réveillaient sans même avoir un semblant de migraine, alors que pas un de nous, se permettant une telle imprudence, ne se serait relevé vivant[1]. »

La situation cependant se compliquait chaque jour : hostilité des États-Unis, observations du Corps législatif qui se fatiguait de sacrifier tant d'hommes et d'argent pour un résultat chimérique. La conclusion fut le rapatriement des troupes françaises dans les premiers jours de 1867; les tirailleurs reçurent en janvier l'ordre de partir.

Avant de se séparer d'eux, le maréchal Bazaine, qui les avait vus à l'œuvre, les félicita vivement des services qu'ils avaient rendus à l'armée :

« Plus qu'aucune autre troupe, dit-il, dans son ordre du 4 janvier, le bataillon de tirailleurs algériens a pris sa large part des travaux et des luttes de l'expédition du Mexique; partout où il y a eu de rudes combats à livrer, partout où il a fallu poursuivre d'insaisissables ennemis par des marches continuelles, partout où il a fallu affronter le climat meurtrier des tropiques, les tirailleurs ont soutenu glorieusement l'honneur du nom français. Toujours ils ont déployé la plus grande bravoure en face de l'ennemi, la plus héroïque abnégation devant la mort, sans écho, des ambulances. »

Le bataillon rentra en Algérie en trois détachements composés chacun des militaires appartenant au même régiment. Le 26 février, le contingent du 1er tirailleurs s'embarqua à destination d'Alger, où il arriva le 7 avril, après une absence de cinq ans. Le bataillon fut licencié officiellement le lendemain.

Les deux compagnies du 1er régiment redevinrent 2e et 1re du 1er bataillon; 25 des tirailleurs qu'elles avaient libérés pendant leur séjour au Mexique avaient demandé à y rester pour faire partie des contre-guerillas.

Le bataillon expéditionnaire de tirailleurs avait perdu 4 officiers tués, 4 morts de maladies et 7 blessés[2], 30 hommes tués et 83 blessés.

Ce chapitre ne peut se clore sans qu'il soit fait mention de deux actions de guerre auxquels prirent part deux officiers du 1er tirailleurs, sans avoir, il est vrai, de leurs hommes sous leurs ordres; ils n'eurent que plus de mérite à agir ainsi qu'ils le firent.

1. *Souvenirs*, t. II, p. 344.
2. Arch. adm. de la Guerre.

Le lieutenant Langlois[1], détaché comme capitaine commandant une contre-guerilla de 200 hommes, était avec 500 Mexicains alliés, enfermé dans Tampico. Bloquée depuis le 7 juin 1866, la place fut attaquée le 1er août par 2 500 hommes du général Pavon; ce jour-là le fort Iturbide fut livré par les Mexicains et la ville envahie.

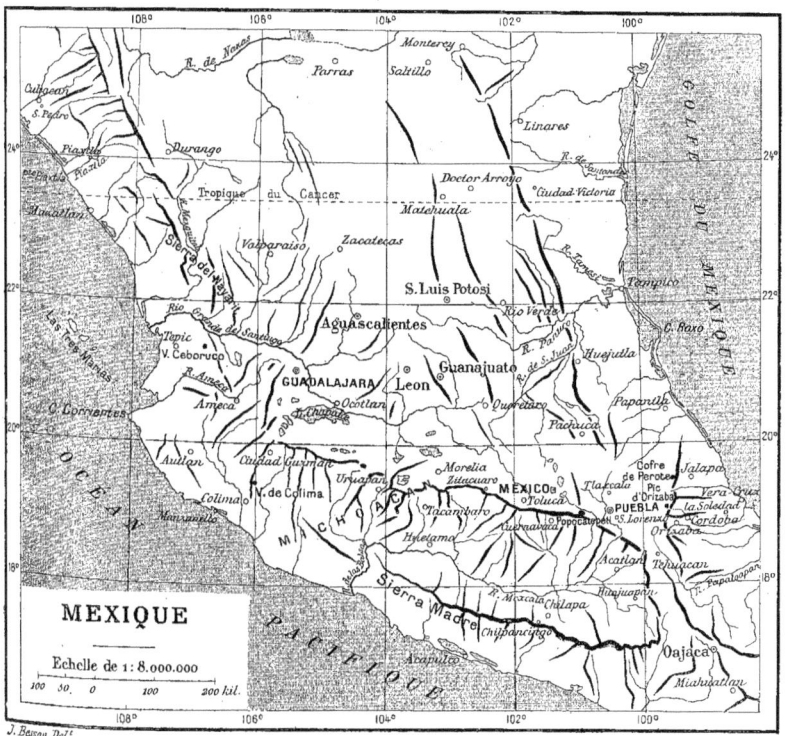

La contre-guerilla qui avait perdu 10 hommes tués se retira dans le fort de Casamata et la caserne de l'Octavo. Le 4 août, il n'y avait plus que 120 auxiliaires restés fidèles. Deux canonnières françaises secoururent la place le 7, mais s'étant rendu compte de la position du lieutenant, sans vivres et sans munitions, et ne pouvant l'aider efficacement, l'officier commandant les canonnières donna l'ordre au lieutenant Langlois

[1]. Cet officier était arrivé avec des renforts en 1865.

21

d'accepter la capitulation. « La garnison sortit librement avec armes et bagages, 2 obusiers de 12, et reçut les honneurs militaires de la troupe ennemie[1]. »

Le capitaine Testard, nommé chef de bataillon le 13 juillet 1866, pour être mis en mission hors cadres et commander les bataillons de Cazadorès de Mexico, faisait partie avec 250 d'entre eux de la colonne sortie d'Oajaca, sous le commandement du général Oronos. Attaquée le 3 octobre près de Miahuatlan, par Porfirio Diaz avec 2000 hommes, cette colonne fut entièrement détruite. Le commandant Testard, tous les officiers français et mexicains de son détachement et la plupart des soldats français furent tués. « Ce n'est, dit Porfirio Diaz, qu'après avoir développé un courage digne d'une meilleure cause, avoir vu tomber leur commandant, leurs officiers, presque tous leurs camarades, que restés seuls, abandonnés sur le champ de bataille et voyant toute résistance impossible, cette poignée d'hommes, la plupart blessés, se sont rendus.

« Soldat moi-même, je respecte en eux des ennemis vaincus et désarmés et les traite comme tels[2]. »

Porfirio Diaz renvoya le sabre que portait le commandant Testard.

Après le départ de nos troupes, l'archiduc Maximilien, proclamé empereur du Mexique lors de l'entrée des Français à Mexico en 1863, fut pris et fusillé par les républicains. Cette expédition imprudente et mal conçue nous fut fatale. Elle était un grave échec pour notre politique et nos finances, bien que les 44500 hommes et le matériel envoyés au Mexique n'aient épuisé ni notre armée ni nos arsenaux, comme on l'a prétendu; mais la catastrophe finale de Querétaro enleva à la France une très grande partie de la confiance que lui inspirait le gouvernement impérial, et lui fit perdre vis-à-vis de l'étranger le bénéfice d'une situation consolidée jusqu'alors par une suite de succès ininterrompus.

1. *Livre d'or des tirailleurs d'Alger*, t. II, p. 25.
2. Communication faite par Porfirio Diaz aux officiers et soldats étrangers de la garnison d'Oajaca, le 9 octobre 1866, citée dans le *Livre d'or*, t. II, p. 26.

CHAPITRE V

I

DÉPART DES BATAILLONS DE GUERRE. — WISSEMBOURG.

Partout jusqu'alors, en Europe, comme sous les tropiques, les tirailleurs n'avaient connu que les joies et les enivrements de la victoire. A Milan ils étaient entrés dans la ville sous des guirlandes de fleurs; à Mexico, ils venaient d'être salués par les cris enthousiastes de « Vivan los Turcos! » Ils étaient habitués à voir la France triompher partout où il lui plaisait d'aller et à triompher avec elle. La guerre pour eux était une fête. Quoi donc, en effet, de plus beau qu'un jour de combat, et Mahomet ne promet-il pas dans son Paradis des félicités éternelles aux braves tombés sur les champs de bataille?

La guerre contre l'Allemagne fut une douloureuse surprise pour les tirailleurs; accablés sous le feu d'un ennemi invisible et ne pouvant joindre ces Allemands maudits, ils se résignèrent; étant impuissants à vaincre, ils se firent tuer et surent mourir, et leur gloire, loin d'être ternie pas nos désastres, s'en est au contraire augmentée.

Le jour même de la déclaration de guerre avec la Prusse, le 1er tirailleurs reçut l'ordre de constituer 3 bataillons de guerre. Le 2e bataillon, en garnison à Paris depuis le 4 juin 1870, en partit le 25 juillet; il était le 29 près d'Haguenau, où il se joignait aux 3e et 4e bataillons, débarqués à Marseille les 19, 20, 21 et 23 juillet et arrivés à Brumath le 24.

Le régiment ainsi constitué comptait le 31 juillet 97 officiers et 2215 hommes[1],

---

[1]. Arch. histor. du Minist. de la Guerre. *Situations d'effectif du 1er corps de l'armée du Rhin.*

ayant presque tous été déjà au feu. C'était un corps magnifique[1]. En Alsace, les paysans se pressaient sur le passage des turcos; les femmes s'approchaient timidement, et à la vue de ces fiers visages bronzés, répétaient en joignant les mains : « Jésus mé Dieu, qué diables! »

Le 1ᵉʳ tirailleurs, comme toutes les troupes d'infanterie d'Afrique, fit partie du

1. État-major du régiment :

MM. Morandy, colonel;
Barrachin, lieutenant-colonel;
Bourdoncle, sous-lieutenant porte-drapeau; ·
Vodigion, sous-lieutenant officier payeur:
Couderc, médecin-major de 1ʳᵉ classe;
Martial, médecin-major de 2ᵉ classe.

2ᵉ bataillon :

MM. Sermensan, chef de bataillon.
de Pontécoulant, capitaine adjudant-major;

1ʳᵉ COMPAGNIE	2ᵉ COMPAGNIE	3ᵉ COMPAGNIE
MM. —	MM. —	MM. —
Gonichon des Granges capitaine.	Lépine.......... capitaine.	Grégoire......... capitaine.
Vuillemin .... lieutenant.	Béraud .... lieutenant.	Bergé .... lieutenant.
Ahmed ben Abder-	Pierixi........... lieut. indig.	Mohamed bel Hadj.. lieutenant.
rahman .... lieutenant.	Salem ben Guibi... sous-lieutenant.	Cellier........... sous-lieutenant.
Baulon........... sous-lieutenant.		Mohamed ben Saïd
Ibrahim ben Ferath. sous-lieutenant.		Joseph......... sous-lieutenant.

4ᵉ COMPAGNIE	5ᵉ COMPAGNIE	6ᵉ COMPAGNIE
MM. —	MM. —	MM. —
Taverne.......... capitaine.	Cuvillier-Fleury... capitaine.	de Toustain du Manoir capitaine.
Belany .... lieutenant.	Rousseau......... lieutenant.	de Raymond Cahusac. lieutenant.
Mohaded ben Amar	Amar ben Hacen ... lieutenant.	Mohamed ben Ahmed
Chuili .... lieutenant.	Delaître......... sous-lieutenant.	Tounci......... lieutenant.
Cazals........... sous-lieutenant.	Joseph ben Mohamed. sous-lieutenant.	Truillard .... sous-lieutenant.
Ahmed ben Taïeb... sous-lieutenant.		Aoued ould el Hadj
		Keda.......... sous-lieutenant.

3ᵉ bataillon :

MM. de Lammerz, chef de bataillon;
Bertrand, capitaine adjudant-major.

1ʳᵉ COMPAGNIE	2ᵉ COMPAGNIE	3ᵉ COMPAGNIE
MM. —	MM. —	MM. —
Vincellet........ capitaine.	Marquez .... capitaine.	Tourangin........ capitaine.
Parmentier....... lieutenant.	Bocquet.......... lieutenant.	Galbaud du Fort... lieutenant.
Mohamed ben Hacen. lieutenant.	Meçaoud ben Mouça. lieutenant.	Mouça ben Kouider. lieutenant.
Gibon........... sous-lieutenant.	Walter .... sous-lieutenant.	Mercier.......... sous-lieutenant.
Mohamed ben Brahim. sous-lieutenant.	Mohamed ou Saïd.. sous-lieutenant.	Ahmed bel Hadj... sous-lieutenant.

4ᵉ COMPAGNIE	5ᵉ COMPAGNIE	6ᵉ COMPAGNIE
MM. —	MM. —	MM. —
Lapierre......... capitaine.	Micaëlli .... capitaine.	Kirner........... capitaine.
de Saint-Vincent... lieutenant.	Grandmont........ lieutenant.	Moullé .... lieutenant.
Legrand .... sous-lieutenant.	Adam............ sous-lieutenant.	Berthélemy....... sous-lieutenant.
Mohamed ben Ahmadi. sous-lieutenant.	Khelifa ben Mohamed sous-lieutenant.	Mohamed ben Ahmouda sous-lieutenant

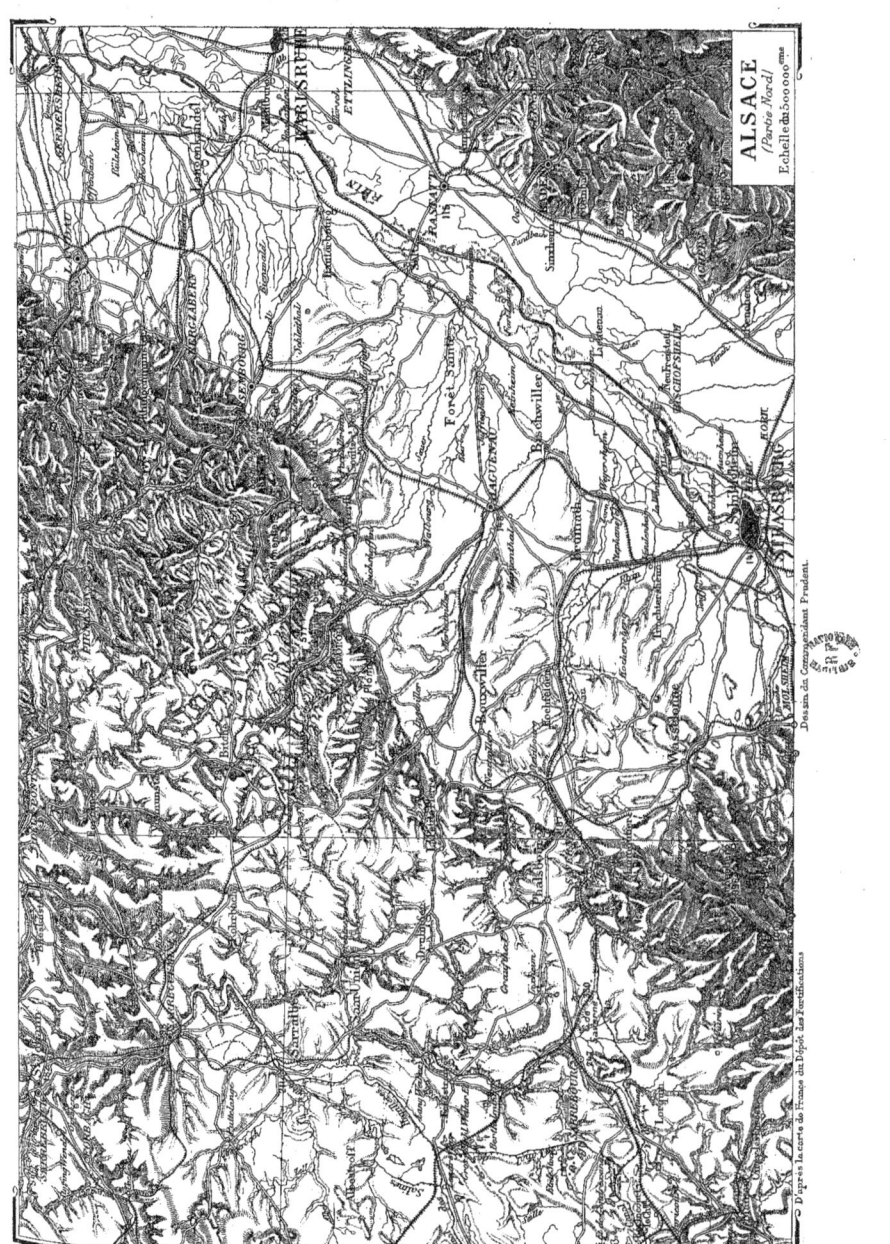

ALSACE
(Partie Nord)
Echelle de 1/500000ᵐᵉ

STRASBOURG

KARLSRUHE

ETTLINGEN

Forêt Sainte

Dessin du Commandant Prudent.

D'après la carte de France du Dépôt des Fortifications

1ᵉʳ corps de l'armée du Rhin. Il fut placé à la 2ᵉ division, général Abel Douay, 1ʳᵉ brigade (général de Montmarie)[1].

Cette division ne disposait d'aucune cavalerie. Son effectif total était de 13 bataillons, 3 batteries, 1 compagnie du génie. Mais, dès le 29 juillet, le 16ᵉ bataillon de chasseurs fut détaché à Seltz; un bataillon du 50ᵉ de ligne l'y rejoignit le 3 août; le 4, le 78ᵉ partit pour Climbach, pour y relever le 96ᵉ de la 1ʳᵉ division, de sorte qu'au combat de Wissembourg n'assistèrent réellement que 8 bataillons, 5 escadrons et demi[2], 3 batteries et 1 compagnie du génie, soit environ 6000 hommes, dont 4800 d'infanterie[3].

Le 2 août, à 9 heures du soir, le général Douay, arrivé à Haguenau, reçut une dépêche du sous-préfet de Wissembourg l'avisant de la présence de l'ennemi dans le voisinage immédiat de la ville. Le général transmit cette dépêche à Strasbourg, d'où le maréchal de Mac-Mahon répondit par cet ordre :

Strasbourg, 3 août, 12 h. 10 matin.

« D'après les nouvelles que vous me donnez, mettez-vous en route demain matin le plus tôt possible avec toute votre division, à l'exception de deux bataillons détachés à

| 4ᵉ bataillon : | | MM. de COULANGE, chef de bataillon;
LETELLIER, capitaine adjudant-major. | |

1ʳᵉ COMPAGNIE	2ᵉ COMPAGNIE	3ᵉ COMPAGNIE
MM. —	MM. —	MM. —
QUANTIN.......... capitaine.	ABDELKADER (Ch.).. capitaine.	DE LA MOUSSAYE.... capitaine.
TACAILLE .... lieutenant.	DUCHÊNE. ..,..... lieutenant.	HENNEQUIN........ lieutenant.
SURJUS.......... sous-lieutenant.	MUSTAPHA BEN ALI.. lieutenant.	MOHAMED BEN DAOUD. lieutenant.
MOHAMED BEN ISMAÏL. sous-lieutenant.	AUDIBERT......... sous-lieutenant.	RASHOFFER........ sous-lieutenant.
	HAOUCIN BEN FERATH. sous-lieutenant.	MAMIX BEN TURKMAN. sous-lieutenant.

4ᵉ COMPAGNIE	5ᵉ COMPAGNIE	6ᵉ COMPAGNIE
MM. —	MM. —	MM. —
MENNEGLIER....... capitaine,	TRAWITZ (a)....... lieutenant.	THIERRY.......... capitaine.
THOMAS.......... lieutenant.	MEURANT .... sous-lieutenant.	ROUX-FOUILLET..... lieutenant.
AHMOUD BEN SLIMAN	MOHAMED BEN HADJ.. sous-lieutenant.	BRIK BEN SALEM.... lieutenant.
KRODJA.......... lieutenant.		GOT............. sous-lieutenant.
POGNARD .... sous-lieutenant.		AMAR BEN M'AHMED . sous-lieut' (b).
MUSTAPHA BEN KRODJA sous-lieutenant.		

a. Le capitaine Godin qui commandait cette compagnie, avait été nommé chef de bataillon au 79ᵉ de ligne le 21 juillet et avait rejoint son nouveau régiment avant l'entrée en campagne. — b. Les sous-lieutenants Maurin et Crouzet, sortant de Saint-Cyr, arrivèrent à Haguenau les 27 et 28 juillet.

1. Composition de cette division :

1ʳᵉ brigade : général PELLETIER DE MONTMARIE.......... { 16ᵉ bataillon de chasseurs.
50ᵉ régiment de ligne.
74ᵉ régiment de ligne.

2ᵉ brigade : général PELLÉ................. .... { 78ᵉ régiment de ligne.
1ᵉʳ tirailleurs algériens.

Artillerie : 3 batteries du 9ᵉ régiment dont 1 de mitrailleuses.
Génie : 1 compagnie du 1ᵉʳ régiment.

2. Comme on le verra plus loin, la brigade de cavalerie de Septeuil (3ᵉ hussards et 11ᵉ chasseurs) fut mise le 3 août à la disposition du général Douay.

3. Commandant de Chalus. Guerre franco-allemande de 1870-1871, p. 31.

Seltz, pour vous porter sur Wissembourg. Vous prendrez à Soultz le 3ᵉ hussards. Emmenez également les escadrons du 11ᵉ chasseurs de Haguenau. Le détachement de Seltz vous rejoindra le 4, après qu'il aura été relevé.

« Le général Ducrot qui porte également une partie de sa division à Lembach, vous rejoindra en route et vous indiquera la manière de vous relier avec la 1ʳᵉ division.

« Accusez réception.

« Signé : Mac-Mahon. »

La division Douay, partie le matin de Haguenau, à cinq heures du matin, arriva à Wissembourg à sept heures du soir passées, après une étape de 31 kilomètres, interrompue par une grand'halte de quatre heures et demie à Soultz, et s'établit dans les ténèbres; le 2ᵉ bataillon du 74ᵉ occupa Wissembourg, mais sans placer de postes extérieurs en avant, les autres corps s'installèrent sur les pentes nord et est du Geissberg. Les renseignements étaient toujours les mêmes : Prussiens et Bavarois occupaient tout le pays à proximité immédiate.

Au point du jour, une reconnaissance se mit en route sous le commandement du colonel Dastugue, du 11ᵉ chasseurs; elle comprenait le bataillon Sermensan, 2 escadrons du 11ᵉ chasseurs (commandant de Bonne) et une section de la batterie Didier (9ᵉ du 9ᵉ régiment). Le bataillon et la section s'arrêtèrent sur le versant nord du Geissberg. La cavalerie continua sa route, passa la Lauter, descendit le vallon, tourna Altenstadt, traversa de nouveau la Lauter et revint sans avoir rien vu. Il est vrai qu'elle s'était contentée de rester sur la grande route, sans faire explorer les vignes ni les bois! « Ce simulacre de reconnaissance avait à peine duré une heure, a écrit un témoin oculaire[1]. Nous rentrâmes au camp, persuadés que ce jour-là, nous ne serions pas inquiétés. Les uns commencèrent d'allumer du feu, les autres d'apprêter la soupe. Nous ne perdions pas de temps: car on nous avait prévenus que nous ne tarderions pas à nous remettre en route, et nous n'avions rien mangé depuis la veille à midi. Soudain un coup de canon retentit, puis deux, puis trois. Nous nous retournons : de ces mêmes hauteurs que nos escadrons de chasseurs avaient négligé de reconnaître, une forte batterie de position tirait sur Wissembourg. » L'avant-garde (5 bataillons, 1 régiment de chevau-légers, 1 batterie) du IIᵉ corps bavarois (général von Hartmann), commandée par le général von Bothmer arrivait, ayant marché pendant la nuit, se cachant dans les gorges, et débouchant à six heures et demie en vue de Wissembourg. En même temps apparaissaient les têtes de colonne de la IXᵉ division d'infanterie (Vᵉ corps, général von

---

1. Albert Duruy, engagé volontaire au 1ᵉʳ tirailleurs (1ʳᵉ compagnie du bataillon Sermensan). *Études d'histoire militaire*, p. 293.

Kirchbach). Deux corps d'armée, rejoints plus tard par un troisième (XI° corps), allaient tomber sur cette malheureuse division.

Pendant que le bataillon Liaud, du 74°, résiste dans Wissembourg, les tirailleurs reçoivent l'ordre de descendre dans la vallée avec la batterie Didier, pour lui prêter main-forte. L'artillerie part au grand galop de ses chevaux; les tirailleurs suivent au pas d'abord, puis en courant, pour éviter les projectiles bavarois qui arrivent avec une précision redoutable. « La canonnade augmente, dit le lieutenant de Saint-Vincent[1]; un obus éclate dans la terre à vingt pas de nous; aucun mal. Les hommes commencent à parler haut et à accélérer le pas; des boulets sifflent et détonent en avant sans nous atteindre; le régiment descend toujours. Dès que le haut des peupliers nous masque à l'ennemi, nous gagnons la route de Haguenau par une marche de flanc. Les trois bataillons se suivent dans cet ordre, abrités et cachés en partie par les arbres et le feuillage. La batterie ennemie redouble son feu; les obus tombent à droite et à gauche et la colonne poursuit son chemin à la même allure. Tout à coup une forte explosion se fait entendre; il y a des dégâts : le caporal tambour de mon bataillon a la jambe fracassée, un clairon est frappé. On les dépose sur le bord du fossé.... Bientôt le bruit du canon et les détonations des obus dominent les conversations, l'animation devient l'ardeur, la marche se précipite. » Les sacs étaient laissés au camp; on ne croyait avoir devant soi qu'une reconnaissance; l'affaire, pensait-on, serait courte et de peu d'importance! Mais la position que l'on quittait, a écrit le général Pellé dans son historique de la 2° division du 1er corps, valait mieux que celle que l'on allait prendre; cette faute allait être payée par de grands sacrifices.

Le général Pellé, qui avait rejoint le 1er tirailleurs, le disposa ainsi : le bataillon Sermensan avec le colonel et le lieutenant-colonel, à droite du moulin, en avant des lignes, poussant deux de ses compagnies en tirailleurs devant la 9° batterie le long de la Lauter, sur la rive gauche jusqu'au pied des hauteurs; — le bataillon de Lammerz, à sa gauche, appuyé à l'angle sud-est de la place en avant des houblonnières et de la gare; — le bataillon de Coulange, à l'angle sud-ouest de la place, près de la porte de Bitche, pour défendre l'accès du petit pont sur la Lauter. La batterie Didier avait pris position entre la route de Strasbourg et la gare. Il était environ sept heures et demie.

« Tout cela fut fait vivement sans brûler une cartouche. On nous arrête un instant pour reformer nos lignes. C'est comme un signal pour l'ennemi resté jusque-là invisible : une horrible fusillade éclate à la fois sur notre front de bataille. Les vignes

1. Notes inédites.

sont littéralement couvertes de tirailleurs embusqués là depuis le matin, peut-être depuis la veille. Ils tirent à genoux, cachés dans les feuilles, et si je ne me trompe, abrités derrière de petits monticules de terre qu'ils ont eu le temps d'amasser... Par bonheur, ils tirent mal; en trois heures, ils ont à peine mis 50 hommes hors de combat sur 120 que nous étions dans la compagnie et nous tenons toujours sans reculer d'une semelle[1]. »

A plusieurs reprises, les tirailleurs se précipitent pour enlever les pièces placées près de Schweigen, mais leur élan est brisé chaque fois par un feu écrasant, et chaque fois ils sont contraints de revenir en arrière. La supériorité de l'artillerie allemande s'affirmait ainsi dès la première rencontre. Le colonel Stoffel, notre attaché militaire à Berlin avant la guerre, le disait depuis deux ans : « Il faudrait en prendre notre parti si la guerre venait à éclater; le matériel d'artillerie prussien est très supérieur au nôtre[2]. »

Vers six heures, des masses profondes (V[e] corps prussien), marchent sur le Geiss-berg; d'autres colonnes essaient de tourner la droite du 1er tirailleurs. Le général Pellé accourt et fait exécuter au 2e bataillon un changement de front pour le mettre perpendi-culairement aux lignes de Wissembourg, face à l'est. « Plaçant une compagnie du bataillon sur la route départementale qui longe le chemin de fer, dit le général dans son rapport, je vis déboucher à 1 500 mètres environ de moi, en colonne serrée sur la route, un régiment prussien. J'enlevai le bataillon et nous pûmes le faire reculer de quelques pas, mais m'étant aperçu que d'autres régiments avaient dépassé la ligne du chemin de fer et cherchaient à me tourner, j'arrêtai le mouvement offensif, et, en pro-fitant de tous les accidents de terrain, de la gare et de la ligne du chemin de fer, j'or-ganisai une défense sérieuse, qui retarda le mouvement tournant de l'ennemi. »

En conséquence de ces nouveaux ordres, le 3e bataillon établit deux compagnies autour de la gare, une entre la Lauter et la gare, et les trois dernières en tirailleurs le long de la rivière; le 4e resta à l'ouest de la ville, et la batterie Didier remonta sur le Geissberg, ne pouvant plus tenir sous le feu des tirailleurs prussiens.

Les turcos font une résistance désespérée contre la XVIIe brigade prussienne (colonel von Bothmer, 58e et 59e régiments); placés derrière les haies, embusqués derrière les fossés, ils exécutent un feu des plus vifs. « C'est un vacarme assourdissant. On entend à peine siffler les balles de l'ennemi, tant nos détonations sont fréquentes et précipitées. Sur toute la ligne occupée par nous et notamment le long du chemin de

1. Albert Duruy. *Ibid.*, p. 295.
2. Colonel Stoffel, *Rapports militaires*, p. 107 (Rapport du 23 avril 1868).

fer, cette fusillade peut se comparer, en forçant les tons, aux coups secs et inégaux d'un manipulateur télégraphique qu'on fait mouvoir à volonté. Impossible de se faire entendre; je m'épuise vainement à faire agenouiller mes hommes; ils crient, injurient les Prussiens et se tiennent debout. La fumée est si épaisse au bout de cinq minutes, que je n'y vois plus à vingt pas en avant. Par moment une éclaircie se produit, et je n'aperçois en face qu'un demi-cercle de feu et de fumée.

« Nos turcos tombent l'un après l'autre, surtout ceux qui forment des groupes derrière les arbres de la route. Quelques-uns se traînent tout sanglants et vont s'étendre adossés contre les maisons de la ville; d'autres se font transporter, d'autres expirent sur place.... Il y a à peine une demi-heure que nous sommes engagés et la moitié de la compagnie est tuée ou blessée. On nous donne l'ordre de reculer lentement, les compagnies voisines ont épuisé toutes leurs cartouches[1].... » A onze heures et demie, 2 bataillons du 47ᵉ régiment prussien (XVIIIᵉ brigade), arrivent d'Altenstadt par la rive sud de la Lauter. C'en est trop. Survient à ce moment la nouvelle que le général Douay a été tué. Il est midi; on sonne la retraite. « Aussitôt les masses prussiennes qui étaient restées masquées pendant le combat s'ébranlent. Ils descendaient la colline au pas, sans se presser, sans chercher à nous gagner de vitesse, en gens qui craignent une surprise et que la victoire étonne. De temps en temps, ils s'arrêtaient pour nous envoyer une décharge, et puis ils reprenaient tranquillement leur marche[2]. »

Les tirailleurs repassèrent par le plateau occupé le matin, mais ne purent y rester. Une pluie de fer et de feu s'abattait sur tout le terrain. Les 2ᵉ et 3ᵉ bataillons, arrêtés près de la gare, se retournèrent face à l'ennemi, pour permettre au 4ᵉ d'exécuter son mouvement rétrograde. A mi-côte, le régiment reformé envoya ses dernières cartouches à l'ennemi, puis, après avoir été soutenir le 74ᵉ de ligne, en arrière des fermes d'Altenstadt, il se retira sur Oberhoffen et la route de Climbach. « L'ennemi pouvait s'élancer à notre poursuite et nous pensions à chaque instant voir accourir sa cavalerie, que nous étions prêts d'ailleurs à bien recevoir; notre contenance l'arrêta. Sans doute, en nous regardant marcher d'un pas ferme et dans le plus grand ordre, il comprit que ces hommes-là, sur un signe de leurs officiers, se seraient de nouveau précipités au combat sans hésitation et sans crainte. Il se contenta de nous envoyer quelques obus, quelques boîtes à balles, qui ne parvinrent pas à nous entamer. J'ai vu depuis la déroute de Wörth, j'étais à la débâcle de Mouzon; auprès, notre retraite fut une marche triom-

1. Lieutenant de Saint-Vincent. *Notes inédites.*
2. Albert Duruy. *Ibid.*, p. 296.

phale [1]. » A Climbach, on trouva le maréchal de Mac-Mahon et la division Ducrot (1ʳᵉ du 1ᵉʳ corps) accourus au bruit du canon.

La division Douay perdit dans ce combat, sans compter les prisonniers, 1 général, 83 officiers et 1521 hommes, soit une proportion de 23 p. 100, plus forte que celle des batailles les plus sanglantes du premier empire. A Eylau, les pertes n'avaient été que de 15,8 p. 100 et à la Moskowa de 16,1 p. 100 [2]. Les pertes portaient presque entièrement sur le 50ᵉ de ligne et le 1ᵉʳ tirailleurs. Les Allemands avaient 91 officiers et 1470 hommes hors de combat [3]. Le régiment des grenadiers du Roi comptait 10 officiers tués et 15 blessés, c'est-à-dire presque la moitié de ses officiers; le 47ᵉ régiment d'infanterie, 11 officiers tués. Le major de Waldersee, commandant le 5ᵉ bataillon de chasseurs prussiens avait été tué, au moment où il pénétrait en ville, par un caporal de turcos blessé et blotti dans un fossé.

560 tirailleurs manquaient à l'appel. Ces chiffres sont très forts, si l'on songe que le 4ᵉ bataillon fut très peu engagé et qu'au 3ᵉ bataillon, la 1ʳᵉ compagnie détachée à Oberhoffen à la garde du quartier général ne prit pas part à l'action [4]. La 6ᵉ compagnie du 3ᵉ bataillon ne comptait plus, le soir de Wissembourg, que 2 sous-officiers et 33 tirailleurs présents; tous ses officiers avaient été touchés : capitaine Kiéner blessé mortellement, lieutenant Moullé blessé, sous-lieutenant Berthélemy blessé, sous-lieutenant Mohamed ben Ahmouda tué; le sergent-major était tué et le sergent-fourrier disparu. Le lieutenant Belamy avait été tué au début de l'action d'une balle au cœur; le sous-lieutenant Cazals, de la même compagnie, avait été tué presque au même instant d'une balle au front.

Près de la chaussée du chemin de fer, le capitaine Tourangin avait eu son cheval tué en gravissant, pour observer l'ennemi, par un feu des plus vifs, un tertre qui abri-

---

1. Ibid., p. 298.

2. Commandant Rousset. *Guerre franco-allemande*, t. I. p. 190.

3. L'ouvrage du grand état-major prussien sur la guerre de 1870 donne pour les pertes allemandes à Wissembourg les chiffres suivants :

	TUÉS	BLESSÉS	DISPARUS
Vᵉ corps............	180	668	20
XIᵉ corps...........	48	247	25
IIᵉ corps bavarois...	46	281	46
	274	1196	91

Sur ce total, les 11 batteries allemandes ne figurent que pour 1 officier et 8 hommes blessés et 1 homme tué, ce qui indique mieux que tout la distance à laquelle elle se sont tenues de nos fusils.

4. Les archives de la 2ᵉ division du 1ᵉʳ corps ont été prises ou perdues le soir de Frœschwiller, pendant la retraite; on peut donc, pour les pertes de notre côté, donner seulement des chiffres approximatifs. Le rapport du général Pellé sur la bataille de Frœschwiller donne comme effectif du régiment le matin du 6 août le chiffre de 1733, différent de 579 de celui fourni par la situation du 31 juillet; 19 officiers ont été tués ou blessés à Wissembourg; 560 hommes ont donc été ce jour-là tués, blessés ou faits prisonniers. Plusieurs tirailleurs du 1ᵉʳ régiment ont gagné Strasbourg et les places des Vosges, mais à de très rares exceptions près, après Frœschwiller. En outre, il n'a presque pas été fait de turcos prisonniers à Wissembourg. Ce chiffre de 560 doit donc être considéré comme approchant beaucoup de la vérité.

tait sa compagnie; il y remonta à pied, et reçut une balle à la poitrine et une à la jambe. Transporté dans l'auberge en face de la gare, il y était achevé une heure plus tard à coups de crosse par les Bavarois, auxquels il avait refusé de remettre son porte-feuille et les papiers qu'il portait sur lui.

Le lieutenant Grandmont, atteint de neuf coups de feu, refusa de se laisser trans-porter par ses hommes et leur ordonna de retourner au combat; il resta sur le champ de bataille. Amené à Wissembourg, il y mourut le 1er septembre. Le capitaine Kiéner, frappé de plusieurs balles, put être conduit dans sa famille en Alsace et expira quelques semaines plus tard. Le lieutenant Mouça ben Konider trouva aussi ce jour-là une mort glorieuse.

Quand les turcos eurent commencé leur mouvement de retraite, en avant de la porte de Landau, une nuée de Bavarois, cachés dans les vignes, s'élancèrent à travers champs jusqu'aux maisons situées sur la hauteur. Dans une chambre que le proprié-taire montre aujourd'hui à tous les visiteurs et qui porte la trace des balles, se trouvait le lieutenant Vuillemin, blessé au début de l'action, d'une balle au-dessus du genou et qui avait fracassé l'os. Il était étendu par terre entouré de 5 ou 6 turcos blessés. Les casques à chenille arrivèrent, poussant de grands cris de victoire; pendant que plusieurs d'entre eux achevaient à coups de baïonnette les tirailleurs sans défense, les autres prenaient Vuillemin et le tiraient hors de la maison en le traînant par sa jambe cassée. Ils s'apprêtaient à le fusiller quand un docteur arriva et mit fin à cette scène de carnage. Recueilli par de braves Alsaciens, qui le soignèrent longtemps chez eux, le lieutenant Vuillemin put survivre à sa terrible blessure.

Beaucoup de blessés étaient entrés dans les maisons pour se faire panser. Dans une de ces habitations transformées momentanément en ambulance, une vingtaine de tirailleurs étaient étendus sur le plancher. Pendant la retraite, plusieurs hommes pénétrèrent dans cette ville pour voir leurs camarades et se rafraîchir. On ne put les faire sortir à temps; ils furent faits prisonniers, et tous, une soixantaine, furent mas-sacrés par les Bavarois [1].

Presque tous les officiers blessés — il y en avait 12 — furent faits prisonniers. Le docteur Couderc, le capitaine Marquez et le lieutenant Moullé avaient reçu chacun deux blessures; 2 lieutenants, MM. Béraud et Mohamed ben Amar Chibli, 5 sous-lieutenants, MM. Berthélemy, Goussot [2], Ahmed bel Hadj, Mohamed ben Ahmadi et Ahmed ben Taïeb avaient été atteints.

1. Témoignage du lieutenant de Saint-Vincent, *notes inédites.*
2. Cet officier était adjudant au départ d'Algérie.

La proportion des officiers touchés aurait été plus forte si les capitaines du 2ᵉ bataillon avaient été présents à l'action, mais le général Douay les avait envoyés à Strasbourg

TIRAILLEUR EN TENUE DE CAMPAGNE.
Reproduction d'un dessin d'Édouard Detaille.
Gravure extraite de l'*Armée française*, Boussod, Manzy, Joyant et Cⁱᵉ, Éditeurs.

pour acheter des chevaux et être montés comme tous les capitaines. Ils n'arrivèrent qu'aux derniers moments de la lutte et faillirent se faire prendre en cherchant leurs compagnies.

Le combat de Wissembourg constitue un des plus beaux titres de gloire — peut-être le plus beau — du 1ᵉʳ régiment de tirailleurs. Ce régiment avait eu à lutter, avec le bataillon Liaud du 74ᵉ de ligne, contre les 6 bataillons du colonel von Bothmer (XVIIᵉ brigade, 58ᵉ et 59ᵉ régiments), 2 bataillons du 74ᵉ régiment (XVIIIᵉ brigade) et 3 bataillons de la division von Bothmer, IVᵉ bavaroise; en somme, 11 bataillons prussiens ou bavarois à l'effectif réglementaire de 1000 hommes furent réellement engagés contre 4 bataillons français à 700 hommes en moyenne : 11 000 contre 2 800.

8 bataillons et 3 batteries avaient tenu de sept heures et demie du matin à deux heures de l'après-midi contre 22 bataillons et 11 batteries; c'était à bon droit que le général Pellé pouvait, dans son rapport sur la journée, dire que c'était une victoire obtenue grâce à la supériorité des forces ennemies.

« Ne parlons pas de ce succès, dit le roi de Prusse à l'annonce de ce combat; notre supériorité numérique était trop grande pour que nous ayons le droit d'en être fiers. »

II

FRÖSCHWILLER.

Le 6 août, le même jour, Fröschwiller et Forbach, les 1ᵉʳ et 2ᵉ corps sont détruits, l'Alsace est perdue et la Lorraine ouverte.

Les tirailleurs du 1ᵉʳ régiment, avec l'artillerie et la cavalerie, avaient été dirigés sur le col de Pfaffenschlick et Climbach où ils arrivèrent à cinq heures du soir. Ils en repartirent à neuf heures pour aller coucher à onze heures à l'entrée du col du Pigeonnier, et se remirent en route le 5, à quatre heures du matin, suivis par la 1ʳᵉ division du 1ᵉʳ corps. Ils longèrent la rive gauche de la Sauer par la vallée de Langensoultzbach et vinrent s'établir au sud de la route de Fröschwiller, à Reichshoffen, entre Fröschwiller et le Niederwald. Les débris des 30ᵉ et 74ᵉ de ligne avaient pris par Haguenau et arrivèrent en chemin de fer dans la matinée du 5 à Reichshoffen.

Entre Wörth et Fröschwiller, les turcos avaient longé le camp du 2ᵉ tirailleurs. Le colonel Suzzoni, qui le commandait, vint voir passer les hommes du régiment où il avait été lieutenant-colonel et où il avait fait toute sa carrière. Il promit aux officiers du 1ᵉʳ tirailleurs de les venger. Il ne lui était malheureusement pas réservé de pouvoir tenir cette promesse, mais il devait le lendemain pousser l'héroïsme au délà des limites humaines, et périr à la tête de ses turcos, après avoir perdu dès la matinée tous ses officiers supérieurs.

Seuls des troupes de la 2e division, les tirailleurs avaient pu reprendre leurs sacs; les officiers et soldats des autres corps étaient absolument dépourvus d'effets. Mais ils n'avaient pas plus mangé que les autres. Quand ils arrivèrent à Fröschwiller, il y avait juste quarante-huit heures qu'ils n'avaient reçu de vivres[1]. Toutes les voitures, tous les bagages, les ambulances, y compris les docteurs, étaient tombés aux mains des Prussiens, soit sur l'emplacement du camp de la division, d'où le convoi n'était pas parti avant les troupes, soit dans les villages de Roth et d'Oberhoffen.

Tout le 1er corps était autour de Fröschwiller. « Je suis concentré avec mon corps d'armée à Fröschwiller, étendant ma droite jusqu'à la forêt de Haguenau, télégraphia de Reichshoffen le maréchal de Mac-Mahon à l'Empereur le 5 août, à dix heures cinquante du matin. Si l'ennemi, se voyant menacé sur sa droite, ne dépasse pas Haguenau, je suis en bonne position; s'il dépasse Haguenau, je suis obligé de prendre position plus au sud pour garder les défilés de la Petite-Pierre et de là à Saverne. »

L'ennemi ne dépassa pas Haguenau en effet, mais ayant rencontré le 1er corps, il l'attaqua, l'anéantit sous le nombre supérieur de renforts successifs et le dispersa. Le maréchal ne comptait se battre que le 7; il combattit le 6 et fut écrasé.

Il avait en première ligne, de la gauche à la droite, les 1re, 3e divisions du 1er corps, la 1re du 7e corps, la 4e du 1er corps. La 2e (division Pellé), abîmée l'avant-veille, était en réserve derrière la 3e[2]; cette deuxième ligne comprenait aussi la division de Bonnemains (2e de cavalerie) à 4 régiments de cuirassiers, et la division de cavalerie Duhesme, n'ayant que 6 régiments sur les 7 qu'elle comptait.

Le 5 au soir, les avant-postes du Ve corps prussien (général von Kirchbach) étaient sur les hauteurs, à l'est de Wörth, et le lendemain dès la pointe du jour les escarmouches commençaient. Le commandant de ces avant-postes, général-major Walther von Montbary, fit faire, vers sept heures, dans la direction de Wörth, une reconnaissance par un bataillon du 37e régiment de fusiliers, soutenu par une batterie : ce bataillon pénétra dans le village, mais en fut bientôt chassé par des troupes de la division Raoult et à huit heures, le général von Kirchbach ordonnait de cesser le feu. Bientôt après cependant, le IIe corps bavarois (général von Hartmann), le XIe corps (général von Bose) entraient en ligne, et l'action s'engageait sur tout le front.

Il était huit heures; trois corps d'armée assaillaient le 1er corps. Jusqu'à midi, la

---

1. Témoignages du lieutenant de Saint-Vincent et d'Albert Duruy.

2. Effectif de la 2e division du 1er corps le matin du 6 août : 16e bataillon de chasseurs (détachement arrivé du dépôt), 160 h.; 50e de ligne (2 bataillons), 1800 h.; 74e de ligne, 697 h.; 78e de ligne, 1878 h.; 1er tirailleurs, 1735 h.; artillerie (3 batteries), 592 h.; génie (1 compagnie), 92 h. Total : 5 752 h. (Arch. histor. du Minist. de la guerre, *Rapport du général Pellé sur la bataille de Fröschwiller.*)

lutte se maintint, et le maréchal pouvait encore à cette heure faire une retraite en bon ordre; il ne voulut pas céder. Les renforts arrivaient peu à peu à l'ennemi; à une heure, 100 000 Prussiens, Bavarois, Hessois, Wurtembergeois luttaient contre 45 000 Français. Notre réserve d'artillerie — 8 batteries — puis les deux divisions de réserve de cavalerie accourent à leur tour, mais les cuirassiers du général de Bonnemains ont le même sort que la brigade Michel qui avait perdu 58 officiers et 761 hommes[1]. Un seul régiment n'avait pas encore donné; c'était le 1er tirailleurs.

Sur l'ordre direct du maréchal, il s'était porté sur les hauteurs au sud-ouest de Frœschwiller pour soutenir les batteries de réserve. Il fallait à tout prix arrêter le mouvement en avant des Prussiens qui menaçaient de couper par la droite la ligne de retraite du 1er corps, et qui avaient envahi les batteries du 9e d'artillerie. Les turcos avaient devant eux trois lignes de tirailleurs, soutenus par plus de 60 pièces de canon; derrière, tout le XIe corps et la division wurtembergeoise.

Mais laissons la parole à un acteur de cette lutte héroïque, le lieutenant de Saint-Vincent : « Vers une heure et demie, les obus sifflent et éclatent au-dessus de nos têtes, quelques hommes sont atteints. Ces sifflements aigus et ces explosions animent le soldat; les conversations deviennent bruyantes; un frémissement d'impatience court dans les rangs, on veut marcher en avant.

« A ce moment, arrive au grand trot le maréchal de Mac-Mahon suivi de son état-major. Chacun fait silence et demeure attentif. Le maréchal s'approche du colonel et lui dit qu'il nous réserve pour le *coup de chien*..., il se place devant notre régiment pour observer, conservant une attitude calme et sereine au milieu de cette pluie de balles, de boulets et de mitraille qui se déverse sur le plateau.

« Il est deux heures; les cuirassiers, 4 régiments, défilent au grand trot, majestueux sur leurs montures.... Dix minutes s'écoulent; ils reviennent désorganisés..., les débris de ces malheureux régiments vont se reformer derrière les bois....

« L'heure est venue pour nous; à notre tour nous allons agir et continuer la lutte. On nous fait retirer au centre du plateau; là nos trois bataillons vont être déployés en tirailleurs pour occuper tout le demi-cercle des hauteurs qui s'étendent de Frœschwiller aux bois de droite; en outre, ils doivent couvrir la retraite et tenir le plus longtemps possible l'ennemi en échec. Nous prenons nos distances et au signal donné nous partons. Nous couronnons de suite la petite crête au milieu d'un nuage de fumée, et le crépitement habituel de nos coups de fusil domine un instant tout le bruit de la

---

1. Archiv. histor. du Minist. de la Guerre. *Rapports des généraux sur la bataille de Frœschwiller.*

bataille.... Le feu redouble, les turcos poussent des rugissements.... Les masses prussiennes font pleuvoir sur nous une grêle de balles; beaucoup de victimes. Notre régiment tient avec solidité, mais les trois bataillons sont déployés sur un espace trop restreint et offrent un but trop visible aux feux convergents de l'ennemi, la confusion s'est mise dans les rangs, on avance en désordre, le colonel veut arrêter ce mouvement offensif.

« Les cris « en retraite » qui se propagent subitement font rétrograder nos bataillons qui viennent se reformer un peu en arrière de la crête dans la prairie évasée où nous avions campé la veille.

« Au tumulte général succède un moment de calme et de recueillement. Chaque compagnie se rassemble et se groupe instinctivement autour de ses chefs. Puis le colonel lève son épée et un immense cri « à la baïonnette », sort de toutes les poitrines.

« Nos soldats, frémissant d'impatience, s'élancent avec ardeur et arrivent en un clin d'œil sur le mamelon qui vient d'être abandonné. Le mouvement s'exécute en bon ordre, les officiers précédant la troupe et la dirigeant avec une froide résolution. Nous descendons le revers de la colline; le 2e bataillon qui est à notre gauche commence un feu précipité; la fumée le dérobe à la vue. Mon bataillon envahit les clôtures et les jardins du hameau d'Elsasshausen; nos turcos poussent de longs cris sauvages, brandissent leurs fusils en l'air; quelques coups de feu partent. L'ennemi est étonné et ses tirailleurs se replient précipitamment. Mais, à notre droite, le 4e bataillon n'avance plus. Une horrible fusillade vient d'éclater sur toute la lisière des bois qui couvraient son flanc, et la ligne de feux se propage instantanément en avant de notre front. Accablée de balles et de mitraille, désorganisée par des feux croisés, notre ligne de bataille s'infléchit légèrement et suspend sa vigoureuse offensive.

« L'ennemi s'est soigneusement masqué dans les bois, dans les vignes, les houblonnières et ne présente aux regards que plusieurs lignes de tirailleurs. Dès qu'on s'approche, ces tirailleurs se couchent ou s'écartent, et les masses parfaitement dissimulées jusque-là déploient instantanément des couches de feu et de fumée. Et puis, nos soldats sont les uns sur les autres, formant des groupes apparents : ils se tiennent debout, la tête haute, comme si leur courage avait besoin de s'affirmer; les Prussiens, eux, restent embusqués et nous abattent sans se découvrir.

« Dans ces conditions, mieux vaut avancer que rester en place.... La fusillade fauche les rangs; nos compagnies sont mêlées, nos soldats décimés s'arrêtent court[1]. »

1. *Notes inédites.*

Les Prussiens avaient fait demi-tour et s'étaient enfuis derrière leurs canons. Trois fois les tirailleurs se ruèrent sur eux, les rejetant à 1 200 mètres dans le Niederwald, trois fois ils furent ramenés par la mitraille. Il fallait céder, les Prussiens étaient trop.

Les capitaines Lépine, Menneglier, les lieutenants Rousseau, Got, Bocquet avaient été blessés; le lieutenant Trawitz avait été frappé à la poitrine; quatre hommes de sa compagnie se précipitent pour l'enlever, deux d'entre eux sont tués au même moment, et le lieutenant est achevé par les balles allemandes. Le lieutenant-colonel Barrachin, le commandant de Coulange, les capitaines Bertrand et Letellier, avaient roulé à terre sous leurs chevaux tués. Tout à fait en tête, le capitaine Quantin dressé sur ses étriers, et agitant son képi en l'air, s'était lancé au galop de son petit cheval barbe, et avait reçu trois balles au moment où il criait en arabe à ses hommes : « Allons les nazes (guerriers), ce ne sont pas des balles, ce sont des abeilles qui bourdonnent à vos oreilles. » Les lieutenants Bergé, Tacaille, Amar ben Hacen, les sous-lieutenants Mohamed ben Ismaïl, Mohamed ou Saïd avaient été tués.

Quant aux hommes, ils avaient tous été héroïques, donnant à chaque instant des preuves du plus brillant courage.

« Tout à coup, dit M. de Saint-Vincent, au milieu de la fumée et du tumulte général, je vois surgir un grand diable de caporal, Ferath el Maoula, nègre d'Abyssinie élevé en France et engagé aux turcos depuis longtemps. Les deux bras en l'air, brandissant son fusil d'une main, agitant sa chéchia de l'autre, il bondit sur moi en s'écriant d'un air désespéré : « Tiens, lieutenant, regarde-moi ça, grandes capotes macache tenir! » C'était un bataillon d'infanterie qui revenait en désordre sur la droite.

« Je lui réponds brièvement que ce groupe bat en retraite pour se rallier. « Ritrite? Pourquoi ritrite? Alors pas Français pour tuer Prussiens! »

« Et il se rejette vivement dans la fournaise où il disparaît.

« Presque au même moment un petit Kabyle sort de la ligne de feu et son couteau entre les dents se présente à moi. « Chouf, lieutenant (regarde, lieutenant) couper ça. » Et il me montre son poignet traversé, le pouce ne tenant plus que par un lambeau de chair. Je lui indique de se retirer en arrière. « Comment? tu ne veux plus que je tire? » s'écrie-t-il d'un air courroucé. Et il retourne bravement au milieu de son escouade. Je ne l'ai plus revu depuis.

« Voilà de quels hommes étaient composés nos turcos. Dans leur simplicité naïve, ils ne pouvaient comprendre le recul et l'abandon de la lutte, au beau milieu d'une action aussi vivement engagée. »

Les tirailleurs avaient repris les six pièces que les Allemands avaient enlevées,

LE 1er TIRAILLEURS A FRŒSCHWILLER.

Reproduction d'un dessin d'Édouard Detaille.

Gravure extraite de l'*Armée française*, Boussod, Manzy, Joyant et Cie. Éditeurs.

mais non emmenées; faute d'attelages, ils ne purent non plus les ramener. Écrasés sous une pluie de fer et de feu, ayant perdu la moitié de leur effectif, ils durent reculer. Le capitaine adjudant-major de Pontécoulant se fit remarquer en protégeant la retraite au moyen de quelques escouades qui, par des feux de salve, maintinrent les Prussiens à distance. Les turcos se rejetèrent dans le Grosserwald et en garnirent la lisière contre les Prussiens. Cette charge vigoureuse avait fait l'admiration de tous, amis ou ennemis.

Les Prussiens avaient enlevé quatre fanions. Ils ne furent pas pris de haute lutte, mais ramassés dans le sang de ceux qui les portaient.

Le régiment, après avoir épuisé toutes ses munitions, dut se retirer sur la route de Fröschwiller à Reichshoffen. Dans ce mouvement rétrograde, le sous-lieutenant Mohamed ben Saïd Joseph fut tué; le capitaine Charles Abdelkader, les lieutenants Audibert, Brik ben Salem, Mohamed bel Hadj et les sous-lieutenants Thuillard, Morati[1], et Ibrahim ben Ferath furent blessés.

A quatre heures et demie, Fröschwiller était pris. La division de Lespart, arrivant enfin de Bitche, empêcha la poursuite qui n'alla pas au delà de Niederbronn. Mais la débâcle devint générale; chacun agissait pour son propre compte, les compagnies étaient éparpillées sur tous les sentiers dans les bois. Sur la route de Reichshoffen, un encombrement inouï de voitures et de fourgons interdisait le passage; les cavaliers bousculaient tout le monde, les artilleurs, pour sauver leurs pièces, écrasaient ce qui se trouvait sur leur chemin; les fantassins se faufilant entre les attelages, cherchaient à trouver une issue au milieu de cet enchevêtrement inextricable, où le désarroi était encore augmenté par les cris et les invectives des soldats. Plus d'ordre, plus de discipline. La retraite se changeait en déroute.

Les Allemands avaient véritablement engagé le 6 août les V⁰ et XI⁰ corps, les I⁰ et IV⁰ divisions bavaroises, la division wurtembergeoise presque entière, soit 86 bataillons, 34 escadrons et 270 pièces contre 59 bataillons, 39 escadrons et 131 pièces de notre côté : 100 000 contre 44 000, plus de 2 contre 1. Ils avaient perdu 10 500 hommes dont 500 officiers; 20 000 Français manquaient à l'appel. La disproportion numérique, dit le colonel allemand Borbstädt[2], enlevait certainement toute chance de victoire au maréchal.

« J'ai été attaqué dans mes positions, télégraphia ce dernier au général Félix Douay, le 7 août au matin, par des forces très supérieures. J'ai perdu la bataille et fait de grandes pertes. »

1. Sergent-major nommé sous-lieutenant le 4 août.
2. Colonel Borbstädt, *Campagne de* 1870-1871, p. 295.

Le 1ᵉʳ tirailleurs avait eu 8 officiers tués et 12 blessés, et 700 hommes hors de combat[1].

Après avoir marché toute la nuit, ce qui restait du régiment arriva le 7, à huit heures du matin, à Saverne. Fort peu de ses hommes étaient tombés aux mains de l'ennemi sans être blessés. Ils étaient persuadés que les Allemands les fusilleraient s'ils les prenaient, et ne restaient pas en arrière. En défalquant les pertes, le régiment était à peu près au complet. La 2ᵉ division du 1ᵉʳ corps perçut à Saverne 2000 rations de pain. « C'était, dit le général Pellé, un peu plus d'une demi-ration par homme après quatre jours passés sans qu'il eût été fait de distribution[2]. »

Vers midi, les troupes se reformèrent tant bien que mal à la sortie de la ville, et le soir à sept heures on continuait la retraite : la cavalerie d'abord, puis l'infanterie de la division Pellé. Les autres divisions et l'artillerie du 1ᵉʳ corps prirent deux routes différentes et le chemin de fer. Les tirailleurs du 1ᵉʳ régiment franchirent de nuit le col de Saverne.

Ils avaient marché le 3 pendant dix heures, le 4 pendant six heures dont deux de nuit, le 5 durant plus de huit heures, le 6, après la bataille, jusqu'au soir, fait pendant toute la nuit du 6 au 7 une marche forcée de Fröschwiller à Saverne et combattu le 4 et le 6 août.

C'était en 4 jours, 2 batailles et 97 kilomètres. Cette endurance extrême rappelle celle de la célèbre division Masséna qui, dans un égal intervalle de temps, avait assisté à 3 combats, et parcouru 86 kilomètres, les 13, 14, 15 et 16 janvier 1797.

Le 8 au matin, toutes les troupes de Mac-Mahon étaient concentrées autour de Sarrebourg. Malgré la proposition du général Lebrettevillois, commandant le génie du 1ᵉʳ corps, on n'avait pas voulu faire sauter les tunnels de la voie ferrée, entre Saverne et Strasbourg, en vue de retours offensifs! C'était la traversée des Vosges assurée aux Allemands, à leurs parcs et à leurs convois.

Le 1ᵉʳ tirailleurs quitta Sarrebourg le 9, à minuit, arriva à Lunéville le 10, à Neufchâteau le 14; de là le chemin de fer le transporta au camp de Châlons, où il parvint le 15 et le 16.

Le 24 août, le 1ᵉʳ corps ne comptait plus que 932 officiers, 26601 hommes

[1]. Ce chiffre de 700 a été établi d'après le témoignage de plusieurs officiers présents à la bataille. Il semble même devoir être considéré comme un minimum; certaines évaluations arrivent à un chiffre plus fort. On peut rappeler sous ce rapport les dires du colonel Morandy, qui le soir de la bataille, indiquait au maréchal de Mac-Mahon comme nombre d'hommes tués ou blessés, la moitié des tirailleurs présents le matin, soit plus de 800 hommes.

[2]. Arch. histor. de Minist. de la Guerre, *Historique de la 2ᵉ division du 1ᵉʳ corps.*

2 858 chevaux; il avait donc perdu depuis l'entrée en campagne, c'est-à-dire en deux journées de combat, 693 officiers, 12 950 hommes, 5 187 chevaux[1].

III

L'ARMÉE DE CHALONS. — SEDAN.

A peine au camp, il fallut procéder à la reconstitution des corps d'armée; tout était pêle-mêle. Les 1er, 5e et 7e corps, avec le 12e, de nouvelle formation, furent réunis en une armée dite de Châlons, placée sous les ordres du maréchal de Mac-Mahon en vertu de la décision d'un conseil de guerre tenu le 17 août. Cette armée comptait à la date du 19 août, 2 291 officiers et 67 819 hommes; le général Ducrot remplaça le maréchal à la tête du 1er corps.

Après avoir tout d'abord décidé de se replier sur Paris, on y renonça sur l'insistance du Ministre de la guerre et de l'Impératrice régente. Le 23, l'armée se mettait en route sur Montmédy, et trois jours après, la cavalerie allemande reprenait le contact perdu depuis vingt jours, cette fois pour ne plus le quitter. Le 27, le maréchal ne pouvait plus faire sa jonction avec Bazaine; mais un ordre formel du Ministre lui enjoignit de marcher sur Metz. Quatre jours après, le 5e corps était écrasé à Beaumont, et le lendemain de cette journée, l'armée entière était anéantie à Sedan.

Le 1er corps est le 29 à Raucourt, le 30 à Remilly, où il passe la Meuse sur un pont de bateaux; la 2e division[2] va à 2 kilomètres au delà de Carignan. Le colonel Morandy, malade, remet le commandement du régiment au lieutenant-colonel Sermensan et est évacué sur Paris. Le 51, à neuf heures du soir, on arrive à Givonne, encombré d'une colonne de soldats de tous les corps, turcos, zouaves, lignards, cavaliers, artilleurs, en quête d'aliments ou de vin. De plus, les blessés du combat de Mouzon et de la journée sont entassés dans les maisons. On traverse péniblement le village. Les tirailleurs indigènes, plus disciplinés que les soldats de la ligne, avaient aussi mieux supporté la fatigue.

A onze heures du soir, le 1er corps campe sur le plateau au-dessus de la vallée; sa 2e division était sur pied depuis quatre heures du matin et n'avait rien mangé de la journée.

1. Arch. histor. du Minist. de la Guerre. *Rapports des généraux sur la bataille de Fröschwiller.*
2. Cette division avait été augmentée du 1er régiment de marche d'infanterie, pour compenser ses pertes du et du 6 août.

Le rôle du 1ᵉʳ corps dans la sinistre journée du 1ᵉʳ septembre fut bien simple : recevoir des coups sans en rendre. Le 1ᵉʳ tirailleurs fut placé sur le bord de la route qui relie Givonne à Sedan, derrière six batteries de canons et de mitrailleuses : les hommes couchés à plat ventre, les officiers à la droite et au centre des compagnies, allongés à terre, mais accoudés pour surveiller leurs hommes. Les obus allemands ne firent d'abord pas grand mal; ils éclataient sur les pentes en avant du plateau, mais un régiment de ligne placé immédiatement devant les tirailleurs et contre les batteries avait laissé ses faisceaux formés. Les baïonnettes reluisant au soleil attirèrent l'attention de l'ennemi, qui dirigea aussitôt ses projectiles sur ce point, où la fumée de notre artillerie lui cachait la vue des fantassins.

Une tempête de feu se déchaîne contre nos troupes, de ce côté, écrasées pendant deux heures et demie par 14 batteries de la garde royale prussienne. « L'ennemi comme toujours est invisible; comme toujours aussi, il nous voit et nous écrase à distance de boulets. Pas une cartouche à tirer, ils sont trop loin! Pas un mouvement à faire en avant : l'ordre est de ne pas bouger! Et l'on reste ainsi pendant des heures, de longues heures d'inaction, aussi meurtrières que des heures de combat.... A quelques milliers de mètres, c'est Bazeilles qui brûle, c'est le fracas de la lutte gigantesque qui s'engage sans eux; partie terrible, dont chacun sait que l'enjeu est l'honneur et le salut de la France.... Cependant le tir des canons allemands devient plus juste, les projectiles arrivent plus serrés et labourent la route en dispersant au loin la gerbe de leurs éclats, qui déchirent l'air avec un bruit sinistre. De temps en temps, un officier tombe, les membres broyés : les autres s'approchent, regardent un instant le mort, ou serrent silencieusement la main du mourant. Ah! si seulement on leur donnait l'ordre de mettre baïonnette au canon et de charger sur ces maudites, sur ces lâches batteries? Mais non ! Il faut demeurer sous la pluie de fer et ils demeurent. »[1]

« Presque simultanément, dit M. de Saint-Vincent[2], trois obus tombent et éclatent au milieu du régiment; il y a des dégâts. Le capitaine des Granges, à l'arrière, a la cuisse brisée.... Le commandant Vincellet et le lieutenant Bourdoncle qui se tenaient debout et causaient ensemble sont mortellement frappés à la tête et à la poitrine.... Les projectiles ennemis continuent ainsi leur œuvre de destruction en avant, en arrière, à droite, à gauche, au milieu, de tous côtés. Des groupes de deux, trois, quatre cadavres indiquent çà et là où ont porté les coups; impossible de se garantir

1. A. Duruy, *Études d'hist. milit.*, préface par George Duruy.
2. *Notes inédites.*

sur ce plateau découvert.... C'est notre propre artillerie qui nous attire cette pluie de fer; il faudrait appuyer de 200 mètres à gauche....

« Les projectiles pleuvent serrés sans laisser le moindre répit.... Le lieutenant Salem ben Guibi est étendu en croix sur deux sergents tués du même coup, ayant les uns et les autres leurs habits en lambeaux, le corps mutilé et perdant leur sang par plusieurs blessures. Devant eux, un tirailleur a le crâne enlevé à hauteur du nez; sa cervelle les a tous éclaboussés....

« On languit dans cette situation intenable; pas d'ordre, aonc il faut tenir encore.... Le lieutenant-colonel Sermensan, debout sur le flanc du régiment, souriant amèrement après chaque explosion mortelle, venait constater les dégâts, apporter quelques paroles consolatrices aux blessés et ranimer de quelques mots élevés les courages défaillants. Ce jour-là son âme avait grandi avec le danger. Il fut le soutien vigilant de son régiment et laissa à tous l'impression d'un puissant et valeureux chef de corps.

« À quelques pas sur la droite du bataillon, un projectile détone avec force; des cris « A moi, à moi, au secours! »... retentissent et jettent l'épouvante dans la troupe qui recule de quelques mètres. C'est le capitaine Micaëlli qui a le genou broyé et la cuisse déchirée de bas en haut; son cheval et l'ordonnance qui le tient sont éventrés par les éclats de fer.... Les soldats sont visiblement émus.... Au même instant un obus siffle et éclate entre la 5e et la 6e compagnie; cinq ou six hommes sont touchés et tués du coup; leurs effets brûlent; ils sont noircis par la poudre, ils n'ont ni bras ni tête. C'est hideux.... Le jeune lieutenant Delaître reçoit en exhortant ses soldats une volée de mitraille qui lui brise les reins et la poitrine.... Les hommes murmurent à haute voix et demandent à être lancés contre ces canons qui les déciment dans une partie inégale. »

Le sous-lieutenant Garriguenc, officier depuis six jours, est tué, avec le capitaine Lapierre, qui a été le dernier des officiers du régiment tués sur ce plateau. Le lieutenant Mercier et le sous-lieutenant Meurant avaient été grièvement blessés; le commandant de Coulange avait été atteint en persistant à rester debout à la tête de son bataillon; plus de 150 hommes sont mis hors de combat.

Sous l'impression de ces pertes toujours grandissantes, il y eut un moment difficile. « Un obus arrive en rasant la terre, et tombe en plein bataillon à quelques pas de nous. Trois ou quatre hommes sont tués, cinq ou six blessés; l'un d'eux, qui avait tout l'abdomen emporté, se redresse, nous regarde un instant, puis de ses deux mains, ayant arraché ce qui lui restait d'entrailles, déplie sa tente, s'enveloppe dedans et meurt.... Une horrible décharge jette par terre un officier et blesse plusieurs hommes. Du coup le désordre se met dans les premiers rangs, l'effroi gagne les autres, un homme lâche pied : deux officiers se précipitent, et le ramènent bon gré mal gré[1]. »

A neuf heures et demie, ordre était donné au 1er tirailleurs de battre en retraite. Dans la pensée du général Ducrot qui, après la blessure du maréchal de Mac-Mahon, avait pris deux heures auparavant le commandement de l'armée, le 1er corps concentré à Illy et secondé par les feux de Sedan, devait protéger le mouvement des trois autres corps se dirigeant sur Mézières et contenir les Allemands. Les trois bataillons du régiment se retirèrent en ordre, sans avoir tiré un seul coup de fusil. Mais le général de Wimpffen, ayant réclamé et pris le commandement en chef, fit suspendre le mouvement rétrograde et reporter les troupes en avant. Le 1er tirailleurs chercha alors à percer entre Givonne et Illy, mais la garde prussienne venait de faire sa jonction avec le Ve corps, accomplissant ainsi l'enveloppement complet de l'armée française, et une canonnade formidable força nos turcos à entrer dans le bois de la Garenne. A une heure, le général de Wimpffen arrivait de ce côté; il tenta une attaque sur Illy, avec une colonne d'hommes de tous les corps, en tête de laquelle il avait placé des tirailleurs des 1er et 3e régiments. Mais cette troupe, accablée sous les obus, ne put avancer, le lieutenant Mohamed ben Hacen, les sous-lieutenants Ahmed bel Hadj et Khelifa ben Mohamed furent blessés, et les tirailleurs, abandonnés du reste de la colonne, et trop faibles en nombre, durent reculer.

La division Pellé défendit pourtant pendant plus d'une heure la position d'Illy. Les charges de la cavalerie de réserve — divisions de Bonnemains et Margueritte —, échouèrent, brisées avant d'arriver; c'était le dernier effort.

Le 1er corps fut chassé des bois de la Garenne vers trois heures et le 1er tirailleurs, dispersé comme les autres régiments, rentra à Sedan par groupes. Beaucoup de ses hommes, avec plusieurs officiers, furent faits prisonniers sur le plateau, après avoir erré dans les bois de la Garenne et cherché vainement un débouché.

A cinq heures, le bruit du canon cessa complètement. Le général de Wimpffen arriva à Sedan à cinq heures et demie, conféra avec de Moltke à dix heures du soir à Donchéry, et le lendemain à midi, signa la capitulation au château de Bellevue, à Frénois. Toute lutte était impossible. « Vous n'avez plus de munitions et de vivres, dit de Moltke, et je puis brûler Sedan en quelques heures ! » Il ne restait d'autre alternative, dit le colonel Borbstädt, que de mettre bas les armes ou de s'exposer sans résistance possible, à un effroyable massacre[2].

---

1. Albert Duruy, *Ibid.*, p. 306 et 307.
2. Colonel Borbstädt, *Ibid.*, p. 702.

A mesure que les troupes françaises s'étaient repliées sur Sedan, le cercle s'était progressivement rétréci, tout se faisant avec une régularité extrême, qui frappa au plus haut point ceux de nos officiers pris pendant la bataille, lorsqu'ils traversèrent les lignes ennemies marchant concentriquement sur la ville. « Les lignes d'infanterie et de cavalerie prussiennes, dit l'un d'entre eux[1], étendues sur les coteaux, marchent dans le plus grand ordre et avec un ensemble presque extraordinaire. Les bataillons d'infanterie manœuvrent avec un accord et une régularité qui nous étonnent; alignés comme une muraille et attentifs au moindre commandement, ils exécutent leurs évolutions comme s'ils venaient de la revue ou de l'exercice. La cavalerie, placée sur le flanc de l'infanterie, s'avance au pas par pelotons égaux et à égale distance sans dépasser d'une ligne les compagnies correspondantes de l'infanterie. Des pièces d'artillerie sont en arrière, qui attendent immobiles et merveilleusement disposées sur les pentes des mamelons une de leurs batteries encore en position. Quand celle-ci a rejoint, l'artillerie entière fait une grande conversion et vient se ranger avec une précision incomparable le long des crêtes sur lesquelles elle se prolonge ensuite pièce à pièce. Le tout exécuté par chacune des trois armes avec une assurance, une habileté, une sûreté de coup d'œil et une perfection telles qu'une admiration involontaire a succédé promptement chez nous à la première surprise. Cette belle attitude de l'armée prussienne, à la fin d'une si terrible journée, nous éclaire enfin sur la valeur de ce redoutable ennemi. »

Le 2 septembre, à cinq heures du soir, lecture de la capitulation fut donnée au 1er tirailleurs : l'armée prisonnière, les officiers libres à condition de ne rien faire pendant la guerre de contraire aux intérêts de la Prusse. On recueillit les avis en commençant par le plus jeune : tous les officiers, moins un, renoncèrent à leur liberté.

Dans sa séance du 4 janvier 1872, le Conseil d'enquête a blâmé d'ailleurs vivement « le général de Wimpffen d'avoir admis cette exception, contraire à l'article 256 du décret du 13 octobre 1863, lequel prescrit aux officiers de ne jamais séparer leur sort de celui de leurs soldats, exception qui tend à affaiblir chez les officiers le sentiment du devoir et de résistance à l'ennemi, et n'est qu'une prime à la faiblesse[2]. »

Du 1er régiment de tirailleurs, il restait 300 hommes; officiers au centre, ils formèrent le cercle, puis le lieutenant-colonel Sermensan ayant fait apporter et déployer le drapeau, fit allumer un grand feu :

1. M. de Saint-Vincent. *Notes inédites.*
2. Arch. admin. du Minist. de la Guerre, *États de services du général de Wimpffen.*

OFFICIER INDIGÈNE DE TIRAILLEURS ALGÉRIENS (TENUE DE CAMPAGNE)

FAC-SIMILÉ D'UNE AQUARELLE DE E. DETAILLE

Gravure extraite de *l'Armée française*, Boussod, Manzy, Joyant et Cⁱᵉ, Éditeurs

« Officiers, sous-officiers, et soldats du 1er tirailleurs!

« Ce drapeau, dit-il, qui a été victorieusement en Crimée, en Italie, au Mexique, en Cochinchine et en Afrique, ne doit pas tomber aux mains de l'ennemi. Nous avons toujours fait notre devoir pour le maintenir haut et ferme et aujourd'hui même dans cette malheureuse guerre, je n'ai que des éloges à vous adresser à tous. Brûlons-le donc aux cris de : Vive la France! »

Les tirailleurs du 1er régiment furent remis aux autorités allemandes, qui les dirigèrent sur l'Allemagne où ils restèrent sept mois. Les Allemands avaient pris à Sedan, tant au cours de la bataille, qu'à la capitulation, 585 officiers et soldats du 1er tirailleurs. C'était tout ce qui restait des 97 officiers et des 2215 hommes présents le 51 juillet. 19 officiers et 560 hommes avaient été mis hors de combat à Wissembourg, 20 officiers et 700 hommes à Wörth, 15 officiers et 250 hommes à Sedan.

Les Allemands qui n'avaient pas oublié l'élan sauvage et terrifiant des tirailleurs indigènes à Wissembourg et à Wörth, les traitèrent en captivité plus durement que les autres prisonniers. Bien des fois, au dire de témoins oculaires, les turcos n'eurent pas leur part de distribution de secours. Les Allemands nous accusaient d'avoir fait entrer des sauvages dans nos armées, et traitaient les tirailleurs comme tels. C'était une vengeance lâche et basse de la peur que leur avaient inspirée les 4 et 6 août nos vaillants Africains. Ceux-ci souffrirent cruellement du froid, et beaucoup moururent; parqués dans les casemates humides et sombres des forteresses allemandes, jamais pourtant ils n'élevèrent la voix pour se plaindre, « *Mektoub*, c'était écrit » disaient-ils. et devant la fatalité, le musulman s'incline et ne se révolte pas.

Les souffrances physiques ne diminuèrent d'ailleurs pas leur haine contre les ennemis de leur patrie d'adoption. A Glatz, au fond de la Silésie prussienne, un sous-officier allemand passait son temps à espionner auprès des casemates la nuit, pour écouter les conversations des prisonniers. « Un jour qu'il était en train de se livrer à sa vilaine besogne, raconte un témoin oculaire[1], un tirailleur algérien, qui s'était embusqué sur le rempart, lui laissa tomber sur la tête une bombe énorme. L'autre fut écrasé net. On fit une enquête, mais le coupable ne fut pas découvert. »

Les Allemands qui avaient mis à Sedan 180 500 hommes en ligne, en avaient perdu 9860; les Français comptaient 17 000 tués ou blessés. Par suite de la capitulation, 83 000 hommes furent faits prisonniers de guerre.

---

1. *Mémoires d'un soldat ordonnance.*

Le mouvement des troupes allemandes sur Paris commença dès le 3. « Dans beaucoup de cercles militaires allemands, on considérait la guerre comme terminée.... Ces prévisions furent déçues.... La lutte uniquement engagée jusqu'alors contre des troupes régulières, allait dégénérer en une guerre nationale, en une campagne de sièges, qui se prolongerait pendant six mois, imposant aux armées allemandes les plus grandes fatigues, les efforts les plus excessifs[1]. » Aux luttes de cette guerre nouvelle, les tirailleurs prirent une part aussi active qu'aux batailles précédentes, et à l'armée de la Loire comme à celles de l'Est, se firent remarquer par leur entrain et leur endurance.

Un certain nombre d'entre eux, avec plusieurs officiers, s'étaient réfugiés après Fröschwiller et Sedan dans les places frontières aussitôt assiégées par les Allemands.

À Strasbourg, le sous-lieutenant Audibert, blessé le 6 août, fut tué le 25 du même mois, 2 tirailleurs du 1er régiment furent tués pendant le siège et 2 blessés; à Bitche, 12 tirailleurs, blessés pour la plupart à Fröschwiller, valurent à leur chef, le sergent Abderrahman ben M'rabed, une lettre d'éloges du commandant de la place pour la conduite de son détachement.

À Verdun, des tirailleurs formèrent la 1re des deux compagnies franches composées d'hommes des corps spéciaux (chasseurs, zouaves, tirailleurs) provenant de Sedan; on les employa plus spécialement aux sorties et reconnaissances; la 2e reçut les chasseurs à pied et les zouaves. La compagnie de tirailleurs[2], commandée par M. Rambert, lieutenant au 50e de ligne, fut plusieurs fois citée à l'ordre par le général Marmier, commandant à Verdun. Après la capitulation, 15 tirailleurs purent s'échapper et rallier le régiment de marche; 2 hommes du 1er régiment avaient été blessés autour de la place.

À Metz, 24 tirailleurs firent partie des compagnies franches; un tirailleur du 1er fut blessé sous les murs de Soissons; dans les Vosges, des turcos parurent dans les rangs des compagnies de guides forestiers. A Paris enfin, le capitaine de Toustain du Manoir, évadé de Sedan, organisa une compagnie avec des blessés du 6 août; cette compagnie fit partie des zouaves de marche, et parmi les hommes du 1er tirailleurs qu'elle comprenait, 6 furent tués ou blessés : à Châtillon, au Bourget, à Villejuif, à Champigny; le capitaine Abdelkader (Charles), blessé à Fröschwiller, fut tué le 19 janvier 1871 à Montretout.

1. Colonel Borbstädt, *Op. cit.*, p. 729.
2. Les sergents-majors Loysel et Brunet, du 1er tirailleurs, furent nommés sous-lieutenants pendant le siège pour services rendus.

IV

L'ARMÉE DE LA LOIRE. — ARTENAY.

Dès le 5 septembre, le colonel Morandy avait réuni à Saint-Cloud les officiers des trois régiments de tirailleurs évadés de Sedan. Le 6 septembre, 364 hommes du 1er tirailleurs commandés par le sous-lieutenant Morinière, et constituant le détachement de guerre n° 1, arrivèrent à Saint-Cloud venant de Blida; le 14 septembre, 200 hommes du même régiment, sous les ordres du sergent-major Malric, formant le détachement de guerre n° 2, y parvenaient à leur tour, venant également d'Algérie. Les deux autres régiments de tirailleurs envoyèrent aussi leur contingent, et, d'un autre côté, beaucoup d'hommes venant des hôpitaux ou évadés des mains des Allemands, vinrent grossir l'effectif qui, le 15 septembre s'élevait à 1300 hommes.

Ce nouveau corps, formé à Saint-Cloud le 5 septembre, fut le régiment de marche de tirailleurs algériens, devenu 1er régiment de marche de tirailleurs le 18 octobre 1870. Il devait compter trois bataillons correspondant chacun à un des régiments actifs, mais il n'en comprit d'abord que deux[1]. Le 1er fut fourni par le 1er tirailleurs; le 2e par les 2e et 3e régiments[2].

Au moment de l'investissement de Paris, ce régiment fut dirigé par les voies ferrées sur Tours, puis sur Bourges, où il arriva le 20 septembre.

Mais les reconnaissances allemandes étaient poussées jusqu'à quelques lieues d'Orléans; un mouvement en avant de notre part eut lieu aussitôt pour occuper plus fortement la forêt, gardée seulement jusque-là par quelques compagnies de mobiles. Les tirailleurs, placés à la 2e brigade (général Bertrand), de la 1re division du 15e corps[3] furent envoyés à Vitry-aux-Loges. Le 26 septembre, 8 000 Allemands étaient signalés entre Orléans et Pithiviers, et comme le général de Polhès avait ordre d'éviter toute rencontre avec des forces supérieures, leur seule apparition détermina un conseil de guerre, aussitôt réuni, à décider la retraite sur la rive gauche de la Loire. Dans la nuit du 26 au 27, on repassa le fleuve.

1. Arch. histor. du Minist. de la Guerre, *Journal du 1er régiment de marche de tirailleurs algériens.*
2. Les commandants de compagnie du 1er bataillon étaient : MM. de Raymond-Cahuzac (1re compagnie), lieutenant évadé de Sedan; Renard (2e compagnie), sous-lieutenant resté à Paris; Morinière (3e compagnie), sous-lieutenant venant d'Afrique; Gaujard (4e compagnie), sous-lieutenant venant d'Afrique (2e régiment); Brandi (5e compagnie), sous-lieutenant venant d'Afrique; Cellier (6e compagnie), lieutenant évadé de Sedan.
3. 15e corps : 1re division (général Martin des Pallières); 2e division (général Martineau-Deschenez); division de cavalerie (général Reyau), plus une brigade de cavalerie (général de Nansouty).
Composition de la brigade Bertrand : 4e bataillon de chasseurs de marche, 29e d'infanterie de marche, 1er tirailleurs de marche, 18e mobiles (Charente), une réserve d'artillerie et du génie.

L'ennemi, toutefois, ne paraissait pas. Le général de Polhès fut destitué et remplacé par le général de la Mottcrouge. Les troupes reprirent leur mouvement en avant, sur un ordre télégraphique venu de Tours. Le 4 octobre, de concert avec le 4ᵉ bataillon de chasseurs de marche, un bataillon du 29ᵉ de marche et deux batteries et demie d'artillerie, le régiment de tirailleurs partit en soutien de la division de cavalerie Reyau (6 régiments). Mais les Allemands, pour couvrir de ce côté l'armée de siège de Paris, avaient détaché le Iᵉʳ corps bavarois (général von der Tann), la XXIIᵉ division d'infanterie, et les IIᵉ, IVᵉ, et VIᵉ divisions de cavalerie, sous le commandement du prince Albert de Prusse, soit 41 bataillons, 88 escadrons, 53 batteries, en tout 41 000 hommes et 193 pièces.

Le 5, à sept heures du matin, les troupes françaises étaient devant Toury, où le prince Albert réunissait un très fort convoi de ravitaillement pour l'armée de siège. La cavalerie ennemie (IVᵉ division), recula sous nos obus; les tirailleurs lancés sur le convoi réussirent à enlever quelques centaines de têtes de bétail et une vingtaine de voitures à vivres. Ce combat, terminé à onze heures, entraîna l'évacuation du Loiret par l'ennemi.

Pithiviers, abandonné l'avant-veille par l'ennemi, fut occupé par la division Reyau le 7 octobre. Mais les Allemands ne tardèrent pas à revenir; dès le 9, leurs vedettes étaient en vue de Pithiviers et le soir, l'ordre était donné aux troupes françaises de se replier sur Orléans. Détachant la brigade de Longueruc (2 régiments de cavalerie), avec le 4ᵉ bataillon de chasseurs et une demi-batterie à Artenay, le général Reyau se dirigea sur Chevilly. C'était la répétition du mouvement du général de Polhès quinze jours auparavant. A l'arrivée à Chevilly, à dix heures, le canon se fit entendre sur Artenay; aussitôt on marcha de ce côté, mais au moment où la division atteignit Artenay, le général de Longuerue venait d'en être chassé.

Jusqu'à trois heures, le combat se maintient, les Allemands mettent en ligne 15 batteries qui écrasent les 16 pièces françaises; leurs fantassins, après avoir échoué trois fois de suite dans des attaques de front, tentent un mouvement enveloppant; il est repoussé par deux compagnies de tirailleurs. A ce moment, les compagnies de la ligne de feu ont épuisé leurs munitions, et il faut les faire relever; à la suite de ce mouvement, exécuté en plein combat, et cependant dans le plus grand ordre, les 1ʳᵉ, 4ᵉ et 6ᵉ compagnies du 1ᵉʳ bataillon se trouvent en première ligne avec la 2ᵉ du 2ᵉ bataillon (2ᵉ tirailleurs.) Mais la cavalerie prussienne tourne la gauche du général Reyau et force celui-ci à se retirer.

Il est environ quatre heures; la retraite se fait sur Orléans. couverte par les 4ᵉ et

6ᵉ compagnies de tirailleurs. Coupées du reste de la division, jetées sur la Croix-Briquet par les dragons du prince Albert, ces deux compagnies, soutenues par le bataillon de mobiles de la Nièvre, perdent la moitié de leur effectif dans un combat meurtrier qui a cependant pour résultat de permettre à la division de gagner la forêt, et de là, Orléans.

Les tirailleurs avaient perdu 500 hommes sur 1 500 dont 2 officiers[1]. Ces deux officiers, les sous-lieutenants Matra et Abdelkader ben Sabeur, du 1ᵉʳ tirailleurs, blessés le 10 octobre, moururent tous deux, l'un le 4, l'autre le 2 novembre.

Le tirailleur Charvin, du 1ᵉʳ tirailleurs, avait reçu huit coups de sabre à la tête et un à la main. Il survécut à ces terribles blessures.

Les tirailleurs, partis la veille au soir à sept heures, avaient fait une marche de nuit de 48 kilomètres et combattu durant six heures; ils parcoururent encore 25 kilomètres après la bataille pour arriver à Orléans.

Ils ne donnèrent pas le 11, à la bataille d'Orléans, à cause de leurs pertes de la veille, et la retraite continuant, ils gagnèrent la Motte-Beuvron et Gien pour se réorganiser.

Après Sedan, chacun des régiments de tirailleurs avait encore 1 bataillon et 4 compagnies de dépôt. A la fin de septembre on en tira 6 compagnies de 200 hommes (2 par régiment), dont le commandement fut donné au capitaine adjudant-major Boussenard, du 1ᵉʳ tirailleurs. Les deux compagnies du 1ᵉʳ, embarquées le 1ᵉʳ octobre à Alger, arrivaient le 7 à Nevers[2].

L'organisation ne fut pas facile; il n'existait pas de conseil d'administration et beaucoup d'objets essentiels manquaient. Il fallut procéder à une reconstitution complète du régiment, l'effectif initial ayant été diminué de près de la moitié. Malgré toutes les difficultés, le régiment était formé le 16 octobre, à 2 bataillons de 6 compagnies; le 1ᵉʳ comprit les compagnies du 1ᵉʳ tirailleur; les 4ᵉ et 6ᵉ n'ayant presque plus d'hommes depuis la bataille d'Artenay avaient été fondues dans les autres; le 2ᵉ bataillon (commandant Chevreuil)[3] se composa des éléments des 2ᵉ et 3ᵉ tirailleurs. Le commandant Capdepont, du 16ᵉ de ligne, nommé lieutenant-colonel, prit le commandement de ce régiment[4], qui fut placé au 15ᵉ corps, 1ʳᵉ division (général Martin des Pallières), 2ᵉ brigade (général Bertrand).

1. Arch. histor. du Minist. de la Guerre, *Journal du 1ᵉʳ régiment de marche de tirailleurs.*

2. Effectif de ces deux compagnies le 4 octobre : 10 officiers et 400 hommes. Cadres en officiers : MM. Boussenard, de Lansac, capitaines; Guillet, Mohamed ben Ali el Maboud, Lekal ben Rebah, lieutenants; Lesbros, Jourdan, de Sémellé, Mohamed ben Abdelkader, Omar ben Mohamed Chaouch, sous-lieutenants.

3. Le commandant Chevreuil était à la tête du régiment de marche depuis la promotion du colonel Morandy au grade de général de brigade (3 octobre).

4. Le lieutenant-colonel Capdepont devait être remplacé peu après (31 décembre) par le lieutenant-colonel

Après trois semaines passées à Argent à se compléter, le 15ᵉ corps prononça un mouvement concentrique sur Orléans : 1ʳᵉ division à l'est par Sully-sur-Loire, 2ᵉ et 3ᵉ divisions, avec le 16ᵉ corps, à l'ouest par Blois. Mais par la faute du général Reyau, le succès de Coulmiers n'eut pas toutes les conséquences que l'on était en droit d'en attendre, et le général von der Tann put opérer sa retraite sur Étampes sans être inquiété. La 1ʳᵉ division n'avait pas eu à combattre.

Pour couvrir Orléans enlevé aux Bavarois, un vaste camp retranché fut établi, comprenant des ouvrages à l'ouest de la ville, et des travaux de défense dans la forêt. Le 18 novembre, le 1ᵉʳ bataillon, fort de 638 hommes, était désigné pour opérer de concert avec les corps francs vendéens de M. de Cathelineau, se jeter avec eux dans la forêt de Montargis, gagner ensuite celle de Fontainebleau, et protéger les flancs de l'armée marchant sur Paris. En attendant, il occupa seul Courcy-aux-Loges, le point de la forêt le plus rapproché de Pithiviers, par conséquent le plus exposé; le 2ᵉ était à Saint-Lié. Du 18 au 30 novembre, le 1ᵉʳ bataillon repoussa des reconnaissances ennemies continuelles. « Derrière les broussailles et sous bois, dit le général Cathelineau, les Africains se défendaient avec une énergie qui tenait de la furie. Ils avaient la plus grande confiance dans leur chef; il avait sur eux l'ascendant nécessaire pour les bien diriger, ce qui faisait son éloge[1]. »

Le régiment fut renforcé le 26 novembre, de 2 compagnies de 200 tirailleurs, venues de Blida[2], et constituant un troisième bataillon (commandant Lanes), avec 4 compagnies provenant du 5ᵉ tirailleurs; d'abord détachées au 18ᵉ corps, celles-ci ne rejoignirent le régiment que le 11 décembre. Le 1ᵉʳ tirailleurs comptait dès lors 8 compagnies sur les 18 du régiment de marche.

A la nouvelle d'un grand succès remporté sous Paris, un mouvement de toute l'armée de la Loire vers le Nord fut décidé le 30 novembre au soir. Mais le 1ᵉʳ décembre, les 16ᵉ et 17ᵉ corps ne pouvaient déjà plus avancer, et battus, ils devaient reprendre leurs positions antérieures. Le surlendemain, la 1ʳᵉ brigade de la division Martin des Pallières, après avoir tenu quatre heures durant à Chilleurs-aux-Bois, dut se retirer

Lemoing, chef de bataillon au 1ᵉʳ zouaves de marche. État-major du 1ᵉʳ bataillon : MM. BOUSSENARD, capitaine commandant le bataillon ; BRANDI, sous-lieutenant, officier payeur. Commandants de compagnie : 1ʳᵉ compagnie, M. GUILLET, lieutenant; 2ᵉ compagnie, M. DE LANSAC, capitaine; 3ᵉ compagnie, M. DE RAYMOND-CAHUSAC, capitaine; 4ᵉ compagnie, M. GAUJARD, lieutenant (2ᵉ T.); 5ᵉ compagnie, M. MONIXIÈRE, sous-lieutenant; 6ᵉ compagnie, M. CELLIER, lieutenant.

1. Général Cathelineau, le corps Cathelineau, t. I, p. 177.
2. Cadres de ces compagnies :

1ʳᵉ COMPAGNIE.   2ᵉ COMPAGNIE
MM. CONSTANT, capitaine.   MM. BOSCARY, capitaine.
    MOHAMED BEN SAÏD TOUDJI, lieutenant.   BAUDART, sous-lieutenant.
    MUNIER, sous-lieutenant.

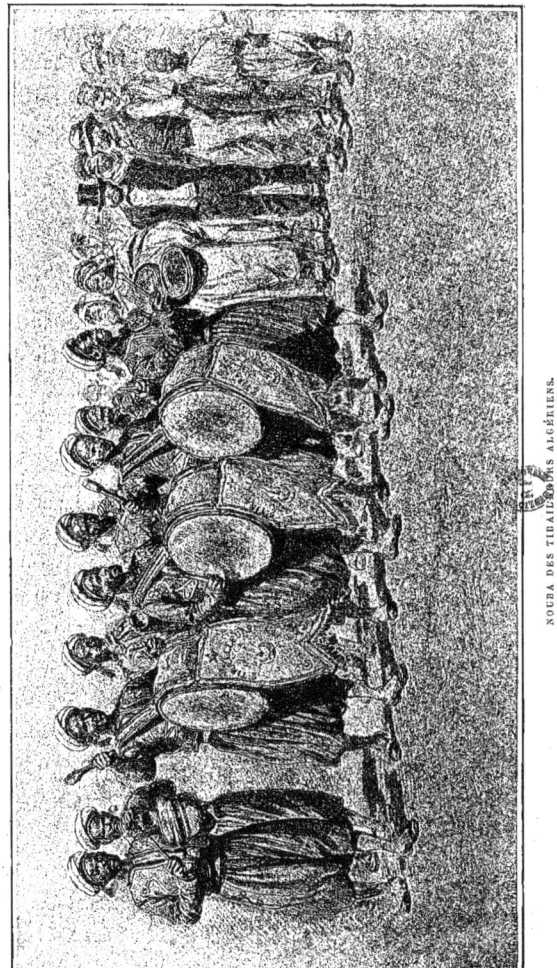

NOUBA DES TIRAILLEURS ALGÉRIENS.

Reproduction d'un dessin d'Édouard Detaille.

Gravure extraite de l'*Armée française*, Boussod, Manzy, Joyant et Cie, éditeurs.

dans la forêt[1]. A cinq heures du soir, la 2ᵉ brigade de cette même division est surprise à Neuville dans le brouillard par l'ennemi qui la fusille à petite distance. Cette brigade bat en retraite sur Loury où elle arrive dans la soirée, à huit heures, croyant y rencontrer des troupes du 15ᵉ corps; ce sont des Allemands qui la reçoivent et l'accueillent par des coups de feu tirés à bout portant. Bon nombre d'hommes se dispersent et vont mourir dans les bois sous la neige; le capitaine Boscary emporté par son cheval disparaît dans la forêt. La division Martin des Pallières passa la Loire à Orléans dans la nuit du 4 au 5 décembre, après avoir détruit le matériel et encloué les canons abandonnés.

Un mausolée construit à la clairière de Chanteau, dans la forêt d'Orléans, au sud de la ferme d'Ardelet, rappelle l'acte de bravoure d'un tirailleur algérien qui, au lieu de battre en retraite avec son régiment, le 4 décembre, avait attendu l'arrivée des Prussiens, embusqué à la lisière d'un bois. Quand l'ennemi avait été en vue, il avait tiré, tué plusieurs hommes, arrêté pendant un moment la marche de la colonne allemande, et enfin était tombé percé de balles.

L'inscription suivante est gravée sur le monument :

ICI, LE 5 DÉCEMBRE 1870, A SUCCOMBÉ EN DÉFENDANT LA PATRIE

UN TURCO

SEUL, PAR CINQ DÉCHARGES SUCCESSIVES, IL ARRÊTA UN RÉGIMENT PRUSSIEN
ET LE BRAS DROIT CASSÉ, IL TIRA QUATRE FOIS ENCORE
PUIS TOMBA, CRIBLÉ DE BALLES.
L'HÉROÏSME EST UN BAPTÊME,
DIEU LUI FASSE MISÉRICORDE.

Quant au 1ᵉʳ bataillon de tirailleurs laissé sans ordres en forêt à Courcy-aux-Loges, il avait passé la Loire à Sully le 5 décembre, ayant bivouaqué sur la neige dans la nuit précédente par un froid de 15 degrés, et fait le 5 une marche de 15 lieues, sans laisser de traînards. Le 9, il se trouvait à Bourges où se réunissaient les 15ᵉ, 18ᵉ et 20ᵉ corps, coupés des trois autres corps (16ᵉ, 17ᵉ et 21ᵉ) de l'armée de la Loire restés sur la rive droite. Le général Bourbaki prit le 10 décembre le commandement des trois premiers qui constituèrent la 1ʳᵉ armée, et le général Chanzy, celui des trois autres dont la réunion forma la 2ᵉ armée.

1. En parlant de ce combat, le rapport du lieutenant-colonel Massenet, commandant l'artillerie de la 1ʳᵉ division du 15ᵉ corps s'exprime ainsi : « La compagnie de soutien des tirailleurs algériens a, par la précision de ses feux, repoussé des escadrons qui avaient essayé de tourner les batteries. Cette compagnie a perdu 7 hommes...; ses officiers ont montré la plus grande bravoure. » (Général des Pallières, *Orléans*, p. 258.)

V

L'ARMÉE DE L'EST. — MONTBÉLIARD.

Le mouvement sur Paris ayant été reconnu impraticable, on se décida à faire une diversion dans l'est pour débloquer Belfort et de là gagnant l'Alsace, porter la guerre sur les communications allemandes. Ce mouvement devait être exécuté dans le plus grand secret, et avec le plus de rapidité possible. N'ayant pu réaliser ces conditions, il devait fatalement échouer.

Les 18e et 20e corps partirent seuls d'abord, puis des renforts étant arrivés aux Allemands, le 15e corps qui protégeait Bourges fut dirigé également dans l'est où était déjà le 24e corps. Le régiment de marche de tirailleurs, qui comptait toujours au 15e corps, 1re division (général Dastugue), 2e brigade (lieutenant-colonel Lemoing)[1], comprenait au 1er janvier 1871, 3 bataillons à 6 compagnies :

Le 1er (commandant Boussenard) formé de 6 compagnies du 1er tirailleurs;

Le 2e (commandant Chevreuil) constitué avec 2 compagnies et demie du 2e tirailleurs et 3 et demie du 3e;

Le 3e (commandant Lancs) se composant de 2 compagnies du 1er tirailleurs et 4 du 3e.

Mais des retards incessants allaient rendre impossible le succès de l'opération. Ils provenaient de la disposition défectueuse de la gare de Clerval, indiquée comme point de débarquement. « Pendant le temps que l'on employait à débarquer un train, il en arrivait trois et quatre à la suite les uns des autres. Il y eut alors nécessité d'arrêter sur les voies une série de trains dont le chiffre est monté jusqu'à 25. Ces convois sont quelquefois restés vingt ou trente heures à la même place sans démarrer, par 12 degrés de froid et une neige abondante. Un grand nombre de chevaux sont morts. Les hommes étaient sans vivres, n'en ayant au départ que pour trois jours, et il y avait impossibilité sur certains points de leur en procurer. Ce mouvement a été désastreux[2]. »

Les objectifs sont donnés le 11 janvier : le 15e corps marchera sur Montbéliard, les 18e, 20e et 24e sur Héricourt.

Le 13, le bataillon Boussenard, soutenant le 4e bataillon de chasseurs de marche,

---

1. Composition de cette brigade : 4e bataillon de chasseurs de marche; 1er tirailleurs de marche; 18e mobiles (Charente); 1 batterie.

2. Général des Pallières, *Orléans*, p. 437.

enlève à la baïonnette le village de Sainte-Marie et repousse sur Montbéliard le 47ᵉ d'infanterie prussienne; il perd 9 tués ou blessés.

Le 15, l'armée française attaque sur toute la ligne les Allemands retranchés sur la Lisaine, de Montbéliard à Chenebier, ayant leur centre à Héricourt. Le 2ᵉ bataillon de tirailleurs entre dans Montbéliard et s'y maintient malgré la fusillade qui part du château; il a 2 officiers et 35 hommes tués ou blessés. Le bivouac est installé sur la neige à 500 mètres à peine de l'ennemi.

Le lendemain aux premières lueurs du jour, la lutte recommence avec acharnement. Les 1ᵉʳ et 3ᵉ bataillons de tirailleurs chargés d'enlever Béthencourt avec l'appui du 1ᵉʳ zouaves de marche et des mobiles de la Charente s'emparent d'un bois malgré un feu très vif, mais échouent à deux reprises devant des murs crénelés et ont 1 officier (sous-lieutenant Omar ben Mohamed Chaouch, du 1ᵉʳ régiment) et 25 hommes mis hors de combat dans une lutte qui a duré de onze heures du matin à cinq heures du soir.

Pas plus de succès le 17 que la veille, le château de Montbéliard résiste toujours, et on ne peut percer sur Belfort. Le général Bourbaki se décide alors, le 19, à reculer sur Besançon, et la retraite commence, couverte par la brigade Lemoing. Ces trois journées de combat coûtaient au contingent du 1ᵉʳ tirailleurs 8 hommes tués, 1 officier et 26 hommes blessés[1].

Dans la soirée du 23, une tentative de l'ennemi pour s'emparer du pont de Torpes, sur le Doubs, fut repoussée par les tirailleurs qui eurent 3 blessés. Mais, entouré de toutes parts, le régiment dut se replier sur Besançon par la grande route de Dôle, la seule qui lui restât[2]. La retraite se continua sur Épeugney et Pontarlier, menacée en queue par Werder, sur le flanc droit et en avant par Manteuffel. La 1ʳᵉ division du 15ᵉ corps ne pouvait plus fournir que 2010 hommes en état de marcher, sur 4450 présents[3]. Surprise à Sombacourt le 28, elle laissa aux mains des Allemands, les généraux Dastugue et Minot, presque tout son effectif, toute son artillerie — 17 pièces — et fut rejetée sur Pontarlier. Le mouvement tournant était accompli le 31 et l'armée cernée. Pour conserver à la France le matériel, le général Clinchant signa avec le général Hans Herzog, commandant les troupes suisses, une convention par laquelle l'armée de l'Est entra en Suisse le 1ᵉʳ février 1871.

1. Arch. admin. du Minist. de la Guerre. *Reg. matricule du 1ᵉʳ régiment de tirailleurs algériens.*
2. Le commandant de Féraudy prit à la date du 31 janvier le commandement du régiment de marche. Le commandant Lanes était à la tête de la 2ᵉ brigade en remplacement du lieutenant-colonel Lemoing, évacué sur l'hôpital de Besançon.
3. Arch. histor. du Minist. de la Guerre. *Journal des marches et opérations de la 1ʳᵉ division*, rédigé par le général Dastugue.

Les chevaux de l'artillerie étaient dans un tel état que les Prussiens, dans la matinée du 30 janvier, avaient fait abattre 36 chevaux sur une soixantaine qu'ils avaient pris.

Depuis sa création, le 1er tirailleurs de marche avait eu 4 officiers tués ou morts de leurs blessures, 1 disparu et 5 blessés[1]. Dans ce nombre, le 1er tirailleurs figurait pour 2 officiers morts de leurs blessures (sous-lieutenants Matra et Abdelkader ben Sabeur), 1 officier disparu (capitaine Boscary) et 1 officier blessé (sous-lieutenant Omar ben Mohamed Chaouch). L'effectif du 1er tirailleurs de marche était réduit à la date du 23 janvier au chiffre de 400. Tout le reste, soit 3050 hommes, était donc tué, blessé, pris ou mort de maladie et de froid[2]. Le nombre des tirailleurs tombés aux mains des Allemands était très faible.

Un 2e régiment de marche à 3 bataillons avait été formé à Perpignan, le 22 janvier 1871, et mis sous les ordres du lieutenant-colonel Destenay, major au 2e tirailleurs. Chaque régiment de tirailleurs devait y envoyer un bataillon. Au 1er, le contingent fourni se composa d'éléments pris au 1er bataillon et aux 4 compagnies de dépôt qui n'avaient pas été en France. Le commandant Barthélemy fut placé à la tête de ce bataillon, qui eut le numéro 4 et qui fut constitué à l'effectif de 28 officiers et 1010 hommes. Le 2e tirailleurs de marche n'eut pas à combattre l'Allemagne, mais on a vu plus haut quelle part le bataillon Barthélemy prit à la répression de l'insurrection de 1871 en Algérie.

Ainsi se terminait cette campagne de cinq mois qui avait du moins sauvé l'honneur, si elle n'avait pu donner la victoire.

La lutte à outrance étonna nos adversaires et les fit réfléchir : « Souvenez-vous. disait un jour le maréchal de Moltke à des officiers après la guerre, qu'après Sedan et après Metz, nous croyions la guerre finie, la France abattue et que pendant cinq mois ces armées improvisées ont tenu les nôtres en échec. Nous avons mis cinq mois à battre des conscrits et des mobiles. C'étaient des foules plutôt que des régiments. J'en conviens avec vous, mais ces cohues nous tenaient tête.... Cette lutte nous a tellement étonnés au point de vue militaire qu'il nous faudra étudier cette question durant de longues années de paix. »

1. Artenay (10 octobre), 2 officiers morts de leurs blessures; Maizières (30 novembre), 2 officiers blessés. dont 1 mort de ses blessures; Loury (5 décembre), 1 officier disparu; Montbéliard (15 et 16 janvier), 4 officiers blessés, dont 1 mort de ses blessures; Pontarlier (29 janvier) 1 officier blessé.
(Arch. histor. du Minist. de la Guerre. *Répertoire des officiers décédés ou disparus en 1870-71.*)

2.
Effectif au 15 septembre 1870..............	1.300 hommes.
6 compagnies venues d'Algérie en octobre....	1.200 —
6 compagnies venues d'Algérie en novembre..	950 —
	3.450

198 CAMPAGNES HORS D'ALGÉRIE.

Les turcos ont largement versé leur sang pour la France dans cette guerre. Sur 118 officiers du 1ᵉʳ tirailleurs qui ont fait la guerre contre l'Allemagne, 27 ont été tués, dont 2 avaient été déjà blessés au cours de la campagne ; 29 ont été blessés, l'un de ces derniers a été frappé dans deux combats différents. Pour les hommes de troupe, il est plus difficile d'avoir des chiffres précis ; le désarroi apporté à l'administration militaire pendant la guerre permet seulement de se fonder sur des données approximatives, spécialement — on en a vu plus haut les raisons — pour les troupes de la 2ᵉ division du 1ᵉʳ corps de l'armée du Rhin ; cependant, en contrôlant les dires de témoins oculaires, on peut considérer comme approchant beaucoup de l'exactitude le chiffre de 1780 pour les sous-officiers et les tirailleurs du 1ᵉʳ régiment, tués ou blessés en 1870-1871. Comme le régiment a envoyé 3579 hommes à l'ennemi, on voit que pour eux comme pour leurs officiers, la proportion de ceux qui ont été atteints par le feu est bien près de 1 sur 2.

Après vingt-huit ans passés, on parle maintenant de paix générale et de désarmement. Mais qui donc désarmera la haine implacable vouée par la France aux Allemands pendant cette guerre, où, après leur avoir fait creuser leur tombe, on fusillait des maires, des curés, des instituteurs qui avaient essayé un instant de défendre leurs villages ; où l'on cherchait à introduire dans nos places fortes des bestiaux atteints de la peste bovine pour porter la contagion parmi les nôtres ; où l'on forçait des notables des villes occupées par les Allemands à monter les locomotives pour être les premières victimes en cas de déraillement ou d'attaques des francs-tireurs ?

« La frontière franco-allemande, écrivait la *Gazette de Cologne* en septembre 1898, est le dangereux point de frottement où peuvent s'allumer les étincelles ; le traité de Francfort a été le point de départ de la course aux armements ; l'Allemagne armant pour garder ce qu'elle a conquis, et la France pour reconquérir ce qu'elle a perdu, les autres puissances ont suivi, ne voulant pas jouer le rôle de carpes parmi les brochets. »

Actuellement sur 5 personnes en Europe il y a 1 soldat ; sur 9 personnes il y en a en France, une sous les armes, ou ayant servi et une autre pouvant être appelée. En Allemagne, la proportion est de 1 sur 12 et en Russie de 1 sur 40[1]. Ces chiffres sont la démonstration mathématique des conséquences de la guerre franco-allemande.

1. Statistique publiée en septembre 1898 par la *Revue des Revues*.

TROISIÈME PÉRIODE

LE 1ᵉʳ RÉGIMENT DE TIRAILLEURS ALGÉRIENS

DE 1872 À 1899.

MODIFICATIONS SURVENUES

DANS L'ORGANISATION DU RÉGIMENT

DE 1872 À 1899

L'insurrection de 1871, survenant brusquement après la guerre de 1870 qui avait coûté aux tirailleurs le quart au moins de leur effectif en hommes et la plupart de leurs officiers, aurait pu être mortelle pour les régiments indigènes. Il n'en a cependant rien été; à mesure que les détachements sont rentrés d'Allemagne, de Suisse ou des hôpitaux, on a formé dans les dépôts, des compagnies, puis des bataillons, qui se sont immédiatement remis en campagne, souvent pour marcher contre leurs tribus d'origine.

La réorganisation sous le feu des insurgés ne fut pas chose facile; mais, grâce au zèle de tous et à l'impulsion vigoureuse et intelligente donnée par le colonel Munier[1], les résultats désirés furent cependant atteints, et le général Wolff, qui le constatait en 1872, écrivait que le pays pouvait de nouveau compter sur ce beau et solide régiment comme par le passé.

Depuis le 5 février 1872, le 1ᵉʳ tirailleurs comptait 4 bataillons de 6 compagnies; on avait licencié les 7ᵉ compagnies des deux derniers bataillons et constitué deux compagnies de dépôt avec les 7ᵉ compagnies des deux premiers. Une section de discipline fut créée le 19 décembre de la même année.

Deux ans après, on étendait au cadre indigène des régiments de tirailleurs certaines dispositions avantageuses, déjà adoptées en faveur de l'élément indigène des spahis par décret du 6 janvier 1874. Le décret du 21 mars, abrogeant l'article 5 de l'ordonnance royale du 7 décembre 1841, déclarait que l'indigène pouvait devenir capitaine, et en outre exercer des emplois administratifs (sergent-major, fourrier, capitaine-trésorier). Quelques lieutenants indigènes ont bien été promus au grade supérieur, mais la seconde partie du décret n'a presque jamais été mise en pratique, pas plus que l'article 5 de ce même décret, par lequel les militaires indigènes libérés des régiments de tirailleurs pourraient remplir des fonctions dans l'administration civile

---

[1]. Le colonel Munier, devenu général, est mort des suites de l'incendie du Bazar de la Charité (6 mai 1897).

de l'Algérie, et les tableaux annexés à la loi du 13 mars 1875 indiquent que les sergents-majors et les sergents-fourriers doivent être tous français.

La loi des cadres (13 mars 1875) réduisit le régiment à 4 bataillons de 4 compagnies, plus 1 compagnie de dépôt.

Par un décret de la même année (28 septembre), les engagements et rengagements des indigènes furent tous uniformément fixés à quatre ans; l'engagement et les trois premiers rengagements donnaient droit à une prime payable, partie à la signature de l'acte, partie deux ans après [1]. Cette prime fut fixée le 29 mai 1890 à 400 francs dont 250 étaient donnés immédiatement et 150 deux ans après; quant aux indigènes admis à contracter des rengagements pour des corps français, ils devaient être traités comme les militaires de ces corps.

Depuis le 25 juillet 1874, les Français pouvaient, dans les conditions de la loi du 27 juillet 1872, contracter des engagements pour les régiments de tirailleurs algériens. Pour la première fois, en 1875, le régiment reçut des jeunes gens, au nombre de 80, du contingent de la classe 1874. La même année, il prit part aux grandes manœuvres du 19e corps, qui étaient une innovation. Il fut en outre autorisé cette année-là à incorporer 500 hommes de plus que le chiffre, fixé à 2732, par la loi des cadres, ce qui portait le nombre des tirailleurs à 3232.

Les ressources du recrutement indigène n'ont pas cessé d'augmenter depuis cette époque, mais jusqu'à cette année on avait négligé cette précieuse réserve. La loi du 9 février 1899 est enfin entrée dans cette voie, en déclarant que le nombre des bataillons constituant les régiments de tirailleurs serait fixé par décret. On a aussitôt créé deux nouveaux bataillons dans chacun des trois premiers régiments (11 février). De plus, pour faciliter le commandement, un second lieutenant-colonel a été affecté à chaque régiment; par contre, excepté à la compagnie de dépôt, on a supprimé 1 sergent et 2 caporaux français par compagnie, de sorte que cette unité ne comprend plus maintenant que 3 officiers et 6 gradés français tandis que les cadres indigènes se composent toujours de 2 officiers et 12 sergents ou caporaux.

Il est inutile de dire que les indigènes n'ont presque jamais profité de la faculté qui leur était laissée de rengager dans un corps français; ce sont des mercenaires, s'engageant et se battant pour de l'argent; pourquoi iraient-ils au feu dans un corps où la solde est moins forte, étant donné surtout qu'ils sont Arabes ou Kabyles, et n'ont

1. Haute-paye pour les sous-officiers : 0 fr. 10, 0 fr. 15, 0 fr. 20; pour les caporaux et soldats : 0 fr. 05, 0 fr. 10, 0 fr. 15.

L'INVASION DES CRIQUETS.
Dessin de Marius Perret, d'après nature.

aucune envie de se laisser assimiler et de vivre une autre existence que la leur, peu brillante et peu opulente, il est vrai, mais à laquelle ils tiennent?

On semble avoir oublié de nos jours les efforts faits avant 1870 pour rapprocher les indigènes des Français, en apprenant aux uns la langue des autres. En 1851, le commandant de Wimpffen, alors chef du bataillon de tirailleurs d'Alger, pénétré de cette pensée, avait ouvert une école régimentaire dans son bataillon.

« Il y avait là un moyen de rapprochement dont on pouvait pressentir les heureux résultats[1]; en effet, on remarquait bientôt qu'un changement s'opérait chez les indigènes admis à suivre le cours de l'école du bataillon; les préjugés s'effaçaient... la camaraderie s'établissait entre Français et indigènes.... Malheureusement, les expéditions nombreuses de cette époque venaient trop souvent arracher les élèves aux bancs de l'école; il fallait alors laisser là la plume pour prendre le fusil, et, à leur retour, les élèves avaient beaucoup oublié....

« Pendant une longue période, les expéditions, les sorties, les détachements s'opposèrent à la fécondation de l'œuvre dont le commandant de Wimpffen avait eu l'initiative. Ce n'est qu'au commencement de 1864 que le colonel Archinard, reprenant l'idée de son devancier, songea à rouvrir l'école régimentaire. Il le fit sur d'autres bases.... Il ne suffisait plus, en effet, de donner à des adultes quelques notions de lecture et d'écriture que, demain, les exigences du service feraient oublier. L'expérience avait démontré au colonel que ses efforts auprès d'une génération qui avait dépassé l'âge de l'adolescence ne pouvaient amener que des résultats inféconds. C'était donc ailleurs, plus bas, chez l'enfance, qu'il fallait chercher les éléments de l'avenir.

« Manquant des ressources nécessaires pour mener son œuvre à bonne fin et pour ne pas la voir avorter dès le début, le colonel Archinard fit aux officiers de son régiment un appel qui fut entendu : tous voulurent dans cette circonstance s'associer à lui et contribuer par une cotisation mensuelle à couvrir une partie des frais qu'entraîne le fonctionnement d'une école régimentaire.... »

Grâce à ce concours, en dehors des enfants de troupe, on put habiller et instruire des enfants de tirailleurs ou tenant à eux par quelque degré de parenté. « Ces enfants, dit le général de Wimpffen dans son ordre d'inspection générale de 1865, bien disciplinés et quelques-uns remarquablement instruits, témoignent de la sollicitude et des sentiments élevés qui président à leur éducation. »

Une décision du maréchal Randon, ministre de la Guerre, en date du 29 jan-

---

1. Discours du commandant Trumelet, président de la commission des écoles du régiment, en 1865.

vier 1866, avait organisé définitivement et régulièrement les écoles dans les régiments de tirailleurs :

1° Cours d'arabe pour les officiers français;

2° Cours de français pour les officiers indigènes;

3° Cours facultatif arabe-français pour les soldats indigènes;

4° Cours d'arabe pour les sous-officiers, caporaux et tirailleurs français;

5° Cours de français pour les sous-officiers, caporaux et tirailleurs indigènes.

Dans chaque régiment, « un certain nombre d'enfants ou d'orphelins se rattachant, à quelque titre que ce soit, aux militaires du régiment, seront élevés et instruits sous la direction d'officiers et de sous-officiers spécialement désignés pour ce service, et sous la haute surveillance du chef de corps.

« Le nombre de ces enfants sera limité à 60 par régiment. Une solde de 0 fr. 44 par jour sera allouée à chacun d'eux pour subvenir aux dépenses de leur habillement et de leur nourriture.... Dès que leur âge le leur permettra, ces enfants recevront une éducation militaire. » C'était le couronnement de l'œuvre commencée par le commandant de Wimpffen, continuée avec tant de persévérance par le colonel Archinard.

Le rapport du ministre de la Guerre à l'Empereur en 1869 avait constaté avec satisfaction les résultats acquis; les cours fonctionnaient bien et les indigènes faisaient des progrès sensibles dans l'étude du français.

Puis vinrent la guerre de 1870 et l'insurrection de 1871; on courut au plus pressé, et l'on pensa à autre chose. Aujourd'hui, les cours doivent se faire sur l'initiative des commandants de détachement dans les conditions les plus favorables selon les ressources. L'instruction donnée aux indigènes est pourtant un des plus sûrs moyens de les rapprocher de nous. A la fameuse devise du maréchal Bugeaud, *ense et aratro*, il manque un mot : *libro*; l'épée a achevé son œuvre; la charrue fait la sienne, mais la conquête morale reste encore presque entièrement à faire.

La nécessité de garder en Algérie de nombreux postes pour maintenir notre domination a forcément conduit à disséminer les troupes, régiments indigènes et étrangers principalement, sur tout le territoire. L'instruction d'ensemble et l'administration en sont rendues plus difficiles, mais c'est une loi inévitable qui s'applique à toutes les colonies.

L'effectif des détachements, généralement de plusieurs compagnies, descend parfois jusqu'à un peloton. On cherche aujourd'hui par tous les moyens à atténuer les fâcheux effets de cette dispersion.

Pendant l'expédition du Tonkin, les garnisons des trois bataillons du 1er tirailleurs envoyés en Extrême-Orient furent occupées par des bataillons des 50ᵉ, 103ᵉ et 126ᵉ de ligne. Au retour du Tonkin, en 1886, le régiment fournit 17 détachements[1], puis, notre influence s'étendant vers le Sahara, il fut appelé à envoyer des compagnies dans le sud de la province d'Alger, et en 1894, bien que l'on eût supprimé les détachements de Sidi-Ferruch, de Medea, de Bou Sâada et de Teniet el Hâad de 1887 à 1893, le régiment était encore réparti en 18 garnisons[2].

La création des 5ᵉ et 6ᵉ bataillons a causé un remaniement important des garnisons du régiment, qui occupe dès lors les postes suivants :

Blida	État-major, 5 compagnies et compagnie de dépôt;
Cherchell.	3 compagnies;
Miliana.	4 compagnies;
Orléansville.	4 compagnies;
Dellys.	2 compagnies;
Tizi Ouzou.	1 compagnie;
Aumale	1 compagnie;
Medea.	3 compagnies;
El Golea.	1/2 compagnie;
Fort Mac-Mahon.. . .	1/2 compagnie.

A part Cherchell, Aumale, et les deux détachements de l'extrême sud, tous ces points sont reliés entre eux par des voies ferrées qui assurent une concentration rapide en cas de besoin.

En Algérie, les régiments d'infanterie indigène fournissent, en outre, pour la surveillance des détenus des pénitenciers employés aux travaux de route ou aux défrichements, des hommes constituant des « gardes auxiliaires » relevées périodiquement. Actuellement, il y en a pour le 1ᵉʳ régiment 15 comprenant un total de 200 tirailleurs, de sorte que le 1ᵉʳ régiment de tirailleurs algériens a 25 détachements, garnisons ou gardes auxiliaires.

Les difficultés du commandement sont parfois encore accrues par des circonstances exceptionnelles. En 1891, par exemple, 2 400 hommes du régiment ont été mis, pendant les mois de mai et juin, à la disposition de l'autorité civile pour lutter contre une invasion formidable de criquets descendus des hauts plateaux jusque dans le Tell.

___

1. Dellys, Sidi-Ferruch, Cherchell, Ténès, Orléansville, Miliana, Teniet el Hâad, Blida, Tizi Ouzou, Dra el Mizan, Aumale, Medea, Boghar, Bou Sâada, Laghouat, Ghardaïa, Ouargla. Le 1ᵉʳ tirailleurs a eu Alger parmi ses garnisons, de la fin de 1874 à 1883.

2. El Golea, Hassi Inifel, Fort Miribel et Fort Mac-Mahon avaient remplacé les détachements supprimés.

Si l'on ajoute à ce chiffre celui de 300 hommes employés en même temps, en service extraordinaire, à la garde des détenus donnés aux municipalités pour combattre le fléau, il est facile de voir que pendant ces deux mois, l'instruction du régiment a été totalement arrêtée. Ce fait s'était déjà produit en 1874, bien que dans de moindres proportions; les compagnies de Blida et d'Aumale avaient seules été employées.

Depuis 1870, les tirailleurs n'ont plus eu de fraction détachée à Paris; cependant, ils y sont venus quatre fois : en 1878 pour l'Exposition[1], en 1886 au 14 juillet, à leur retour du Tonkin, en 1889 pour l'Exposition du Centenaire[2] et en 1896, pour la visite du tsar Nicolas; chaque fois, nos turcos ont fait l'admiration générale par leur belle tenue et leur fière allure, et les étrangers, plus encore que les Parisiens, contemplaient avec curiosité ces soldats bronzés dont Anglais, Russes, Autrichiens, Italiens, Allemands connaissaient la valeur, pour les avoir eus, les uns comme alliés, les autres comme adversaires.

Comme les autres régiments de turcos, le 1er tirailleurs a fourni à la mission militaire que la France entretient au Maroc, des officiers et des sous-officiers. Tous les sergents indigènes qui y furent envoyés, de 1880 à 1897, en revinrent avec le galon de sous-lieutenant; l'un d'eux, le sergent Kouider ben Ahmed, y est resté sept ans de suite[3].

Après le Tonkin, le 1er tirailleurs qui avait fourni au corps expéditionnaire plus de 4 000 hommes se retrouva dans une situation administrative et militaire analogue à celle où il était en 1871. Il fallut procéder en quelque sorte à une réorganisation; mais le régiment s'en tira aussi bien que dix-sept ans auparavant. « Le 1er régiment de tirailleurs algériens, dit le général Poizat en 1888, est un corps d'élite qui, sous la direction remarquable du colonel Mourlan, est digne de son passé; ses officiers et ses sous-officiers sont animés du véritable esprit militaire[4]. »

Un nouveau drapeau a été donné au régiment le 14 juillet 1880, à cette grande solennité militaire où la France, que ses ennemis avaient pu espérer avoir à jamais terrassée dix ans auparavant, se réveilla et sembla reprendre possession d'elle-même. Mais si ce glorieux emblème a pu inscrire depuis dans ses plis « Extrême-

---

1. Détachement envoyé par le 1er tirailleurs : lieutenant Adda bel Arbi, 1 sergent, 1 caporal et 8 tirailleurs indigènes.
2. Détachement envoyé par le 1er tirailleurs : 1 sergent, 1 caporal et 26 tirailleurs indigènes.
3. Cette mission comprend généralement 1 commandant, 2 capitaines, 1 officier indigène de tirailleurs, 1 sous-officier d'artillerie, 1 sous-officier d'infanterie et 2 sous-officiers indigènes de tirailleurs.
4. Ordre d'inspection générale laissé au corps.

Orient » il n'en a pas été de même pour Madagascar; cet honneur est resté au régiment d'Algérie, et, pas plus que la légion, ou que les 2e et 3e tirailleurs, le 1er régiment de tirailleurs algériens n'a pu mettre sur son drapeau le nom de la grande île, qui aurait pourtant montré à tous que nos jeunes turcos étaient dignes de leurs aînés.

PREMIÈRE PARTIE

CAMPAGNES EN ALGÉRIE

CHAPITRE PREMIER

CAMPAGNES DE 1877 À 1883

I

COLONNES DANS LE MZAB ET A OUARGLA (1877-1879). — INSURRECTION DE L'AURÈS (1879).

Depuis l'insurrection de 1871, les tirailleurs du 1er régiment n'ont pas eu souvent l'occasion, dans leur pays natal, de verser leur sang pour notre cause. A deux reprises différentes, ils ont coopéré à la répression du banditisme en Kabylie, mais n'ont subi aucune perte pendant ces opérations. En 1874, la 4e compagnie du 1er bataillon (capitaine Poupelier) a marché pendant six jours, du 15 au 21 mai, avec 2 compagnies du 107e de ligne contre la bande du brigand Mahomed ou Mezian ou Mansour qui occupait le pays entre Dellys et Tizi Ouzou; Mansour fut tué le 16 mai au soir, après avoir mis 7 fantassins du 107e hors de combat. En 1893, la 3e compagnie du 4e bataillon (capitaine Pinchon) a envoyé 3 sections à Azazga pour cerner les hommes d'Areski el Bachir, qui tenait les montagnes entre la province d'Alger et celle de Constantine jusqu'au Sebaou. Un mois de poursuites incessantes amena Areski à se rendre le 28 décembre.

En 1876, 3 compagnies du 1er tirailleurs (1re, 3e et 4e du 1er bataillon, commandant Émond d'Esclevin) participèrent pendant un mois (avril-mai) à une expédition dirigée sur El Amri, près de Biskra. La 3e compagnie alla jusqu'à cette oasis, qui, après trois jours de bombardement, se soumit le 29 avril.

Jusqu'en 1852, nous avions eu seulement affaire dans le sud aux Oulad Naïl et aux Larbâa; notre installation à Laghouat nous amenait au contact des tribus sahariennes et des confédérations du Mzab.

A 189 kilomètres au sud de Laghouat, Ghardaïa est la plus importante des cinq villes, Melika, Bou Noura, El Ateuf, Beni Isguen et Ghardaïa, dont l'emplacement, dans la vallée de l'oued Mzab, a été déterminé simplement par la distance de la nappe souterraine à la surface du sol. Les deux autres villes, Berrian et Guerrara, qui forment avec les cinq premières la confédération du Mzab, sont en dehors de cette vallée. Là où il y avait le moins à creuser pour atteindre l'eau, qui, dans ce pays brûlant, donne la richesse, une oasis s'est créée, et une ville s'est construite. En 1877, il y avait moins d'habitants que de nos jours — la population du Mzab atteint actuellement le chiffre de 45 622 — mais la richesse provenant du seul fait du rendement annuel de chaque dattier, environ 20 francs, était déjà considérable et s'élevait à environ un million de francs.

Par sa situation intermédiaire entre Laghouat, porte de l'Algérie ouverte sur le Sahara, et le désert, terrain de parcours des nomades, le Mzab possède une importance particulière ; c'est un grand entrepôt de céréales et de marchandises, à qui un va et vient perpétuel de caravanes donne une vie intense. Ce fait ne devait pas échapper à notre attention et dès l'année 1853, quelques semaines après la prise de Laghouat, nos troupes paraissaient dans cette région. Cependant l'occupation ne devait s'en faire que vingt-neuf ans plus tard. Jusque-là, on envoya plusieurs fois nos soldats montrer les couleurs de la France aux Mozabites et aux ksour sahariens, mais ils ne firent que passer.

C'est ainsi qu'en 1877, 120 tirailleurs fournis par les 1re et 4e compagnies du 4e bataillon, sous les ordres du capitaine Payerne, furent compris dans une colonne commandée par le général de Loverdo[1].

Parti de Laghouat le 12 février, le général poussa au delà de Ghardaïa, jusqu'à Metlili des Chambâa, puis, revenant en arrière, prit à Ghardaïa la direction d'Ouargla où il arriva le 4 mars ; de là il revint à Laghouat le 21, par la route de Guerrara et Ksar el Heiran. C'était une simple promenade militaire.

Deux ans après, les 2 compagnies du 1er tirailleurs stationnées à Laghouat (3e et 4e du 3e bataillon, commandant Wasmer), partaient pour la même direction sous les ordres du général de la Tour d'Auvergne[2], à l'effectif de 9 officiers et 260 hommes.

La colonne quitta Laghouat le 19 décembre ; à Metlili des Chambâa, elle séjourna du 31 décembre au 9 janvier et au moment où elle allait marcher contre El Golea, le

1. Colonne de Loverdo : 1er tirailleurs (1 compagnie); 1er spahis (1 peloton); train (détachement).
2. Colonne de la Tour d'Auvergne : 1er zouaves (2 compagnies); 1er tirailleurs (2 compagnies); cavalerie (1 escadron); artillerie (1 section).

caïd de ce ksar se présenta au camp pour payer les contributions réclamées; on partit alors directement sur Ouargla, par une route encore inexplorée, que coupait un désert de 150 kilomètres sans eau. Les troupes rentrèrent à Laghouat le 5 février. Elles avaient eu à faire des étapes fort pénibles, en supportant un froid très vif : le thermomètre

GHARDAÏA : VUE GÉNÉRALE.
Dessin de Taylor, d'après une photographie.

était à plusieurs reprises descendu à 3 ou 4° au-dessous de zéro; pour pouvoir mettre les seaux en toile sur les sacs, les hommes avaient dû maintes fois les placer au-dessus du feu pour faire fondre la glace qui les durcissait.

Entre ces deux marches dans le Mzab, le 1er tirailleurs avait envoyé dans la province de Constantine, en 1879, un de ses bataillons pour coopérer à la répression de l'insurrection de l'Aurès.

Treize ans auparavant, les tribus de cette région qui n'avaient pas la loi musulmane, se l'étaient vu imposer par nous, qui leur avions donné des cadis pour les gouverner. Or, les Chaouïa de l'Aurès, d'origine berbère comme les Kabyles, ne voulaient ni de l'administration ni de la justice arabes. En les forçant à être régis par elles, nous entretenions un état de mécontentement latent que le moindre incident pouvait transformer en insurrection déclarée. Cet incident se produisit quand le caïdat des Oulad Daoud fut confié au fils de Bou Diaf, jeune homme de vingt-trois ans, brutal et débauché, qui, par ses exactions et ses réquisitions, souleva tout le monde contre lui.

Le 2 juin, à neuf heures du soir, le commandant d'armes de Blida reçut d'Alger un télégramme lui prescrivant de tenir prêt à partir pour une destination inconnue et une absence de longue durée peut-être, le 1er bataillon du régiment en garnison dans cette place. A l'effectif de 20 officiers et 487 hommes, ce bataillon, sous les ordres du commandant Letellier, quittait en effet Blida le lendemain matin et s'embarquait à Alger pour Philippeville, d'où le chemin de fer le conduisait à El Guerra près Constantine. La marche commença le 6 juin, très pénible dans un pays sans eau, et par une chaleur extrême. Le bataillon de zouaves qui formait colonne avec les tirailleurs perdit le lendemain 3 hommes frappés d'insolation, et 20 autres durent être conduits à l'ambulance, tandis qu'il n'y entra que 4 tirailleurs.

C'est à Batna que s'organisa la colonne. La 4e compagnie de tirailleurs y resta; les autres furent placées avec 2 bataillons de zouaves (1 du 1er régiment, 1 du 4e) sous les ordres du colonel Hervé[1].

Le 15 juin, les troupes pénètrent sur le territoire insurgé, ne rencontrant presque aucune résistance, tout en exécutant des razzias continuelles; le 1er juillet plus de 50 000 têtes de bétail suivaient la colonne. Le 11 du même mois, tout le monde était de retour à Constantine et le bataillon du 1er tirailleurs, embarqué à Philippeville le 14 au matin, rentrait à Blida le 17 juillet.

Cette expédition n'avait eu à lutter contre aucun ennemi sérieux; mais, faite au cœur de l'été, elle avait permis d'apprécier les qualités d'endurance des troupes qui y avaient pris part.

Quatre mois auparavant, les tirailleurs du 1er régiment avaient fourni, sur un autre théâtre, des preuves de leur solidité. Les 2e et 3e compagnies du 4e bataillon du

1. L'infanterie comprenait en outre 3 bataillons commandés par le colonel Barbier (15e et 17e bataillons de chasseurs, 1 bataillon du 3e tirailleurs). Les 2e (lieutenant Vial) et 3e (capitaine Gacon) compagnies du 2e bataillon du 1er tirailleurs stationnées à Aumale en étaient aussi parties le 4 juin pour Biskra, à l'effectif de 8 officiers et 226 hommes.

régiment (capitaines Le Hir et Guillet) étaient parties d'Aumale le 26 mars pour Laghouat, avec 3 compagnies du 4ᵉ zouaves et 1 escadron du 1ᵉʳ chasseurs d'Afrique. A Souk el Tleta des Douairs, une tourmente de neige, de pluie glaciale et de vent assaillit la colonne. Les zouaves, au même effectif à peu près que les tirailleurs, perdirent 19 hommes; 62 durent entrer aux hôpitaux et aux ambulances. Les tirailleurs, marchant groupés autour de leurs officiers, arrivèrent à Boghari sans perdre un homme, portant du bois sur leur sac pour faire le café, précaution négligée par les zouaves auxquels ils portèrent secours et dont ils empêchèrent bon nombre de mourir dans les ravins. Cette étape était de 52 kilomètres.

II

INSURRECTION DES OULAD SIDI CHEICK.

COLONNES DANS LA PROVINCE D'ALGER (MAI 1881-FÉVRIER 1882). — OCCUPATION DU MZAB (NOVEMBRE 1882).

L'insurrection des Oulad Sidi Cheick en 1864 ne s'était jamais bien éteinte. Hamza, fils de Si Abou Bekr et petit-fils du khalifa Si Hamza, retiré au Maroc avec ses oncles Si Kadour et Si Edin, et son grand oncle Si el Ala, y avait commencé avec nous des négociations pour tenter de reprendre la grande situation que la France avait faite avant 1864 au chef des Oulad Sidi Cheick, en plaçant sous son autorité tout le pays entre Géryville et Ouargla. Ces négociations n'avaient pas abouti, d'autant plus que Si Hamza, tout en les continuant, ne déposait nullement les armes.

En 1880, un marabout nommé Bou Amama ben el Arbi, se croyant menacé à la suite de ses prédications fanatiques, se réfugia également au Maroc où il se trouva en rapport avec Si Hamza, et de là envoya des mokadem prêcher la guerre sainte au milieu des tribus du sud oranais. Le lieutenant Weinbrünner, du bureau arabe de Géryville, fut tué le 21 avril 1881 dans un douar en allant arrêter deux de ces émissaires. De même que l'insurrection de 1864, celle de 1881 commençait par un assassinat.

Pour empêcher les populations du sud de la division d'Alger de se joindre aux Oulad Sidi Cheick, deux colonnes furent formées à Laghouat au mois de mai, l'une dite colonne d'Aflou[1], fut commandée par le chef d'escadron de Labeau, du 1ᵉʳ chas-

1. Colonne d'Aflou : 1ᵉʳ tirailleurs (2 compagnies); 1ᵉʳ chasseurs d'Afrique (1 escadron); 1ᵉʳ spahis (1 escadron); au total plus de 500 hommes.

seurs d'Afrique — les 2ᵉ et 3ᵉ compagnies du 2ᵉ bataillon du régiment (commandant Hesling) en firent partie; — l'autre, dite colonne d'El Maïa[1], fut confiée au commandant Belin, des affaires indigènes. Réunies le 6 juin à Tadjerouna sous les ordres du commandant Belin, toutes les troupes en partirent le 8 pour le nord-ouest et atteignirent l'oued el Naceur. Un mois après elles rentraient à Laghouat le 18 juillet sans avoir assisté à d'autre combat qu'à une action de cavalerie le 15 juin.

Le jour du départ de Tadjerouna, une autre colonne, dite de Taguin, avait quitté Boghar pour se diriger vers le sud. Commandée par le chef de bataillon Bonnet, du 4ᵉ zouaves[2], elle comprenait la 2ᵉ compagnie du 2ᵉ bataillon du 1ᵉʳ tirailleurs. Par Chabounia et Chellala, elle arriva le 13 à Taguin; mais, de ce côté aussi, il n'y avait pas d'adversaires, et l'ordre de retour parvint bientôt, envoyant la compagnie de tirailleurs à Djelfa, où elle était le 3 juillet.

Cinq mois après, le 2ᵉ bataillon du régiment dont 3 compagnies venaient de marcher dans le sud, au plus fort de l'été, recevait l'ordre de se rendre à Tiaret par les voies rapides pour s'opposer à l'entrée des insurgés sur le territoire de la province d'Alger. Le 6 décembre, il était à Tiaret à l'effectif de 20 officiers et 639 hommes et entrait dans la composition d'une colonne aux ordres du colonel Brunetière, du 1ᵉʳ chasseurs d'Afrique[3]. Des rafales de vent glacial et de neige assaillirent les troupes; beaucoup de chameaux employés pour les convois périrent de froid. Le 30, on campait à Aflou, sur un terrain recouvert de 40 centimètres de neige. « Le colonel félicite les troupes de la colonne, dit l'ordre du 30 décembre, de leur bonne tenue et de leur discipline dans la journée d'hier; marchant dans la neige jusqu'aux genoux, au milieu de rafales terribles, elles n'ont pas laissé un seul homme derrière.

« Il remercie MM. les officiers de la colonne du dévouement et de l'énergie qu'ils ont su inculquer à leurs hommes et particulièrement M. le capitaine Bertrand et M. le sous-lieutenant Noury, du 1ᵉʳ régiment de tirailleurs, qui, chargés de la conduite d'un convoi considérable de vivres de réserve, ont pu l'amener à bon port sans laisser un seul chargement en arrière. »

Le thermomètre descendit à 12 degrés au-dessous de zéro dans la nuit du 30 décembre et à 16 degrés dans celle du 1ᵉʳ janvier; des cas de congélation se produisirent.

D'Aflou où les troupes restèrent jusqu'au 21 janvier, elles atteignirent Djelfa; la

---

1. Colonne d'El Maïa : 1ᵉʳ zouaves (2 compagnies); 1ᵉʳ chasseurs d'Afrique (1 escadron); 1ᵉʳ spahis (1 escadron); artillerie (1 section); génie (détachement), au total environ 850 hommes.
2. Colonne de Taguin : 4ᵉ zouaves (2 compagnies); 1ᵉʳ tirailleurs (1 compagnie); 1ᵉʳ spahis (1 escadron), au total environ 500 hommes.
3. Colonne Brunetière : 1ᵉʳ tirailleurs (1 bataillon); 1ᵉʳ chasseurs d'Afrique (1/2 escadron); artillerie (1 section).

colonne y fut dissoute le 27 et le 2ᵉ bataillon revint à Alger, sa garnison, où il arriva le 12 février, après une absence de trois mois.

Le général de Gallifet, parti de la province de Constantine, était déjà entré en

UN JUIF DU MZAB.
Gravure de L. Rousseau, d'après une photographie de M. Fourcan.

1874 à l'oasis d'El Golea visitée en 1859 par Duveyrier. En 1880, le général de la Tour d'Auvergne s'était arrêté à Metlili des Chambâa; mais, l'année suivante, le sud oranais était en feu et comme El Golea avait déjà, après l'insurrection de 1871, servi de refuge aux rebelles, il était urgent d'enlever toute velléité de soulèvement aux peuplades de ces régions en les soustrayant à l'action des tribus révoltées de la province d'Oran, d'autant plus que la deuxième mission Flatters venait d'être massacrée dans le Sahara et que ce désastre pouvait avoir pour notre influence dans ces régions des conséquences fâcheuses.

Une colonne fut organisée à Laghouat, en novembre 1881, sous les ordres du lieutenant-colonel Belin du 1er tirailleurs[1]; les 1re et 4e compagnies du 1er bataillon du 1er tirailleurs (capitaines Sol et Ligrisse), avec le commandant Letellier en firent partie; elles comptaient 9 officiers et 318 hommes. Sorti de Laghouat le 15 décembre, le colonel Belin se dirigea sur El Golea par Ghardaïa, Metlili des Chaamba, Hassi Zirara et El Khoua; le 17 décembre, il campait auprès de l'oasis d'El Golea, au pied du vieux ksar en ruines qui reste dans la vallée de l'oued Segueur comme le dernier témoin d'une ville disparue. Cinq jours après, il revenait vers le nord par le même chemin jusqu'à Metlili où il prenait la voie suivie en janvier 1880 par le général de la Tour d'Auvergne. Le colonel était à Ouargla le 14 janvier. L'occupation permanente de ce point ayant été décidée, 40 tirailleurs du 1er régiment commandés par un officier indigène y furent laissés comme garnison[2]. Le 1er février 1882, la colonne était de retour à Laghouat.

L'occupation de Ghardaïa, et par suite la main mise sur tout le Mzab suivirent de près cette expédition. Le général Randon avait fait savoir le 24 juillet 1853, aux Mozabites qu'ils pourraient voyager et commercer librement en Algérie, à condition de fermer leurs villes à nos ennemis, et de payer un tribut annuel, fixé au début à 45 000 francs. Les engagements furent tenus fidèlement d'abord, puis les Mozabites donnèrent asile à nos adversaires, leur fournissant de la poudre et des armes; en 1881, le cheick de Ghardaïa, El Hadj Salah ben Kaci, et le vieux chef de la djemâa de Berrian, El Hadj Brahim ben Djerriba, un de nos plus ardents partisans, furent assassinés. L'annexion du Mzab avait été résolue dès ce moment, mais à la fin de l'année suivante seulement, le général de la Tour d'Auvergne partit de Laghouat avec une colonne[3] comprenant les 2e et 4e compagnies du 4e bataillon du 1er tirailleurs, à l'effectif de 9 officiers et 259 hommes. Sept jours après avoir quitté Laghouat, la colonne arrivait à Ghardaïa (17 novembre) et le 30 en présence des troupes, l'annexion du Mzab à la France était solennellement proclamée.

1. Colonne Belin : 1er tirailleurs (2 compagnies); 2e bataillon d'infanterie légère d'Afrique (2 compagnies); 1er chasseurs d'Afrique (1 escadron); artillerie (1 section de montagne).
2. Ce poste a été occupé par un détachement du 1er tirailleurs depuis cette époque jusqu'en mars 1895.
3. Colonne de la Tour d'Auvergne : 1er zouaves (1 bataillon); 2e bataillon d'infanterie légère d'Afrique (2 compagnies); 1er tirailleurs (2 compagnies); cavalerie (1 escadron); artillerie (1 section de montagne).

Une compagnie de tirailleurs (2e) désignée pour constituer la garnison de Ghardaïa entreprit de suite avec des hommes du 2e bataillon d'infanterie légère d'Afrique, et des prestataires indigènes, les travaux de construction d'un bordj, et d'une route dans la direction de Laghouat[1]. Le reste des troupes revint sur ses pas, après avoir poussé jusqu'à Metlili, et rentra à Laghouat le 15 janvier 1883.

A la fin de cette même année 1883, 3 compagnies du 1er tirailleurs (1re, 2e et 3e du 3e bataillon) firent partie d'une colonne commandée par le chef de bataillon Mercier, du 1er zouaves, dite colonne d'El Richa[2]. Elle dura seulement quinze jours dans la région qui s'étend entre Laghouat et Aflou, passant par El Haouita, Ain Madhi, El Richa, Tadjemout. Il n'y eut d'ailleurs rien à signaler.

Depuis ce moment jusqu'à l'époque actuelle, comme il n'y a pas eu de mouvement insurrectionnel nécessitant l'envoi de troupes, l'histoire du 1er régiment de tirailleurs algériens se résume en Algérie dans la part qu'il a prise à notre extension dans l'extrême Sud. En 1887, le régiment a eu à déplorer la perte du lieutenant El Arbi ben Saïd, mort le 9 août au milieu des flammes dans les bois du Zacar en combattant, aux environs de Miliana, un de ces incendies de forêts malheureusement trop fréquents en Algérie. Un tirailleur avait été blessé dans la même circonstance.

1. Ghardaïa a été occupé par un détachement du 1er tirailleurs jusqu'en mars 1895.
2. Colonne d'El Richa : 1er zouaves (1 bataillon); 1er tirailleurs (3 compagnies); 1er chasseurs d'Afrique (2 escadrons); 1er spahis (1 escadron); artillerie (1 section); au total, plus de 1200 hommes.

CHAPITRE II

EXTENSION DE L'INFLUENCE FRANÇAISE AU SAHARA
DE 1883 À 1899

COMBAT DE BOU KHANFOUS (9 SEPTEMBRE 1894). — MÉHARISTES ET TROUPES SAHARIENNES.

Toutes les nations civilisées, qui se sont trouvées en contact avec des peuples barbares, ont été incessamment entraînées à reculer les limites de leur influence. Lorsque le pays est exactement délimité, soit par la nature, soit par les conventions internationales, les frontières sont nettes et l'arrêt se fait forcément au moment où elles sont atteintes. Si, au contraire, l'espace est ouvert au loin, un pas fait en avant en appelle un autre. C'est ce qui s'est produit pour notre extrême Sud algérien et le Sahara qui lui fait suite.

« Pour être paisibles possesseurs du Tell, disait en 1862 le commandant Trumelet, il faut que nous soyons les maîtres du Sahara qui est devant nous. » La France avait conquis le Tell, ce grenier de Carthage et de Rome, et dépassé les Hauts Plateaux, dont les pasteurs nomades échangeaient leurs troupeaux et leurs chevaux contre nos grains et les produits de notre industrie. Il lui fallait, pour conserver sa conquête, reculer dans le Sahara la première ligne de postes destinée à briser ou tout au moins à arrêter les insurrections futures qui naîtront vraisemblablement, comme leurs devancières, dans les oasis et les ksour du sud.

En 1881, à la suite de la colonne Belin, l'occupation d'El Golea avait été résolue, mais le poste qui y fut créé ne comprit au début qu'un maréchal des logis et quelques hommes du 1er spahis; un pigeonnier militaire fut en même temps installé au sommet du ksar, sous la garde d'un zouave.

Cette situation subsista sans changement pendant dix ans; puis, à partir de 1891, la garnison fut progressivement renforcée de manière à constituer à El Golea une force permanente capable de suffire à tous les besoins sans que l'on fût obligé de faire appel aux troupes placées en arrière, à Ghardaïa et à Laghouat.

UN CHAAMBI.
Dessin de Marius Perret, d'après nature.

Le 26 janvier 1891, 1 sergent et 20 tirailleurs du 1ᵉʳ régiment (4ᵉ compagnie du 4ᵉ bataillon) partaient de Laghouat; ils arrivèrent à El Golea le 16 février. Un mois après, le 18 mars, ce détachement était porté à 125 hommes, dont 120 montés à mehari formant un peloton rattaché à la 4ᵉ compagnie du 4ᵉ bataillon et commandé par 3 officiers, le lieutenant Hélo, les sous-lieutenants Reibell et Ahmed ben Baji. En même temps le détachement du 1ᵉʳ spahis atteignait la force d'un peloton, et le poste était placé sous le commandement du capitaine Lamy, du 1ᵉʳ tirailleurs.

Comme le but de la création du peloton de méharistes était d'interdire aux dissidents l'accès des routes menant vers le nord, il fallait qu'il fût d'une très grande mobilité; c'est bien ainsi que le comprirent ses chefs. Rayonnant au loin, autour d'El Golea, les méharistes firent en plein été, des reconnaissances continuelles rendues très dures par les rayons d'un soleil brûlant et souvent par le manque total d'eau. Vers le sud, ils allèrent sur les bords de l'oued Mia, dans la direction d'In Salah; ils poussèrent au delà de Hassi Chebbaba, se portant aussi sur les routes qui mènent au Gourara.

Entre temps, leur effectif s'était accru; le peloton monté comprenait 180 méharistes depuis le 22 février 1892, mais cet essai qui avait pourtant donné de fort bons résultats ne dura pas longtemps. En avril 1893, la compagnie Reynes (4ᵉ du 3ᵉ bataillon) du 1ᵉʳ tirailleurs arrivait à El Golea, suivie en décembre de la même année par la compagnie Castel (4ᵉ du 2ᵉ bataillon), pour occuper les forts qui se construisaient à Inifel sur la route d'Ouargla à In Salah, à Chebbaba sur la route d'El Golea à In Salah, et à El Homeur sur celle d'El Golea au Gourara. De plus, l'idée de troupes spéciales à nos possessions sahariennes se faisait jour et prenait consistance, si bien que le général commandant le 19ᵉ corps décida, le 28 avril 1894, après avoir supprimé les méharistes, que le 1ᵉʳ tirailleurs aurait dorénavant à El Golea 2 compagnies de 250 hommes fournies par le bataillon de Laghouat et toujours maintenues sur le pied de guerre.

Malgré la suppression des tirailleurs montés à mehari, une partie d'entre eux devait être maintenue à El Golea pour la garde des chameaux et les soins à leur donner; on pensait aussi qu'ils pourraient contribuer à fournir une partie des cadres de l'escadron saharien dont la création était projetée. Tous les tirailleurs nègres des 3 régiments de tirailleurs algériens devaient être envoyés dans l'extrême sud et répartis entre les compagnies d'El Golea, qui, au milieu de l'année 1894, occupaient ce point et les trois forts de l'extrême sud : Fort Mac-Mahon (Hassi el Homeur), Fort Miribel (Hassi

Chebbaba) et Hassi Inifel. Les garnisons de ces trois forts devaient être relevées tous les deux mois[1].

Ainsi, nous avions reculé les limites de nos possessions jusqu'aux confins du

SPAHI SAHARIEN.
Dessin de J. Lavée, d'après une photographie du docteur Thérault.

Gourara et du Touat : Fort Mac-Mahon est à 120 kilomètres de Tabelkoza, et Fort Miribel à 250 d'In Salah. Mais en face de nous, les ksour du Gourara, du Touat et

1. Les relèves n'ont plus eu lieu que tous les trois mois, à partir de 1895.

du Tidikelt, points d'arrivée des marchandises du Soudan et déclarés, par la convention internationale de 1890, sous notre influence, étaient dans la réalité complètement soumis à celle du sultan du Maroc. Si la cour de Fez ne prélevait pas d'impôts, les ordres religieux marocains ne s'en privaient guère. De plus, tous les malfaiteurs et tous les dissidents se retiraient au Gourara, pour y trouver un refuge assuré; de là ils lançaient sur les campements de nos tribus de hardis rezzous[1] qui pénétraient parfois jusqu'à l'intérieur de notre ligne de postes avancés.

C'est ainsi que le 8 septembre 1894, les partisans de Bou Amama enlevèrent le troupeau de bœufs et de moutons servant à l'alimentation du fort Mac-Mahon, le troupeau étant au pâturage dans les environs du fort. Le lendemain, ce même rezzou, posté sur la route d'El Golea à Fort Mac-Mahon, tomba à l'improviste sur le convoi de relève du fort — 534 chameaux —, escorté par 100 hommes du 1er tirailleurs et 10 du 1er spahis, et placé sous le commandement de MM. Channac de la Selve et Mohamed ou Kaci, sous-lieutenants au 1er tirailleurs.

Ce détachement arrivait à dix heures et demie du soir au puits de Bou Khanfous, pour s'y arrêter et passer la nuit, lorsqu'il fut violemment assailli par une cinquantaine de cavaliers poussant le cri de guerre des partisans de Bou Amama : *Ya ilah alla allah ! berakat Bou Amama*, et criait aux chameliers et aux soldats indigènes : « Fort Mac-Mahon est pris, vous n'avez ici qu'une avant-garde du goum de Bou Amama; demain il sera ici tout entier. »

Tirailleurs et spahis répondirent à coups de fusil ou de carabine, mais les chameliers Chambâa Mouadhi firent défection dès le premier instant, dispersant 50 chameaux du convoi. L'action fut courte, vingt minutes au plus, et les dissidents disparurent aussi brusquement qu'ils étaient venus, mais après avoir tué 5 hommes, dont 4 du 1er tirailleurs et blessé 8, tous du régiment. Le lendemain le convoi continuait sa route sur le fort, n'ayant pu se désaltérer à Bou Khanfous, dont le puits avait été comblé. Il y avait 45 kilomètres à faire, avec des hommes dont le moral était fort ébranlé par la nouvelle de la prise de Fort Mac-Mahon et par le manque total d'eau. « Cette marche, dit l'ordre général du 6 novembre 1894, exécutée en plein soleil, au mois de septembre, dans cette région déserte, fut particulièrement pénible, surtout pour les blessés qui mouraient de soif. Dans cette circonstance, il fallait encore montrer une grande fermeté d'âme, et le chef de détachement n'en manqua pas, non plus que M. le médecin aide-major Georges, qui, par son activité, son dévouement et son énergie, contribua grandement à sauver la situation et parvint à préserver les blessés d'une

1. *Rezzou*, nombre quelconque d'hommes partis en expédition de pillage.

mort à peu près certaine. » L'arrière-garde arriva dans la nuit du 10 au 11 à Fort Mac-Mahon, qui n'avait eu aucune attaque de l'ennemi à repousser.

Cependant l'organisation des troupes sahariennes se poursuivait; l'escadron de spahis, montés à mehari, trouvait facilement à se recruter parmi les nomades et les habitants des ksours, mais l'infanterie rencontrait plus de difficultés à se constituer.

CONSTRUCTION DU BORDJ D'EL GOLEA PAR LES TIRAILLEURS DU 1er RÉGIMENT.
D'après une photographie du commandant Lamy.

Les Arabes et les Kabyles n'aiment pas, en effet, aller servir dans ces régions où rien ne leur rappelle leur pays natal; quant aux sahariens, ils détestent la marche, et c'est à grand'peine qu'on put organiser une compagnie en 1895. Le 1er tirailleurs passait cependant au bataillon saharien, pour la première formation, 2 officiers, les lieutenants Farret et Ben Abed el Hadj et 82 hommes; depuis, 11 tirailleurs du 1er régiment, français pour la plupart, ont été envoyés aux tirailleurs sahariens, mais pour y occuper des emplois spéciaux. La 2e compagnie saharienne n'a pu encore, à l'heure actuelle, être créée, et une compagnie du 1er tirailleurs est toujours dans l'extrême sud, moitié à El Golea, moitié à Fort Mac-Mahon.

Par sa proximité du Gourara, ce fort a toujours attiré les entreprises des dissidents; le 2 juillet 1896, un rezzou de 30 hommes attaqua la garde du troupeau et des mehara des spahis sahariens, composée de 8 tirailleurs algériens du 1ᵉʳ régiment et de 5 spahis sahariens. Un tirailleur et un spahi furent tués, 2 spahis blessés et 68 mehara enlevés; mais grâce à la ferme contenance de la garde, commandée par le tirailleur de 1ʳᵉ classe Smaha Saïd Ben Haoucin, le troupeau fut sauvé en entier et ramené au fort.

Depuis 1894, année de la construction des deux derniers forts, Mac-Mahon et Miribel, la France est restée sur la défensive dans l'extrême sud et n'a pas fait un pas en avant. Misérable oasis de 8 à 10000 palmiers, El Golea n'a pas assez d'importance en elle-même pour justifier la présence d'une aussi forte garnison que celle qui l'occupe[1] et dont l'entretien ainsi que celui des forts grève très lourdement le budget[2]. Cette place avait été organisée solidement alors qu'elle était considérée comme la base d'opérations de nos colonnes marchant sur le Touat et le Gourara; les forts en avant d'elle auraient été des bases secondaires. Actuellement ce sont de simples postes avancés, dont l'action est d'ailleurs nulle au point de vue de la surveillance. Les caravanes qui viennent du sud passent à côté de nos postes et très peu s'y présentent; on n'interdit pas le passage dans un pays comme le Sahara, en occupant des points situés à 130 ou 140 kilomètres l'un de l'autre, et la défiance naturelle aux indigènes leur fera presque toujours éviter nos forts.

Cette situation ne peut être définitive; une énorme somme d'argent étant absorbée chaque année par le seul extrême sud de la province d'Alger, il faut ou revenir en arrière et retourner à Ghardaïa, pays riche et important, ou bien, comme ce recul aurait pour inévitable résultat de ruiner à tout jamais notre prestige dans le nord de l'Afrique, déjà fort affaibli au Sahara depuis le massacre de la mission Flatters, avancer, aller au Touat, au Gourara et nous mettre en relation avec les Touareg.

Cette solution semble avoir prévalu, bien qu'elle n'ait pas été encore mise à exécution. Au milieu de l'année 1897, on a reporté le siège du commandement du cercle de Ghardaïa à El Golea, et le 2 février 1898, on y a rattaché Ouargla et les sept villes du Mzab. L'organisation de l'extrême sud est ainsi fortifiée et plus propice à une action énergique et vigoureuse.

Mais ce qui vaudra mieux que la conquête militaire du Touat et du Gourara,

1. Garnison d'El Golea : tirailleurs algériens (1/2 compagnie); tirailleurs sahariens (1/2 compagnie); spahis algériens (1/2 escadron); artillerie (1 section); au total, avec les services auxiliaires, 300 hommes environ. Garnison des forts : tirailleurs algériens (1/2 compagnie); tirailleurs sahariens (2 sections); spahis algériens (détachements); spahis sahariens (1 escadron); au total, 350 hommes environ.
2. Les seuls transports entre Ghardaïa et El Golea coûtent 000000 francs par an.

c'est la prise de possession du Sahara par le rail. « L'avenir en Afrique, a dit Stanley, appartient au pays qui appliquera le premier et le plus vite cette vérité si simple : il faut des chemins de fer. »

Les Anglais dans l'Afrique australe et en Égypte, les Russes en Sibérie et au Turkestan l'ont appliquée et le succès a couronné leurs efforts. Que ne suivons-nous leur exemple? La voie ferrée de pénétration du sud dans la province d'Alger s'arrête encore à la fin du mois de mars 1899 à Berrouaghia, à 31 kilomètres au sud de Medea! Le chemin de fer permettrait pourtant d'amener à bas prix aux Touareg les grains du Tell, de leur demander en échange à de bonnes conditions également, les produits du Soudan, et ce peuple guerrier nommé les « convoyeurs du Sahara », subirait à la longue notre influence par les relations de commerce, plus sûrement qu'en la lui imposant par les armes.

Lorsqu'il en sera ainsi, la réunion de nos possessions de la Méditerranée à celles du golfe de Guinée et du Sénégal sera bien près d'être un fait accompli, et la conquête du Sahara, faite par ce moyen, aura eu ce mérite d'avoir été pacifique et de n'avoir nécessité aucune effusion de sang.

DEUXIÈME PARTIE

CAMPAGNES HORS D'ALGÉRIE

———

CHAPITRE PREMIER

CAMPAGNES DE 1880 À 1883

I

DEUXIÈME MISSION FLATTERS (1880-1881).

La première mission du lieutenant-colonel Flatters, organisée pour reconnaître le Sahara en vue de la construction du Transsaharien, avait duré quatre mois, du 7 février au 3 juin 1880. Si les résultats n'avaient pas été aussi complets qu'on l'avait désiré, ils étaient déjà fort appréciables : une carte régulière d'une région peu connue avait été établie, avec un itinéraire de 1 500 kilomètres; des relations étaient engagées entre le colonel Flatters et l'amenokhal des Touareg Hoggar, Ahitaghel.

Une seconde mission, réunie à Alger dans la deuxième quinzaine d'octobre de la même année, quitta Laghouat le 18 novembre, atteignit Guerrara le 25 et Ouargla le 30. L'organisation fut complétée pendant les jours suivants et le 4 décembre, la caravane était prête à partir[1].

Elle comprenait au total 11 Français et 116 indigènes. Les 48 tirailleurs qui constituaient la principale force de l'expédition étaient tous des volontaires, pris, moitié au 1er, moitié au 3e régiment. Ceux du 1er avaient été fournis par les 3e et 4e compagnies du 3e bataillon. Deux cent quatre-vingts chameaux portaient quatre mois de vivres et huit jours d'eau. Tout le personnel était monté à mehari ou à chameau, à part le colonel et le capitaine qui étaient à cheval.

---

1. Composition de la mission : MM. Flatters, lieutenant-colonel; Masson, capitaine d'état-major; de Dianous de la Perrotine, lieutenant d'infanterie détaché aux bureaux arabes; Guiard, médecin aide-major de 1re classe; Béringer, ingénieur des travaux de l'État; Roche, ingénieur des mines; Santin, ingénieur civil; Pobéguin, Dennery, maréchaux des logis de cavalerie; 2 soldats français (ordonnances); 48 tirailleurs indigènes; 30 chameliers; 31 anciens soldats indigènes ou Chaamba de la première mission; 7 guides indigènes.

Le 4 décembre 1880, la colonne quitta Ouargla. Elle était à Hassi Abd el Hakem[1] le 16, ayant parcouru 524 kilomètres en 12 jours, à Hassi Messeguem le 1er janvier 1881, sur la route de Ghadamès à In Salah, à Amguid le 18 et à Inziman Tikhsin le 29 (1 064 kilomètres d'Ouargla). Ce jour-là, dans la soirée, le colonel renvoya en Algérie le Chambi qui lui avait apporté à Amguid un courrier venu d'Ouargla. A partir de cette date, 29 janvier 1881, on n'a plus eu de nouvelles de la mission; ce qui va suivre a été raconté par les survivants[2].

Durant quinze jours encore, la marche se continue comme à l'ordinaire, mais des symptômes fâcheux se produisent : hésitations des guides touareg, qui certifient l'existence de points d'eau imaginaires; épuisement de la provision d'eau dès le 6; vol de deux mehara dans la nuit du 9 au 10; arrivée au camp, le 11, d'un miâad[3] de trente Hoggar, avec lesquels le colonel ne peut s'entendre à cause de leur insatiable cupidité; vol de deux mehara après leur départ; tous ces incidents finissent par mettre en éveil la trop grande confiance du colonel Flatters, dans les indigènes en général, dans ses guides en particulier.

Le 16 février, à dix heures du matin, ceux-ci ayant déclaré que, bien qu'ils se soient trompés, le point est favorable pour s'installer, le camp est établi, puis le colonel, accompagné de quelques hommes seulement et de la plupart des membres de la mission, se rend au puits indiqué, à Bir el Gharama.

A peine y est-il arrivé que 300 Touareg à mehari se précipitent sur la petite troupe : le colonel est tué ainsi que toutes les personnes qui l'accompagnent; la plupart des sokhar[4] et les quelques tirailleurs d'escorte sont massacrés; quelques-uns parviennent à rallier le camp. A cette nouvelle cependant, le lieutenant de Dianous rassemble 20 tirailleurs et part au secours du colonel. Mais malheureusement, lorsqu'il arrive sur le théâtre de la lutte, tout est fini et les Touareg se partagent les dépouilles; il ne peut que revenir en arrière.

La mission était réduite à un officier, M. de Dianous, un ingénieur, M. Santin, le maréchal des logis Pobéguin et 55 hommes; elle était privée en outre de guides et de moyens de transport, puisque les chameaux avait été pris par les Touareg. Trente-trois hommes avaient été tués; tous les guides Chambâa étaient passés à l'ennemi. La colonne ainsi réduite emporta toutes les munitions, le plus possible de vivres, d'eau et d'argent, et se mit en route à onze heures du soir, dans la direction d'Ouargla.

1. Actuellement fort de Hassi Inifel.
2. Commandant Bernard. *Deux Missions françaises chez les Touareg.*
5. *Miâad,* ambassade.
4. *Sokhar,* chamelier.

Dans l'étape très pénible du 21, trois hommes disparaissent, les vivres s'épuisent; les 23, 24 et 25, on se nourrit d'herbes; deux hommes meurent le 25 de fatigue et de soif; le 27, un tirailleur du 1er régiment, tombé de fatigue, est pris et tué par les Touareg; ce jour-là, la provision d'eau n'existe plus. Le 9 mars, au campement d'Aïn Kerma, les Touareg vendent des dattes à la mission : elles étaient empoisonnées avec du bois de bethina pulvérisé; quatre hommes, rendus fous par le poison, s'échappent du

DANS LES DUNES.

Dessin de Boudier, d'après une photographie du docteur Pons.

camp. Le lendemain, pourtant, les survivants de cette malheureuse expédition sont à peu près guéris.

Malgré cette trahison, les pourparlers continuent avec les Touareg, qui suivent la mission depuis le 16 février, mais deux tirailleurs envoyés auprès d'eux sont massacrés. Il est alors décidé que l'on continuera sur Amguid; pendant cette marche, M. Santin et quatre hommes disparaissent.

A l'arrivée, les Touareg occupent le puits; deux tirailleurs, El Madani ben Mohamed et Mohamed ben Abdelkader, du 1er régiment, prennent le commandement, les Français étant encore trop malades, et dirigent ce qui reste de la mission, repoussant par trois fois des attaques furieuses. Mais le lieutenant et les deux soldats français sont tués; le tirailleur Mohamed ben Ahmed, du 1ᵉʳ régiment, reçoit une balle en pleine poitrine; six hommes sont blessés.

Il ne reste plus que le maréchal des logis Pobéguin et 33 hommes. Les vivres, consistant en quatre chameaux, qui sont égorgés l'un après l'autre, sont vite épuisés, et le 24 mars, il n'y a plus rien à manger. Un tirailleur ayant été envoyé dans la direction de Hassi el Messeguem où étaient les campements de l'ancien guide de la mission, est poursuivi par plusieurs de ses camarades, tué et dépecé; c'est le commencement d'épouvantables scènes de cannibalisme : le 25, deux hommes meurent de faim, trois sont tués et dévorés par les survivants; les 28, 29 et 30 mars, quatre hommes à moitié morts de faim et de soif subissent le même sort; le 31, le maréchal des logis Pobéguin, tombé sans force auprès du puits de El Hadjadj, est achevé d'un coup de fusil.

Le 2 avril, les survivants arrivent aux tentes de Hassi el Messeguem; ils sont sauvés.

Aucun Français n'avait survécu; des 116 indigènes partis d'Ouargla, 18 revinrent, 7 rentrèrent dans leur pays après une longue captivité, 1 tirailleur nègre est resté esclave au Hoggar. Seize tirailleurs du 1ᵉʳ régiment avaient trouvé la mort dans ce drame terrible.

On a cru longtemps qu'il existait encore actuellement au Soudan, dans l'oasis de Thaoua (Adar), des survivants de la deuxième mission Flatters; les derniers rapports du malheureux capitaine Cazemajou[1], arrivés en France et datés du 5 mars 1898, ne laissent plus de doute à cet égard : tous ceux qui ne sont pas rentrés en Algérie dorment du sommeil éternel dans les sables du Sahara.

On a longtemps discuté sur la loyauté ou la perfidie des Touareg. Certains ont déclaré que toutes les missions qui avaient trouvé la mort au Sahara, Flatters, Bonnier, Morès, Cazemajou, avaient été massacrées dans la zone intermédiaire, entre les terrains de parcours des confédérations touareg et nos territoires; d'autres ont, au contraire, accusé les Touareg de tous ces crimes. M. de Polignac, envoyé à Ghadamès en 1862, y avait conclu un traité avec les Touareg Azdjer, qui avaient aidé et protégé M. Duveyrier dans ses voyages des années précédentes et dont beaucoup sont affiliés à la secte religieuse des Tedjania, amie de la France. Dans le Sahara méridional, le lieutenant de Chevigné a signé le 15 mai 1897, à Imentabomak, un traité de protectorat avec l'amenokhal Madidou, chef des Aouelimmiden, et le lieutenant de vaisseau

_____

1. Capitaine du génie en mission au Soudan, assassiné près de Sinder le 5 mai 1898.

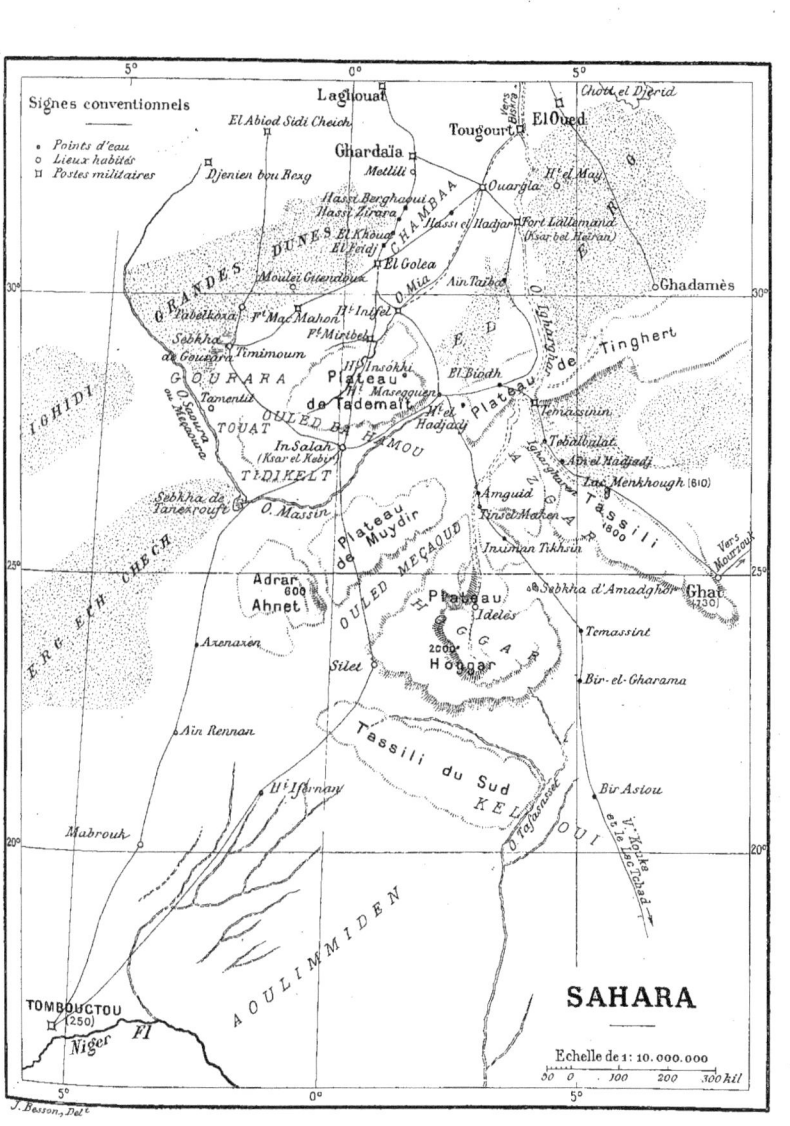

Signes conventionnels

- Points d'eau
- Lieux habités
- Postes militaires

SAHARA

Echelle de 1: 10.000.000

50   0   100   200   300 kil

Hourst a rendu hommage à la fidélité avec laquelle les Touareg ont tenu leurs engagements avec lui. Mais, comme les Arabes, les Touareg ont soif d'indépendance; ils tiennent à garder libres les larges espaces du désert où ils règnent en maîtres, et tous pensent comme celui d'entre eux, qui, en face de la rade d'Alger couverte de navires, s'écriait : « Je vois que le roumi a pris ses précautions pour se sauver très vite, le jour où on le chassera! »

II

EXPÉDITION DE TUNISIE (1881).

L'expédition de Tunisie, décidée à la suite de discussions et de luttes à main armée incessantes entre les tribus algériennes et les tribus tunisiennes de la frontière, a été une des moins meurtrières que nous ayons entreprises, l'ennemi ayant presque toujours, de l'avis même des officiers qui ont pris part à cette campagne, résisté fort mollement. Mais si cette guerre n'a pas fourni l'occasion de combats glorieux, elle nous a du moins mis en possession d'un pays fertile dont la prospérité est aujourd'hui reconnue par tous, même par les anti-coloniaux, trop nombreux malheureusement dans notre chère France, où les entreprises aventureuses sont et resteront toujours en honneur, mais où aussi l'on est peu porté à comprendre que l'expansion coloniale est une des manifestations primordiales de l'activité et de la puissance d'un peuple.

Dans la première quinzaine de février, les Oulad Cedra, tribu kroumir, avaient envahi notre territoire pour chasser nos gens des terrains de culture de l'oued Djenan. Un combat violent avait eu lieu, et nécessité l'intervention d'une compagnie et demie du 59e de ligne et d'un bataillon du 3e zouaves, que les Kroumirs assaillirent les 30 et 31 mars; la concentration de troupes nombreuses vers la frontière commença aussitôt.

Le 1er tirailleurs fournit pour cette campagne deux bataillons : le 3e venant de Blida et le 4e d'Aumale. Le lieutenant-colonel Rousset, du régiment, partit avec le 3e bataillon. Embarqué à Alger le 5 avril 1881, débarqué à Bône le 6, il arriva le 10 par La Calle à El Aïoum. Le 4e bataillon, parti le 14, gagna Sétif par voie de terre, et de là le chemin de fer le conduisit à Mondovi; le 19 il était à Oum Teboul, point de concentration de la brigade Ritter qui, avec les brigades Galland et Vincendon, devait envahir

la Kroumirie entre El Aïoum et la mer[1]. La brigade Logerot, avec la brigade de cavalerie Gaume, devait agir dans la vallée de la Medjerda, pour séparer des Kroumirs les
tribus du centre et du sud de la Tunisie; la brigade de Brem devait servir de réserve au
général Logerot. Deux groupes, en somme : l'un destiné à agir contre les Kroumirs,
sous les ordres du général Delebecque (brigades Ritter, Galland, Vincendon), fort de
14500 hommes; l'autre devant pénétrer en Tunisie par Soukharras, commandé par le
général Logerot, et comprenant 8900 hommes. Le général Forgemol.de Bostquenard
fut placé à la tête du corps expéditionnaire, 24000 hommes environ.

Le 26 avril, les troupes passèrent la frontière sans avoir une amorce à brûler
contre l'ennemi qui se retirait à notre approche. A partir du 8 mai pourtant, les
Kroumirs vinrent tirailler aux avant-postes, la nuit surtout, causant des alertes aux
régiments nouvellement arrivés de France, enlevant des hommes isolés qu'ils muti-
laient ou égorgeaient. Le 10, le colonel Colonna d'Istria, du 1er tirailleurs, vint prendre
le commandement des deux bataillons du régiment[2], réunis en un régiment de marche

1. Brigade RITTER :

1er régiment de marche, colonel CAJARD........	{	2e zouaves (1 bataillon).
		3e zouaves (2 bataillons).
2e régiment de marche, colonel GERDER.......;	{	59e régiment de ligne (1 bataillon).
		1er tirailleurs (2 bataillons).
		5e tirailleurs (1 bataillon).

2. Cadres des deux bataillons du 1er tirailleurs :
  MM. COLONNA D'ISTRIA, colonel;
      LEMAZURIER, lieutenant officier payeur;
      VIAL, lieutenant officier d'armement;
      RENARD, sous-lieutenant porte-drapeau;
      AMEUR BEN MUSTAPHA BEN TURQUI, lieutenant;
      BASSOMPIERRE, médecin aide-major de 1re classe.

3e bataillon :
      MM. GAY DE TARADEL, chef de bataillon;
          SÉCHERAS, capitaine adjudant-major.

1re COMPAGNIE	2e COMPAGNIE	3e COMPAGNIE	4e COMPAGNIE
MM. —	MM. —	MM. —	MM. —
GIGANDET..... capitaine.	ROLLANDES.... capitaine.	BERTRAND .... capitaine.	BIGO .... capitaine.
HACQUART .... lieutenant.	MONVILLE..... lieutenant.	MERCIER...... lieutenant.	DUPUY....... lieutenant
DAPOIGNT..... sous-lieut.	MOHAMED BEN	MOHAMED BEN	KOUIDER BEN
MOHAMED BEN	AHMADI.... lieutenant.	MIÇOUN ... sous-lieut.	AMAR...... lieutenant.
ISMAÏL...... sous-lieut.	SALVADOR .... sous-lieut.		LAMY........ sous-lieut.
	MOHAMED BEN		MOHAMED BEN
	M'AHMED... sous-lieut.		MOHAMED... sous-lieut.

4e bataillon :
          M. WASMER, chef de bataillon.

1re COMPAGNIE	2e COMPAGNIE	3e COMPAGNIE	4e COMPAGNIE
MM. —	MM. —	MM. —	MM. —
FRÈRE....... capitaine.	CREUTZER .... capitaine.	GUILLET...... capitaine.	MUSTAPHA BEN
MORELLI...... lieutenant.	SORDES ...... lieutenant.	ABDELKADER	EL HADJ OTH-
ROIG .... sous-lieut.	MEZIAN BEN	BEN MEZIAN. lieutenant.	MAN....... capitaine.
MOUÇA KHITOU. sous-lieut.	AHMED..... lieutenant.	TAVEAU...... sous-lieut.	KADOUR BEN
	GRAZIANI..... sous-lieut.		TAHAR..... lieutenant.
	OMAR BEN ALI. sous-lieut.		LENIENT...... sous-lieut.

50

comprenant 4 officiers et 1 267 hommes, ce qui donna à la brigade, devenue brigade Caillot, une nouvelle organisation[1].

Du 11 au 16, on court après un ennemi insaisissable, à travers bois, et dans un pays montagneux des plus difficiles.

L'avant-garde du 3ᵉ bataillon atteint pourtant l'ennemi en fuite le 16, mais parvient seulement à prendre un troupeau de bœufs. Une action s'engage le 19, entre 3 compagnies du 3ᵉ bataillon placées aux avant-postes et un fort parti de Kroumirs, qui est parvenu à se dissimuler dans des fourrés inextricables, et à se glisser jusque tout près du camp. Le sous-lieutenant Lamy, brusquement assailli, est dégagé par sa section; la compagnie entière (4ᵉ) accourt soutenue par les 1ʳᵉ et 2ᵉ compagnies du 4ᵉ bataillon, et perd 3 tués et 1 blessé. Les 26 et 27, grande razzia, exécutée par 4 bataillons, au nombre desquels est le bataillon Wasmer, sur les territoires des Mekna et des Nefza; 600 têtes de bétail tombent entre nos mains. Le 4 juin on campe à Dra el Melah, puis le 11, à 4 ou 5 kilomètres de Tabarka.

Pendant ce temps, le général Bréart faisait signer au bey de Tunis la convention du Bardo (12 mai); notre intervention était dès lors inutile, et la dislocation des colonnes commença le 10 juin.

Le 14, le régiment est désigné pour rentrer en Algérie; il s'embarque le 16 et 17 à Tabarka; le 3ᵉ bataillon est à Blida le 26 juin et le 4ᵉ à Aumale les 30. Il ne restait plus en Tunisie que les troupes d'occupation, soit 15 bataillons, 7 escadrons, 6 batteries (dont 1 à 2 sections) et 3 compagnies du génie.

Le 4ᵉ bataillon du régiment ne resta pas longtemps dans sa garnison. Surprises au printemps, les tribus tunisiennes se préparèrent pendant l'été à nous jeter à la mer. Cette levée de boucliers faite au nom du bey, sans sa participation officielle d'ailleurs, fut presque générale; comme toujours, elle commença par des assassinats (massacre des employés de la gare de l'oued Zerga). Les tribus du nord, qui seules avaient eu à faire à nous en avril et mai, n'osèrent reprendre la lutte, celles du sud au contraire, chez qui nous n'avions pas pénétré, se mirent toutes en pleine révolte.

Kairouan, centre religieux de la Tunisie, étant le foyer principal de ce mouvement, fut donné comme objectif aux deux brigades du corps expéditionnaire. Le bataillon

---

1. Brigade CAILLOT :
   1ᵉʳ régiment de marche, colonel CAJARD............. 3ᵉ zouaves (2 bataillons).
   2ᵉ régiment de marche, colonel GERDER............. { 2ᵉ zouaves (1 bataillon).
                                                         { 3ᵉ tirailleurs (1 bataillon).
   3ᵉ régiment de marche, colonel COLONNA D'ISTRIA : 1ᵉʳ tirailleurs (2 bataillons).
   Artillerie : 2 batteries.
   Génie : 1 compagnie.

Wasmer quitta de nouveau Aumale le 25 septembre, à l'effectif de 18 officiers et 435 hommes, et gagna Tebessa par Sétif et Aïn Beida, constituant avec un bataillon du 3ᵉ tirailleurs un régiment de marche commandé par le lieutenant-colonel Edon; il franchit la frontière le 17 octobre. Le 29 du même mois, les troupes françaises campaient sous les murs de Kairouan, n'ayant eu que quelques très rares cartouches à brûler contre des adversaires aussi peu entreprenants les uns que les autres.

Toutes les tribus étaient en fuite vers le sud. La marche fut continuée sur Gafsa où l'on arriva le 20 novembre; le 27, la colonne en repartit, enleva le lendemain le village d'El Aïcha, sans autre perte que 1 tué et 4 blessés, et rentra le 30 à Gafsa pour en repartir définitivement le 3 décembre. Le 30, le 4ᵉ bataillon s'embarqua à Bône et rentra à Blida le 4 janvier 1882.

III

COLONNES AU SÉNÉGAL (1882-1884). — MISSIONS AU CONGO (1883-1885, 1893-1894).
AU SOUDAN (1892-1893) ET AU DAHOMEY (1894-1895).

Huit mois après la fin de cette expédition, le ministre de la Marine, qui éprouvait des difficultés pour le recrutement des tirailleurs sénégalais, demanda à son collègue de la Guerre s'il serait possible de trouver dans les régiments d'infanterie indigène d'Algérie des volontaires qui consentiraient à continuer leurs services au Sénégal.

96 tirailleurs du 1ᵉʳ régiment répondirent à cet appel; 50 d'entre eux furent embarqués en décembre à Alger, et les 46 autres, en mai de l'année suivante. Répartis à leur arrivée au Sénégal dans les compagnies du régiment sénégalais, ils prirent part aux colonnes du colonel Vendling et du commandant Dodds dans le Cayor (décembre 1882- mai 1883), et à celles du commandant Combes sur le Haut-Niger (1884); plusieurs furent détachés à Sedhiou, dans la Haute-Casamance.

La plupart d'entre eux seraient bien restés au Sénégal s'ils y avaient été envoyés en unité constituée; mais isolés au milieu des tirailleurs sénégalais, dont ils ne comprenaient pas la langue et ne connaissaient pas les coutumes, ils étaient trop dépaysés; ils revinrent peu à peu en Algérie, au fur et à mesure que les blessures ou les maladies les y obligeaient.

En février 1883, 25 hommes pris parmi les nègres servant dans les trois régiments furent mis à la disposition de M. Savorgnan de Brazza, pour former les cadres de son escorte de 250 à 300 noirs non militaires recrutés au Sénégal. Le 1ᵉʳ tirailleurs fournit 2 français et 6 nègres qui s'embarquèrent le 19 mai 1883. Restés un an à Loango, les tirailleurs en partirent en juin 1884 pour servir d'escorte à la caravane que M. Dolisie conduisit par le Niari à Brazzaville. Là, ils furent tous dispersés dans les postes que l'on créait de toutes parts, entre le Congo, le Kouillou et l'Ogooué. Tout ce pays était incessamment exploré, malgré les difficultés naturelles considérables de ces contrées très accidentées et couvertes de forêts vierges.

Au commencement de l'été de 1885, la plupart des tirailleurs rentrèrent en Algérie sur leur demande. Pendant ces vingt-sept mois de fatigues, un seul des hommes du 1ᵉʳ régiment était mort de maladie, un autre avait été tué dans une expédition.

Si le 1ᵉʳ tirailleurs n'a pas fourni aux colonies de fractions constituées, entre l'expédition du Tonkin et celle de Madagascar, il a été souvent représenté au loin par des officiers ou des tirailleurs qui ont toujours su maintenir la réputation, et, lorsqu'ils en avaient l'occasion, ajouter à la gloire du régiment.

C'est ainsi qu'en 1892, le capitaine Bajolle a servi à l'état-major du Soudan français du 20 septembre de cette année au 1ᵉʳ septembre 1893. Pendant cette période, il a été, de novembre 1892 à juillet 1893, chef d'état-major de la colonne que le lieutenant-colonel Combes, de l'infanterie de marine, dirigeait contre Samory, pour dégager nos postes avancés dans la vallée du Milo, et qui s'avança jusqu'à Koro, à 1100 kilomètres de Kayes et à 400 seulement de Grand Bassam, sur la côte d'Ivoire. Cette campagne ouvrait la route entre Faranna, sur le Niger, et Benty, sur la côte de la Guinée française. La création des trois postes de Kissidougou, Faranna et Eremakono affirma notre prise de possession de la région du haut Niger, et coupant Samory de Sierra-Leone, lui enleva sa principale voie de ravitaillement en armes et en munitions que les Anglais lui faisaient si volontiers passer.

L'année suivante, en 1893, le capitaine Lamy a été envoyé en mission au Congo, du 17 août 1893 au 30 octobre 1894.

Un officier du régiment vient de retourner dans ce même pays, le lieutenant Kieffer, que sa connaissance de la langue arabe rendait précieux pour une mission dans les pays musulmans des alentours du lac Tchad ; il s'est embarqué le 25 février 1899, comme interprète de la mission dirigée par M. Gentil, récemment nommé commissaire du gouvernement au Chari.

Le caporal indigène Sedira Abderrahman a rempli le même rôle auprès du capitaine Toutée, envoyé à travers le Dahomey sur le moyen Niger. Parti le 19 novembre 1894, ce caporal n'est revenu que près d'un an après, le 26 septembre 1895.

Au combat du 5 juin 1895, où le capitaine Toutée se trouva sur le Niger, en aval de Zinder, avec 26 hommes dont 7 armés de fusils à pistons, en face de plus de 400 Touareg, le caporal Sedira avait été, dit le capitaine dans son rapport, remarquable de sang-froid et de précision dans son tir. Quelques jours plus tard, nouveau

CARTE DE L'AFRIQUE OCCIDENTALE.

combat; « Sedira restait toujours chargé d'abattre ceux que je lui signalais comme des chefs ou des braves; il s'en est très bien acquitté[1]. » Cette mission avait réussi à nous donner accès sur le Niger à Badjibo, en aval des rapides de Boussa, et à y construire un poste; nous avons dû évacuer ce point devant les réclamations de la *Royal Niger Company*, soutenue par le gouvernement britannique et l'opinion publique anglaise tout entière, toujours unis dans de pareilles circonstances.

1. Capitaine Toutée. — *Dahomey, Niger, Touareg*, p. 294 et 307.

CHAPITRE II

EXPÉDITION DU TONKIN (1883-1886).

I

Le delta du fleuve Rouge, conquis en novembre et décembre 1873 par le lieutenant de vaisseau Francis Garnier et 175 hommes, reconquis par le capitaine de vaisseau Henri Rivière à la fin de 1882, fut à la mort de ce dernier, tué au pont de Papier, en mai 1883, avec 29 de ses compagnons, de nouveau très menacé. D'une part, les Chinois, enhardis par leurs succès, l'envahissaient lentement par les vallées du Loch-nam, du Song-thuong et du Song-cau ; de l'autre, leurs alliés, les Pavillons-Noirs, chassés du Yunnan et du Kouang-si, descendaient des hautes vallées de la rivière Claire et du fleuve Rouge. Quelques citadelles, isolées au milieu d'un pays hostile, parmi les denses populations duquel il était impossible de se mouvoir, restaient seules entre nos mains.

L'amiral Courbet, nommé le 25 octobre au commandement en chef de nos troupes au Tonkin, avait en face de lui environ 28000 ennemis et disposait seulement de 2500 hommes, moins d'un contre dix. Il fallut envoyer des renforts. Le département de la Guerre ne fournit tout d'abord que trois bataillons d'infanterie : un du 1ᵉʳ tirailleurs, un du 3ᵉ, un du régiment étranger. On en forma le « régiment de marche d'Afrique ». Un demi-escadron de chasseurs d'Afrique du 1ᵉʳ régiment fut également embarqué.

Le 1ᵉʳ bataillon du 1ᵉʳ tirailleurs stationné à Blida, désigné par son tour de mobilisation, fut formé à l'effectif de 600 hommes[1]. Le régiment de marche, commandé par le lieutenant-colonel Belin, du 1er tirailleurs, comprit 58 officiers et 1800 hommes.

Trois jours après avoir reçu l'ordre de mobilisation, le 1er bataillon partait par étapes le 24 septembre pour Alger, s'y embarquait le 27, moitié sur le transport le *Bien-Hoa*, qui devait prendre à Bône le bataillon du 3e tirailleurs, moitié sur le transport le *Tonkin*, qui emmenait le bataillon étranger. Ce bateau arriva dans la baie d'Along le 7 novembre et le *Bien-Hoa* le lendemain. Le 15 novembre 1883, le 1er bataillon était en entier dans la citadelle d'Hanoï.

Les tirailleurs produisirent une profonde impression sur les Annamites qui n'en laissèrent d'ailleurs rien voir. Les « grands soldats noirs » comme les appelaient ceux-ci, furent aussi de leur côté fort surpris en voyant cette population malingre et chétive, ces petits hommes sans barbe et portant chignon. La langue aussi les stupéfiait : « Macache parler français, macache sabir, qu'est-ce qui ci? » disaient-ils avec étonnement. Ils avaient surnommé le bataillon de tirailleurs annamites « le bataillon des demoiselles » à cause de leurs longs cheveux et des rubans rouges qui leur flottaient coquettement dans le dos[2] ».

Les meurtriers du commandant Rivière, réfugiés à Sontay, à 37 kilomètres d'Hanoï, avec leur général Lu-Vinh-Phuoc, avaient repoussé déjà deux fois, le 15 août et le 1er septembre, nos troupes qui s'étaient avancées sur la route reliant Hanoï à cette ville. Il importait donc d'enlever Sontay, l'effet devant être d'autant plus grand que la résistance aurait été plus vive. Cette ville était devenue la véritable capitale du Tonkin; les Chinois y avaient installé un marché important pour ravitailler les Pavillons-Noirs en armes et en munitions; c'étaient là qu'affluaient les impôts

---

[1]. Cadres de ce bataillon :
MM. LETELLIER, chef de bataillon;
FRAUGER, capitaine adjudant-major;
JACQUEMOT, sous-lieutenant officier payeur;
VIDAL, sous-lieutenant officier d'habillement;
FAVIER, médecin aide-major de 1re classe.

1re COMPAGNIE		2e COMPAGNIE		3e COMPAGNIE		4e COMPAGNIE	
MM. —		MM. —		MM.		MM. —	
SERVANT	capitaine.	CANNEBOTIN	capitaine.	OMAR BEN		LIGRISSE	capitaine.
ANACLET	lieutenant.	BÉNÉSIS	lieutenant.	CHAOUCH	capitaine.	SALVADOR	lieutenant.
AHMED BEN		MAMIN DES TURK-		GIRAULT	lieutenant.	MOHAMED BEN	
TAÏEB	lieutenant.	MAN	lieutenant.	AMAR BEN AHMED	lieutenant.	BOXTACH	lieutenant.
PATIN	sous-lieut.	HÉLO	sous-lieut.	GARROS	sous-lieut.	DAPOIGNY	sous-lieut.
MOHAMED EL		MOHAMED OU		BRAHIM NAÏT		AHMED BEN MO-	
SEGHIR	sous-lieut.	SAÏD	sous-lieut.	M'AHMED OU		HAMED	sous-lieut.
				ALI	sous-lieut.		

[2]. Rollet de l'Isle. *Au Tonkin et dans les mers de Chine*, p. 21.

perçus par les postes de douane installés dans les hautes vallées de toutes les rivières. Lu-Vinh-Phuoc, avec l'habileté traditionnelle des Chinois à remuer la terre, avait transformé cette place en un véritable camp retranché ; toutes les digues et chemins y conduisant avaient été coupés ou barrés ; la plupart des forts casematés étaient défendus par un luxe inouï de défenses accessoires, presque tous rasants, cachés au milieu des arbres et des haies de bambous, par conséquent à l'abri des coups de l'artillerie ; la longue portée de nos armes à feu ne pouvait nous être d'aucune utilité.

L'amiral disposait pour cette opération de 4 650 hommes environ[1]. Il pouvait en outre utiliser toutes les canonnières de la flottille. Voulant tirer de ces ressources tout le parti possible, il décida d'attaquer Sontay par terre et par eau, la flottille canonnant de front les défenses accumulées sur le fleuve Rouge, que les troupes prendraient de flanc.

Deux colonnes furent organisées : la première, colonne de droite, commandée par le colonel Bichot, comprenant trois bataillons d'infanterie de marine, 1 de fusiliers marins et 5 batteries, fut transportée en chalands jusqu'à 7 ou 8 kilomètres de Sontay, qu'elle devait attaquer en suivant la rive droite du fleuve Rouge ; la deuxième, colonne de gauche, aux ordres du lieutenant-colonel Belin, comprit le régiment de marche d'Afrique, un bataillon d'infanterie de marine, les Tonkinois et les tirailleurs anna-mites, 3 batteries, une ambulance et un détachement du génie.

Au combat de Phu-sa, le 14 décembre, qui obligea l'ennemi à évacuer les approches de Sontay et qui coûta au bataillon du 3ᵉ tirailleurs près du quart de son effectif, le bataillon Letellier, tenu toute la journée en réserve, ne subit aucune perte.

Placé le surlendemain en première ligne, il soutint la lutte de neuf heures du matin à trois heures du soir avec un tel acharnement que, la ville prise et enlevée d'assaut par la légion, qui avait relevé les tirailleurs épuisés, l'amiral Courbet dit au commandant Letellier : « Votre entêtement m'a fait modifier avantageusement mon plan d'attaque. Le point que vous avez choisi est certainement le plus vulnérable de l'enceinte. Dans la prise de Sontay, le premier jalon vous appartient. Soyez fier de votre part. »

Le lieutenant Mamin ben Turkman et 7 tirailleurs avaient été blessés ; l'un d'entre eux mourut peu de jours après des suites de ses blessures. La citadelle fut

1. Fusiliers marins (1 bataillon), 400 hommes ; infanterie de marine (4 bataillons), 2000 hommes ; régiment de marche d'Afrique (5 bataillons), 1700 hommes ; auxiliaires tonkinois (détachement), 50 hommes ; tirailleurs annamites (détachement), 100 hommes ; artillerie de marine (6 batteries), 400 hommes.

occupée le 17 au matin; 107 pièces de canons et les papiers de Lu-Vinh-Phuoc tombaient en notre pouvoir.

Le bataillon Letellier s'embarqua le 25 décembre pour Hanoï, où il arriva le même jour. Il y resta jusqu'à la fin de janvier 1884, exécutant des reconnaissances continuelles pour pacifier les environs de la capitale. Mais, si les Pavillons-Noirs avaient résisté derrière les fortifications de Phu-sa et de Sontay, il n'en fut pas de même des pirates, ennemi insaisissable dont la poursuite, dans un pays couvert et

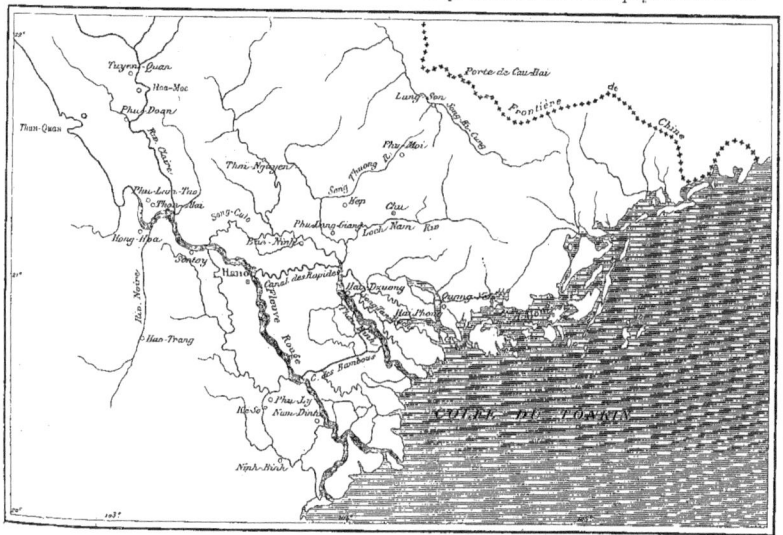

CARTE GÉNÉRALE DU TONKIN
Échelle de 1/2000000°
D'après des documents fournis par les officiers topographes du corps expéditionnaire.

coupé, causa bientôt, par les fatigues et les maladies qu'elle engendra, autant de pertes que de sérieux combats.

Sontay enlevé au nord-ouest d'Hanoï, il restait au nord-est Bac-ninh, que l'on disait occupé par 20000 réguliers chinois. La prise de Sontay avait coûté 26 officiers et 576 hommes mis hors de combat, il était à présumer que celle de Bac-ninh en consommerait au moins autant. Des renforts étaient encore une fois nécessaires.

Le général de division Millot, nommé commandant en chef du corps expéditionnaire, débarqua à Hanoï le 13 février avec les généraux de brigade Brière de l'Isle et de Négrier. Cinq jours après, arrivèrent dans cette ville 200 hommes du 1er tirail-

31

leurs, destinés à compléter l'effectif du bataillon Letellier à 800 hommes. Le corps expéditionnaire, après l'arrivée des renforts, fut porté à environ 16 000 hommes répartis en deux brigades. Le contingent des tirailleurs algériens, grossi de l'adjonction d'un second bataillon du 3ᵉ régiment, forma le 1ᵉʳ régiment de marche[1], qui, à la date du 19 février, occupait les emplacements suivants :

1ᵉʳ bataillon (capitaine Frauger) : Hanoï;

2ᵉ bataillon (capitaine Godon) : Sontay;

3ᵉ bataillon (commandant de Mibielle) : Hanoï.

Le commandant Letellier, promu lieutenant-colonel le 31 décembre 1883, fut remplacé à la tête de son bataillon par le commandant Hesling venu d'Algérie le 3 mars 1884.

Afin d'éviter les défenses accumulées par les Chinois sur la route directe d'Hanoï à Bac-ninh par Phu-tu-son, le général Millot résolut de faire attaquer le camp retranché de Bac-ninh par deux colonnes à peu près de même force, s'avançant l'une d'Hanoï, l'autre d'Haï-dzuong et menaçant la ligne de retraite de l'ennemi. La 2ᵉ brigade, comprenant 5 bataillons (légion et ligne) quitta Haï-dzuong au commencement de mars, passa le canal des Rapides près de son confluent avec le Song-thuong et vint s'installer sur les hauteurs de Cao-trong, dans la presqu'île formée par les deux rivières. La 1ʳᵉ brigade, avec laquelle marchait le général en chef, partit d'Hanoï le 8 mars avec un effectif de 7 bataillons[2] et arriva au contact le 12. Après une canonnade assez longue, les positions ennemies furent enlevées sans pertes et le lendemain la 1ʳᵉ brigade arriva à Bac-ninh où elle trouva la 2ᵉ installée depuis la veille.

Un jour de repos fut accordé, avant d'envoyer deux colonnes sur les traces de l'ennemi en fuite, partie sur Phu-lang-thuong et Lang-son, partie sur Thaï-nguyen.

1. Composition du corps expéditionnaire à la date du 12 février 1884.

Infanterie : 2 brigades.

1ʳᵉ brigade : général Brière de l'Isle.
{ 1ᵉʳ régiment de marche (tirailleurs algériens).
2ᵉ régiment de marche (infanterie de marine).
3ᵉ régiment de marche (infanterie de marine).
Bataillon d'auxiliaires tonkinois.

2ᵉ brigade : général de Négrier...
{ 4ᵉ régiment de marche (légion étrangère et infanterie légère d'Afrique).
5ᵉ régiment de marche (infanterie de ligne).
Bataillon de fusiliers marins.
Bataillon de tirailleurs annamites.

Cavalerie, un demi-escadron de chasseurs d'Afrique; artillerie, 10 batteries; génie, 1 compagnie; train des équipages, 1 compagnie.

Arch. histor. du Minist. de la Guerre. (*Journal de marche de l'état-major du corps expéditionnaire du 12 février au 8 septembre 1884.*)

2. Fusiliers marins (1 bataillon); infanterie de marine (2 bataillons); tirailleurs algériens (5 bataillons); tirailleurs annamites (2 compagnies); auxiliaires tonkinois (1 demi-compagnie); chasseurs d'Afrique (1 demi-escadron); artillerie (6 batteries); génie (détachement).

L'ARTILLERIE EN MARCHE DANS LES RIZIÈRES.
Dessin de Pranishnikof, d'après une photographie.

La 1re brigade, réduite à 3 bataillons et 2 batteries, marcha sur ce dernier point. Le 16, le bataillon Hesling, avec une compagnie de tirailleurs annamites et une section d'artillerie, enleva la citadelle de Tin-dao sans avoir de tués ni de blessés, après un combat de deux heures; trois jours après, Thaï-nguyen était pris, sans plus de pertes et abandonné le lendemain après qu'on en eût fait sauter les portes. La colonne était de retour à Bac-ninh le 23, à Hanoï le 26 mars.

Chassés de Sontay, les Pavillons-Noirs s'était contentés de reculer, et dans toute la région comprise entre le fleuve Rouge et la rivière Noire, ils se reformaient, fortifiant tout le pays : en première ligne, des retranchements le long des deux rivières; plus en arrière, des forts et des ouvrages en terre; au centre de ce camp, la citadelle d'Hong-hoa servant de réduit. Comme lignes de retraite, ils avaient le chemin qui longe la rivière droite du fleuve Rouge et une route franchissant sur un pont de bambous ce cours d'eau en face de la citadelle. Cette route fait communiquer Honghoa avec la région très riche située entre le fleuve Rouge et la rivière Claire, d'où Lu-Vinh-Phuoc tirait la plus grande partie de ses approvisionnements.

Deux colonnes sont organisées : la première sous les ordres du général de Négrier, attaquera de front avec 4 bataillons et 6 batteries; la deuxième (1re brigade) commandée par le général Brière de l'Isle, dessinera avec 5 bataillons et demi et le restant de l'artillerie un mouvement enveloppant vers la gauche.

La deuxième colonne quitte Hanoï le 5 avril, est le 7 à Sontay, et gagne le 10 les bords de la rivière Noire où elle s'installe en couronnant toutes les hauteurs qui dominent d'une trentaine de mètres environ la rive gauche occupée par l'ennemi. Pendant toute la journée, elle reste dans cette position; les douze pièces de la colonne dispersent les bandes qui tentent de se montrer et bombardent les forts et la citadelle de Hong-Hoa, qu'on aperçoit dans le lointain. La colonne de Négrier vient relever le 11 la 1re brigade, qui longe la rivière Noire et la franchit à l'aide de petits bateaux et de paniers à 7 kilomètres en amont, à Bat-bac; à la nuit elle est tout entière sur la rive gauche. Vers six heures du soir, après que la canonnade continuée par la 2e brigade a pris fin, Hong-hoa est en flammes, et la plupart des ouvrages de défense sont détruits. Le lendemain, à onze heures du soir seulement, retardée dans sa marche par les difficultés inouïes du terrain, la brigade Brière de l'Isle arrive aux portes de la ville; la brigade de Négrier y était entrée sans coup férir, ayant trouvé le chemin libre devant elle : les Pavillons-Noirs avaient évacué leurs positions dans la nuit et fait sauter leurs approvisionnements de poudre et de munitions.

Le bataillon Hesling revint le 19 avril à Hanoï [1], où il ne fit que passer, pour aller tenir garnison à Bac-ninh où il arriva le 22. Deux de ses compagnies (1re et 2e) ainsi que son état-major quittèrent d'ailleurs bientôt cette ville avec la colonne Donnier pour marcher sur Thaï-nguyen où les Chinois s'étaient réinstallés depuis le passage de la première colonne (19 mars) et en former la garnison avec une section d'artillerie, un détachement du génie et un peloton d'auxiliaires tonkinois. Quand les troupes y parvinrent, les Chinois venaient d'abandonner la place après l'avoir incendiée et réduite en cendres. Il fallut reconstruire ce poste et le mettre en complet état de défense. Ces travaux, exécutés par des hommes fatigués, sous un soleil meurtrier alternant avec des pluies torrentielles, dans un pays qui ne renfermait aucune ressource utilisable pour la nourriture, à part le riz et les patates, coûtèrent la vie à beaucoup de tirailleurs, surtout parmi les Français de ces deux compagnies, plus jeunes et moins aguerris que les soldats indigènes.

Après le traité de Tien-tsin, deux colonnes devaient prendre possession des places frontières que nous remettaient les Chinois et les Pavillons-Noirs ; l'une sous les ordres du lieutenant-colonel Duchesne, occupa en effet sans difficultés Tuyen-quan, sur la rivière Claire ; l'autre commandée par le lieutenant-colonel Dugenne se dirigea sur Lang-son ; il est inutile de rappeler ici les détails du guet-apens de Bac-lé où cette petite troupe, enserrée dans d'étroits défilés, se heurta à des obstacles infranchissables, défendus par un ennemi nombreux et déterminé, et perdit 2 officiers et 28 hommes tués, 4 officiers et 47 hommes blessés.

A la nouvelle de cet échec, le général de Négrier, réunissant toutes les troupes dont il pouvait disposer, vola au secours de la colonne Dugenne. Les compagnies du 1er tirailleurs stationnées à Bac-ninh, formèrent avec 2 compagnies du 143e de ligne, un bataillon mixte et allèrent rejoindre sur le Song-thuong la colonne de secours. La 3e compagnie alors en expédition contre les pirates, ne put y arriver que le 30 juin ; mais la 4e quitta Bac-ninh le 24 juin et trouva la colonne le 26 à Cao-son. Le bataillon mixte constitua, avec un bataillon du 3e tirailleurs, le 2e régiment provisoire de marche commandé par le lieutenant-colonel Letellier. Les troupes étaient le 28 à Bac-lé, mais le lendemain, la colonne destinée à opérer contre Lang-son fut dissoute, le général en chef ne se croyant pas autorisé à rien entreprendre avant d'avoir reçu des ordres du gouvernement.

Les 3e et 4e compagnies du bataillon Hesling s'installèrent à Phu-lang-thuong ; les

---

1. Le lieutenant-colonel Belin, nommé le 15 avril colonel en France, remit le commandement au lieutenant-colonel Letellier.

1re et 2e, à Thaï-nguyen, continuaient à fondre lentement sous l'action combinée des fatigues, du climat, des privations et de l'isolement.

Les Chinois et les Pavillons-Noirs, mettant à profit notre inaction pendant la saison chaude, reprirent l'offensive sur toute la ligne; les derniers, descendant le fleuve Rouge et la rivière Claire, cherchèrent à couper Hong-hoa et Tuyen-quan de leurs bases de ravitaillement. Les armées chinoises du Quang-tong et du Quang-si partaient de Lang-son et de That-ké pour envahir le Tonkin, et leurs avant-gardes furent bientôt signalées aux environs de Thaï-nguyen, de Phu-lang-thuong et dans la vallée du Loch-nam.

Deux combats sanglants livrés, l'un le 8 octobre à Kep par le général de Négrier, l'autre à Chu le 10 du même mois par le lieutenant-colonel Donnier, dégagèrent le terrain.

Le 17 octobre, le commandant Dominé partit de Phu-lang-thuong, emmenant les deux compagnies de tirailleurs de cette place [1], et parcourut jusqu'au 30 une région montagneuse couverte de forêts inextricables, poursuivant un ennemi qui disparaissait toujours à notre approche; il finit par le surprendre pourtant le 27 au village de Tiengla, qui fut enlevé de la façon la plus brillante par 100 tirailleurs de la 4e compagnie.

Pendant ce temps, 600 hommes de renfort partis de Blida le 18 août sous le commandement du lieutenant Mamin ben Turkman et du sous-lieutenant Roig, débarquaient le 25 septembre à Hanoï [2]; les hommes affectés aux compagnies de Thaï-nguyen y arrivèrent le 16 novembre, après avoir enlevé le 11 sur la route de Bac-ninh, le village de Ngoc-tham, où le sous-lieutenant Roig tua bon nombre de pirates, et, prit le reste de la bande avec 4 étendards, et de nombreux fusils.

Le même jour, 16 novembre, le lieutenant-colonel Letellier nommé commandant d'armes à Hong-hoa, s'y était transporté avec les 3e et 4e compagnies du 1er bataillon.

La fin de l'année 1884 fut employée par les compagnies de Thaï-nguyen à surveiller et à garder la haute vallée du Song-cau et par celles de Hong-hoa à courir sus aux pirates qui d'ailleurs ne nous attendaient jamais.

Les réguliers Chinois, cependant, se rapprochaient de nos postes. Les Annamites prétendaient que l'armée du Yunnan avait quitté ses cantonnements de Lao-kaï et des hautes vallées conduisant au Tonkin, et qu'elle se dirigeait sur le Delta en jalonnant sa route de nombreux camps retranchés. Les Pavillons-Noirs, ses avant-coureurs,

_____

1. Colonne Dominé : 1er tirailleurs (2 compagnies); 2e bataillon d'Afrique (1 compagnie); tirailleurs tonkinois (1 compagnie); artillerie (2 sections).

2. Le lieutenant Mamin ben Turkman, rentré en Algérie après sa blessure, revenait une deuxième fois au Tonkin. Sur ces 600 hommes, 400 passèrent au 3e tirailleurs. Après avoir reçu ce renfort, l'effectif du 1er bataillon fut porté à 1000 hommes.

étaient venus nous insulter sous les murs de Tuyen-quan, dont ils avaient coupé les communications en s'installant à Duoc à quelques kilomètres en aval, sur la rivière Claire. Ils avaient essayé d'empêcher le colonel Duchesne de relever la garnison et de

UN RÉGULIER CHINOIS.
Dessin d'E. Ronjat, d'après une photographie.

la ravitailler; la défaite qu'ils subirent à Duoc ralentit, mais n'arrêta pas leur marche en avant.

Pour refouler cette invasion, le corps expéditionnaire, réduit par le feu et les maladies, n'était plus suffisant. Encore une fois on était arrêté par le manque d'effectifs, conséquence du système des « petits paquets » qui avait déjà gêné notre action après la prise de Sontay et dont les inconvénients se firent sentir de nouveau; il fallut attendre des renforts pour marcher en avant.

Le 3ᵉ bataillon du 1ᵉʳ tirailleurs rentrait de Laghouat où le 2ᵉ bataillon venait de le remplacer, lorsqu'en arrivant à Djelfa, il reçut l'ordre d'accéler son allure, devant être mobilisé dès son arrivée dans le Tell. Après une marche remarquable de douze jours pour franchir les 380 kilomètres qui séparent Laghouat de Blida (étape par jour : 31 k. 600), le bataillon arriva dans cette dernière ville le 31 octobre, et dix jours plus tard était prêt à partir. Il quitta Blida le 19 novembre et s'embarqua le 22 sur le *Chéribon*, à l'effectif de 25 officiers et 1 002 hommes¹; le 4 janvier 1885, il était en rade d'Haï-phong et le 7 à Phu-lang-thuong, où le lieutenant-colonel Letellier, venant d'Hong-hoa, prit le commandement des bataillons du 2ᵉ régiment de marche. Le 3ᵉ bataillon du 1ᵉʳ tirailleurs eut dans ce régiment le numéro 4. Un troisième renfort de 166 hommes, commandés par le sous-lieutenant Lemaistre, s'embarqua à Alger le 18 janvier, destiné au 1ᵉʳ bataillon.

L'infanterie du corps expéditionnaire se composait à cette date de 6 régiments et d'un bataillon formant corps, répartis en deux brigades commandées, la 1ʳᵉ par le colonel Giovanninelli, la 2ᵉ par le général de Négrier².

1. Cadres du 3ᵉ bataillon mobilisé :
MM. Comoy, chef de bataillon;
Frère, capitaine adjudant-major;
Vivrel, lieutenant officier payeur;
Lucas, lieutenant officier d'habillement;
Durand, médecin aide-major de 1ʳᵉ classe.

1ʳᵉ COMPAGNIE MM.		2ᵉ COMPAGNIE MM.	
J. Gérome	capitaine.	Rollandes	capitaine.
Vial	lieutenant.	Petro	lieutenant.
Mohamed ben Mohamed	lieutenant.	Kadour ben Tahar	lieutenant.
Bouffez	sous-lieutenant.	Bonfait	sous-lieutenant.
Ahmed ben Ali	sous-lieutenant.	Mouça ben Ahmed	sous-lieutenant.

3ᵉ COMPAGNIE MM.		4ᵉ COMPAGNIE MM.	
Boell	capitaine.	Bigo	capitaine.
Lamy	lieutenant.	Bajolle	lieutenant.
Ameur ben Mustapha ben Grad Turki	lieutenant.	M'Ahmed ben Mohamed	lieutenant.
Péan	sous-lieutenant.	Renault	sous-lieutenant.
Amar ben Hain	sous-lieutenant.	Ahmed ben Achour	sous-lieutenant.

2. 1ʳᵉ brigade.............. { 1ᵉʳ régiment de marche (infanterie de marine). 2ᵉ régiment de marche (tirailleurs algériens). 2ᵉ régiment de tirailleurs tonkinois.

2ᵉ brigade............. { 3ᵉ régiment de marche (infanterie de ligne). 4ᵉ régiment de marche (légion étrangère). 2ᵉ bataillon d'infanterie légère d'Afrique. 1ᵉʳ régiment de tirailleurs tonkinois.

II

MARCHE SUR LANG-SON. — COMBAT DE BAC-VIAY (12 FÉVRIER 1885).
DÉLIVRANCE DE TUYEN-QUAN. — COMBATS D'HOA-MOC (2 ET 3 MARS).

La marche sur Lang-son, si longtemps attendue, fut enfin décidée à la fin de janvier. Le corps d'opérations s'organisa à Traï-lam sur la rive gauche du Loch-nam sous les ordres directs du général Brière de l'Isle, commandant en chef les troupes du Tonkin. Les deux brigades n'emmenaient qu'une partie de leur effectif, le reste étant réservé pour la garde des postes[1].

L'effectif total fut de 7 186 combattants et les transports nécessitèrent 6 800 coolies.

La 1re brigade, en queue de colonne le 4 février, n'eut pas l'occasion de combattre. Arrivée ce jour-là devant le camp retranché chinois établi à Hao-ha, la division s'était trouvée en face de fortins construits au sommet de chaque mamelon, profilant au-dessus des crêtes leurs remparts découpés d'embrasures sur lesquels flottaient des nuées de drapeaux et de pavillons, et montrant de nombreuses tentes, qui, mieux que tout, attestaient la présence d'importants effectifs. L'honneur d'enlever toutes ces défenses accumulées sur notre route revint presque entièrement, les 4 et 5 février, à la 2e brigade, qui le fit avec un tel élan, que les Chinois n'eurent pas le temps d'emporter ou de détruire d'immenses approvisionnements d'armes, de munitions et de vivres. Deux des compagnies du bataillon Comoy, la 1re et la 4e, coopérèrent le lendemain avec deux compagnies du bataillon de Mibielle, à faire tomber toutes les

---

1. 1re brigade : colonel GIOVANNINELLI..

Régiment de marche d'infanterie de marine (2 bataillons), lieutenant-colonel CHAUMONT.
Régiment de marche de tirailleurs algériens (2 bataillons), lieutenant-colonel LETELLIER (a).
Bataillon du 2e tonkinois, commandant TONNOT.
Trois batteries, commandant LÉVRARD.

2e brigade : général DE NÉGRIER...

Régiment de marche d'infanterie de ligne (3 bataillons), lieutenant-colonel HERBINGER.
Régiment de marche de la légion (3 bataillons, dont un d'infanterie légère) commandant SCHORFFER.
Bataillon du 1er tonkinois, commandant JORNA DE LACALE.
Trois batteries, commandant DE DOUVRES.

Chaque brigade avait une section d'ambulance, la moitié du génie, des pontonniers et des télégraphistes. Le commandant Chapotin dirigeait les parcs, le commandant Palle, les convois.

a. Bataillon Comoy, du 1er tirailleurs, et de Mibielle, du 3e.

(Arch. histor. du Minist. de la Guerre. *Journal des marches et opérations de l'état-major du corps expéditionnaire du Tonkin*).

défenses qui auraient pu menacer le flanc gauche de l'attaque principale ; la 3ᵉ compagnie, appuyant l'infanterie de marine, chargée de prendre les forts du centre, eut 1 tirailleur blessé. Le 6 enfin, à Dong-son, les 2ᵉ et 3ᵉ compagnies formèrent à la fin de l'attaque, l'extrême avant-garde de la division avec quelques compagnies d'infanterie de marine, et elles furent rejointes le 7 par les 1ʳᵉ et 4ᵉ.

Le pays devenait très montagneux, et malgré les indices d'une retraite précipitée de l'ennemi, les plus grandes précautions étaient à prendre pour éviter toute surprise. Le 11, la 2ᵉ brigade se heurta, à Pho-vi, aux avant-postes de l'armée chinoise ; ils couronnaient toutes les crêtes en avant de Lang-son. Dans la soirée, la 1ʳᵉ brigade qui avait dépassé la 2ᵉ, n'était plus qu'à 10 kilomètres de cette ville. L'ennemi tenterait-il un dernier effort ou se bornerait-il à l'abandonner après un semblant de résistance ? La première hypothèse était la plus vraisemblable, à voir l'acharnement avec lequel il s'était défendu les jours précédents. En tous cas, toutes les dispositions furent prises en vue de cette éventualité.

Le 12 au matin, le bataillon Comoy prenant la tête de la colonne s'engagea vers huit heures et demie dans une vallée très étroite, bordée de hautes collines couvertes de jungles. Une heure plus tard, la 1ʳᵉ compagnie reçut des coups de fusil des avant-postes chinois qui se repliaient devant elle et quelques minutes après, l'ordre lui fut donné de s'arrêter et d'attendre que le bataillon, obligé de marcher en longue file indienne, à cause de l'état du chemin, se fût rassemblé et eût pris sa formation de combat. Un brouillard épais empêchait de distinguer l'ennemi et ses positions.

Après une rapide reconnaissance, le colonel Giovanninelli ordonne à la 1ʳᵉ compagnie (capitaine Gérôme) de se maintenir sur les hauteurs qui bordent la gauche de la route ; la 3ᵉ compagnie (capitaine Boell) est partagée en deux fractions : le premier peloton, sous les ordres du lieutenant Lamy, s'avancera dans le bas de la vallée jusqu'à un petit mamelon d'où il dirigera des feux de flanc sur un piton occupé par l'ennemi, que le deuxième peloton, conduit par le capitaine Boell, enlèvera dès que l'attaque aura été suffisamment préparée. La 2ᵉ compagnie (capitaine Rollandes) et la 4ᵉ (capitaine Bigo) seront en soutien de la 3ᵉ.

Un mouvement sur le flanc droit tenté par les tirailleurs tonkinois avait échoué ; les Chinois, prenant l'offensive, commencent à cribler de balles le bataillon Comoy, en pointe en avant de la brigade, dans un vaste entonnoir dominé de toutes parts, et dessinent même un mouvement tournant pour couper notre retraite, mais la compagnie Gérôme continue à lutter avantageusement et maintient les tireurs ennemis à bonne portée.

Le capitaine Rollandes envoie son deuxième péloton commandé par le sous-lieutenant Roig, se placer à la gauche du péloton Laimy, sur un mamelon au pied duquel les Chinois qui continuent leur mouvement en avant, arrivent en se dissimulant dans les hautes herbes des ravins. Rasés dans la jungle, les tirailleurs dont les munitions commencent à s'épuiser, attendent le moment favorable pour s'élancer sur l'ennemi. Celui-ci, enhardi par notre immobilité, arrive à vingt ou trente pas de notre ligne, lorsque tout à coup nos hommes se dressent, poussant de grands cris et sans laisser aux Chinois le temps de se reconnaître, les percent de leurs baïonnettes, les assomment de leurs crosses, les abattent dans un espace trop étroit pour qu'ils puissent facilement fuir. Après une lutte meurtrière à l'arme blanche, l'ennemi épouvanté se disperse malgré sa grande supériorité numérique.

C'est le signal de la reprise du mouvement en avant. Le bataillon Comoy gravit tous les pitons qu'il a devant lui, s'empare des forts qui les couronnent, en chasse ou en tue les défenseurs; à la fin de la journée il va coucher à quelques kilomètres de Lang-son.

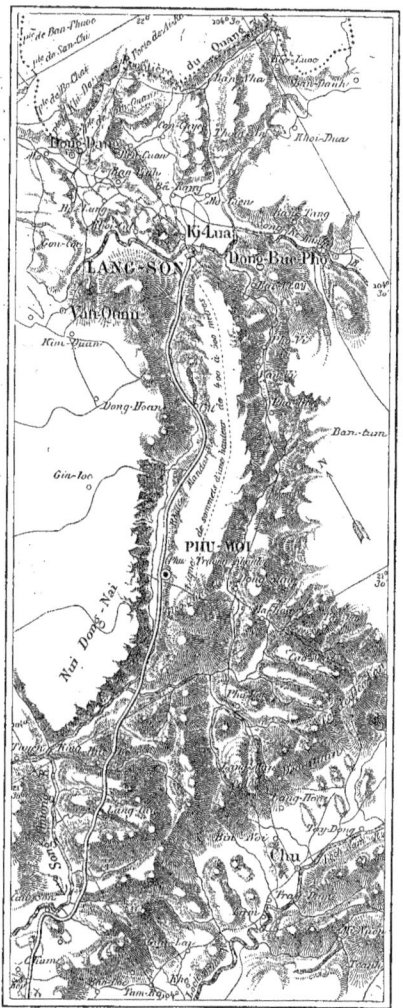

Échelle de 1/500 000ᵉ

ROUTE DE LANG-SON

D'après les officiers topographes du corps expéditionnaire.

Ce bataillon avait eu tout l'honneur, mais aussi presque toutes les pertes de cette journée; sur 200 hommes hors de combat dans la division entière, il comptait 8 officiers et 135 tirailleurs. Le sous-lieutenant Péan mourut le 1er mars de ses blessures; la 2e compagnie avait trois officiers atteints sur cinq : lieutenants Peiro et Kadour ben Tahar, sous-lieutenant Roig; le commandant Comoy, le lieutenant Lamy de la 5e compagnie, le capitaine Bigo et le lieutenant Bajolle de la 4e, étaient blessés; 31 hommes étaient tués, 104 blessés.

La nuit est calme, bien que des partis nombreux de Chinois errant à l'aventure dans l'obscurité, viennent plusieurs fois se heurter à nos avant-postes. Le lendemain, à dix heures du matin, la colonne se remet en marche, le bataillon de Mibielle en avant-garde, le bataillon du 1er tirailleurs en tête du gros.

Après avoir continué à avancer pendant quelques kilomètres dans les montagnes, on débouche tout à coup dans une vaste plaine entourée de collines; vers le sud, des montagnes élevées arrêtent la vue. Au milieu de la plaine, des bouquets d'arbres de toute espèce masquent la citadelle de Lang-son et le village de Ki-lua. Des forts nombreux, pavoisés comme aux jours de fête, s'étagent sur tous les contreforts des montagnes du sud; au delà du Song-ki-kong, coulant dans la plaine, on voit les Chinois venir planter des quantités de pavillons blancs sur les parapets des forts de Ki-lua.

Le drapeau français est hissé à midi sur la citadelle de Lang-son, abandonnée par ses défenseurs. L'artillerie de la colonne, en batterie sur le rempart même de la citadelle, obtient vite par ses feux l'évacuation des forts de Ki-lua, où le bataillon Comoy entre quelques instants après.

Dans un ordre général daté de Lang-son le 14 février, le général en chef rendit hommage à la bravoure et l'entrain des troupes pendant cette marche de dix jours :

« Vous avez arboré, leur dit-il, le drapeau français sur Lang-son; une armée chinoise dix fois plus nombreuse que vous a dû repasser entièrement en déroute la frontière, laissant entre vos mains, ses étendards, ses armes et ses munitions. Elle a été réduite à vous abandonner ou à disperser dans la montagne le matériel européen sur lequel elle avait tant compté pour s'opposer à notre marche.... »

Des deux brigades de la division expéditionnaire, l'une, la 2e, fut désignée pour poursuivre les Chinois, l'autre dut se porter à marches forcées au secours de Tuyen-quan, entouré par Lu-Vinh-Phuoc, dont les bandes s'étaient grossies de troupes régulières chinoises venues du Yunnam depuis le mois de novembre. Cette brigade partit de Lang-son, dès le 16, pour rentrer dans le Delta, et de là gagner la haute rivière Claire. Elle comprenait les deux régiments de marche d'infanterie de marine

COL DE PHO-BOU (ROUTE DE LOCH-NAM A LANG-SON).

Dessin de Taylor, d'après une photographie.

et de tirailleurs algériens, à 2 bataillons chacun, plus 2 batteries. Le 18, elle était à Bac-lé, saluant au passage les tombes des victimes du guet-apens du 26 juin, tombes que les Chinois n'avaient même pas respectées, le 19 à Kep, le 20 à Phu-lang-thuong, le 22 à Hanoï, le 24 à Vie-tri, d'où elle remontait la rive droite de la rivière Claire. Elle arrivait le 27 à Phu-doan, où elle trouvait une colonne composée des troupes disponibles des différents postes de la région (Hanoï, Sontay) aux ordres du lieutenant-colonel de Maussion, de l'infanterie de marine.

Le général en chef, qui marchait avec la 1re brigade, forma de ses troupes[1] quatre groupes : le premier fut commandé par le lieutenant-colonel Letellier, le deuxième par le commandant Mahias, le troisième par le lieutenant-colonel de Maussion, le quatrième, constituant l'arrière-garde, par le commandant Frauger.

Il avait en face de lui, à 20 kilomètres de Phu-doan et à 9 ou 10 de Tuyen-quan, l'armée de Lu-Vinh-Phuoc, forte de 15 à 20 000 hommes, retranchées dans des positions dont les lettres du chef de bataillon Dominé, commandant la place assiégée, avaient depuis longtemps signalé toute la valeur.

Barrant complètement la route par de nombreux ouvrages, les Chinois en avaient élevé d'autres pour empêcher les premiers d'être tournés, le tout appuyé à la berge même de la rivière. Sur toutes les éminences, ils avaient creusé des fortins casematés constituant plusieurs lignes successives, puis ils les avaient reliés entre eux par des tranchées généralement casematées, et en tous cas assez profondes pour qu'un homme pût y circuler debout. Toutes ces fortifications rasantes étaient percées de créneaux pour le tir, à quelques centimètres seulement au-dessus du sol, et que les herbes sous lesquelles ils se dissimulaient rendaient invisibles. L'action de l'artillerie devait être nulle sur des ouvrages d'un aussi faible relief, pourvus de casemates contre lesquelles le calibre de nos pièces était impuissant à exécuter du tir en bombe. En avant et sur tout le front un luxe inouï de défenses accessoires, abatis, petits piquets, palissades, devaient arrêter l'assaillant sous le feu du défenseur, pendant que des fourneaux de mine éclateraient sous ses pas. Le pays coupé et couvert de bois magnifiques se prêtait facilement d'ailleurs à une défense fortement organisée et, ce qui augmentait encore les difficultés contre lesquelles la 1re brigade allait se heurter, c'est que la plupart de tous ces forts, creusés sur des hauteurs boisées, étaient invisibles de la vallée par laquelle elle arrivait; leur présence ne se révélait que par d'innombrables drapeaux.

---

1. 8 compagnies d'infanterie de marine; 10 compagnies de tirailleurs algériens (4 du 1er régiment, 6 du 3e); 2 compagnies et demie de tirailleurs tonkinois; 1 compagnie et demie de légion étrangère; 3 batteries (14 pièces).

Partie de Phu-doan le 28 février à 9 h. 50 du matin, la colonne devait encore être retardée dans sa marche par le mauvais état des chemins. Le 1er mars elle bivouaquait à quatre heures, ayant à peine fait 11 kilomètres dans la journée. A huit heures du soir, comme l'avant-veille, des fusées sont lancées par l'artillerie du haut du mouvement de terrain le plus élevé des environs, trois fusées blanches sont aperçues dans la direction de Tuyen-quan[1].

Le lendemain, 2 mars, elle continue son mouvement. Tous savent que le péril est grand, mais tous savent aussi qu'il faut passer à tout prix pour délivrer les nôtres luttant à brèches ouvertes dans Tuyen-quan. Un peloton de tirailleurs tonkinois forme la pointe de l'avant-garde, composée du bataillon de Mibielle.

Après avoir cheminé sous bois pendant un certain temps, les Tonkinois, débouchant dans une clairière, font prévenir qu'ils se trouvent en face des ouvrages ennemis. L'artillerie de l'avant-garde prenant position envoie quelques obus sur les forts qu'elle distingue vaguement au milieu de la broussaille. L'ordre de continuer la marche étant arrivé, les Tonkinois reprennent leur mouvement, mais lentement, comme s'ils soupçonnaient quelque piège. Toujours le même silence, c'est à croire les lignes évacuées : ils sont à 40 mètres des tranchées que pas un coup de fusil n'a encore été tiré. Les Tonkinois avancent encore de quelques pas; alors, de la palissade située à l'extrémité de la clairière, jaillissent des éclairs de feux; c'est une fusillade terrible qui éclate, et qui cesse aussi brusquement qu'elle a commencé; les Chinois, le coupe-coupe à la main, sortant de leurs tanières comme une légion de diables, se précipitent sur notre avant-garde qui tourbillonne un instant et se reforme dans la broussaille; ils se retirent devant la 4e compagnie du bataillon de Mibielle (3e tirailleurs), mais non sans avoir enlevé quelques-uns de nos tirailleurs tonkinois.

Cette compagnie, appuyée de la 2e du même bataillon, se déploie dans les hautes herbes et enlève sous un feu meurtrier un retranchement à droite de la route. Le bataillon Comoy, en réserve jusque là, reçoit à son tour l'ordre de marcher. La 1re compagnie (capitaine Gérôme) qui n'a plus qu'un peloton[2], est placée en soutien de l'artillerie; elle y reste toute la journée et toute la nuit. La 2e (capitaine Rollandes), bientôt suivie de la 3e (capitaine Boell), se glisse dans les herbes et les broussailles et arrive à 30 mètres des palissades ennemies; elle prend position sur un monticule, se reliant par la 3e à gauche à la compagnie Valet du 3e tirailleurs, et par

---

1. Arch. histor. du Minist. de la Guerre. *Journal des marches et opérations de l'état-major du corps expéditionnaire du Tonkin.*

2. L'autre peloton avait été détaché avec le sous-lieutenant Bouffez à la garde d'un poste optique attaqué par les pirates peu de jours auparavant.

la compagnie Chirouze, à droite, du 3ᵉ tirailleurs également, à deux autres compagnies de ce régiment. La 4ᵉ compagnie du bataillon Comoy, sous les ordres du lieutenant-colonel Letellier, se dirige sur l'extrême gauche de l'ennemi.

De son côté, l'infanterie de marine s'avançait aussi, mais l'artillerie ne pouvant rien sur les ouvrages chinois, il allait falloir en venir à l'assaut avant qu'il eût pu être suffisamment préparé, ce qui nous exposait inévitablement à des pertes sérieuses.

Vers trois heures, le capitaine Rollandes, à quelques mètres seulement de la ligne ennemie, essaye de forcer le passage. D'un bond les tirailleurs de la section de tête, sous les ordres de l'adjudant Géronimi, sont au milieu des défenses accessoires; ils vont même les traverser complètement, lorsqu'une mine, faisant explosion, met le feu aux herbes et contraint l'assaillant brûlé et mutilé à se replier, laissant de nombreux cadavres sur le sol.

La section Géronimi, qui se trouvait sur le flanc du mamelon du côté de la tranchée chinoise, se trouva exposée entièrement à découvert au feu de l'ennemi. La 2ᵉ section, qui arrivait à ce moment sur la crête et le reste de la compagnie qui suivait, souffrirent moins que la section de tête, qui était aussi le plus près du point d'éclatement. A ce moment, le capitaine Rollandes reçut une balle qui le frappa mortellement; transporté à l'ambulance, il expira avant d'y arriver.

La compagnie Chirouze un peu en arrière et à droite, ressentit aussi les effets de cette explosion, mais en raison de son éloignement relatif, elle subit moins de pertes que la compagnie Rollandes. Lorsque, quatre ou cinq jours après la délivrance de Tuyen-quan, le bataillon Comoy fut renvoyé à Hoa-moc pour combler les tranchées, le sous-lieutenant Roig découvrit, en remuant la terre, que le mamelon sur lequel ou auprès duquel s'étaient installées deux compagnies du 3ᵉ tirailleurs et la 4ᵉ compagnie du bataillon Comoy était également miné. Mais, soit que les dispositions préparées pour la mise du feu fussent défectueuses, soit que la pluie qui était tombée assez abondamment eût détérioré la poudre contenue dans les bambous reliant les caisses les unes aux autres, cette mine ne fit pas explosion. Elle se composait d'une quarantaine de caisses renfermant chacune environ cinquante kilogrammes de poudre. La mine qui sauta sous les pas de la compagnie Rollandes devait en comprendre autant; on y retrouva une vingtaine de caisses restées intactes. La moitié seulement de la mine avait donc sauté[1].

Quelques hommes, au moment de l'explosion, avaient perdu leurs armes;

1. Renseignements inédits fournis par M. Roig, actuellement capitaine à l'état-major du 9ᵉ corps d'armée.

aussitôt que la fumée fut un peu diminuée, ils sortirent isolément èn avant de notre position, et, servant de cible aux Chinois cachés dans les tranchées, se mirent à rechercher leurs fusils, au milieu des débris de toutes sortes. L'adjudant Géronimi et le sergent M'Ahmed Kaci ou Meçaoud, armés chacun d'un fusil, ne cessèrent de donner à leurs hommes l'exemple du plus brillant courage.

Cependant les compagnies fondent avec une rapidité effroyable; la situation

L'ARTILLERIE ESCALADE LES CRÊTES.
Dessin de Gérardin, d'après une photographie.

devient critique. A quatre heures et demie, le bataillon Mahias, de l'infanterie de marine (400 hommes), est envoyé pour briser la ligne chinoise à droite; il arrive jusqu'à quelques mètres des remparts, met baïonnette au canon et au son de la charge, s'élance officiers en tête; il disparaît au milieu d'un tourbillon de fumée, mais il n'a pas atteint l'ennemi que tous ses officiers et le tiers de ses hommes sont tués ou blessés. Une heure plus tard, un deuxième bataillon d'infanterie de marine (commandant Lambinet) renouvelle cette tentative, il monte à son tour à l'assaut, et après

33

avoir laissé une bonne partie de son effectif par terre, finit par s'emparer d'une petite partie de tranchée et d'un fortin. Une troisième tentative, exécutée à cinq heures du côté de la rivière par la 3ᵉ compagnie du bataillon de Mibielle, soutenue par la 4ᵉ du bataillon Comoy, n'a pas plus de succès; à 100 mètres de l'extrémité des tranchées, les tirailleurs de la 3ᵉ compagnie s'étaient élancés; mais, pris de front et de flanc par un feu qui met 24 d'entre eux hors de combat en quelques instants, ils ne peuvent franchir les obstacles qu'ils ont devant eux et se reforment un peu en arrière. A six heures, cette compagnie est relevée par la 4ᵉ du 1ᵉʳ tirailleurs.

Tous les essais pour franchir cette ligne redoutable avaient donc échoué; nous avions 400 hommes hors de combat. A six heures, la nuit était venue, et le brouillard la rendait plus obscure : « Ordre est donné aux troupes de rester sur les emplacements qu'elles occupent, sans tirer. On ramasse les blessés; à onze heures, mouvement offensif des Chinois, repoussé à la baïonnette[1]. » Les 2ᵉ, 3ᵉ et 4ᵉ compagnies du 1ᵉʳ tirailleurs placées en ligne, le long des retranchements ennemis dont elles n'étaient séparées que par 30 ou 50 mètres, passèrent la nuit baïonnette au canon; elles eurent à repousser deux contre-attaques.

Que l'on s'imagine ce que dut être cette nuit abominable passée sous la pluie, sous le « crachin » tonkinois, avec une fusillade ininterrompue de la part des Chinois, au milieu des gémissements des blessés et des cris des mourants. Le succès semblait nous échapper; il ne nous restait plus, selon l'expression traditionnelle qui n'avait jamais été aussi vraie, qu'à vaincre ou à mourir.

Le lendemain matin, avant même qu'un ordre eût été donné, la lutte reprenait à la première lueur du jour. Une compagnie de légion portée pendant la nuit en première ligne et qui est parvenue à se glisser dans la forêt, tombe brusquement sur un fortin de la droite ennemie. Au même moment, l'autre extrémité de la ligne est assaillie par la 4ᵉ compagnie du bataillon Comoy, qui enlève, sans trop de pertes, un des fortins contre lesquels avait échoué la veille l'infanterie de marine, franchit la ligne chinoise et arrive au pied d'un ouvrage de deuxième ligne que la compagnie de légion attaque d'un autre côté. Toutes les troupes suivent le mouvement; les 2ᵉ et 3ᵉ compagnies détruisent les obstacles qu'elles ont devant elles, et vont rejoindre la 4ᵉ compagnie pour l'aider à entourer le fort. Le colonel Giovanninelli arrive avec la 4ᵉ compagnie du bataillon Béranger (3ᵉ tirailleurs).

---

1. Arch. histor. du Minist. de la Guerre, *Journal des marches et opérations de l'état-major du corps expéditionnaire du Tonkin.*

LES CHINOIS REVOLTÉS DE CRÈTE EN CRÈTE.

Dessin de Tofani, d'après une photographie.

Les défenseurs de ce point, réduits au désespoir, luttent à outrance; ils blessent mortellement le lieutenant M'Ahmed ben Mohamed, du 1er tirailleurs. On apporte de la dynamite. « Une brèche est faite à la palissade qui surmonte le parapet, dit un témoin du dernier acte de ce drame[1], mais cela ne suffit pas. Les Chinois résistent toujours. Ces derniers ont maintenant entonné une espèce de chant religieux, et s'excitent en s'accompagnant sur des gongs. Dans nos rangs, pas un cri, pas une impatience, pas une hésitation. Le colonel Giovanninelli, le lieutenant-colonel Letellier, sont là à quelques pas, donnant eux-mêmes l'exemple du plus admirable sang-froid. On n'attend que ce seul mot : En avant! Mais le colonel Giovanninelli voyant que les Chinois sont décidés à vendre chèrement leur vie, ne veut pas exposer inutilement celle de tant de braves soldats; il fait amener une pièce de canon, on la hisse à grand peine à quelques mètres de la brèche, elle est chargée à mitraille, et par cinq ou six fois ses coups vont porter l'épouvante et la mort au sein des défenseurs du fort, dont tous les feux et les chants cessent enfin tout à fait. Il est neuf heures et demie. » La 4e compagnie du bataillon Comoy et un peloton de la compagnie Massip (4e du bataillon Béranger) escaladent le retranchement sous les ruines duquel sont ensevelis les défenseurs. Un fortin résistant encore, la compagnie Massip s'y élance; mais les Chinois n'attendent pas le choc et fuient sur tous les points.

Ainsi se termina cette lutte de deux jours, dont le résultat final, la veille au soir, semblait si compromis. Le commandant Frauger, de la légion étrangère, resta avec quelques pelotons (dont celui de la compagnie Gérôme) pour garder l'ambulance; et le colonel Giovanninelli pressant la marche, arriva à trois heures et demie de l'après-midi à Tuyen-quan.

La place était sauvée, mais au prix de quelles pertes! Le combat d'Hoa-moc[2] était et devait rester le plus sanglant de toute l'expédition; tirailleurs et infanterie de marine avaient été particulièrement éprouvés. La colonne de secours, partie à l'effectif de 3200 hommes en avait eu 463 hors de combat les 2 et 3 mars, soit un peu plus de 1 homme sur 7 :

    8 officiers et 70 hommes tués ou morts de leurs blessures;
    19 officiers et 366 hommes blessés[3].

Sur ce total, les tirailleurs algériens comptaient 4 officiers tués et 8 blessés,

---

1. Le sous-lieutenant Darier-Chatelain, de la 4e compagnie du bataillon Béranger (*Historique du 3e tirailleurs,* p. 545).
2. Nom d'un village situé à quelques kilomètres en arrière du lieu du combat.
3. Arch. histor. du Minist. de la Guerre, *Journal des marches et opérations de l'État-major du corps expéditionnaire du Tonkin.*

34 tirailleurs tués et 166 blessés, en tout 212 officiers ou soldats atteints par le feu.

Le capitaine Rollandes, le lieutenant M'Ahmed ben Mohamed et 20 tirailleurs du bataillon Comoy avaient été tués; le lieutenant-colonel Letellier et le sous-lieutenant Roig, ainsi que 74 hommes avaient été blessés. Bac-viay et Hoa-moc coûtaient au bataillon Comoy 10 officiers sur 25 et 229 hommes sur 1 002.

« Après vos victoires de la route de Chu à Lang-son, dit le général Brière de l'Isle aux troupes de secours, dans son ordre du 5 mars, sans vous accorder un repos si bien mérité, j'ai dû vous demander de nouveaux efforts.... L'entrain que vous avez montré dans vos belles marches de Lang-son à Hanoï et sur les bords de la rivière Claire a prouvé que vous sentiez l'importance de vos nouvelles opérations.

« Le 2 mars, vous avez rencontré l'armée chinoise descendue du Yunnan, retranchée dans une série d'ouvrages formidables, sur un terrain d'une difficulté inouïe. L'ennemi, renforcé de tous les bandits de Lu-Vinh-Phuoc, avait annoncé bien haut qu'il vous barrerait la route de Tuyen-quan, assiégé avec rage par lui.

« Sans tenir compte du nombre de vos adversaires, vous avez enlevé de vive force les ouvrages de Hoa-moc après une lutte de près de vingt-quatre heures. Le résultat a répondu à vos efforts, et le 3 mars, vous serriez la main des braves de l'héroïque garnison que vous veniez d'égaler.... »

Après un jour de repos à Tuyen-quan, le bataillon Comoy fut envoyé à Hoa-moc pour détruire certains des ouvrages chinois et en remettre d'autres en état. Le 29 mars, la colonne Giovanninelli quittait Tuyen-quan pour se porter au secours de la 2ᵉ brigade, qui avait subi un échec à Bang-bô, mais elle arriva trop tard; le lieutenant-colonel Herbinger, commandant la brigade à la suite de la blessure du général de Négrier, s'était déjà replié sur Kep et Chu.

Le commandant Comoy avec ses 1ʳᵉ et 2ᵉ compagnies resta à Phu-doan; les 3ᵉ et 4ᵉ avaient été laissées à Hoa-moc, sous le commandement du capitaine Boell.

III

LES PIRATES. — COLONNES DE THAN-MAÏ (OCTOBRE), DU DAY (NOVEMBRE),
DU SONG-CALO (DÉCEMBRE 1885), DU HAUT-FLEUVE ROUGE (FÉVRIER 1886). —
RENTRÉE DES TIRAILLEURS EN ALGÉRIE (MAI ET JUIN 1886).

Les compagnies du 1ᵉʳ bataillon à Thaï-nguyen et Hong-hoa, avaient, pendant ce temps continué leurs reconnaissances autour de ces postes; le capitaine Bénésis, avec la 3ᵉ compagnie, avait brûlé dans les premiers jours de février le village de Than-maï, qui servait de repaire à tous les pirates des environs. A Thaï-nguyen, le commandant Hesling avec une compagnie de son bataillon et 1 peloton de tonkinois, avait, du 18 au 21 mars, reconnu la route menant à Cao-bang, parcourant plus de 100 kilomètres en quatre jours dans un pays fort difficile.

Au commencement du mois d'avril, après le mouvement rétrograde de la 2ᵉ brigade, les Chinois et les Pavillons-Noirs reprirent l'offensive sur toute la ligne. Les deux bataillons du 1ᵉʳ tirailleurs, occupant des postes avancés, durent redoubler d'ardeur pour compléter la mise en état de défense des points confiés à leur honneur militaire. Les colonnes ennemies, descendant le fleuve Rouge et la rivière Noire, vinrent bientôt s'installer en vue de Hong-hoa, gênées chaque jour par des sorties du demi-bataillon de tirailleurs appuyé par les canonnières le *Henri Rivière* et l'*Éclair*. D'un autre côté, Hoa-moc n'était qu'à 8 ou 10 kilomètres du camp retranché de Dong-yen-hong; quant à Phu-doan, ce poste était menacé par des bandes descendant le Song-chaï. Mais un armistice était intervenu avec la Chine dans la deuxième quinzaine d'avril et la paix signée à Tien-tsin, le 9 juin. Les troupes chinoises remontèrent vers la frontière; elles laissaient cependant en face de nous les pirates, sur lesquels il fallait exercer une surveillance incessante.

Le général de Courcy arriva sur ces entrefaites au Tonkin pour prendre le commandement du corps expéditionnaire, qui, à la date du 30 mai 1885, comprenait 2 divisions de 2 brigades chacune[1]. Ces deux divisions formaient un ensemble de

1.

1ʳᵉ DIVISION
GÉNÉRAL BRIÈRE DE L'ISLE

1ʳᵉ BRIGADE GÉNÉRAL JAMAIS	2ᵉ BRIGADE GÉNÉRAL MUNIER
1ᵉʳ régiment de marche, colonel MOURLAN (4 bataillons de tirailleurs algériens).	3ᵉ régiment de marche, lieutenant-colonel CHAUMONT (5 bataillons d'infanterie de marine) (a).
2ᵉ régiment de marche, lieutenant-colonel CALLET (3 bataillons de zouaves).	1ᵉʳ tirailleurs tonkinois, colonel DE MAUSSION (15 compagnies).
2 batteries.	1 batterie.

1 escadron du 2ᵉ spahis (b).

2ᵉ DIVISION
GÉNÉRAL DE NÉGRIER

3ᵉ BRIGADE GÉNÉRAL GIOVANNINELLI	4ᵉ BRIGADE GÉNÉRAL PRUDHOMME
4ᵉ régiment de marche, colonel DONNIER (4 bataillons de légion) (c).	5ᵉ régiment de marche, lieutenant-colonel GODARD (5 bataillons de ligne).
2ᵉ bataillon d'infanterie légère d'Afrique.	2ᵉ tirailleurs tonkinois, lieutenant-colonel BERGER (12 compagnies).
3ᵉ bataillon d'infanterie légère d'Afrique (b).	Bataillon de marche de tirailleurs tonkinois.
2 batteries.	1 batterie.

1 escadron du 1ᵉʳ et 1 du 3ᵉ spahis.

(a) Dont 6 compagnies en Annam. — (b) Attendu d'Algérie. — (c) Dont un attendu d'Algérie.

POSTE DE TIRAILLEURS ALGÉRIENS SUR LA RIVIÈRE NOIRE.
Gravure de Bocher, d'après une photographie.

528 officiers et 26 523 hommes. Avec les troupes non embrigadées, le total était de 864 officiers et 29 838 hommes. Il y avait en outre 28 officiers et 1 157 hommes en Annam.

Les quatre bataillons de tirailleurs algériens réunis depuis le 11 mars sous le commandement du colonel Mourlan, du 1er tirailleurs, formèrent le 1er régiment de marche, à l'effectif de 100 officiers et 5 651 hommes. Le 1er bataillon du 1er tirailleurs comptait 26 officiers et 1 369 hommes; le 3e, 24 officiers et 1 367 hommes[1]. 787 hommes du 1er tirailleurs venaient d'arriver d'Algérie avec les lieutenants Sordes et Franchet d'Esperey, et les sous-lieutenants Gosselin, Simon et Chrétien, et étaient débarqués en baie d'Along les 14 et 22 mai.

L'été se passa pour tout le corps expéditionnaire dans un calme relatif; le 1er régiment de marche, dont l'état-major résidait à Sontay, occupait les postes de la haute rivière Claire, du haut fleuve Rouge et de la haute rivière Noire. Au mois de juillet, le colonel Mourlan avec les 3e et 4e compagnies du bataillon Hesling, une compagnie de tirailleurs tonkinois et un détachement d'artillerie, alla créer un poste à Lien-son, dans la vallée du Song-day, affluent de la rivière Claire; la 3e compagnie du 1er bataillon y fut laissée, les trois autres occupèrent Sontay. Quant au bataillon Comoy il était à Vie-tri, Bac-hat, Phu-doan et Hoa-moc.

Mais avec les chaleurs étaient revenues les fièvres auxquelles se joignit bientôt un terrible fléau, le choléra, apporté à Haï-phong par les troupes revenant de Formose et qui avait trouvé dans cette ville, encombrée de soldats, un milieu propre à son rapide développement. La légion étrangère, l'infanterie de ligne et l'artillerie furent particulièrement frappées; les tirailleurs algériens, au contraire, furent moins éprouvés. Ce fait s'était d'ailleurs déjà produit en 1854 dans la Dobrutscha et en 1859 au Maroc.

Les sorties contre les pirates ne présentaient pas grand intérêt, procurant beaucoup plus de fatigues que de combats, mais bien qu'il n'y eût plus de grande expédition, les maladies et les blessures enlevaient encore chaque mois de nombreux soldats au corps d'occupation (Tonkin-Annam) : 943 hommes en août, 808 en septembre, 454 en octobre[2]. A la fin de septembre, le général de Courcy se décida à purger la région comprise entre la rivière Claire et le fleuve Rouge des bandits qui l'infestaient. Dans le courant du mois de mars précédent, un bataillon du 1er zouaves

---

1. Tous ces chiffres sont extraits de la situation d'effectif du 30 mai 1885. (Arch. histor. du Minist. de la Guerre, *Journal des marches et opérations de l'état-major du corps expéditionnaire du Tonkin*.)
2. Arch. histor. du Min. de la Guerre, *Journal des marches et opérations du corps du Tonkin*.

avait éprouvé, devant Than-maï, un sanglant échec; il s'agissait de ne pas laisser plus longtemps les pirates croire à l'inviolabilité de leur repaire.

Trois colonnes furent organisées : l'une commandée par le général Jamais, remontera la rivière Claire et cernera le village par le nord; la deuxième, sous les ordres du colonel Mourlan, passera le fleuve Rouge à Nam-cuong et arrivera par l'ouest; la dernière, avec le général Munier, marchera directement sur Than-maï.

Le bataillon Hesling envoya 3 compagnies à la colonne Mourlan, qui se forma à Nam-cuong, à 15 kilomètres en amont de Hong-hoa, et 1 à la colonne Jamais, pour constituer un bataillon mixte avec les 1re et 2e compagnies du bataillon Béranger, du 3e tirailleurs; le 3e bataillon, commandé à cette époque par le chef de bataillon Macarez, et dont la 1re compagnie devait rester à Bac-hat et Vic-tri, fournit 3 compagnies à la colonne Jamais.

Les opérations commencèrent le 21 octobre, sous la direction du général Jamont, qui avait remplacé le général Brière de l'Isle à la tête de la 1re division. La colonne Mourlan passa le fleuve Rouge le 21 et enleva le village de Tach-son malgré un feu vif qui lui tua 3 tirailleurs. La colonne Jamais, après avoir franchi la rivière Claire, s'engagea le 23 en avant de Chu-hoa, où la 3e compagnie du 3e bataillon perdit un homme blessé; le 24, la jonction des trois colonnes était accomplie et le général Jamais entrait dans Than-maï, abandonné par ses défenseurs.

De là, le 1er bataillon rentra à Hanoï et le 3e à Sontay. Ce dernier y fut maintenu jusqu'en mars 1886, fournissant des postes de pelotons et de sections sur la rivière Noire, sur la route d'Hanoï, sur les rives du Day. Quant au 1er, sous les ordres du colonel Mourlan, il avait été chargé de nettoyer le pays entre le fleuve Rouge, le canal de Phu-li et le Day. Ses quatre compagnies, à de très forts effectifs, s'embarquèrent à Hanoï le 2 novembre, se dirigeant concentriquement sur le village de Ma-li-tong, que l'on disait être fortement occupé. Ce fut une véritable chasse; les compagnies, partie à pied sur les digues des rizières, partie montées sur des embarcations légères, se rabattaient l'une sur l'autre les pirates qui croyaient, au milieu des lagunes, être à l'abri de nos coups. Tout le mois de novembre fut employé à cette besogne, malgré les fatigues sans nombre de marches dans des terrains détrempés et le choléra qui, de temps à autre, faisait encore des victimes. A la fin du mois, la région étant pacifiée, deux compagnies furent laissées pour la surveiller et le colonel revint à Hanoï avec les deux autres (1re et 5e).

Elles n'y restèrent d'ailleurs pas longtemps. Les pirates, chassés sur un point, reparaissaient sur un autre; entre le Song-thuong et le Song-day, ils désolaient le

34

pays. Pour mettre fin à leurs déprédations, les deux divisions du corps expéditionnaire durent y envoyer de nombreuses colonnes légères, auxquelles les deux bataillons du 1ᵉʳ tirailleurs fournirent des détachements.

Les 1ʳᵉ et 3ᵉ compagnies du bataillon Hesling se mirent en route d'Hanoï vers le nord avec le colonel Mourlan; un peloton de la 3ᵉ (sous-lieutenant Lemaistre) et un de la 4ᵉ (lieutenant Bajolle) du 3ᵉ bataillon, furent avec une compagnie du 3ᵉ tirailleurs, placés sous les ordres du commandant Béranger, et se dirigèrent sur la vallée du Song-calo par l'ouest, tandis que le colonel Mourlan s'y rendait par le sud[1]. Les deux colonnes étaient réunies le 6 décembre; le 11, le 12, le 14, on attaquait les pirates, mais ceux-ci s'enfuyaient toujours après un semblant de résistance; la colonne ayant parcouru le pays en tous sens était dissoute le 25, et le colonel avec la 1ʳᵉ compagnie rentrait le lendemain à Hanoï; la 3ᵉ qui avait eu deux cas de choléra resta à Than-ky : quant aux deux pelotons du 3ᵉ bataillon, ils rejoignirent leurs compagnies à Sontay et Van-koc.

Le jour même de la dissolution de cette colonne, un troisième bataillon du régiment, le 2ᵉ, arrivait en baie d'Along. Parti le 9 novembre de Blida et le même jour d'Alger, à l'effectif de 25 officiers et 758 hommes[2], il était en entier à Hanoï le 3 janvier 1886[3]. A la suite de l'arrivée de ce bataillon, le 1ᵉʳ régiment de marche fut composé des 1ᵉʳ, 2ᵉ et 3ᵉ bataillons du 1ᵉʳ tirailleurs, commandés par le lieutenant-colonel Comoy en remplacement du colonel Mourlan, nommé le 3 janvier chef d'état-major du corps d'occupation. Chacun des deux bataillons du 3ᵉ tirailleurs fit

1. Colonne du Song-calo : 1ᵉʳ tirailleurs (3 compagnies); 3ᵉ tirailleurs (3 compagnies).
2. Cadres en officiers, du 2ᵉ bataillon :

MM. Gousset, chef de bataillon.
    de Ginestous, capitaine adjudant-major.
    Seguin, lieutenant, officier payeur.
    Duthon, lieutenant, officier d'habillement.
    Dziekonski, médecin-major de 2ᵉ classe.

1ʳᵉ COMPAGNIE		3ᵉ COMPAGNIE	
MM. Schreiber-Desvaux de St-Maurice.	capitaine.	MM. Martigny	capitaine.
Réquier	lieutenant.	Aurousseau	lieutenant.
Omar ben Ali	lieutenant.	Mouça ou Kuirou	lieutenant.
Eudes d'Eudeville	sous-lieutenant.	Balagny	sous-lieutenant.
Abdelkader ben Kadour	sous-lieutenant.	Aumed ben Abdallah	sous-lieutenant.

2ᵉ COMPAGNIE		4ᵉ COMPAGNIE	
MM. Cometta	capitaine.	MM. Mercier	capitaine.
Thiébaut	lieutenant.	Renard	lieutenant.
El Arbi ben Saïd	lieutenant.	Joseph ben Mohamed	lieutenant.
Viard	sous-lieutenant.	Delvaley	sous-lieutenant.
M'Ahmed ben Meçaoud	sous-lieutenant.	Mohamed bel Kacem	sous-lieutenant.

3. Neuf des officiers de ce bataillon qui n'avaient pu trouver de place sur le paquebot qui emmenait le bataillon, arrivèrent à Hanoï le 19 janvier seulement.

corps à part. Les trois bataillons du régiment de marche avaient encore de forts effectifs, au total 81 officiers et 3 036 hommes[1].

Le 19 janvier, le général de Courcy rentra en France, remplacé par son chef d'état-major, le général Warnet, qui, disposant de troupes nombreuses (39 510 hommes à la date du 1er janvier pour le Tonkin et l'Annam), s'occupa aussitôt de l'expédition sur le haut fleuve Rouge, projetée déjà plusieurs fois par ses prédécesseurs, mais jamais exécutée. On devait prendre Than-quan, et remonter aussi

OFFICIER FRANÇAIS ET SON PETIT CHEVAL TONKINOIS.
Dessin d'Y. Pranishnikoff, d'après une photographie.

loin que possible dans la direction de Lao-kaï. Quatre colonnes furent organisées, sous la direction supérieure du général Jamais, formant un effectif de 3 500 hommes. La 3e compagnie (capitaine Bénésis) du 1er bataillon et le peloton Simon, de la 1re compagnie du 3e bataillon, firent partie de la colonne n° 1 (commandant Godon) qui devait marcher par la rive droite du fleuve Rouge; la 4e compagnie du même

---

1. 1er bataillon : 29 officiers, 1 188 hommes.
   2e   —   24 (a) —   750   —
   3e   —   28   —   1 098   —

(a) Le lieutenant Réquier était mort pendant la traversée. Arch. histor. du Minist. de la Guerre, *Journal des marches et opérations du corps du Tonkin*. (Situation d'effectif au 1er janvier 1886.)

bataillon (capitaine Ligrisse), de la colonne n° 2 (colonel de Maussion) qui passerait par la rive gauche; quant à la 4ᵉ compagnie du 3ᵉ bataillon (lieutenant Bajolle) elle avait pour mission, d'abord de protéger le flanc droit de la colonne n° 1, puis de rallier la colonne n° 2 du côté de Than-ba.

La compagnie Bénésis entre en ligne le 1ᵉʳ février pour enlever un fortin qui barre la route, elle a 1 tirailleur blessé, mais disperse vivement les pirates. Le 6, la colonne Godon arrive à Than-quan, occupé le 4 sans coup férir par le commandant de Mibielle. La compagnie Bajolle, partie de Sontay le 25 janvier, avait combattu le 1ᵉʳ février à Lang-tiao, enlevé de vive force des retranchements, perdu 5 tirailleurs blessés, et, le 3, avait été rejointe par la colonne de Maussion, avec laquelle elle était entrée le surlendemain à Than-quan.

Ces trois compagnies ainsi que le peloton Simon occupèrent des postes créés dans la région nouvellement conquise.

Un mois après, notre situation en Annam était devenue très précaire, et on dut y expédier des troupes; les 2ᵉ et 3ᵉ compagnies du bataillon Goussct, avec l'état-major de ce bataillon, y furent envoyées, suivies quinze jours après par les deux autres compagnies du même bataillon, qui avaient occupé des postes sur la rivière Claire et dans la région du Day, de sorte qu'à la fin de mars, le 2ᵉ bataillon en entier était en Annam: 1ʳᵉ compagnie à Tourane, les autres à Binh-dinh.

Les courses dans les environs de ces deux places eurent lieu sans relâche, toujours aussi fatigantes, à la poursuite d'un ennemi qui se montrait fort rarement; le 17 mars, le capitaine de Ginestous mettait une forte bande en déroute; la 3ᵉ compagnie enlevait le 22 un drapeau et un canon; le 24 un autre canon, le 29, les tirailleurs prenaient encore un drapeau et un canon; le 6 avril, un tirailleur était mortellement blessé pendant une reconnaissance.

Mais le gouvernement venait de décider le maintien au Tonkin et en Annam d'une seule division à 3 brigades; les bataillons débarqués les premiers, dont les tirailleurs algériens faisaient partie, devaient être rapatriés. Au milieu du mois de mars, les 1ᵉʳ et 3ᵉ bataillons reçurent l'ordre de se concentrer à Sontay, pour rentrer en Algérie; le 1ᵉʳ y arriva le 9 avril, le 3ᵉ le 15. Le 12 avril, le 1ᵉʳ bataillon, sous les ordres du commandant Kerdrain, s'embarquait à Haï-phong avec un effectif de 14 officiers et 1125 hommes; le 27, le 3ᵉ avec 17 officiers et 854 hommes quittait aussi la terre tonkinoise. Le 1ᵉʳ bataillon rentra le 25 mai à Blida; il y avait 32 mois, près de trois ans, qu'il en était parti; le 3ᵉ y arriva le 30 juin, après une absence de 18 mois. Quant au 2ᵉ bataillon, désigné le 31 avril seulement pour revenir en Algérie, il s'embarquait le 12 mai avec le colonel Mourlan et était de retour à Blida le 28 juin.

Les trois bataillons du 1er tirailleurs avaient perdu au Tonkin : 3 officiers et 57 hommes tués ou morts de leurs blessures; 9 officiers et 198 hommes blessés, soit 267 hommes hors de combat. De plus, 5 officiers — MM. Cattelin, chef de bataillon, Salvador et Réquier, lieutenants — étaient morts de maladie, ainsi que 248 tirailleurs dont 75 Français[1], proportion considérable pour ces derniers, si l'on songe au petit nombre de sous-officiers et de soldats français de chaque compagnie; 21 hommes dont 2 Français moururent après rapatriement. Il est à remarquer que sur les 248 hommes morts de maladie au Tonkin, 53, dont 25 Français, ont succombé au choléra.

« Les bataillons des 1er et 3e tirailleurs algériens, vont quitter le Tonkin où les premiers d'entre eux ont débarqué il y a plus de deux années, dit le général Jamont au moment de leur départ.

« Ils ont pris part à tous les événements militaires importants qui ont eu lieu pendant cette longue période. Ils ont largement coopéré à la conquête et à la pacification du pays... Le général commandant la 1re division se sépare avec regret de compagnons qui ont fait et feront toujours honneur à leur drapeau... »

Deux compagnies prises parmi les hommes les plus méritants des bataillons rentrant du Tonkin furent envoyés à Paris pour assister à la revue du 14 juillet 1886. Elles formèrent un bataillon, avec deux compagnies du 3e tirailleurs, sous les ordres du commandant Béranger.

C'était une juste récompense donnée à nos turcos qui venaient pour la seconde fois de soutenir, avec tant de dévouement et de vaillance, l'honneur du drapeau français en Extrême-Orient.

On a souvent prétendu que les tirailleurs n'avaient pas résisté au climat du Tonkin. Le 1er tirailleurs a envoyé dans ce pays 82 officiers et 4111 hommes. Que l'on mette le 2e bataillon à part, si l'on veut, puisqu'il a passé cinq mois seulement en Extrême-Orient. Il suffit de faire une simple proportion pour constater, chiffres officiels en main, que les maladies ont enlevé 8,05 pour 100 de l'effectif et seulement 6,5 pour 100 si l'on tient compte du 2e bataillon. Ce ne sont pas là, il semble, des chiffres sur lesquels on puisse se fonder pour affirmer que nos fantassins indigènes d'Algérie ne supportent pas les températures chaudes et humides des pays tropicaux.

1. Chiffres extraits des documents officiels conservés à la portion centrale du 1er tirailleurs.

CHAPITRE III

CAMPAGNE DE MADAGASCAR (1895-1898).

I

FORMATION DU RÉGIMENT D'ALGÉRIE.
OPÉRATIONS JUSQU'A LA CONSTITUTION DE LA COLONNE LÉGÈRE.
(24 AVRIL. — 14 SEPTEMBRE 1895).

Les dernières tentatives pacifiques de la France pour obtenir du gouvernement hova l'exécution des clauses du traité du 17 décembre 1885 datent d'octobre 1894. L'insuccès de la mission confiée à M. le Myre de Vilers nous plaçait dans l'alternative d'une guerre ou d'un abandon total de nos droits traditionnels sur Madagascar. La loi du 7 décembre 1894 décida la guerre, ouvrant aux ministres de la Guerre et de la Marine un crédit de 65 millions, nécessaire pour organiser une expédition qui rappellerait les Hovas au respect dû à notre drapeau[1].

On ne pouvait oublier pour cette guerre les troupes du 19e corps. La légion et les tirailleurs étaient tout indiqués pour que l'on y puisât largement une partie des effectifs nécessaires. Une chanson de troupier d'ailleurs le disait :

[1]. Composition du corps expéditionnaire :

GÉNÉRAL DUCHESNE, COMMANDANT

1re BRIGADE	2e BRIGADE
GÉNÉRAL METZINGER	GÉNÉRAL VOYRON

40e bataillon de chasseurs (lieutenant-colonel MASSIET DU BIEST).
200e régiment d'infanterie de ligne (colonel GILLON).
Régiment d'Algérie (colonel OUDRI).

13e régiment d'infanterie de marine (colonel BORGNÉ).
Régiment colonial (colonel DE LORME) (a).

Cavalerie : 10e escadron du 1er chasseurs d'Afrique.
Artillerie : 8 batteries (dont 2 montées et 6 de montagne).
Génie : 4 compagnies.
Train : 7 compagnies (dont 1 sénégalaise de 500 hommes).

Au total, 658 officiers et 14 775 hommes. Il est arrivé en outre 3 228 hommes de renfort pendant le cours de l'expédition.

(a) 1 bataillon de volontaires de la Réunion, 1 bataillon de tirailleurs malgaches, 1 bataillon de tirailleurs haoussas.

La légion et les tirailleurs !
En avant, marchons tous sans peur
Le sac, ma foi, toujours au dos
Nous culbuterons les moricauds
Et dans six mois, nom d'un pétard,
Nous serons maîtres à Madagascar !

Cependant on ne prit en Algérie qu'un régiment, dénommé « régiment d'Algérie », lequel fut créé en exécution de l'ordre ministériel du 5 février 1895. Constitué le 15 mars, il comprit 3 bataillons : le 1er, composé de 2 compagnies du 1er et de 2 compagnies du 2e étranger, se forma à Sidi bel Abbès; le 2e, se composant de 2 compagnies du 1er et de 2 compagnies du 2e tirailleurs, se constitua à Orléansville; le 3e, ancien 2e bataillon du 3e tirailleurs, avait été embarqué à Philippeville le 5 février à destination de Majunga[1].

Les compagnies des 1er et 2e bataillons furent prises dans les bataillons les premiers à marcher, abstraction faite des bataillons appelés en France à la mobilisation, et de ceux détachés dans les postes du sud. Le 1er tirailleurs reconstitua 2 compagnies après le départ pour Madagascar par prélèvement sur les autres compagnies du corps, celles d'El Golea exceptées.

L'effectif de guerre fixé à 200 hommes par compagnie, fut porté à 225 pour la formation, en vue des déchets qui pourraient se produire avant le départ d'Algérie.

L'état-major de chacun des bataillons comprit : un chef de bataillon, un capitaine adjudant-major, un lieutenant officier payeur, un lieutenant officier d'approvisionnement et deux médecins. Ces derniers furent, pour le 2e bataillon : MM. Béchard, médecin-major de 2e classe, et Thooris, médecin aide-major de 1re classe.

[1]. État-major du régiment :
MM. Oudri, colonel (2e étranger).
Pognard, lieutenant-colonel (2e tirailleurs).
Boë, capitaine adjoint au chef de corps (2e étranger).
Vigarosy, lieutenant porte-drapeau (1er tirailleurs).
Chefs de bataillon : 1er bataillon : MM. Barre (1er étranger).
2e   —   Lentonnet (1er tirailleurs).
3e   —   Derrou (3e tirailleurs).
Le 1er tirailleurs fournit l'état-major du 2e bataillon et 2 compagnies, les 5e et 8e du 1er tirailleurs, devenues 5e et 6e du régiment d'Algérie :
MM. Lentonnet, chef de bataillon.
Mahéas, capitaine adjudant-major.
Tiel, lieutenant, officier payeur.
Brémond, lieutenant, officier d'approvisionnement.

5e COMPAGNIE		6e COMPAGNIE	
MM. Pradal	capitaine.	MM. Castel	capitaine.
Bordeaux	lieutenant.	Prudhomme	lieutenant.
Grass	lieutenant.	Augey-Dufresse	lieutenant.
Hadji	lieutenant.	Amar ben Saïd	lieutenant.
Amar ben Saïd	sous-lieutenant.	M'Ahmed ou Kaci	sous-lieutenant.

Le 1ᵉʳ avril, le *Cachemire*, sur lequel était embarqué le 2ᵉ bataillon, leva l'ancre à cinq heures du soir. En sortant du port d'Alger, il doubla le yacht de S. A. I. le grand-duc Georges, second fils du tsar Alexandre III. Les matelots russes, en grande tenue, poussèrent des hourrahs; le prince, entouré de ses officiers, salua. A bord du *Cachemire*, les vivats répondirent à ceux du yacht russe.

Arrivé le 23 à neuf heures du matin en rade de Majunga, le 2ᵉ bataillon débarqua le lendemain, et le 24 au soir, il bivouaquait à 2 kilomètres de Majunga, sous les manguiers.

L'inaction aux colonies est, quoi qu'on dise et quoi qu'on fasse, plus pernicieuse que l'activité, même si celle-ci s'exerce dans des conditions dures et pénibles. Les pluies finissaient à peine à Majunga; malgré l'installation de deux appareils distillatoires, l'eau allait manquer, et les miasmes pestilentiels des marais aux alentours faisaient de nombreuses victimes parmi les soldats nouvellement arrivés. Plus heureux que le bataillon du 3ᵉ tirailleurs qui, du 1ᵉʳ au 24 mars, avait dû fournir, pendant la saison des pluies, de nombreuses corvées pour débarquer le matériel, le 2ᵉ bataillon du régiment d'Algérie quitta presque en entier Majunga, le lendemain de son débarquement.

Ramasombazaha, gouverneur hova du Boéni, s'était installé à Marovoay[1] à 78 kilomètres de Majunga, sur la route de Tananarive, et il importait de l'en déloger.

Les 5ᵉ, 6ᵉ et 7ᵉ compagnies du régiment d'Algérie prirent part à cette opération sous les ordres du lieutenant-colonel Pognard; après avoir occupé Miadana, presque sans coup férir, le 30 avril, elles y furent rejointes par un détachement commandé par le lieutenant-colonel Pardes, et le 2 mai, les deux groupes se portèrent à l'attaque du rova[2] de Marovoay.

La colonne Pognard déborda la gauche de l'ennemi, exécutant sans tirer une marche de flanc à 600 mètres sous le feu, en ne perdant qu'un homme tué de la 5ᵉ. Lorsque le mouvement tournant fut jugé suffisant, cette colonne fit à gauche et exécuta des salves sur la gauche ennemie. A dix heures, battue de front par la colonne Pardes et l'artillerie, de flanc par les 5ᵉ et 6ᵉ compagnies, la position de l'adversaire était évacuée, et une demi-heure plus tard, le feu cessait. La colonne Pardes coucha à Amparilava, la colonne Pognard au rova de Marovoay.

Ces opérations nous assuraient la libre possession de l'estuaire de la Betsiboka. Néanmoins Ramasombozaha s'était de nouveau placé à 12 kilomètres S. E. de ce point,

1. Marovoay, m. à m. : beaucoup de caïmans.
2. *Rova*, poste fortifié.

à Ambodimonty, où il s'était retranché avec 2000 hommes. Trois sections de la 5ᵉ compagnie partiront le 10 pour aller rejoindre la colonne Pardes à Amparilava. Le 15, un combat, engagé à la baïonnette aux gués du Tamarinier, court, mais vif, nous ouvrait la route d'Ambodimonty; les Hovas abandonnaient ce village, le soir même, en y laissant d'abondantes munitions.

La 6ᵉ compagnie partit le même jour pour rejoindre par Amparilava la colonne Pardes. Le 17, les 5ᵉ et 6ᵉ rallièrent le colonel Oudri, et le 18 s'installèrent à

MAROLOLO : LE LAVOIR DES TIRAILLEURS.
Dessin de Gotorbe, d'après une photographie.

Androtra, avec les 1ᵉʳ et le 3ᵉ bataillons du régiment; les 7ᵉ et 8ᵉ compagnies étaient restées avec le lieutenant-colonel à Marolambo.

L'avant-garde du corps expéditionnaire[1] avait donc parfaitement rempli son rôle. le terrain en avant de Majunga était dégagé jusqu'à Androtra; il fallait maintenant atteindre et occuper Suberbieville, dont la possession nous assurerait la libre disposition de la partie navigable de la rivière.

Les Hovas démoralisés abandonnèrent sans résistance la position de Trabonjy-Mahatombo, qui commandait le village d'Ambato, situé au confluent du Kamoro et de la Betsiboka. Le 1ᵉʳ juin, la colonne Metzinger arrivait au camp des Hauteurs-

[1]. Infanterie de marine (2 compagnies); tirailleurs algériens (2 bataillons); tirailleurs malgaches (1 bataillon); artillerie (4 sections); génie (1 compagnie); train (2 compagnies).

Dénudées, à 8 kilomètres environ au nord du point où elle voulait franchir la Betsiboka.

Le passage du fleuve, large de 450 mètres, fut exécuté de vive force le 6, mais il avait été mal défendu, et les Hovas évacuèrent, jusqu'à Mevatanana (Suberbieville), tous les retranchements et toutes les batteries construits pour barrer les sentiers. La colonne Metzinger arriva le 9 en vue de Mevatanana. Ce jour-là trois compagnies du 2ᵉ bataillon (6ᵉ, 7ᵉ, 8ᵉ) formaient l'avant-garde avec la 15ᵉ batterie et un demi-peloton de chasseurs d'Afrique. A huit heures, le général Metzinger prescrivait que Mevatanana serait attaqué de front par le 40ᵉ bataillon de chasseurs, de flanc par les 6ᵉ, 7ᵉ et 8ᵉ compagnies suivies des 15ᵉ et 16ᵉ batteries, ce dernier mouvement étant fait par les hauteurs à l'est de la place.

Le 2ᵉ bataillon, débottant du sentier, tourna sans coup férir la position en avant de laquelle le 40ᵉ bataillon de chasseurs passait la Nandrojia à gué ; les deux batteries tirant à la mélinite sur Mevatanana, provoquèrent la déroute de l'ennemi, et à midi, le fanion de la 3ᵉ compagnie (légion) du régiment d'Algérie était hissé sur le rova ; le 2ᵉ bataillon alla bivouaquer à Suberbieville.

Jusqu'au 17 juin, les troupes de l'avant-garde furent maintenues sur la ligne Marololo-Suberbieville, par la nécessité de constituer une nouvelle base de ravitaillement. A partir de Suberbieville, les voitures Lefèvre devaient seules assurer le ravitaillement du corps expéditionnaire qui jusque-là se faisait par eau ; alors commencèrent, le 14 juin, les travaux d'établissement d'une route carrossable qui ne devaient prendre fin que le 3 septembre.

Les retards survenus dans le montage de la flottille avaient déjà nécessité la construction d'une route partant de Majunga, pour remplacer le sentier malgache existant, et comme les travailleurs indigènes, noirs ou jaunes, avaient fait presque totalement défaut, il avait bien fallu employer les troupes. « Les compagnies du génie, dit le rapport officiel du général Duchesne[1], s'y consacrèrent tout d'abord à peu près seules, avec un zèle et un dévouement qu'elles payèrent bientôt d'une effrayante réduction d'effectifs, puis quand l'arrivée successive des troupes complémentaires de la 1ʳᵉ brigade et de celles de la 2ᵉ le permit, on releva en partie les compagnies du génie décimées et d'ailleurs, presque entièrement absorbées par la construction des ponts, et on fit appel au dévouement des bataillons pour les aider et les suppléer. »

Au début, jusqu'au 27 juin, les seuls outils mis à la disposition des travailleurs furent les outils portatifs.

1. P. 43.

Le 2ᵉ bataillon allait avoir cependant la bonne fortune de faire acte de soldat, alors que le reste du régiment, comme tout le corps expéditionnaire, était transformé en terrassiers. Le commandant Lentonnet recevait, le 17, l'ordre de partir le lendemain pour s'installer à Tsarasaotra, à 25 kilomètres au sud de Suberbieville, avec un détachement comprenant : 5ᵉ, 6ᵉ, 7ᵉ compagnies, 1 section de la 16ᵉ batterie, 1 demi-peloton de chasseurs d'Afrique.

Le but était de chasser l'arrière-garde laissée par les Hovas à Tsarasaotra, d'après les renseignements recueillis, et de protéger les travaux de route.

On trouva Tsarasaotra abandonné, et il n'y fut laissé que la 6ᵉ compagnie, la section d'artillerie, et les chasseurs d'Afrique. Les 5ᵉ et 7ᵉ compagnies occupèrent Behanana, entre Suberbieville et Tsarasaotra. Le commandant Lentonnet restait à ce dernier point.

Deux reconnaissances, le 21 et le 24 juin, ne révélèrent la présence d'aucun ennemi. Le bivouac était établi en avant du village sur un petit plateau qui termine un long promontoire orienté est-ouest, bordé de profonds ravins. C'est une ramification du massif du Beritzoka qui vient se terminer à pic sur la rive droite de l'Ikopa. Partout le terrain est découvert, mais envahi par une herbe assez haute pour pouvoir dissimuler des fantassins. Le camp domine bien ses abords immédiats dans un rayon de 500 mètres, mais il est dominé lui-même à 1 200 mètres à l'est par les hauteurs du Beritzoka. Deux postes avancés forts d'une escouade constituaient le service de sûreté, l'un, nᵒ 1, surveillant le secteur de l'Ikopa, le second, nᵒ 2, le chemin est vers Tananarive.

Pendant la journée du 28, les hommes disponibles sont occupés aux travaux de la route. A 9 heures du soir, une vive fusillade se fait entendre autour du poste nᵒ 2. Une patrouille y est envoyée: elle fait connaître que de nombreux Hovas viennent d'attaquer le poste sans succès et qu'ils continuent à occuper les hauteurs. Vers 10 h. 30, au coucher de la lune, tout rentre dans le silence; pas un coup de feu n'avait été tiré du camp.

Le lendemain, à 5 h. 45 du matin, au moment où une reconnaissance de tracé de route était sur le point de partir, plusieurs centaines de Hovas débouchent en colonne profonde du sentier qui longe l'Ikopa, s'élançant à l'assaut du plateau de Tsarasaotra. Le poste nᵒ 1 ouvre alors le feu, et le capitaine Castel porte sur le bord du plateau trois sections en ligne, dont les salves à 300 mètres brisent l'élan des assaillants.

La section d'artillerie du lieutenant Poncet tire à mitraille, les chasseurs d'Afrique du lieutenant Corhumel, à pied, renforcés par une demi-section de tirailleurs, prolongent la ligne des feux à droite.

Pendant vingt minutes, une fusillade intense des Hovas répond à nos salves. Le lieutenant Augey-Dufresse est blessé mortellement, le caporal Sapin est tué. Un sergent indigène, 4 tirailleurs et 1 artilleur sont blessés.

L'attaque cependant reste stationnaire; les deux partis cachés dans les hautes herbes, fusillent ou mitraillent tout ce qui se fait voir. Mais à six heures quinze, une grosse colonne hova apparaît sur les hauteurs du Beritzoka. Là, elle se divise en deux groupes : l'un, fort de 400 hommes, descend droit sur le camp; l'autre, dont la force ne peut être évaluée, oblique vers le nord, cherchant à couper notre ligne de retraite.

Le poste n° 2 se replie lentement, les Hovas atteignent la berge du ravin et prennent d'enfilade les trois sections en ligne face au sud. L'officier d'approvisionnement, lieutenant Brémond et l'adjudant Charretier organisent la résistance sur ce front à l'aide d'une demi-section, des muletiers, et de tout ce qui peut tenir un fusil. La fusillade s'engage à 500 mètres.

Cependant l'enveloppement par le nord s'accentue. Le commandant Lentonnet, pour rompre le cercle qui tend à se fermer autour de lui, réunit ses 30 derniers tirailleurs sous le commandement du capitaine Aubé, du service des renseignements, qui sollicite et obtient l'autorisation de les conduire. En même temps la section du sous-lieutenant Kaci exécute vers l'Ikopa une autre contre-attaque avec succès, et les Hovas laissent sur le terrain 36 cadavres et 17 prisonniers.

La section Aubé escalade baïonnette au canon les pentes du Beritzoka, les deux clairons restés au camp sonnant la charge à tour de rôle. Devant cette poignée d'hommes, les Hovas reculent. Il est huit heures trente. Tout est fini autour du village de Tsarasaotra.

Il n'en est pas de même au Beritzoka, où les 30 tirailleurs du capitaine Aubé se trouvent en face d'une troisième colonne hova. Le commandant Lentonnet les renforce de la section d'artillerie, dont le feu rend l'ennemi hésitant.

À ce moment, neuf heures quarante-cinq, arrivent de Behanana la 7e compagnie et un peloton de la 5e, aux ordres du capitaine Pillot, qui les a fait partir au premier coup de canon, sans attendre d'ordres. Il garnit les crêtes et ouvre le feu; l'ennemi renonce alors à toute attaque et va dresser son camp à quelques kilomètres du bivouac du capitaine Pillot sur les hauteurs.

À midi, l'action est terminée [1]. Les Hovas avaient perdu 200 hommes au moins

---

1. Le commandant Lentonnet et le lieutenant Corhumel, tous deux promus au grade supérieur, sont morts avant d'avoir revu la France, l'un en rade de Majunga, l'autre sur le paquebot qui le rapatriait.

au dire des prisonniers. Ceux-ci ajoutaient que le but de l'ennemi avait été, avec la colonne du sud, d'enlever le poste de Tsarasaotra, et avec les deux autres, de marcher sur Behanana, y enlever le détachement et arriver à Suberbieville. La résistance de la 6ᵉ compagnie et l'initiative du capitaine Pillot avaient déjoué cette tentative.

Pendant la nuit, le 40ᵉ bataillon et le reste de la 16ᵉ batterie arrivèrent à Tsarasaotra, envoyés par le général Duchesne au général Metzinger[1]. Celui-ci, ne voulant pas laisser les Hovas sous l'impression de cette espèce de demi-succès, forma le 30 au

FUNÉRAILLES DU CAPORAL SAPIN ET DU LIEUTENANT AUGEY-DUFRESSE.
Dessin de Gotorbe, d'après une photographie.

matin une colonne d'attaque, qui se porta dès l'aube sur le camp hova, avec deux pelotons de turcos en tête. Elle opérait dans un terrain très difficile; elle atteignit pourtant le camp hova, et le lieutenant Grass, de la 5ᵉ compagnie, tua un des chefs ennemis d'un coup de revolver.

La défaite de l'ennemi était complète. Il fuyait dans toutes les directions, poursuivi par des feux de salve qui lui faisaient éprouver des pertes sensibles. De notre côté 2 officiers et 8 hommes étaient blessés. Le peloton de la 5ᵉ compagnie n'avait perdu qu'un homme blessé[2]. Ces deux combats, où nos troupes montrèrent tant d'entrain

1. 3 compagnies de chasseurs du 40ᵉ bataillon; 7ᵉ compagnie, 1 compagnie mixte (1 peloton de la 5ᵉ, 1 peloton de la 8ᵉ); 2 sections de la 16ᵉ batterie.

2. Sur les seize citations à l'ordre accordées par l'Ordre général n° 48, à l'occasion des combats des 29 et 30 juin, les 5ᵉ et 6ᵉ compagnies en avaient obtenu neuf.

et d'endurance, eurent surtout cet heureux résultat de rejeter l'ennemi jusque vers la plaine d'Andriba à plus de 80 kilomètres au sud de Suberbieville.

A partir de ce moment, et pendant la marche de la brigade Voyron sur Andriba, les trois bataillons du régiment d'Algérie travaillèrent à la route, de six à neuf heures le matin et de quatre à cinq heures le soir, travail nécessaire sans aucun doute, puisque les voitures avaient été adoptées pour le ravitaillement et qu'il n'y avait pas dans le pays de piste carrossable, mais origine des fièvres qui décimèrent le corps expéditionnaire et semèrent cette route de malades et de morts.

Le 2 août, la 2ᵉ brigade (troupes de la marine) prit la tête dépassant la 1ʳᵉ, avant-garde depuis trois mois. Elle occupa Andriba le 22, mais ce ne fut que le 6 septembre que la route devint praticable jusqu'à Mangasoavina, à l'extrémité sud de la plaine d'Andriba. Trois jours auparavant, le régiment d'Algérie avait achevé les travaux qui lui avaient été assignés. Il était réuni pour la deuxième fois, depuis sa formation, au camp de la Pierre-Levée.

« Les outils du génie ont été enlevés ce matin, dit le 3 septembre, le colonel Oudri, la route étant terminée. Le colonel remercie MM. les officiers, ainsi que tous les hommes de troupe, de la manière d'être de tous pendant la période pénible qui s'est écoulée du 10 juin au 3 septembre. C'est grâce à la présence de tous les officiers sur les divers chantiers et à l'énergie de tous les hommes de troupe que la route a été faite et même très bien faite[1]. »

La pelle et la pioche étaient mises de côté; on allait pouvoir reprendre le fusil, et la perspective de combattre faisait éclater la joie sur tous les visages. Il semblait que toutes les peines étaient finies, toutes les difficultés aplanies, et l'esprit français si prompt à l'enthousiasme, voyait déjà à l'annonce de la reprise de la marche en avant, les trois couleurs flotter sur le palais de la reine. C'était la fin de cette période énervante qui durait depuis trois mois; on allait pouvoir marcher, lutter, se faire tuer peut-être, être combattant enfin, mais ne plus stationner ni piétiner sur place.

II

LA COLONNE LÉGÈRE. — PRISE DE TANANARIVE (30 SEPTEMBRE 1895).

Les travaux de route avaient épuisé le corps expéditionnaire. Le 40ᵉ bataillon de chasseurs n'a plus le 6 septembre que 248 rationnaires, dont 145 disponibles. Au 200ᵉ, un seul bataillon reste debout, le 3ᵉ, qui, le 17 septembre, ne compte plus que

1. Rapport journalier du régiment d'Algérie, 6 septembre.

283 hommes dont 168 de la relève. L'effectif des bataillons d'infanterie de marine varie entre 354 et 275 hommes le 15 septembre. Le bataillon de légion a, le 5 septembre, 458 hommes présents; le 2ᵉ bataillon de tirailleurs en a 659; le 3ᵉ, 556[1]. La marche ne peut plus continuer dans des conditions semblables; le Rapport officiel du général Duchesne déclare que l'on ne pouvait progresser que de 2 à 3 kilomètres par jour — et 50 lieues séparaient encore de Tananarive[2].

« Une situation aussi tendue exigeait qu'on prît un parti rapide, elle comportait deux solutions. L'une toute prudente, mais de nature à porter une grave atteinte à notre prestige : se mettre en retraite sur Suberbieville et s'y organiser pour reprendre la campagne après la saison des pluies. L'autre, très audacieuse et pouvant même conduire à l'anéantissement complet, mais très crâne, très française et sauvant en tout cas l'honneur des armes : pousser droit sur Tananarive. C'est celle-ci qui fut adoptée.

« La colonne légère... les troupiers l'avaient dénommée dans leur brutal, mais significatif langage, « la colonne marche ou crève ». Elle marcha[3]. » Son point de départ fut fixé à la plaine d'Andriba. Comme on ne pouvait faire marcher en file indienne — formation nécessitée par la nature montagneuse du pays — les 5700 hommes et les 2800 animaux de la colonne, on la divisa en trois groupes :

Une avant-garde (4 bataillons, génie, 2 batteries, 1 peloton de cavalerie, convoi portant 5 ou 6 jours de vivres);

Un gros, à un jour de marche en arrière (5 bataillons, 1 batterie, convoi);

Une réserve, à deux jours du gros (2 bataillons et convoi)[4].

Le convoi total portait 18 jours de vivres, ce qui faisait un total de 22 jours avec ceux portés par les hommes et les trains régimentaires. La colonne légère ne devait comprendre que les hommes susceptibles de faire une marche continue de quinze jours. Il est à remarquer que le régiment d'Algérie, de tout le corps expéditionnaire, était le seul qui emmenât ses trois bataillons. De toutes les troupes venant de France ou d'Algérie, c'étaient les turcos qui avaient le mieux conservé leurs effectifs.

---

1. Commandant Mirepoix, *Étude sur l'expédition de Madagascar* en 1895, pp. 160 et suiv., et *Journal de marche du régiment d'Algérie*, rédigé par le colonel Oudri.

2. Général Duchesne, *Rapport sur l'expédition*, p. 98.

3. Commandant Aubier, *La colonne expéditionnaire et la cavalerie à Madagascar*.

4. Colonne légère : 200ᵉ de ligne (1 bataillon); 13ᵉ de marine (2 bataillons); régiment d'Algérie (3 bataillons); régiment colonial (bataillons malgache et haoussa); chasseurs d'Afrique (1/2 escadron); artillerie (5 batteries); génie (2 compagnies); soit 237 officiers, 4015 combattants, 1515 conducteurs auxiliaires, 12 pièces, 266 chevaux et 2800 mulets. (Rapport du général Duchesne.)

La visite médicale passée, le 5 septembre, avait en effet donné pour le régiment d'Algérie les résultats suivants :

	ÉTAT-MAJOR DU RÉGIMENT		1er BATAILLON		2e BATAILLON		3e BATAILLON	
	OFFICIERS	TROUPE	OFFICIERS	TROUPE	OFFICIERS	TROUPE	OFFICIERS	TROUPE
Présents le 5 septembre..........	3	10	19	458	25	659	23	556
Reconnus aptes à faire une marche rapide d'au moins quinze étapes..	5	9	19	330	25	520	17 (1)	416

Le 7, le bataillon Lentonnet se mit en marche sur Andriba et le 9 tout le régiment bivouaquait réuni, en tête du corps expéditionnaire, face aux gorges du Mamokomita, par où devait s'engager la colonne pour marcher sur Tananarive[2].

La colonne légère partit le 14 à cinq heures, le régiment d'Algérie formant l'avant-garde.

Les deux groupes, celui du général Metzinger et celui du général Voyron, devaient prendre alternativement la tête tous les quatre ou cinq jours. Le 15, au combat de Tsinainondry les 5e et 6e compagnies sont en réserve; quelques obus tombent près d'elles, pendant l'action, mais sans causer aucune perte; le 18, le groupe du général Voyron rejoint celui du général Metzinger; les monts Ambohimena, armés de quatorze batteries ou redoutes, sont franchis le lendemain sans que l'opération nous coûte un seul homme, bien qu'ils fussent défendus par les soldats de la garde royale malgache, surnommés les Voromahery (aigles); ceux-ci avaient planté au col de Kiangara un poteau avec cette inscription : « La force a permis aux blancs d'arriver jusqu'ici, mais voici qu'on entend le bruit strident du vol des voromahery. » Mais les « aigles » n'avaient pas mieux tenu que les soldats du Boéni, et le 10 septembre au soir, l'avant-garde et le gros de la colonne légère bivouaquaient en Imerina, auprès de Maharidaza.

L'aspect du pays change; les maisons en pisé remplacent les paillottes, les rizières sont en pleine culture et les villages nombreux, mais tous en feu : les Hovas font le vide devant nous. Mais, plus de ces marais empestés sentant la fièvre, plus de cette boue liquide d'argile rouge dans laquelle il a tant fallu marcher, plus de

1. Cette différence provient de 6 officiers indigènes âgés.
2. État définitif des partants :

	OFFICIERS SUPÉRIEURS	OFFICIERS SUBALTERNES	TROUPE
État-major du régiment.........	1	2	6
1er bataillon....................	1	16	452 (a)
2e bataillon...................	1	16	527
3e bataillon...................	1	16	410
Totaux............	4	50	1395

(a) Un renfort de 3 officiers et 150 hommes venait d'arriver le 10 pour le 1er bataillon. Il n'en est pas tenu compte dans le tableau indiquant les résultats de la visite médicale.

ces régions désertes fréquemment couvertes d'une épaisse végétation tropicale. La chaleur humide du Boéni a fait place à un climat plus doux; l'altitude à Maharidaza est de 1 190 mètres, et à cette époque en Imerina, il fait encore souvent froid. Le 26, le groupe Metzinger passe en avant, le 2ᵉ bataillon en tête du gros.

Débouchant à 11 heures du plateau du Fandrozana, ce bataillon se trouve exposé

LES MONTS AMBOHIMENA.
Dessin de Boudier, d'après une photographie.

en descendant sur le village de Tsimahandry au feu de pièces hovas en position auprès d'Ambohipiara. Un caporal de la 5ᵉ reçoit un éclat d'obus à la tête et meurt un quart d'heure après, malgré les soins donnés immédiatement, sous le feu, par le médecin-major Béchard.

La colonne continue sa marche sur Imerimandroso, de manière à tourner, par le nord et par l'est, le grand bassin de rizières formé par le Mamba et ses affluents, qui constituent à l'ouest de Tananarive une large enceinte de marécages et de rizières inondées. Au nord et à l'est, au contraire, des collines permettent d'arriver plus près de la ville et fournissent des positions favorables pour l'artillerie.

36

Ce mouvement par l'est avait d'ailleurs cet avantage — révélé seulement après coup — de tromper sur nos intentions réelles les Hovas, qui crurent à un mouvement de notre part pour gagner la route de Tamatave et y exécuter notre retraite.

Le 29, le bataillon Lentonnet est en tête d'avant-garde, précédé du peloton de cavalerie; aucun incident jusqu'à 7 heures du matin, beaucoup de Hovas dans les villages, partout une population calme et paisible regardant curieusement passer les troupes. Les chasseurs d'Afrique arrivent au village de Sabotsy; le capitaine commandant est salué, chapeaux bas, par un groupe d'habitants qui se retirent tranquillement à une centaine de mètres, puis, sortant subitement des fusils cachés sous leurs vêtements, font une décharge générale sur la cavalerie qui est forcée de s'abriter derrière le village.

La section de tête de la 8ᵉ compagnie, sous le commandement du sous-lieutenant Zaigue, arrive rapidement; elle a aussitôt son chef et 3 tirailleurs blessés. Le reste de la compagnie prolonge la ligne de combat; la 6ᵉ vient se déployer à gauche de la 8ᵉ. Le lieutenant Tiel, du 1ᵉʳ tirailleurs, officier payeur, prend le commandement de la section Zaigue. La 5ᵉ compagnie prolonge à droite la ligne de feu, la 7ᵉ est en réserve. Pendant vingt minutes, le feu est très vif; mais l'ennemi finit par se retirer au delà d'Ampangabé, que le 2ᵉ bataillon va occuper jusqu'à une heure de l'après-midi; il est alors rassemblé et va bivouaquer au sud d'Ilafy près d'Ambohitrarahaba, à 8 kilomètres à vol d'oiseau du palais de la reine.

Trois crêtes rocheuses ou argileuses séparaient la 1ʳᵉ brigade de Tananarive; la première, la plus élevée, passant par Ilafy et Ambohibé (1 450 mètres d'altitude), la deuxième, qu'il fallait obligatoirement occuper pour que l'artillerie pût agir avec efficacité sur l'observatoire et Andrainarivo, moins élevée et peu rocheuse; la troisième, sur laquelle se dressent l'observatoire d'Ambohidempona et le village d'Andrainarivo; c'est le point d'arrivée.

« Demain 30, dit l'ordre du régiment du 29 au soir, continuation de la marche sur Tananarive, attaque des ouvrages établis à l'est et entrée dans la capitale de l'île.

« Le régiment dessine l'attaque par l'est; il suit les hauteurs de manière à être défilé complètement des fusils et des canons de la défense.

« Les 3ᵉ et 2ᵉ bataillons forment l'avant-garde, l'artillerie (2 batteries) est entre ces deux bataillons. Le 1ᵉʳ bataillon est en réserve. Le 3ᵉ bataillon a comme objectif l'Observatoire, le 2ᵉ doit marcher sur Andrainarivo. »

Le 2ᵉ bataillon eut, le 30 septembre, un rôle secondaire, suivant d'abord, puis précédant l'artillerie. A midi, les batteries étaient en position ; le général comman-dant la 1ʳᵉ brigade indiquait alors au chef du 2ᵉ bataillon comme objectif l'Observa-toire. Il était bientôt évacué par l'ennemi qui y laissait un canon et une mitrailleuse retournés aussitôt par le bataillon malgache contre Tananarive.

A trois heures trente, le bataillon arrivait au col situé entre l'Observatoire et le village d'Andrainarivo, lorsque le pavillon blanc fut hissé sur le palais en remplace-ment du pavillon de la reine, au moment où les six colonnes d'assaut n'attendaient plus que le signal de se lancer en avant.

A quatre heures trente, le général Metzinger fit son entrée dans Tananarive, précédé d'une section du 2ᵉ bataillon et d'un détachement du génie, et suivi d'une compagnie du 200ᵉ et d'une compagnie du 1ᵉʳ bataillon avec le colonel et le drapeau, le tout suivi du reste du 2ᵉ bataillon. Le général Voyron garda les crêtes à l'est de la ville.

L'expédition proprement dite était terminée. La colonne légère entrait dans la capitale de l'Imerina, à quinze jours près dans les délais primitivement indiqués.

« Cet heureux résultat, dit le général Duchesne aux soldats, est dû à votre persévérance et à votre énergie ; je tiens à vous en remercier, sans attendre les félicitations que la France, fière de votre succès, ne manquera pas de vous adres-ser[1]. »

La colonne légère coûtait au régiment d'Algérie 8 tués, 54 blessés et 54 dispa-rus. Le corps expéditionnaire avait eu au total depuis le commencement de la cam-pagne 16 tués dont 1 officier, et 97 blessés dont 7 officiers. Les tirailleurs algériens comptaient sur ce nombre 10 tués dont 1 officier et 35 blessés dont 5 officiers, c'est-à-dire plus du tiers du chiffre des pertes totales.

---

[1]. Il est assez intéressant de constater la différence existant au point de vue des pertes pour cause de maladie, entre les tirailleurs algériens et la légion étrangère.

Du 28 février au 1ᵉʳ décembre 1895, en mettant à part les morts causées par le feu ou les suites de bles-sures, et sans compter les disparus qui, à la légion, ont été bien plus nombreux qu'aux tirailleurs, les bataillons du régiment d'Algérie ont subi les pertes suivantes à Madagascar :

		MORTS DE MALADIE	
1ᵉʳ bataillon........	{ 4 compagnies de légion................	210	
2ᵉ bataillon........	{ 2 compagnies du 1ᵉʳ tirailleurs.........	34	}
	{ 2 compagnies du 2ᵉ tirailleurs..........	59	} 155
3ᵉ bataillon........	{ 4 compagnies du 3ᵉ tirailleurs..........	62	}

L'effectif de départ de la légion était de 822 hommes, qui ont été renforcés de 150, soit 972 au total ; le pour cent est donc de 21.6.

Les tirailleurs sont partis à l'effectif de 1 659 hommes et ont reçu un renfort de 150 hommes, total 1 769 ; le pour cent est donc de 8.7. Dans ces 1 769 hommes, il y a eu plus de 200 hommes de troupe français pour lesquels la mortalité a été trois fois plus considérable que pour les indigènes.

Ces chiffres sont extraits du journal de marche du régiment d'Algérie, rédigé chaque jour par le colonel Ondri. Une statistique établie par le commandant Mirepoix, comprenant les morts jusqu'au mois de mai 1896 survenues en mer et après rapatriement, et les disparitions, donne 32.8 comme pour cent de la légion, et 15.5 pour les tirailleurs. Même en prenant ces chiffres, la comparaison est tout à l'avantage des turcos.

III

Bien qu'avant de partir de France, l'on eût estimé que, pour l'occupation ultérieure, la brigade de marine serait suffisante, le général en chef en raison du déchet survenu dans l'effectif de la 2e brigade, fit rester à Tananarive 2 bataillons de tirailleurs algériens, 1 batterie de montagne (16e), 2 compagnies du génie, 2 compagnies du train et 1 peloton de cavalerie.

Comme disait dans son ordre d'adieux le général Metzinger, nommé commandant des services de l'arrière :

« Arrivés les premiers, les tirailleurs algériens partent les derniers; c'est à leur bravoure, à leur endurance, à leur excellent esprit qu'est due en très grande partie l'heureuse issue de l'expédition.

« Ils peuvent être à juste titre, continuait le général, fiers de la brillante page qu'ils viennent d'ajouter à leur histoire déjà si glorieuse; je ne manquerai pas de le dire et de le redire en France et en Algérie. »

Un instant abattu par la prise de Tananarive, le gouvernement hova avait vite repris ses anciennes traditions de fourberie, et sous des protestations de dévouement, il cachait l'organisation d'un soulèvement général. Les premiers mouvements éclatèrent dans le sud-ouest de l'Imerina, le 22 novembre, dirigés contre tous les chrétiens par des prêtres d'idoles et des sorciers. Une guerre de religion s'ajoutait à la guerre de race. Trois semaines après, un soulèvement se produisait sur la côte est vers l'embouchure du Mangoro. Les tirailleurs algériens ne furent pas appelés, au début, à coopérer à la répression, et jusqu'en mars 1896, on ne les utilisa que pour conduire de Tananarive, à différentes reprises, des convois de ravitaillement aux colonnes opérant contre les rebelles[1].

A ce moment, deux compagnies de marche débarquèrent à Tamatave le 5 février, l'une du 1er, l'autre du 5e tirailleurs, à l'effectif commun de 5 officiers et 200 hommes.

[1]. Effectif des présents à Tananarive le 1er mars 1896 :

	OFFICIERS	TROUPE
État-major du régiment	2	3
2e bataillon	15	519
5e bataillon	14	389
	31	911

Elles ne furent rattachées au régiment qu'à partir du 1ᵉʳ mai, celle du 1ᵉʳ tirailleurs au 2ᵉ bataillon, celle du 3ᵉ tirailleurs au 3ᵉ bataillon. Partie de Tamatave en deux échelons, la compagnie du 1ᵉʳ tirailleurs arriva à Tananarive les 1ᵉʳ et 3 mai[1].

Le général Duchesne avait quitté cette ville quatre mois auparavant, le 18 janvier, laissant le commandement au général Voyron.

Le mouvement insurrectionnel s'étend d'abord dans le nord, où il prend le plus fortement racine et où les soumissions devaient se produire les dernières, puis dans le sud-est.

C'est le commencement de la rébellion qui durera jusqu'en 1897. Aux soldats réguliers hovas, dont le courage s'était rarement affirmé pendant l'expédition, et qui abandonnaient après une résistance particulièrement courte des positions très fortement aménagées, succèdent ou se joignent des bandes de brigands et de pillards appelés *fahavalos*[2], — ce nom s'est depuis étendu à tous les rebelles, — et des groupes de fanatiques, auxquels leurs prêtres d'idoles font croire à l'impuissance de nos projectiles contre eux. Ils font preuve en maintes occasions d'une bravoure et d'un mépris de la mort, que nous n'avions pas été habitués à rencontrer chez nos adversaires de 1895. On a vu au combat, pendant l'insurrection, des rebelles danser et sauter absolument à découvert devant les balles, jusqu'à ce que l'une d'elles les renversât; la réputation du courage malgache est assez peu brillante pour que le fait soit rapporté.

« Ça y en a pas la guerre », disaient les tirailleurs lancés à la poursuite d'ennemis insaisissables. Presque jamais les fahavalos n'attendirent le corps à corps et s'ils furent quelquefois joints à la baïonnette, ce fut par surprise. Leur tactique ordinaire consistait à reculer lorsqu'on avançait, à s'arrêter lorsqu'on faisait halte, et à prononcer un mouvement offensif par les deux ailes quand ils jugeaient la troupe suffisamment éloignée, pour pouvoir l'entourer complètement. Ils cherchaient toujours à s'installer sur la ligne de retraite, non pour attaquer à l'arme blanche, mais pour tirer le plus près et le plus à couvert possible.

1. Cadres, en officiers, de la compagnie du 1ᵉʳ tirailleurs :
MM. Blanc, capitaine.
Frédéric-Moreau, lieutenant.
Delagrange, lieutenant.
Medani ben Ahmed, lieutenant.
Mohamed Arab ben Mezian, sous-lieutenant.

2. L'étymologie de ce mot est assez curieuse. *Fahavalo*, en malgache, veut dire huitième. Il existait autrefois huit rois ou princes, dont l'un ne put s'entendre avec les sept autres et se révolta contre eux. De là, la signification de huitième, rebelle, brigand. Il y a eu de tout temps à Madagascar des fahavalos, la police étant assez mal faite par les Hovas dans les pays qui leur étaient soumis, et pas du tout dans les autres régions. Le fahavalisme, mal endémique à Madagascar, n'est pas un résultat de notre arrivée dans l'île.

Il est à noter d'ailleurs que ces hommes, qui ont souvent de si bonnes jambes quand les balles sifflent trop près de leurs oreilles, ont individuellement devant la mort, un sang-froid merveilleux; les prisonniers qui ont dû être exécutés ont toujours reçu le coup fatal sans sourciller, et avec une impassibilité absolue.

« D'après les renseignements reçus, dit un ordre du général Voyron en date du 22 mars, des bandes armées en partie de Sniders et évaluées de 4 à 500 hommes sous les ordres de Rabezavana et de Rabozaka, anciens gouverneurs hovas, dévasteraient et pilleraient la région au nord-est de Tananarive entre Ambatomainty et Ambatondrazaka près du lac Alaotra.

« Les bandes disposeraient en outre de deux canons dont un se chargeant par la culasse. Leur centre d'opérations seraient Anjozorobé, leurs coureurs seraient descendus le 20 mars jusqu'à Ambatomainty, en répandant le bruit que les bandes descendraient jusqu'à Tananarive.

« Afin d'étouffer le mouvement insurrectionnel des Hovas dissidents auxquels seraient venus se joindre des Fahavalos, une colonne commandée par M. le lieutenant-colonel Borbal-Combret, de l'infanterie de marine, se mettra en route le 22.

« Deux compagnies de tirailleurs algériens viendront le 24 s'établir à Ilafy et y resteront cantonnées jusqu'à nouvel ordre, prêtes à rallier la colonne Borbal-Combret[1].... »

Les 6e et 7e compagnies, désignées, partirent de Tananarive le 23e et quittèrent Ilafy le lendemain pour se diriger sur Ambatomainty. Le colonel Combes, venu pour prendre le commandement des troupes, partit le 31 mars dans la direction d'Ambatondrazaka; la 6e compagnie alla jusqu'à Mangatany où elle fut maintenue pendant la pointe poussée sur Ambatondrazaka; elle rentra à Tananarive avec la 7e le 16 juin, ayant perdu 1 caporal tué à l'entrée d'une grotte et 4 tirailleurs blessés en diverses rencontres.

Du nord de l'Imerina, la révolte avait gagné le sud-est, et trois français, MM. Duret de Brie, Grand et Michaud, avaient été massacrés le 50 mars à 45 kilomètres sud-est de Tananarive, au village de Manarintsoa.

Une colonne fut aussitôt organisée, sous les ordres du colonel Oudri[2]. Elle

1. Colonne Borbal-Combret : tirailleurs malgaches (3 compagnies), tirailleurs haoussas (1 compagnie), artillerie de montagne (1 section).
2. Effectif de la 6e compagnie : 3 officiers (capitaine Castel, lieutenants Zaigue de la 8e et Haba), 116 hommes.
3. Colonne Oudri : tirailleurs algériens (5e et 11e compagnies); tirailleurs haoussas (1 compagnie); artillerie (1 section de montagne).

retrouvait les corps de nos compatriotes, le 2 avril à Manarintsoa, mais les

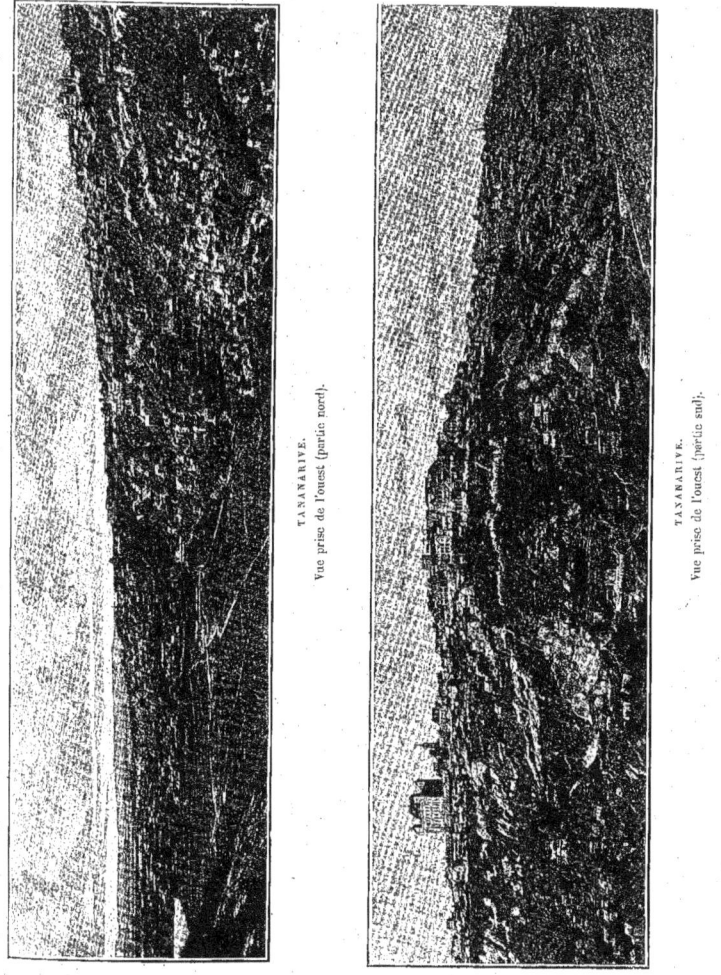

TANANARIVE. Vue prise de l'ouest (partie nord).

TANANARIVE. Vue prise de l'ouest (partie sud).

villages déserts indiquaient que tout espoir de conciliation était impossible.

Le lendemain les troupes étaient attaquées par une bande de fanatiques commandés par Rainibetsimisaraka, et bien que très peu fussent armés de fusils, ils s'avancèrent crânement, cherchant à envelopper les faces nord et sud du bivouac. Deux contre-attaques mirent fin à ce combat qui avait duré trois heures.

Les insurgés attaquèrent encore le 4, la 5ᵉ compagnie qui escortait le résident général venu pour chercher les corps; mais cette attaque ne nous causa pas plus de pertes que la veille.

Le résultat cherché était atteint; des deux chefs, l'un, Rainibetsimisaraka avait échappé par la fuite dans le sud au châtiment qui l'attendait; l'autre Rainibinisoa, prêtre d'idoles, avait été tué dans son temple. La contrée était débarrassée de ces bandits, et l'insurrection arrêtée à ses débuts de ce côté, pour un certain temps du moins.

La 5ᵉ compagnie allait bientôt repartir dans la même direction, le 29 mai, avec 60 miliciens de Tananarive, sous le commandement du colonel Oudri, nommé général, pour délivrer les Européens bloqués à Antsirabé, le 25 mai, par 1500 hommes de Rainibetsimisaraka dans l'hôpital norvégien de la ville. Cette colonne n'eut pas à combattre, car à son arrivée, le général trouva les Européens délivrés par le résident de Betafo, mais la ville entière avait été brûlée.

Le 18 juin, la relève du régiment d'Algérie arrivait en rade de Tamatave. Les deux compagnies (15ᵉ et 16ᵉ) que le 1ᵉʳ tirailleurs avait détachées en 1895 dans l'extrême-sud algérien, El Golea et les forts, étaient rentrées depuis trois mois à Miliana, lorsqu'elles furent désignées, avec deux compagnies du 2ᵉ tirailleurs, de la même façon que les compagnies parties en 1895, pour constituer un bataillon de marche à destination de Madagascar. Avec ce bataillon s'embarquaient : un état-major de régiment et un état-major de bataillon, dont les officiers avaient été tirés au sort d'après une liste établie parmi les officiers volontaires des trois premiers régiments de tirailleurs.

La concentration de ces divers éléments se fit à Blida, mais dans la nuit du 10 au 11 mai, le train militaire amenant de Mostaganem les deux compagnies du 2ᵉ tirailleurs rencontra, sur voie unique, à peu de distance d'Adelia, un train venant d'Alger. Une collision s'ensuivit dans laquelle 6 officiers furent tués, 5 blessés, 6 sous-officiers et 36 tirailleurs blessés[1]. Le 2ᵉ tirailleurs désigna de suite des officiers et des hommes pour remplacer ces malheureux qui n'avaient même pas eu la consolation de tomber sur un champ de bataille.

1. Officiers tués : MM. Lagarde, chef de bataillon; Delebecque, capitaine; Laurent, Godart, Pietri, lieutenants; Coutant, sous-lieutenant.
Officiers blessés : MM. Lamaignière, capitaine, mort le 12 à l'hôpital de Miliana ; Claude, Daoud, Zemalach, lieutenants; Castella, sous-lieutenant.

Le 18 mai, l'organisation était achevée. Chaque compagnie comptait 5 officiers et 1 médecin[1], et 165 hommes; l'effectif total à embarquer comprenait 36 officiers et 681 hommes[2]. Le général Collet-Meygret, commandant la division d'Alger, vint le 18 à Blida passer la revue du bataillon qui allait partir. « Si les tirailleurs, dit-il, n'ont pas toujours été vainqueurs, ils ont toujours mérité de l'être. Ce n'est pas entre vos mains, messieurs, ajouta-t-il en s'adressant aux officiers, que cette élite de l'armée verra pâlir son étoile; en braves, vous conduirez vos braves au feu, et, si comme cela est toujours trop à craindre dans les premiers temps d'une conquête, vous avez des troubles graves à réprimer..., je ne doute pas que ce soit vite fait et bien fait. »

Le 22 mai au matin, les tirailleurs quittaient Blida et s'embarquaient le lendemain à Alger sur le *Liban* qui levait l'ancre le 24 à cinq heures du matin. Le 18 juin, il était à Tamatave, les compagnies débarquaient le 19, et dès le 22, se mettaient en route sur Tananarive, par échelons de peloton. Le nouveau régiment d'Algérie, dont le lieutenant-colonel Hürstel prit le commandement le 4 juillet, et qui n'eut le numéro 2 qu'au mois d'août, se composa dès lors de 2 bataillons de tirailleurs : le 1er, constitué avec des troupes de la relève, comprit 2 compagnies du 1er tirailleurs (1er et 2e) et 2 du 2e (3e et 4e); le 2e, dont l'état-major était arrivé avec la relève, se composa de 2 compagnies de l'ancien régiment d'Algérie maintenues à Madagascar,

1. Les médecins restèrent attachés à chaque compagnie jusqu'à l'arrivée en Imerina seulement. Ils furent ensuite répartis dans les postes suivant les besoins.
2. État-major du régiment :
MM. Hürstel, lieutenant-colonel (1er T.).
    Taupin, capitaine adjoint au chef de corps (1er T.).
    Domergq, lieutenant porte-drapeau (3e T.).
    Merle, lieutenant, officier d'habillement (3e T.).
État-major du 1er bataillon :
MM. Bonnet, chef de bataillon (2e T.).
    Guibal, capitaine adjudant-major (3e T.).
    Ferrard, lieutenant, officier payeur (3e T.).
    Bonafous, lieutenant, officier d'approvisionnement (3e T.).
Cadres, en officiers, des deux compagnies fournies par le 1er tirailleurs :

1re COMPAGNIE	2e COMPAGNIE
MM. Fauthel, capitaine.	MM. Tahon, capitaine.
Roquefère, lieutenant.	Rakdey, lieutenant.
Oudjari, lieutenant indigène.	Goubeau, lieutenant.
Duruy, sous-lieutenant.	Guellal, lieutenant indigène (2e T.).
Rabal, sous-lieutenant indigène.	Hatem, sous-lieutenant indigène.
Rocheblave, médecin-major de 2e classe (160e de ligne).	Lejonne, médecin aide-major de 2e classe (hôpitaux de Tunisie).

Elles devaient être remplacées au 2e régiment par les anciennes 5e et 8e du 1er tirailleurs, alors à Madagascar, qui devaient rentrer à cette époque, mais ne revinrent qu'un an après. Le 1er tirailleurs envoyait donc 12 officiers et 344 hommes. Il n'y eut jamais de renforts envoyés après le mois de mai 1896; seul, un lieutenant du 1er tirailleurs, M. Chapus, partit pour Madagascar en 1897.

toutes deux du 1er tirailleurs (5e et 6e) et des 2 compagnies de marche envoyées en janvier 1896, une du 1er (7e compagnie), une du 5e (8e compagnie)[1].

La situation, à ce moment, n'était rien moins que brillante; l'insurrection s'étendait de tous côtés, les Européens ne pouvaient s'éloigner de la capitale sans risquer d'être assassinés; aucune mesure n'était prise pour assurer le développement commercial et industriel de l'île et la famine à brève échéance était à craindre. Au lieu d'efforts dispersés incohérents, c'était une action vigoureuse, habilement combinée, qu'il eût fallu pour mener à bien l'œuvre de la pacification définitive.

Depuis le mois de mai, la 7e compagnie occupait le poste de Babay, sur la route de Tananarive à Majunga; la 5e avait quitté la capitale le 17 juin pour aller jusqu'à Fianarantsoa, parcourant 354 kilomètres en 14 jours sans arrêt (plus de 25 kilomètres par jour), se reposant 3 jours, et faisant encore 129 kilomètres en 5 jours (25 k. 8 par jour); à la fin de juillet elle occupa Ambatolampy et Antsirabe sur la route de Tananarive à Fianarantsoa. Sur le troisième grand axe de communications de l'île, la route de Tamatave, la 1re compagnie arrivant d'Algérie fut installée à Maharidaza à 24 kilomètres à l'est de Tananarive. La 2e poussa jusqu'à Tananarive où elle resta jusqu'au 20 octobre, fournissant des escortes aux convois de ravitaillement envoyés aux autres compagnies, service toujours pénible, souvent dangereux, car le 5 septembre, sur la route de Babay, 2 tirailleurs de cette compagnie étaient blessés. Quant à la 6e, elle était détachée à Ambatomanga, à trois heures au sud de Maharidaza.

Jusqu'en septembre les rebelles sont bien refoulés, mais ils multiplient leurs attaques sur nos postes, chaque fois plus hardies : à Sambaina (les 17, 18 et 19 juillet) où la 1re compagnie perd un homme grièvement blessé; à Babay le 28 juillet, les 17 et 19 août; à Antalatakely, le 9 août où le sous-lieutenant indigène Rabal, de la 1re compagnie, résiste pendant cinq heures avec 27 hommes à un ennemi vingt fois plus nombreux qui laisse des cadavres à 20 mètres des cases; à Ambatolampy où 1 000 rebelles assaillent la 5e compagnie, les 5 et 6 septembre; à Ambatomanga où la 6e compagnie

1. État-major du 2e bataillon :

    MM. REYNES, chef de bataillon (3e T.).
        RATHELOT, capitaine adjudant-major (3e T.).
        DURAND, lieutenant, officier payeur (3e T.).
        GÉNIE, sous-lieutenant, officier d'approvisionnement (5e T. .
Cadres, en officiers, des compagnies fournies par le 1er tirailleurs :

5e COMPAGNIE		6e COMPAGNIE		7e COMPAGNIE	
MM.	—	MM.	—	MM.	—
LAMY	capitaine.	MAUÉAS	capitaine.	BLANC	capitaine.
GRASS	lieutenant.	VEST	lieutenant.	FRÉDÉRIC-MOREAU	lieutenant.
HADJI	lieutenant ind.			DELAGRANGE	lieutenant.
AMAR BEN SAÏD	s.-lieuten. ind.			MEDANI BEN AHMED	lieutenant.
				MOHAMED ARAB BEN MEZIAN	sous-lieut

tient tête les 24 et 25 septembre à 2000 insurgés. Les reconnaissances amènent des rencontres généralement heureuses, parfois brillantes, qui coûtent aux compagnies du 1ᵉʳ tirailleurs plusieurs tués ou blessés : 1 blessé à la 1ʳᵉ, 1 à la 2ᵉ, 1 tué et 2 blessés à la 7ᵉ.

Sur la route de Tamatave, escortant chaque jour le convoi qui monte de Tamatave et

SUR LA ROUTE D'ANDEVORANTE A TANANARIVE.
Dessin de Taylor, d'après une photographie de MM. Lecheual et Favre.

celui qui y descend venant de Tananarive, la 1ʳᵉ a l'occasion de plusieurs engagements : le 16 août, un de ses caporaux indigènes est tué pendant une escorte; trois semaines plus tard, le 6 septembre, au moment où les deux convois vont se rejoindre et échanger leur escorte, ils sont attaqués par une bande d'environ 3 ou 400 Fahavalos placés à droite et à gauche de la route sur des positions retranchées qui la dominent; le capitaine Delcroix, de la mission topographique, est blessé; 1 tirailleur de la 1ʳᵉ est tué d'une balle au front, mais le péril est conjuré par l'arrivée du sous-lieutenant Duruy avec 25 tirailleurs qui sont lancés à la baïonnette et dispersent les rebelles.

Le 16 septembre, le général Galliéni arrive à Tananarive et est nommé résident général le 28 du même mois, concentrant entre ses mains tous les pouvoirs civils et militaires. La scène va changer et il en était temps, car les bandes insurgées menaçaient de nous cerner en Imerina. Elles vont être rejetées au delà des limites du plateau central de l'île, après une lutte, qui, si elle n'a pas été très meurtrière, a toujours été très dure.

IV

PACIFICATION DE LA RÉGION CENTRALE DE L'ILE (OCTOBRE 1896-JUILLET 1897).

Les premières mesures prises par le nouveau résident général inspirent une terreur salutaire au gouvernement malgache : exécution du ministre de l'intérieur et de l'oncle de la reine, convaincus de complicité avec les rebelles, le 15 octobre; création des territoires et cercles militaires, puis application d'un nouveau système lent, mais méthodique et sûr, consistant à faire la tache d'huile, à gagner du terrain en avant, organiser le pays en arrière, chaque bond en avant marquant une période d'arrêt de quelques jours pendant l'installation de nouveaux postes; plus de grosses colonnes lancées sur un ennemi insaisissable et n'occupant pas le pays parcouru.

Le mouvement d'extension s'accentue partout énergiquement : la 2ᵉ compagnie faisant partie d'une colonne sous les ordres du lieutenant-colonel Borbal-Combret[1], enlève d'assaut le village d'Ambohimasina le 22 octobre; le 28 novembre elle surprend de nuit le village d'Ambohitrandriamanitra, où 55 rebelles sont tués; elle a 3 blessés dans ces opérations. Le capitaine Mahéas, dans ce même cercle d'Ambatomanga, a 2 tirailleurs blessés le 26 octobre, dont l'un mortellement, et repousse les attaques réitérées des insurgés sur ses postes d'Ambatomanga et de Lohaomby. Dans les montagnes de l'Ankaratra, la 5ᵉ fournit le 3 octobre une course de 55 kilomètres, passant à 2430 mètres d'altitude (mont Ambohimirandrano); elle marche et combat les 23 et 24 pendant onze heures de suite; le 29 elle escalade le Tsiafajavona, le point le plus élevé de l'île (2607 mètres). En septembre, 55 hommes de cette compagnie avaient fait dans la même région de l'Ankaratra une marche remarquable de 128 kilomètres en quatre jours sans avoir un malade.

1. Colonne Borbal-Combret : infanterie de marine (détachement); tirailleurs algériens (2ᵉ compagnie); légion étrangère (1ʳᵉ compagnie); artillerie (1 pièce).

Traqués de toutes parts, les rebelles n'osaient plus guère résister en rase campagne, et en étaient réduits soit à se terrer dans les nombreuses cavernes des montagnes, soit à se réfugier dans la grande forêt qui forme à l'est comme une bordure à l'Imerina. Comme ils trouvaient à y vivre et continuaient la lutte, on les y pourchassa.

Cette guerre souterraine, dans les grottes, véritablement périlleuse, causa souvent, sans amener d'engagements sérieux, des morts et des blessures. Organisant leurs repaires avec un art tout spécial, coudant l'entrée principale de façon qu'on ne pût tirer directement à l'intérieur, détournant des ruisseaux pour avoir de l'eau courante, les insurgés entassaient là des approvisionnements considérables en riz, en volailles, même en moutons, et si les défenses naturelles n'étaient pas suffisantes à leur gré, ils construisaient des murs en maçonnerie pour interdire le passage.

Quelquefois, dans les grottes où il ne se trouvait que des femmes, des enfants ou des vieillards, les paroles de conciliation arrivaient à les faire sortir, et ceux-là faisaient leur soumission; mais le plus souvent, il fallait recourir à la force. On pénétrait alors sous terre, se demandant de quel coin sombre allait partir le premier coup de fusil, et c'était un spectacle vraiment étrange et très beau, que de voir les turcos, ces mercenaires qui ne sont soldats que pour de l'argent, et non parce que la patrie leur a demandé le sacrifice de leur existence, se disputer la première place dans une semblable lutte, mettant en œuvre toute l'acuité de leurs sens pour saisir le moindre bruit, tâcher de percer l'obscurité, et découvrir l'ennemi qui les attendait à l'abri, la sagaie ou le fusil à la main. Le premier coup parti, on respirait; c'était comme un poids de moins sur la poitrine. La riposte ne se faisait pas attendre, et aussitôt, si la balle avait porté, des hurlements sauvages éclataient aux oreilles.

C'était la guerre à bout portant, avec ses sensations délicieuses qui faisaient en un instant éprouver les émotions les plus intenses. Au grand jour, on voit son ennemi, on voit l'homme qui ajuste et le fusil qui tire; dans la nuit des grottes, l'inconnu redoutable ajoutait un charme de plus.

Pendant tout le mois d'octobre, 20 tirailleurs algériens de la 1ʳᵉ compagnie avec 25 haoussas, formant un détachement sous les ordres du lieutenant Duruy, forcèrent successivement les cavernes de l'Angavokely. Cet officier et 2 tirailleurs algériens furent contusionnés, 5 autres turcos blessés, dont 1 mortellement, mais ce massif avait été rendu intenable aux Fahavalos, et 1 200 insurgés s'étaient rendus à la fin du mois.

Dès le mois de novembre, les 1ʳᵉ et 2ᵉ compagnies faisaient des reconnaissances continuelles vers la forêt, où des milliers de rebelles avaient cherché refuge; le

19 novembre, 1 tirailleur de la 1re était blessé; le 3 décembre, la 2e compagnie perdit 1 homme tué à bout portant par un fahavalo caché derrière un abatis. L'affaire du 28 décembre, où une bande sortie des bois se jeta sur nos postes et y tua le lieutenant Guillet, de l'infanterie de marine, avec 5 hommes et en blessa 7 autres, ne fit que précipiter la décision d'une opération vigoureuse pour nettoyer la forêt aux abords de la route.

La direction en fut confiée au lieutenant-colonel Hürstel, commandant le régiment d'Algérie, avec mission de cerner une partie déterminée de la forêt, détruire les bandes circulant à l'intérieur, et empêcher le retour des insurgés en établissant des postes sur la lisière. Les 1re, 7e et 8e compagnies de tirailleurs algériens, plus une partie des 2e et 4e, firent partie de cette colonne, dite « d'Ankeramadinika », une des plus fortes qui aient été organisées jusqu'alors à Madagascar depuis la prise de Tananarive, puisqu'elle mit en mouvement 1 250 hommes environ[1].

Les lisières cernées, on pénétra sous bois. La 1re compagnie algérienne et la 12e haoussa fournirent en tout 5 colonnes mobiles de 50 à 60 hommes chacune, qui partirent le 21 janvier de la route de Tamatave, et se dirigèrent vers le nord, à travers la forêt, qu'elles devaient fouiller en tous sens, rejetant les Fahavalos sur les postes chargés de les empêcher de passer, mais à moins d'entourer la forêt d'une muraille de Chine, cela était impossible.

Il est difficile de voir pays plus tourmenté, plus raviné, plus sauvage que la forêt d'Imerina en cette région. Pas de gros arbres, tout ayant poussé en hauteur, des fougères de trois et quatre mètres de haut, des fourrés impénétrables; pas d'oiseaux, la vie semble s'être retirée de ces parages. En dehors des sentiers, on ne peut guère circuler, et quant à en percer de nouveaux, il faudrait le triple du temps employé pour l'étape. Les pentes, d'une raideur extraordinaire, aboutissent toujours en cette saison — au plus fort des pluies — soit à des torrents remplis d'une eau mugissante au milieu de rochers glissants, profonds le plus souvent de plusieurs mètres, laissant sur d'autres points des gués que les hommes doivent passer avec de l'eau jusqu'à la ceinture, soit à des marais où le pied entre jusqu'au-dessus de la cheville.

De plus, les Fahavalos avaient fait sur tous les sentiers des abatis fort gênants, de vingt à trente mètres de longueur, quelquefois plus, et lorsqu'on ne pouvait se frayer un passage à droite ou à gauche du sentier, on en était réduit à faire de

1. Colonne d'Ankeramadinika : tirailleurs algériens (4 compagnies); légion étrangère (1 compagnie); tirailleurs haoussas (2 compagnies et demie); tirailleurs malgaches (2 compagnies); artillerie (1 section).

l'équilibre sur les troncs d'arbres, au milieu des branches. Les bourjanes chargés d'outils et de vivres avancent difficilement dans ces endroits, et retardent considérablement la marche. Des lianes, grosses comme de véritables arbres, pendent au-dessus du sentier, prennent à la poitrine, à la tête; on trébuche, on bute contre des racines, ou bien on enfonce dans la boue; s'il y avait quelques fusils derrière ces abatis, et maniés par des gens courageux, la marche serait rendue impossible, on serait décimé à bout portant.

Ajoutez à cela la pluie, ou tout au moins le brouillard qui s'établit d'une façon si

TIRAILLEURS ALGÉRIENS. — MADAGASCAR, 1896.
D'après une photographie du lieutenant Duruy.

persistante que pendant les trois semaines que dura cette colonne, le soleil ne parut pas une fois. A chaque étape, les hommes devaient franchir les rivières à plusieurs reprises, et, n'ayant pu emporter d'effets de rechange, qui d'ailleurs eussent été rapidement trempés comme les autres, ne pouvaient se changer en arrivant, après avoir fait en moyenne sept heures de route en forêt, sous la pluie, et traversé deux ou trois torrents.

Les troupes souffrirent beaucoup, surtout celles de la colonne mobile, mais les tirailleurs algériens, ne furent en rien inférieurs aux tirailleurs haoussas, et à la 1ʳᵉ compagnie algérienne il n'y eut pas plus d'évacuations qu'à la 12ᵉ haoussa.

Les insurgés, terrorisés par cette apparition des « Vazahas » dans la montagne et en pleine forêt, pendant la saison la plus difficile, ne résistèrent que le 25 janvier dans la vallée de l'Isahafatra, et encore bien faiblement. Quatre jours après, Ratsimandefitra, le principal chef de la région, était surpris et les rebelles dispersés à Ankadinahary par un détachement de tirailleurs malgaches. Les compagnies mobiles étaient arrivées le 28 à la limite assignée au Nord; des battues furent encore opérées jusqu'au 7 février. S'il n'y eut pas pendant cette colonne d'engagements sérieux, les résultats furent très importants et très probants : à la fin de l'expédition, le total des rebelles sortis de la forêt et ayant fait leur soumission, s'élevait à 5 000, qui avaient rendu plus de 100 fusils. Les Fahavalos savaient désormais que les bois ne pouvaient plus leur offrir l'asile sur lequel ils comptaient.

Pendant ce temps, au sud de la route de Tamatave, et non loin de la forêt, la compagnie Tahon (2ᵉ) participait d'une façon brillante à l'assaut de Nossi-Bé le 6 février. Le lieutenant Goubeau se distingua entre tous à cette affaire en pénétrant le premier dans le village, défendu par un fossé large de quatre mètres, hérissé de cactus et de l'autre côté duquel se dressait un mur d'enceinte.

Les compagnies de tirailleurs algériens, placées aux abords de la forêt (2ᵉ, 7ᵉ et 8ᵉ), devaient faire des reconnaissances continuelles afin de rendre la région intenable aux insurgés. A la lisière ouest, en Imerina, le lieutenant Randey s'emparait le 26 du camp de Ratsimandefitra, qui faillit être pris lui-même. Sur la lisière Est, le capitaine de Châteauneuf-Randon, commandant la 7ᵉ, ramenait peu à peu la tranquillité dans la contrée soumise à son commandement, grâce à une activité infatigable, malgré les énormes difficultés d'un pays très malsain totalement dépourvu de voies de communication, et coupé de rivières grossies par les pluies. C'est là que ce vaillant officier prit les germes de la maladie qui devait l'emporter quelques mois plus tard, profondément regretté de tous ceux qui l'avaient connu.

Au mois de juillet, l'insurrection du plateau central était presque terminée; Rabezavana et Rainibetsimisaraka, les grands chefs de la rébellion dans le nord et le sud-est, s'étaient rendus; seul Rabozaka tenait toujours la forêt, mais, abandonné de la plupart de ses partisans, il n'était plus un adversaire dangereux. A l'ouest, les bandes étaient rejetées sur le pays sakalave; la pacification de l'Imerina pouvait être considérée comme un fait accompli.

Il ne restait plus à cette date dans la colonie, en raison de la formation progressive des bataillons de tirailleurs malgaches, qu'un des deux bataillons de tirailleurs algériens; les 5ᵉ et 6ᵉ compagnies, dans l'île depuis le mois d'avril 1895, étaient rapatriées; les 7ᵉ et 8ᵉ s'embarquèrent dans le courant d'août[1].

V

PÉNÉTRATION CHEZ LES PEUPLADES INSOUMISES DU SUD ET DE L'OUEST. — RENTRÉE DES TIRAILLEURS EN ALGÉRIE (MARS 1898).

L'Imerina et le pays betsileo débarrassés de rebelles, toute l'île était encore loin d'être en notre pouvoir. Les chefs sakalaves de l'ouest notamment, poussés à la résistance par les marchands indiens de la côte, qui voyaient dans notre occupation la ruine de leur fructueux commerce d'esclaves et de poudre d'or, avaient presque tous refusé de venir saluer le général Galliéni à son passage sur la côte, au mois de juin; d'un autre côté, les communications entre Fianarantsoa et Fort-Dauphin n'étaient pas libres. En conséquence, une action énergique fut décidée contre les Sakalaves d'une part, les Baras et Tanalas de l'autre. Des détachements allaient partir de la côte; d'autres, venant de l'intérieur, marcheraient vers les premiers, de manière à prendre l'ennemi entre deux feux.

La 1ʳᵉ compagnie n'eut pas l'heureuse chance de participer à ces opérations. Occupant, dans la marécageuse vallée du Mangoro, les postes de la lisière orientale de la forêt d'Ankeramadinika, elle fut chargée, pendant plus de cinq mois, d'un service très actif de police et de surveillance de la forêt, service particulièrement pénible dans une région extrêmement difficile. « Si elle n'a pas eu à livrer de combats retentis-

---

1. État-major du bataillon algérien à la date du 1ᵉʳ août :

MM. Reynès, lieutenant-colonel (3ᵉ T.).
Taupin, capitaine-major (1ᵉʳ T.).
Ferrand, lieutenant, officier payeur, d'habillement et d'armement (3ᵉ T.).
Rocheblave, médecin-major de 2ᵉ classe.
Lejonne, médecin aide-major de 1ʳᵉ classe.
Verse, médecin aide-major de 1ʳᵉ classe.

Cadres, en officiers, des compagnies fournies par le 1ᵉʳ tirailleurs :

1ʳᵉ COMPAGNIE	2ᵉ COMPAGNIE
MM. de Chateauneuf-Randon du Tournel, capitaine (2ᵉ étr.).	MM. Tauon, capitaine.
Merle, lieutenant (3ᵉ T.).	Randey, lieutenant.
Chapus, lieutenant.	Boussat, lieutenant (3ᵉ T.).
Derry, lieutenant.	Goudeau, lieutenant.

Le corps d'occupation se composait, au mois d'août, de 11 000 hommes, renforcés par les milices locales : 13ᵉ de marine (3 bataillons); bataillon de la Réunion (2 compagnies); tirailleurs algériens (1 bataillon); légion étrangère (1 bataillon); régiment colonial (6 compagnies sénégalaises et 3 haoussas); 1ᵉʳ malgache (4 bataillons); 2ᵉ malgache (1 bataillon); artillerie (3 batteries); conducteurs sénégalais (4 compagnies); génie (2 compagnies); disciplinaires de la marine (1 compagnie).

sants, dit au moment de son rapatriement le commandant du cercle dont elle dépendait[1], elle a eu à supporter, pendant une longue période de temps, des fatigues, des privations et a fait preuve d'une résistance aux maladies qui dénote une trempe morale et physique qui sont des qualités militaires dont elle doit être fière. »

Pendant ce temps, un des officiers de cette compagnie, le lieutenant Duruy, auquel fut adjoint le sergent Vinciguerra, également de la 1re compagnie, traversait Madagascar avec une escorte de 15 tirailleurs malgaches ou miliciens, dans près de la moitié de sa longueur. Envoyé en mission d'exploration dans le nord-ouest de l'île, il partit de Tananarive le 1er octobre, se dirigeant sur Vohilena, Tsaratanana, Masokoamena. Malgré les difficultés causées par le mauvais vouloir des guides qui hésitaient à s'engager dans une région d'où les bandes du chef rebelle Rainitavy n'étaient pas encore complètement chassées, cet officier atteignait au nord de Lehanza la Sofia dont il reconnaissait le cours en suivant la rive droite par des sentiers à travers les bois et les marais, passait à Befandriana et Bealanana, et descendait à la mer par la riche vallée du Sambirano. Il débouchait sur la côte à Ambatontatao, en face de Nossi-Bé, après avoir parcouru 900 kilomètres environ et rapporté de nombreux renseignements ethnographiques et géographiques.

La 2e compagnie, qui avait puissamment contribué à la pacification du cercle de Tsiafahy, ainsi que le reconnut le chef de bataillon Gouttenègre, commandant ce cercle[2], fut donc seule à représenter le 1er tirailleurs dans ce mouvement d'expansion vers l'ouest et le sud.

Dans l'ouest, le commandant Gérard, chef d'état-major du corps d'occupation, avait été chargé d'ouvrir les communications avec la côte en partant de l'intérieur. Le 22 juillet, 39 tirailleurs de la 2e compagnie, sous le commandement du lieutenant Randey, étaient partis pour Miandrivazo afin de se joindre à la colonne qui s'y formait, dite « du Betsiriry[3] ».

Au combat du 13 août, devant Anosymena, les Algériens sont placés en soutien de l'artillerie et servent d'escorte au commandant de la colonne, mais le 30 du même mois, à la prise d'Ambiky, ils sont en avant, et enlèvent deux villages à la baïonnette. De Tsimanandrafozana, le *Lapérouse* les conduit à Morondava, où ils sont le 7; le surlendemain ils font une marche de 51 kilomètres, entre trois heures du matin

---

1. Chef de bataillon Lamolle, de l'infanterie de marine. Lettre du 29 décembre 1897 adressée au commandant de la 1re compagnie.
2. Lettre adressée au commandant de la 2e compagnie le 16 mai 1897.
3. Colonne du Betsiriry : tirailleurs algériens (1 section); tirailleurs sénégalais (3 compagnies); artillerie 1 section); conducteurs sénégalais (détachement).

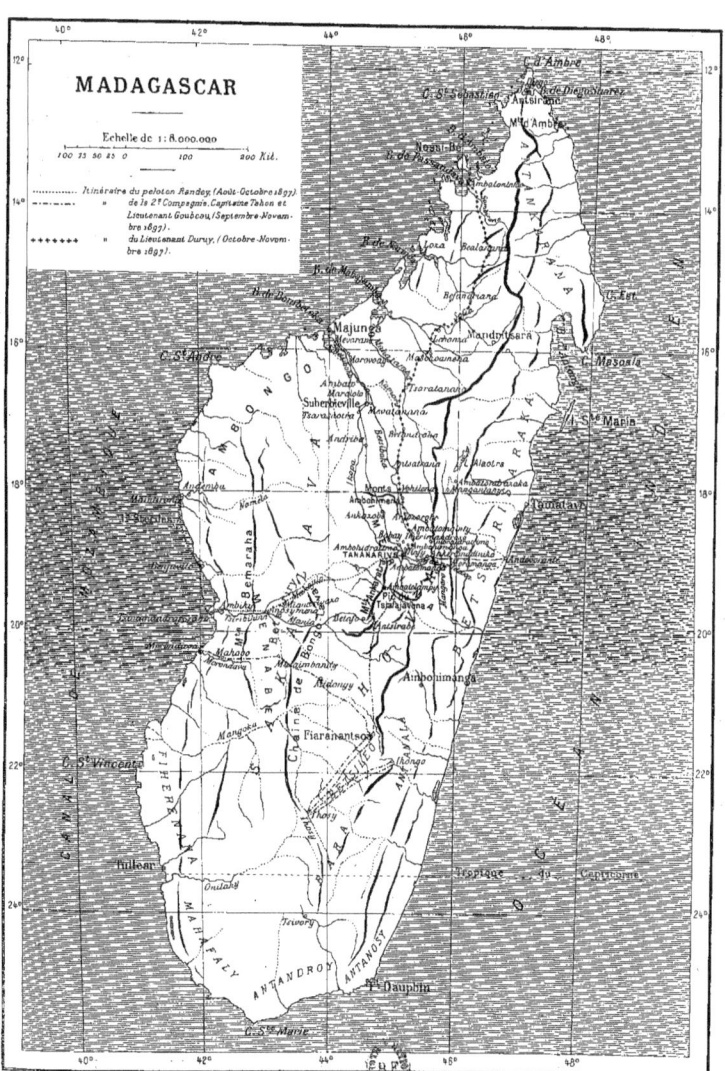

MADAGASCAR

Echelle de 1:8.000.000

100 75 50 25 0   100   200 Kil.

.... Itinéraire du peloton Randey (Août-Octobre 1897)
--.--.--.   »   de la 2e Compagnie. Capitaine Tahon et
             Lieutenant Goubcou (Septembre-Novem-
             bre 1897).
+++++++   »   du Lieutenant Duruy, (Octobre-Novem-
             bre 1897).

C. d'Ambre
C. St Sébastien
B.^e de Diego-Suarez
Antsirana
M.^t d'Ambre
Nosibé
B.^e de Passandava
Ambatoloaka

Vosa
Bealanana

B.^e de May

B.^e de Narendry
B.^e Domborg

Befandriana
C. Est

Majunga
Menarana
Marovoay
Mal.ouanana
C. St André
Sirano
Mandritsara
C. Masoala
Ambato
Margiela
Tsaratanana
Suberbeville
Tsaratanana
Revatanana
Ste Marie
Tsaratanana
Andriba

 Antsahana
L.^c Alaotra
Ankazobe
Namda
Mont.^s Ambohimena
Ambohimanga
Ankazo
Beravina
Amboatany
Tananarive
TANANARIVE
Tamatave
Ambohidratrimo
Tsarafelana
Miarinarivo
Antsirabé
Betafo
Amboatany

Mahavo
Arivonana
Modiambanitsy
Ambohimanga
Ridongy

Fianarantsoa
Mangoro
Ihongo
C. St Vincente
Ihory

Tuléar
Tropique   de   Capricorne
Oulaly

Tsivory

ANTANDROY
ANTANOSY
F.^t Dauphin

C. Ste Marie

40°   42°   44°   46°   48°

CARTE DE MADAGASCAR.

et trois heures du soir, puis la *Surprise* les conduit à Maintirano ; le 26, de concert avec un peloton haoussa, ils s'emparent du village de Movafaïnakely, et marchent les 28 et 29 pendant vingt et une heures (de six heures du soir au lendemain trois heures et demie de l'après-midi).

Désignés pour constituer la garnison du poste d'Andemba, ils y sont attaqués le 10 octobre à cinq heures et demie du matin par 300 Sakalaves ; à peine la sentinelle a-t-elle eu le temps de pousser le cri d'alarme, qu'elle reçoit une balle dans la tête, et que ses cartouches, son fusil et sa baïonnette sont pris par l'ennemi, qui commence à entrer dans le poste. Ralliés par leur officier, les tirailleurs se précipitent sur les Sakalaves, en tuent 54 et les rejettent au dehors. Malheureusement le lieutenant Randey, placé près du drapeau du poste, avait dès le début de l'action reçu deux balles dans le ventre, une à la main, et était tombé mortellement frappé. Un sergent indigène et 3 tirailleurs avaient été blessés ; le sergent mourut trois jours après. Les Sakalaves se réfugièrent dans la forêt.

Le même jour, le reste de la 2ᵉ compagnie, conduit par le capitaine Tahon, participait à l'enlèvement du plateau d'Ikongo, au sud de Fianarantsoa ; ce détachement, parti de Tananarive le 15 septembre, devait se diriger primitivement sur Ihosy. Parvenu sur ce point le 5 octobre, le capitaine y recevait l'ordre de se rendre à Ikongo, pour se mettre sous les ordres du commandant Cléret, de l'infanterie de marine, qui opérait contre les tribus tanalas ; par une marche forcée, les tirailleurs firent dans un pays montagneux 100 kilomètres en cinquante-six heures, arrivèrent le 8 au camp devant Ikongo, et exécutèrent le 9 la reconnaissance de la position qu'ils attaquaient le lendemain, à cinq heures du matin.

A six heures, en pleine forêt, l'avant-garde tombait sur une tranchée aperçue à 15 mètres et défendue par une cinquantaine de Tanalas résolus, armés de fusils et de sagaies ; d'autres guerriers étaient sur les flancs de la colonne dans le fourré. Les jeunes tirailleurs malgaches qui voyaient le feu pour la première fois, ayant eu un mouvement d'hésitation, la section de la 2ᵉ compagnie placée derrière eux, entraînée par le sergent Strady, se jeta en avant à la baïonnette, et perdit un homme tué d'un coup de sagaie, et un autre blessé. Pendant ce temps, le lieutenant Goubeau se portait à travers bois avec quelques tirailleurs ; refoulant les Tanalas cachés dans les taillis, il s'empara du retranchement attaqué de front par l'avant-garde. Un retour offensif de l'ennemi fut repoussé et le plateau d'Ikongo, envahi d'un autre côté par les miliciens et les tirailleurs malgaches, fut évacué par l'ennemi.

D'Ikongo, la 2ᵉ compagnie revint à Ihosy, mais à la suite des événements du

Ménabé — un poste enlevé, trois officiers tués[1] —, elle dut retourner à Fianarantsoa pour de là se porter par Midongy et Malaimbandy sur Mahabo et Morondava qu'elle atteignit le 30 novembre.

Du 15 septembre au 30 novembre, ce détachement avait fait plus de 1600 kilomètres de route. Parti à l'effectif de 58 hommes, il arrivait avec 48; et sur les 10 manquants, 1 avait été tué, 1 blessé et 3 avaient été libérés. Si ce résultat remarquable prouvait, mieux que toute démonstration, la résistance des tirailleurs, il était dû aussi à la façon dont les officiers, le capitaine Tahon et le lieutenant Goubeau, avaient su conduire leurs hommes en exigeant d'eux, bien qu'en les ménageant, tout ce qu'ils pouvaient donner.

Le peloton Randey, commandé par le sergent Villepontoux, était depuis le 3 novembre à Morondava. La 2ᵉ compagnie resta dans ce poste jusqu'à son rapatriement; le 8 mars elle embarquait à Diégo-Suarez sur le *Pei-Ho*, et était à Alger le 30; la 1ʳᵉ était partie de Tamatave sur l'*Iraouaddy* le 19 janvier, et arrivée à Alger le 19 février.

Le drapeau du régiment d'Algérie, confié au capitaine Vuillemin, commandant la 4ᵉ compagnie, fut rapporté à Paris et déposé au musée des Invalides en juin 1898.

En outre des compagnies qu'il a envoyées à Madagascar, le 1ᵉʳ tirailleurs a fourni 5 officiers[2] et 98 hommes pour encadrer les détachements de convoyeurs kabyles. « Grâce à l'Algérie, et à l'Algérie presque seule, dit le rapport du général Duchesne[3], le corps expéditionnaire put être doté d'un effectif total d'environ 7300 conducteurs auxiliaires, chiffre encore insuffisant, mais qui représentait dans les circonstances où se préparait l'expédition, à peu près le maximum de l'effectif possible, effort sans lequel on pourrait presque dire que l'expédition fût devenue impossible, pour l'époque et dans les délais prévus. » À cette œuvre, les officiers du 1ᵉʳ tirailleurs, et spécialement le capitaine Lamy, apportèrent leur concours précieux d'officiers habitués aux indigènes algériens, et particulièrement aux Kabyles; le succès couronna leurs efforts, puisqu'ils purent recruter 5500 volontaires.

Les pertes par le feu n'ont pas été, à beaucoup près, aussi considérables qu'au Tonkin; pendant les trois ans qu'elles ont passés à Madagascar, les compagnies du 1ᵉʳ tirailleurs ont perdu 2 officiers et 15 hommes tués et 31 hommes blessés. Mais

---

1. Poste d'Ankalalobé; lieutenants Turquois, du génie, Chambaud, des tirailleurs sénégalais, Randey, des tirailleurs algériens.
2. MM. Lamy, capitaine; Reibell, Mangin, Vest, lieutenants français; Oudjari, lieutenant indigène, partis en avril et mai 1895.
3. P. 24.

cette campagne a fait ressortir d'une façon frappante la résistance physique de nos turcos.

« On peut affirmer, sans exagération, dit un officier qui, ne servant pas aux turcos, ne peut être taxé de partialité en leur faveur[1], que les tirailleurs algériens ont constitué un des principaux éléments de force de la colonne légère et plus tard de la brigade d'occupation.... Ils ont pris part pendant la campagne à toutes les opérations militaires, concouru dans la plus large mesure aux travaux les plus rudes. »

Les chiffres donnés précédemment[2] prouvent leur endurance pendant l'expédition; pendant l'occupation, la 2ᵉ compagnie, qui a parcouru des pays fort malsains, n'a eu que 5 hommes morts de maladie; la 1ʳᵉ est restée pendant cinq mois dans la vallée du Mangoro, surnommée parmi les troupiers le « tombeau des Européens »; le climat ne lui a fait perdre que 2 hommes. « Quand un troupier de France entre à l'hôpital, disait en 1895 le docteur Moine, à l'hôpital de Suberbieville, c'est pour être rapatrié; un tirailleur, c'est pour guérir; un légionnaire, c'est pour mourir. »

Quant aux officiers, 3 sont morts de maladie; le lieutenant Frédéric-Moreau, promu capitaine, et le sous-lieutenant M'Ahmed ou Kaci, à Madagascar, et le commandant Lentonnet, promu lieutenant-colonel, en mer, sur le bateau qui le ramenait en France.

On a vu de quelle façon les turcos avaient été appréciés par le général Metzinger pendant l'expédition; le général Galliéni ne les tenait pas en moindre estime.

« Non seulement, écrivit-il dans son ordre du jour du 6 août 1897, les tirailleurs ont donné, tant au cours de l'expédition de 1895 que dans les nombreuses actions de guerre qu'a occasionnées la répression de l'insurrection, des preuves répétées d'une vaillance traditionnelle dans une race guerrière, mais ils ont montré aussi, dans ces opérations particulièrement pénibles, les qualités de discipline et d'endurance qui caractérisent les troupes d'élite. »

1. Chef de bataillon Mirepoix, commandant actuellement le 6ᵉ bataillon de chasseurs à pied.
2. Page 285.

CHAPITRE IV

Moins de six mois après le retour de la dernière compagnie du 1ᵉʳ tirailleurs restée à Madagascar, le régiment était appelé à fournir de nouveau les éléments d'une expédition lointaine. La mission transsaharienne Foureau-Lamy a pris au régiment 6 officiers[1] et 212 hommes de troupe, dont 14 sous-officiers et 18 caporaux.

Le massacre de Bir el Gharama n'avait pas découragé les explorateurs du Sahara, mais ils n'avaient pas eu plus de succès que le malheureux colonel Flatters : le lieutenant Palat avait été tué en 1885 aux portes du Touat, Camille Douls avait eu le même sort en 1889 à Aghabli. En 1892, le commandant Monteil avait traversé le Sahara de Kouka à Tripoli, mais sans résultat immédiat au point de vue commercial. L'année suivante cependant, M. Méry put s'entendre avec les Touareg Azdjer, et obtenir libre passage pour nos caravanes sur leur territoire. Depuis lors, M. Foureau était, à plusieurs reprises, entré en relations avec des chefs azdjer, et, au mois de septembre 1898, il fut chargé de conduire une mission à travers le Sahara, de l'Afrique au Soudan.

Parti de Blida le 20 septembre 1898, le détachement fourni par le 1ᵉʳ tirailleurs gagna Biskra par chemin de fer, puis Ouargla par étapes ; les hommes faisaient en route leur instruction spéciale comme sokhars et bachamars[2]. Les fièvres sévissent souvent dans la vallée de l'oued Rhir, surtout à cette époque de l'année ; plusieurs tirailleurs furent malades, mais un seul ne put suivre et dut être remplacé à Tougourt par un ancien tirailleur du 3ᵉ régiment, qui s'était offert de lui-même.

Augmentée à Ouargla d'une section de la compagnie de tirailleurs sahariens, sous les ordres du lieutenant Rondency, la mission était alors au complet, com-

---

1. MM. Lamy, chef de bataillon ; Reibell, capitaine ; Métois, Verlet-Hanus, lieutenants français ; Oudjari, lieutenant indigène ; Britsch, sous-lieutenant français.
2. *Sokhar*, chamelier ; il y a un sokhar pour cinq chameaux. *Bachamar*, chef de sokhars ; il y a un bachamar pour six sokhars.

prenant près de 300 combattants[1], tous gens rompus à la marche et aux fatigues. Le convoi, qui se composait de 1000 chameaux, fut divisé en cinq sections, correspondant aux sections d'infanterie de l'escorte; il y avait de la sorte cinq groupes distincts, dont le chef, un lieutenant, était responsable, non seulement de ses hommes, mais aussi des animaux de bât et de leurs charges. Outre les vivres, le convoi portait une réserve de huit jours d'eau.

A partir d'Ouargla, on ne devait plus manger que de la viande de chameau, payée aux propriétaires 0 fr. 75 le kilogramme, et distribuée à raison de 500 grammes par homme et par jour. La nourriture des chameaux était une source de préoccupations constantes; les guides chambâa n'indiquaient pas le plus souvent les emplacements des rares pâturages existants pour en faire profiter les bêtes qui leur appartenaient, et qui formaient des convois de vivres et de marchandises suivant librement la colonne; mais grâce aux mesures prises, les pertes purent être réduites au minimum, et en arrivant à Temassinin, 25 chameaux seulement sur 1000 étaient morts en cours de route.

480 kilomètres séparent Ouargla de Temassinin; ils furent franchis en trois bonds : le premier conduisit la mission à Aïn Taïba (185 kilomètres); le second, à El Biodh (200 kilomètres); le troisième à Temassinin (90 kilomètres), où elle arrivait le 18 novembre. En dehors d'Aïn Taïba et d'El Biodh, elle n'avait rencontré qu'un seul puits, celui de Mjeira, à 60 kilomètres d'Ouargla. A Temassinin, le commandant Lamy trouvait le capitaine Pein, du bureau arabe, venu avec 300 goumiers à mehari et 50 spahis sahariens pour fonder un poste en ce point important. La limite de nos confins militaires constantinois était par cela même reportée à 480 kilomètres dans le Sud.

Le 4 décembre, la mission arrivait à Aïn el Hadjadj; elle avait malheureusement perdu un homme en route : le caporal Receveur, du 1er tirailleurs, mort à Tebalbalet[2]. De ce point, la direction fut prise au sud, à travers le Tassili.

Les dernières lettres arrivées en France et en Algérie sont datées du puits de Tahabirt ou Tadent, le 26 janvier (1 156 kilomètres au sud d'Ouargla). La ligne de partage des eaux entre l'Atlantique et la Méditerranée a été franchie le 9 de ce mois, par 1362 mètres d'altitude; on a observé des écarts de température considérables, le ther-

---

1. 15 officiers et membres de la mission, 213 tirailleurs algériens, 51 tirailleurs sahariens, 13 spahis algériens. La mission comprenait en outre 49 sokhars et 32 guides chambâa. Elle emmenait deux pièces d'artillerie qui devaient être servies par des tirailleurs algériens. Chaque homme était armé de la carabine de cavalerie modèle 1892.

2. Un tirailleur indigène a succombé depuis cette époque.

momètre montant à + 25° pendant le jour, et descendant jusqu'à — 12° pendant la nuit.

Il a été constaté une fois de plus, qu'en dehors des oasis, les ressources du Sahara sont à peu près nulles ; à plusieurs reprises, il a fallu charger les chameaux de bois et de broussailles pour des périodes de quatre à cinq étapes pendant lesquelles on ne

UN TARGUI.
Dessin de Marius Perret, d'après nature.

trouvait aucune trace de végétation. Les rares Touareg rencontrés étaient des Imrads, serfs, vivant demi-nus comme des bêtes, sous des tentes en peau d'antilope.

Depuis son départ d'Ouargla, pour économiser les réserves de vivres le plus longtemps possible, la mission a été ravitaillée par des convois dirigés par le capitaine Pein. Ayant reçu l'ordre d'assurer les relations entre le commandant Lamy et l'Algérie, avec 40 spahis sahariens et 200 goumiers Chambâa d'Ouargla, cet officier a laissé à Temassinin les spahis, moins mobiles que le goum, et coûtant fort cher à nourrir en tant que troupiers réguliers et rationnaires ; lui-même s'est porté sur Amguid, où il a placé 50 Chambâa, puis sur Bir el Gharama où 100 autres goumiers sont restés. Avec les 50 derniers, il a convoyé le ravitaillement jusqu'à Tadent.

Ces postes établissent les communications vers l'arrière ; ils peuvent être en outre les premiers jalons d'une occupation permanente du Sahara entre l'Erg et l'Aïr, occupation faite au moyen de goumiers, pour lesquels les dépenses se réduisent au minimum[1]. L'expérience d'El Golea et des forts de l'Extrême-Sud est là pour démontrer le prix de revient de troupes à pied, à cheval ou à mehari dans ces régions. Il faut adapter les moyens aux ennemis que l'on doit combattre et au pays dans lequel on doit opérer. Dans le désert, contre les nomades, et loin des bases de ravitaillement, il faut employer des nomades, par essence très mobiles, et dont l'entretien coûte le moins possible.

La mission resta à Tadent du 17 au 26 janvier. Pendant ce temps, le commandant Lamy et M. Foureau, escortés de 25 Chambâa, allèrent faire un pieux pèlerinage aux lieux où étaient tombés le colonel Flatters et ses infortunés compagnons. Mais les ossements avaient été brûlés par les Touareg et on put retrouver seulement quelques petits vestiges et quelques fragments d'os. Ce point ne s'appelle d'ailleurs pas Bir el Gharama, mais Tadjenout Inhouaouen et se trouve à 160 kil. nord-nord-ouest du puits de Tadent.

De Tadent, la mission a dû se diriger vers Bir Asiou, à travers le Tanezrouft, pays complètement désolé, s'il faut en croire les renseignements donnés par les guides ; ceux-ci affirmaient que, pendant les six ou sept marches qui séparent Tadent de Bir Asiou, on ne trouverait ni bois ni fourrages. Il fallut faire à Tadent les provisions nécessaires, même pour les herbes constituant la nourriture des chameaux.

Il est vraisemblable qu'à l'époque actuelle — première quinzaine de mars —, la mission transsaharienne est dans l'Aïr, au sud de Bir Asiou.

A la suite de l'incident de Fachoda, on a parlé du rappel de cette mission ; il n'en a heureusement rien été, et, étant donné qu'elle ne peut susciter de complications diplomatiques, puisqu'elle traverse des régions reconnues par l'Allemagne et l'Angleterre comme situées dans notre sphère d'influence, il est permis d'espérer que l'avenir nous apprendra l'heureuse arrivée des turcos du 1er régiment sur les rives du lac Tchad, où le *Léon-Blot*, le vapeur de la mission Gentil, montre déjà les trois couleurs.

---

1. Les goumiers de Temassinin reçoivent 400 grammes de farine par jour, plus une solde avec laquelle ils se procurent les denrées nécessaires, dattes et couscouss. La chasse leur fournit la viande. Leurs vivres sont portés sur leurs animaux, et non par des convois, comme cela a lieu pour les troupes régulières.

CONCLUSION

Au milieu de notre armée, formée par le service à court terme, les tirailleurs sont, avec les légionnaires et l'infanterie de marine, pour les troupes à pied, les survivants de ce type de vieux soldats, rengagés et chevronnés, qui ont promené aux quatre coins du monde la gloire de notre drapeau.

Mercenaires, dira-t-on des tirailleurs. Et en effet, ils s'engagent pour vivre, ce qui d'ailleurs leur fournit d'assez fréquentes occasions de mourir. Mais il se trouve que ces mercenaires ont donné beaucoup plus qu'on n'avait le droit d'exiger d'eux en échange de la solde qu'on leur allouait : leur instinct belliqueux, leur endurance physique, leur mépris superbe de la souffrance et de la mort, surtout leur indomptable fidélité au drapeau.

Aux heures les plus sombres de l'Année terrible, sur la Loire, dans l'Est glacé, leur dévouement ne connut pas de défaillance. Lors de l'insurrection de 1871 en Algérie, plus tard au Tonkin, à Madagascar, leur solidité ne se démentit jamais. La France a beau les payer, elle demeurerait leur obligée, si elle n'avait trouvé pour s'acquitter envers ces vaillants Africains, autre chose et de plus de prix que ce peu d'or qu'elle leur donne.

Et voici maintenant ce que ces mercenaires doivent au grand pays qui les emploie : la révélation d'un idéal qu'ils ne connaissaient pas. La France leur a appris la discipline, l'honneur, la mâle et simple beauté du devoir militaire, l'esprit d'abnégation. Elle leur a inculqué la notion, d'abord obscure, puis allant en se précisant peu à peu, d'une noble confraternité d'armes avec ses propres soldats, le ferment d'une généreuse émulation dans la vaillance et dans le dévouement. Ces Kabyles et ces Arabes ne connaissaient que la solidarité du village ou de la tribu, de la religion ou de la race. La France les a élevés peu à peu jusqu'à l'idée plus large d'une patrie.

Mais qui a opéré ce miracle? La douceur et l'humanité de notre génie, le libéralisme de nos institutions? Non; de tout cela les indigènes algériens se soucient fort peu; probablement même ne sont-ils pas éloignés de regarder comme des faiblesses ces traits de notre caractère national.

Ce qu'ils servent avec dévouement, ce qu'ils respectent, ce qu'ils aiment, c'est la France héroïque, la France guerrière, telle qu'elle leur est apparue sur les champs de bataille où ils ont mêlé leur sang à celui de ses soldats, d'abord en qualité d'adversaires, puis de compagnons d'armes. Et de cette France-là ils se sont fait une idée telle et si haute, que le jour où la fortune de la guerre, après tant de faveurs, lui fut devenue contraire, leur surprise et leur douleur ont été si grandes qu'ils ont protesté contre cette trahison du sort, en donnant généreusement leur vie pour la réparer.

Certain jour du funèbre mois de décembre 1870, un tirailleur algérien embusqué seul à la lisière de la forêt d'Orléans s'obstinait, on l'a vu, à tirer sur un régiment prussien. Blessé grièvement, il s'acharnait à décharger encore son fusil sur l'ennemi, jusqu'au moment où une décharge générale le coucha mort sur ce sol, qui n'était pourtant pas celui de sa patrie véritable. Le nom de ce héros obscur n'a pas même pu être inscrit sur le monument commémoratif de son sacrifice. Un tel acte n'est pas seulement sublime. Il est symbolique en même temps; il exprime à merveille, dans sa simple grandeur, la nature des sentiments voués par ce turco inconnu et par ses compagnons à la France. Et ce n'est pas un médiocre honneur pour l'armée, après avoir conquis le pays si bien défendu par ces braves, d'avoir aussi conquis leur cœur, et quand elle les reçut dans ses rangs, d'avoir inspiré à de simples mercenaires un dévouement au drapeau, qui les élève au niveau moral de nos propres soldats. Une précieuse réserve de force a été ainsi mise au service de la France, qui peut y puiser sans crainte de la voir se tarir.

Le 1er régiment de tirailleurs, qui prend ses hommes exclusivement dans la province d'Alger, se compose d'Arabes et de Kabyles, ceux-ci en grande majorité. Arabes et Kabyles sont loin d'être une seule et même race. Tout le monde sait qu'entre eux il y a la distance de l'envahisseur à l'envahi, du conquérant au conquis.

Les Berbères, race autochtone de l'Algérie — les anciens Lybiens ou Numides — n'ayant pu résister à l'invasion arabe, se sont retirés devant elle, d'une part dans les montagnes (Kabyles, Chaouïa de l'Aurès), de l'autre dans le désert (Touareg). La plus grande ressemblance entre Arabes et Kabyles consiste dans leur tempérament, également guerrier, affaire de nature chez l'Arabe, bien plus de besoin chez le Kabyle, qui a toujours, jusqu'en 1857, su maintenir son indépendance. Mais si l'Arabe, polygame généralement, est nomade, pasteur et a un profond mépris pour les travaux manuels, le Kabyle, monogame le plus souvent, est sédentaire, industriel

— des tribus entières se composent de forgerons — et attaché au sol. Il n'a pris du Coran que la loi religieuse; son organisation, démocratique et municipale, est le contraire de celle de l'Arabe, théocratique et féodale. L'antipathie est profonde entre

UN TIRAILLEUR SAHARIEN EN TENUE DE CAMPAGNE.
Dessin de J. Lavée, d'après une photographie du docteur Thérault.

eux : en 1857, les tribus kabyles, apportant leur soumission au maréchal Randon, lui demandèrent tout d'abord : « Vous ne nous donnerez pas d'Arabes pour nous commander? » Elles n'ont pas changé depuis.

Le 1er tirailleurs, qui a dans sa zone de recrutement toute la grande Kabylie, dont la population est très dense, est le plus favorisé des trois régiments [1] au point de vue des facilités du recrutement. Tizi Ouzou, surtout depuis la suppression du détachement de Dra el Mizan, est le centre principal où les indigènes viennent s'engager dans les années de disette. Ceux qui sont acceptés sont, en général, de vigoureux montagnards de taille moyenne, rompus à la marche et aux privations. Habitués dans leur village à la vie en commun, ils sont moins dépaysés et plus disciplinés en arrivant au régiment que les Arabes qui ont une vie nomade et plantent leurs tentes où il leur plaît d'aller.

Tirant de sa foi religieuse le mépris absolu de la mort, le tirailleur indigène est naturellement brave; habitué à la soumission devant tout ce qui est fort et supérieur, il est également discipliné, mais il n'en faut pas moins, pour le conduire et le commander, un tact qui ne s'acquiert pas du jour au lendemain. L'officier français qui arrive pour la première fois devant sa troupe est regardé curieusement par ses hommes qui étudient, avec beaucoup de discernement, sa manière d'être et son caractère; ils semblent se demander si lui, le nouveau venu dans un de ces régiments de turcos, dont notre armée est fière, est digne de commander à de pareils soldats. Ce commencement de vie commune et l'impression qui en résulte sont des plus importants. Si l'officier est calme et bienveillant, il s'attire rapidement les sympathies; mais avant tout il faut qu'il soit ferme et juste; ferme, parce que l'indigène ne comprend pas l'extrême bonté, qu'il interprète comme de la faiblesse; juste, parce qu'il connaît ses droits et ne pardonne pas à celui qui n'en a pas le souci; il le fait sentir tôt ou tard d'une façon ou d'une autre.

Enfin, pour tirer tout le parti possible des tirailleurs indigènes, il faut les connaître et les aimer. Dans le long séjour qu'ils font sous nos drapeaux, ils s'attachent à leur compagnie, à leur régiment, qui pour eux représentent vraiment la grande famille; il s'établit, entre eux et les officiers qui ont su les comprendre, des liens d'affection réciproques et de confiance absolue.

Dans les circonstances critiques de la guerre, ce sentiment produit des actes d'héroïsme et décuple le dévouement. Le général Borgnis-Desbordes, qui avait vu les tirailleurs à l'œuvre, au Tonkin, dans des jours difficiles, à Bac-viay et à Hoa-moc, en disait : « Ils se battent bien, mais ne peuvent rendre les services qu'on en peut attendre que sous les ordres d'officiers à la fois très énergiques et très bienveillants, en qui ils ont confiance. Ce sont des troupes dont on peut tirer un excellent

---

1. Le 4ᵉ régiment en Tunisie ne recrute pas par engagements volontaires.

parti, sous la réserve d'en confier le commandement à un homme qui leur inspire confiance, quel que soit le nombre de ses galons. Le grade leur importe assez peu; c'est l'homme qui est tout pour eux[1]. » Cette confiance des tirailleurs indigènes dans leurs officiers est encore augmentée si ceux-ci se donnent là peine d'apprendre l'arabe; ils leur seront reconnaissants de se rapprocher d'eux par l'étude de leur langue et de supprimer les intermédiaires, intéressés parfois à déguiser la vérité.

OFFICIERS FRANÇAIS DE TIRAILLEURS ALGÉRIENS (1859).

Dessin de É. Detaille.

Gravure extraite de l'*Armée française*, Boussod, Manzy, Joyant et Cⁱᵉ, Éditeurs.

Il est bien certain que les tirailleurs indigènes n'ont pas que des qualités : joueurs et querelleurs par tempérament, ils sont assez souvent portés à mentir et sont parfois d'une honnêteté peu scrupuleuse; quelques-uns, élevés dans les villes, au contact de notre civilisation, en ont pris les vices et, peu soucieux du Coran, s'adonnent fréquemment à la boisson des liqueurs fortes. Mais tous ces défauts de l'homme privé disparaissent devant les qualités du soldat et la plupart du temps les plus mauvaises têtes en garnison sont les plus durs à la fatigue, les plus débrouillards, les plus dévoués et les plus braves en campagne.

1. Lettre inédite.

Le tirailleur indigène laisse assez facilement son moral s'abattre en face de la maladie; il résiste plus longtemps aux atteintes du mal que le troupier européen, mais lutte moins que lui lorsqu'il est touché. Sa répugnance aux travaux manuels est souvent un inconvénient sérieux; il n'aime pas à se servir de la pioche ou de la pelle. Pour lui, le soldat est créé pour faire parler la poudre, comme il dit dans son expressif langage, mais il ne doit pas pouvoir se transformer en pionnier le cas échéant; c'est là le métier de gens de rien, et le dernier des indigènes, armé d'un sabre ou d'un fusil, se croit placé au-dessus de n'importe qui; il possède là encore une cause de force, car avec un tel sentiment dans le cœur, il ne saurait se déshonorer au combat.

Contrairement à la règle adoptée à l'égard des militaires français, le tirailleur indigène, gradé ou non, n'a droit à une retraite qu'à 25 ans de service. Si à 16 ans ou 20 ans de service, c'est-à-dire à l'expiration de son 4ᵉ ou de son 5ᵉ rengagement, il est reconnu inapte, il doit être libéré sans aucune allocation, quelles que soient les campagnes qu'il a faites, quels que soient les services qu'il a rendus. Cet homme a consacré les plus belles années de sa vie à la France, sa patrie d'adoption; il a versé son sang pour elle sur maint champ de bataille; il a perdu sa vigueur et n'est plus en état de gagner sa vie; on le jette sur le pavé sans un sou parce que ses forces l'ont trahi avant d'arriver au but final, avant d'avoir droit à la retraite. Il retourne dans sa tribu, le cœur aigri; il exprime hautement son mécontentement; il crie à l'injustice, et contribue à éloigner de nous les jeunes gens qui auraient le désir de contracter un engagement.

La conséquence de ce regrettable état de choses est que le commandement, pris d'une pitié bien légitime pour de vieux serviteurs, les rengage assez souvent à seize ans de service, presque toujours à vingt, même quand ils sont hors d'état de supporter les fatigues d'une campagne. Il en résulte que nos régiments de tirailleurs comptent des soldats fatigués, usés, inaptes au service de guerre; on les appelle les *vieux*.

Les plus âgés et les plus épuisés sont versés à la compagnie de dépôt, transformée en une succursale des Invalides; les autres restent dans les compagnies actives, où on les utilise comme on le peut : à la cuisine, au service de planton et à différents emplois dans l'intérieur du quartier.

Une réforme, réclamée depuis longtemps par tous les officiers de tirailleurs, serait l'établissement d'une retraite proportionnelle, à 16 ans de service, en faveur des indigènes qui ne sont pas suffisamment valides pour parfaire les 25 ans actuellement exigés. On a reculé jusqu'à présent devant la dépense, et cependant elle pourrait être notablement réduite et même nulle, si on diminuait, au préalable, le taux de la retraite actuelle. Les années de service passées en Algérie, dans leur propre pays, sont décomptées aux indigènes comme campagnes, de telle sorte que le minimum de leur pension de retraite est de 750 francs, non compris le traitement de la médaille militaire qu'ils obtiennent souvent. Cette somme est trop forte, car un Kabyle qui se retirerait dans son village avec une pension de 4 ou 500 francs pourrait vivre bien plus à l'aise qu'un Français dans son pays avec 7 ou 800 francs.

Si l'abaissement du tarif de pension ne procure pas des ressources suffisantes pour donner à 16 ans de service une retraite proportionnelle, qu'on fixe la limite à 20 ans au lieu de 25 ans de service : on réalisera ainsi une amélioration notable sur l'état de choses actuel. Mais il y a un intérêt majeur, d'un côté, à ne pas garder sous les drapeaux pendant plusieurs années des hommes fatigués, et de l'autre, à ne pas renvoyer durement chez eux des soldats qui se sont usés au service de la France, sans leur assurer le pain quotidien. L'adoption de cette réforme, outre qu'elle serait politique au premier chef et attirerait les indigènes dans nos rangs, aurait l'avantage d'écarter de nos effectifs des hommes impropres au service actif et d'économiser au Trésor les frais de solde, de nourriture et d'entretien qu'ils occasionnent sans compensation d'aucune sorte.

Outre l'établissement de la retraite proportionnelle, l'organisation actuelle des régiments de tirailleurs, qui remonte à une époque déjà éloignée, pourrait être utilement modifiée sur d'autres points, notamment en ce qui concerne les officiers indigènes dont le recrutement, resté le même depuis quarante ans, ne répond plus aux exigences de plus en plus grandes de l'instruction militaire et de la tactique moderne. Pour l'indigène, a dit le général du Barail, « l'épaulette, c'est l'éteignoir »; les choses n'ont pas changé depuis. L'officier indigène, une fois lieutenant, sait qu'il ne dépassera pas ce grade; il n'a plus dès lors le stimulant que donne la perspective d'une récompense. Ne serait-il pas avantageux d'instituer pour lui une solde graduée suivant l'ancienneté de ses services? Ne pourrait-on pas accorder aux plus dignes certaines fonctions honorifiques ou rétribuées, qui le relèveraient aux yeux de ses coreligionnaires, et les inciteraient à suivre la même carrière? Les fils de Schamyl ont été placés par les Russes dans l'état-major du tsar; c'est au moins une preuve qu'ils ne sont pas écartés systématiquement des honneurs militaires. Un officier indigène, sachant lire et écrire le français, pourrait rendre de grands services en campagne; c'est malheureusement une exception dans nos régiments de tirailleurs

40

algériens, tandis que ce devrait être la règle. Toutefois, il est juste de mentionner le progrès que réalise à ce point de vue la mise en vigueur d'une circulaire ministérielle du 19 juillet 1898, aux termes de laquelle les sous-officiers indigènes candidats officiers, et les sous-lieutenants indigènes proposés pour lieutenant seront astreints à passer devant une commission régimentaire un examen sur les connaissances professionnelles et sur la langue française.

Une modification qui serait également désirable dans la législation actuelle sur le recrutement, serait de pouvoir, ainsi que cela se passe dans les régiments de spahis, rendre à la vie civile les inaptes ou les indignes avant l'expiration des quatre années d'engagement ou de rengagement. Si, par exemple, l'autorité militaire avait la faculté de renvoyer dans ses foyers, à l'expiration de la deuxième année de service, c'est-à-dire avant qu'il touche la deuxième portion de prime, le mauvais sujet, réfractaire à la discipline, ou l'homme n'ayant aucune aptitude militaire, l'État réaliserait des économies de ce fait, et le recrutement de nos régiments serait sensiblement amélioré.

Il est enfin une question qui a été souvent agitée dans la presse, celle de l'utilisation sur une plus vaste échelle des ressources indigènes, pour renforcer notre armée nationale. Avec le développement qu'a pris notre domaine colonial, la métropole ne peut suffire avec ses seules forces à en assurer la défense; il est indispensable, surtout dans les circonstances présentes, que chaque colonie apporte son contingent de troupes indigènes et concoure, dans la plus large mesure possible, à la garde de son territoire.

En ce qui concerne l'Algérie, le moment ne paraît pas encore venu d'établir le service militaire obligatoire; il faut attendre que le rapprochement soit plus complet entre le vainqueur et le vaincu, à défaut de l'assimilation qui n'est pas à espérer de longtemps. D'un autre côté, l'organisation de réserves, constituées avec les anciens tirailleurs libérés, suscite d'assez grandes difficultés; on a hésité, jusqu'à présent, à aborder la question de front, et cependant, il est regrettable de voir des indigènes, qu'on s'est évertué à dresser pendant plusieurs années au métier des armes, qui sont devenus des troupiers finis, endurcis, rentrer dans leur tribu sans esprit de retour dans nos rangs; il est regrettable, bien que le cas se soit peu présenté jusqu'alors, de penser qu'en cas d'insurrection, ils pourront même apporter contre nous l'appoint de leur fusil exercé. Il faudrait, au moins dès le temps de paix, tenir tout prêts le personnel et les approvisionnements nécessaires, pour encadrer, habiller, équiper et armer les indigènes ayant déjà servi.

En cas de guerre, si nous faisons connaître dans les tribus que les engagements sont ouverts et acceptés pour la durée de la campagne, et si nous multiplions les centres d'engagements, nous verrons accourir nombre d'anciens tirailleurs qui seront remis bien vite à hauteur de leurs devoirs et nous rendront d'excellents services, surtout si, comme il est à craindre, notre colonie algérienne est sérieuse-

ARABE D'EL GOLEA.
Photographie du docteur Thérault.

ment menacée. Ce qui s'est passé lors de la campagne de Madagascar ne laisse aucun doute sur l'empressement des indigènes à venir servir dans nos rangs au moment du besoin. Le capitaine Lamy, chargé de recruter en Algérie des auxiliaires indigènes pour le corps expéditionnaire, n'a mis que quelques semaines pour en réunir 5 à 6 000, parmi lesquels les anciens tirailleurs formaient l'élément solide et discipliné. Et cependant il s'agissait pour eux de s'expatrier, d'aller servir dans une île lointaine et réputée insalubre; les avantages pécuniaires qui leur étaient faits comme prime d'engagement et solde journalière étaient des plus minimes; enfin, la perspective d'être employés en qualité de convoyeurs n'était pas de nature à exciter leur convoitise. Combien plus grand serait l'empressement des anciens tirailleurs libérés à nous offrir leur concours s'ils revenaient dans leur ancien régiment, dans leur ancienne compagnie, pour reprendre le fusil. On trouverait là un élément de force pour la défense de l'Algérie, mais qui ne peut être utilisé que si les approvisionnements, armes et effets nécessaires, sont constitués à l'avance.

En résumé, que ce soit par un moyen ou par un autre, nous devons chercher à tirer tout le parti possible des ressources que la population indigène nous offre pour renforcer notre état militaire; d'un côté la population de la métropole reste stationnaire, tandis que celle des puissances voisines s'accroît considérablement, de l'autre nos charges augmentent et notre situation dans l'équilibre européen et colonial nous oblige à organiser l'armée de terre comme l'armée de mer sur un pied formidable. Nous n'avons donc pas le droit de négliger une partie du précieux appoint que peut nous offrir l'indigène de l'Algérie.

Et cela, d'autant plus que, malgré les affirmations contraires, les tirailleurs algériens résistent aux colonies tout autant — si ce n'est plus — que les légionnaires, et bien mieux que les troupiers de France. Il est inutile de revenir sur cette question[1]. Rappelons cependant que les deux dernières compagnies du 1er tirailleurs envoyées à Madagascar sont restées dans l'île, l'une 19, l'autre 24 mois, et qu'elles ont perdu seulement l'une 2, l'autre 5 hommes morts de maladie. L'Algérie peut jouer pour nous, bien que dans de moindres proportions, le rôle que joue pour l'Angleterre l'Inde, où cette puissance a toujours trouvé autant de soldats indigènes qu'il lui en a fallu pour ses expéditions en pays tropicaux.

Pour une expédition, les tirailleurs sont la troupe parfaite plus résistante que les Européens, plus instruite et plus disciplinée que les noirs du Sénégal et du Dahomey ou les Annamites d'Indo-Chine; pour une occupation, par contre, où de simples soldats de 2e classe sont fréquemment appelés à être chefs de poste et à exercer leur autorité sur une certaine étendue de pays, les troupes blanches et spécialement la légion étrangère, sont de beaucoup préférables.

Dans presque tous les pays lointains où nous les avons conduits, plusieurs hommes des compagnies de turcos ont demandé à rester : pour les tirailleurs sénégalais, les spahis de Cochinchine, les contre-guerillas du Mexique, on a toujours trouvé parmi eux des volontaires. A Madagascar, au moment du rapatriement de la 7e compagnie du

1. Voir p. 269, 283 et 302.

2ᵉ régiment d'Algérie, fournie par le 1ᵉʳ tirailleurs, 30 hommes sur 150 demandèrent à passer aux compagnies maintenues dans l'île; les 5ᵉ et 6ᵉ compagnies, également du 1ᵉʳ tirailleurs, avaient eu, au moment de leur rentrée en France, 14 déserteurs qui, pour la plupart, se représentèrent après l'embarquement de ces compagnies. A quoi donc attribuer ce désir de rester, la nostalgie du pays étant très vive chez l'Arabe ou le Kabyle? Était-ce au goût des aventures, au contentement de la vie plus large qu'ils menaient là-bas, à la solde plus élevée? Les tirailleurs ne voulurent jamais le dire.

Ils rendraient aux colonies de plus grands services encore, si notre fâcheux amour de l'uniformité ne nous avait fait traiter les régiments indigènes comme les autres troupes de notre armée, et si nous avions tiré tout le parti possible des ressources spéciales que nous offrent ces excellents soldats.

A des indigènes pour qui, dans le douar ou dans le village, la natte où ils s'étendent tient lieu de lit, et le burnous dans lequel ils se roulent remplace draps et couvertures, nous donnons la literie complète et tous les effets de couchage du troupier européen. A des Arabes ou des Kabyles qui, chez eux, se contentent comme nourriture de viande et de couscous, nous allouons la même ration qu'à un soldat français, sauf en ce qui concerne le vin — les turcos en ont d'ailleurs touché à Madagascar pendant un certain temps — et les compagnies de tirailleurs en colonne doivent être suivies de convois de vivres qui alourdissent leur marche.

Nous perdons ainsi le bénéfice de la mobilité qui devrait être spécialement l'apanage d'une troupe indigène, et compléterait d'une façon si heureuse les qualités précieuses des turcos : la vigueur physique, l'endurance aux fatigues. Ces inconvénients sont déjà sensibles en Algérie; ils le sont bien plus aux colonies où la ration européenne revient à un prix fort élevé et exige, pour être transportée à la suite des troupes, des convois également très coûteux. Les troupes noires de la marine au contraire, Sénégalais et Haoussas, n'ont pas reçu à Madagascar autre chose que de la viande, du riz, du sel, du sucre et du café. Cette organisation pratique[1], adaptée au genre de vie des indigènes, serait avantageusement appliquée à nos tirailleurs algé-

---

1. Le taux de la ration, au début de la campagne de Madagascar, était le suivant pour les Européens et les tirailleurs algériens :

Pain.....................	750 grammes.	Sucre..........	35 grammes.
Viande fraîche........	500 —	Café vert........	24 —
Légumes secs........	70 —	Thé.............	4 —
Julienne.............	30 —	Vin.............	40 centilitres.
Saindoux............	30 —	Tafia..........	4 —
Sel	20 —		

Le pain pouvait être remplacé par du pain de guerre (600 gr.), et la viande fraîche par de la viande de conserve (250 gr.).

riens, qui trouvent, en arrivant à la caserne, un confortable auquel leur existence antérieure les a peu habitués. En traitant les Arabes et les Kabyles, devenus soldats, d'une façon plus conforme à leurs habitudes, on réaliserait de sérieuses économies dans l'entretien de nos régiments d'infanterie indigène de l'Algérie, qui nous coûtent déjà très cher par suite du paiement des primes d'engagement et de rengagement.

Les tirailleurs d'escorte de la mission Foureau-Lamy, qui, en ce moment même traverse le Sahara, reçoivent d'ailleurs pour toute ration 200 grammes de farine, 500 grammes de couscouss, 500 grammes de viande de chameau, 40 grammes de café, 50 grammes de sucre, avec un peu de graisse, de sel et de poivre. Ils endurent de grandes fatigues, et à leur métier de soldat, joignent celui de chamelier. Cependant, en cinq mois de route, il n'y a eu d'autre perte que la mort d'un caporal français et d'un tirailleur indigène et les dernières nouvelles montrent les hommes comme étant tous en fort bonne santé. Il est donc possible, même en campagne en dehors de l'Algérie, de simplifier considérablement leur ration.

Enrôlés et combattant dans nos rangs, les tirailleurs ne connaissent plus ni parents, ni amis; musulmans, ils ont lutté avec les chrétiens contre leurs coreligionnaires de l'Islam. Ils font passer le lien militaire avant celui du sang ou de la foi.

Conquis par nous, et soumis à la loi du plus fort, Arabes ou Kabyles n'ont jamais trahi le serment de fidélité qu'ils font en venant servir dans nos rangs; il y a eu quelquefois des cas individuels de désertion, surtout aux débuts des bataillons indigènes, mais jamais une fraction constituée n'a fait défection. Le drapeau, pour eux, est l'emblème sacré. Parfois, reniés par leur tribu, lorsqu'ils y reparaissent après quelques années passées au service de la France, ils reviennent alors se rengager dans nos régiments; répudiés par leurs compatriotes, ils reviennent à la nouvelle famille qui les a accueillis une première fois, et qui leur donne le bien-être, tout en satisfaisant leurs goûts guerriers.

Corps destiné comme la légion étrangère aux aventures, les tirailleurs algériens ont, dès le début, attiré dans leurs rangs bien des officiers distingués dont ils ont servi la légitime ambition. Les états de services du premier chef de corps des tirailleurs de la province d'Alger sont curieux à consulter, en ce sens qu'ils montrent quels hommes étaient les conquérants de l'Algérie, en même temps que la composition bigarrée de l'armée d'Afrique à cette époque :

M. Vergé, né le 7 décembre 1809; fourrier au détachement de volontaires parisiens (4 janvier 1831); fourrier au bataillon auxiliaire d'Afrique (24 février 1831); sergent-major au 1er bataillon de zouaves (6 mai 1831); sous-lieutenant à la légion étrangère (8 février 1834); sous-lieutenant (29 juin 1835), lieutenant (28 septembre 1835) et capitaine (10 juillet 1838) aux spahis réguliers d'Alger; capitaine au 4ᵉ régiment de chasseurs d'Afrique (20 novembre 1859); chef de bataillon commandant le bataillon de tirailleurs indigènes d'Alger (5 juin 1842).

Chevalier de la Légion d'honneur à vingt-sept ans, grand-croix à soixante-et-un; général de brigade à quarante-six, général de division à cinquante-deux.

Cité quatre fois à l'ordre de l'armée d'Afrique (2 décembre 1835, 7 février 1837, 4 juillet 1840, 5 mai 1841), une fois à l'ordre de l'armée d'Orient (15 juin 1855), il l'avait en outre été sept fois dans les rapports du gouverneur général de l'Algérie, pour s'être distingué dans divers combats.

Le premier commandant des tirailleurs d'Alger ouvrait magnifiquement la voie à ses successeurs; ils ont tous tenu à honneur d'y marcher. Sur les dix-sept officiers qui ont commandé les tirailleurs d'Alger depuis leur création jusqu'à l'époque actuelle, un seulement a été retraité comme chef de corps, deux sont morts en activité de service et quatorze sont devenus généraux.

Aux premiers temps de l'occupation, comme les engagements au titre français n'étaient reçus que pour les emplois spéciaux, — armuriers, muletiers ou infirmiers, — où les chances de pouvoir se signaler étaient bien faibles, des Européens, devenus plus tard de fort brillants officiers, quittèrent leur véritable nom pour entrer au service sous un nom indigène. Pour n'en citer qu'un, M. de Lammerz, chef de bataillon au 1ᵉʳ tirailleurs en 1870, originaire du duché de Nassau, s'était engagé sous le nom d'Ali ben Specht; son identité ne fut reconnue que par la suite. C'était tous des hommes très énergiques, attirés par les hasards et les joies de la guerre, et qui, ne pouvant trouver en Europe une satisfaction à leurs goûts, étaient venus la chercher dans les nouveaux corps organisés en Algérie, zouaves, tirailleurs, légion, spahis.

Essentiellement troupe de choc, les tirailleurs ne doivent pas être employés en première ligne dans une guerre européenne; en 1870, on a commis la faute de les placer tous dans le même corps d'armée et de les employer comme une troupe quelconque. Leur place est à la réserve, pour donner le coup décisif qui doit forcer la victoire. Groupé en une masse de 3 à 4000 hommes, un régiment de tirailleurs lancé vigoureusement en avant, fera peut-être plus, tout autant du moins, surtout avec les armes actuelles, qu'une charge de cavalerie. De tempérament très offensif, l'indigène est merveilleusement fait pour l'attaque franche, à plein collier. Que l'on veuille bien se rappeler que les furieux retours offensifs du 1ᵉʳ tirailleurs à Frœschwiller ont fait par trois fois reculer les Prussiens, résultat auquel n'avaient pu parvenir ni les cuirassiers de la brigade Michel, ni ceux de la division de Bonnemains, et ce régiment s'était battu l'avant-veille à Wissembourg de la façon que l'on sait.

Dès que le tirailleur est au feu, il ne sait plus se contenir; très nerveux, il est irrité par les obstacles, son élan devient alors de la furie et il dépasse presque toujours le but. La difficulté avec lui consiste à l'arrêter au moment précis où il le faut. Mais il est magnifique de voir au combat s'animer ces visages bronzés auxquels la résignation fataliste donne une expression d'impassibilité si frappante dans la vie ordinaire, de voir ces hommes, les narines frémissantes, grisés par le bruit des détonations et l'odeur de la poudre, le sifflement des balles, impatients à rester en place et à recevoir des coups même s'ils en rendent, n'avoir plus qu'un désir, celui de joindre l'ennemi corps à corps, et quand ils sont lâchés, se précipiter en avant tête baissée, poussant leurs cris de guerre, leurs stridents you! you! qui inspirent toujours à l'ennemi, quel qu'il soit, le même effroi que ressentirent les Allemands pour la première fois le 4 août 1870, sur les pentes de Wissembourg. « Il est impossible, écrivait un officier en 1859, de ne pas comparer le tirailleur indigène au sauvage. Mais n'oubliez pas que cet homme, dont le courage revêt dans sa manifestation les formes les plus incroyables, n'a cependant, durant la lutte, aucun de ces instincts carnassiers pour ainsi dire, qui pourraient amener l'ennemi à nous reprocher de lui donner des bêtes fauves à combattre; il se bat loyalement, je dirai même noblement; rarement j'en ai vu tourner leur adversaire pour le frapper par derrière. Il saute à la tête, il saute aux jambes, il s'agite, il bondit, il crie, il étourdit enfin l'ennemi, mais jamais il ne le frappe lâchement par surprise; s'il vise à la poitrine, lui aussi a la poitrine découverte; s'il frappe avec sa baïonnette, c'est qu'il faut détourner une baïonnette. Il fait prisonnier l'ennemi désarmé, il ne le tue pas[1]. »

« L'aspect des turcos bronzés, disait en 1867 le prince Frédéric-Charles de Prusse, et leurs cris de forcenés, seraient bien faits pour intimider nos jeunes soldats, si l'on ne les préparait pas à ces étranges apparitions....

« Le maréchal Bosquet me racontait que, dans un des combats du siège de Sébastopol[2], il avait poussé à l'ennemi les noirs enfants du désert, ou tirailleurs indigènes appelés turcos, au cri de : « En avant, fils du feu! » Des cris de chacal avaient répondu à son appel. Penchés en avant pour éviter le passage des balles, les turcos s'étaient précipités en désordre sur les colonnes russes, à la baïonnette.... En décri-

---

1. *Histoire populaire contemporaine de la France*, t. III, p. 591 et suiv.
2. Inkermann.

vant ce combat des turcos, le maréchal Bosquet nous disait : « Ils bondissaient comme des panthères dans les buissons[1]. »

Laghouat, Sébastopol, Turbigo, San Lorenzo, Extrême-Orient, tels sont les noms inscrits au drapeau du 1er tirailleurs ; le nom de Madagascar a été enveloppé dans les plis du drapeau du régiment d'Algérie. Un jour viendra, proche peut-être, où la France

LE PELOTON DU 1er TIRAILLEURS MONTÉ A MEHARI (1891).
D'après une photographie du commandant Lamy.

fera appel à toute son armée ; que les soldats qui la composent se souviennent alors des exploits héroïques accomplis par leurs devanciers, qu'ils les égalent, qu'ils les surpassent même ! Nos tirailleurs algériens ont un passé à continuer, une réputation à soutenir ; il n'y ont jamais faibli jusqu'à présent et ne failliront pas plus dans l'avenir à ce devoir glorieux.

Si l'on en doutait, il suffirait de se rappeler la conduite des derniers d'entre eux qui aient vu le feu, les soldats du 2e régiment d'Algérie. A côté de nombreux

1. *L'art de combattre l'armée française*, p. 16 et suiv.

noms de cette infanterie de marine dont l'héroïsme et l'abnégation restent trop fréquemment obscurs, à côté des noms étranges des légionnaires, des noms sénégalais ou dahoméens de nos soldats noirs, les ordres généraux du corps d'occupation de Madagascar ont souvent parlé en 1896 et 1897 des faits d'armes accomplis par les vaillants Algériens, luttant si loin de leur sol natal pour leur drapeau d'adoption. Nommons au hasard, parmi ceux du 1er tirailleurs :

Le sergent Hablal Arab ben Akli : « s'est offert spontanément le 22 octobre 1896, pendant l'attaque du village fortifié d'Ambohimasina, pour aller poursuivre avec six hommes dans les fossés du village, un nombreux groupe de rebelles armés qui s'y étaient réfugiés et qu'il est parvenu à exterminer après une lutte des plus vives. »

Le tirailleur de 2e classe Mohamed ben Halima « a, le 22 octobre 1896, suivi avec la plus grande ardeur son lieutenant à l'assaut du village fortifié d'Ambohimasina, et, aidé par lui, a réussi à sauter le premier dans l'enceinte occupée par les rebelles. »

Ce tirailleur était, moins de six semaines plus tard, cité une seconde fois à l'ordre pour sa conduite dans un combat où il tombait frappé d'une balle en plein cœur.

Si les indigènes se sont merveilleusement comportés, les cadres français ont aussi contribué pour une bonne part à maintenir la haute renommée du régiment. Plusieurs sous-officiers et caporaux ont eu l'insigne honneur d'être cités à l'ordre du corps d'occupation, parmi eux :

Le sergent Hudrissi : « pendant le combat du 27 avril 1896 près du mont Ambohitsitakatra, a déployé beaucoup de courage et de sang-froid sous un feu nourri, a bien dirigé sa section, et a donné à tous ses hommes le meilleur exemple, ne se retirant que le dernier des positions qu'il évacuait devant des bandes fanatisées nombreuses. »

Le caporal Charrot : « a fait preuve d'une grande bravoure, en se jetant le premier à la tête de ses hommes sur la position ennemie, le 31 mai 1896, au combat d'Ambohitsirahitra où il a été blessé; s'était déjà distingué par son entrain le 25 mai à l'affaire d'Antsahafilo. »

Parmi les officiers du 2e régiment d'Algérie provenant du 1er tirailleurs, sept, dont 2 indigènes, sur vingt-deux méritèrent la même distinction. Officiers et turcos avaient vaillamment fait leur devoir.

Les cinquante-sept années d'existence des tirailleurs de la province d'Alger ne comptent que des années de succès, à part ces mois désastreux où la victoire abandonna la France, et pendant lesquels, toutefois, les tirailleurs algériens firent preuve d'un courage héroïque. En 1870, ils se sont montrés admirables, car, comme dit Montaigne : « celuy qui tombe obstiné en son courage, qui pour quelque danger de la mort voisine ne relasche aulcun poinct de son asseurance, qui regarde encores, en rendant l'âme, son ennemy d'une veue ferme desdaigneuse, il est battu, non pas de nous, mais de la fortune, il est tué, non pas vaincu. » Les turcos de 1899 sauront prouver qu'ils connaissent le vieux dicton : « Noblesse oblige. » Ils sauront justifier, comme leurs aînés, cette assertion du colonel Canrobert, fin connaisseur en matière de bravoure et de valeur militaire : « Je ne prétends pas que les turcos soient les meilleurs soldats de l'armée française, mais je n'en connais pas qui vaillent mieux. Avec des soldats comme eux, on peut tout entreprendre, on peut tout oser. »

BIBLIOGRAPHIE

I. — DOCUMENTS MANUSCRITS.

1° ARCHIVES DU MINISTÈRE DE LA GUERRE[1].

A. — *Archives historiques.*

Journal de marche de la 2e division de l'armée d'Orient.
Rapport du général Bazaine sur l'expédition de Kinburn.
Journal de marche de la 1re division du 2e corps de l'armée d'Italie.
Situations d'effectif du 1er corps de l'armée du Rhin.
Rapports des généraux sur la bataille de Fröschwiller.
Historique de la 2e division du 1er corps de l'armée du Rhin.
Journal du 1er régiment de marche de tirailleurs algériens.
Journal des marches et opérations de la 1re division du 15e corps (armée de l'Est).
Journal des marches et opérations du corps expéditionnaire du Tonkin.
Journal de marche de l'état-major du corps expéditionnaire du Tonkin, du 12 février au 8 septembre 1884.

B. — *Archives administratives.*

États de service des officiers.
Répertoire des officiers décédés ou disparus à l'armée d'Orient.
Répertoire des officiers décédés ou disparus à l'armée d'Italie.
Répertoire des officiers décédés ou disparus en 1870-1871.
Registre matricule des officiers du bataillon d'Alger.
Registre matricule des officiers du régiment de tirailleurs algériens (1854-1855).
Registre matricule des officiers du régiment provisoire.
Registre matricule des officiers du bataillon de tirailleurs algériens de Cochinchine.
Registre matricule de la troupe du bataillon d'Alger.
Registre matricule de la troupe du régiment de tirailleurs algériens (1854-1855).
Registre matricule de la troupe du régiment provisoire.
Registre matricule de la troupe du bataillon de tirailleurs algériens de Cochinchine.
Registre matricule de la troupe du 1er régiment de tirailleurs algériens.

2° AUTRES SOURCES.

ANITCHKOF, capitaine d'état-major russe. — La campagne de Crimée, par un témoin oculaire (1856).
DE SAINT-VINCENT. — Notes inédites sur la guerre de 1870.
Registre matricule des officiers du 1er régiment de tirailleurs algériens (Archives du régiment à Blida).
CAPITAINE LAMY. — Le 1er régiment de tirailleurs algériens (1841-1889)[2].

---

1. Le premier fascicule du catalogue des Archives du Ministère de la Guerre donnant les numéros de registres et de séries de documents a été seul établi jusqu'à présent et ne concerne que les documents les plus anciens. Il n'a donc pas été possible de fournir ces renseignements pour les pièces des Archives indiquées dans cette bibliographie.

2. De nombreux renseignements ont été pris dans le Livre d'Or des tirailleurs indigènes d'Alger, rédigé par le capitaine J. O., en ce qui concerne la période antérieure à la campagne de 1870, et dans le manuscrit du capitaine Lamy, pour ce qui a trait au Sénégal en 1881, au Congo, à la Tunisie et au Tonkin. L'auteur exprime ici ses plus vifs remerciements à M. de Saint-Vincent, lieutenant au 1er tirailleurs en 1870, pour les notes inédites qu'il a bien voulu mettre à sa disposition et qui lui ont fourni des documents particulièrement précieux sur cette campagne.

II. — DOCUMENTS PUBLIÉS.

1° ÉCRITS PAR DES TÉMOINS OCULAIRES.

DE DAMAS. — Souvenirs militaires et religieux de la Crimée. 1 vol. in-12. Paris (1874).

CARREY. — Récits de la Kabylie. 1 vol. in-18. Paris (1876).

COLONEL TRUMELET. — Histoire de l'insurrection des Oulad Sidi Cheick. 2 vol. gr. in-8°. Alger (1884).

PRINCE G. BIBESCO. — Au Mexique. 1 vol. in-8°. Paris (1887).

COLONEL STOFFEL. — Rapports militaires. 1 vol. in-8°. Paris (1871).

ALBERT DURUY. — Études d'histoire militaire. 1 vol. in-18. Paris (1888).

GÉNÉRAL CATHELINEAU. — Le corps Cathelineau pendant la guerre. 1 vol. in-12. Paris (1871).

GÉNÉRAL MARTIN DES PALLIÈRES. — Orléans. 1 vol. in 8°. Paris.

CAPITAINE BEAUVOIS, du bataillon des mobilisés de l'arrondissement de Beaune. — En colonne dans la Grande Kabylie. 1 vol. in-12. Dijon (1873).

COMMANDANT BERNARD. — Deux missions françaises chez les Touareg. 1 vol. in-16. Alger (1896).

CAPITAINE TOUTÉE. — Dahomey, Niger, Touareg. 1 vol. in-18. Paris (1897).

GÉNÉRAL DUCHESNE. — Rapport sur l'expédition de Madagascar. 1 vol. gr. in-8°. Paris (1897).

COMMANDANT MIREPOIX. — Étude sur l'expédition de Madagascar. 1 broch. in-18. Paris (1898).

COMMANDANT AUDIER. — La colonne expéditionnaire et la cavalerie à Madagascar. 1 broch. gr. in-8°. Paris (1897).

MARÉCHAL RANDON. — Mémoires. 2 vol. in-8°. Paris. (1875).

GÉNÉRAL DE LA MOTTEROUGE. — Souvenirs et campagnes, 3 vol. in 8°. Nantes (1889).

GÉNÉRAL DU BARAIL. — Mes souvenirs. 3 vol. in-8°. Paris (1874).

2° LIVRES D'OR ET HISTORIQUES.

CAPITAINE J. O. — Livre d'or des tirailleurs indigènes de la province d'Alger. 1 vol. in-8°. Alger (1879).

Les zouaves et les chasseurs à pied. 1 vol. in-18. Paris (1859).

LIEUTENANT MARTIN. — Historique du 2ᵉ régiment des tirailleurs algériens. 1 vol. in-8°. Paris (1894).

LIEUTENANT DARIER-CHATELAIN. — Historique du 3ᵉ régiment de tirailleurs algériens. 1 vol. in-8°. Constantine (1888).

3° LIVRES D'HISTOIRE.

CAMILLE ROUSSET. — La Conquête de l'Algérie. 2 vol. in-8°. Paris (1889).

CAMILLE ROUSSET. — Histoire de la guerre de Crimée. 2 vol. in-8°. Paris (1877).

CAPITAINE NIOX. — Expédition du Mexique. 1 vol. gr. in-8°. Paris (1874).

COMMANDANT DE CHALUS. — Guerre franco-allemande de 1870-1871. 1 vol. in-8°. Besançon (1882).

COMMANDANT ROUSSET. — Guerre franco-allemande. 6 vol. in-8°. Paris (1894).

A. CHUQUET. — La Guerre. 1 vol. in-8°. Paris (1895).

COLONEL A. BORBSTAEDT. — Campagne de 1870-1871, traduit par le commandant Costa de Serda. 1 vol. gr. in-8°. Paris (1872).

LOUIS RINN. — Histoire de l'insurrection de 1871 en Algérie. 1 vol. in-8°. Alger (1891).

Histoire populaire contemporaine de la France. 4 vol. in-4°. Paris (1865).

UN OFFICIER SUPÉRIEUR. — Le général de Wimpffen.

APPENDICE I

1er BATAILLON DE TIRAILLEURS D'ALGER

DU 15 JUIN 1842 AU 15 JUILLET 1848.

VERGÉ, né le 7 décembre 1809. Engagé volontaire, le 4 janvier 1831; sous-lieutenant, le 8 février 1834; lieutenant, le 28 septembre 1835; capitaine, le 10 juillet 1838; chef de bataillon, le 5 juin 1842 (devenu général de division en 1861).
Campagnes : en Afrique, 1831-1848.
Cinq citations.

DU 15 JUILLET 1848 AU 30 SEPTEMBRE 1851.

DE WIMPFFEN, né le 13 septembre 1811. Élève à l'École spéciale militaire, le 1er novembre 1829; sous-lieutenant, le 1er octobre 1832; lieutenant, le 26 avril 1837; capitaine, le 28 octobre 1840; chef de bataillon, le 22 avril 1847 (devenu général de division en 1859).
Campagnes : en Afrique, 1834-1835, 1842-1853 et 1854; en Orient, 1854-1856; en Italie, 1859; en Afrique, 1865-1870; contre l'Allemagne, 1870-1871.
Huit citations; une blessure.

DU 30 SEPTEMBRE 1851 AU 30 DÉCEMBRE 1852.

ROSE, né le 25 septembre 1812. Élève à l'École spéciale militaire, le 4 décembre 1830; sous-lieutenant, le 1er octobre 1832; lieutenant, le 26 août 1837; capitaine, le 6 avril 1840; chef de bataillon, le 30 juin 1849 (devenu général de division en 1869).
Campagnes : en Afrique, 1836-1853; en Italie, 1833-1855; en Orient, 1855; en Afrique, 1855-1858.
Trois citations.

DU 30 DÉCEMBRE 1852 AU 9 MARS 1854.

DE MAUSSION, né le 9 avril 1817. Élève à l'École spéciale militaire, le 15 novembre 1836; sous-lieutenant, le 1er octobre 1838; lieutenant, le 27 décembre 1840; capitaine, le 30 septembre 1846; chef de bataillon, le 15 novembre 1851 (devenu général de division en 1870).
Campagnes : en Afrique, 1847-1851; à Rome, 1852; en Afrique, 1853; en Orient, 1854-1856; à Rome, 1860-1863; au Mexique, 1863-1867; contre l'Allemagne, 1870-1871; en Afrique, 1872.
Une citation; deux blessures.

DU 9 MARS 1854 AU 10 OCTOBRE 1855.

PÉCHOT, né le 20 septembre 1820. Élève à l'École d'application d'artillerie et du génie, en 1838; sous-lieutenant du génie, le 1er octobre 1840; lieutenant, le 1er octobre 1842; capitaine, le 12 septembre 1846; passé aux tirailleurs d'Alger, le 6 mars 1852; chef de bataillon, le 9 mars 1854 (devenu général de brigade en 1866, tué sous Paris le 7 avril 1871).

Campagnes . en Afrique, 1843-1860 et 1864-1870; contre l'Allemagne, 1870-1871; à l'intérieur, 1871.

Deux citations; une blessure.

2e BATAILLON DE TIRAILLEURS D'ALGER

DU 17 JANVIER AU 10 OCTOBRE 1855.

WOLFF, né le 6 juin 1823. Élève à l'École spéciale militaire, le 1er avril 1841; sous-lieutenant, le 1er avril 1843; lieutenant, le 27 avril 1847; capitaine, le 29 décembre 1851; chef de bataillon, le 17 janvier 1855 (devenu général de division en 1871).

Campagnes : en Afrique, 1843-1862; contre l'Allemagne, 1870; à l'intérieur, 1871; en Afrique, 1871-1878.

Trois citations; deux contusions; deux blessures.

APPENDICE II

LISTE DES COLONELS
QUI ONT COMMANDÉ LE 1ᵉʳ RÉGIMENT DE TIRAILLEURS ALGÉRIENS

DU 10 OCTOBRE 1855 AU 2 AOUT 1858.

ROSE (voir plus haut). Lieutenant-colonel, le 30 décembre 1852; colonel, le 21 mars 1855 (devenu général de division en 1869).

DU 2 AOUT 1858 AU 21 DÉCEMBRE 1866.

ARCHINARD, né le 15 août 1815. Élève à l'École spéciale militaire le 14 novembre 1835; sous-lieutenant, le 1ᵉʳ octobre 1837; lieutenant, le 27 décembre 1840; capitaine, le 12 mai 1844; chef de bataillon, le 5 septembre 1852; lieutenant-colonel, le 30 juin 1855; colonel, le 2 août 1858 (devenu général de division en 1876).
  Campagnes : en Afrique, 1847-1854; en Orient, 1855; en Afrique, 1856-1857; contre l'Allemagne, 1870; à l'intérieur, 1871.
  Une blessure.

DU 21 DÉCEMBRE 1866 AU 22 DÉCEMBRE 1868.

PEYCHAUD, né le 30 décembre 1821. Élève à l'École spéciale militaire, le 19 novembre 1840; sous-lieutenant, le 1ᵉʳ octobre 1842; lieutenant, le 3 juin 1847; capitaine, le 18 mai 1850; chef de bataillon, le 1ᵉʳ juin 1855; lieutenant-colonel, le 21 avril 1860; colonel, le 27 décembre 1865 (devenu général de division en 1881).
  Campagnes : en Afrique, 1842-1854; en Orient, 1854-1855; en Italie, 1859; en Afrique, 1867-1869; contre l'Allemagne, 1870.

DU 22 DÉCEMBRE 1868 AU 3 OCTOBRE 1870.

MORANDY, né le 26 octobre 1812. Engagé volontaire, le 7 mai 1831; sous-lieutenant, le 2 janvier 1841; lieutenant, le 11 février 1844; capitaine, le 9 juin 1848; chef de bataillon, le 10 août 1854; lieutenant-colonel, le 14 janvier 1863; colonel, le 22 décembre 1868 (devenu général de brigade en 1870).
  Campagnes : en Afrique, 1837-1854; en Orient, 1854-1856; en Afrique, 1856-1870; contre l'Allemagne, 1870-1871.
  Trois blessures.

DU 2 JUILLET 1871 AU 4 NOVEMBRE 1874.

MUNIER, né le 2 juin 1828. Élève à l'École spéciale militaire, le 14 décembre 1846; sous-lieutenant, le 28 mai 1848; lieutenant, le 6 décembre 1850; capitaine, le 1ᵉʳ mars 1855; chef de bataillon, le 30 juin 1859; lieutenant-colonel, le 26 décembre 1864; colonel, le 27 février 1869 (devenu général de division en 1880).

Campagnes : en Afrique, 1851-1854; en Orient, 1854-1855; en Afrique, 1855-1859; en Italie, 1859-1860; en Afrique, 1861-1863; au Mexique, 1863-1865; contre l'Allemagne, 1870; à l'intérieur, 1871; en Afrique, 1871-1874.
Trois citations; une blessure.

DU 4 NOVEMBRE 1874 AU 5 JUIN 1877.

DE LA TOUR D'AUVERGNE LAURAGUAIS, né le 3 août 1828. Élève à l'École spéciale militaire, le 6 décembre 1845; sous-lieutenant, le 1er octobre 1847; lieutenant, le 18 décembre 1849; capitaine, le 2 février 1853; chef de bataillon, le 30 juin 1859; lieutenant-colonel, le 22 décembre 1868; colonel, le 11 novembre 1874 (devenu général de brigade en 1877).
Campagnes : en Italie, 1850; contre l'Allemagne, 1870-1871; en Afrique, 1871-1874.
Une blessure.

DU 26 JUIN 1877 AU 14 FÉVRIER 1880.

COURTOT, né le 15 juillet 1828. Élève à l'école spéciale militaire, le 4 décembre 1845; sous-lieutenant, le 1er octobre 1847; lieutenant, le 3 mars 1852; capitaine, le 27 décembre 1854; chef de bataillon, le 21 décembre 1866; lieutenant-colonel, le 30 septembre 1870; colonel, le 26 juin 1877; mort le 14 février 1880.
Campagnes : en Afrique, 1852-1861 et 1864-1867; contre l'Allemagne, 1870-1871; à l'intérieur, 1871; en Afrique, 1877-1880.

DU 24 FÉVRIER 1880 AU 22 DÉCEMBRE 1883.

COLONNA D'ISTRIA, né le 24 décembre 1825. Engagé volontaire, le 18 mai 1844; élève à l'École spéciale militaire, le 3 décembre 1845; sous-lieutenant, le 1er octobre 1847; lieutenant, le 18 décembre 1849; capitaine, le 28 avril 1855; chef de bataillon, le 24 juin 1870; lieutenant-colonel, le 29 décembre 1874; colonel, le 24 février 1880 (retraité le 22 décembre 1883).
Campagnes : à Paris, 2 décembre 1851; en Orient, 1855-1856; en Italie, 1859-1860; contre l'Allemagne, 1870-1871; à l'intérieur, 1871; en Afrique, 1880-1881; en Tunisie, 1881; en Afrique, 1881-1883.
Deux citations; deux blessures.

DU 19 FÉVRIER 1884 AU 28 DÉCEMBRE 1889.

MOURLAN, né le 9 octobre 1836. Élève à l'École spéciale militaire, le 6 novembre 1855; sous-lieutenant, le 1er octobre 1857; lieutenant, le 1er février 1860; capitaine, le 12 août 1864; chef de bataillon, le 16 novembre 1870; lieutenant-colonel, le 9 avril 1881; colonel, le 19 février 1884 (devenu général de division en 1898).
Campagnes : à Rome, 1860-1861; en Afrique, 1864-1870; contre l'Allemagne, 1870-1871; en Afrique, 1871-1875; au Tonkin, 1885-1886; en Afrique, 1886-1889.

DU 28 DÉCEMBRE 1889 AU 26 DÉCEMBRE 1893.

VARLOUD, né le 25 décembre 1837. Élève à l'École spéciale militaire, le 7 novembre 1855; sous-lieutenant, le 1er octobre 1857; lieutenant, le 21 mai 1864; capitaine, le 15 août 1866; chef de bataillon, le 18 mai 1876; lieutenant-colonel, le 28 octobre 1885; colonel, le 6 mai 1889 (devenu général de brigade en 1893).
Campagnes : en Afrique, 1858-1859; en Italie, 1859; en Afrique, 1859-1864; au Mexique, 1864-1867; contre l'Allemagne, 1870; en Afrique, 1871-1882; en Tunisie, 1882-1885; en Afrique, 1885-1898.
Une contusion.

DU 26 DÉCEMBRE 1893 AU 15 AVRIL 1897.

MONTHAULON, né le 28 août 1840. Élève à l'École spéciale militaire, le 3 novembre 1857; sous-lieutenant, le 1er octobre 1859; lieutenant, le 9 mars 1867; capitaine, le 27 septembre 1870; chef de bataillon, le 25 octobre 1879; lieutenant-colonel, le 6 mai 1889; colonel, le 11 octobre 1892 (mort le 27 avril 1897)[1].

Campagnes : en Afrique, 1865-1867; à Rome, 1867-1869; en Afrique, 1869-1870; contre l'Allemagne, 1870-1871 ; en Afrique, 1871-1881; insurrection du Sud-Algérien, 1881-1882 ; en Afrique, 1882; insurrection du Sud-Algérien, 1882; en Afrique, 1885-1892 et 1894-1897.

DU 25 MAI AU 2 JUILLET 1897.

HÜRSTEL (n'a pas rejoint).

DU 2 JUILLET 1897 AU ——.

MÉNESTREL, né le 25 octobre 1848, Élève à l'École spéciale militaire, le 18 octobre 1867; sous-lieutenant, le 1er octobre 1869; lieutenant, le 29 octobre 1870; capitaine, le 4 janvier 1871 ; chef de bataillon, le 29 juillet 1885; lieutenant-colonel, le 2 octobre 1893; colonel, le 9 mars 1897.

Campagnes : contre l'Allemagne, 1870-1871 ; en Afrique, 1885——.
Quatre blessures.

---

1. Le colonel Monthaulon, atteint par une cruelle maladie, avait été dans l'obligation de demander prématurément sa mise à la retraite; mais cette retraite ne lui avait pas encore été notifiée quand il est mort.

APPENDICE III

NOMS.	GRADES.	MORTS ET BLESSURES.
MM.		
VALENTIN	Sous-lieutenant	blessé mortellement le 17 mai 1844, à Ouarez el Din (Kabylie), mort le 19 mai.
BEN DRIS	Lieutenant	tué le 24 juin 1851, dans un combat contre les Beni Ourzellaguen (Kabylie).
LAPEYRE	Lieutenant	tué le 20 septembre 1854, à la bataille de l'Alma.
MOHAMED ZERFAOUI	Lieutenant	tué le 5 novembre 1854, à la bataille d'Inkermann.
PACAUD	Lieutenant[2]	tué le 7 juin 1855.
PELSEZ	Lieutenant	tué le 7 juin 1855.
MEÇAOUD BEN MOHAMED	Lieutenant	tué le 7 juin 1855.
GÉRARD	Sous-lieutenant	tué le 7 juin 1855.
LEPRÊTRE	Lieutenant	blessé mortellement le 13 septembre 1856, dans un combat contre les Fickat (Kabylie), mort le 17 septembre.
VANÉECHOUT	Capitaine	tué le 3 juin 1859, à Robecchetto.
FERRAT	Sous-lieutenant	tué le 4 juin 1859.
MOHAMED BEN MOHAMED BLIDI	Sous-lieutenant	tué le 4 juin 1859.
BENJAMIN	Lieutenant[3]	tué le 24 juin 1859, à Solferino.
DE CHATILLON	Sous-lieutenant	blessé mortellement le 15 juin 1864 dans un combat contre les Meknaça (Kabylie), mort le 16 juin à Ammi Moussa.
TESTARD	Chef de Bataillon[4]	tué le 3 octobre 1866, à Miahuatlan (Mexique).

Accolade PACAUD–GÉRARD (7 juin 1855) : « Assaut du Mamelon-Vert. »
Accolade FERRAT–MOHAMED BEN MOHAMED BLIDI (4 juin 1859) : « Bataille de Magenta. »

1. Cette liste a été établie d'après les répertoires des officiers décédés ou disparus à l'armée d'Orient, à l'armée d'Italie, en 1870-1871, les registres matricules des officiers du bataillon d'Alger, du régiment de tirailleurs algériens (1854-1855), du régiment provisoire, du 1ᵉʳ régiment de tirailleurs algériens, et les états de services des officiers.

2. Le lieutenant Pacaud, du bataillon d'Oran, a permuté le 19 juin 1852 avec le lieutenant Dubost, du bataillon d'Alger (*Registre matricule des officiers du régiment de tirailleurs algériens*). Le registre matricule ajoute que cet officier n'a pas rejoint, dans l'attente de sa permutation, mais il a été nommé au bataillon d'Alger.

3. Le lieutenant Benjamin, parti pour la guerre d'Italie comme sous-lieutenant du 1ᵉʳ tirailleurs, a été nommé, le 20 juin 1859, lieutenant au régiment provisoire, et non au 2ᵉ tirailleurs. Il a été affecté, il est vrai, à une compagnie provenant du 2ᵉ tirailleurs, mais le régiment provisoire faisant corps à part, cet officier doit être porté sur la liste des officiers tués du 1ᵉʳ tirailleurs.

4. Bien que cet officier ait été placé hors cadres à sa nomination au grade de chef de bataillon, il doit néanmoins être compté sur cette liste, au même titre que le lieutenant Randey, provenant du 1ᵉʳ tirailleurs, tué à Madagascar comme lieutenant hors cadres au bataillon algérien.

NOMS.	GRADES.	MORTS ET BLESSURES.	
MM.			
KIENER	Capitaine	blessé mortellement le 4 août 1870, mort le 21 août à Altenstadt.	
TOURANGIN.	Capitaine	tué le 4 août 1870.	
GRANDMONT.	Lieutenant. . . .	blessé mortellement le 4 août 1870, mort le 1er septembre 1870, à Wissembourg.	Combat de Wissembourg.
BELAMY	Lieutenant. . . .	tué le 4 août 1870.	
MOUÇA BEN KOUIDER	Lieutenant. . . .	tué le 4 août 1870.	
CAZALS	Sous-lieutenant. .	tué le 4 août 1870.	
MOHAMED BEN AHMOUDA.	Sous-lieutenant. .	tué le 4 août 1870.	
QUANTIN.	Capitaine	tué le 6 août 1870.	
BERGÉ	Lieutenant. . . .	tué le 6 août 1870.	
TACAILLE.	Lieutenant. . . .	tué le 6 août 1870.	Bataille
TRAWITZ.	Lieutenant. . . .	tué le 6 août 1870.	de
AMAR BEN HACEN	Lieutenant. . . .	tué le 6 août 1870.	Fröschwiller.
MOHAMED BEN ISMAÏL.	Sous-lieutenant. .	tué le 6 août 1870.	
MOHAMED BEN SAÏD JOSEPH . . .	Sous-lieutenant. .	tué le 6 août 1870.	
MOHAMED OU SAÏD.	Sous-lieutenant. .	tué le 6 août 1870.	
AUDIBERT	Lieutenant. . . .	tué le 25 août 1870, pendant le siège de Strasbourg.	
VINCELLET	Chef de Bataillon.	blessé mortellement le 1er septembre 1870, mort le 20 septembre à Sedan.	
GOMICHON DES GRANGES.	Capitaine	blessé mortellement le 1er septembre 1870, mort le 12 septembre, à Sedan.	
LAPIERRE.	Capitaine	tué le 1er septemb. 1870.	Bataille
MICAELLI.	Capitaine	blessé mortellement le 1er septembre 1870, mort le 2 septembre à Illy.	de Sedan.
BOURDONCLE	Lieutenant. . . .	blessé mortellement le 1er septembre 1870, mort le 8 septembre, à Givonne.	
DELAÎTRE	Lieutenant. . . .	tué le 1er septembre 1870.	
GARRIGUENC.	Sous-lieutenant. .	tué le 1er septembre 1870.	
SALEM BEN GUIBI	Sous-lieutenant. .	tué le 1er septembre 1870.	
MATRA.	Sous-lieutenant. .	blessé mortellement le 10 octobre 1870, mort le 2 novembre, à Chevilly.	Bataille d'Artenay.
ABDELKADER BEN SABEUR	Sous-lieutenant. .	blessé mortellement le 10 octobre 1870, mort le 4 novembre à Greiswald (Prusse).	

NOMS.	GRADES.	MORTS ET BLESSURES.
MM.		
ABDELKADER CHARLES	Capitaine	tué le 19 janvier 1871, à Montretout.
DEBAY	Sous-lieutenant . .	tué le 24 mai 1871, pendant le siège de Fort-National (Kabylie).
CROUZET	Sous-lieutenant .	tué le 24 juillet 1871, dans un combat contre les Guechtoula (Kabylie).
PÉAN	Sous-lieutenant . .	blessé mortellement le 12 février 1885, à Bac-viay, mort le 1er mars à Lang-son (Tonkin).
ROLLANDES	Capitaine	tué le 2 mars 1885. ⎫ Combat de Hoa-moc
M'AHMED BEN MOHAMED	Lieutenant	tué le 3 mars 1885. ⎭ (Tonkin).
AUGEY-DUFRESSE	Lieutenant	tué le 29 juin 1895, à Tsarasaotra (Madagascar).
RANDEY	Lieutenant	tué le 10 octobre 1897, à Andemba (Madagascar).

APPENDICE IV

NOMS	GRADES.	MORTS ET BLESSURES.
MM.		
FAVIER	Capitaine	blessé le 10 décembre 1842, à Karnachin (Ouarsenis).
COSTA.	Sous-lieutenant. .	blessé le 7 juin 1845, devant Bougie.
GUICHARD	Lieutenant. . . .	blessé le 12 octobre 1845. ⎫
BERGER.	Lieutenant. . . .	blessé le 12 novembre ⎬ Djebel Dira. 1845. ⎭
MEÇAOUD BEN MOHAMED.	Sous-lieutenant. .	blessé le 14 juin 1851, ⎫ devant Bou Djument (deux blessures).
CORDIER.	Sous-lieutenant. .	blessé le 14 octobre 1851, à l'attaque d'Aïn el ⎬ Kabylie. Fassi.
CASTEX	Capitaine	blessé le 16 octobre 1851, aux environs de Tizi Ouzou.
CAPIFALI.	Sous-lieutenant. .	blessé le 3 décembre ⎫ 1852.
GIACOBBI.	Capitaine	blessé le 4 décembre ⎬ Prise de Laghouat. 1852. ⎭
LAURENT.	Capitaine	blessé le 20 juin 1854 ⎫ Assaut (deux blessures). ⎬ de Taourirt-Tesselet
LACROIX.	Lieutenant. . . .	blessé le 20 juin 1854. ⎭ (Kabylie).
BÉZARD	Lieutenant. . . .	blessé le 18 octobre 1854, aux environs de Laghouat.
	Capitaine	blessé le 3 juin 1859, à Robecchetto, le 25 avril 1863, au siège de Puebla (trois blessures), et le 8 mai 1863, à San Lorenzo.
CHAZOTTE	Lieutenant. . . .	blessé le 19 décembre 1854, devant Sébastopol.
CONOT.	Capitaine	blessé le 7 juin 1855. ⎫
M'AHMOUD BEL HADJ MAHMOUD. .	Lieutenant. . . .	blessé le 7 juin 1855. ⎬ Assaut
JAUGE.	Sous-lieutenant. .	blessé le 7 juin 1855. ⎪ du
MOHAMED BEN ABDELKADER . . .	Sous-lieutenant. .	blessé le 7 juin 1855. ⎭ Mamelon-Vert.

1. Cette liste a été établie d'après les registres matricules des officiers du bataillon d'Alger, du régiment de tirailleurs algériens (1854-1855), du régiment provisoire, du bataillon de tirailleurs algériens de Cochinchine, du 1er régiment de tirailleurs algériens, et les états de services des officiers.

NOMS.	GRADES.	MORTS ET BLESSURES.
MM.		
Mohamed ben Amar Chibli . . .	Lieutenant. . . .	blessé le 7 juin 1855, à l'assaut du Mamelon-Vert, le 8 septembre 1855, à l'assaut de Malakoff et le 4 août 1870, à la bataille de Wissembourg.
Lavigne.	Capitaine	blessé le 8 septembre 1855. } Assaut de Malakoff.
De Lammerz	Lieutenant. . . .	blessé le 8 septembre 1855. }
Mustapha ben Bfyram	Lieutenant. . . .	blessé le 8 septembre 1855. }
Mohamed bel Hadj . . . . . {	Soûs-lieutenant. .	blessé le 8 septembre 1855, à l'assaut de Malakoff.
	Lieutenant. . . .	blessé le 6 août 1870, à la bataille de Fröschwiller.
Wolff	Chef de bataillon.	blessé le 30 janvier 1856, à la prise de Tikobaïn (Kabylie).
Thierry. . . . . {	Sous-lieutenant. .	blessé le 7 octobre 1856, à la prise des villages des Aït Douala.
	Capitaine	blessé le 1er septembre 1870, à Sedan.
Legent	Sous-lieutenant. .	blessé le 24 mai 1857, dans un combat contre les Beni Raten. }
Roussel	Lieutenant. . . .	blessé le 24 mai 1857, dans un combat contre les Beni Raten. } Kabylie.
Jobst	Lieutenant. . . .	blessé le 30 juin 1857, au combat d'Aguemoun Izen. }
Liébert	Capitaine	blessé le 5 juin 1859. }
Ben Aouda ben Kadour	Lieutenant. . . .	blessé le 3 juin 1859. } Combat de Robecchetto.
Boulanger . . . . {	Sous-lieutenant. .	blessé le 3 juin 1859. }
	Lieutenant. . . .	blessé le 24 février 1862, à Traï-dau (Cochinchine).
Gibon	Chef de bataillon.	blessé le 4 juin 1859. }
Gérard.	Lieutenant. . . .	blessé le 4 juin 1859. } Bataille de Magenta.
Abderrahman ben Sliman Krobia.	Lieutenant. . . .	blessé le 4 juin 1859 (trois blessures). }
Lévy.	Sous-lieutenant. .	blessé le 4 juin 1859, à Magenta, et le 24 juin 1859, à Solférino (deux blessures).
Falieu	Capitaine	blessé le 24 juin 1859. } Bataille de Solférino.
Mustapha ben Ali	Lieutenant. . . .	blessé le 24 juin 1859 (deux blessures). }
Juffé	Sous-lieutenant. .	blessé le 23 mars 1862, à Vinh-long (Cochinchine).
Cuvillier-Fleury	Capitaine	blessé le 4 août 1870. } Bataille de Wissembourg.
Marquez	Capitaine	blessé le 4 août 1870 (deux blessures). }

NOMS.	GRADES.	MORTS ET BLESSURES.	
MM.			
Moullé[1]	Lieutenant. . . .	blessé le 4 août 1870 (deux blessures).	
Béraud	Lieutenant. . . .	blessé le 4 août 1870.	
Vuillemin	Lieutenant. . . .	blessé le 4 août 1870.	Bataille
Berthélemy	Sous-lieutenant. .	blessé le 4 août 1870.	de
Goussot	Sous-lieutenant. .	blessé le 4 août 1870.	Wissembourg.
Mohamed ben Ahmadi	Sous-lieutenant. .	blessé le 4 août 1870.	
Ahmed ben Taïeb	Sous-lieutenant. .	blessé le 4 août 1870.	
Couderc	Médecin-major de 1re classe . . .	blessé le 4 août 1870 (deux blessures).	
Ahmed bel Hadj	Sous-lieutenant. .	blessé le 4 août 1870, à Wissembourg, et le 1er septembre 1870, à Sedan.	
Lépine	Capitaine	blessé le 6 août 1870.	
Menneglier	Capitaine	blessé le 6 août 1870.	
Abdelkader Charles	Capitaine	blessé le 6 août 1870.	
Rousseau	Lieutenant. . . .	blessé le 6 août 1870.	
Got	Lieutenant. . . .	blessé le 6 août 1870.	Bataille
Bocquet	Lieutenant. . . .	blessé le 6 août 1870.	de
Audibert	Lieutenant. . . .	blessé le 6 août 1870.	Frœschwiller.
Brik ben Salem	Lieutenant. . . .	blessé le 6 août 1870.	
Thuillard, ...	Sous-lieutenant. .	blessé le 6 août 1870.	
Morati	Sous-lieutenant. .	blessé le 6 août 1870.	
Ibrahim ben Ferath	Sous-lieutenant. .	blessé le 6 août 1870.	
De Coulange	Chef de bataillon.	blessé le 1er septembre 1870.	
Mercier	Lieutenant. . . .	blessé le 1er septembre 1870.	
Mohamed ben Hacen	Lieutenant. . . .	blessé le 1er septembre 1870.	Bataille de
Meurant	Sous-lieutenant. .	blessé le 1er septembre 1870.	Sedan.
Khelifa ben Mohamed	Sous-lieutenant. .	blessé le 1er septembre 1870.	
Omar ben Mohamed Chaouch . .	Lieutenant. . . .	blessé le 16 janvier 1871, à Montbéliard.	
Kouider ben Amar	Lieutenant. . . .	blessé le 16 mai 1871, à Takitoun.	
Thomas	Capitaine	blessé le 4 juillet 1871, à Teniet Djaboud (trois blessures).	Kabylie.
Mamin ben turkman	Lieutenant. . . .	blessé le 16 décembre 1884, à la prise de Sohtay.	
Comoy	Chef de bataillon.	blessé le 12 février 1885.	Combat
Bigo	Capitaine	blessé le 12 février 1885.	de Bac-viay.

1. Cet officier a été nommé capitaine le 4 août après la bataille.

APPENDICE IV.

NOMS.	GRADES.	MORTS ET BLESSURES.	
MM.			
BAJOLLE.	Lieutenant. . . .	blessé le 12 février 1885.	
PEIRO.	Lieutenant. . . .	blessé le 12 février 1885.	Combat
LAMY.	Lieutenant. . . .	blessé le 12 février 1885.	de
KADOUR BEN TAHAR	Lieutenant. . . .	blessé le 12 février 1885.	Bac-viay.
ROIG	Sous-lieutenant. .	blessé le 12 février 1885, à Bac-viay, et le 2 mars 1885, à Hoa-Moc.	
LETELLIER	Lieutenant-colonel.	blessé le 2 mars 1885, à Hoa-moc.	

APPENDICE V

ÉTAT NUMÉRIQUE DES PERTES SUBIES PAR LES TIRAILLEURS D'ALGER DANS LES CAMPAGNES AUXQUELLES ILS ONT PRIS PART[1]

DATES.	DÉSIGNATION DES CAMPAGNES.	OFFICIERS.		TROUPE.		TOTAL
		TUÉS.	BLESSÉS.	TUÉS.	BLESSÉS.	
1842	Colonne dans l'est de la province d'Alger et l'Ouarsenis.	»	1	4	8	13
1843	Colonne dans la plaine du Chelif et l'Ouarsenis . .	»	»	6	14 ²	20
1844	Combat de Ouarez el Din (17 mai).	1	»	2	9 ²	12
1845-1847	Affaires autour de Bougie; colonnes de l'Ouarsenis, dans le petit désert, en Kabylie.	»	3	11	37 ²	51
1849	Colonne contre les Beni Silem et les Kabyles du Djurdjura.	»	»	»	10	10
1851	Opérations contre le chérif Bou Baghla.	1	3	10	75	89
1852	Prise de Laghouat	»	2	7	24	33
	Opérations en Kabylie et autour de Laghouat . . .	»	3	3	22	28
1854	L'Alma (20 septembre)	1	»	4	9 ³	14
	Inkermann (5 novembre)	1	»	6	46 ²	53
1855	Le Mamelon-Vert (7 juin)	4	5	26	60 ²	95
	Sébastopol (8 septembre)	»	5	17	50 ²	72
1854-1855	Affaires diverses en Crimée.	»	1	11	75 ²	87
1856	Colonnes en Kabylie occidentale et chez les Cheurfa.	1	2	16	48	67
1857	Combat contre les Beni Raten (24 mai)	»	2	26	71	99
	Affaires diverses en Kabylie	»	1	4	21	26
	Expédition du Maroc	»	»	»	3	3
1859	Turbigo (3 juin)	1	4	5	20	30
	Magenta (4 juin)	2	4	17	59	82
	Solférino (24 juin)	1	3	19	74	97
1860-1861	Expédition du Sénégal	»	»	»	2	2
1861-1864	Expédition de Cochinchine.	»	2	»	7	9
1862-1867	Expédition du Mexique (affaires diverses)³	1	»	»	12	13
	A reporter	14	41	194	756	1005

1. Cette liste a été établie d'après les documents suivants :

Registres matricules des officiers et de la troupe du 1ᵉʳ et du 2ᵉ bataillons d'Alger, du régiment de tirailleurs algériens, du régiment provisoire, du bataillon de Cochinchine, du 1ᵉʳ tirailleurs. Situations d'effectif du 1ᵉʳ corps de l'armée du Rhin.

Journaux de marche du 1ᵉʳ tirailleurs, des 1ᵉʳ et 2ᵉ régiments d'Algérie.

2. Chiffre approximatif.

3. Ces chiffres sont le tiers des pertes du bataillon de tirailleurs algériens. Il n'a pas été possible de déterminer, dans ce total, les pertes du contingent fourni par chaque régiment.

DATES.	DÉSIGNATION DES CAMPAGNES.	OFFICIERS.		TROUPE.		TOTAL.
		TUÉS.	BLESSÉS.	TUÉS.	BLESSÉS.	
	Report	14	41	194	756	1 005
1863	Siège de Puebla (mars-mai).	»	1	1	10	12
	Combat de San Lorenzo (8 mai).	»	1	2	3	6
1864	Combat de San Pedro (22 décembre).	»	»	4	6	10
1864-1865	Insurrection des Oulad Sidi Cheick	1	»	2	11	14
1869	Combat d'Aïn Madhi (1er février).	»	»	»	12	12
	Wissembourg (4 août).	7	12	560[1]		579
1870	Fröschwiller (6 août)	8	12	700[1]		720
	Sedan (1er septembre).	8	7	250[1]		265
	Artenay (10 octobre).	2	»	250[1]		252
1871	Montbéliard (15, 16, 17 janvier)	»	1	8	26	35
	Insurrection algérienne.	2	2	25	74	103
1870-1871	Guerre contre l'Allemagne (affaires diverses). . .	2	»	6	30	38
1880-1881	Deuxième mission Flatters.	»	»	16	»	16
1881	Expédition de Tunisie.	»	»	3	1	4
1883-1885	Mission au Congo.	»	»	1	»	1
1883	Prise de Sontay.	»	1	1	6	8
1885	Combat de Bac-viay (12 février)	1	7	31	122	161
	Combat d'Hoa-moc (2 et 3 mars).	2	2	18	88	110
1883-1886	Combats divers au Tonkin	»	»	4	20	24
1894	Combat de Bou Khanfous, 9 septembre (Extrême-Sud algérien)	»	»	4	8	12
1895	Combat de Tsarasaotra, 29 juin (Madagascar) . . .	1	»	1	5	7
1896	Affaire aux environs de Fort Mac-Mahon, 12 juillet (Extrême-Sud-Algérien)	»	»	1	»	1
1897	Combat d'Andemba, 10 octobre (Madagascar). . .	1	»	2	3	6
1895-1898	Combats divers à Madagascar.	»	»	10	23	33
	TOTAUX	49	87[2]	3 298		3 434

1. Chiffre approximatif.
2. 6 officiers ont été blessés deux fois dans des combats différents, 1 trois fois, et 1 quatre fois, ce qui réduit le chiffre réel des officiers blessés à 76.

APPENDICE VI

CONTINGENTS FOURNIS PAR LES TIRAILLEURS D'ALGER AUX GUERRES
ET EXPÉDITIONS HORS D'ALGÉRIE [1]

CAMPAGNES.	OFFICIERS. [2]	HOMMES.	TOTAL.
Guerre de Crimée (1854-1855)	28	912	940
Guerre d'Italie (1859)	32	1.124	1.156
Expédition du Sénégal (1860-1861)	5	105	110
Expédition de Cochinchine (1861-1864)	11	318	329
Expédition du Mexique (1862-1867)	12	365 [3]	377
Guerre de 1870-1871	118	3.579	3.697
Deuxième mission Flatters (1880-1881)	»	24	24
Expédition de Tunisie (1881)	41	1.267	1.308
Colonnes au Sénégal (1882-1884)	»	96	96
Mission au Congo (1883-1885)	»	8	8
Expédition du Tonkin (1883-1886)	82	4.111	4.193
Expédition de Madagascar (1895-1898)	37	1.051	1.088
Mission transsaharienne (1898——)	6	212	218
TOTAUX	372	13.172	13.544

N. B. — Les détachements fournis par le bataillon de tirailleurs d'Alger, devenu 1er régiment de tirailleurs algériens, ont toujours été composés de fractions constituées, exception faite pour la guerre de Crimée, pour les compagnies envoyées au régiment de marche de tirailleurs algériens en 1870, et pour une des compagnies parties à Madagascar en 1896.

1. Cette liste a été établie d'après les documents suivants :
Registres matricules de la troupe et registres matricules des officiers du régiment de tirailleurs algériens, du régiment provisoire, du bataillon de tirailleurs algériens de Cochinchine, des officiers du 1er régiment de tirailleurs algériens;
Situations d'effectif du 1er corps de l'armée du Rhin ;
Journaux de marche du 1er régiment de tirailleurs de marche, du 1er régiment de tirailleurs algériens, du 1er et du 2e régiments d'Algérie.

2. Dans ce nombre ne sont pas compris les sous-officiers promus sous-lieutenants au cours des diverses campagnes, ni les sous-officiers du bataillon d'Alger ou du 1er tirailleurs promus sous-lieutenants au départ, par suite d'organisation. Ainsi il n'a pas été compté 6 sous-officiers du bataillon d'Alger nommés au moment de l'organisation du régiment de tirailleurs partant en Crimée.

3. Ce chiffre a été obtenu en ajoutant à l'effectif de départ le tiers des renforts, — dont le total a été de 375, — envoyés par les trois régiments de tirailleurs au cours de la campagne.

APPENDICE VII

(MARS 1899).

ÉTAT-MAJOR DU RÉGIMENT

MM. MÉNESTREL O. ✻ . . . . . . colonel.

D'EU O. ✻ . . . . lieutenant-colonel.

AMALRIC ✻ . . . . lieutenant-colonel.

PELLEGRINI ✻ . . . . major.

SÉGUIN ✻ . . . . capitaine trésorier.

HAEBERLÉ ✻ . . . . . . capitaine d'habillement.

PICQUART . . . . lieutenant adjoint au trésorier.

MARCHAIS . . . . lieutenant porte-drapeau.

PETIT ✻ . . . . médecin-major de 1re classe.

ARNOULD . . . . médecin-major de 2e classe.

POUS . . . . médecin aide-major de 1re classe.

1er BATAILLON

MM. LAMY[2] O. ✻ . . . . . chef de bataillon.

GODIOT ✻ . . . . . . capitaine adjudant-major.

1re COMPAGNIE		2e COMPAGNIE	
MM. —		MM. —	
APPERT	capitaine.	RAMILLON ✻	capitaine.
SÉGUY-VILLEVALEIX . . .	lieutenant.	DEMILLY	lieutenant.
FALLAIS	lieutenant.	DESPRÉRIES	lieutenant.
KHAINÈS	lieutenant indigène.	MERIEM	sous-lieutenant indigène.
TAHAR BEN LARACH . .	sous-lieutenant indigène.		

3e COMPAGNIE		4e COMPAGNIE	
MM. —		MM. —	
QUISARD ✻	capitaine.	OGER	capitaine.
FÈVRE	lieutenant.	CLAUSSE	lieutenant.
DUMONT	lieutenant.	COLLOMBIER	lieutenant.
ALLEG	lieutenant indigène.	ZOUAOUI	lieutenant indigène.
DJENADI	sous-lieutenant indigène.		

1. Le signe ✻ indique que l'officier est chevalier de la Légion d'honneur; le signe ✻ qu'il est décoré de la médaille militaire.

2. Détaché à la mission transsaharienne.

2ᵉ BATAILLON

MM. Le Vessel ✳ . . . . . chef de bataillon.
    de Roquefeuil ✳ . . . capitaine adjudant-major.

5ᵉ compagnie

MM. —
Debroise . . . . . . capitaine.
Moreaux . . . . . lieutenant.
Genty . . . . lieutenant.
Rouane ✳ . . . . . lieutenant indigène.

6ᵉ compagnie

MM. —
Héliot ✳ . . . . . capitaine.
Hallard . . . . . . lieutenant.
Laroque . . . . . . lieutenant.
Hassani . . . . . . lieutenant indigène.
El Baa . . . . sous-lieutenant indigène.

7ᵉ compagnie

MM. —
Rigal . . . . capitaine.
Darthos . . . . . . lieutenant.
Brémond . . . . . . lieutenant.
Ferraz . . . . sous-lieutenant indigène.

8ᵉ compagnie

MM. —
Fellert. . . . . . . capitaine.
Delagrange[1] . . . . . lieutenant.
Moniot. . . . . . . lieutenant.
Semiane . . . . . . sous-lieutenant indigène.

3ᵉ BATAILLON

MM. Lacoste de Laval ✳ . . . . chef de bataillon.
    Reynes ✳ . . . . capitaine adjudant-major.

9ᵉ compagnie

MM. —
Carlhian ✳ . . . . . capitaine.
Devinez. . . . . . . lieutenant.
Mouger. . . . . . . sous-lieutenant indigène.

10ᵉ compagnie

MM. —
Thouveny. . . . . . capitaine.
Courthiade. . . . . lieutenant.
Guillet . . . . . . lieutenant.
Fillali ✳ . . . . . lieutenant indigène.

11ᵉ compagnie

MM. —
Raymond ✳ . . . . . capitaine.
Boizot . . . . lieutenant.
Anis. . . . . lieutenant.
Abed ben Abed . . . . lieutenant indigène.

12ᵉ compagnie

MM. —
Pradal ✳ . . . . . capitaine.
Métois[2] . . . . . . lieutenant.
Camors. . . . . . . lieutenant.
Bourredia . . . . . lieutenant indigène.
Sabaoui . . . . . . sous-lieutenant indigène.

1. Détaché à l'état-major du 19ᵉ corps d'armée.
2. Détaché à la mission transsaharienne.

4e BATAILLON

MM. Quiquandon ✱. . . . . . chef de bataillon.
Hétet ✱. . . . . capitaine adjudant-major.

13e compagnie

MM.

Tahon ✱. . . . . . . capitaine.
Capperon . . . . . . lieutenant.
Léger . . . . lieutenant.
Hadji ✱ . . . . . . lieutenant indigène.

14e compagnie

MM.

Lieutaud ✱ . . . . capitaine.
Chapus. . . . . . . lieutenant.
Jullien. . . . . . . lieutenant.
Ferkbou ✠ . . . . . sous-lieutenant indigène.

15e compagnie

MM.

Fautrel ✱ . . . . . capitaine.
Gossart. . . . . . . lieutenant.
Britsch[1] . . . . . . lieutenant.
Hatem . . . . lieutenant indigène.
Bouabsa. . . . . . . sous-lieutenant indigène.

16e compagnie

MM.

Castel O. ✱. . . . capitaine.
Goubeau ✱. . . . . lieutenant.
Belaroug. . . . . . lieutenant indigène.
Georges . . . . . . sous-lieutenant.
Sadeg . . . . sous-lieutenant indigène.

5e BATAILLON

MM. Bazinet ✱ . . . . chef de bataillon.
Aubry ✱. . . . . capitaine adjudant-major.

17e compagnie

MM.

Mahéas ✱ . . . . . capitaine.
Wild. . . . . lieutenant.
De Choin . . . . . . lieutenant.
Hallou ✠ . . . . . sous-lieutenant indigène.

18e compagnie

MM.

Riondet . . . . . . capitaine.
Nivlet. . . . . . . lieutenant.
Zopff . . . . lieutenant.
Ben Hammadouch. . . lieutenant indigène.

19e compagnie

MM.

Velly . . . . capitaine.
Henrot. . . . . . . lieutenant.
Zwilling . . . . . . lieutenant.
Hammadi. . . . . . . lieutenant indigène.

20e compagnie

MM.

Robert. ✱. . . . . capitaine.
Moreau. . . . . . . lieutenant.
Maurice. . . . . . . lieutenant
Ami . . . . sous-lieutenant indigène.

1. Détaché à la mission transsaharienne.

6ᵉ BATAILLON

MM. BRANLIÈRE ✳ . . . . . .   chef de bataillon.
     BERTRAND ✳ . . . .   capitaine adjudant-major.

21ᵉ COMPAGNIE
MM.
—

Bocca ✳ . . . . . . capitaine.
DE VENEL² . . . . . . lieutenant.
GRASS ✳ . . . . . . lieutenant.
CHEGROUNI ✳ . . . . lieutenant indigène.
TITOUCHE ✸ . . . . sous-lieutenant indigène.

22ᵉ COMPAGNIE
MM.
—

DE CHOULOT . . . . . capitaine.
JOUANDON . . . . . . lieutenant.
CASTEX . . . . lieutenant.
ASMA . . . . lieutenant indigène.

23ᵉ COMPAGNIE
MM.
—

THOMAS ✳ . . . . . capitaine.
CHABAL ✳ . . . . . lieutenant.
BERTHELON . . . . . . lieutenant.
CUDJARI¹ ✳ . . . . lieutenant indigène.
HABÈS . . . . sous-lieutenant indigène.

24ᵉ COMPAGNIE
MM.
—

VIENNOT . . . . . . capitaine.
BÉZU² . . . . lieutenant.
BICHOT . . . . lieutenant.
SAÏDI ✸ . . . . . . sous-lieutenant indigène.

25ᵉ COMPAGNIE
MM.
—

TOURNIER ✳ . . . . . capitaine.
DURUY ✳ . . . . . . lieutenant.
CANAC . . . . lieutenant.
AREZKI . . . . lieutenant indigène.
BEN LARACH ✸ . . . . sous-lieutenant indigène.

OFFICIERS A LA SUITE
MM.
—

VERLET-HANUS¹ . . . . lieutenant.
MÉANDRE DE SUGNY . . sous-lieutenant.
CORAP . . . . sous-lieutenant.
ROBERT . . . . sous-lieutenant.
DE FABRY . . . . . . sous-lieutenant.

1. Détaché à la mission transsaharienne.
2. Détaché à l'école supérieure de guerre.

INDEX ALPHABÉTIQUE

DES

NOMS PROPRES CITÉS DANS L'OUVRAGE [1].

N. B. — Les noms des militaires appartenant au régiment sont en *italiques*.

---

1. Les noms cités dans les appendices ne sont pas portés ici.

TABLE DES MATIÈRES

---

50 555. — Imprimerie Lahure, rue de Fleurus, 9, Paris.

V. DURUY

LE 1er RÉGIMENT
DE TIRAILLEURS
ALGÉRIENS

www.ingramcontent.com/pod-product-compliance
Lightning Source LLC
Chambersburg PA
CBHW050752030726
47505CB00002B/511